KB141152

소설이 세상에 나올 수 있던 것은 전적으로
아내의 변함없는 지지와 격려 덕분이었다.

존경하는 아내에게,
그리고 내가 알던 야생 호랑이들을 위하여.

# 호랑이 기계

이준하

모름지기 가수란 무대 위에서 죽을 각오로 노래를 불러야 한다—

—고 스미스의 프론트맨 모리세이는 말했다. 마음을 다해 부르는 음악을 누군가 진지하게 들어준다면, 그 사람은 정말 행복할 것이다. 모두가 그렇다면 좋을 텐데… 세상은 그렇지가 못하다.

대학 정문 앞 사거리에 설치된 무대 앞은 어수선했다. 뙤약볕은 뜨거웠고, 일과 시간이었으므로 자동차들은 끊임없이 도로를 오갔다. 핸드폰 대리점, 보세 옷가게, 카페, 다트를 던져 풍선을 터뜨리는 노점의 간이 오락실까지 제각기 다른 노래들을 틀어놓고 거리의 행인들을 유인하고 있었다. 그 소음을 압도하는 것은 단연 매미들의 합창. 아무튼 밴드 공연을 하기에 썩 좋은 환경은 아니었다. 시끄러운 랩 메탈이나 여행을 떠나자는 펑크도 아닌, 기타와 피아노로 예민하게 음을 쌓아 올라가는 밴드의 음악인 경우엔 더더욱.

그는 기타 스트랩을 어깨에 멘 채 무대 중앙에 서 있었다. 무슨 일이지? 고개를 들자 우측에서 키보드를 준비하고 있던 한 남자가 음향 감독에게 혼나고 있었다. 아하, 담배를 피우면서 연주해도 되냐고 물어봤다가 한 소리를 들은 모양이구나.

모니터 스피커 볼륨 좀 조금만 높여주세요. 또 다른 목소리가 들렸다. 그 옆에는 치파오 차림의 여자가 마이크를 테스트하고 있었다. 지금은 어떠세요? 천막 아래에서 음향 콘솔을 제어하던 스태프로부터 답변이 돌아왔다. 그녀는 짧은 노래를 불렀다. 바람처럼 가볍고 자유로운 소리였다.

소리는 괜찮아? 여자의 말이었다. 그러고 보니 남자는 조금 전까지 무대 중앙에 서서 악기의 음향 밸런스를 듣고 있었다. 익숙한 연습 공간에서 벗어나 연주하는 것은 아마추어 학생 밴드로선 늘 도전적인 일이었다. 오늘 사용하는 앰프는 운이 좋게도 그들이 평소에 쓰던 것과 모델이 같았다. 좋은 징조였다. 남자는 엄지를 들어 보이곤 제자리로 돌아왔다.

잠시 후면 공연이 시작될 것이다. 가수란 모름지기 무대 위에서 죽을 각오로 노래를 불러야 한다고, 때문에 진지한 마음으로 임하지 않으면 안 된다고 모리세이는 말했지만 솔직히 공연은 이미 망한 것처럼 보였다. 관객이라곤 술에 취해 치파오 밑을 훔쳐보려고 애쓰는 할아버지가 전부였으니까. 누구나 사랑받는 록스타가 되고 싶고, 시간이 지나도 잊히지 않고, 덧없는 세상 속에서 아름답게 빛나는 노래로 기억되기를 원한다. 현실은 그렇게 손쉽지 않지만… 그래도 진짜라고 믿으면 그것은 진짜가 되지 않던가?

다른 두 사람은 준비를 마쳤다. 이제 남자가 오른손을 떨어트리면, 피크와 기타 줄이 부딪히면, 노래는 시작될 것이다. 그리고 끝날 것이다. 그런 일은 애시당초 없었다는 듯이 자동차들이 지나가고, 핸드폰 대리점의 직원이 호객행위를 하고, 거리는 아이돌 그룹의 유행가와 행인들의 발소리로 가득 찰 것이다.

이것은 지금은 아무도 모르는 밴드와, 마찬가지로 아무도 모르게 그들의 음악을 좋아했던 사람들의 이야기이다.

# 1

그는 마지막 흑백 필름 영화의 주인공처럼 전철 안으로 들어섰다. 정장 위에 걸친 파카는 엉망으로 젖어 있었고, 머리칼도 비바람에 마구 헝클어져 있었다. 훤칠한 키에, 안경도 끼지 않고 짙으면서 정갈한 눈썹과 깊은 눈매를 가진 그는 분명 아름다운 청년이라 불릴 만했다. 하지만 그늘진 두 눈, 밝은 초콜릿 빛깔의 눈동자는 안타까울 만큼 혼탁한 진흙탕처럼 잠겨 있었다. 카메라 하드 케이스를 한쪽 어깨에 짊어 멘 채 승객들로 붐비는 전철 안으로 걸음을 옮기는 뒷모습은 허물어져 가고 있는 인상마저 주었다. 정수리며, 어깨며, 파카 곳곳에 묻어 있던 진눈깨비가 빠르게 녹았다. 난방은 과도했고, 손잡이 한 개 남지 않은 전철엔 넘어질 공간조차 없었다. 그는 어디에도 시선을 주지 않았다. 그 어느 것도 하나라는 이름의 사내에게 감흥을 주지 못했다.

하나가 전철역을 나왔을 때 진눈깨비는 이제 함박눈으로 바뀌어 있었다. 도로 위의 눈은 처치 곤란한 오물처럼 질척였고, 차들은 사고와 자신을 하등의 연관도 짓지 말라는 듯이 씽씽 달리고 있었다. 하나는 총총 걸음으로 택시 행렬의 가장 앞줄 차량에게 다가갔다.

목적지인 서울대 교수회관으로 가는 동안 하나는 비로소 한숨을 놓고 창밖을 바라보았다. 시간 여유를 두고 택시에 앉아 막히지 않는 도로를 달리자 마음이 조금 안정되었다. 요새로선 드물게 눈이 펑펑 내리는 날이었다. 실은 늦은 오전에 불과했지만 흐린 하늘 탓에 오후 네 시라 해도 믿을 만큼 하늘이 궂었다. 하나는 창턱에 팔을 괴고 코로 깊은 숨을 내쉬었다. 그러자 백미러로 빠르게 하나의 표정을 살펴본 택시 기사가 그에게 말을 걸었다.

「어디 촬영 가시나 보죠?」

아마 카메라 케이스를 보고 묻는 듯했다. 기사는 환갑을 바라보는 중년 사내였는데, 호인처럼 순박하게 웃음 짓고 있었다.

「저도 실은 카메라에 빠져있던 때가 있어서요. 소니 팔미리 캠코더 들고 틈만 나면 아이를 찍어주곤 했지요」

그것이 계기가 되었다. 기사는 자신의 인생 궤적을 들려주었다. 지방 상고를 졸업하고 상경하여 터를 잡느라 온갖 고생을 하던 얘기부터 지금의 아내를 만나 가정을 꾸리고 정신없던 중 뒤늦게 만난 카메라의 세계와 그 별천지에서 방황한 끝에 지금의 균형을 찾게 된 과정까지… 하나는 좋은 말상대였다. 적당히 맞장구를 곁들이며 대화의 탄력을 보태자 기사는 신이 난 모양이었다. 하나는 그의 인생 역정이 딱히 궁금하거나 흥미로운 건 아니었지만 한참 어린 승객에게 정성스레 말을 걸어주는 기사의 마음 씀씀이에 모종의 감동을 느꼈다.

요컨대, 미얀마의 정글을 누비며 다큐멘터리 카메라 작가가 되고 싶었다던 그는 낙성대 부근에서 택시를 몰게 되었지만 지금의 그 눌러앉음이 후회스럽진 않다는 거였다.

「결혼식 촬영 가십니까?」

그가 넌지시 물었다. 하나는 그렇다고 대답했다.

「주말에 서울대 교수 회관을 찾는 손님은 둘 중 하나죠」

하나는 피로연 내빈이 아닌 다른 부류의 손님은 누구인지 궁금했지만 기사는 특별히 설명해주지 않았다.

「가끔 카메라를 찍고 싶을 때가 있습니다. 몹시요. 빛이 좋거나… 그런 날엔 잠깐 차를 세워두고 뛰쳐나가고 싶거든요. 누구한테 하소연할 수도 없고, 하참」

하나는 사려 깊은 얼굴로 웃기만 했다. 딱히 해줄 말이 떠오르지 않았다. 택시는 이제 교수 회관을 향해 언덕길을 오르고 있었다. 우산으로 함박눈을 막아가며 삼삼오오 걸음을 옮기는 정복 차림의 사람들이 보였다. 기사는 잠시 말이 없다가 별안간 말했다.

「저기 손님, 저도 아직 뭘 잘 모르지만요. 인생을 살다보면 세 번의 기회가 와요. 그걸 잘 잡아야 하는 거죠. 놓치면 꼬이는 거거든요… 전 한 번은 놓쳤어요. 고생 직싸게 했죠. 그러다 정확히 십 년 지나니까 또 기회가 또 옵디다. 그때 잡은 게 지금까지 이어지고 있어요. 정말 인생이란 게 안 풀린다 싶으면 죽었다 깨어나도 안 풀리는데 또 될 땐 확 되더라니까요… 이제 또 한 번 정도 기회가 남았는데, 슬슬 올 것 같아요. 아시겠죠, 손님. 누구나 기회가 최소 세 번은 옵니다. 그걸 잘 잡아야 해요」

도사의 사주 풀이처럼, 하나는 탄복하며 고개를 주억거렸다.

이른 시간이라선지 식장 앞은 한산했다. 화환을 옮기던 배달부가 처마 아래에 쭈그리고 앉아 스마트폰을 노려보며 담배를 피우고 있었다. 건물 안으로 들어가자 제복 차림의 직원들이 접수처와 홀을 오가며 부산하게 움직이고 있었다. 하나가 알 만한 얼굴은 보이지 않았으므로 그는 잠시 한쪽에 서서 기다렸다. 그에게 촬영을 의뢰한 신부 측 사람들은 접수처를 비워놓고 자리에 없었다.

신부와 하나는 함께 대학을 다녔고, 몇 차례인가 술자리도 합석한 적이 있지만 엄밀한 의미에서 친구라곤 할 수 없는 어중간한 친분의 사이였다. 학교 다닐 때부터 졸업 이후까지 줄곧 서로에게 관심 가질 필요성을 느끼지 않던 둘이 갑작스레 사교적인 얼굴로 악수를 하며 절친한 친구 마냥 인사를 나눈다는 것은 하나에게 이상스런 일처럼 느껴졌다. 그러나 하나는 동업자인 상진과 몇 해 전부터 작은 영상제작 사무실을 운영하고 있었고, 만성적인 적자 탓에 이것저것 가릴 처지가 아니었다. 하나는 소리 없이 한숨을 내쉬며 하드 케이스를 열었다. 곧 이어

신부 측의 들러리—넉살 좋고 터프한 외숙모 같았다—가 나왔고, 하나는 그녀의 지시에 따라 결혼식 전경과 속속 도착하는 내빈들의 면면을 카메라에 담기 시작했다.

사람들은 대체로 행복해 보였다. 주말을 빌어 모처럼 꺼내 입은 예복들이 서로를 칭찬하고 있었다. 시간이 다가올수록 식장은 더욱 붐벼왔다. 신부는 안달복달이 난 관객들에게 위험천만한 인내를 몇 초간 더 요구하는 스릴러 영화처럼 극적으로 등장했다. 백색의 드레스는 나풀거리기도 했고, 바닥에 질질 끌리기도 했다. 들러리들이 그녀의 뒤를 따랐다. 마침 홀에 나와 있던 사람들은 그 연출에 찬탄했다. 반쯤 정신이 나간 것처럼 부산스럽게 사람들과 인사를 하던 신부가 마침내 하나를 알아보았다. 그녀는 하나가 기억하던 대학 시절의 얼굴보다 훨씬 말랐으며, 안경 대신 렌즈를 꼈고, 화장이 무척 짙었지만 아무튼 예쁜 모습이었다. 하나는 신랑과도 인사를 나누었다. 반듯하고 준수한 삶을 지내왔을 법한 인상의 그는 무척 근사한 목소리로 촬영을 잘 부탁드립니다, 하고 말했다.

마침내 식이 시작되었다. 이날 사회는 신랑의 오랜 친구가 맡았는데, 진행 중 무언가에 완전 사로잡혀 한참을 웃어댔다. 주례사의 교수는 키가 작아 별도의 의자가 필요했고, 아가씨들 차림의 친구들이 불러주는 축가와 결연한 표정의 양가 부모들, 먼저 눈물짓는 친척 아주머니, 항상 실망스러운 맛의 코스 요리… 여타 결혼식과 다를 것 없는 풍경이었다.

여러 차례의 단체사진과 폐백을 끝으로 촬영은 겨우 마무리되었다. 장비를 정리하는 하나에게 신부가 다가와 근처 어디에서 뒤풀이 예약을 해놨는데 그때는 친구들만 오기로 했으니 하나도 꼭 와줬으면 좋겠다는 말을 했다. 서둘러 이곳을 떠나고 싶을 뿐인 하나는 다음 일정 때문에 바로 가 봐야한다고 둘러댔다. 그녀는 아쉬워했다. 어른스럽게 인상을 찌푸리며… 그러나 하나는 그녀 역시 자신과 마찬가지로 연기

삼매경에 빠져있는 건지도 모른다는 생각이 들었다. 그는 신부와 인사를, 신랑과는 악수를 하고 건물을 나왔다.

⊟

하나와 상진의 사무실은 인사동 뒷골목에 위치한 낡은 건물 삼층에 있었다. 봉재 공장의 외형과 세기말적 사채꾼들의 비정함을 절묘하게 배분한 칠십 년대식 주상복합 건물이었다. 도착했을 땐 이미 컴컴한 밤이었고, 하나는 진창을 가로질러 가로등불 아래로 지친 발걸음을 옮겼다. 관리인은 플라스틱 의자에 앉아 꾸벅꾸벅 졸고 있었다. 오로지 퇴폐적인 어둠만이 구석 어딘가에서 빛나고 있었다.

사무실의 불을 켜자 정리를 해야지, 해야지, 하며 계속 미룬 탓에 결국 재떨이처럼 비루해진 풍경들이 고스란히 하나의 눈에 들어왔다. 누굴 탓하겠는가? 상진은 계약을 위해 종횡무진 뛰어다니느라 좀처럼 출근하는 법이 없었고, 사무실을 노상 지키는 건 하나였다. 어쨌든, 하나에겐 이곳이 마음 놓을 수 있는 몇 안 되는 공간이었다. 하나는 푹 젖은 파카를 벗어 옷걸이에 걸어두었다. 한기는 더 이상 참을 수 없을 정도였다. 그는 라디에이터를 켜고 소용없는 짓임을 알면서도 예열이 되지 않아 서늘한 쇳덩이에 언 손을 갖다 댔다. 늦은 밤인 만큼 손님이 올 가능성은 낮았다. 하나는 셔츠의 단추를 끄른 다음 넥타이를 풀어 젖혔다. 그리고 수건으로 머리칼의 물기를 대충 털어냈다. 할리우드 탐정 영화처럼 선반을 열어 위스키를 찾았으나 빈 병뿐이었다. 뚜껑을 열어 잔존하는 위스키 향을 맡아보고는 공병을 쓰레기통에 집어던졌다. 결국 내키진 않았지만 자취용 단칸짜리 냉장고를 열어 맥주—다른 건 없었다—한 캔을 집었다. 맥주가 식도를 따라 빈속을 채울 때, 하나는 조각난 얼음이 떠다니는 북빙양 바다에 내던져진 으스스한 기분이 들었다. 대체 나란 인간은… 하는 생각과 함께 하나는 의자에 푹 쓰러져 앉아 카메라의 메모리 카드를 추출했다.

데이터가 복제되고 있는 컴퓨터 화면으로부터 등을 돌려 하나는 창밖을 바라보았다. 구중중한 알루미늄 재질의 베니션 블라인드 너머 종로의 야경이 보였다. 전신주, 네온사인, 잔업이 덜 끝났는지 여태 불이 꺼지지 않는 오피스들. 하나는 손을 뻗어 블라인드 틈을 벌려보다가 자리로 돌아와 남은 맥주를 단숨에 비웠다. 그리고 빈 캔을 책상 위에 가지런히 올려두었다. 술기운이 돌고 있었다. 그리고 그것은 하나의 온몸 구석구석을 활개 치며 이제 좀 살 것 같다며 환호하고 있었다. 하나는 그 순간을 놓치지 않고 얼른 냉장고에서 다음 캔을 낚아채왔다. 라디에이터는 책상 아래에서 따뜻한 열을 발하고 있었다. 퐁, 하는 소리와 함께 또 다시 행복한 물결이 하나를 채웠다. 언젠가부터 그는 술에 취해야만 약간의 유머가 생겼고, 그런 느슨함 없이 세상을 마주하기가 두려웠다. 하나는 어두운 밤을 노려보며 표정 없이 술을 마셨다.

사진이 제대로 복사되었는지 확인하기 위해 파일들을 넘겨보던 하나는 슬라이드 쇼 중간에 대학 친구들과 신부가 계단에 나란히 서서 환히 웃고 있는 사진을 볼 수 있었다. 불과 몇 시간 전의 일이었음에도 전생의 일처럼 멀게만 느껴졌다. 그리고 자신이 이런 자리에서 아무렇지 않게, 심지어 직업적인 웃음과 바쁜 기색을 가장하며 촬영했다는 사실이 믿기지 않았다. 신랑 옆에 서서 긴장한 얼굴로 희미한 미소를 머금은 신부의 고운 얼굴이 눈에 들어왔다. 하지만 하나에겐 그 모습이, 결혼식 전체가 모조리 허황된 꿈처럼 보였다.

공상의 사슬을 따라가던 하나는 어떤 생각에 도달할 수 있었다. 그는 전기에 감전된 듯 벌떡 일어났다. 섬광 같이 찾아온 이미지에 하나는 갇혀 버렸다. 알 수 없는 불안은 점점 커져 갔다. 지독한 마법에 빠져 물이 점점 차오르는데도 꼼짝할 수 없는, 심지어 비명조차 지를 수 없는 극도의 동요에 하나는 빠져 있었다.

하나는 그리 넓지 않은 사무실 내부를 빙빙 돌았다. 무엇 때문일까? 내키지 않았던 일? 눈물 많은 친척 아주머니? 대학 친구들? 줄이 끊어진 길로틴의 칼날이, 냉혹하고 거대한 묘비가 그를 가로막고 있었다. 하나는 이루 말할 수 없는 피로함을 느꼈다. 무기력했고, 구토가 언제라도 왈칵 쏟아질 것 같았다. 어제오늘의 문제는 아니었지만.

눈을 떴을 때 하나는 사무실 소파 위에 누워 있었다. 허리를 일으키자 덮고 있던 보드라운 담요가 스르륵 바닥으로 떨어졌다. 끔찍한 두통 사이에서 떠오르는 건, 스크루지 영감처럼 고심에 빠져 사무실을 빙빙 돌던 자신의 모습뿐이었다. 그때까지 하나는 음주의 징후를 조금도 느끼질 못했다. 오히려 평소보다 생각이 또렷했는데… 그 직후 블랙아웃에 빠져버린 것이다. 맙소사, 하나는 생각했다. 또 이 지경이다!

그런데 여느 때의 블랙아웃과는 다르게, 조신하게 잠든 것이 사뭇 수상스러웠다. 필름이 끊기는 와중에 담요를 찾을 정신머리가 있을 리 없었다. 하나는 소파에서 완전히 일어났다. 그러자 작업용 책상 앞에 앉아 턱을 괴고 신중한 얼굴로 컴퓨터 모니터를 바라보고 있는 상진이 보였다. 아마 엉망진창으로 너부러져 있던 하나를 챙긴 건 그일 터였다. 의식이 여태 중탕에 빠져있는 것처럼 무슨 말을 해야 할지 모르는 하나에게 상진이 먼저 말을 걸었다.

「일어났어?」

상진이 예의 쾌활한 목소리로 아침 인사를 대신했다. 이미 점심에 육박한 시간이었지만…

「혼자 술을 마시더라도 쓰레기는 정리하라구」

상진이 기분 나쁘지 않은 말투로—그의 굉장한 재능이었다—가볍게 핀잔을 주었다. 무슨 말을 하는 건지 몰라 잠시 어안이 벙벙한 하나는 비닐 봉투에 가득 담긴 맥주 캔들을 보고서야 짐작이 갔다. 기억이 집을 나간 사이 하나는 냉장고에 있던 맥주 전부를 마신 모양이었고, 캔들은 속상한 듯 모조리 찌그러져 있었다.

「사진 대충 봤어」

상진이 의자를 빙그르 돌려 소파에 기진맥진 매달려 있는 하나에게 말했다.

「좋은데?」

「정말?」

그는 괜한 너스레가 아님을 증명하기라도 하듯 사진들을 하나하나 짚어가며 논평을 해주었다. 하나는 사진에 온통 시선을 빼앗겨 열심히 말해주고 있는 상진의 얼굴을 가만히 들여다보았다. 이게 다 엉망인, 요양이 필요한 나를 일으켜 세우기 위한 공치사 아닐까? 한참 얘기를 하던 상진이 예리하게 집중력의 빈틈을 발견하고는, 왜? 하고 주의를 다시금 환기시켰다. 하나는 아무 것도 아니라고 둘러댔다.

「그녀는 지금쯤 러시아 상공을 지나고 있을 거야. 아침 일찍 파리로 떠났으니까. 결혼식 앨범은 부부가 돌아오는 다음 달에 주기로 했어」

상진이 사무실 가운데에 있는 상담용 테이블로 걸어오며 말했다. 하나는 조금씩 정신이 돌아왔고, 커피를 내리기 위해 주전자에 물을 받았다. 사무실 한 귀퉁이에 마련된 싱크대는 간소했으며, 화로가 하나뿐인 구형 가스레인지는 점화 장치가 고장 나 작동시킬 때마다 성냥을 켜야 했다. 상진은 테이블 앞에 앉아 수첩을 뒤적이고 있었다.

「얼마 전에 만든 앨범 양식 있지?」

「그래. 사실 거기다 이번에 찍은 사진만 끼워 넣으면 오늘 저녁에라도 넘길 수 있어」

상진이 호쾌하게 웃었다.

「좀 신경 써서 봐줬으면 하는데」

「그래, 그래」

「부탁해」

「문제없어」

「디자인을 도와줄 사람을 알아볼까?」

「혼자서도 충분해. 늦어도 다음주중까진 초안을 보여줄게」

그렇게 서두르지 않아도 돼, 하는 표정의 상진에게 하나가 얼른 덧붙였다.

「어차피 계속 고쳐야 할 거야. 그럴 거라면 일찌감치 편집본을 내놓는 게 좋지. 수정해서 늦어도 다다음주엔 인쇄 넘겨버리자고」

둘은 새시 문을 열고 베란다 밖으로 나갔다. 쨍한 겨울의 햇빛이 종로 뒷골목을 비추고 있었다. 하나는 주머니에 손을 넣었지만 아무것도 잡히지 않았다. 담배가 끝난 것이다. 그러자 상진이 한 개비를 하나의 입에 물려주고는 손으로 라이터를 가려 불을 붙여주었다. 하나는 그대로 두 손을 주머니에 찌른 채 담배를 피웠고, 상진은 철제 난간에 몸을 기대어 멀리 도심을 바라보았다. 어제는 핵폭풍이라도 몰아치는 줄 알았다. 진눈깨비와 구름, 진흙구덩이, 토사물… 하지만 오늘 기상은 변화무쌍한 무희처럼 달라져 있었다. 하나는 손을 뻗어 위태롭게 매달려 있던 담배의 재를 털었다. 상진은 선원처럼 어디도 아닌 곳을 멍한 시선으로 바라보고 있었다.

「참, 어제 성북구청 한 과장님하고도 만났어」

상진이 재떨이에 담뱃재를 살금살금 털며 말을 꺼냈다. 상진은 꽤 오래 전부터 지자체의 문화예술 사업을 따내고자 무진 애를 쓰고 있었고, 최근 승진한 한양성 과장은 구청장이 예의 주시하고 있는 사업의 용역업체 입찰이 유찰되면서 끌탕이었다. 두 사람은 한참 전 상진이 학생회장일 때, 그리고 한 과장이 과로사 직전의 팀장일 때부터 안면을 트고 있던 사이였다.

「잘 하면 지역 주민을 대상으로 한 미디어 교육 프로그램을 맡을지도 몰라. 일단 사업계획상에는 일 년으로 잡혀 있는데 계속 연장될 수도 있어. 잘 되면 우리가 민간 위탁 형태로 사업을 통째로 맡을 것 같은데, 확실한 건 아니야. 아무튼 괜찮지 않아? 잘 하면 사무실도 옮길 수 있을 거야」

열을 다해 말하는 상진을 보며, 하나는 빙긋 웃었다. 잘 하면, 잘 되면… 상진에겐 언제부터인지 모르는 말버릇이 생겼고, 하나는 그런 그를 점점 잘 생겨지는 남자친구에게 시샘과 거리감을 동시에 느끼는 고향의 여자아이 같은 마음으로 관찰하고 있었다.

「그럼 가장 먼저 서류 정리를 잘하는 비서를 고용해야겠군?」

「하하, 위스키도 적당히 숨길 줄 알고?」

「그건 안 될 말이지」

두 사람은 다시 사무실로 돌아왔다. 상진은 외출 채비를 했다. 강북 어디 미디어교육센터 실장과 만나기로 했다는 것이었다. 하나는 상진이 혼자 밤늦게 술을 마시다 졸도해버린 자신과 대조적으로 성실한 사람임을 다시금 절감했다. 정력적으로, 올곧게, 그러니까 어른처럼 세상을 살아가는 사람들은 대체 어떤 기분일까? 하나는 쌍둥이의 은밀한 이중생활을 떠올렸다. 상진이 밝고 활동적인 역할을 맡고, 나는 음침하고 염세적인 역할을 맡고… 그리고 서로가 서로를 부러워하는 것이다. 상진은 남들에게 밝은 기운을 전해주는, 그런 사람이었다. 담배가 다 떨어진 하나를 위해 자신의 담배를 사무실에 두고 가서가 아니라.

「아참」

스카치 패턴의 목도리를 두르며 다시 삶의 현장으로 뛰어드는 상진이 문을 나가다 말고 얼굴을 빼꼼 내밀어 하나에게 말했다.

「해장이라도 해야 하지 않겠어? 밥 먹을 시간 정도는 있는데」

하나는 활짝 편 손을 들어올렸다. 상진은 더 묻지 않았다. 쿵, 하고 철문이 닫혔다. 하나는 소파 귀퉁이를 붙잡고 잠시 자리에 서 있었다. 싱크대를 비추는 유리창 모양 그대로의 햇살은 공복의 가벼운 구토 기운처럼 아릿아릿했다.

하나는 그녀의 나이를 짐작할 수 없었다. 창백한 피부와 반항적으로 짧게 자른 머리칼, 렌즈 건너편이 비치질 않는 검은 선글라스와 검은 정장, 단추들을 따라 간소한 장식이 달린 하얀 블라우스 차림의 여자를 하나는 잠시 얼어붙은 채, 영화에서 그대로 걸어 나온 배우와 마주한 듯이 바라보았다. 여자의 오른손엔 커다란 여행용 캐리어가 손에 쥐어져 있었고, 보험회사 직원이라면 결단코 신지 않을 색상의 스타킹에는 커다랗게 올이 풀린 자국이 훤했다. 하나는 가까스로 정신을 차려 자리를 안내했다. 여자는 잠시 서 있다가 겨우 안쪽으로 걸어왔다. 하나 앞을 지나는 그녀에게서 세탁하지 않은 교복을 입고 온 여학생처럼 퀴퀴한 냄새가 일순 스쳐 지나갔다. 그것만이 묘하게도 현실적으로 느껴졌다.

「혼자 일하나요?」

그녀가 말했다. 실로 오랜만에 사무실을 찾은 손님의 물음이었다. 하나는 그녀에게 상진이란 창업자이자 동업자를, 사무실에 박혀 컴퓨터 만지길 혐오하고 최신형 삼소나이트 가방을 옆구리에 낀 채 시내를 활보하는 청년을 어떻게 설명해야 할지 잠시 고민했다.

「다른 직원은 잠시 자리를 비웠습니다」

「그렇군요」

그녀는 벌써 질문의 요지를 잊은 얼굴로 다른 곳을 보고 있었다. 시선을 따라가자 하나는 맞은편 서재 중간에 커피 드리퍼와 서버가 그대로 놓여있음을 발견했다. 그것이 그녀에게 자연스러운 정물처럼 보이길 기대하며, 얼른 말을 돌렸다.

「어떻게 오셨나요?」

여자는 대답 없이 자리에서 일어나 캐리어를 테이블로 들어올렸다. 꽤나 무거웠기 때문에 하나가 도와야했다. 한파가 누그러졌대도 저것을 끌고 서울을 헤매는 건 어지간한 고생이리라… 지퍼를 열어 캐리어를 개봉하자 그 안엔 별도의 케이스 없는 브이에이치에스 테이프들이 뒤죽박죽 뒤섞여 있었다. 족히 오십 개는 넘는 것 같았다. 하나는 테이프들을 조심스럽게 살펴보았다. 아주 오래된 것은 아니었지만 개중엔 곰팡이가 하얗게 핀 것도 있었다.

「큰 것은 육십이 개, 작은 것은 십오 개에요」

큰 것, 작은 것. 그녀는 브이에이치에스 테이프와 디비 육미리 테이프를 간단히 구분하고 있었다.

「테이프를 보고 싶은데 볼 수가 없어서요. 인터넷에 검색을 해보니 이곳에서 볼 수 있게 해준다고 하던데요」

하나는 고개를 끄덕였다. 불과 몇 분 전까지 결혼사진의 색 보정에 매진하고 있던 그는 그때서야 비로소 사무실이 미디어 복원 작업을 겸하고 있단 사실을 깨달았다. 그러한 인터넷 광고를 올린 건 한참 전의 일이었다. 장롱 속이나 수납장 깊숙이 잠들어 있던 비디오와 사진의 상태를 개량하고, 디지털 파일로 변환시켜주는 작업은 개업 초기 쏠쏠한 수요가 있었다. 둘이 공공기관의 용역 계약에 매진한 이후로 복원 작업은 확연히 줄어들었다.

「이걸 다 복원하실 건가요?」 하고 하나가 말했다.

「네」 하고 여자가 말했다.

하나는 잠시 계산을 해보았다. 지금부터 복원에만 매달린다 하더라도 족히 한 달은 걸릴 분량이었다.

「가능할까요?」

여자의 물음에 하나는 장난스럽게, 난처하단 듯이 한숨을 쉬며 대답했다.

「시간이 아주 많이 필요할 것 같은데요」

「얼마나요?」

「아마 한 달… 빨라야 삼주 후입니다」

「더 빨리는 안 될까요?」

여자는 다급해 보였다. 하나는 테이블을 손가락 끝으로 톡톡 두들기며 눈을 감고 생각을 정리했다. 한 달 안에 앨범 편집과 복원 작업을 동시에 끝낸다고 가정해보자. 현재 사무실에 브이에이치에스와 디비테이프를 재생할 수 있는 데크가 몇 개더라? 한 개는 고장 났으니 카메라를 직접 컴퓨터에 연결하고 캡쳐를 받는다고 하면 동시에 테이프 두 개를 돌릴 수 있다. 다른 업체에서 데크를 빌려온다손 치더라도 제어할 수 있는 인력이 하나 혼자니 속도는 별반 차이가 없을 것이다. 그렇다고 아주 불가능한 건 아니었다. 한 달 동안 하나가 집에 들어가지 않는다면, 확실히 안 될 일은 아니었다.

하나는 잠시 전화 통화를 하고 오겠다며 양해를 구한 다음 자리에서 일어났다. 접대용 후르츠 캔디 상자를 건네준 채… 베란다로 나가 새시를 꼭꼭 닫은 다음 하나는 상진에게 자초지종을 설명했다. 가만히 듣던 상진은 역시나 복원 비용부터 물었다.

「상당할 텐데, 아무래도」

「테이프 칠십칠 개면 구십이만사천 원이야. 영상이 육십 분 이내란 전제 하의 계산이고, 백이십 분짜리 테이프가 섞여 있다면 단가는 더 올라가」

상진도 당장 결정하기 어려운 모양이었다.

「앨범 작업이랑 겹치게 되는데, 괜찮겠어?」

「생각해봤는데 앨범 마감을 일주일 정도만 미루면 못할 것도 없어. 브이에이치에스랑 디비 겸용 데크만 한 개 어디서 빌려오면 혼자서도 충분히 가능해. 우리가 뭐, 장사 하루 이틀 하는 것도 아니고」

하나의 호언장담에 상진이 소리 내어 웃었다.

「일정과 장비는 내가 알아볼게. 복원은 하나, 너 혼자 해야겠지만」

「그것만으로 힘이 돼」

「이걸로 복원 쪽 일은 정리하자. 미디어센터 사람하고도 얘기가 잘 됐어. 손만 많이 가는 복원 작업보다 외주 제작 쪽에 집중하는 게 좋을 것 같아. 네 생각은 어때?」

「좋아」

「그래, 그럼 이따 저녁에 들릴게」

통화를 마치고 하나는 서둘러 테이블로 돌아갔다. 그녀는 꼼짝하지 않고 편의점에선 결코 팔지 않는 사탕을 신기하단 듯 이리저리 살펴보고 있었다. 하나는 최대한 빨리 복원을 해보겠지만 마그네틱 필름—이 검은 비닐을 말하는 거예요—위에 낀 곰팡이를 닦아내고 영상이 제대로 재생되는지 확인하는 시간 등을 감안하면 이주일은 걸릴 것이라고 설명했다. 그녀는 고개를 끄덕이고는 자리에서 일어났다. 하나도 얼떨결에 따라 일어났다.

「그럼… 복원을 맡기시는 건가요?」 하고 하나가 말했다.

「네. 부탁해요」 하고 여자가 말했다.

하나는 의문투성이 의뢰인에게 그래도 비용 문제는 짚고 넘어가야겠다는 각오로 어렵게 말을 꺼냈다. 구체적인 액수를 말하기에 앞서 테이프 개수가 많은 만큼 상당한 비용이 발생할 텐데 괜찮겠느냐는 말에 여자는 돈이라면 상관없다고 대답했다. 그리고 품에서 지갑을 꺼내 오만 원 지폐 신권 다섯 장을 계약금이라며 건네주었다.

「이곳 명함인가요?」

현관 쪽에 비치되어 있던 사무실 명함을 한 장 꺼내들며 여자가 물었다. 하나는 그렇다고, 큰 소리로 대답했다. 그녀는 선글라스를 슬쩍 내려 명함을 확인하곤 이주일 후에 연락할게요, 하는 말과 함께 대답을 기다리지 않고 사라졌다. 불가해한 영화를 보는 것처럼, 처음부터 끝까지 의문투성이인 의뢰자와의 첫 만남은 그렇게 끝났다.

그날 저녁, 상진이 구겨진 황색 종이봉투를 품에 안고 사무실로 돌아왔다. 그는 목도리를 풀어 옷걸이에 매달고는 크레파스를 사온 아버지처럼 의기양양하게 종이봉투에서 위스키 병을 꺼냈다. 하나에겐 그보다 극적인 연출은 없었다. 보정 작업을 마치고 레이아웃에 사진을 배치하고 있던 하나는 자리에서 일어나 상진과 손뼉을 짝, 하고 마주쳤다. 상진은 모니터 상에 띄워진 앨범의 편집본을 보고는 감탄했다. 하나는 싱크대 선반에서 잔 두 개를 집어 들고 왔다. 상진은 새 위스키를 개봉하는 기쁨을 하나에게 양보했다. 기분 좋은 소리와 함께 그윽한 향기가 느껴졌다.

「아일랜드 본고장에선 제임슨을 제멀슨이라 발음한다는군」

하나는 술을 나란히 따르고, 상진에게 건네주었다. 둘은 잔을 부딪치곤 단숨에 털어 넣었다. 술의 일부는 영혼처럼 호흡기로 빠져나갔고, 나머지는 따뜻한 행복의 양수가 되어 몸 안으로 흘러들어갔다. 하나는 얼음 위에 술을 따르고는, 의뢰인이 나갔음에도 풀고 있지 않던 단추를 끌고 팔소매를 접어 올렸다.

하나의 새 편집본은 동업자에게 좋은 평을 들었다. 상진은 레이아웃을 한 장씩 넘겨가며 자신의 견해를 들려주었다. 하나는 노트를 꺼내들고 적당히 메모를 남겼다. 마감 일시도 유연하게 조정할 수 있었다. 지인 부부는 유럽에서 돌아오자마자 중국으로 연수를 떠난다는 것이었다. (둘은 같은 회사에서 일했다) 마감을 조금 미뤘다고 해서 여유가 생긴 건 아니었다. 억지로 만든 공백에 새로운 일을 끼워 넣은 셈이었으니까. 하나는 펜 끝을 잘근잘근 씹으며 메모 내용을 훑어보았다.

「그 여자 얘기 좀 해줘. 대체 어떤 사람이야?」

소파에 앉아 술을 마시던 상진이 넌지시 물어왔다. 하나는 으음, 하고 두 손으로 잔을 매만지며 생각하는 시늉을 했다. 그리고 떠오르는 대로 떠들기 시작했다.

「선글라스를 썼어」

「또?」

「정장을 입고 있었는데, 날씨에 비해 얇아 보였어. 군데군데 주름져 있었는데, 세탁을 잘못한 건지 안전벨트를 너무 오래 맨 건지는 모르겠어」

「불가사의한 여자군」

「그래」 하고 하나가 말했다. 「아, 그리고 뭐랄까, 그녀 앞을 지나갈 때 나던 냄새가 기억나. 쑥을 태우고 나서 남은 냄새 같은…」

「쑥?」 하고 상진이 말했다. 「무슨 냄새를 말하는 거야?」

하나는 고개를 내저었다. 그것은 굉장한 시간의 틈새를 뚫고 하나에게 달려온 냄새였고, 하나로선 그 경험을 설명할 적합한 단어를 좀처럼 찾아내지 못하고 있었다.

「중학교 때 옆자리에 앉은 짝꿍에게서 비슷한 냄새를 맡은 적이 있는데 말이야. 그 여자애는 감히 말도 걸 수 없던 여학생이었거든. 굉장한 미인이기도 했고. 그 때문인지는 몰라도 괴리감이 들었지」

상진은 필생의 과업과 맞닥뜨린 것처럼 심각한 얼굴로 골똘히 생각에 잠겨 있었다. 하나는 웃음이 나왔고, 생각을 쫓으려는 듯 손을 마구 흔들었다.

「형, 이 얘긴 그만 하자. 우리 이상한 사람 같아」

두 사람은 눅진눅진한 비스킷을 안주 삼아 위스키를 홀짝였다. 하나는 오늘 사무실을 찾아온 의문의 여자를 생각할수록 허구 속으로 자신이 미끄러지는 기분이 들었다. 그녀는 오십 년대 할리우드의 범죄 영화 속 히로인을 천연덕스럽게 연기하고 있었고, 하나는 한심한 이 시대를 표상하고 있었다. 그들의 모험은 이제 필름으로 현상될 것이고, 꿈이 끝나면 엔딩 크레딧까지 올라갈 지도 모른다. 억측하지 말자. 하나는 생각했다. 이상할 것 없지 않은가? 복원 업체에 곰팡이 낀 테이프를 가져와 볼 수 있도록 도와달라는 것이 수상하다면 앞으론 버스를 탈 때에도 소음기가 달린 권총을 허리춤에 준비해야 할 것이다. 경로석에 위장 착석한 비밀수사요원이 있을 지도 모르니까.

「테이프는 틀어봤어?」 하고 상진이 말했다.

「아니, 아직」 하고 하나가 말했다.

「칠십칠 개라고… 대체 뭐가 담겨 있을까?」

「그러게, 나도 의문이야」

「혹시, 유력 정치인의 스캔들을 찍어놓은 테이프를 복원해서 협박하려는 게 아닐까? 그 묘령의 여인」

「스마트폰으로 에이치디급 영상을 주고받을 수 있는 시대에 브이에이치에스 테이프를 쓴다고?」

「모르지. 고전적인 취향의 연인이었을 지도」

하나는 뭔가 떠오르는 것이 있어 책상 아래 있던 캐리어를 끌고 왔다. 그리고 안에 있던 테이프들을 꺼내 상진에게 보여주었다.

「봐, 라벨을 보면 작년 날짜도 있고, 비교적 최근 날짜도 있어. 얼마 전까지 찍었다는 소리야」

「그게 뭐」

「우리에게 복원을 맡기러 오는 테이프들은 대부분 십 년에서 이십 년 전에 찍은 것들이야. 최소 오 년 이상은 햇빛 안 본 골동품들이라고」

「그렇다고 브이에이치에스를 쓰지 말라는 법은 없잖아」

「아니, 내 말은」

하나는 잔에 남아있던 술을 비우고는 말했다.

「왜 작년에 찍은 테이프에 곰팡이가 생기느냐 이거지」

흐트러진 셔츠 차림. 식판 위의 형편없는 반찬처럼, 하나는 소파 위에 너부러져 있었다. 끙끙거리면서도 잠에 집착하던 그는 치밀어 오르는 구역질에 내쫓기듯 눈을 떴다. 위 밑바닥서부터 무언가가 올라왔고, 하나는 생각할 겨를도 없이 자리에서 일어나 싱크대로 달려갔다. 이미 새어나오기 시작한 토사물은 입을 열자 왈칵 쏟아져 나왔다. 한때 행복한 액체였던 것들은 이제 시큼하게 썩은 위액이 되고 말았다.

진이 빠진 하나는 그대로 주저앉아 부엌 선반에 등을 기댔다. 또다시 폭음. 절단된 기억. 주말도 아닌데, 상진이 알면 알코올 의존 치료 모임에 강제로 등록할 지도 모른다. 오늘은 담요를 덮어줄 누군가도 없었다. 순조롭게 엉망이 되고 있어. 정장 차림의 또 다른 하나가 공중에서 박수를 쳤다. 엉덩이에 뾰족한 꼬리라도 달려 있나? 하나는 주변을 살펴보았다. 천사 하나를 찾고 있다면 포기하시지. 그 친군 어제 자네가 때려눕혔잖아. 그렇게 말렸건만. 정장을 입은 하나가 하품을 하며 말했다. 그는 아주 질 좋은 옷감에, 비싼 구두를 신고 있다. 목이 말랐다. 하나는 엉금엉금 기어가 냉장고 문을 열었다. 그런데… 냉장고는 텅 비어 있었다. 하나는 바닥으로 쑥 빠지는 기분이었다. 사무실 바닥에 찌그러진 채 나뒹굴고 있는 맥주 캔의 시신들. 족히 한 궤짝 분량은 될 것이다. 하나는 냉장고 문을 닫고, 덜덜 떨리는 손으로 입을 가렸다. 믿을 수 없는 노릇이었다.

소파에 앉아 하나는 밤새의 일을 떠올려 보았다. 상진이 떠나고, 돌아오는 길에 술을 샀다. 좀 많이… 열 캔… 아니, 한 박스 정도. 열쇠를 쩔렁이며 사무실 문을 열었고, 새로 사온 맥주를 냉장고로 옮겼다. 거기까지 문제랄 건 없었다. 하나는 꾀부리지 않고 계속 일을 했다. 마그네틱 필름에 낀 곰팡이와 오염 물질을 제거하기 위해 약품과 세척 도구들을 준비했다. 스탠드 라이트와 안경, 장갑에 면봉까지… 하나는 세척 작업을 좋아했다. 사무실에서 가장 긴장감 있는 일이기도 했다. 자칫 실수를 했다간 어쩌면 세상 유일할지도 모를 기억이 소멸될 수도 있는, 그런 작업이었으므로 필름을 닦아내는 동안 하나는 안경 너머를 노려보며 잡생각을 잊을 수 있었다. 하지만 그 이후부터 기억이 가물가물했다… 하나는 당장 책상으로 걸어가 확인하고 싶었지만 몸이 쑤셔 꼼짝할 수가 없었다. 그는 어딘가에 중독된 사람처럼 눈도 깜빡이지 않고 한 지점을 유심히 바라보며 상기하길 계속했다. 세척… 테이프… 아니면 멀쩡한 테이프들을 재생했을 지도 모른다. 한동안 쓰지 않던 데크가 제대로 돌아가는지, 세척이 필요 없는 테이프가 얼마나 되는지 먼저 파악하기 위해… 그러나 그 사실 역시 분명하지 않았다. 머릿속에 뇌를 파먹는 벌레가 섭식을 시작한 듯이 편두통이 발작처럼 찾아왔다. 하나는 입술을 깨물고 눈을 감았다. 그것은 마치 다가오는 기억의 손길을 훼방하기 위한 부비트랩 같았다. 만신창이가 된 하나는 더 이상 엄두를 내지 못했다. 대체 무슨 일이 있었단 말인가? 곰팡이 낀 테이프가 어떻게 하나로 하여금 수영장을 가득 채울 수량의 맥주를 다 마시게 했는가? 천사 하나는 울면서 하나의 팔꿈치를 붙잡고 끝까지 말렸을 것이다. 그러나 이제 천사 하나는 없다. 쓰러진 하나에게 담요를 덮어주던 천사는 영영 떠나고 말았다. 하나는 유리잔에 수돗물을 받아 마셨다. 그러나 성난 바다처럼 일렁이는 위는 아직 화해할 생각이 없었다. 곧장 구역질이 올라왔고, 한참의 토악질은 결국 형광색 위액까지 내보인 후에야 멎었다.

⊟

창밖으론 비가 내리고 있었다. 하나는 소파에 축 늘어져 가끔씩 손가락을 까딱이며 육체에 대한 제어를 아직 잃지 않았음을 확인하는 것 말고는 꼼짝도 할 수 없었다. 빗방울은 창문을 할퀴고, 자동차는 젖은 노면을 밟고 지나갔다. 알코올이 뇌에 가하는 파괴적인 여파는 십여 년 후에나 그 징후가 나타난다는데, 벌써 이 모양이라면 십 년 후의 나는 어떨까? 하나는 기가 막혔다.

베란다의 좁은 틈새 사이로 바람이 불어왔다. 잉잉, 하는 소리와 함께 블라인드가 사정없이 요동치기도 했다. 사무실 안쪽으로 몰아친 비가 조그마한 웅덩이를 만들었다. 하나는 담요를 칭칭 둘러매고, 처량한 재채기를 했다. 세 시가 조금 넘어선 오후에 핸드폰 벨이 울렸다. 하나는 벨이 금방 끊어지길, 잘못 온 전화이기를 빌면서 힘들게 일어났다. 작정을 한 듯 벨은 쉬이 그치질 않았다. 저장된 번호가 아니었다. 하나는 길게 한숨 쉬고, 전화를 받았다.

상대는 대학 시절 알고 지내던 주희라는 여자였는데, 졸업 이후 지금까지 왕래가 끊긴 사이였다. 안녕, 하는 목소리를 듣자마자 주희임을 알았던 하나는 한동안 말을 잇지 못했다. 주희는 전화가 안 되는 줄 알고 목소리를 높였다. 하나는 대답을 해야 했다. 삭막한 목구멍에서 짐승 같은 소리가 나왔다.

주희는 볼일을 위해 종로를 찾았다가 갑자기 비를 만나 전철역에서 꼼짝하지 못하는 중이라고, 몹시 미안한 목소리로 말했다. 어디선가, 하나의 의식이 닿지 않는 사각지대에서 곧 폭발을 앞둔 폭탄이 째깍거리고 있고, 그 파국을 경고하기 위해 누군가가 있는 힘껏 소리를 지르고 있지만 음소거가 된 탓에 아무 것도 들리지 않는, 그런 종류의 동요가 또 다시 일어왔다. 차라리 그대로 혼절했으면… 수화기 너머로 들려오는 그 끈질긴 목소리에 하나는 오한이 어깨를 타고 전신으로 내려갔다. 그는 이 모든 상황으로부터 도망치고 싶었다.

「혹시 남는 우산이 있으면 가져와주지 않을래?」

어제 술을 마시지 않았더라면 능숙하게 거절할 수 있었을 것이다.

지금 촬영 때문에 밖에 나와 있어, 라든가 손님과 얘기 중이라서… 라든가. 그러나 하나는 조금도 머리를 쓸 수 없었다. 그는 표정을 감출 수도 없었고, 솔직함만이 장점이 우둔한 아이처럼 헐벗고 있었다.

주희는 종로 삼가 전철역 출구에서 비를 긋고 있었다. 짧은 거리임에도 불구하고, 한 손에 여분의 우산을 들고 걸어가던 하나는 돌풍을 만나 홀딱 젖고 말았다. 누구와도 만나고 싶지 않은 그런 순간이 있다면 바로 지금이었다.

주희는 미안하다는 소리를 연발하며 하나에게 다가왔다. 그녀는 어른스러운 옷차림 때문인지 제대로 된 사회인처럼 보였다. 하나는 폭발 직전의 동요를 억누르는데 온 신경을 집중하고 있었다. 주희는 무언가 말을 했지만 하나는 제대로 듣지 못했다. 빗소리가 세차게 훼방 놓고 있었다. 그녀는 컴퓨터를 잠깐 써야 하는데 사무실에 가도 괜찮으냐고 물었다. 피시방이라면 근처에 있다, 고 둘러칠 여력이 있다면 애초에 우산을 들고 나오지도 않았을 것이다. 알았다며 하나는 먼저 앞장섰다.

주희의 두 눈에 가장 먼저 들어온 건, 전날 폭음의 흔적이 고스란히 남아 있는 사무실 전경이었다. 술병이 도진 덕분에 치울 엄두도 못 내고 끙끙 앓던 하나였다. 주희는 말없이 놀랐다. 하나는 그다지 무안해하지도 않고 사무실을 가로질러 종량제 봉투에 쓰레기를 담기 시작했다. 컴퓨터는 이쪽이야. 대강 정리를 마치고, 고저 없는 목소리로 하나가 자리를 안내했다. 잠깐 얼이 빠져 있던 주희는 이제야 사무실을 찾은 목적을 떠올렸다는 얼굴로 컴퓨터 앞에 앉았다. 커피라도 줄까? 하나의 목소리엔 여전히 감동이 없었다. 주희는 미안하단 표정으로 거절을 했다. 카페인을 끊었다고 했다. 하나는 대수롭지 않게 고개를 끄덕이며 주전자 물을 올렸다.

안 돼, 하고 주희가 말했다. 커피를 내리고 있던 하나가 고개를 들자 주희는 정신 나간 사람처럼 핸드백을 뒤지고 있었다. 유에스비 메모리가 없어졌다고 했다. 집에 두고 온 것인지, 아님 어딘가에서 잃어버렸는지 갈팡질팡하는 모습이 사뭇 애처로워 보였으나 하나는 그런 그녀를 냉담하게 바라보고만 있었다. 주희는 즉시 전화를 걸어 누군가에게, 직장 동료나 룸메이트쯤 되겠지, 유에스비의 유무를 물었지만 그 대답은 그녀의 절망적인 표정만 보아도 짐작할 수 있었다.

주희는 지금 무슨 일을 하고 있을까. 어딘가에서 무언가를 만들고 있을 것이다. 대학 시절부터 그랬고, 무엇보다 재능이 있으니까. 하지만 하나는 묻지 않았다. 그냥, 그냥 다시 도심의 재떨이, 운과는 거리가 먼 사무실에 홀로 있고 싶을 뿐이었다. 그런데 주희는 내가 인사동에서 일하고 있다는 사실을 어떻게 알았을까? 내가 언젠가 말해줬던가? 애초에 기억이 없는 것인지, 기억할 수 없는 것인지 몰랐다. 하나에겐 막혀버린 것이다. 책임질 수 없는 기억에 대해 할 말은 아무 것도 없다. 할 수 있는 것도 없다. 하나는 이미 죽은 사람에 가까웠다…

「미안해」 하고 주희가 말했다. 「한 달 넘게 작업한 게 거기 다 있거든. 없어지면 큰일 나는데」

싱크대에 기댄 채, 하나는 어깨를 으쓱해보였다.

「집에 돌아가서 찾아봐야겠어」

의자에서 일어나던 주희는 갑자기 헛웃음을 터뜨렸다. 하나는 그녀의 표정을 볼 수 있었다.

「그때랑 똑같구나. 비가 오는데 난 우산이 없었고 신이문역에서 널 불렀지. 그때도 넌 우산을 들고 와줬어. 파란 철문이 있던 네 자취방… 넌 저녁을 하고 있었고, 부엌엔 끓다 만 찌개가 있었어. 말은 안 했지만 난 너무 고마웠어. 오래 전부터 밥을 짓다가도 내가 찾을 때 와주는 친구를 엄청 갈망했었거든」

하나는 추억을 얘기하는 주희의 말이 외국 거리의 소음만큼이나 낯설게 느껴졌다. 속이 울렁거렸다. 그러나 그는 습관처럼 셔츠 앞주머니에서 담배를 꺼내 입에 물었다. 사무실 내부에 연기가 몽글몽글 피워 올랐다. 상진이 들어온다면 그야말로 기절할 노릇이었다. 하긴, 하나를 아끼는 그로선 싫은 말은 하지 않을 것이다. 그것대로 괴로운 일이었다.

담배를 피우자 즉시 속이 안 좋아졌다. 하나는 꽁초를 싱크대에 아무렇게 비벼 끄고, 입을 가린 채 복도로 달려갔다. 화장실 변기를 붙잡고 연방 구토를 하며 이것도 삼재 탓일까, 하고 생각해보았다. 어느 정도 비축해두었던 기력마저 전부 쏟아내 버리고 다시 사무실로 돌아갔을 때 주희는 곧장 나갈 듯이 핸드백을 든 채로 무언가를 보고 있었다. 책상 구석에 데크와 함께 올려둔 십칠 인치 작업용 모니터였다. 주희는 몰입하고 있었는지 하나가 가까이 가도 모니터에서 시선을 뗄 줄 몰랐다. 하나는 불길한 기분으로, 모니터를 보았다.

그것은 캡처가 끝난 영상이었다. 하나가 어젯밤 세척을 끝내고 데크에 집어넣은 첫 번째 복원 테이프. 모니터엔 믿기 어려울 정도로 단조로운 풍경들이 이어지고 있었다. 흔히 볼 수 있는 도심 외곽의 마을이었고, 일차선 도로 위로 차량이 끊이질 않았다. 간판이 오래된 삼거리, 횡단보도 앞을 서성이며 휴지와 사탕 따위를 나눠주는 교회 사람들, 신호등은 하품하는 노인처럼 내키지 않는다는 듯 바뀐다. 아이를 앞에 태우고 느릿느릿 지나가는 스쿠터, 생각은 이미 집에 도착한 행인들. 카메라는 어떤 의무감에 휩싸여 일련의 풍경들을 기계적으로 담아내고 있었다. 마을 어귀에 자리 잡은 나무 정승처럼, 미동도 없이 우직하게. 하나는 모든 것을 알 것 같으면서 아무 것도 모르는 기분이 들었다.

주희는 한참 뒤에야 하나가 왔음을 알아챘다. 그녀는 손으로 화면을 가리키며 말했다.

「여기 혹시…」

하나는 모니터의 전원을 꺼버렸다. 마지막 심장 박동과 같은 은색 일직선이 지나가고 브라운관은 침묵으로 돌아갔다. 주희는 공포에 가까운 얼굴로 하나를 올려보았다. 하나는 자신의 무슨 표정을 짓고 있는지조차 짐작할 수 없었다.

「미안해. 난 그냥…」

「나가줘」

하나는 다른 곳을 보고 있었고, 안간힘을 쓰고 있었다. 주희는 사무실을 나갔다. 그녀가 떠난 사무실은 마치 다음 풍경은 존재하지 않는 세상 같았다. 비도, 우산도 그대로였다.

상진과 함께 공들여 작성한 사업 계획서를 들고 각자가 하루에도 몇 번씩 관계자들을 만나러 돌아다니던 어느 날, 하나는 종로의 프랜차이즈 카페에서 잠시 후 있을 미팅을 기다리고 있었다. 그는 아침에 새로 다린 셔츠와 정갈한 넥타이 차림으로 중대 보고를 앞둔 정치 각료처럼 초조하게 앉아 있었다. 그는 시계를 보고서야—동시다발적으로 일을 벌려놓고 서울 어딘가를 뛰어다니고 있을 상진을 떠올리며—조금 웃을 수 있었다. 약속 시간까지 십 분 정도가 남았다. 점심시간 이전이었으므로 카페엔 사람이 적었다. 나들이를 나온 노부부가 서로 마주보고 실내를 가득 채우고 있는 재즈를 듣고 있었다. 하나는 물을 한 잔 마시고, 통유리 너머 거리를 구경했다. 교차로는 밝은 빛을 받아 청순하게 보였다. 그때 하나는 횡단보도 앞에서 전화 통화를 하고 있는 주희를 보았다. 그는 감전된 것처럼 큰 충격을 받았다. 대학교를 졸업한 이후로 처음 본 주희였다. 그녀는 스스로가 그토록 빈정대던 「커리어우먼」 같은 차림을 하고 있었다. 그것은 뜻밖에도 주희에게 어울리기도 하고, 동시에 전연 다른 사람처럼 보이기도 했다. 하지만 그러한 이질감은 순전히 오랜만의 재회 때문일 지도 모른다. 하물며 자신의 차림은 어떻고? 목에 출입증 카드만 매달지 않았을 뿐이지 신입사원과 다를 게 없는 하나였다.

하나는 두려움과 약간의 기대 속에 그 자리에 앉아 주희를 바라보았다. 그녀 역시 어딘가에 소속되어 누군가를 만나기 위해 종로를 동분서주하고 있는 걸까? 주희는 웃기도 하고, 진지한 얼굴로 한참 설명하기도 하고 했다. 하나는 물을 마셨다. 그러는 사이 주희의 통화가 끝났다. 그녀는 잠시 핸드폰을 들여다보고 있다가 주변으로 시선을 옮겼다. 주희는 카페의 차양막 아래까지 다가왔다… 설마 안으로 들어오진 않겠지. 좀 더 어두운 안쪽으로 들어가야겠다, 고 생각하던 차에 하나는 주희와 눈이 마주쳤다. 하나는 시선을 내려 테이블에 있던 서류를 읽는 시늉을 했다. 부디 자연스러운 눈길의 이동처럼 보이기를 빌면서. 하지만 주희는 단번에 하나를 알아보았다. 그녀는 통유리 쪽으로 오더니 두 손으로 창문으로 반사되는 햇빛을 가려가며 안을 들여다보았다. 그리고 하나임을 확인하자 손을 흔들기 시작했다. 하나는 고개를 들어 화답할 수밖에 없었다. 이거 곤란하게 됐군, 하는 생각을 하며 그는 자리에서 일어났다. 다행히 통유리 근처 자리엔 손님이 없었다. 주희는 반가운 건지, 놀란 건지 알 수가 없었다. 하나는 잘 지내냐고 물었지만 들릴 턱이 없었다. 주희는 아직 진정이 안 된 것 같았다. 무슨 말을 꺼내려다, 다시 들어가고, 머릿속으로 정리를 하고 다시 말을 하려다, 그만 두고, 결국 허리춤에 두 손을 올리곤 헛웃음을 지었다. 그때 카페 안으로 정장 차림의 남자가 들어왔다. 하나가 기다리던 사람이었다. 그는 카페를 둘러보다가 빈자리에 앉았다. 하나는 주희에게 시계를 가리키며 돌아가 봐야한다고, 입모양을 만들어 보여주었다. 그러나 주희는 어딘가에 정신이 팔려있었다. 남자는 시계를 확인하더니 핸드폰을 꺼내들었다. 하나는 초조했다. 돌아서려는 하나에게, 주희는 유리를 두들겨 불러 세웠다. 그리고 무언가 말하기 시작했다. 하나는 그녀의 입모양이 무슨 말을 의미하는지 도무지 알 수 없었다. 그보다 도착한 관계자에 온통 신경이 쏠려 있었다… 하나는 미안하다는 몸짓을 하며 이젠 정말 가야 한다고 말했다. 주희는 고개를 끄덕이고는 카페로부터 조금씩 물러섰다. 거리로 돌아가는 주희의 빈 표정은 혼잣말처럼 되뇌고 있었다. 그녀는 그렇게 가버렸다.

그 먹먹함을 애써 모른 척하고 하나는 미팅으로, 그가 택한 바쁜 현실로 돌아왔지만 그가 외면할 수 없는 기억, 감각에 가까운 무언가가 있었다. 그는 그것을 깊은 바닥에 내던졌건만, 또 다시 떠오를까 하루에도 몇 번씩이고 확인했건만 완벽히 지울 순 없었다. 하나는 알았다. 그때 주희가 하려던 말을. 당신은 내게 이미 죽었어요. 하나는 그녀에게 죽은 사람이었고, 카페에서 앉아 있던 하나를 보고 그토록 놀라던 주희의 반응은 죽은이와의 조우에 경악한 것이었다. 주희 역시 그녀가 택한 현실, 하나의 부재에 익숙한 현실로 돌아갔다. 그렇게 하나는 안에서부터 무너졌다. 언제부터, 어디서, 얼마나 큰 구멍인지는 모른다. 다만 그것이 첫 번째가 아니란 건 분명했다.

⊟

불을 켜지 않은 사무실은 도서 산간의 밤처럼 어두웠다. 블라인드 틈새로 네온사인의 불빛이 납작하게 새어 들어왔다. 쓰레기를 대충 채우곤 묶지도 않은 종량제 봉투가 싱크대 앞에 기울어져 있었고, 조금 열린 새시 틈으로 한기가 숭숭 넘나들었다. 의자에 누워있다시피 파묻혀 있던 하나는 아까부터 울리던 전화 벨소리를 듣고만 있었다. 오로지 담배 연기만이 인기척을 형성하고 있을 뿐이었다. 전화는 좀처럼 끊이지 않았다. 하나는 마지막 연기를 길게 내쉬고 필터까지 타버린 꽁초를 재떨이—더 이상 꽂아 넣을 자리조차 없는—에 눌러 끈 다음 손을 뻗어 수화기를 들었다.

상대방은 남자였다. 나지막한 목소리로, 얼마 전 캐리어에 테이프를 잔뜩 들고 찾아온 여자가 있지 않았냐고 물어왔다. 하나는 기운이 없었다. 스스로에 대한 혐오와 분노만이 그를 좀먹고 있었다. 그는 무슨 일이냐고 되물었다.

「여자와 테이프에 대해 묻고 싶은 게 있는데요」

자세를 고쳐 앉듯 남자는 처음보다 좀 더 집중력 있는 목소리로 말했다.

「혹시 테이프의 내용은 봤습니까?」

자신의 물음에는 아랑곳없이 궁금한 것만 알면 된다는 남자의 태도에 하나는 기분이 상했다. 하나는 수화기 너머에 있을 상대방의 모습을 떠올려보았다. 사교성 없고, 남 눈치 보는 걸 못 견디고, 자기 기분에 사는 남자.

「전화하신 분은 의뢰인과 어떻게 되시죠?」

「테이프 주인입니다」 하고 남자가 말했다. 「여자와는 친구요」

「그러시군요. 복원은 진행 중입니다」

「테이프는 봤습니까? 전부?」

「전부는 아닙니다」

남자는 잠시 말이 없었다. 그 사이 하나는 수화기를 어깨에 끼운 다음 새 담배에 불을 붙였다. 수화기 끝에 매달린 전선의 팽팽한 장력이 느껴졌다.

「사정이 있어서 테이프를 돌려받아야겠습니다. 본 건 어쩔 수 없지만 컴퓨터에 옮긴 영상은 지워주시오」

남자의 말에 하나는 웃기는 친구로군, 하고 생각하며 담배 연기를 조용히 내뱉었다.

「복원 문의는 의뢰인과만 하고 싶습니다. 전화주신 쪽과 의뢰인과의 관계를 확인할 수 없는 상황에서 제가 맘대로 결정할 수 있는 사항이 아닙니다」

다시 침묵. 남자도 분명 담배에 불을 붙이고 있으리라.

「그럼 이런 걸 제안할 수 있습니다. 돈을 드리죠. 여자가 복원 비용으로 얼마나 약속했는지는 모르지만 거기에 웃돈까지 더 얹어드리겠습니다. 괜찮은 조건인 것 같은데」

남자는 계속 말했다.

「수상하게 들리겠죠. 하지만 댁의 사무실엔 피해가 가지 않을 겁니다. 안 좋은 소문을 내거나 법적으로 귀찮게 하는 일도 없을 테고. 설명할 수 없는 사정이 있을 뿐이요」

「거절하겠습니다」

담배가 일 센티 정도 타들어갈 정도의 시간이 지나고 남자가 말했다.

「나도 뭐라 더 말하고 싶진 않아요. 우린 어른이니까. 하지만 주변에서 괜한 고집으로 삶을 스스로 망치는 어리석은 어른들을 자주 보았습니다. 그런 인간들은 대개 모든 걸 잃은 뒤에야 후회를 하곤 하죠. 뭐, 진부한 얘기입니다만 당신이 그들과 같은 절차를 밟진 않았으면 하는군요」

「듣기에 따라선」 하고 하나가 말했다. 저도 모르게 헛기침이 나왔다. 「협박 같은데요, 그 말」

「제안을 받아들여요. 간단한 문제 아닙니까. 당신은 엉뚱한 작업에 대한 보상을 받는 거고, 나는 내 물건을 돌려받는 거고. 이미 본 테이프는 안 좋은 꿈 꿨다 치고 잊어버려요」

하나는 통유리 너머 혼잣말처럼 사라지던 주희를, 어쩔 수 없이 새어 나오는 그녀의 헛웃음을 떠올렸다. 그것 역시 안 좋은 꿈이라고 말해준다면, 하나는 테이프는 물론이거니와 애물단지가 된 자신의 머리통까지 내줄 수 있었다. 아홉수는 꿈과 현실을 뒤섞어버린다. 분간할 수 없이 꼬여버린 이 나선에서 「안 좋은 꿈 꿨다 치고」는 통용되지 않는다.

「거절합니다」 하고 하나가 말했다. 「정 받고 싶다면 의뢰하신 여자분과 함께 사무실을 찾아오시죠. 설명할 수 없는 사정 때문이라면 의뢰인이 전화 주셔도 좋습니다」

긴 침묵이 흘렀다. 평소의 하나는 결코 이런 식으로 말하지 않는다. 자존심 강한 상대에게 굽히지 않는다면 죽탱이를 맞는 수밖에 없다.

「실수하는 거요」

남자는 나지막이 내뱉은 후 전화를 끊어버렸다. 곧 뚜뚜, 하는 신호음이 들려왔고 하나는 천천히 수화기를 내려놓았다. 남자가 주변에서 많이 봤다던, 고집과 만용으로 스스로 인생을 망친 사람들이 문득 궁금해졌다. 필시 자신만이 이해할 수 있는 세상의 논리로 아직까진 괜찮다고, 다른 사람의 생각은 가소롭다고 그들은 여겼을 것이다. 각자에겐 각자의 입장이 있기 마련이다. 삼백 명이 있다면 삼백 개의 역사가 있고, 또 삼백 개의 결코 서로 이해할 수 없는 광기가… 하나는 담배에 손을 뻗으며 자신이 아주 교묘하게, 열차가 부드럽게 철로를 변경하듯 사건에 휘말렸음을 깨달았다.

전화를 끊고 하나는 밤새 사무실 정리를 했다. 쓰레기는 곳곳에 숨어 있었고, 종량제 봉투를 양손에 든 채 복도를 걷고 있을 때 아침의 샛노란 햇빛을 보았다. 말끔하게 정돈된 실내를 보자 누군가에게 대뜸 자랑하고 싶은 기분이 들어 핸드폰을 꺼내 사진을 찍었다.

하나는 오이와 으깬 감자 샐러드가 들어간 편의점 샌드위치를 파카 주머니에 쑤셔 넣고는 컴퓨터의 버퍼링 시간이 길어질 때마다 우물우물 먹었다. 그렇게 결혼식 앨범 작업의 마지막 수정이 끝났다. 하나는 작업 파일을 전자메일에 첨부하여 상진과 공유 드라이브에 나란히 전송했다. 또 다시 부산해진 거리의 소음이 사무실 전후를 에워쌌다. 인사동의 겨울은 이상할 정도로 계절감이 드러나지 않았다. 담배를 쥔 손만 깨질 듯이 시릴 따름이었다. 하나는 두 손을 겨드랑이에 끼우고 달달 떨면서 담배 한 대를 겨우 피웠다. 엉망진창으로 생활하면서도 감기 한 번 걸리지 않는 게 용했다.

잠기운이 가시자 하나는 집에 갈 채비를 했다. 근 한 달만의 귀가였다. 그는 가방에 복원해야 할 테이프를 손에 집히는 것 아무거나 챙겼다. 다시 테이프를 돌려볼 자신은 조금도 없었지만 혹시 집에서 일해야 할 상황이 생기지 않을까, 하는 직업적인 본능 탓이었다. 하나는 끈질기게 붙잡는 무언의 손길을 뿌리치고 사무실을 나섰다.

하나가 살고 있는 집은 최근 전철이 개통되어 한 시간이면 닿는 거리인 수도권 근교의 작은 마을 수희동에 있었다. 전철역이 신설되었다고는 하지만 집까진 시내 버스를 한 번 갈아타야 했고, 이십 년 전 풍경과 크게 달라진 것 없는 조용한 곳이었다. 하나는 다른 친구 두 명과 함께 이층짜리 잿빛 목조주택에서 전세살이를 하고 있었다. 단독주택들이 구획에 맞춰 들어서 있고 그 주변으론 꽤나 폭이 넓은 하천과 논밭이 펼쳐져 있는 동네였다. 사실 하나 또래의 세입자가 들어오기엔 아직 이른 집이었으나 다소 외진 위치와 임대를 내놓은 주인이 수희동에서 오래 지낸 하나의 외조부와 막역한 지인이란 점이 기적 같은 계약을 도왔다. 하나는 서울에서 떨어져 있되 오지에서 은둔할 자신은 없는 타협적 소로주의자들인 친구들과 있는 돈 없는 돈을 합쳐 전세금을 마련할 수 있었다.

하나는 버스가 수희동으로 진입하는 고갯길을 내려갈 때 눈을 떴다. 하지만 잠은 무거운 그림자가 되어 하나에게 끈덕지게 매달려 있었고, 정거장에서 집까지 어떻게 걸어왔는지 알 수도 없었다. 집에는 아무도 없었다. 평일 낮이라 그런가, 하고 하나는 잠시 생각하다가 친구들이 평일이든 주말이든 딱히 상관없는 일을 하고 있음을 상기했다. 하나부터가 그렇지만, 모두가 신출귀몰했으므로 그들은 각자의 근황을 신발장 위의 거울에 수성 펜으로 적고 다녔다. 하나가 신을 벗으며 거울을 올려보자 고집스럽게 악필인 글씨체가「요양원」을, 귀염성 있게 악필인 글씨체가「편집자 미팅 때문에 서울 나감」을 알려주고 있었다. 한 구석엔 한 달 전에 하나가 적어놓은, 절망적으로 악필인 글씨체의「사무실」이 뽀얗게 먼지가 쌓인 채 보존되어 있었다. 하나는 그것을 지우고「집!」으로 고쳐 썼다.

참새가 기와 아래를 비행하며 햇빛에 자신의 몸을 적시는 한낮이었다. 샤워를 마친 하나는 침대에 누워 손에 집히는 책 아무 것을 몇 줄 읽다가 그대로 곯아떨어졌다. 잠이 들기 전에 그는 꿈에서 죽고 싶다는 생각을 했던 것 같다.

일정한 간격으로 설치된 가로등은 그 불빛으로 주변의 어둠을 한층 더 짙게 만들었다. 밤에 잠겨 있는 지방 국도는 앞을 향해 무한히 펼쳐져 있는 것 같기도, 전조등 영역 이외의 부분은 오로지 관념상으로만 존재하는 것 같기도 했다. 가드레일에 부착된 야광 테이프가 쏜살같은 차량의 질주에 맞춰 반짝거리긴 했지만 그야말로 순식간의 일이었다. 그 외에는 아무 것도 없었다. 모텔도, 창고도, 심지어 논밭도 없었다. 컴컴한 밤하늘이 천공의 경계를 가볍게 무시하고 지상에까지 밀려왔다. 국도와 은하단이 하나의 세계를 이룬 것만 같았다.

자동차는 도로 위를 달리고 있었고, 그 안의 남녀는 말이 없었다. 속도계는 백 킬로미터를 일정하게 가리키고 있었으나 차 내부에선 바람 소리 하나 들리지 않았다. 몇 시간이고 이어진 이러한 진공 상태로 두 사람의 감각은 무뎌지고 있었다. 표정 없이 차를 몰고 있는 남자. 마찬가지로 표정 없이 전방을 주시하고 있는 여자. 그러다 화살처럼 획 지나가는 풍경 속에서 무언가를 본 여자가 조그맣게 선배, 하고 말했다. 굉장한 소리와 함께 자동차가 멈췄다. 브레이크 페달을 밟은 이후로도 바퀴가 한참 밀려 스키드 마크가 남는 급정거였다.

차에서 뛰쳐나온 남녀는 갓길 안쪽으로 달려갔다. 가로등 아래로 비상연락 전화 부스가 낡은 몰골로 있었다. 두 사람은 전화 부스 앞에서 숨을 가쁘게 내쉬다가 눈이 마주쳤다. 전화기를 보고 있던 남자가 뭐해? 하는 얼굴로 여자에게 턱짓을 했다. 여자가 제가요? 하는 얼굴로 올려보자 남자는 마치 숙녀에게 양보하듯 두 손으로 전화기를 가리켰다. 여자는 수화기를 들었다. 남자는 초조하게 반응을 기다렸다. 여자의 표정만 보아서는 아무 것도 알 수가 없었다. 그녀는 버튼을 꾹꾹 눌렀다. 남자의 얼굴이 금방 밝아졌다… 돼? 그것도 잠시, 여자는 다시 수화기를 내려놓았다. 그리고 고개를 가로저었다. 남자는 몹시 낙담하여 부스 주변을 살펴보았다. 아니나 다를까, 전화기 뒤편으로 끊어진 전선이 덜렁덜렁 흔들리고 있었다.

남자는 가드레일에 기대어 도로 끝을 바라보았다. 여자는 팔짱 안으로 두 손을 껴 넣고 구두 끝을 바라보며 주변을 서성이고 있었다. 밤공기가 찼다. 남자는 아스팔트처럼 짙고 어두우면서 희미하게 푸른색이 감도는 정장을 입고 있었는데, 흠잡을 데 없이 깨끗하고 무난한 차림새였다. 훤칠한 키에, 군살이 없는 몸매 덕분에 뭘 입어도 근사하게 보일 지도 모른다. 가로등 불빛을 맞고 있는 여자의 하얀 얼굴은 더욱 창백하게 보였다. 그녀는 통이 넓은 갈색 정장 바지에 아이보리색 블라우스를 입고, 발목까지 내려오는 코트를 걸치고 있었다. 목선까지 내려오는 밝은 초콜릿색의 구불거리는 머리칼 사이로 무지개처럼 형형히 빛나는 작은 귀걸이가 보였다. 오랫동안 가꿔진 차분한 우수로 물든 두 눈…

멀리서 차가 달려오는 소리가 어렴풋이 들려왔다. 남자는 도로변으로 걸어갔다. 일 킬로미터 밖에서 눈부신 전조등이 나타났다. 남자는 차를 세우기 위해 도로 가까이서 손을 흔들었지만 거대한 차체의 화물 트럭은 무시무시한 굉음만 일으키며 속도도 줄이지 않고, 경적도 울리지 않고 그대로 지나갔다. 그 바람에 남자는 뒤로 넘어질 뻔했다. 여자가 다가왔다. 트럭은 굴절을 모르는 광선처럼 도로 끝점을 향해 달려갔다. 운전수는 반쯤 졸면서 운전하고 있는 게 틀림없었다.

둘은 다시 차 안으로 돌아왔다. 두 사람은 지친 듯 침묵 속에 몸을 뉘였다. 비상등만 똑딱똑딱.

「보스에게 마지막으로 전화한 게 언제지?」

남자의 말에 여자는 손목의 시계를 확인했다.

「대충 열 시간 전 쯤」

「좋지 않은데」

남자는 같은 말을 한 번 더 되풀이했다.

「제가 운전할까요」 하고 여자가 말했다.

「괜찮아」 하고 남자가 말했다.

멀리 천둥소리가 들렸다.

「비가 오려나 봐요」

「응. 조금 쉬었다 가면 괜찮을 거야」

상황이 이렇게 된 데에는 몇 가지 불운한 소동이 있었다. 남자는 오래 전부터 벼르던 맛집을 오늘은 기필코 찾아야겠다고 오기를 부렸고, (그렇게 겨우 찾은 가게는 심지어 번호표를 받고 기다렸건만 기대 이하의 맛이었다) 여자는 화장실에 귀걸이를 두고 왔다며 수선을 피웠다. 남자는 렌탈 업체에서 네비게이션을 빌리려고 하다가 관뒀다. 요즘은 핸드폰으로도 길을 찾을 수 있으니까, 하고 넘겨짚은 것이 화근이었다. 빌린 차는 매립형 네비게이션이 설치되지 않은 구형 모델이었고, 시가 잭이 고장 났다는 사실을 안 건 출발하고 한참 후의 일이었다. 남자의 핸드폰은 금방 방전되고 말았다. 여자는 핸드백을 뒤지다 이번에는 귀걸이 대신 핸드폰을 식당에 두고 왔다는 걸 깨달았다. 설상가상으로 남자는 고속도로를 잘못 타는 바람에 위치도 종잡을 수 없는 국도에 들어서게 되었다. 두 사람이 함께 일하면서 이런 불운은 처음이었다. 하인리히 법칙이라고 하지, 하고 남자는 말했다. 작은 사고들이 쌓여 커다란 재앙으로 돌아오는 것이. 저는 그냥 액땜이라 여길래요, 하고 여자는 말했다.

「춥지 않아? 히터 틀까?」

남자가 물었다. 빗방울이 똑똑 떨어지나 싶더니 어느 사이 추적추적 비가 내리고 있었다. 하얀 입김이 입 언저리에서 부서지고, 다시 날아들길 반복했다.

「괜찮아요. 엥꼬라도 나면 어떡해요. 이 근방에 주유소가 있으리란 보장도 없는데」

여자가 말했다. 그러면서 티내지 않게 몸을 움츠렸다. 남자는 설마, 하고 웃었지만 기름 잔량이 바닥에 근접했음을 기억해냈다. 그는 들리지 않게 한숨을 내쉬고는 차문 수납공간에 꽂아두었던 두꺼운 서류철을 꺼내들었다. 연락 두절, 보스, 지방 국도… 이러쿵저러쿵 고민한다고 풀릴 일이 아니었다. 그렇다면 여유를 지키는 게 낫다. 여자는 핸드백에서 무언가를 꺼냈다.

「선배, 젤리 먹을래요?」

「응? 하나만」

복잡다단한 보고서를 이리저리 넘겨보던 남자는 클립에 끼워져 있던 사진을 꺼내 김이 서린 전방의 유리창에 갖다 댔다. 필름 광택지의 매끈매끈한 뒷면이 물기에 찰싹 붙었다. 커다란 잠자리 안경을 쓴 중늙은이 사내가 티 테이블에 얼굴을 맞대고 눈을 감고 있는 사진이었다. 두 사람은 말없이 사진을 보았다. 남자는 계속 사진을 붙였다. 카페에서 습격을 당한 것처럼 쓰러져 있는 세 명의 외국인, 피아노 건반 위에 엎드려 있는 귀부인, 거리 한복판에서 두 손을 배 위에 포개어 눈을 감고 있는 젊은이, 트럭 운전석에 고개를 뒤로 꺾고 입을 벌린 채 누워 있는 남자, 중환자실에 고요히 누워 있는 환자까지.

「어떻게 생각해?」 하고 남자가 말했다.

「모두 눈을 감고 있군요」 하고 여자가 말했다.

「역시」

남자는 만족스러워 하며 차가운 두 손을 맞비볐다.

「또?」

여자는 지긋이 사진을 보았다.

「외상의 흔적은 보이지 않아요. 모두 깨끗하군요」

「죽었다고는 안 했어」

「살아있다고도 안 했고요」

「너를 시험할 생각은 없어. 그냥 의견이 궁금할 뿐이야」

「선배는 이 사진들의 출처를 다 알고 있겠죠?」

「전부는 아니야」

남자는 아무래도 이 상황이 재미있어 죽겠다는 눈치였다. 그러거나 말거나, 여자는 주의 깊게 사진들을 들여다보고 있었다. 길쭉한 바 테이블 주변으로 아무렇게 쓰러진 세 명의 청년들이 찍힌 사진을 가리키며 여자가 말했다.

「보세요, 이 사람들이 입고 있는 옷들, 같은 제복이에요. 제 기억이 정확하다면 이란-이라크 전쟁 훨씬 이전의 이란 정규군 같은데요」

여자는 계속 사진들을 분석해 나갔다. 이번엔 피아노 건반 위에 쓰러진 귀부인의 흑백 사진이었다.

「피아노 뒤편으로 보이는 벽난로 위의 정물들 보여요? 포커스가 맞지 않아 다소 뿌옇긴 하지만… 집 주인이 벼룩시장에서 아무거나 사 모으는 수집광이 아니라면 집 주인은 아마 옛 소련의 당원임이 분명해요. 붉은 별 위에 교차된 낫과 망치가 장식된 메달 보이죠? 이건 천구백이십 년에 있었던 이차 코민테른 대회 때 당에 헌신한 간부에게 수여된 기념 메달이에요. 트로피도 있고, 스탈린이 서명한 문서도 보이네요. 하지만 사진 속의 여자가 당원 같지는 않아요. 아마 간부의 딸이거나 가족이겠죠. 피아노 위에 있는 곰 인형은 미샤라고 모스크바 올림픽의 마스코트인데, 모스크바 올림픽은 천구백팔십 년에 개최되었으니 코민테른 시기와 맞지가 않죠」

「무서울 정도로 잘 알고 있는데」

「얼마 전에 잠이 안 와서 러시아 혁명사를 알아봤거든요」

남자는 감탄했다는 듯 사진을 다시 관찰했다.

「난 톨스토이와 서신을 교환하던 러시아 귀부인인 줄 알았는데」

「내 생각엔」

여자가 정리했다.

「아무 개연성 없이 모아놓은 돌연사 시신들의 사진 같군요. 시간이나 배경도 크게 동떨어져 있진 않지만 그렇다고 일관적인 것도 아네요」

「돌연사라면 갑작스럽게 죽었다는 거지?」

「네. 책상 서랍으로 들어가 타임머신으로 이곳저곳을 오갈 수 있는 연쇄살인마가 있는 게 아니라면요」

빗방울은 계속 차 지붕 위를 건반처럼 쳐대고 있었다.

「제프 버클리라는 가수가 있는데」

남자가 말했다.

「그는 호수에 빠져 죽었는데 말이야, 그때 난 고등학생이었거든. 하지만 도무지 그가 익사했다고 믿겨지지가 않았어」

「그럼요?」

「다만 아직까지 물 밖으로 나오지 않았을 뿐이라고 생각했지」

「선배가 가면 그때서야 나오고요?」

「그래. 정말 세상이 내 중심으로 돌아간다고 생각하던 시절이었지. 지금도 조금 그런 면이 있지만」

조금? 하고 여자는 피식 웃었다. 제프 버클리가 빠진 건 호수가 아니라 멤피스의 강이며 시신은 얼마 지나지 않아 발견되었단 사실을, 여자는 구태여 남자에게 말해주지 않았다. 그녀 역시 고등학교 시절 제프 버클리의 노래를 아껴들었던 것이다.

「돌연사란 표현을 썼는데」 하고 남자가 말했다. 「정확해. 이 사건들을 맡은 경찰이나 신문기자들도 온갖 낭설 끝에 똑같은 결론을 내렸지. 자네 말대로 이 사진들은 돌연사 사례들을 늘여놓은 것에 불과할지도 모르지만 난 여기서 어떤 가설을 통해 아직 드러나지 않은 맥락을 유추해보려고 해」

남자는 말을 멈추고 여자의 반응을 살폈다. 여자는 자신이 듣고 있음을 보여주기 위해 고개를 끄덕였다. 남자는 티 테이블에 쓰러진 중늙은이 사내의 사진을 가리키며 말했다.

「이 사진을 볼까? 사진 속의 남자는 팔십팔 년 당시 신민주공화당 소속으로 국회의원 선거에 출마한 곽익현이란 사람인데, 군 장성 출신으로 군부독재 말의 거물이자 삼선 의원이었지. 혹시나 해서 물어보는 건데 노태우 정부가 있던 때는 무슨 공화국이지?」

「팔십 년대니까… 오공화국?」

「땡, 전두환 이후의 정부니까 제육공화국이야」

「한국의 정치사는 아직도 헷갈려요…」

「외울 필요는 없어. 아무튼 계속하면, 권익현의 군 복무 시절 건강 검진과 이후의 병원 기록을 보면 간 수치와 혈당 이상이 있긴 하지만 갑자기 돌연사할 정도는 아닌 일상적인 수준이었단 말이지. 서울 올림픽 개최를 앞두고 수도권 주변부의 재개발과 군 병력을 동원한 경비 작전의 성과로 차기 문화부장관으로 거론되던 사람이 설마 세상사에 환멸을 느끼고 청산가리를 먹진 않았겠지? 더욱이 선망하던 출세를 앞둔 우익 정치인이라면」

「하지만 돌연사는 말 그대로 의학적 논리가 닿지 않는 영역에 있어요. 때문에 출세한 사람이든 빈곤한 노동자든 가리지 않고 돌연사의 가능성이 존재하고, 이를 해명하기에도 많은 경우의 수가 있겠죠」

「옳으신 말씀」

남자가 서류를 뒤적이더니 호치키스로 철된 에이포 종이를 여자에게 건네주었다. 그녀는 미등 아래에서 빠르게 글을 읽어 내려갔다.

「당시 곽익현 의원의 비서였던 자를 구워삶아 겨우 얻은 일기의 사본이야. 읽어보면 알겠지만 굉장한 야심가였어, 그는」

「정치인으로선 당연한 거 아니에요? 군데군데 과대망상에 가까운 헛소리도 있지만」

「다음 장의 빨간 밑줄을 친 대목을 봐」

종이를 넘긴 다음 여자는 해당 문장을 소리 내어 읽기 시작했다.

「…이상의 공약들이 과연 실제 세상에서 실현 가능한 것인지 나는 의문스럽다. 그렇다면 나는 이 주장들을 어디에 호소해야 하는가?」

여자는 눈을 치켜떴다.

「그래서… 권익현 씨는 자신의 야심을 실현하러 저 세상으로 간 거로군요?」

「모를 일이지」

여자의 비꼼을 눈치 못 챈 건지 모른 척하는 건지 남자는 여전히 진지했다.

「야심가 권익현과 우리가 더 이상 실제 세상에서 대화할 수 있는 방법이 없어졌으니까. 중요한 건 현실 인식이야. 그것이 내가 찾은 단초였어. 어때, 이제 좀 흥미로워?」

「음, 약간은요」

여자는 도도한 표정을 지었다.

「좋아. 자네의 훌륭한 눈썰미로 간파한 천구백칠십구 년 혁명 직전에 발생한 이란 정규군 장교 사망 사건은 훨씬 복잡해. 아무 이유 없는 돌연사가 한날한시에 같은 자리에 있던 세 사람에게 찾아올 확률은 거의 없으니까. 사실 이 사건은 아직까지 국제형법학계에서 논란거리로 남아 있는 미제야. 그래서 몇 가지 참고할 정황이 있지. 사건은 초임 장교 임관식이 있던 날 저녁에 일어났는데, 같은 지역 출신의 초임 장교 여덟 명이 모였어. 축하 자리는 새벽 늦게까지 이어졌고, 대부분의 동석자들은 숙소로 돌아갔지만 이 세 사람만이 끝까지 남았던 거야. 지금도 엄격한 금주국가이지만 마음만 먹으면 터키 맥주를 어디선가 잔뜩 공수해 올 수 있거든. 밤새 군가를 부르며 진탕 마셨겠지. 그게 주인이 기억하는 이들의 마지막 모습이었는데, 다음날 아침 사진에서처럼 그들은 쓰러진 채 발견됐어. 호흡도 없었고, 심장도 뛰지 않았어. 죽은 거지. 다툼의 흔적도 없었고, 상처 하나 없는 상태였나 봐. 자체적으로 수사를 하던 이란 군은 밀수업자를 독성 밀주 제조 및 불법 유통 혐의로 체포했지만 초임 장교 셋의 죽음을 완전히 밝혀내진 못했어. 체내엔 어떠한 독극물 성분이 검출되지 않았으니까. 군의관은 난처하게도 세 사람 모두 자연스러운 죽음으로밖에 생각할 수 없는 원인불명의 사망, 즉 돌연사 판정을 내릴 수밖에 없었지. 휴전 이후 이 사건이 국제사회에 공개되자 한바탕 난리가 났어. 동시에 죽게 해달라고 소원을 빈 천국의 문지기 부부도 아니고 세 친구가 한꺼번에 죽는 일은 좀처럼 일어나지 않으니까」

「선배는 그렇게 생각하지 않는군요. 그러니까 단순한 돌연사가 아니라고요」

여자는 손가락을 아랫입술에 갖다 대고 음, 하고 잠시 생각했다.

「그럼 이들의 현실 인식도 별난 구석이 있나보죠?」

「바로 맞았어. 사관학교 동료들은 이들이 이슬람 혁명도, 서구 질서도 아닌 제삼의 급진적인 노선을 주장했다더군」

「흥미롭네요」

「하하, 그럼 소련 군 정치장교는 얘기할 필요도 없겠네. 내가 조사한 바에 따르면 다른 사람들도 마찬가지야. 다음 사진은 과수원을 운영하고 있던 김상구 씨. 당시 오십삼 세로, 자신의 트럭에서 그대로 잠든 것처럼 발견되었지. 당연히 생명 활동이 모두 정지된 상태였고… 자살을 의심할 만한 정황이 없어서 의문사 처리가 됐어. 하지만 집요한 탐문 끝에 그가 오랫동안 사모하고 있던 여성이 그 즈음 병을 앓다 세상을 떠났다는 사실을 알았지. 상구 씨로선 현실 세계에 더 머물 이유가 없었던 거야」

「하지만 선배. 선배의 가설에 아무리 관용적인 사람일지라도 인간 모두에게 그 정도 현실 부정 욕구가 있음을 인정해야 할 거예요. 또 대부분의 사람들은 설령 지금의 현실 세계가 마음에 안 든다고 버스 갈아타듯이 떠나지도 않고요」

「맞는 말이야」

유리창에 붙어 있던 사진 한 장이 떨어졌다. 점성이 다 된 모양이었다. 남자는 사진들을 모아 서류철에 정리했다.

「네 말마따나 죽고 싶다고 바로 죽는 사람은 거의 없지」

남자는 서류철 마지막 장에 있던 사진을 꺼내 텅 빈 유리창 중앙에 붙였다. 황금빛으로 산광되고 있는 저녁의 해변 위에 쓰러져 있는 여자의 사진이었다. 그것은 평온한 표정과 극적인 주변 경관 때문에 상업 잡지의 광고라 해도 수긍할 만했다.

「하지만 떠날 수 있다는 가능성 앞에선 어떨까?」

남자가 말했다.

「그 가능성을 마다할 어떠한 합당한 이유를 못 찾는다면? 그렇다면 그들은 죽은 게 아니라 아직 돌아오지 않았을 뿐인지도 몰라」

남자는 자동차의 시동을 걸었다. 얼굴엔 다시 활력이 돌았다. 와이퍼가 좌우로 빗물을 걷어내고, 전조등이 앞길을 밝히고, 차는 이내 달리기 시작했다. 자동차와 함께 빛이 나아갈수록 어둠은 뒤로 물러나는, 영원히 끝나지 않을 것 같은 추격전. 여자는 고요히 흔들리는 유리창에서 사진을 떼어내 잠시 바라보았다. 선배는 이미 다 알고 있지 않을까? 언제나 그랬듯이. 하지만, 한 손으로 핸들을 붙잡고 나머지 손으로 턱을 괸 채 다시 함구에 빠진 남자를 보고, 여자의 의문은 사라졌다. 괜찮아. 선배는 이미 길을 다 알고 있고, 나는 그의 뒤를 따르는 두 번째 여행일지라도, 그녀에겐 아무래도 좋은 것이었다.

시내는 정갈하면서 시대착오적인 분위기에 에워싸여 있었다. 구름은 깊은 하늘을 수놓았다. 가로수는 커다란 소철이었다. 목욕탕 벽화처럼 경건하고, 유행에서 살짝 빗겨난 풍경이었다. 출근 시간대로부터 빗겨난 도로는 잠든 것처럼 조용했다. 오전 업무가 한창인 시간이었다. 일상적인 왕래만이 눈에 띄지 않게 이루어지고 있었다.

그곳은 주객이 전도된 스낵바 겸 주유소였다. 주유기는 작동이 되긴 될는지 의뭉스러웠고, 유가를 알리는 간판은 흙먼지가 엉겨 붙어 제 기능을 못하고 있었다. 심지어 대기하는 직원조차 보이질 않았다.

초라한 주유소 안쪽에 있는 스낵바는 기역자 모양의 단층 건물이었다. 밖의 풍경이 훤히 보이는 보리차 빛깔의 통유리가 시내를 향해 빙 둘러싸여 있었다. 창가 쪽엔 일체형으로 연결된 광택 재질의 소파와 철제 테이블이 다닥다닥 붙어 있었다. 낮은 천장에는 설치 후 한 번도 청소하지 않은 게 분명한 실링팬이 형식적으로 빙빙 돌아갔다. 기역자로 바가 꾸며져 있었고, 바닥에 고정된 의자를 따라 메뉴판과 냅킨,

조미료 통이 뜨문뜨문 놓여 있었다. 그리고 손으로 누르면 땡, 하고 울리는 종이 있었다. 바의 내부에는 직원들이 오갈 수 있는—그래봐야 웨이트리스와 주방장 둘뿐이지만—통로와 함께 조리실에서 만든 요리를 받을 수 있는 공간이 트여져 있었다. 벽엔 이십일 인치짜리 삼성 명품 완전평면 브라운관 텔레비전이 매달려 있었고, 한쪽 구석엔 담배 좌판과 음료수 냉장고, 과자 진열대가 조그맣게 마련되어 있었으나 「일단 스낵바라고 했으니까…」 하고 구색만 갖춘 티가 노골적이었다.

스낵바에는 교대를 바치고 밤샘 근무에서 해방된 노동자 둘이 테이블에 앉아 피자와 맥주를 먹고 있었다. 멀찍이 떨어진 테이블에서 커피를 시켜놓고 이어폰을 귀에 꽂은 채 노트북으로 무언가를 쓰고 있는 여자도 있었다. 웨이트리스는 배싹 마르고 상냥함이란 조금도 남아 있지 않은 얼굴의 여성이었다. 그녀는 껌을 딱딱 씹으며, 양복쟁이들이 정세에 대해 이러쿵저러쿵 떠들고 있는 텔레비전 앞에 앉아 손톱을 손질하고 있었다.

스낵바의 유리문이 벌컥 열리더니 가죽 롱 코트를 입은 여자와 빵모자를 쓰고 노란색 나비넥타이를 맨 뚱뚱한 체구의 남자가 들어왔다. 길게 늘어트린 여자의 오렌지색 머리칼은 끝이 맵시 있게 구부러져 있었고, 하얀 얼굴에 대조적으로 짙은 눈썹이 이목구비를 환하게 만들었다. 웨이트리스는 힐끗 고개를 들어 두 사람임을 확인하고는 흥미 없는 얼굴로 다시 손톱을 다듬었다. 그들은 바에 앉았다.

「안녕, 지나」

웨이트리스와 가까운 자리에 앉은 남자가 모자를 벗으며 붙임성 있는 말투로 인사했다. 웨이트리스는 마지못해, 새침하게 화답했다.

「안녕, 쌤」

쌤이라고 불리는 남자는 메뉴판을 유심히 보다가 손을 들어 주문하려 했지만 맥주 줘, 하고 잘라 말하는 여자 덕분에 묵살되고 말았다.

「이번에도 돈 안 내고 가면 진짜 신고할 거야, 유미」

웨이트리스가 냉장고에서 맥주 한 병을 갖다 주며 말했다.

「왜 이러셔, 우리 사이에」

유미의 능청스러운 말에 웨이트리스는 피식 웃었다. 피자를 먹던 노동자들이 종을 울렸다. 맥주가 떨어진 것이다. 쌤은 유미 뒤편으로 몸을 뻗어 웨이트리스에게 메뉴판을 가리키며 베이글 샌드위치를 주문했다.

유미는 다시 핸드폰의 문자 메시지를 확인했다. 새로 도착한 소식은 없었다. 말없이 재촉하는 시간이 초조하기만 했다. 그들은 쫓기고 있었다. 분명히 쫓는 건 그들이었는데 어느 순간 역전된 것이다. 상황은 확실히 좋지 않았고, 모든 정황은 안 좋은 결말을 향해 한 걸음씩 다가가는 것처럼 보였다. 어디서 꼬인 걸까. 유미는 한숨을 쉬었다. 땡, 하는 소리와 함께 조리실에서 쟁반이 불쑥 나왔다. 바삭하게 구워진 베이글 사이에 양상추가 보기 좋게 누워 있었다. 쌤은 두 손을 문질렀고, 유미는 언제 시켰냐는 얼굴로 그를 빤히 보았다. 뒤늦게 그 시선을 알아챈 쌤이 변명했다. 밥을 여태 못 먹어서요. 유미는 종을 쳤다. 싱크대에서 그릇을 씻던 웨이트리스가 고개를 들었다. 한 병 더. 웨이트리스가 고개를 저었다. 술꾼 같으니.

「걔한테 연락은 없냐?」

유미가 물었다. 쌤은 바이올린 연주하듯 베이글에 크림치즈를 정성스레 고루 펴 바르며 예, 하고 대답했다. 찾아야 할 게 한둘이 아니군. 도시에 있을 확률은 적다. 그럼 제 시간에 찾을 수 있는 가능성은 더욱 희박해진다. 언제나처럼 이번 일도 그들 내부에서 해결해야 하지만 리더도 곤궁에 빠진 만큼 무리해서라도 조속히 수습하는 게 옳은 일일 수도 있다. 유미는 무언가 숨기는 걸 못 참는 타입이었다. 하지만 어쩔 수 없는 상황이 결국엔 모두를 어쩔 수 없게 만들었다. 돈이 문제지, 항상. 그 생각이 미치자 유미는 화가 났다. 그녀는 쥐고 있던 맥주병을 테이블에 쾅 내리쳤다. 빵을 입에 넣으려던 쌤은 그 소리에 놀라 빵을 접시에 떨어뜨리고 말았다.

「어제 면회 갔었지? 뭐래냐」

유미가 물었다. 쌤이 빵을 우물우물 씹으며 말했다.

「괜찮대요. 잠꼬대로 계속 바지를 벗기려 드는 아저씨만 빼면요」

「나호철이는?」

「그대로에요. 혐의 모두 인정해라. 그럼 무기징역까진 안 나올 거래요」

「그랬더니?」

「피자가 먹고 싶대요」

그 말에 유미는 인상을 찌푸렸다.

「개판이구만」

남은 맥주를 단번에 비우고 유미는 자리에서 벌떡 일어났다. 쌤도 여분의 빵을 급하게 쑤셔 넣고 함께 일어났다. 불한당 같이 그냥 나가려는 둘에게 웨이트리스가 계산! 하고 소리쳤다. 그러자 쌤이 깜빡했다는 듯 다시 돌아와 지갑에서 지폐를 건네주었다. 외상값에 턱없이 모자라는 금액이지만 굳이 말하지 않는 지나에게 쌤은 많은 미안함을 느꼈다.

「곧 갚을게」

생각에 잠겨 바닥을 보며 걷던 유미는 맞은편에서 유리문을 열고 들어오던 다른 손님을 미처 피하지 못하고 살짝 부딪혔다. 유미는 놀랐고, 정장을 차려입은 남자는 사과를 했다. 유미는 괜히 부아가 치밀어 올라 대꾸도 없이 빠져나왔다. 그리고 쌤에게 대신 신경질을 냈다. 엉겁결에 욕을 먹은 쌤만 어리둥절한 얼굴이었다… 두 사람은 스낵바를 나갔다.

「혹시 여기 셀프 주유소인가요?」

남자가 웨이트리스에게 다가가 물었다. 그를 가만히 보던 웨이트리스는 여보! 하고 새된 목소리로 남편을 찾았다. 그러자 소파에 쓰러져 있느라 보이지 않던 꾀죄죄한 몰골의 남자가 벌떡 일어나더니 뒤뚱뒤뚱 걸어왔다.

「차는 밖에 세워놨어요. 가득 부탁합니다」

「예, 예」

남자와 여자는 창가 쪽 테이블에 앉았다. 유리창 너머로 하품을 하며 주유를 하고 있는 남자가 보였다.

「재미있는 곳이네요」 하고 여자가 말했다.

「항상 그렇지, 뭐」 하고 남자가 말했다.

밤새 우주를 방황하던 두 사람, 마침내 빠져나온 것이다. 기름이 다 떨어졌는데도 차가 용케 굴러간 것이 기적이었다. 여자는 턱을 괴고 조금씩 빠져나가는 긴장을 기분 좋게 느끼며, 창밖의 자동차에 서린 간밤의 터무니없는 운행을 생각했다. 어둠을 틈타 시공간을 넘나들다 그만 우주와 합일을 이룬 것만 같은 경험이었다. 그러는 사이 웨이트리스가 껌을 딱딱 씹으며 다가와 주문을 받았다.

「일단 커피 두 잔 주시겠어요?」

남자가 정중하게 부탁했다. 그녀는 들고 있던 포트에서 커피를 따라주었다.

저항할 수 없이 봐야만 하는 영화처럼 하나는 어떤 꿈에 사로잡혀 있었다. 어느 순간 꿈은 영화의 외형을 닮아갔고, 이 둘을 분간하는 건 불가능해졌다. 옛 소련 시절의 사람들은 영화를 끝나지 않는 꿈이라고 했다.

꿈, 영화, 기억— 희비극의 삼위일체라 할 만한 이 속에서 하나는 길을 걷고 있다. 하늘은 맑고, 볕과 그늘의 명암이 확실하다. 봄날처럼 보인다… 티셔츠 날씨. 낮은 지형의 마을 주변으론 고층 건물이 보이지 않는다. 길 건너편에 산동네 비슷한 슬레이트 지붕 촌락이 있지만, 하나가 걷고 있는 길은 평야 지대의 미로처럼 복잡한 주택가 골목. 아이들이 득시글거리는 문방구와 개점 이래 수리 한 번 없이 낡아버린 간판의 세탁소. 붉은 벽돌의 단독주택들. 엇비슷하게 생겼지만, 그래서 주택단지처럼 보이지만 똑같은 것 하나 없이 묘하게 다른 가정의 역사가 빼곡하게 이어져 있다. 놀이터, 근린 시설, 보급형 정자, 구멍가게, 복덕방, 냉면집(만두가게도 겸하는), 여관, 미용실, 쌀가게, 미싱, 시다 구해요, 무슨 어패럴, 어린이집. 현대화가 덜 된, 도심이고 싶었지만 끝끝내 변방으로 남게 된, 한국 어디에나 있을 만한 풍경. 골목은 술에 취해 그은 바둑판처럼 어긋나있고, 길은 그 어지러운 골목 사이로 이어져 있다.

구름의 속도, 햇빛의 무게, 그늘의 질, 바람의 농도, 소음의 선명함, 빨래 건조의 구술사, 더위가 불쾌함으로 전환되기 직전의 임계점, 보이지 않는 손길의 어루만짐. 이 모든 것을 감각하던 때. 어떤 편견도 없이 몸을 내맡겨도 괜찮던 때. 그런 때가 있었다. 그런 날씨가 있었고, 그 덕분에 하나는 아름다움을 감각할 수 있었다.

하나는 혼자가 아니었다. 그의 곁엔 또래의 남녀가 함께 걷고 있었다. 아이들은 대체로 즐거워 보인다. 무슨 말을 하고 있는 진 모르겠다. 다른 두 사람은 하나를 앞서서 걷고 있다. 그 속에서 하나는 보이지 않는다. 이 꿈은, 영화는, 기억은 하나의 것이기 때문이다. 하지만 정작 하나 자신은 그것을 모른다. 어둠을 더듬는 손. 차가운 콘크리트, 서늘함보다 더 서늘한 죽음의 감촉. 이것은 꿈이다. 내 의지와 상관없이 재생되어 봐야만 하는 폭력적인 꿈이다. 아니다. 이것은…

하나는 일어났다. 자신의 침대 위였다. 꿈의 기억은 빠르게 휘발되었다. 하나는 누군가 자신의 서재 앞에서 책을 보고 있음을 깨달았다. 그는 영필이었다. 수희동 집에서 함께 사는 룸메이트이자 하나보다 세 살 많은 사내였다. 일어났네, 하고 영필이 부드럽게 웃으며 말했다. 하나는 허리를 일으켜 앉았다.

「언제 왔어?」

「아침에」

하나는 창밖을 보았다. 커튼 너머의 빛으로는 시간을 가늠하기 어려웠다.

「형, 지금 몇 시야?」

「저녁 여섯 시」

하나는 다시 침대에 푹 쓰러졌다. 몸이 쑤셨다. 몸살이 도진 걸까. 책을 덮고, 영필이 물었다.

「요새 바쁜 것 같던데」

「성실한 동업자 덕분에」

하나는 손을 뻗어 창틀에 있던 담배를 집었다. 라이터를 찾는데 보이지 않았다. 셔츠 주머니에 있나? 그때 영필이 불을 켜주었다. 하나가 그를 올려보자 담배를 입에 물고 있는 영필이 하느님처럼 웃고 있었다.

「결혼식은 어땠어?」

영필이 물었다. 하나는 알잖아? 하는 얼굴로 한숨을 푸, 내쉬었다.

「최선을 다 했어」

「직업적으로, 아님 개인적으로?」

「당연히」 하고 하나가 말했다. 그는 부끄러움을 느꼈다. 「직업적으로지. 개인적으로 나는 형, 완전히 끝났어」

「무슨 일 있었어?」

원하지 않는 대화였지만 영필을 밀어낼 수 없었다. 하나는 조금 망설이다 말을 꺼냈다.

「사실 주희를 만났어」

영필은 놀랐다.

「결혼식장에서?」

「아니… 그때 주희는 안 왔어. 적어도 내가 있는 동안엔 없었어」

하나는 주희가 자신을 찾아와 같은 공간에 있었다는 것이 고작 수십 시간 전의 일이란 사실에 경악했다. 하나는 자신의 목소리가 최대한 아무렇지 않게 들리기를 바라며 말했다.

「어제 연락이 왔고 사무실에 잠깐 들렀다 갔어」

「그래서」 하고 영필이 말했다. 궁금한 게 많지만 조심스러운 눈치였다. 「별 말 없었어?」

「응. 그냥 컴퓨터가 잠깐 필요했던 것 같아」

하나는 주희가 애초에 빌리고자 했던 우산 없이 비 내리는 거리로 돌아간 사실을 말하지 않았다. 영필은 더 묻지 않았다. 하나를 잠시 지긋이 바라볼 뿐이었다. 어휴, 너도 참 어지간하다, 하는 얼굴이었다.

「나도 주희 씨한테 문자 받았어」

영필이 난데없이 고백을 해왔다.

「한 삼 일 전인가, 꽤 됐을 거야. 잘 지내냐는 그냥 안부였는데, 너도 묻더라. 그래서 잘 지내고 있다고 했지. 인사동에서 상진 씨랑 일하고 있다고. 아, 이거 말하면 안 되는 거였나」

하나는 말없이 듣고 있었다. 주희는 왜 돌연 연락을 해왔을까. 하나는 주희를 상상해보았다. 핸드폰을 잡고 방을 빙빙 도는 주희를, 하나 대신 영필에게, 전화 대신 문자를 선택하며, 그 결정을 내리기 전까지의 숙고를, 마침내 비 오는 날 하나에게 전화를 건 주희를… 나는 얼마나 잔인하게 내쳤는가! 욕을 하거나 침을 뱉는 것보다 훨씬 야비하고 졸렬한 행태였다. 끔찍한! 하나는 저절로 신음이 나왔다. 동시에 주희가 원망스러웠다. 그녀는 완전히 끝난 내게 더 무얼 바라는 걸까. 하나는 알 것 같았다. 그러나 알 수 없었다. (가로막혀 있기 때문이었다) 하나는 이미 알고 있었다. 하지만 알고 싶지 않았고, 그것은 모르는 것과 결국 똑같았다.

오정—하나의 또 다른 룸메이트이자 영필보다 한 살 많은—의 방은 이층에 있었다. 똑똑, 노크 소리에 반응이 없자 하나는 나야, 하고 말했다. 한참이 지나서야 응! 하고 오정의 뒤늦은 대답이 돌아왔다. 문은 열려 있었다. 그녀는 작화실로 꾸며놓은 자신의 방에서 원고 작업을 하고 있었다. 두 손에 머그잔을 들고 있는 하나를, 오정은 반갑게 맞았다. 포옹을 하기 위해 자리에서 일어났지만 작업용 앞치마에 묻은 잉크 얼룩을 떠올리곤 급히 몸을 뗐다.

「차 좀 타왔어. 커피가 나으려나?」

하나는 잔을 건넸다.

「아니, 커피라면 낮에 하도 마셔서 신물이 나」

오정이 기쁜 얼굴로 잔을 받아들었다.

「점심쯤에 왔나 보구나? 나는 아침에 나갔거든. 영필은 새벽부터 나가 없었어」

하나는 고개를 끄덕였다. 그들은 간발의 차로 엇나간 것이었다. 하나는 책상 위의 원고를 슬쩍 보았다.

「구경해도 돼?」

「물론이야」

요즘으로선 드물게 종이 만화 잡지에 연재하는 오정의 만화였다. 벌써 단행본이 세 권 발매되었고, 평판은 좋았다. 포털 사이트나 유명 웹툰 사이트로부터 요청이 계속 들어오는 걸로 하나는 알고 있다. 하지만 그녀는 종이 만화를 선호했고, 언제 사라질지 모를 종이 만화에 좀 더 오래 머무르기를 원했다. (하나가 그녀를 처음 만난 대학 시절부터 동료들과 만화 동인지를 만들고 있었다) 만화를 별로 읽지 않고, 아는 바도 많지 않은 하나로선 오정의 작업이 나전칠기 장인의 공예처럼 그저 경이로울 따름이었다.

「멋지다」

하나의 말이었다. 원고에는 연필 데생 위로 정교한 잉크 선들이 가로지르고 있었다. 갓을 쓴 선비가 축제처럼 떠들썩한 유곽에서 흥청망청 기생들과 놀아나는 장면이었다. 오정의 방에는 온통 만화책과 자료집으로 내려앉을 지경이었다. 그런데 갑자기 오정이 하나의 어깨를 붙잡고 우는 소리를 했다.

「하나야…」

「응?」

「단 게 너무 땡겨…」

영필은 거실 소파에 앉아 텔레비전을 보고 있었다. 이층의 방문이 열리더니 오정이 얼굴을 내밀었다. 그리고 영필을 향해 소리쳤다.

「영필!」

「어?」

「나 아이스크림 사줘!」

「지금 슈퍼 문 닫았잖아」

「버스 정류장 앞에 편의점 생겼다, 뭐」

「이거, 참…」

영필은 툴툴거리면서도 점퍼를 입었다.

「사랑해! 막 퍼먹을 수 있는 걸로!」

「내가 무슨 행랑아범도 아니고…」

오정이 방으로 돌아왔다. 하나는 의자에 앉아 있었다. 궁금한 얼굴의 오정이 하나에게 다가가 물었다.

「그래서? 나머지 테이프들도 다 봤어?」

「아니, 몇 개만」

「그러니까… 정리를 해보자. 어떤 여자가 테이프를 맡기러 왔는데, 그 테이프에는…」

하나는 고개를 끄덕이며, 오정의 눈을 바라보며 말했다.

「응. 테이프에는 이천십이 년의 석관동이 찍혀 있었어」

「넌 그걸 보고 그때의 그곳이란 걸 바로 알았어?」

「보자마자」

하나는 조용히 숨을 내쉬었다.

「마치 시간을 거슬러 올라간 줄만 알았어. 아니면 그때 우리를 찍은 누군가가 그녀를 통해 내게 전해준 것만 같았어. 혹시… 그렇진 않겠지?」

오정은 하나의 손을 꼭 붙잡아주었다.

「의뢰를 하러 온 여자는 처음 보는 사람이야? 내 말은, 그 사람도 학생일 수 있고, 석관동 주민일 수도 있잖아」

「그렇지. 하지만 아는 얼굴은 아니었어. 자세히 기억하지도 못하지만」

「그래. 설령 그렇다고 해도 놀라운 우연이긴 하지만 아주 불가능한 일도 아니야. 하지만 분명한 건 하나야. 누군가 너를 해하거나 상처주기 위한 것이 아니란 거야」

「나도 그러길 바라. 그냥…」

하나가 힘들게 말했다.

「그냥, 지금 나는 뭔지 모를 구덩이에 빠진 것 같아」

「네가 무슨 말을 하려는지 알아」

「난 잊고 싶었어. 잊었다고 생각했고. 그런데 이렇게 다시 나타날 줄은 몰랐어」

측은하게 하나를 바라보던 오정이 어렵게 운을 뗐다.

「내가 어떻게 너의 심정을 이해하겠냐만 언제까지 외면할 수는 없을 거야, 하나야」

「나도 알아. 하지만 적어도 이런 식으로 만나고 싶진 않았단 말이야」

하나가 고집스럽게 말했다. 그러자 오정은 친절하면서, 동시에 엄격한 누나의 시선으로 그를 바라보았다. 그럼 어떻게? 하나는 당장 대답을 찾지 못했다. 현관문이 열리더니 영필이 돌아왔다. 충실한 행랑아범이 그들을 위해 추운 겨울 야밤에 아이스크림을 사온 것이다. 생각에 잠겨 가만히 앉아 있던 하나에게 오정이 고갯짓을 했다. 하나가 따라 일어나자 토닥이듯 오정이 말했다.

「좋은 기회일 수도 있어」

오정은 어깨를 으쓱하며 웃었다.

「어떻게 보면 말이야」

낮에 그렇게 잠을 잤음에도 하나는 여전히 피곤했다. 방으로 돌아와 선반 위에 놓인 방송용 모니터의 작동 여부와 설정 따위를 만지작거리다 실신하듯 잠에 빠졌다.

하나는 또 다시 꿈을 꿨는데, 마을 어귀를 어기적어기적 걷는 아이들에 관한 꿈이었다. 그들은 종종 웃었는데, 하나는 그것이 마지막임을 직감할 수 있었다. 그러나 동네를 전전하는 아이들 가운데서도 하나는 보이지 않았다. 그 순간, 하나는 캠코더를 들고 아이들을 뒤따라가고 있음을 깨달았다.

핸드폰이 집요하게 울리고 있었다. 하나는 시선으로만 핸드폰의 울음을 좇았다. 수면에 꼼짝없이 포박되어 핸드폰을 집어던질 수도 없었다. 침대 건너편의 모니터는 파란 화면이 움직이지 않고 있었다. 핸드폰 벨은 끊어졌다가 또 다시 울려댔다. 듣다 못한 영필이 앞치마 차림을 하고, 한 손엔 뒤집개를 든 채로 하나를 깨우러 방에 들어왔다. 그러나 하나는 때마침 가까스로 일어나 책상 위에 있던 핸드폰을 집은 상태였다. 일어났네, 하고 영필은 크흠, 하는 특유의 만화적인 의태어를 발음하고는 다시 나갔다. (계란 부치러) 하나는 담배를 입에 물듯이 네, 하고 아무렇지 않게 전화를 받았다. 상진이었다. 그는 간밤에 사무실에 불이 났다고 말했다.

부리나케 인사동으로 달려갔을 때, 낙원상가 초입엔 소방차와 앰뷸런스, 경찰차가 운집해 있었다. 그 주위로 온갖 관계자들이 복작복작 진을 쳤다. 그 광경에 하나는 아득한 기분이 들었다. 정말 불이 났구나. 하나는 인파를 뚫고 럭키 빌딩 앞으로 갔다. 건물 전체가 전소된 건 아니지만 불길의 여파는 고스란히 남아 있었다. 깨진 유리창이며 지옥의 아가리처럼 검게 그을린 벽이며… 하나가 빌딩 안으로 들어서려고 하자 경계를 지키고 있던 경찰이 제지했다. 오로지, 빨리 사무실로 들어가 상태를 확인해봐야 한다는 일념에 사로잡힌 하나는 무엇 하나 제대로 설명할 수가 없었다. 적절한 타이밍에 상진이 나타났다. 그의 옆에는 사회 초년생처럼 보이는 양복 차림의 또래 남자가 눈에 힘을 주고 주변을 살피고 있었다. 하나는 그들과 건물 안으로 들어갔다. 상진의 소개로 하나와 보험사 직원은 짤막하게 인사를 나누었다.

「불은 한참 전에 꺼졌어. 일곱 시쯤? 내가 오기 전에 이미 진압되어 있었으니까. 순찰을 돌던 경비 아저씨가 불길을 일찍 발견한 게 그나마 다행이었어」

「정말 기적적이군. 그 아저씨는 이 빌딩 누구보다 일찍 잠들잖아」

조금 정신을 차린 하나가 말했다. 보험사 직원을 앞세우고, 둘은 계단을 오르며 계속 말했다.

「경비 아저씨가 신고를 한 게 새벽 다섯 시라니까 새벽 네 시 전후로 불이 난 게 아닐까. 화재 진원지는 우리 사무실인 것 같아. 사무실이 깨끗이 불타긴 했지만 밖의 유리창과 복도가 조금 그을린 건 빼고는 인명 피해는 없어. 성급히 문고리를 잡았다가 살짝 데인 경비 아저씨 빼고. 다 왔다. 발 밑 조심해」

관계자 외의 출입을 엄금하는 폴리스 라인 테이프 너머의 사무실은 상진이 담담히 묘사한 것보다 훨씬 참혹했다. 어둡고 일그러지고 부서지고 하나하나 확인해보진 않았지만 아무튼 많은 걸 잃었을 것만 같은, 총체적으로 파괴적인 풍경이었다. 막막한 심정으로 하나는 사무실에 발을 들였다. 뽀드득, 하고 무언가 깨지는 소리가 들렸다. 얼른 내려다보니 반쯤 탄 플라스틱 명함 케이스가 굴러다니고 있었다.

「저기, 하나야」

상진이 말했다.

「이 분이 너한테 물어볼 게 있대」

하나는 고개를 들었다. 시선을 맞추며 가볍게 인사를 한 다음 보험회사 직원이 하나에게 질문을 하기 시작했다.

「마지막으로 사무실을 나선 게 실장님이라고 들었습니다. 맞나요?」

「네. 바로 어제… 아니, 엊그제 새벽에 일을 마무리하고 나왔습니다」

「의심하는 것은 아니지만 확인 차 여쭤봅니다. 혹시 나오실 때 가스 밸브를 잠그셨을까요?」

하나는 싱크대 옆에 마련된 가스 버너를 떠올렸다. 비록 지독하게 낡은 구형이긴 해도 시간이 지나면 자동으로 잠기는 안전장치도 설치되어 있을뿐더러 점검 받은 기억도 최근이었다. 가스 누출을 의심할 여지는 없는 듯하자 직원은 다른 쪽으로 질문을 옮겨갔다.

「영상 계통의 사무실이라고 들었는데, 혹시 플러그에 과도한 전기 사용을 하시진 않았는지요? 어떤 경우에는 문어발처럼 멀티탭 하나에 다수의 기기를 연결해놓기도 하거든요」

「저희는 누전차단 기능이 있는 고전력 멀티탭을 사용합니다. 소켓수도 전부 오구 미만이구요」

「예전에 한 번 두꺼비집이 내려가는 바람에 작업하던 게 몽땅 날라

간 적이 있거든요. 그 이후로는 각별히 신경 쓰고 있습니다」

상진이 첨언했다. 직원은 고개를 끄덕이며 손바닥 크기의 노트에 메모를 했다. 그리고 현장을 둘러보기 시작했다.

하나는 작업을 하던 책상 쪽으로 걸어갔다. 너무나 갑작스러운 전소였다. 이전에도 컴퓨터의 작업 내용이 까닭 없이 증발하거나 실수로 폐기하여 난처했던 경험은 종종 있었지만 화재는 처음이었다. 무엇이 날아갔고 무엇을 다시 시작해야 하는지 짐작조차 되질 않았다. 책상 위에는 형편없이 그을리고, 터져버린 맥 프로 컴퓨터가 보였다. 값비싸게 구입하면서 상진과 감격했는데… 그래도 결혼식 앨범 작업 파일을 인쇄소와 상진에게 보내놓은 것이 불행 중 다행이었다. 잠깐의 게으름으로 미뤘다가 컴퓨터의 작업 내용이 소실되었다면… 하지만 다행이라고 볼 수도 없는 것이 결혼식 사진을 찍은 카메라며, 메모리 카드가 모두 불타버렸다… 원본… 테이프!

하나는 뒤늦게 복원 의뢰를 받은 자료들을 떠올리며, 동시에 목덜미가 뻣뻣하게 뭉쳐가는 걸 느끼며 주변을 뒤졌다. 상진과 보험사 직원은 사무실 곳곳을 꼼꼼히 살펴보고 있었다. 괜히 수상한 거동을 보여주어 의심을 살 필요는 없었다. 하나는 그들 눈을 피해 책상 부근을 살펴보았다. 사무실을 청소하면서 테이프를 모두 꺼내 책상 아래 수납공간에 정리해두었는데… 하지만 그 자리엔 테이프는커녕 녹아내린 흔적도 보이지 않았다. 그 옆에 세워둔 캐리어가 없는 것도 이상했다.

보통 수준이 아닌 위화감. 그 정체가 뭘까. 순간 하나는 일전에 사무실 청소를 마치고 스스로의 기특함을 기념하기 위해 찍은 사진이 떠올랐다. 사진의 책상 부근을 크게 확대하여 살펴보니… 그런데, 지금의 현장과 다른 것이 있었다. 데크와 연결되어 있는 윈도우 피시의 데스크톱. 원래는 책상 위에 있어야 할 것이 어쩐 일인지 바닥에 놓여 있었다. 하나는 보험사 직원이 통화를 하러 복도로 나가는 것을 확인한 다음, 컴퓨터 쪽으로 허리를 숙였다. 사무실의 다른 사물처럼 까맣게 그을려 있지만 평소보다 뭔가 헐렁하고 느슨한 느낌이 들었다. 발로 툭 걷어차 보니 분해되어 있던 데스크톱의 겉면이 쓰러지며 빈 내부가 드러났다. 아니나 다를까, 하드디스크가 제거되어 있었다. 이해할 수 없는 정황. 그 순간, 늦은 밤에 걸려온 의문의 전화가 떠올랐다. 실수하는 거요. 뒷돈을 얘기하며 테이프와 복원 데이터를 요구하던 남자의 낮은 목소리. 하나는 거절을 했고, 남자는 경고를 했다. 인터넷 광고마다 연락처와 주소가 적혀 있으니 사무실의 위치를 알아내긴 쉬웠을 것이다. 남자의 경고가 방화로 돌아올 줄은 꿈에도 몰랐다. 하나는 자신이 사건 속으로 휘말렸음을 실감했다. 언제부터였냐면… 남자가 경고를 해왔을 때, 여자가 사무실을 찾아왔을 때, 아니, 어쩌면 훨씬 전…

보험사 직원은 재차 하나와 상진에게 간밤의 위치를, 그러니까 고의 방화가 아니란 알리바이를 확인한 다음 조금 미안한 표정을 지었다.

「저도 현장은 처음이라서요」

그를 따라 건물 밖까지 나온 두 사람은 그대로 밥을 먹으러 갔다. 정오가 훌쩍 지나 있었다. 낙원상가 앞 국밥 골목에 비친 햇빛이 유달리 눈부셨다. 탑골 공원의 노인들, 부산스러운 상가 사람들, 악기를 나르는 파란 리어카와… 하나와 상진은 국밥을 하나씩 앞에 두고 술을 시켰다.

상진은 보험사 직원과 얘기한 내용을 정리하여 들려주었다. 시청 담당자와의 회의 내용을 전달하는 것처럼 일상적으로 행동하는 상진을 보며 하나는 마음이 무거웠다. 그리고 그에게 의문의 남자—아마 테이프를 훔쳐가고 사무실에 불을 지른 것이 분명한—에 대해 말해야 하는지 고민을 했다. 하나는 남자의 요구에 따라 테이프를 넘겼어야 하는 걸까? 하다못해 고압적인 남자의 태도에 적당히 맞장구를 쳐가며 극단적인 상황이 오지 않게끔 처신했어야 한 걸까? 하나는 판단할 수 없었다. 그는 이미 불을 지르고 테이프를 가져가기로 마음먹었는지도 모른다. 내가 사무실에 있었다면 해치웠을 지도 모르지. 하나는 싱크대 앞에 포박되어 새카맣게 숯이 된 채 발견된 자신의 사체를 상상해 보았다. 이미 벌어지기로 예정된 사건이라고 생각하니 무력한 기분이 들었다.

상진은 결혼식 앨범과 테이프 복원 얘기를 꺼냈다. 앨범의 시안이나마 건진 것이 다행이었다. 그러나 복원 작업은 원본 자료까지 소실되었으니 심각했다. 테이프에 담겨 있는 건 대체 무엇일까? 돈이 얼마가 됐든 서둘러 복원을 의뢰하던 여자와 방화까지 저질러가며 테이프를 탐내던 남자를, 하나는 생각했다. 하나가 본 것은 하나에게만 치명적일 뿐, 그 외에는 지극히 평범하고 의미라곤 찾아볼 수 없는 사적인 풍경뿐이었다. 복원과 간수의 책임을 맡은 하나는 원본을 잃어버렸고, 그것을 절도했을 거라 추측되는 남자의 행방을 좇을 방법도 없으니 의뢰주인 여자가 고소한들 할 말이 없었다. 사정이라도 해봐야지. 하나는 한숨을 쉬었다.

국밥은 줄지 않고 빈 술병만 늘어갔다. 두 사람은 취했다.

「오히려 잘 됐어. 그 거지같은 사무실, 내가 태우고 싶었다고」

상진의 말이었다. 하나는 웃는 얼굴을 지었지만 상진이 지난 몇 년간 모아두었던 돈을 몽땅 투자한 장비와 시설이 한순간에 날아갔다는 사실에, 자신의 쓸데없는 고집으로 상진이 겨우 마련한 비좁긴 해도 세상에 발붙일 수 있었던 사무실이 사그리 불타버렸다는 사실에 차라리 소주병에 얻어맞기라도 하고 싶은 심정이었다.

아무 것도 모르는 상진의 입이 또 다시 불붙었다.

「이번 일을 타산지석 삼는 거야. 이건 하늘의 뜻이야. 더 이상 그만하라는. 이제 본격적인 사업에 착수하자구」

본격적인 사업이라 함은, 상진이 최근까지 추진해온 미디어 콘텐츠 개발 사업을 사회적 기업 형태로 전환하여 정부와 지자체의 보조를 받으면서 자리를 잡고, 사전에 계약을 따놓은 성북구의 미디어 교육 프로그램 등을 중심으로 확장해나가자는 골자의 내용이었다. 하나는 상진의 활기 찬 장밋빛 구상을 열심히 들었지만 자신이 거기에 동참하지 않으리란 사실을 잘 알고 있었다. 하나 역시 럭키 빌딩의 열 평 남짓한 사무실에 틀어박혀 정신을 잃을 때까지 술을 마시던 시간들이 그립진 않았다. 따로 하고 싶은 일이 있는 것도 아니었다. 하나는 상진을 좋아했고 존경했지만 그와 미래를 함께 할 순 없었다. 여기가 마지노선인 것이다. 그는 자신과 마찬가지로 삶을 걸고 인생이란 시장에서 행동으로 가치를 구하려는 참된 동료들을 만날 것이다. 그렇지만 나는 행동할 수 없다. 가로막혀 있다… 하나는 큰 슬픔을 느꼈다.

두 사람은 불콰하게 취해서야 자리에서 일어났다. 점심이 훌쩍 지난 오후였다. 상진은 당장이라도 세상과 한바탕 겨룰 듯이 혈기 넘치는 얼굴로 사라졌다. 하나는 은근하게 올라오는 술기운을 누리며 종로 뒷골목을 걸었다. 이상할 정도로 제복 차림의 사람들이 많이 보였다. 잠시 외출을 나온 간호사, 씩씩하게 걸어 나가는 외판원, 유니폼을 입고 서빙을 하는 점원… 하나는 그들이 부러웠다. 그들은 적어도 자신보단 세상에 단단하게 연결되어 있으리란 생각 때문이었다. 그들은 최선을 다할 것이고, 그 덕분에 자신이 택한 세상 속에서 만난 사람들과 아름다운 순간들을 만들 수 있을 것이다. 고단한 일도 많겠지만 그것은 이후 맞이할 즐거움을 위한 서막에 지나지 않는다. 그들은 이룬 것이다…

전철역으로 걸어가던 하나는 퍼뜩 석관동을 떠올렸다. 별다른 볼일이 없던 하나는 곧장 수희동 집으로 돌아갈 예정이었지만 불현듯 석관동을 다시 찾기로 했다. 그것은 순전 즉흥적인 아이디어였다. 하나는 대학 졸업 이후 몇 년간 찾아간 적도 없었고, 조금의 향수도 느끼지 못했다. 석관동, 그곳은 줄곧 하나에게 소거되어 있던 공간이었다. 거대한 콘크리트 벽에 의해 가로막혀 하나가 근접할 수 없던 기억이었다. 그런데 그것이 어느 순간 열리게 된 것이다. 몇 가지 단초가 있었다. 복원하던 테이프에서 우연히 본 석관동 거리, 주희의 방문, 뒤늦게 떠오른 주희의 사형 선고, 그리고 불에 탄 사무실. 좋은 기회일 수도 있다는 오정의 말이 그를 떠밀었다. 술기운이 떨어지기 전에.

하나는 독성이 채 가시지 않은 구역에 발을 딛는 것처럼 긴장을 느꼈다. 석관동을 거닐며, 하나는 자신을 지켜야 한다고 거듭 다짐했다. 신이문역에서 바라보는 풍경은 많이 달라졌다. 멀리 성북역(이제는 광운대역으로 역명이 바뀐)으로 향하는 두 갈래의 철길과 허름한 역사(驛舍) 너머 낮은 지대가 펼쳐져 있었다. 안전기획부, 연탄 공장, 동대문 봉제 공장의 제이전선, 둥지, 만남 등의 이름을 지닌 방석집들이 그러했다.

하나는 의뢰인의 브이에이치에스 테이프에 찍힌 곳을 찾아 걸어갔다. 하나가 대학에 입학하여 첫 수업을 위해 기다리던 횡단보도와 입대할 때까지 머무르던 파란 대문의 이층 자취방, 봄날이면 물청소의 거품들이 흘러가는 골목과 주희와의 기억. 하지만 그곳은 영상에서 보던 풍경과도 다르고, 심지어 하나가 기억하던 석관동도 아니었다. 다른 곳을 찾아왔나 싶을 만큼 제삼의 공간처럼 낯설었다. 대로, 고층 건물들이 건축 중이거나 이미 세워져 있었다. 새로 개발된 상권, 단순한 상가의 변화가 아니다. 근본적으로 무언가 바뀌었다.

하나는 혼란에 빠졌다. 그는 기억을 유추할 수 있는 장소들을 찾았다. 그러나 그곳들은 빠짐없이 무너졌거나 사라졌다. 저녁 햇빛이 뉘엿뉘엿 지고 있었다. 하나는 급한 마음에 석관동을 뛰어다녔다. 혼자만의 아이러니에 빠진 시간 여행자처럼. 그가 애초에 확인하고자 했던 것은 완전한 종언이었으나 석관동에서 발견한 것은 가로막힌 기억의 묘비뿐이었다.

차라리 잘된 것이다. 하나는 석관동을 떠나며 생각했다. 이번이야말로 마지막일 석관동의 풍경을 버스 창 너머로 보며 하나는 생각했다. 만약 이곳을 다시 찾는다면 너는 그야말로 파렴치한이다. 추억이란 그 시간을 성실하고 소중하게 끌어안은 사람에게나 주어지는 보상이고, 너에겐 그럴 자격이 없기 때문이다. 차라리 잘된 것이다. 그때 하나는 창 너머로 무언가를 발견하고 흠칫 놀라 뒤돌아보았다. 너무도 익숙한, 집으로 돌아가는 하나를 끝까지 배웅하던, 그 자리에 있던 누군가가 보였던 것이다. 그러나 하나는 이미, 너무 멀어진 탓에 볼 수 없었다.

수희동으로 돌아와 하나는 본의 아니게 휴가를 보내게 되었다. 생각해보니 상진과 함께 사무실을 개업한 이래로 처음 얻은 빈 시간이었다. 영필과 오정은 소식을 듣고 많이 놀랐다. 그들에게도 하나는 의문의 남자와 사라진 테이프에 관하여 함구를 지켰다. 지칠 줄 모르는 상진의 사업 구상에 대해선 모두 감탄했으며, 아직 어떻게 해야 할지 모르겠는 하나에게 시간을 두고 생각해보라며 격려해주었다.

영필과 오정은 고정된 시간 안에서 일하는 건 아니었지만 나름의 루틴을 갖고 바쁘게 지냈다. 오정은 새벽 늦게까지 원고 작업을 하고 아침 가까울 무렵 잠이 들어 해가 질 즈음 다시 일어났다. 이런 생활은 연재 마감 직전에 최고조를 이루었다. 오정의 담당 편집자는 그들보다 한 세대 위로 보이는 여성으로, 통통한 외모에 푸근한 동네 만화방 언니 같으면서도 날카롭고 집요하게 물고 늘어지는 통에 오정은 학을 떼고 있었다. 오정 역시 작품에 있어선 호락호락하게 놓치고 넘어가는 타입이 아니어서 둘의 대립은 보통 살벌한 것이 아니었다. 출판사가 있는 파주에서 멀리 수희동 집까지 편집자가 찾아오는 경우도 왕왕 있는 일이었다. 그나마 월간지라 다행인 줄 알아요, 하고 편집자는 겁주듯 말하곤 했다. 그건 맞는 말이었는데, 몰락하기 이전의 만화 주간지 시절이었다면 오정은 잠잘 틈도 없이 원고와 아이디어를 짜내는 기계처럼 살았을 터였다.

영필은 수희동에 최근 설립된 시립 요양원에서 간병인 일을 했다. 일 년 정도 됐을까. 입주민 대부분은 거동이 불편하거나 임종을 앞둔 노인들이었고, 동료 간병인들은 대부분 중년의 중국 동포였다. 영필이 담당하는 환자는 일인실을 혼자 쓰는 젊은 뇌성마비 환자였다. 당연한 말이겠지만 언동에 큰 불편을 겪고 있었다. 영필은 또 다른 간병인—팔뚝에 문신 지운 자국이 선명한 사내였다—과 교대로 일주일에 삼일을 그와 보내면서 용변이라거나 세면세족, 식사 등을 도왔다. 하나로선 상상하기 어려운 일이었지만 영필은 「자신에게 맞는 일을 비로소 찾았다」며 말하곤 했다. 삼일 간의 간병을 마치고 교대하면 나머지 시간은 오롯이 영필의 것이었다. 그는 수희동 공소 성당에 나가 미사 준비를 돕거나 진보 계열 정당의 지역구 활동을 했다. 비록 중간에 자퇴하긴 했지만 영필은 아주 어렸을 때부터 사제가 되기 위해 지역 본당의 추천을 받고 들어간 신학교를 모종의 이유로 그만 두기까지 진지하게 공부하던 신학생이었고, 동시에 사회적 이상을 실현하기 위해 실천적인 대안을 내놓으며 현실의 틈을 벌리고자 분투하는 좌파였다.

여기에 하나까지, 수희동 집의 사람들은 저마다 생활 리듬이 달랐고 서로 마주치는 때가 드물었다. (그래서 함께 살 수 있었는지도 모른다) 공교롭게 가장 한가해진 하나는 바쁜 두 사람 대신 집을 돌보았다. 화장실 타일의 때를 치약으로 닦아내고, 구멍 난 방충망을 교체하고, 빗물에 썩어 부서진 울타리와 난간에 새 목재를 가져와 보수하고 칠을 다시 했다. 앙상한 나무에 순이 자라면 곧 봄이 올 것이다. 하나는 현관 앞 조그마한 정원을 바라보았다. 잡초가 듬성듬성 자라긴 해도 아름다운 뜰이었다.

친구들의 식사를 챙겨주는 것도 하나였다. 그는 요리를 썩 잘한다거나 즐기는 건 아니었지만 밥할 시간도, 치울 시간도 없어 인스턴트 음식으로 대충 해치우는 오정과 영필을 위해 못할 건 또 없었다. 하나가 계속 직장을 못 구했으면 좋겠다, 고 오정은 말했다. 밤에는 여지까지 미루기만 했던 영화들을 보았으며, 몇 해 전에 이미 클리어한 게임을 다시 시작했다. 내용과 공략을 그 사이에 모두 잊어버려 밤을 새우기도 했다.

하나는 지금의 삶이 퍽 마음에 들었다. 평생 이렇게 살아도 큰 후회를 하진 않을 것이다. 일주일이 훌쩍 지났고 새로운 일주일이 시작되는 월요일 아침, 복원을 의뢰했던 여자로부터 전화가 왔다.

「얼마 전에 테이프 맡긴 사람이에요」

여자는 침착한 목소리로 말해왔다. 사무실에 불이 났고 테이프는 온데간데없이 사라졌다는 사실을 알 리가 없었다. 만약 남자의 말이 사실이라면, 그러니까 남자가 여자와 가까운 사이라면 테이프의 복원 여부를 궁금해 하진 않았을 것이다. 하지만 여자는 아무 것도 모르는 눈치였다. 부부 사기단처럼 천연덕스럽게 보상을 미끼로 연기하고 있는 것이 아니라면 말이다.

의뢰인의 연락처를 따로 받지 않았던 하나는 연락이 오기만을 기다리고 있었다. 여자는 사무실에 전화를 했지만 받는 사람이 없었다고 했다. 그때 챙긴 명함을 건성으로 보관한 탓에 한참을 뒤져야 했고, 가까스로 찾은 명함에 적힌 하나의 핸드폰 번호로 이렇게 전화하는 거예요, 하고 그녀는 말했다. 홈페이지에는 직원들의 개인 연락처가 없다. 미안하게 됐군, 하고 하나는 생각했다. 하지만 미안한 일은 앞으로도 많은데. 하나는 입술을 깨물었다가 천천히 말을 꺼냈다.

「뉴스를 봤다면 아시겠지만…」

하나는 잠시 여자의 반응을 기다렸지만 예상한 경악은 없었다. 하긴, 뉴스라고 해봤자 포털 사이트 구석에 조그맣게 실린 것이 전부였으니까. 전부터 어떻게 설명을 할지 많은 생각을 해온 하나였지만 실제로 상황이 닥쳐오니 말하기가 쉽지 않았다.

「일주일 전입니다. 사무실에 불이 났고, 내부가 깡그리 타버리는 사고가 있었습니다」

여자는 아무 말이 없다가 계속하라는 듯 네, 하고 대답할 뿐이었다. 하나는 계속 말했다. 대단히 유감스럽게도 맡기신 테이프를 비롯한 원본 자료가 소실되었습니다. 비명이 나온다면 지금이겠지… 하지만 여자는 별 반응이 없었다.

「전부요?」

여자가 말했다. 목소리엔 감정의 기복이 느껴지지 않았다. 당황한 것은 오히려 하나였다. 그는 서둘러 말했다.

「따로 작업을 하려고 챙겨둔 자료가 있긴 한데…」

「얼마나요?」

「어…」 하고 하나가 말했다. 「테이프 한 개입니다」

「불이 나기 전에 복원해둔 파일도 없나요?」

「그렇습니다」

하나가 힘들게 말했다. 물론 방화범은 테이프는 물론 외장하드와 하드디스크까지 몽땅 가져갔기 때문에 소용없겠지만 하나가 좀 더 꼼꼼하고 부지런했다면 더 많은 복원 파일을 웹 하드에 백업해두었을 것이다. 그렇다면 여자에게 조금은 덜 미안해도 됐을 텐데. 침묵이 흘렀다.

「대단히 죄송하게 되었습니다. 제 부주의로…」

「아니에요」

여자는 하나의 사과를 중단시켰다. 화가 났다기보다 미처 정리하지 못한 생각을 마무리하기 위해 잠깐만… 하고 부드럽게 밀어두는 말투였다. 잠시 후 여자가 말했다.

「남아 있는 테이프라도 보고 싶은데요」

「물론이죠. 지금이라도 파일로 전환해드릴까요?」

「그게 얼마나 걸리죠?」

「사실 사무실 장비들이 모두 불타버려서 시간이 조금 걸립니다. 일주일… 아니, 한 달 정도라면…」

유리 테이블 위에 손가락을 톡톡, 두들기는 정도의 시간이 흐른 뒤에 그녀가 말했다.

「아니요. 지금 만나요. 압구정에서, 오늘 저녁에」

하나는 서둘러 외출 채비를 했다. 패딩 점퍼에 스웨터를 껴입을 정도의 추위는 차츰 꺾이고 있었다. 봄이 다가오고 있던 것이다. 마침 집에는 영필이 있었으므로 시내의 전철역까지 하나를 태워다주었다. (그들은 경차 한 대를 공용으로 사용하고 있었는데, 대부분 집에서 십 분 거리인 전철역을 오가거나 장을 보러 갈 때 썼다)

이유를 막론하고 의뢰인에게 면목없는 상황이었다. 테이프 칠십칠 개가 하나로 줄었다. 뺨을 후려갈긴 다음 마지막 남은 디비 육미리 테이프를 다른 업자에게 가져가겠지… 역으로 가는 동안 하나는 생각했다. 설령 그렇다 해도 하나로선 할 말이 없었다. 하지만 하나의 직업적 소명 뒤에는 차라리 잘된 일이란 은밀한 마음도 숨어 있었다. 그는 테이프들을 모두 들여다 볼 엄두가 나질 않았다. 그것은 하나에게 더 이상 접근하지 말 것을 강하게 경고하고 있었다.

하나는 약속 시간보다 십 분 정도 빨리 의뢰인이 말한 압구정 대로변의 카페를 찾았다. 그녀의 모습은 보이지 않았다. 하나는 자리를 잡고, 주변을 둘러보았다. 특별할 것 없는 풍경. 압구정은 오랜만이었다. 솔직히, 다른 나라처럼 느껴졌다. 고도의 상업 공간, 외제 자동차 거래인들이 즐비한 곳. 예전만큼 사람들이 오가진 않지만. 오후 네 시. 하루가 또 접어들고 있었다. 내가 카페를 잘못 찾아온 걸까, 하는 찰나에 유리문을 열고 의뢰인이 들어왔다.

그녀는 처음 사무실을 찾았을 때 입었던 정장 치마 위에 연유 빛 스웨터를 입고 있었다. 선글라스를 안 껴서인지 다시 본 그녀의 모습은 무척이나 어려 보였고, 세탁을 차일피일 미룬 탓에 나던 퀴퀴한 냄새도 더 이상 없었다. 주문 여부를 물었지만 그녀는 괜찮다고 했다. 하나는 테이블 위로 테이프가 든 작은 쇼핑백을 올려놓고선 품에서 봉투를 꺼냈다. 전에 주신 계약금, 이라고 하나는 덧붙였다. 그녀는 테이블 위의 쇼핑백과 계약금 봉투 대신 흡연석 쪽을 멍하니 보고 있다가 하나에게 담배가 있느냐고 물었다. 하나는 주머니에 손을 찔렀지만 마지막 담배까지 다 피웠음을 금방 깨달았다. 하나는 새로 사오겠다며 자리에서 일어났다. 여자는 몽롱한 얼굴로 하나를 물끄러미 보다가, 겉면이 초록색으로 된 멘솔 담배를 부탁했다. 말보로를 말하는 거구나. 하나는 외투를 입고 밖으로 나갔다.

카페 밖을 나온 하나는 길가에 편의점이 있으리란 판단에 대로 쪽으로 향했다. 그러나 웬걸, 우스꽝스럽게도 하나의 걸음이 닿는 곳마다 편의점은 보이질 않았다. 마치 미로와 같은 호텔 복도에서 숨고 쫓길 반복하는 톰과 제리처럼, 하나가 달려가면 편의점은 번번이 피하는 것만 같았다. 이러다 돌아갈 길도 잃어버리겠군. 하나는 낭패감을 느끼며 다시 돌아갔다. 시간을 오래 지체할 수도 없었다. 그런데 카페 반대편 블록에서 편의점이 보였다. 애초에 잘못된 길을 택한 것이었다. 가장 가까운 곳에 있던 것을… 담배 두 갑을 사들고 하나는 서둘러 카페로 돌아왔다. 그런데 의뢰인은 보이질 않았다. 테이블 위엔 쇼핑백과 봉투가 그대로 놓여 있었다. 잠시 화장실을 갔나, 하고 기다려보지만 뭔가 느낌이 이상했다. 하나는 접수대의 직원에게 다가가 함께 있던 여자에 대해 물었다. 그녀는 하나가 나가고 얼마 지나지 않아 카페를 나섰다고 했다. 하나는 놀랍고, 또 의아스러웠다. 이런저런 생각이 들었지만 하나는 일단 뒤따라가기로 했다. 그녀는 하나가 택한 대로의 반대편, 압구정 골목 안으로 걸어갔을 것이다. 하나는 쇼핑백과 봉투를 챙기고 서둘러 나갔다.

이해할 수 없었다. 그녀는 화가 난 걸까? 일을 그르쳐놓고 계약금만 돌려주면 끝이라는 인상을 줘서? 어쨌든 테이프 일부를 원한 건 그녀였고, 하나는 응한 것뿐이었다. 그렇다면 이 돌연한 실종은 어떻게 받아들여야 하는 걸까? 오후 내내 날을 세우던 빛의 선명함이 점차 떨어지고 저녁이 밀려오고 있었다. 하나는 두 눈으로 의뢰인을 좇으며 압구정 골목을 헤맸다. 학원이 많았다. 작은 가게도… 오피스텔, 원룸 풍의 건물들 사이로 아이들이 우르르 쏟아 나오는 일순을 빼면 조용한 거리였다. 자택에서 온종일 가운을 입고 노트북 세 대를 돌려가며 앉은 자리에서 수십억을 버는 아이티 기업가가 젖은 발을 말리고 있을 법한.

그녀는 공원 앞 벤치에 앉아 있었다. 구두 끝을 보며 공중에 뜬 두 다리를 순차적으로 흔들던 그녀는 하나를 보더니 빙긋 웃었다. 그때서야 하나는 그녀가 지금까지 한 번도 웃은 적이 없었음을, 그것이 하나가 본 그녀의 첫 번째 웃음이란 사실을 깨달았다.

「기뻐요」 하고 그녀가 말했다. 「찾아와주었군요」

두고 간 물건을 전해드리러 온 것뿐이라고, 하나는 말할 수도 있었다. 하지만 하나는 알고 싶었고, 동시에 지금이라도 돌아서야 한다고 스스로에게 을러댔다.

「좀 걸을까요? 괜찮다면요」

자리에서 일어나며 그녀가 말했다. 하나는 순순히 그녀를 따랐다. 그는 머리가 여전히 복잡했고, 쉽게 입을 열고 싶지 않았다. 둘은 길을 따라 도산 공원 테두리를 걸었다.

「제 이름은 희람이에요」

그녀가 말했다. 희람. 하나가 속으로 말해보았다.

「그리고 저는 지난 몇 년간의 기억이 없어요」

하나는 그녀의 발걸음을 함께 하며, 가만히 듣고 있었다. 어느 순간 사라진 최근의 기억. 기억을 잃어버린 사람의 삶에 대해 그녀는 구체적으로 설명하려고 하지 않았다. 다만 모든 것이 거짓말 같은, 어둠이 더 짙은 어둠으로 사라질 것만 같은 불안이 있었다. 눈을 떴을 때 해는 바뀌어 있었고, 그녀는 처음 보는 남자와 호텔에 있었다. 그는 침울하고 과묵한 사람이었다. 혼란스러운 그녀에게 남자는 아무 말도 하지 않았다. 대관절 무슨 일이 있었는지 물어도 고개를 내저을 뿐이었다.

「기억이 나지 않는다고 말했을 때… 그는 다행이라고 했어요. 이상했어요. 다른 무엇보다, 그 무서운 상황에서 집에 가고 싶다는 생각이 들지 않는다는 것이요. 그는 당장 병원에 가야 한다고 했어요. 서울에 도착한지 하루도 지나지 않았다면서… 나는 그가 미워졌어요. 뭔가를 알고 있지만 말해주지 않는다는 생각이 들었거든요」

그녀는 즉시 진찰을 받아야 한다는 남자의 조언을 고분고분 따를 마음이 조금도 없었다. 그녀는 잔뜩 골이 난 고양이처럼 경계를 풀지 않았고, 남자는 결국 체념하고 먹을 걸 사오겠다며 호텔 방을 나섰다. 테이프가 잔뜩 들어있는 캐리어를 발견한 건 그때였다. 남자가 자리를 비운 사이 방을 뒤적이던 그녀는 현관의 수납장 속에서 가방을 보았다. 손에 잡히는 대로 집어넣은 것만 같은 테이프들을 확인한 다음 그녀는 캐리어의 지퍼를 다시 닫았다. 선반 위에는 장지갑이 조심성 없이 놓여 있었다.

슈퍼마켓 비닐봉투를 두 손 가득 들고 온 남자는 인스턴트 음식을 권했지만 그녀는 거절했다. 남자는 창가 쪽 소파에 앉아 혼자 술을 마시기 시작했다. 희람은 캐리어를 들고 남자로부터 도망치기로 마음먹었다. 결국 그녀는 남자를 죽이고 호텔을 나왔다.

「잠깐만요. 정말 그 남자를 죽이고 나왔다고요?」

사람을 죽였다는 희람의 말에—체크아웃 하듯 태연한 목소리였다—하나는 놀랐다.

「네」

「어떻게요?」

「그때 난 몹시 화가 났어요. 그 상황과 그 남자에게. 그래서 난 널 죽이고 싶어! 하고 소리를 치며 총을 쐈어요. 남자는 뒤로 쓰러졌고, 아마 피를 콸콸 흘리다 죽었을 거예요」

알 수 없는 소리였다. 그녀는 계속 말했다…

「그런 다음 현관에서 캐리어와 지갑을 챙기고 곧장 호텔을 나왔어요. 지갑엔 돈이 아주, 아주 많았죠. 현금도, 통장도, 카드도… 서울은 혼란스러웠어요. 아는 것도, 믿을 것도 없었으니까요. 저는 삼일 간격으로 호텔을 옮겼어요. 옷도 새로 사 입고요. 남은 건 테이프뿐이었죠. 그렇게 숨어 지내며 테이프를 볼 수 있는 방법을 찾다가 그쪽의 인사동 사무실을 알게 된 거에요」

하나는 아득해졌다.

기억을 잃어버린 희람에게 남은 건 테이프가 전부였다. 그러나 그것마저 잃어버렸으니 그녀가 의지할 것이라곤 테이프를 본 하나의 증언뿐이었다. 만약 테이프가 희람의 것이라면, 아마 석관동을 촬영한 것도 그녀일 것이다. 그녀의 카메라는 그녀의 눈이 되어, 테이프는 기억의 보관소가 되어 석관동을 기록했다. 물론 그때 그녀는 기억이 지워질 줄 몰랐을 것이다. 그냥 석관동이 너무 좋아서, 혹은 친구들과 만든 아름다운 순간을 간직하고 싶어서 촬영을 했을 것이다. 그런데 어처구니없게도, 망각에 저항하고자 애쓰던 희람은 어느 누구보다 완벽히 기억을 잃었고, 그 기억을 다시 찾고자 한다. 반대인 사람도 있다. 기억에 큰 공력을 쏟지 않는 사람. 추억을 끔찍하게 여기는 사람. 과거로부터 도망가고 싶은 사람. 그럴수록 기억과 추억과 과거에 질식되고 있는 사람! 그게 바로 하나다!

「기억을 찾는 걸 도와주세요」

희람이 말했다. 하나는 눈을 감았다. 너무한 운명이었다.

봄 저녁이었다. 저녁 대기는 연보랏빛으로 물들었다. 골목 어딘가에선 아카시아 향기가 유독 진하게 느껴졌다. 하나는 희람이 묵고 있다는 레지던스 하우스까지 함께 걸었다. 그는 내내 듣고만 있었다. 이제 말을 해야 할 때였다. 하지만 하나는 선뜻 입이 떨어지지 않았다. 희람의 말을 믿지 않는 게 아니었다. 단지, 희람을 만나 이런 일에 얽힌 것이, 굉장한 우연이네요, 하고 넘길 수 없을 만큼 생경할 뿐이었다. 희람은 희미하게 웃었다. 호텔 안으로 들어서자 안내 데스크의 남녀 직원들이 가지런히 인사를 해왔다.

「죄책감이나 보상으로 받는 도움은 싫어요. 내일까지 기다릴게요. 그건 괜찮겠죠?」

희람은 안내 데스크에서 메모지를 받아 자신의 숙소 번호를 써주었다. 위험한 결정체를 바라보듯, 하나는 주저하다 메모지를 건네받았다. 말문을 여는 데까지 한참이 걸렸다.

「지금 당신이 처한 상황들이 어떤지 잘 알겠습니다. 제가 잃어버린 것들이 무엇을 의미하는지, 또 당신에게 얼마나 중요한지도요… 무책임한 말처럼 들리시겠죠. 하지만 지금 우린, 아니 저는 할 수 있는 게 없어요. 그렇지 않나요? 단서라곤 당신이 들고 나온 테이프가 전부인데, 지금은 사라졌잖아요」

「그게 다 누구 때문인데요?」

희람이 하나의 정면을 향해 몸을 돌리며 말했다. 그리고 품에서 명함 하나를 꺼냈다. 그것은 하나의 사무실, 불타기 전에 희람이 챙겼던 사무실의 명함이었다.

「미의 복원 실장 이하나, 당신 이름 아닌가요?」

「맞습니다」

「망실에 대한 책임을 꼭 법리적으로 물어야 할까요, 하나 씨? 제가 보상금 때문에 이러는 거라 생각하시는 건 아니겠지요. 돈이라면 이미 충분히 많거든요」

사람을 구석으로 모는 희람의 솜씨는 놀랄 만큼 탁월했다. 희람은 스웨터 속에 감춰져 있던 목걸이를 꺼내보였다. 그것은 노란색 플라스틱 명찰과 함께 달린 작은 열쇠였다. 명찰의 종이 스티커 위에는 「호랑이 기계」 란 문구가 쓰여 있었다. 호랑이 기계? 하나는 어안이 벙벙한 채 열쇠와 문구를 구경했다.

「뭡니까, 이게?」

「아까 하나 씨는 단서가 전부 사라졌다고 하셨죠? 실은 그렇지가 않아요. 이 열쇠랑 아직 남아 있는 테이프 한 개, 그리고」

희람이 하나의 가슴팍에 손가락을 쿡 찌르며 말했다.

「당신이 있잖아요」

희람은 얼빠진 하나의 얼굴을 보며 싱긋 웃고는 냉큼 돌아섰다.

「내일 아침에 여기서 만나요. 늦는 사람이 커피 사는 거예요」

대답을 기다리지 않는 손이 허공에 손을 흔들고는 엘리베이터 안으로 사라졌다.

하나는 호텔 일층의 라운지에 앉아 꼬박 하룻밤을 보냈다. 희람의 말을 듣고 난 이후부터 그는 설명할 수 없는 마음의 운동에 휩싸여 있었다. 라운지는 밤새 안락한 온도와 조용함을 유지했다. 그는 값 비싼 커피를 한 잔 시켜놓고, 구석 자리에 앉아 이런저런 생각에 잠겨 있었다. 가끔씩 관광객들의 각기 다른 언어들이 들렸지만 새벽이 깊어지자 모두 객실로 올라가고, 바리스타 역시 마지막 주문을 받은 뒤 퇴근했다.

하나는 누군가 자신을 건너편, 혹은 뒤편이나 더 멀리에서 부르는 기척을 느꼈다. 지난번 석관동을 찾았을 때 버스를 타고 그곳을 떠나며 느꼈던 모종의 기시감과도 비슷했다. 하지만 그는 그 정체를 알 수 없었다. 그것은 하나의 의식 속으로 불현듯 떠오른 것이 아니라 어쩌면 그 자리를 지키며 끈질기게 하나를 부르고 있던 것일지도 몰랐다. 하나는 시인해야 했다. 그는 기억의 어둠 속에 무언가를 숨기고 있었다. 하지만 무서운 공상의 산물이면서 정신현상 속에서 실존할 묘비는 하나의 과거를 가로막고는 기억을 더듬는 데 고통을 주었다.

하나는 냉정하게 스스로를 돌아보았다. 나는 과연 그녀를 도와줄 능력이 있을까? 도리어 도움을 받아야 하는 입장이지 않은가? 때로는 어설픈 개입이 상황을 더욱 악화시키곤 한다. 누군들 어려움을 겪는 사람에게 도움을 주고 싶지 않을까. 하지만 물에 빠진 두 사람이 모두 수영의 방법을 모른다면 영락없이 가라앉는 수밖에 없다.

아침이 밝아왔고, 호텔 라운지도 직원들이 오가며 하루를 열기 시작했다. 조금 이른 시간이지만 하나는 상진에게 전화를 걸었다. 그는 아침마다 인근의 체육센터에서 수영을 한다.

운이 좋게도 그는 수영장 로비에 막 도착해 전화를 받을 수 있었다. 하나는 곧장 본론을 얘기했다. 의문의 남자로부터 걸려온 전화와 기억을 찾기 위해 테이프를 들고 찾아온 희람의 사정, 그리고 이것을 해결하기 위해 상진이 낙원상가 앞 국밥집에서 제안한 사업은 함께하지 못할 것 같다는 말이 그것이었다.

「그렇군. 아쉬운데. 하지만 어려울 줄은 알았어」

어느 정도 예상하고 있던 듯 상진이 말했다.

「꽤 힘들어 보였으니까, 너」

「그동안 신세 많이 졌어」

「음, 그런데 네가 하려는 그 일, 혹시 석관동과도 관련 있는 거야?」

「어쩌면. 아직은 잘 모르겠어」

「보통 일 같지가 않아. 뭔가 어마어마한 게 있어」

「이 일이 끝나면 많이 바뀔지도」

「뭐가? 네가?」

「모든 게」

「그럴 지도 모르겠다… 아무튼 몸조심해. 사무실 불 지른 놈도 꼭 잡아주고. 콩밥 먹이지 않으면 분해서 잠을 못 자겠어」

「그럴게」

「일이 해결되면 연락주기다? 이거 무슨 오랜 여자 친구와 헤어지는 기분이군. 그럼 잘 있어」

하나는 전화를 끊었다. 그의 말이 맞았다. 그는 소파에서 일어나 커다란 유리창 너머로 하늘을 올려보았다. 푹신한 소파에 오래 앉아있다 보니 중력에도 허리가 욱신거렸다. 팔과 허리를 좌우로 움직인 다음 그는 오정에게 전화를 걸었다. 길게 신호가 이어지고, 다 죽어가는 목소리의 오정이 전화를 받았다. 아침에도 불구, 그녀가 깨어 있다는 것은 원고 작업으로 밤을 샜다는 의미리라. 하나는 갑작스러운 얘기지만 당분간 손님 한 명이 집에 머물러야 할 것 같은데 괜찮겠느냐고 양해를 구했다. 손님? 오정은 놀라 반문했다.

「석관동 비디오를 찍은 사람이야」

하나가 말했다. 오정은 여러 모로 신기해했다. 마치 생전 친구 한 명 데려오지 않던 내성적인 아들을 둔 어머니처럼. 그녀는 자신은 상관없지만 영필은 요양원에 나가 아직 돌아오지 않았다고, 하지만 그 역시 별 신경 쓰지 않을 거라고 깔깔 웃었다.

「부탁 하나만 더. 이따 집에 들어갈 때 혹시 역까지 나와 줄 수 있어?」

하나와 친구들이 공용으로 쓰는 경차 얘기였다.

「몇 시쯤? 자고 있을지 모르지만 전화하면 나갈게」

오정의 씀씀이가 하나는 그저 고마웠다.

하나는 로비로 걸어가 희람이 알려준 호실의 전화를 부탁했다. 직원은 친절하게 연결해주었다. 자고 있었는지, 희람의 목소리는 푸스스했다. 도와드리죠, 하고 하나는 대뜸 말했다. 몹시 놀랍고 기쁜 반응이 돌아왔다. 하나는 희람에게 준비가 되면 로비로 내려오라고 했다.

희람을 기다리는 동안 하나는 라운지 카페에서 포장된 샌드위치와 주스를 샀다. 식사를 아직 못 했을 희람을 위해서였다. 배가 불룩 나오고 나이 든 백인이 또렷한 한국말로 오미자차를 주문하는 소리를 들으며, 그는 소파에 앉아 잠시 눈을 감았다. 눈꺼풀을 잠시 감았다 뗀 정도의 찰나 같았는데, 깊이 잠든 그에게 로비의 직원이 다가와 정중히 깨웠다. 한 시간 남짓이 지나 있었다. 희람은 로비 앞에 기다리고 있었다. 다리에 붙는 청바지에 한 치수 큰 기모 라운드넥 티셔츠를 입고 있었다. 그녀의 밝은 얼굴을 보니 하나는 자신이 옳은 선택을 했다는 기분이 들었다. 둘은 호텔에서 나와 전철역을 향해 걸어 나갔다.

「그럼… 우선 뭐부터 해야 할까요?」

희람의 말이었다. 하나는 미리 생각해둔 대답을 말했다.

「남아 있는 테이프를 확인해야겠죠. 그런데 테이프를 보려면 장비가 필요해요. 요새는 구하기 쉽지 않은 물건이라 시간이 꽤 걸릴지도 모르겠어요」

실망하는 희람의 표정을 바라보자 하나는 슬며시 웃음이 나왔다.

「아는 사람들에게 연락을 돌려볼게요. 기다리는 동안 희람 씨는 우리 집에 머무는 건 어때요? 특별히 계실 곳이 마땅치 않으면…」

갑작스러운 제안에 희람은 놀랐지만 두 팔을 들어 보이는 시늉을 했다. 어느 쪽이냐면, 기쁜 것 같았다.

「그래도 될까요? 민폐를 끼치는 게 아닐지…」

「아뇨, 서울에서 조금 떨어져 있긴 하지만 집이 꽤 넓은 편이라 불편하진 않을 거예요. 게다가 같이 지내는 친구들도 있으니까」

「감사합니다… 뭐라도 보탤게요」

「아이고, 무슨 소리를」

두 사람은 전철을 몇 번인가 환승했다. 일요일이라 그런지 만원이었다. 운 좋게 자리를 선점한 하나와 희람은 여행길 나서듯 샌드위치를 나누어 먹었다. 희람은 모든 것이 신기한 것처럼 지상철 밖의 풍경을 바라보았고, 하나는 그런 희람을 물끄러미 보다가 또 다시 잠이 들었다.

출구 앞 주차장에는 영필이 차를 세우고 기다리고 있었다. 하나가 희람과 함께 역사에서 나오자 영필은 가볍게 경적을 울리고는 시동을 걸었다.

「오정인 그냥 기절했다. 내가 올 때까지 버티고 있던 게 기적이야」

자동차에 올라타며 희람이 수줍게 인사를 했다. 동행이 있는 줄 몰랐던 영필은 어정쩡하게 인사를 받았다… 하나는 오정에게 했듯이 간단하게 자초지종을 설명해주었다. 가만히 듣고 있던 영필은 알았어, 할 뿐이었다.

수희동 집에 도착했을 때, 희람은 감동한 듯 말을 잇지 못했다. 이렇게 예쁜 집일 줄은 몰랐을 것이다… 하나는 사람들이 집을 보고 감탄할 때 기분이 좋았다. 마침 잠에서 일어나 집안 정리를 하고 있던 오정이 머리끈을 묶은 채 현관으로 나왔다. 그리고 희람을 보자 큰 누나스러운 과장된 어조로 반갑게 인사를 나누었다. 영필은 조그만 모자를 쓴 호텔보이처럼 묵묵히 희람의 짐 가방을 들어주었다.

「옷 방으로 쓰던 이층의 빈 방을 정리해뒀어. 혼자 지내기엔 적당할 듯한데?」

오정이 슬쩍 말했다. 하나는 엄지손가락 두 개를 들 수밖에 없었다. 희람이 오정과 함께 이층으로 올라가 짐 정리를 하는 동안 하나와 영필은 장을 보러 동네 마트로 걸어갔다. 쇼핑을 마치고 돌아오는 길 위에 구름이 어슴푸레 노을에 젖고 있었다.

오정과 희람은 방을 여태 꾸미고 있었다. 아마 옷 한 벌을 접으면서 딴 얘기를 하느라 삼십 분은 걸렸을 것이다… 그동안 두 남자는 저녁 식사를 준비했다. 된장찌개와 나물무침, 미리 만들어둔 감자 샐러드에 빵가루를 묻혀 튀긴 고로케와 밑반찬뿐이었지만 막 준비가 끝난 밥상은 언제나 그럴 듯했다. 영필이 소리를 지르자 이층 계단에서 두 여자가 총총 걸음으로 내려왔다.

늘 따로 먹거나, 어쩌다 셋이 먹는 식사 자리에 한 사람이 늘어나니 기분이 남달랐다. 대화를 주도하는 건 오늘도 오정이었고, 영필은 주로 놀림을 받았으며, 하나는 두 사람의 티격태격 와중에 한 마디씩 거드는 역이었다. 희람은 대화를 주의 깊게 들었으며, 즐겁게 웃고, 곧잘 반응했다. 첫 주행이지만 교통 흐름에 익숙한 초보 운전자처럼.

설거지 당번을 정하는 카드 게임에서 지는 바람에 하나는 부엌에 남아 그릇을 닦아야 했다. 희람은 다른 두 사람과 함께 거실에서 텔레비전을, 가끔 고개를 돌려 손에 물을 묻히는 하나를 보았다. 영필은 여전히 과묵하게 있다가 뜬금없는 농담으로 좌중을 웃겼다. 깔깔, 하는 오정의 높은 웃음소리와 물결처럼 잔잔히 웃는 희람의 소리가 음악처럼 들렸다.

설거지를 해치우고 하나는 현관으로 나가 담배를 피웠다. 이런저런 생각을 하고 있는데, 희람이 문을 열고 그를 따라 나왔다. 그녀 손에는 맥주병이 들려 있었다. 어느새 술판이 시작된 것이다… 희람은 무슨 말을 하고 싶어 했다. 머뭇거리는 그녀의 눈이 하나에게 말하고 있었다. 도산 공원에서도 그렇고, 하나는 자신에게 묻는 타인의 눈을 보고 있으면 생각이 멈췄다.

그때 집안에서 희람을 부르는 오정의 목소리가 들렸다. 다시 해야지! 카드 게임이 재개되었다. 영필은 오정이 억지로 씌운 것이 틀림없는 고깔모자—작년 오정의 생일 때 선물 받은 것인데—를 쓰고 있었다. 그는 질색하면서도 친구들이 부추기면 마지못해 술자리의 분위기를 따르는 경향이 있었다. 먼저 들어갈게요. 희람이 말했다. 커튼 너머, 노란 등불 너머, 춤추는 그림자들이 보였다. 오래 전에 듣던 노래가 흘러나오고, 하나는 따뜻한 액체가 흘러넘치는 기분이 들었다. 내게 아직 아름다움을 발견할 수 있는 감각이 남아 있구나, 하고 그는 생각했다. 희람은 커다란 코가 붙은 장난감 안경을 쓰고 웃고 있었다.

2

딸꾹질하듯 잠에서 일어났을 때 창밖은 푸르스름했다. 요의를 느껴 다녀온 화장실에서 하나는 멀리서부터 밝아오는 하늘을 볼 수 있었다. 문득 자전거를 타야겠다는 생각이 들었다.

차가운 초여름 공기는 갑갑한 머릿속의 창을 상쾌하게 열어주었다. 하나는 일부러 오솔길로 자전거를 몰았고, 주변으론 수희동의 전원적인 풍경이 마냥 이어졌다. 멀리 침엽수가 숲을 이루고 있었다. 정처 없이 페달을 밟다 성당 앞까지 이르렀다. 천주교 의정부 교구의 수희동 성당이었다. 언덕을 따라 돌담과 계단이 있고, 수희동이 훤히 내려 보이는 산 중턱에 위치한 건물. 손목시계의 시침은 여섯 시를 가리키고 있다. 영필이라면 새벽 미사에 왔을 지도 모른다. 하나는 자전거를 세워두고 계단을 올랐다.

교회는 침침한 빛이 간절한 기도처럼 일렁이고 있었다. 하나는 창문 너머를 살펴보았다. 미사는 이미 끝났는지 성당 안은 조용했다. 미사포를 머리에 얹은 중년 여성만이 오르간 반주 연습을 하고 있었다. 뒷자리에서 고개를 숙인 채 기도를 올리고 있는 영필에게 다가가 하나는 창문을 톡톡 두들겼다. 눈이 마주치자 영필은 환하게 웃었다.

「새벽 미사는 수요일에만 있어. 오늘은 그냥 혼자 나온 거야」

영필이 말했다. 물빛에 잠긴 미나리 꽝 옆을, 두 사람은 조신하게 걷고 있었다. 남은 담배가 한 개비뿐이어서 둘은 사이좋게 두 모금씩 번갈아 나누어 피웠다. 하나는 자전거를 끌고 갔고, 영필은 그 반대편에 서서 자전거 바퀴살이 굴러가는 속도에 맞춰 천천히 걸음을 옮겼다.

「무슨 기도했어?」

하나가 물었다. 영필은 담배의 마지막 연기를 기다랗게 흡입한 다음 꽁초를 길가 멀리 튕겨버렸다.

「너와 희람 씨에게 하느님의 손길이 닿기를, 또 그것을 두 사람이 느낄 수 있기를」

「하느님의 손길이란 게 뭘까?」

「어루만짐이지」

「구원?」

「하느님은 우리 삶 속에서 여러 형태로 현시하여 나타나신다고 하잖아? 가령 햇빛이라거나 비가 내리고 나서 달라진 공기 냄새라거나… 도스토예프스키 식으로 말하자면 끈적끈적한 푸름이랄까. 삶을 긍정할 수 있는 모든 것이 어찌 보면 하느님인 셈이지」

「하느님의 손길은 조금 특수한 거야? 신자들에게만 국한된… 지난번에 형은, 우리가 교회에 간다는 건 하느님의 부름에 응답하는 행위라고 했지…」

영필은 킬킬 웃었다.

「이건 보편의 문제야. 공동선처럼. 교황님도 말하지 않았니? 신자들은 신자들의 믿음으로, 무신론자들은 무신론자들의 믿음으로 선을 이루기 위해 노력하면 그뿐인 거야. 어쨌든 중요한 건 나란 존재가 몸담고 있는 이곳이야. 그게 아니면 우린 저마다의 광기에 휩싸여 내부로 무너질 테니까. 하지만 불행하게도 우리 인간의 몸과 마음은 너무도 밀접한 나머지 망상이 육체를 잠식하기 십상이거든. 그럼 아무리 옆 사람이 떠들어도 귀에 들어오지 않아. 자기가 가장 잘 알걸? 이건 미친 짓이란 걸… 그래도 그칠 수가 없는 거야. 스스로 목을 죄어 죽어가는 거지. 끔찍하지 않아?」

「남 얘기 같지가 않군」

「예를 들다면 그렇다는 거야」

영필은 길가에 침을 탁 뱉었다. 입학을 앞둔 예비 중학생의 까까머리처럼 푸릇푸릇 돋아나고 있는 목초 밭을 지나며 두 사람은 각자 생각에 잠겼고 잠시 말이 없었다.

두 사람이 집에 돌아왔을 때는 이미 완연한 아침의 빛이 수희동을 아우르고 있었고, 모처럼 함께 일어난 오정과 희람이 마당에서 시간을 보내고 있었다. 사무실이 불에 타버린 덕분에 얻은 휴가 동안 하나가 이곳저곳에 심은 꽃들이 개화하는 중이었다. 햇빛이 더 뜨거워지면 울타리의 장미도 차례가 올 것이다. 오정은 현관 계단에 앉아 때마침 예의 상쾌한 웃음을 터뜨렸고, 희람도 따라 웃으며 호스를 통해 잔디에 물을 주고 있었다. 하나는 골목 멀리서부터 집을 향해 걸어오다 이들을 발견하곤 손을 흔드는 오정과 희람과 눈이 마주쳤다.

「좋은 아침!」

「정말이야」

시트콤의 대사를 주고받듯이 오정과 영필이 인사했다.

「영필 씨, 이제 제가 하나 씨를 잠깐 빌려도 될까요?」

희람의 말이었다. 영문을 모르는 하나는 손으로 자신을 가리켜 다시금 확인했다. 그녀는 고개를 끄덕이며 그의 옆으로 다가가 팔짱을 꼈다.

「저랑 잠시 시간 좀 보내시죠」

「어…」

「잘 됐다. 오는 길에 식빵 좀 사와주면 더 좋고」

깔깔 웃으며 오정이 말했다.

「우리 하나를 잘 부탁합니다」

완고한 아버지처럼 영필이 말했다.

봄의 출발을 땅이 먼저 기억한다면 여름의 징후는 하늘에 있다. 하나와 희람, 두 사람은 수희동의 오월을 걸었다… 남다르게 빛나는 하늘은 지도 같았고, 하얀 대륙처럼 태곳적부터 떠돌았을 구름은 작고 조용한 마을의 두 산책자를 외떨어진 미아로 만들었다.

희람이 수희동 생활을 시작한지 벌써 한 달이 지나가고 있었다. 그 사이 하나는 테이프를 재생할 수 있는 데크를 찾기 위해 업계의 지인들을 수소문했다. 희람의 잃어버린 기억을 더듬을 수 있는 단서라곤 하나가 사무실을 빠져나올 때 혹시 몰라 챙겨온 디비 육미리 테이프 한 개뿐이었다.

「저 은행 들어가 봤어요?」

희람이 아직은 셔터가 닫힌 새마을금고를 가리키며 말했다.

「오전의 은행은 재미있어요. 저는 용무도 없으면서 소파에 앉아 잡지를 읽는 척하며 아침 내내 구경한 적도 있어요. 은행원들은 가끔 잠에서 깨기 위해 눈에 힘을 주기도 하죠…」

「사람들이 뭐라 그러지 않아요?」

「전혀요. 내가 온종일 번호표도 안 뽑고 어린이동산을 보고 있어도 상관 안 할 거예요」

하나는 웃었다. 어린이동산, 그 역시 좋아하던 잡지였다.

「생활은 불편한 점이 없어요? 그러고 보니 우리가 어지르고 치우지 않은 것들을 희람 씨가 정리하는 모양인데, 그 점은 미안하게 생각해요. 워낙 정신없는 사람들이 모여서 사는 곳이다 보니」

하나의 말에 희람은 고개를 내저었다.

「전혀요. 다만 아이가 있는 집이 이런 느낌일까, 하는 생각이 들 땐 있지요. 편집 회의에 늦은 오정 언니가 후다닥 나가고, 밤샘 근무를 마치고 돌아온 영필 씨와 밥을 먹고, 한바탕 소란이 끝나고 다시 고적해지는 아침의 그 시간이 저는 좋아요. 가끔은 파출부가 된 것 같은 기분이 들지만… 하하, 이건 농담이에요. 오히려 물건의 위치를 제가 잘 몰라서 방해만 될 텐데요」

아직 김이 폴폴 날아드는 커피를 테이블 위에 그대로 올려두고, 사람 좋은 인상의 아나운서들이 주부들과 넋두리를 나누는 텔레비전 방송을 귀로 들으며, 햇빛이 고정된 파도처럼 아른거리는 거실 소파에 가로누워 잠든 희람을, 하나는 언젠가 본 적이 있다.

「아직 빵집 열 시간은 안 됐어요. 그때까지 시간이 좀 있으니 어디에 좀 앉아 있을래요?」

희람이 말했다. 하나는 반사적으로 손목을 뒤집어 시계를 확인했다. 오전 일곱 시 반. 그 짧은 시간 동안 하나보다, 어쩌면 오정과 영필보다 수희동과 훨씬 가까워진 희람이 경탄스럽게 느껴졌다. 하나는 자신의 어깨에 못 미치는 작은 키의 희람이 씩씩하게 걸어 나가는 모습을 뒤편에서 잠시 보았다.

두 사람은 무궁화가 잔뜩 피어있는 초등학교 정문 앞 벤치에 앉았다. 커다란 그늘이 거리 위를 뒤덮고 있었고, 뭉게구름은 수시로 해 주위를 넘실거리며 다양한 명암 효과를 만들었다. 덕분에 구름 아래 세계는 일조량이 풍부했다가 급격히 어두워지길 반복했다. 수풀의 벌레들이 일제히 악을 썼다. 횡단보도 주변으로, 신발주머니를 아직은 써야 하는 저학년 아이들이 몰려들었다. 순번에 따라 돌아가며 교통안내에 나서는 자원봉사 어머니들 역시 노란색 깃발을 들고 나타났다. 교문 앞엔 어째선지 아이스크림과 솜사탕을 파는 노점상이 자리하고 있었다. 소풍이라거나 책가방 없는 날일지도 모른다. 희람이 별안간 아이스크림을 먹지 않겠냐고 물었다. 목을 움츠리게 하는 초여름이었다.

「데크는 빠르면 오늘 도착할 거예요. 집배원 아저씨가 윗동네에서 너무 시간을 끌지 않는다면 말이에요」

하나가 말했다. 희람은 퍼석거리는 콘형 과자 위에 둥그렇게 담겨 있는 아이스크림을 먹고 있었다.

「오늘이 아니더라도 난 괜찮아요」

「희람 씨는…」

하나가 말했다.

「테이프를 보는 게 무섭지 않아요?」

「무섭다니요?」

「내 말은… 테이프에 어떤 모습이 담겨 있을지 모르니까요」

「오」

무슨 말인지 알겠다는 듯 희람이 고개를 끄덕였다.

「저도 알아요. 옛날 일이 항상 기분 좋은 건 아니잖아요, 하나 씨도 그렇지 않아요?」

하나는 대답하지 못했다.

빵집에 들려 집에 돌아왔을 때 오정과 영필은 거실에서 박스를 가운데 두고 앉아 있었다. 마침 택배가 도착한 모양이었다. 그런데 흥미롭게도 택배 상자 안에는 발포 비닐로 꽁꽁 싸인 데크와 함께 포춘 쿠키가 여럿 담겨 있었다. 하나가 부탁한 지인은 인천의 미디어 센터에서 근무하고 있었는데, 아마 차이나타운과 가까워서 보낸 선물일지도 몰랐다.

「포춘 쿠키라면… 먹으면 행운이 생기는 건가?」

영필이 말했다.

「통째로 먹었다간 있던 행운도 달아난다구」

하나가 말했다. 그는 오묘한 모양의 작은 과자를 반으로 갈라보였다. 과자 안 공동엔 마법사의 두루마리처럼 둥글게 말린 종이가 들어 있었다. 오오, 하고 탄사가 쏟아졌다. 한껏 기대감을 연출한 뒤 하나가 두루마리의 문구를 읽었다.

「어려움이 많지만 결국 가는 길에 성공이 있습니다… 상당히 성의 없는 운세로군」

「내 것보단 나아. 당신은 스승입니다. 그러니까 많은 사람들의 초석이 되십시오. 이건 뭐랄까, 운세라기보다 사주팔자 아냐?」

영필이 말했다.

「희람 씨는 뭐라고 나와 있어요?」

희람은 둘로 쪼개진 과자와 두루마리를, 굉장한 마법을 마주한 얼굴로 바라보고 있었다. 반응이 없자 옆에 있던 오정이 옆구리를 쿡쿡 건드리며 대답을 재촉했다. 그때서야 제정신이 수희동 잿빛 목조주택으로 돌아온 희람이 입을 열었다.

「알았어요」

「뭘?」

「포춘 쿠키를 사던 기억…」

눈이 동그랗게 커진 세 사람이 일제히 그녀 앞으로 다가갔다.

「기억이 돌아온 거예요?」

수선에 놀란 희람이 연기를 지우려는 듯 손을 내저었다.

「아뇨, 아뇨. 그냥 스냅 사진 같이… 짤막한 기억들이 떠올랐어요. 기억이라 하기에도 뭐하죠. 아마 제겐 친구들이 있었나 봐요. 확실하게 말할 순 없지만 아마 이렇게 포춘 쿠키를 사서 재미있어 했을 거예요. 친구들의 얼굴도, 포춘 쿠키의 운세도 구체적으로 기억나는 것은 없지만 함께였다는 느낌은 확실해요」

희람이 수희동을 찾아온 본연의 목적을 뒤늦게 상기한 오정과 영필이 흥분하여 동조해주었다.

「분명히 친구들이 있었겠지. 걔네들과 연락할 수 있는 방법은 없을까?」

「나는 포춘 쿠키가 걸려… 왜 많고 많은 것들 중에 포춘 쿠키에 갑자기 기억이 떠올랐을까? 희람 씨는 화교가 아니었을까?」

모두 한 마음 한 뜻으로, 포춘 쿠키에서 촉발된 희람의 기억을 끄집어내고자 노력했으나 헛수고였다. 끝나지 않는 스무고개처럼 공연한 두뇌 활동을 이어나가는 중에 하나는 희람이 꺼낸 포춘 쿠키의 운세를 펼쳐보았다. 종이엔 「운명이란 스스로 꾸는 꿈의 다른 이름」 이란 수수께끼 같은 문구가 적혀 있었다. 중국인 제빵사들은 사실 시인일 지도 모른다… 그보다 더 황당한 건 오정의 운세였는데—심지어 영어였다—「Today you will be sitting on the top of the world」 가 그것이었다.

희람의 기억을 둘러싼 노력이 성과 없이 끝나고, 포춘 쿠키의 운세에 대한 신뢰도 떨어지자 거실에 모여 있던 사람들은 각자의 할 일을 위해 뿔뿔이 흩어졌다. 하나는 배송된 데크를 프로젝터 기기에 연결하는 동안 가끔씩 희람을 보았다. 그녀는 여전히 자신의 포춘 쿠키를 가만히 들여다보고 있었다. 한 가지 분명한 것은 그 알쏭달쏭한 운세도 터무니없는 허풍만은 아니라는 거였다. 거실에 두고 온 가방을 가지러 계단을 급히 내려오다 발이 꼬여 그대로 고꾸라지던 오정은 마침 마루를 지나가던 영필 위를—세상의 초석처럼—깔고 앉은 것이었다!

몇 번의 점검 끝에 상영 준비를 마친 하나가 헛기침으로 주의를 끌었다. 희람은 어느 사이엔가 눈앞에 설치된 장비에 놀라며 반색했다. 데크의 되감기 모터가 기분 좋은 소리와 함께 멈추자 하나가 테이프 케이스를 매만지며, 자신을 기다리고 있는 희람에게 말했다.

「지금 남아 있는 테이프는 다행히 곰팡이도 피지 않았고, 손상 정도가 심하지 않아 재생이 어렵진 않을 거예요. 다만…」

다만, 하고 묻는 얼굴로 희람이 눈썹을 치켜 올리며 다음 말을 기다렸다.

「제게는 몇 가지 문제점이 있어요. 희람 씨는 모르는…」

희람은 하나의 설명을 기다렸다. 하지만 하나는 어떻게 설명해야할지 방법을 몰랐다. 한없이 차가웠던 인사동 사무실에서 아무 대비 없이 마주한 석관동의 모습에 받았던 충격이 그의 모든 사고를 마비시켰다. 같은 실수를 반복하지 않을까? 어떤 확신도 없었고, 스스로 바뀌었다는 각오도 없었다. 먹구름처럼 몰려드는 부정적인 생각을 쫓기 위해 고개를 가로저으며 하나가 앞으로 나섰다.

「아니에요. 일단 테이프를 보죠」

한산하고 나른한 오전의 풍경. 좌에서 우로, 천천히 마을의 전경을 보여주는 카메라. 석관동, 하나가 처음 보았을 때와 마찬가지의 영상이 이어지고 있다. 쓰레기가 나뒹구는 거리, 구멍가게, 페인트칠이 벗겨지고 있는, 하지만 술이 깰 때까지 열리지 않을 철문들. 무미건조한 마을의 풍경이 한동안 이어지다 다른 화면으로 전환되었다.

아이들은 무료한 얼굴로 계단에 앉아 있었다. 청소년들… 조숙하고 냉소적이었지만 그들이 스무 살을 넘기지 않은 아이들이란 사실은 분명해 보였다. 그리고 카메라를 들고 있는 것이 희람이라면, 그들은 그녀의 친구들이리라. 아마도 포춘 쿠키를 사서 과자 안의 운세를 나누어 보았을, 그때 그 시간을 함께 하던 친구들. 테이프는 계속 돌아갔다…

아이들은 정말 할 게 없다고 시위하듯 죽치고 있었다. 구불구불하고 긴 머리칼의 여자 아이. 자신의 체형보다 한 치수 정도는 커다란 검은색 노스페이스 바람막이 재킷을 입고 벽에 기댄 채 주머니에 손을 찌르고 애꿎은 바닥을 걷어차고 있었다. 다른 아이들도 특별한 행동이랄 것도 없이 시간과 함께 박제된 것처럼 보였다. 그러다 계단에 앉아 줄담배를 꾸준히 피우고 있던 또 다른 여자 아이가 자리에서 일어났다. 굉장한 체구였다. 하나만큼 키가 컸고, 하나보다 체격이 좋았다. 눈가에 진한 화장을 한 그녀는 록밴드가 프린트된 엄청 큰 사이즈의 티셔츠 위에 검은색 가죽점퍼를 걸치고 있었다. 그녀는 카메라를 바라보더니 「너 팔 아프지 않아?」 하고 물었다. 괜찮다는 듯 카메라가 위아래로 움직였다. 아이들의 표정이 바뀌었다. 아마도, 웃는 것 같았다.

다음 화면. 장소가 바뀌었다. 아이들은 이제 골목길을 오르고 있었다. 좁은 길 양옆으로 서로 마주보고 있는 벽돌 주택. 승부가 꽤나 경과된 바둑판처럼 포화 상태를 이룬 주거지. 주택, 전신주, 헌 옷 수거함, 자전거, 다시 주택, 전신주, 수거함… 카메라가 불안하게 흔들리더니 목소리가 들렸다. 이걸 누르면 녹화되는 거야? 아마 카메라를 다른 사람이 넘겨받았나 보다. 확대나 축소는 그 옆의 레버를 움직이면 돼. 희람의 목소리도 들렸다. 멀찍이 앞에서 걷고 있는 아이들은 관심 없이 계속 걷고 있었다. 카메라도 곧 이들을 따랐다. 가만 보니 아이들은 저마다 짐을 들고 있었다. 작고 빨간 캐리어를 끌고 있는 아이도 있었고, 낡은 삼소나이트 가방을 들고 있는 아이도 있었다. 어디로 가는 걸까? 기대되지 않는 여행처럼 기운이 하나도 없었다.

화면이 전환되었다. 아이들은 주택가의 언덕 가장 높은 곳까지 올라왔다. 시야를 방해하는 고층 건물이 없다. 비실비실 죽어가는 대추나무, 지상철의 철로, 비스듬한 경사 아래로 빼곡하게 들어찬 주택 지붕들. 아이들은 목욕탕 타일이 잔뜩 붙어 있는 대문과 파란 칠을 한 담벼락 사이에 서서 지나가는 전철을 구경하고 있었다. 땡땡, 하는 신호음이 울리더니 곧 전철이 지나갔다. 카메라는 다시 희람의 손으로 돌아갔다. 담벼락의 아이들은 다리를 까불며 저들끼리 대화를 나누고 있었다. 하지만 카메라와의 거리가 먼 데다가 전철의 소음 탓에 잘 들리지 않았다. 바람막이 소녀가 카메라를 향해 손짓을 했다. 가까이 다가가는 카메라. 전철이 완전히 지나갔다. 그들은 계속 이야기를 나누었다. 걔네들은 죽은 걸까? 어쩌면? 그럼 오리는? 모르겠어. 맥락을 알 수 없는, 그렇다고 아이들이 나눌 만한 것도 아닌 대화가 이어졌다. 하나는 궁금했지만, 아이들은 그를 위해 소상히 설명해주지 않았다. 침묵. 커다란 여자가 한숨을 쉬더니, 그놈의 기계가 문제였어, 라고 말했다. 바람막이 소녀가 동의하듯 고개를 끄덕였다. 일단 흩어지는 게 좋겠지? 반대는 없었다. 하지만 아무도 떠날 생각을 하지 않았다. 그들은 난간에 기대어 무슨 노래를 흥얼거렸다. 일요일의 퍼진 햇살처럼 산산이 조각난 노래였지만 하나는 어째서인지 몹시 익숙했다. 아이들은 어느덧 다함께 흥얼거리고 있었다. 그럴 리가 없는데? 난생 처음 만나는 아이들이 부르는 노래가 낯설지 않다니, 그것은 참 신기한 일이었다. 그러더니 한 사람씩 떠나기 시작했다. 동네에 모여 놀던 아이들이 다시 집으로 하나둘 돌아가듯이. 마지막에 남은 건 이제 바람막이 소녀와 카메라뿐이다. 다시 전철이 들어오는 듯 경보가 울렸다. 소녀는 웃으면서, 이제 그만 찍으라며 손을 뻗었다. 그리고 테이프는 뚝 끊어졌다.

테이프의 재생이 끝나 스크린이 다시 평범한 벽으로 돌아간 뒤에도 하나와 희람은 자리에서 꼼짝하지 못했다. 굉장한 기력이 소모되는 시간 여행을 다녀오기라도 한 것처럼 피곤했다.

친구들과 함께 있음. 포춘 쿠키가 알려준 기억의 감각은 테이프에 고스란히 담겨 있었다. 아마도 일요일, 한산한 오전의 동네를 이리저리 배회하던 아이들. 희람은 그 안에서 분명 즐거운 한때를 보냈을 터이다. 하지만 그녀는 극적인 방식으로 그 시간으로부터 튕겨져 나왔다.

「뭔가 짚이는 게 있어요?」

하나가 물었을 때 희람은 고개를 무겁게 좌우로 흔들었다. 한 번의 재생으로 만사가 해결되리라 생각한 것은 아니지만, 이상한 일이기도 했다. 포춘 쿠키와 같은 뜬금없는 것에 반응하던 기억이, 어째서 과거의 직접적인 기록 앞에서는 침묵을 지키는 것일까?

테이프 라벨은 물론, 타임코드 기록도 남아 있지 않았으므로 비디오 내용으로 촬영 시기를 추론하는 수밖에 없었다. 거리의 풍경이나 아이들의 옷차림으로 미루어봤을 때 가을에서 겨울로 넘어갈 무렵 찍은 것이라는 영양가 없는 정보가 고작이었지만. 몇 년 전에 찍은 영상일 수도 있고, 바로 얼마 전의 일일 수도 있다. 확실한 것이 있다면, 바로 장소였다. 이래저래 우울하고 유치한 기억만 남은 석관동, 적어도 하나에겐 그랬는데, 희람의 석관동은 어땠을지 궁금해졌다. 졸업과 함께 입대를 했으니 하나가 석관동을 떠난 지도 이 년이 훌쩍 지나 있었다. 마치 교대하듯 희람은 석관동을 찾아왔을까… 얼마 전 석관동을 다시 찾았을 때 하나는 과거의 빛을 도무지 찾을 수가 없었다. 수희동에서 잠깐 사이에 밝은 기운을 불어 넣어주었던 것처럼 희람은 석관동을 기쁘게 해주었을 것이다. 노상 취해 있던 하나와는 다르게 말이다.

하나는 희람에게 석관동에 대해 물었다. 그런데 돌아오는 반응은 정말 놀라운 것이었다.

「석관동이요?」

희람의 눈이 동그래졌다.

「거기가 어딘데요?」

기억을 잃는 과정에서 지명까지 잊은 걸까? 지도를 펼쳐보기 전까지 생전 들어본 적 없는 지역을 접했을 때의 생소함이 느껴졌다.

「어… 테이프에 나온 동네 이름이요. 아마 거기서 카메라를 찍은 것도 희람 씨일 걸요?」

희람은 고개를 갸웃거렸다.

「석관동은 아닐 텐데요… 저는 줄곧 도시에 있었어요」

하나는 한 번 더 아연해졌다.

희람은 도시에서 태어났고, 기억을 잃기 전까지 있던 곳도 도시였다고 했다. 도시, 그곳은 정말 먼 땅이었다… 그럴 리가 없다는 듯 하나는 다시 데크의 조그셔틀을 돌려가며 꼼꼼하게 살펴보았다. 비디오 속의 풍경은 석관동과 놀라울 만치 흡사했다. 아니, 석관동이라 할 수 있었다. 하지만 흥분을 억누르고 화면을 프레임 단위로 넘겨보니 그뿐이었다. 하나는 그곳을 석관동이라고 얼마든지 주장할 수 있었지만, 동시에 그곳이 실제 석관동임을 확신할 수 있는 근거 또한 어디에도 없었다. 하나는 기가 막힐 노릇이었다. 잘못 전송된 평행 우주가 자신을 찾아와 지상에 똑 빼닮은 마을을 천연덕스럽게 보여주는 것만 같았다.

만에 하나 희람이 착각을 하는 게 아니더라도, 하고 하나는 생각했다. 어쩌면 나는 내가 보고 싶은 것만을 보아온 걸지도 모른다. 하나는 여실히 깨달았다. 그리고 그것은 하나 내부에서 치솟아 올라오는 어떤 이야기를 더 이상 막아내지 못하고 표출된, 일종의 포화 상태를 의미하고 있었다.

돌아오는 토요일은 영필의 생일이었다. 마침 밖에 있던 오정이 전화하기를, 서울에서 전철을 타고 집에 들어가는 중인데 겸사겸사 시내에서 만나 식사를 하는 것이 어떻겠냐고 물어왔다. 문제없어, 하고 하나는 대답했다. 시계를 보니 근무 조정 때문에 요양원에 들린 영필이 슬슬 돌아올 참이었다. 영필에게 연락을 해보니 일은 일찌감치 끝났고 병동의 할머니들과 수다를 떨고 있다고, 요양원 앞으로 오면 바로 나가겠다고 했다. 희람은 소파에 앉아 다리를 흔들며 케이블 방송의 요리 프로그램을 보고 있었다. 두 사람은 짐을 챙겨 외출 준비에 나섰다.

초저녁의 희끗희끗한 빛에 휩싸여 있는 언덕 중턱의 요양원은 리우데자네이루의 예수 석상처럼 묘한 신비감마저 느껴졌다. 깨끗한 건물 현관에는 길고양이를 위한 먹이통이 마련되어 있었고, 실제로 고양이들이 수시로 주변을 오갔다. 하나와 희람은 주차장에 차를 세워놓고 영필을 기다렸다. 굉장히 살이 찌고 별무늬가 요란한 고무줄 바지를 입은 청년이 주차장 구석에서 스마트폰 게임을 하고 있었다. 얼마 지나지 않아 영필이 가방을 메고—하나는 그의 항상 가득 찬 책으로 터지기 직전의 백 팩을 보기만 해도 어깨가 저렸다—달려왔다.

「서프라이즈!」

뒷좌석 아래에 숨어있던 희람이, 영필이 문을 열고 아무 조심성 없이 조수석에 앉자 심장을 마비시키고야 말겠다는 각오로 벌떡 일어나 외쳤다. 영필은 비명을 질렀다. 가슴을 쓸어내리는 영필을 보며 두 사람은 한참이나 웃음을 터뜨렸다. 선물 증정식도 즉석에서 이루어졌다.

희람의 선물은 검은색 바탕에 하와이의 저녁 바다가 그려진 스냅백 모자였다.

「영필 씨는 이런 거 하나도 없죠? 젊게 보이기 위한 노력은 사소한 데서부터 시작해야 한다구요」

「저는 아직 충분히 젊습니다만… 고마워요」

시동과 함께 자동차가 움직였다. 무릎 위로 던진 하나의 선물을 보더니 영필이 낄낄 웃었다.

「벌써부터 마음에 드는데?」

포장지—종이신문 풍으로 디자인된—위에 풍만한 몸매를 자랑하며 누워 있는 마릴린 먼로를 가리키는 말이었다. 하나의 선물은 그가 전부터 보고 싶다고 노래를 부르던 책이었다.

「새 책은 도저히 구할 수가 없었어. 중고라지만 깨끗해」

「무슨 소리야. 게다가 초판본이면 값도 꽤 비쌌을 텐데, 미안하구먼. 아니, 고마워, 하나야. 고마워요, 희람 씨」

선물 받은 모자를 덥수룩한 머리 위에 푹 눌러쓰고, 영필이 웃으며 말했다.

오정은 역 후문에 먼저 나와 있었다. 뿜뿜, 하고 경적을 울리자 역사 앞에 서서 핸드폰을 넘기고 있던 오정이 고개를 들었다. 그녀는 예의 활짝 웃는 얼굴을 하고 차 문을 열었다. 요란한 인사가 오갔고, 네 사람을 태운 경차는 아파트 단지 앞에 있는 경양식점으로 갔다. 「바이 타임」이라는 이름의 꽤나 오래된 호프집이었는데, 쾌적하고 테이블마다 침침한 불빛이 아늑하여 종종 찾는 곳이었다. 아무튼 오랜만에 가게를 찾은 하나 일행을 알아보고 사장님은 무척 반가워했다. 텅 비어 있는 가게의 한산함이—그에겐 미안한 얘기지만—모두의 기분을 좋게 했다. 주문한 피자를 기다리며 오정의 선물이 개봉됐다. 그것은… 냉장고에 얼릴 수 있는 냉방 방석이었다. 전혀 생각하지 못한 물건에 영필은 적잖이 당혹스러워했다.

「영필이는 열이 많으니까」

오정이 깔깔 웃었다. 호프 잔들이 연달아 부딪혔다. 분위기는 더없이 화기애애했다. 돌아가는 길의 운전자를 꼽는 가위바위보 대결에서 진 하나만 빼면. 피자를 순식간에 먹어치우고 다음 주문을 고르면서, 하나는 희람과 눈을 마주친 다음 헛기침으로 시선을 모은 다음 말을 꺼냈다. 그것은 *도시*에 관한 얘기였다.

「*도시*라면 저 아래쪽? 바닷가?」

희람이 석관동이 아닌 *도시* 출신임을 듣고, 오정이 놀라 물었다. 희람은 고개를 끄덕였다.

「난 한 번도 *도시*에 가본 적이 없어. 워낙에 멀리 떨어져 있기도 하지만 장염에 걸리는 바람에 중학교 수학여행도 못 갔거든」 하고 영필이 말했다.

「요즘은 고속열차가 뚫려서 두 시간 반이면 가. 용산에서 수희동 오는 것보다 빠를걸」 하고 하나가 말했다.

「우리가 *도시*에 대해 아는 게 뭐가 있지?」 하고 오정이 말했다.

「개항지지. 아마 우리나라에서 다섯 번째일걸」

「공업단지도 무지 많아」

「제이의 수도라고 하지만 요즘은 간당간당하지」

「핵발전소도 있고」

「그래서 저희는… 그러니까 하나 씨와 저는 *도시*에 다녀올 생각이에요」

희람이 말했다. 오정과 영필은 그녀의 계획에 수긍하며, 부디 기억을 되찾고 오기를 기원해주었다. 영필은 어쩐지 조금 슬픈 얼굴이었지만…

희람의 모자 선물을 계기로 영필의 고루한 옷차림 양식이 도마에 올랐고, 모두들 이 문제로 열변을 토하느라 들떠있던 중에 하나에게 수신자 번호가 없는 전화가 왔다. 낮은 목소리. 다름 아닌 인사동 사무실에 불을 지른 사나이였다. 하나는 슬쩍 밖으로 나갔다.

「여자는?」

그가 대뜸 물어왔다. 희람을 묻는 것이겠지. 비디오를 훔쳐가고 럭키 빌딩에—단연코 운이라곤 지지리도 없는 건물이었다—불을 지르더니 이젠 목표가 바뀐 모양이었다. 하나는 부아가 치밀었지만 술을 안 마신 게 많은 도움이 되었다, 머리를 차갑게 식히고 시치미를 뗐다. 아직 그는 희람이 자신과 함께 있는 사실을 모른다. 그러자 남자가 피식 웃었다.

「능청 떨긴. 압구정 레지던스 하우스에서 여자가 어떤 남자와 나가는 걸 본 사람이 한둘이 아니야. 내 추측이 옳다면 그녀는 아무래도 댁과 같이 있을 텐데」

처음 전화를 걸어왔을 때의 사무적인 냉소 대신 그의 목소리엔 속 긁는 교활함이 짙게 묻어 있었다.

「서울에 남자가 저 하나뿐입니까?」

「허튼소리」

하나는 웃을 뻔했다. 남자는 자신에게 주어진 정황을 바탕으로 넘겨짚고 있는 것이 분명했다. 일단 그는 하나의 이름이나 인상착의를 알지 못했다. 레지던스 하우스를 찾아가 폐쇄회로 영상을 입수한 게 아닐까, 짐작했지만 그럴 확률은 적었다. 남자는 뒤늦게 희람이 마지막으로 묵던 숙소의 위치를 알아냈고, 그곳을 찾아가지만 이미 떠난 뒤였을 것이다… 로비 앞을 오가는 수많은 사람들을 며칠이고 봐야 하는 데스크 직원들의 기억력 역시 믿을 만한 것이 못 되고, 물어물어 확인한 희람(으로 추정되는 여자 손님)이 어떤 남자와 함께 호텔을 나갔다, 는 정도의 들으나마나한 정보가 남자 패의 전부 아닐까? 그는 핸드폰을 잠시 귀에서 뗐다가 다른 귀에 갖다 댔다.

「허튼소리가 아니에요. 당신이야말로 무슨 근거로 그런 추측을 하는 거예요?」

「네가 전화를 끊지 않고 있는 것만으로도 무슨 꿍꿍이가 있다, 난 생각해」

「최근에 불상사가 있어 조심스러울 뿐이에요」

남자는 말이 없었다. 담배에 불을 붙이는 정도의 공백이었다.

「사무실을 기억하는 게 좋아, 젊은 친구」 하고 남자가 말했다.

「나는 허풍만 늘어놓는 양아치가 아니야. 더 험한 꼴을 당하고 싶지 않으면 괜히 영화 흉내 내지 말고 저자세로 고분고분 나오는 게 좋아」

「마치 사무실에 불을 지르고 테이프를 가져간 당사자처럼 얘기하는군요」

「무슨 말인지 모르겠어」

수화기 너머로 담배 연기 내쉬는 소리가 들렸다…

「그렇다면 어쩌겠다는 거야? 중요한 건 경고를 무시하면 안 된다는 거야, 알았어?」

「그래요. 만약 당신이 목적을 이미 이뤘다면 이제 나는 더 이상 상관없잖아요. 원하는 테이프도 가져갔고, 서비스로 불까지 질렀으면 충분하지 않아요?」

「테이프도 봤겠다, 여자도 만났겠다, 그러면서도 아무 상관없다고? 나는 네가 비디오를 어디까지 봤는지도 여자와 무슨 얘기를 나눴는지도 전혀 몰라. 항상 최악의 경우를 생각하고 있어. 그렇다면 너도 결코 무사하진 않아…」

「쓸데없는 소동에 휘말리고 싶진 않은데」

「쓸데없는 소동에 휘말리길 자처한 건 너잖아. 하소연하기엔 너무 늦었다구」

하나는 핸드폰을 귀에서 떼고 녹음 기능이 제대로 작동하고 있는지 확인했다. 다행히 중간에 멈추는 일 없이 착실히 대화 내용을 담고 있었다.

「지금 우리 대화가 녹음되고 있다는 건 아시죠? 이 문제와 관련해서 보험사는 아주 관심이 많을 것 같은데요. 여태 붙잡히지 않은 방화범에 대해선 특히요」

하나는 떨리는 목소리를 애써 억누르고 말을 이어나갔다. 남자는 빈정대며 제대로 들으려 하지 않았다. 울컥 화가 난 하나는 목소리를 높여 주의를 끌었다.

「이봐요! 나는 더 이상 끼고 싶지 않아요. 정말이에요. 다시 연락할 시엔 그 즉시 보험사는 물론이고 경찰에 신고하겠어요. 당신 덕분에 난 일자리까지 잃었다구요. 여자는 열심히 찾아봐요. 나는 가만 내버려두고」

잠자코 듣고 있던 남자가 기분 나쁜 웃음소리를 냈다.

「나는 경험이 많아. 넌 다르지. 아무 것도 모르고 어설프게 흉내만 내고 있을 뿐이야. 그래, 지금은 어떻게 넘긴다 해도 다음은 어쩔 거지? 넌 언젠가 실수를 할 테고, 그땐 놓치지 않을 거야. 넌 결국 실수하게 될 거야」

남자는 카악, 하고 가래를 돋우었다.

「아니, 실수는 이미 저질렀다만」

그게 마지막이었다. 전화는 또 일방적으로 끊어졌다. 하나는 담배를 입에 물었다. 사태는 본격적으로 벌어지고 있었다. 남자의 말마따나 하나는 깊숙이 개입하고 있었으며, 이제는 어쩔 수 없었다.

하나와 희람의 도시행은 전격적인 결정만큼이나 속전속결로 진행되었다. 일찌감치 차편을 알아보고 짐을 꾸려놓았던 두 사람은 다음날 해가 밝기 무섭게 용산역으로 향했다. 성수기에 돌입한 도시를 찾았다가 관광객들의 홍수에 휩쓸리고 싶진 않았다. 여유 있게 둘러보려면 휴가철에서 한 걸음 정도 못 미친 지금이 적기였다. 도시에 있어 문외한이나 다름없는 하나는 희람에게 이것저것을 물어보았다. 외국인들은 많이 찾는지, 해수욕장은 경포대나 해운대보다 넓은지, 백화점은 있는지, 희람이 살았던 곳은 어디인지… 미리 예매한 티켓을 들고 두 사람은 고속열차의 자리를 찾아 앉았다. 열차는 마지막 기억보다 조금 좁았으며, 승무원은 학처럼 교교하게 칸을 거닐고 있었다.

「그럼 정확히」

하나가 인스턴트 녹차를 한 모금 마시고, 이제 대화 시작한다고 공표하듯 헛기침을 한 다음, 창가 자리에 앉은 희람에게 말을 붙였다.

「언제까지 기억을 하는 거죠? 고등학교 일학년? 그러니까… 그 뒤로는 아예 기억이 없나요? 필름이 끊긴 것처럼」

희람은 신중한 표정을 지었다.

「되게 어렴풋한데요, 중학교 졸업하던 건 기억이 나요. 고등학교는… 가물가물하네요. 일학년 이후로는 완전히 암흑 같고요」

「혹시 부모님께 전화는 해봤어요? 기억을 잃고 나서요」

「예. 하지만 두 분 다 받질 않아요. 같이 살고 있는지도 모르겠고요. 중학교 때 이미 별거 상태였으니까요」

희람이 계속 말했다.

「엄마와 아빠는 항상 싸웠는데, 그건 두 사람이 너무 달라서가 아니라 그 반대였기 때문이었죠. 아무튼 저는 그게 지겨웠고, 그 불안으로부터 벗어나고 싶은 생각뿐이었어요. 그래서 엄마 아빠가 따로 산다고 결정했을 땐 드디어 조용해지겠구나, 하고 홀가분하기까지 했다니까요」

「부모님은 어떤 분들이었는데요?」

「아빠는 고등학교 수학 교사였어요. 엄마는 작가를 꿈꿨지만 하는 일들은 글쓰기완 전혀 상관없는 것들이었죠. 외판원이라거나 옷가게 점원이라거나… 엄마는 저를 무척 사랑해주었지만 자신은 결혼할 생각이 추호도 없었다는 얘기를 항상 들려줬어요. 아빠는 정말 과묵한 사람이었어요. 지금까지 저와 나눈 대화가 손에 꼽을 정도일 거예요… 항상 목도리를 칭칭 두르고 학교와 집을 오갔고, 저녁에는 방에 틀어박혀 책을 읽거나 뭔가를 쓰면서 시간을 보냈어요」

희람의 사적인 얘기는 듣는 건 처음이었지만, 그녀는 오래 전에 좋아했던 동화 얘기를 회고하듯이 아무렇지 않은 얼굴이었다.

「우리 집엔 저 말고 아이가 없어서 셋뿐이에요. 우린 일찍부터 자기만의 방에서 각자 시간 보내는 것에 익숙해 있었어요. 식사도 따로 했던 것 같아요. 저는 그런 분위기에서 자라선지 고독하다거나 이상하다고 생각한 적이 없는데, 탈이 나는 건 언제나 엄마 아니면 아빠였어요. 꾹꾹 참다 한 번에 꽝 터뜨리는 거지요. 그건 연례행사 같은 거였어요. 저로선 그저 시끄러울 뿐이었어요. 하지만 이해는 했죠. 두 사람은 너무 비슷했고, 또한 너무 달랐고, 아무튼 서로를 사랑했지만 방법을 몰랐던 거니까요…」

「하지만 두 분은 별거를 했다고 들었어요」

「자세한 건 몰라요. 아이에게 뭐가 자랑이라고 미주알고주알 정황을 들려줬겠어요. 엄마는 다시 글을 쓰고 싶다고 했어요. 더 늦기 전에. 사실 엄마는 제가 아는 최고의 미인이었고, 또 젊었거든요. 뉴저지에 사는 이모 댁으로 훌쩍 건너갔어요. 남편과 딸을 남겨두고 말이에요」

「섭섭하진 않아요?」

「그렇게 생각해요? 저는 오히려 엄마가 빨리 떠났으면 했는데. 엄마가 불행한 건 싫었거든요」

하나는 문득 희람과 자신의 공통점을 발견했다. 외동아들과 외동딸. 희람의 경우와 달리 하나의 가족은 무사평탄과 안온의 대명사였다. 사람 좋기로 유명하여 회사에서나 동네에서나 인망이 두터운, 다만 머리는 훤히 벗겨진 아버지와 지역 신문사의 취재기자로 활달하게 일하고 있는 어머니. 두 분은 하나를 신뢰했다. 하나 역시 부모님에게 상처 될 만한 행동을 한 적이 없었다. 부모님은 하나에게 어떤 것도 강요하지 않았으며, 하나는 알아서 할 일을 찾아 성실하게 임했다. 지금까지 그렇다고 생각해왔는데, 선선히 가족사를 털어놓는 희람을 보며 자신은 어딘지 보고 싶은 것만 보고 있다는 기분이 들었다. 아까부터 창밖은 지방의 한적한 평야의 풍경이었다. 하나가 계속 물었다.

「그럼 어머니가 미국으로 간 이후부터는 줄곧 아버지와 지낸 거예요?」

「그렇지도 않아요. 물론 엄마는 그렇게 알고 있지만… 엄마가 출국하고 나서 얼마 지나지 않아 아빠도 전근을 가게 됐어요. 그래봤자 도시 안에서의 발령이었지만 지내던 집에서 통근하기엔 무리가 있는 거리였죠. 아빠는 학교 근처에서 하숙을 시작했고, 저는 친할머니 집에 맡겨졌어요. 친가는 다 도시 토박이지요. 할머니는 저를 무지 좋아하세요. 엄마와는 사이가 안 좋았지만 손녀는 또 다른가 봐요. 제 기억은 여기까지예요. 우리 가족이 사방으로 흩어진 건 중학교 졸업할 무렵이니까 고등학교 때는 대체 어떻게 된 건지 저도 궁금하네요」

「어머니와 아버지 두 분 다 연락이 안 된다고 했죠? 어머니는 해외니깐 그렇다고 해도… 아버지는 왜 그럴까요?」

「글쎄요, 전화번호가 바뀌어서가 아닐까요?」

「할머니는요? 연락해봤나요?」

「하고 싶었죠. 하지만 연락처가 기억나지 않아요」

황당한 노릇이었다. 회오리에 휘말려 날아간 건 희람이 아니라 희람의 가족들이 아닐까? 그게 아니라면 별거에 대한 죄책감이 아무리 크다 해도 금지옥엽 같은 딸이 별안간 사라졌는데 이렇게 조용할 수 있을까? 혹은, *도시*에서 희람의 가족은 지옥 같은 심정으로 실종된 딸을 찾고 있는 게 아닐까? 서울로 올라온 희람만 모를 뿐이고, 사실은 식음을 전폐한 채 전단지를 오늘 이때까지 뿌리고 있는 게 아닐까… 무엇이 됐든 하나로선 상상하기 힘든 상황이었다. 그는 앞으로 *도시*에서 벌어질 일들이 부디 자신의 상상력을 초월하지 않기를 빌었다.

열차가 *도시*에 도착한 건 점심 무렵이었다. 종착을 알리는 가야금 음악도 여전했다. 남녘의 햇살은 쨍했다. 무게가 느껴지는 햇빛에 압도될 정도였다. 하지만 습도는 거의 느껴지지 않았고, 때문에 공기가 피부에 들러붙는 감촉이 서울보다 한결 쾌적했다. 역사 밖 광장은 변화의 물결로부터 한 호흡 느린 모습이었다. 분수 중앙에는 호랑이 조형물—*도시*의 상징이라고 한다—이 세워져 있었고, 그 주위로 사람들이 햇빛을 피해 바쁜 걸음을 옮겼다. 아케이드만은 예외였다. 비교적 최근에 신축된 아케이드는 자본의 밝은 미소처럼 화려하게 조성되어 있었다. 역과 연결된 통로 쪽에는 기념품 판매점이니 도시락 매점이 보였다. 광장을 빠져나오며, 하나는 아케이드 상층부의 대관람차를 올려보았다. 기차역 한 가운데에 대관람차라니, 다시 봐도 기상천외한 발상이었다. 대관람차는 역사 건너편에 우뚝 솟은 고층의 힐튼 호텔을 마주보고 있었고, 또한 *도시* 전체를 조망하고 있었다. 헌병대, 택시 드라이버, 배낭을 멘 외국인들. 눈앞의 풍경을, 단순할 수 없는 눈빛으로 바라보던 하나에게 희람이 말했다.

「하나 씨, 여기가 처음은 아니죠?」

「네?」

「전에 한 번 왔었죠? 도시에」

하나는 조금 놀라 희람을 바라보았다. 어떻게 알았을까?

「맞아요. 삼 년 전에. 그런데… 제가 말했었나요?」

「아뇨. 그치만 두 번째 방문자들은 늘 비슷한 표정을 짓고 있더라구요」

그리고 희람은 명랑하게 겅중겅중 뛰어갔다. 그것이 어떤 표정인지 하나는 궁금했다. 말로만 듣던 「우먼센스」란 게 희람에겐 어쩌면 있을지도 모른다고 생각하며, 그는 벌써 멀리 앞서간 그녀를 따라 걸음을 옮겼다.

두 사람은 먼저 적당한 차를 빌리고, 숙소를 잡기 위해 도시를 돌아다녔다. 그런데 이게 웬걸, 열차의 만원 승객을 보면서 느끼던 불안은 사실이었다. 휴가철의 절정을 피해 조금 이른 피서를 찾은 관광객의 선발대들이 이미 도시를 선점하고 있던 것이었다. 만만한 가격대의 모텔들은 이미 예약이 끝난 상태였다. 낭패감으로 차를 몰던 하나는 새로 조성된 상권 가운데 위치한 호텔을 발견했다. 지상부에는 외국인을 대상으로 한 어뮤즈먼트 카지노가 있었고, 그 위로는 숙박시설이 바벨탑처럼 뻗어 있었다. 자포자기 심정으로 문의를 해보았지만 역시나 저렴한 비즈니스 룸은 이미 꽉 찼고, 눈이 튀어나올 만큼 비싼 스위트룸만 이용이 가능하단 대답만 돌아왔다. 다른 곳을 가보죠, 하는 의미로 하나는 어쩌죠? 하고 물었다. 그러나 희람은 너무 마음에 드는 눈치였다… 결국 꽤나 비싼 돈을 지불하고 두 사람은 카지노 호텔 「로이 & 몰리」에 묵게 되었다. 고층에 위치한 방 창문 너머로 멀리 역의 대관람차가 보였다. 시설도, 가구도 아주 고급스러운 방이었지만 침대는 하나뿐이어서 둘은 당황했다. 그래도 별도의 방과 거실이 있는 스위트룸인 것이 다행이었다. 하나는 로비에 침구류 여분을 부탁했다. 여행이 시작되었다.

잠깐의 운전을 하면서 하나는 도로가 무척 한산하다는 점과 대개 플라타너스나 은행나무가 주를 이루는 서울의 가로수와는 달리 도시에는 곳곳에 거대한 파인애플처럼 이국적인 이파리가 펼쳐진 소철이 심어져 있다는 점을 알았다. 호텔 앞 도로변도 마찬가지였다. 노숙자인지 히피인지 분간하기 어려운 한 무리의 사람들이 현대의 독소를 소독하듯 그늘에 누워 게으름을 피우고 있었다. 도시의 사물은 모두 낯설고 정감이 있었는데, 오래 전의 것들이 그대로 남아 촌스러움과 고풍스러움의 경계를 시종 넘나드는 인상을 주었다. 거리에서 자연스럽게 이어지는 아케이드엔 빛을 찾기 위해 두 눈을 치켜뜬 관광객들과 주거지에서 일상을 영위하는 시민들이 뒤섞여 있었다. 아이들도 눈에 많이 띄었다. 젊은 부부들의 손을 잡고… 도시의 밝은 미래를 보장하는 풍경이었다.

하나와 희람은 더 어두워지기 전에 비디오에 나왔던 골목길과 철도가 보이는 언덕을 찾아 나섰다. 희람은 지명이나 주소와 같은 실질적인 정보를 조금도 떠올리지 못했으므로 두 사람은 비디오에서 캡처한 아이들의 사진만 믿고 도시를 빙빙 돌았다. 신축한 빌딩 대신 단층 주택들이 밀집되어 있는 점을 미루어 보아, 재개발이 예정되어 있거나 성장에서 소외된 지역일 것이라 추측했건만 미리 조사한 곳을 찾아갔을 땐 이미 쑥대밭으로 허물어졌거나 영상의 모습과는 많은 차이가 있었다. 더군다나 도시는 하루 이틀 돌아다닐 만큼 작은 곳이 아니었다. 계획경제 시대부터 아파트와 단층짜리 연립주택이 대규모로 공급된 터라 둘러볼 지역도 방대했다. 하긴, 슬쩍 본 비디오만 믿고 도시에 내려와 단번에 찾겠다는 생각이 순진했다. 결국 밤이 왔고, 둘은 호텔로 돌아가야 했다.

「할 일은 내일로 미루고 오늘밤엔 노는 게 어때요?」

희람의 말이었다. 두 사람은 도시의 심야 문화가 집중된 운하를 찾았다. 오래 전부터 도시의 핏줄처럼 촘촘히 흐르고 있는 운하였다. 돌계단을 총총 건너뛰며 희람은 백 년 전에도 이 계단이 있었겠죠? 어쩌면 역사 속 인물들이 걷던 곳일지도 몰라요, 하고 들떠했다.

야밤의 풍경은 도시의 맨얼굴 같았다. 시가지와 재래시장, 최첨단 디자인의 고건물들, 모퉁이에서 색소폰 연주를 하는 노인과 야외무대에서 공연에 한창인 스쿨 밴드, 집에서 만든 가방이나 액세서리를 파는 사람들, 카메라를 든 외국인들, 술집을 전전하는 회사원들.

하나와 희람은 운하 주변으로 늘어진 포장마차 행렬을 걷다가 손님이 없는 한산한 포장마차에 들어갔다. 사람 좋게 생긴 주인아저씨는 안쪽의 작은 텔레비전으로 야구 중계를 보고 있다가 넉살 좋게 큰소리로 둘을 맞았다. 일본식 주점을 표방한 듯 일식 요리가 주를 이루는 가게였다. 아는 게 많지 않은 하나와 희람은 적당한 걸 시키려 하자 주인은 그것보단 이게 나아요, 하고 다른 메뉴를 권했다.

주인은 요리를 하면서 쉴 새 없이 떠들었다. 여행 왔느냐, 어디서 왔느냐, 호텔은 어디냐, 좋은 호텔에서 묵는다… 하나는 어렵지 않게 그의 억양을 통해 현지인이 아님을 알 수 있었다. 받침이 있는 발음을 어려워하는 걸로 보아 일본인일 지도 몰랐다. 하나는 내부에 금연 표시가 없는 걸 확인하고 재떨이를 부탁했다.

「가고시마에선 재떨이를 헤이쟈라라고 하는 걸 아나요? 가고시마 사투리랍니다」

유리로 된 그릇을 건네주며 주인이 말했다. 다른 지역에선 재떨이를 어떻게 부르는지 알 턱이 없는 하나와 희람은 그저 고개를 주억거릴 뿐이었다. 마차의 주변을 가리는 포렴에는 「博多派遣」 이란 한자가 쓰여 있었는데 그것을 물끄러미 보고 있던 희람이 일본어로 음독하여 읽자 그걸 용케 들은 주인이 정정해주었다.

「하카다 하켄. 하카다 바겐이 아니라」

「아, 파견을 하켄이라 읽는군요」

「일본어 공부했나 봐요?」

「그랬나? 왠지 기억이 나서요」

등을 돌리고 요리를 하고 있던 주인이 마침내 접시를 내밀었다. 사골 곰탕에 넣는 스지 고기를 조리한 요리와 짜지 않은 연어 알을 넣은 계란말이—메뉴가 온통 한자여서 요리 이름조차 모르지만—모두 일품이었다. 맛있다고 하자 딴청을 피우고 있던 주인이 볼을 긁으며 멋쩍게 웃어보였다. 그리고는 조리 흔적을 간단하게 정리한 다음 자리에 앉아 다시 야구 중계를 보기 시작했다.

술을 시켜야 하나, 하고 생각하던 차에 또 다른 손님이 포장마차에 들어왔다. 정장 차림을 보아하니 회사원인 듯했다. 키가 훤칠하고 나른한 눈매의 남자, 초콜릿색의 머리칼을 단발로 꾸민 여자. 자리에 앉자마자 남자는 넥타이를 끌렀고, 여자 역시 블라우스 위에 걸치고 있던 재킷을 벗었다. 하나와 희람 맞은편 자리에 앉은 두 사람은 주인과 안면이 있는 듯 허물없이 「마스터」라 부르며 츄와이를 먼저 주문했다. 츄와이? 그게 뭘까? 마스터는 투명한 유리잔에 얼음을 가득 채운, 음료수 빛깔의 마실 것을 내밀었다. 일본식 칵테일 같았다… 더위에 지친 회사원들은 츄와이를 시원하게 비우고 나서야 비로소 한숨 돌린 표정으로 본격적인 주문에 나섰다. 두 사람이 과연 다 먹을 수나 있을까 싶을 만큼 어마어마한 양이었다. 어안이 벙벙한 채 이들을 바라보는 하나와 희람과 눈이 마주치더니 남자는 민망한 듯 웃었다. 여긴 양이 적은 게 탈이라니까요. 그것이 계기가 되어 네 사람은 바를 사이에 두고 대화를 나누었다.

「관광 왔나 보죠, 도시로?」

「참, 이 분들 지금 로이 앤 몰리 호텔에서 묵고 있다네요」

가운데 부엌에서 요리를 하고 있던 마스터가 껴들었다. 그러자 남자와 여자는 탄식을 했다. 놀란 희람에게 여자가 손을 저으며 설명했다.

「죄송해요. 이젠 이름만 들어도 맥이 빠져서요」

「왜요? 무슨 일이라도 있나요?」

「일이야 많죠. 저희는 그 호텔에서 일하고 있거든요」

「커피콩이 되어버린 것만 같답니다」

「그곳은 멋진 바리스타와 같아요. 직원들을 원두처럼 잘 볶고, 갈아버린 다음 우려내고 버리지요」

굳어지는 하나와 희람의 표정을 보고는 남자와 여자는 푸념하길 멈추고, 호텔 직원 본연의 직무로 돌아온 것처럼 활발하게 말하기 시작했다.

「직원인 저희가 그렇다는 거고 손님들에겐 최고의 호텔이라고 자부할 수 있으니 걱정하지 않으셔도 된답니다」

「네, 말이 그렇다는 거지요. 아무튼 두 분, 그럼 오늘 도착한 건가요? 도시도 처음?」

그렇다고 대답하자 두 사람은 만담 콤비처럼 번갈아가며 도시의 자랑을 늘어놓았다. 그들은 도시에서 태어나 대학까지 나오고 안착한 모양이었다. 도시의 모든 사람이 그렇다고 믿는 건 성급하겠지만, 여유가 있고 유머러스하며 오지랖이 넓고 극적인 친절함이 몸에 깊이 배여 있음을 알 수 있었다. 서로에게 관심이 없는 서울에선 경험하기 힘든 경험이었다. 그들과 대화를 나누는 건 확실히 즐거운 일이었다. 하나는 도시에 대해 잘 알고 있는 그들에게 비디오 속 동네나 아이들에 관한 정보를 구하고 싶었다. 하지만 도대체 어떻게, 무엇을 물어본담? 잠시 고민하다 하나는 한가한 관광객을 가장하며, 낮에 다녀온 동네 얘기를 넌지시 꺼냈다. 번화가인 이곳과 달리 낙후되고 개발이 더딘 곳이라면서… 그러자 남자는 고개를 끄덕거리며 동조했다.

「확실히 남구가 그렇죠」

「남구요?」

「예. 다녀온 곳이 남구 아닙니까? 상권의 이동이 잦은데다가 투기성 개발이 부작용을 일으켜서 아주 난리가 아니거든요. 유령 단지처럼 사람 없는 신도시라든가 재개발이 중간에 무산되어 슬럼이 돼버린 아파트라든가… 사회적 문제지요」

「슬럼이라면… 청소년들도 많겠네요. 그러니까, 집을 나온 아이들이요」

「그렇겠죠?」

신문 사설 같은 대화가 오갔다. 하나는 어렴풋이 짚이는 것이 조금씩 아귀를 맞춰나가는 기분이 들었다.

「사실 저희는 그 문제와 관련해서 논문을 준비하고 있는 학생인데요… 어디서 도움 받을 만한 곳이 없을까요? 아이들이 많이 모이는 커뮤니티라거나」

그러자 가만히 얘기를 듣고 있던 여자가 말했다.

「재즈 피넛을 찾아가보는 게 좋겠네요. 개항 무렵부터 있던 엄청 오래되고 엄청 유명한 레스토랑인데, 도시의 온갖 괴짜들이 모이는 명소거든요」

「레스토랑에 괴짜들이 몰린다고요?」

「가보면 알아요. 밤마다 공연을 하니까요. 십대 아이들도 많이 찾아오고… 게다가 거기 매니저와 스태프들은 도시에서 일어나는 크고 작은 일들을 두루두루 꿰차고 있는 토박이니까 저희보다 잘 알고 있지 않겠어요?」

일리 있는 말이었다. 더군다나 청년들이 모이는 커뮤니티 역할을 하고 있는 곳이라면 비디오의 아이들 역시 찾았을 수도 있었다. 만에 하나인 가능성이지만. 여자는 핸드백에서 무언가를 뒤적이더니 하나가 있는 자리까지 걸어와 재즈 피넛의 명함을 건네주었다. 앞뒤가 온통 검은색 바탕이며 가운데엔 비행선처럼 바다를 건너고 있는 땅콩이 그려져 있었다.

「감사합니다」

주소와 연락처를 확인하고는 하나가 얼른 인사를 했다.

「재즈 피넛은 동구의 차이나타운에 있어요」

「원하는 걸 찾았나보죠?」

마스터가 껴들었다. 음식이 나왔다는 뜻이었다. 남자와 여자는 생맥주를 곁들이며 테이블 길게 늘어진 음식들을 왕성하게 먹어치우기 시작했다. 마치 경쟁이라도 하는 것 같았다… 하나와 희람은 그 모습에 충격을 받아 할 말을 잃고 멍하니 바라보고 있다가 계산을 하러 자리에서 일어났다.

「즐거운 여행이 되길 바래요!」

볼에 가득 음식을 넣고, 남자와 여자가 손을 흔들어 주었다.

포장마차 하카다 파견에서의 만남은 마치 영화처럼 신기한 경험이어서 하나와 희람은 두 남녀에 대해 계속 얘기하며 웃었다. 커피 원두처럼 들들 볶이는 호텔 직원들에게 각각 로이와 몰리란 별칭을 붙여 주었다. 생각 없이 떠들며 걷던 중 두 사람은 방향 감각을 잃고 호텔로 돌아가는 길을 완벽히 잃어버렸다. 처음 오는 곳인 주제에 수희동 산보 나오듯 방심한 것이 화근이었다. 한참 엉뚱한 길을 걷다 결국 안 되겠다 싶어 주변에 지나가던 사람에게 호텔의 위치를 물었다. 그러자 아빠의 손을 잡고 있던 꼬마 여자 아이가 손가락을 가리키며 「저기 빛이 있어요!」 하고 말해주었다. 손가락을 따라 고개를 돌려보니 정말 바로 앞에 커다란 호텔과 환하게 빛나는 「로이 & 몰리」 시그니처가 보였다.

희람은 숙소에 돌아오자마자 침대에 쓰러져 잠이 들었고, 하나는 어쩔까 하다가 샤워를 하고 혼자 방을 빠져나왔다. 호텔 앞은 번화가였다. 우주 발사대처럼 현란한 오락실이 있었고, 그 옆엔 담배 자판기가 있었다. 신분증을 인식하고 하나는 서울에는 없는 담배를 구입했다. 늦은 시간이었지만 사람들은 여전히 거리를 붐비게 하였다. 오락실이 있어선지 젊은 사람들이 오토바이 시동을 과시적으로 밟아대며 시시덕거리고 있었다. 하나는 자동차 진입 차단석 위에 걸터앉아 담배를 피웠다. 도시에 온 건 두 번이 고작이지만 올 때마다 이상하리만치 친절하고 배려 깊은 사람들을 만난다. 관광을 와서 그럴까? 관광지에서 사는 사람들은 어떤 기분일까? 생각은 꼬리를 물고 어느덧 하나가 도시를 찾았던 삼 년 전의 여름날까지 이르렀다. 아름다웠지, 분명. 하지만… 하나는 여기까지, 하고 생각을 그쳤다.

여행길이라 그런지 평소보다 일찍 눈이 떠졌다. 두 사람은 호텔에서 제공하는 조식을 먹고, 희람이 다녔던 고등학교를 찾아갔다. 희람은 조수석에 앉아 호텔 로비에서 얻은 도시의 관광 지도를 살펴보고 있었다. 희람의 학교는 동구에 있었다. 유서 깊은 개항지이자 도시의 부엌이라 일컬어지는 동구는 조계지와 더불어 역사와 문화가 살아 숨쉬는 지역입니다, 하고 희람은 안내문을 읽어주었다.

「대단한 곳에서 학교를 나왔군요」 하고 하나가 말했다.

「여고였어요. 아마 대학교의 부설 학교였던 것 같은데…」 하고 희람이 말했다.

「불과 몇 년 전 얘기일 텐데 기억이 별로 없어요. 학교를 다니긴 했나? 아, 입학식 때 선배들이 대답 크게 하라고 괜히 분위기 잡던 건 떠오르네요」

「여고에도 그런 문화가 있어요?」

「그럼요. 그냥 우습다 생각해서 중간에 나왔어요」

하나는 교복을 입고 그늘 진 얼굴로 벽을 따라 걷는 희람을 상상해보았다. 명문고라는 간판을 유지하기 위해 학생들에게 가해졌을 억압과 무지막지한 교육도 눈에 그려보았다. 세상 누가 그런 격리병동 같은 분위기를 좋아했겠냐만, 희람이 학교생활에 적응하지 못한 건 당연한 노릇처럼 보였다.

텅 빈 교무실에서 홀로 당직 근무를 서는 교사가 희람을 몰라 다행이었다. 사십대 중반의 남자 교사는 방학 날에도 얼굴이 피로한 흙빛이었다. 성적증명서를 떼러 왔다고 하자 그는 난감한 질문이나 까다로운 요구 없이 안내해주었다. 귀엣말로 희람에게 알아보겠냐고 물었으나 희람은 모르는 얼굴이라 했다. 교사 역시 마찬가지인 걸로 보아 최근에 부임했을 지도 모른다. 생활기록부를 열람하던 그는 어, 하고 놀라워했다.

「문희람 씨라고 했지요? 잠깐 와볼래요?」

「왜 그러세요?」

「여기 보니까… 일학년 때 휴학계를 내고 아직까지 복학을 안 했네요. 필요하단 게 일학년 때 성적증명서였나요?」

희람은 어리둥절한 얼굴이었다. 하나가 대신 그렇다고 얼버무렸다. 인쇄를 준비하는 교사에게 하나가 조심스럽게 물었다.

「혹시 일학년 때 담임 선생님이 아직도 계시나요? 나중에 인사드리려고요」

그러자 교사가 안경 너머로 생활기록부를 다시 훑어보더니 말했다.

「아, 정진용 선생님 다른 학교로 가셨어요… 여기 증명서요. 요즘은 일학년 성적증명서만 따로 달라는 데가 있나보죠?」

「워낙에 세상이 복잡해져서요. 저, 선생님, 혹시 작년 졸업 앨범 좀 구경할 수 있을까요?」

교사는 선선히 책상 중간에 꽂혀 있던 갈색 양장으로 된 앨범을 꺼내주었다. 하나와 희람은 앨범을 펼쳐들고 한 장 한 장 넘겨보았다. 아니나 다를까, 희람은 없었다. 전생의 인연들을 보듯 신기하게 앨범을 훑어보던 희람은 자신이 알고 있는 친구를 발견하고 반가워했다. 중학교 때부터 친하게 지낸 친구라고 했다. 하나는 앨범 뒤에서 친구의 이름과 연락처를 옮겨 적었다. 간이 안 좋은 교사에게 인사를 하고, 두 사람은 학교에서 나왔다.

친구에게 연락하기에 앞서 희람은 주저했다. 몇 년이나 연락이 없다가 귀신처럼 갑작스레 등장하여 아는 체하는 것이 못내 마음에 걸리는 모양이었다. 그런 그녀를 부르는 소리가 멀리서 들려왔다. 주변을 살펴보니 학교 앞 분식점에서 앞치마를 두른 아주머니 한 분이 눈을 가늘게 뜨고 있다가 「맞네, 희람이네!」 하고 탄복하는 것이었다. 희람도 반색했다. 희람이 어렸을 때부터 곧잘 찾던 분식점—「빨간 장화를 신은 고양이」 란 이름의—아주머니는 놀랍게도 그녀를 똑똑히 기억하고 있었다. 희람이 다가가 인사를 드리자 이젠 아가씨가 다 됐네, 하고 감개무량한 표정을 짓더니 말도 없이 발걸음이 끊겨 걱정했다며 말을 붙였다.

「아주머닌 건강하시죠?」

「그럼, 그럼. 너 어머니랑 같이 미국 갔다고 하지 않았니? 학교 애들이 그렇게 얘기하던데… 유학 다녀온 거야?」

희람은 어떤 말을 해야 할지 몰라서 어색한 미소로 하나를 바라보았다. 하나는 어깨를 으쓱했다. 빠르게 눈치를 챈 분식점 사장님은 다른 대화로 넘어갔다.

「혜진이는 자주 만나니? 단짝이었잖아」

아주머니가 말한 혜진이란 다름 아닌 앨범에서 찾은 희람의 친구였다. 잘 됐다 싶어 희람은 곧장 물어보았다.

「아뇨, 통 못 봤어요. 혹시 그 친구는 요즘 뭐하고 지내는지 아세요?」

「혜진이는 작년에 졸업했어. 지금은 서울에서 대학을 다니고 있지, 아마? 워낙 착실하고 공부 밖에 모르는 아이였으니까」

「아, 서울에 있는 대학에 붙었나보군요. 그것도 몰랐지 뭐예요!」

「사는 게 이렇단다. 한번 연락이나 해보렴. 대학생은 방학을 일찍 한다니까 어쩌면 집에 내려왔을지 누가 아니」

「그래야겠어요」

희람은 고개를 꾸벅 숙여 인사를 했다. 그리고 하나와 함께 반대편 보도로 걸어갔다. 그녀를 향해 아주머니가 손을 흔들며 소리쳤다.

「무슨 일을 하든 좋은 결과가 있을 거야! 물론 결과가 전부는 아니지만…」

차에 돌아온 희람은 마음을 다잡고 친구에게 전화를 걸었다. 하지만 핸드폰은 비행기 모드로 설정되어 있었고 수신은 불가능했다. 희람은 굴하지 않고 졸업 앨범에서 수중에 넣은 자택의 연락처로 직접 통화를 시도했다. 전화를 받은 건 친구의 어머니였다. 그녀는 희람을 기억하고 반가워했다. 운이 좋게도 친구는 마침 집에 있었다. 기다려, 불러줄게. 희람의 부탁에 어머니는 수화기를 내려놓고 친구의 이름을 불렀다. 전화기로 다가오는 친구의 발걸음 소리, 익숙하면서도 너무 멀어져 완전히 잊고 있던 감각이 느껴졌다… 잠시 후 여보세요, 하고 담담한 목소리가 들렸다. 별다른 감정이 느껴지지 않는 간결한 반응이었는데 희람은 묘한 위안을 얻었다. 그녀는 다소 떨면서 잘 지냈어? 하고 운을 뗐다. 통화는 금방 끝이 났다. 옆에 있던 하나가 되레 더 초조할 판이었다. 그들은 육교 아래 빵집에서 만나기로 했다. 학교에서 멀지 않은 곳이었다.

혜진은 먼저 도착하여 빵집 안에 마련된 카페테리아에 앉아 있었다. 하나와 희람이 들어서자 유리문에 매달려 있던 종이 딸랑, 하고 울렸다. 그 소리에 고개를 든 친구가 희람을 보더니 자리에서 일어나 쾌활하게 희람의 두 손을 맞잡았다. 전화에서 무심하던 목소리와는 사뭇 다른 분위기였다.

「만나면 화를 내고 싶었는데」

혜진의 말이었다. 하나는 카운터에서 커피를 가져와 각자의 테이블에 배분하였다. 고맙습니다, 하고 인사를 빼놓지 않는 품이 그녀가 받았을 가정교육을 상상하게 했다.

그녀는 계속 말했다.

「하지만 거짓말은 못 하겠어. 역시 반가움이 앞서네. 그러니 어서 털어놓으시지. 갑자기 어디로 사라진 거야? 정말 엄마 따라 미국에 다녀온 거야? 나한테 말도 없이?」

희람은 머그잔을 두 손에 붙잡고 잠시 주저하다 고등학교 입학식 이후부터 스무 살이 된 올해 겨울까지의 기억이 빈 상태라고 말했다. 황당하지? 친구는 그저 놀란 얼굴이었다. 침묵. 친구는 희람의 얼굴을 물끄러미 바라보다가 천천히 손을 뻗어 쓰다듬었다. 눈가, 코와 뺨, 갸름한 턱선… 마치 시력을 잃은 사람처럼 얼굴을 매만지던 친구는 희람의 손을 붙들었다.

「무섭지 않아?」

「무서웠어. 하지만 이젠 괜찮아」

「다행이야. 나를 기억해줘서. 나를 잊지 않아줘서. 네가 말도 없이 사라진 이후로 나는 네가 나를 잊어버린 줄 알았어. 내가 알지 못하는 큰 잘못을 해서」

「아니야, 그렇지 않아」

「너무 힘들었어. 네가 미웠고. 나를 떠나서…」

친구의 뺨 아래로 눈물이 또로록 흘러내렸다. 의도한 게 아니란 듯, 친구는 당황해하며 뒤돌아 손가락으로 꾹꾹 눌러 눈물을 닦았다. 마음 어딘가가 무너져 내리는 모습이었다. 친구는 얼른 자기 페이스를 찾았다. 하나 쪽을 가리키며 희람에게 소개를 부탁했다. 기억 찾기를 도와주고 있는 분, 이라고 희람은 말했다. 친구는 정식으로 하나에게 인사를 했다. 하나도 자세를 바로하고 정중히 화답을 했다. 동요가 진정된 건 도리어 하나였다.

「갑자기 찾아와 놀라셨겠지만 말해주지 않겠습니까? 지금 희람 씨는 고등학교 이후의 일들을 전혀 기억하지 못하는 상황입니다. 친구 분도 그렇고, 주변 사람들은 그녀가 휴학을 하고 어머니를 따라 외국에 갔다고 알고 있지만 그것이 사실인지는 모릅니다. 혜진 씨가 알고 있는 희람에 대해 말해주면 기억을 찾는데 도움이 될 겁니다. 분명히요」

하나가 말했다. 희람이 눈빛으로 동조했다. 혜진은 테이블을 바라보며, 무수한 생각들을 정리하고는 말문을 열었다.

「우린… 중학교에서 만났어요. 삼 년 내내 같은 반이었고, 남다르게 친한 사이였어요. 그게 우리가 자랑하는 인연이었지요. 다른 친구들도 부러워할 만한 단짝이었으니까요. 희람이는 무엇이든 재미있게 말하는 재주가 있었고, 저는 반에 한 명씩은 있기 마련인 그냥 조용한 아이였어요. 인기가 많을 법도 한데 희람인 친구가 그리 많지 않았어요. 아이들에게 인정받기 위해 자신을 꾸미고 싶지도 않고 관계에 얽매이고 싶지 않다는 말이 아직도 기억나요. 당시로선 어린 나이에 이런 생각을 하는 애도 있구나 싶었죠.

진학해서도 마찬가지였어요. 참, 기억나니? 우리 같은 고등학교에 배정됐다는 소식 듣고 대학에 합격된 것처럼 둘이 소리 지르고 난리 났었잖아. 하지만 고등학교 입학식은 희람에게 실망뿐이었어요. 기죽이려고 잔뜩 기합 넣는 선배들이며, 소외되지 않기 위해 인정 투쟁에 혈안이 되어있는 반 아이들이며 다 바보 같다고 했어요. 더군다나 우린 반이 갈라졌고… 입학식이 끝나고 복도에 붙은 분반 결과에 희람인 얼마나 낙심했던지 수업 첫 날엔 아예 학교도 나오지 않을 정도였어요. 우린 중학교 때만큼 많은 시간을 같이 보낼 수가 없었어요. 밥도 함께 먹고, 쉬는 시간마다 따로 만나긴 했지만 오래 갈 순 없었죠. 그 시기가 아마 희람에게 많이 힘들었을 거예요. 같은 반 아이들과 사이가 좋지 않기도 했고, 학교 분위기가 워낙 강압적이라 적응하는 것도 쉽지 않았고요. 희람은 책상에 엎드려 온종일 음악만 듣다 수업이 끝나면 저와 집에 돌아갔어요. 그야말로 버티는 거였지요. 그런데 성적은 유별나게 좋았어요. 제가 알기로 시험 준비를 열심히 하는 것도 아니고, 따로 과외를 하는 애도 아니었거든요? 솔직히 얄밉기도 했고요… 남몰래 공부한 거니, 설마?」

희람은 웃었다.

「그랬던 것 같아」

학기가 진행될수록 희람과 혜진은 점점 만나기가 어려워졌다. 그즈음 혜진은 연애를 시작했고—학생회 임원 활동을 하던 중 만난 잘생긴 소년으로 둘은 졸업할 즈음 헤어졌지만 같은 대학에 진학해 종종 만나는 사이라고 한다—희람의 우울은 더욱 깊어졌다. 그러던 중 희람은 일학기 기말고사를 앞두고 사라졌다.

「학교에서 보이질 않아 물어보니 아무 말도 없이 결석을 했다는 거예요. 전화도 해보고, 집도 찾아가보았지만 소용없었어요. 핸드폰은 이미 정지되어 있었고요…」

「잠깐만요, 집이라면 희람네 할머니 댁을 말하는 건가요?」

「아뇨. 희람인 그 무렵 할머니 집에서 나와 따로 살고 있었어요. 삼촌인지 친척 누가 쓰던 자취방이 비면서 옮겼거든요… 기억 안 나니?」

희람은 분명히 떠오르지 않는 듯 인상을 찌푸렸다. 하지만 고개를 가로저었다. 혜진은 사려 깊은 어머니처럼 웃어보였다.

「제 기억이 맞는다면 자취 생활을 오래 하진 않았을 거예요. 집을 옮기고 얼마 지나지 않아 사라졌으니까요」

하나는 조심스럽게, 희람을 마지막으로 만나던 날을 기억하냐고 물었다. 혜진은 삼 년 전의 시간을 되짚었다.

여름… 학교는 일학년 때부터 관리하지 않으면 대학 가기 어렵다며 여지없이 아이들에게 으름장을 놓았고, 막 시작한 연애에 신경이 쏠린 탓에 떨어진 성적을 만회하기 위해 혜진은 모처럼 학교 독서실을 찾았다. 책상 아래로 삐져나오는 기다란 문제집을 풀고 있는데 별안간 독서실 문이 열리더니 희람이 들어오는 것이었다. 오랜만에 만난 희람은 그녀에게 한참을 찾았다며, 난데없이 바다를 보러 가자고 유혹하기 시작했다. 둘의 학교는 바다와 아주 가까웠다. 교문에서 나와 길을 따라 걷다보면 해수욕장이 나왔다. 바다라니, 바다라니? 하지만 애원하는 희람을 이길 순 없었다. 그녀는 결국 꼬임에 넘어갔다. 두 사람은 과감히 학교에서 나와 평소라면 학교에 틀어박혀 있을 시간에 바다를 찾았다. 하지만 들뜬 마음도 잠시, 해변에 도착할 즈음 예보도 없던 비가 내렸다. 둘은 세차게 쏟아지는 소나기를 만나 공중 탈의실 처마 아래에 꼼짝없이 갇히고 말았다. 비는 좀처럼 멈추질 않고, 혜진은 우산을 사오겠다며 카디건을 뒤집어쓰고 편의점을 찾아 나섰다. 그런데 편의점은 도통 보이지 않았다. 해수욕장에서 나와 대로 건너편까지 간 끝에 겨우 우산을 구하고 다시 돌아오는데, 탈의실 앞에 있어야 할 희람이 없었다. 주변을 돌아다니며 희람을 불렀지만 헛수고였다. 전화도 받지 않았다. 결국 문자 메시지를 남기고 혜진은 학교의 짐도 포기한 채 집으로 돌아갔다. 그날 밤 자려고 침대에 누운 그녀에게 희람으로부터 문자 메시지가 왔다. 말도 없이 사라져서 미안하다고, 오늘 정말 놀랍고도 멋진 경험을 했는데 이건 만나서 직접 말하거나 보지 않으면 안 된다는, 혜진으로선 알 수 없는 말이었다. 황당했지만 희람에게 큰일이 없는 것 같아 일단 다행이다 싶은 그녀는 알았다고 대꾸했다. 하지만 그 이후로 희람은 그녀의 세계에서 완전히 사라졌다.

희람과 혜진은 빵집에서 나와 거리를 조금 걸었다. 하나는 멀찍이 떨어져 이들을 뒤따르며 담배를 피웠다. 고등어자반 같은 모양을 한 구름이 느릿느릿 흘러가는 저녁 하늘은 붉게 번져가고 있었다. 그날 비만 오지 않았다면, 하고 하나는 생각했다. 오늘처럼 화창한 날씨였다면 두 사람은 헤어지지 않았을 것이다… 그래도 먼 시간을 뚫고 두 사람은 다시 만났다. 기억을 잃었단 말에 방울방울 눈물이 떨어지던 모습을 보며 하나가 느꼈던 현기증은 말로 설명하기 어려운 무엇이었다.

혜진은 집에 가려면 길을 건너야 한다고 했다. 희람은 그녀를 따라 육교까지 올라갔다. 사차선 도로는 색칠하듯 차들이 가끔씩 오갔고, 아이들이 있는 근린공원, 햇빛에 번쩍이는 강아지풀들, 아파트 창문들, 저녁 찬거리를 싣고 귀가하는 자전거, 구둣방 옆에서 장기 두는 노인, 소도시의 풍경이었다. 육교 가운데서 희람과 혜진은 두 손을 맞잡았다. 오래 전 추억을 되새기듯… 하나는 오로지 실루엣으로 보이는 빨간 화폭 앞의 두 사람을 올려보았다.

「참, 줄 게 있어. 깜빡할 뻔했다」

혜진이 말했다. 그녀는 어깨에 메고 있던 에코백 속에서 무언가를 꺼내주었다. 그것은 플라스틱 케이스에 담긴 브이에이치에스 테이프였다. 테이프를 건네받은 희람은 어리둥절한 반응이었다.

「기억 안 나니? 꺼내봐」

혜진의 말을 따라 희람은 테이프를 꺼냈다. 티디케이의 브랜드 로고가 크게 박힌 라벨 안쪽에는 볼펜으로 쓴 글씨가 남아 있었다. 희람이 친구 혜진이에게. 희람은 그것이 자신의 필체임을 단번에 알 수 있었다. 무슨 연고에서 그런 글을 남겼는지, 당시의 상황이 어땠는지 명확하게 떠오르는 것은 없었다.

「네가 학교를 떠난 지 일 년이 지났을 때 우리 집으로 이게 왔어. 보내는 주소도 없이 말이야. 하지만 집에서 이걸 틀어볼 방법이 없어서 갖고만 있었어」

혜진은 희람의 손을 꼭 잡아주었다.

「지금 너에게 더 필요할 것 같아서. 네가 먼저 보고 나에게 말해줘. 알았지?」

두 사람은 포옹하고, 눈물이 고이고, 헤어졌다.

「정리를 해볼까요?」

하나와 희람을 차로 돌아와 문을 쿵, 하고 닫았다. 희람은 굉장한 달리기를 마치고 돌아온 주자처럼 가느다랗게 숨을 내쉬고 있었다. 하나는 핸들을 톡톡 건드렸다.

「희람 씨는 친구인 혜진 양과 중학교를 다녔고, 고등학교도 같은 학교를 나왔어요. 부모님이 별거를 시작한 건 중학교 졸업 즈음부터고요」

「엄마는 미국에 갔고, 아빠는 전근을 갔죠. 그래서 전 친할머니 집에서 지냈지만 거기서도 나와 혼자 자취를 했어요」

「희람 씨는 고등학교 생활에 영 재미를 못 느꼈고, 친구와도 다른 반에 배정돼 겉돌았어요. 성적은 좋았지만. 혜진 양에게 남자 친구가 생기자 만나던 횟수도 줄었겠죠」

「되게 잘생긴 아이였다고 하는데 궁금하네요」

「그러다 두 사람은 바다를 놀러가게 되요. 소나기를 만나고, 혜진 양이 우산을 사갖고 돌아오자 희람 씨는 없어요. 사라진 거죠. 혜진 양은 혼자 집으로 돌아오고, 희람 씨는 그녀에게 문자를 보내죠. 놀랍고 멋진 경험을 했다고 말이에요. 유월경의 일이겠군요. 혹시 기억에 잡히는 게 있어요?」

「전혀요. 사실 혜진이랑 바다를 간 것조차 모르겠어요」

「아무튼 계속하자면, 당장 친구에게 얘기해줄 것처럼 말하던 희람 씨는 그 길로 사라졌어요. 학교도 나오지 않고, 혜진 양에게도 찾아가지 않았어요. 그러다 그녀는 희람 씨가 휴학을 하고 엄마를 따라 미국에 갔다는 소식을 선생님에게 듣게 되는데, 전 이 대목이 걸려요. 고등학교 휴학계라면 보호자의 동의도 있어야 할 테니까요. 그 말인즉 희람 씨의 휴학을 부모님 중 누군가 허락하거나, 최소한 알고 있다는 뜻이겠지요. 우리는 모르지만 그때 당시 희람 씨가 휴학을 해야 할 이유가 따로 있었을까요?」

「사실 우리 엄마 아빠는 내가 휴학을 한다고 해도 별 반대 안 했을 분이긴 해요. 다른 학부모와는 여러 모로 남달랐으니까요」

「한 가지 분명한 건 어머니를 따라 미국에 간 건 사실이 아니라는 거죠. 그건 희람 씨가 찍은 비디오테이프에서 여실히 드러나요. 거기 찍힌 동네의 풍경이나 바닷가는 명백히 도시였으니까요」

「그럼 전 휴학을 하고 기억을 잃기 전까지 비디오에 나온 아이들과 함께 지낸 걸까요?」

「일단 그 아이들에게 직접 물어보는 게 좋을 것 같아요」

하나는 차의 시동을 걸었다. 엔진 소리와 함께 자동차 내부가 부르르 떨렸다. 두 사람은 탐정 영화의 콤비처럼 안전벨트를 나란히 착용했다. 하나가 스스로에게 확인하듯 희람에게 질문했다.

「그럼 지금 우린 어디로 가면 되죠?」

「재즈 피넛이요」

「맞았어요」

네비게이션의 안내에 따라 하나는 차를 고가도로 위로 몰았다. 레스토랑은 같은 동구라 해도 항구 쪽에 가까웠다. 도시 전체를 에프원 트랙처럼 빙 두르고 있는 도로는 뻥 뚫려 있었다. 뒤에서 자동차가 경적을 가볍게 울리고 앞서 지나갔다. 풍선과 리본으로 치장한 차 뒤에는 「오늘 결혼했어요!」란 문구가 적혀 있었다. 시원하게 고가를 달리면서, 희람은 창문을 열고 소리를 질렀다.

「하나 씨도 같이 해요」

「난 싫어요」

몇 번 빼던 하나도 결국 창문을 열고 손을 내밀었다. 워호! 여행을 새로이 출발하는 기분. 매직 아워의 어두운 황갈색 빛이 도시를 에워싸고 있었다. 하지만 환희는 오래 가지 않았다. 고가도로에서 내려오자마자 끔찍한 교통 정체가 시작되었고, 퇴근 행렬에 한참이나 묶여 있는 동안 둘은 환호성을 지르던 방금 전과는 너무도 대조적인 얼굴로 차에 뚱하니 앉아 있었다…

⊟

패루(牌樓)는 어둠에 묻혀 있었다. 지도에 따르면, 하고 희람이 말했다. 이 구역 전체가 차이나타운이래요. 두 사람은 적당한 곳에 차를 세워두고 걷고 있었다. 상가와 가정집으로 빼곡히 들어선 골목은 축제처럼 크고 작은 등불로 반짝였다. 주상복합 아파트는 신기할 정도로 얇은 콘크리트와 합판으로 층간을 구분했고, 그 아래는 식료품점이니 오리고기를 매달은 정육점, 주류 소매점, 약국, 담배나 복권을 파는 구멍가게들이 즐비했다. 족히 반백년은 넘겼을 건물과 건물 사이는 거미집처럼 줄이 복잡하게 이어져 있었는데, 만국기가 걸려있어야 할 그 자리엔 대부분 빨래들이 휘황찬란하게 내걸려 있었다.

「항일 운동가와 혁명가들이 활동하던 무렵의 중국 조계지는 훨씬 컸다고 하더군요」

하나가 첨언했다. 희람은 여전히 지도를 붙들고 있었다.

「동구 전체가 외국의 혁명 지도자들부터 만주에서 온 아나키스트에, 데카당스 시인들까지 뒤섞여 아주 대단했나봐요」

재즈 피넛을 찾는 건 생각만큼 어렵지 않았다. 상가로부터 떨어진 한적한 골목 안쪽에 숨어 있었지만 몇 블록에 걸쳐 이어진 입장객들의 줄이 명소의 위치를 쉽게 알려주었다. 하나와 희람은 입을 다물지 못했다… 입장을 기다리고 있는 사람들의 성분도 각양각색이었다. 퇴근을 마치고 곧장 달려온 직장인 그룹도 있었고, 꼿꼿하게 정장과 중절모 차림을 지키는 노신사도 있었다. 소란을 방지하기 위해선지 안내를 돕기 위한 건지 의도를 알 수 없지만 검은 정장 슈트를 입고 이미 어두운 밤임에도 굳이 검은 선글라스를 고집하며 주변을 어슬렁거리는 경호인들도 있었다. 하나와 희람은 일단 뒷줄에 섰다. 일본에서 관광을 온 것처럼 보이는 남녀가 레스토랑 앞을 지나며 「굉장한 인기네, 재즈 피넛」 하고 저희들끼리 자국어로 떠드는 걸 희람은 들었다. 들어갈 수나 있을지 모르겠다고, 하나는 걱정했다.

마침내 입장이 시작됐는지 스태프로 보이는 직원이 레스토랑에서 나왔다. 그러나 먼저 안내를 받는 건 예약 손님들이었다. 동네 중국집 오듯 예약을 미리 하지 않은 하나와 희람은 더디게 줄어드는 차례를 기다리며 주변을 구경할 수밖에 없었다. 재즈 피넛 앞에선 이미 축제가 벌어지고 있었다. 작은 앰프와 스네어 드럼만 가져와 거리 공연을 하는 밴드, 보도블록 위의 벼룩시장, 해괴망측한 옷차림들, 대마초임이 분명한 필터 없는 담배를 나눠 피우고 있는 젊은이들, 배낭을 멘 중년의 외국인 부부, 암표를 파는 상인들.

자리는 이미 꽉 찼으나 인내를 갖고 기다린 하나와 희람에게 작은 기적이 왔다. 예약자가 취소하는 바람에 한 자리가 가까스로 마련된 것이었다. 입장을 너무도 부러워하는 뒷줄의 끈덕진 시선을 뒤로 하고 두 사람은 스태프를 따라 레스토랑 안으로 들어갔다. 사람들이 정말, 정말 많았다. 잔 부딪히는 소리, 나이프가 접시를 스치는 소리, 대화소리, 웃음, 경쾌한 스윙 음악. 하나와 희람이 안내받은 곳은 무대와 가까운 테이블이었다. 하나는 돌연 예약을 취소한 한 쌍을 생각했다. 이 자리를 예약하며 그는 상대방의 눈을 마주볼 수 있는 이 작고 둥그런 테이블에서 청혼을 하려고 했을지도 몰라. 손을 잡고, 반지를 내밀며… 하지만 여자는 사라졌고, 남자는 상심하여 두 번 다시 이곳을 찾지 않는다. 서글픈 사연이지만 덕분에 하나와 희람이 앉을 수 있었고, 천천히 주문하셔도 괜찮습니다, 스태프는 밝게 웃고는 바쁘게 돌아다녔다. 메뉴판을 들여다보니 중국 요리가 눈에 띄었으나 공연이 있는 야간에는 주문을 받지 않는다고 했다. 두 사람은 딱히 배가 고프지 않았으므로 일단 마실 것을 먼저 시켰다. 무대 위에는 뮤지션들이 여유롭게 움직이며 공연 준비를 하고 있었다. 인종이 뒤섞인 재즈 밴드 같았다… 나이 든 흑인 피아니스트와 신경질적인 외모의 동양인 남성 색소폰 주자, 실리콘 밸리에서 일할 법한 젊은 백인 여성이 컨트라베이스 줄을 튕기고 있었고, 스킨헤드에 선글라스를 낀 드러머는 출신지를 가늠하기조차 어려웠다.

「주문하신 메뉴 나왔습니다」

무대에 온통 시선을 빼앗겨 있던 두 사람 뒤편으로 목소리가 들렸다. 고개를 돌려보니 키가 훤칠하고 시원시원한 인상의 남자 직원이 동그란 트레이에서 테이블로 유리병과 잔을 하나씩 옮기고 있었다. 셔츠는 움직이기 편하게 소매를 팔꿈치까지 접었으며, 다른 스태프와는 달리 베스트를 추가로 입고 있었다. 만지지 않아도 그것이 가볍고 질 좋은, 그리고 무척 비싼 옷임을 알 수 있었다.

그는 오프너로 병을 개봉한 다음 크리스털처럼 빛나는 글라스에 술을 천천히 따라주었다. 하나와 희람의 술은 각기 다른 종류였다. 희람은 사과 향이 가미된 후치를 마셨는데, 하나의 맥주는 제조사도, 이름도 생소한 상품이었다. 어쩌면 지역에서만 유통하거나 재즈 피넛에서 직접 제조한 수제 맥주일지도 몰랐다.

「맞습니다. 직접 만든 시그니처 맥주에요」

하나의 질문에 직원은 호쾌하게 대답했다. 잔으로 흘러간 진흙탕 빛깔의 술은 거품의 밀도가 매우 높아 보였다. 진한 훈제, 그리고 캐러멜 향이 공중으로 터지며 코끝을 기분 좋게 자극했다. 장난감을 바라보는 어린아이처럼 기대감에 부푼 하나의 얼굴을 흘끗 바라보며, 직원은 조용히 웃었다. 오랜 경험과 반복에서 비롯된 여유가 느껴지는 풍모였다.

「술을 맛있게 마시는 방법이 따로 있나요?」

하나가 말했다. 어떻게든 대화를 나눠보고 싶은 마음에서 꺼낸 말이었다.

「빨리 술을 비우고, 그 다음 잔을 주문하면 됩니다」

직원의 말이었다. 하나는 감탄했다.

「괜찮으시면 몇 가지 여쭤봐도 될까요?」

「앗, 죄송합니다. 제가 빨리 가봐야 해서… 한나 씨, 민혁이한테 모니터 볼륨 좀 확인해보라고 해주세요. 스피커에서 잡음이 들리네. 죄송해요, 손님. 이따가 저를 찾아오시죠」

직원은 임박한 공연으로 바빠 보였다. 건너편에서 그에게 지시를 받은 여자 스태프가 서둘러 무대 뒤쪽으로 사라졌다. 그와 동시에 그는 주변을 살피며 진행 상황을 눈으로 체크하고 있었다.

「누구를 찾으면 될까요?」

「아무나 붙잡고 요나스 매니저를 물어보세요. 그럼 이만」

매니저가 떠나자 하나와 희람은 어색하게 서로의 얼굴을 보고 있다가 잔을 들었다. 재즈 피넛 시그니처 맥주는 향이 강한 흑맥주였다. 그러나 의외로 맛이 무겁지 않고, 목넘길 때의 희미한 단맛이 인상적인 수작이었다. 안주로 나온 땅콩과도 궁합이 절묘했다. 맛을 보고 싶다며 잔을 가져간 희람은 자신에게 너무 쓰다며 인상을 찌푸렸다.

이윽고 공연이 벌어졌다. 악기들의 합이 잘 맞고 하모니가 출중한 웨스트 코스트 재즈. 보컬은 없지만 이미 연주로 꽉 찬 느낌이었다. 스테이크를 썰거나 멀찍이 바 근처에서 서서 왁자지껄 떠들던 사람들도 집중하여 공연을 듣고, 열렬히 박수를 쳤다. 도시가 원래 재즈 씬이 유명한 곳이었나? 그 열광에 하나는 고개를 갸웃거렸다. 이상할 정도로 반응이 좋았다. 사람들은 재즈 연주를 있는 그대로 즐기고 있었다. 그런 건 대개 현장의 공기를 통해 전달된다.

레스토랑은 복층으로 설계되어 작은 오페라 하우스처럼 이층에도 사람들이 있었다. 붐비는 인원 속에서 스태프들은 바삐 움직였다. 재즈 피넛의 매니저 요나스 또한 종횡무진하며 복잡한 가게 안을 지휘하고 있었다. 느긋하게 정보를 구할 분위기가 아니었다. 공연이 끝나면 조금 여유가 생기리라. 두 사람은 마음을 편히 먹고 분위기에 동화되어 즐기기로 했다.

다음 차례의 밴드가 무대에 올라 장비를 설치했다. 그 사이 레스토랑은 다시 시끌벅적해졌다. 기타와 피아노, 베이스와 드럼, 그리고 보컬로 구성된 평범한 밴드일까. 그들은 소개에 앞서 연주를 먼저 시작했다. 하나도 아는 재즈 스탠더드 넘버. 무난한 연주와 거슬리지 않는 보컬. 큰 감흥 없이 희람과 노닥거리던 하나는 노래가 바뀌었을 때 감전된 듯 자리에서 벌떡 일어날 뻔했다. 무대 위의 밴드는 무척이나 낯익은 노래를 부르고 있었다. 하나는 가슴이 뛰었다… 그들이 부르는 노래는 하나가 잘 아는 노래였다. 그것은 하나가 이천십이 년 석관동에서 부르던 노래였다. 그때 그곳에서 그는 친구들과 함께 음악을 만들고, 연주를 했다. 노래를 부르던 건 주희였다. 그 곡을, 무대 중앙에서 마이크를 잡은 여자가 정성스럽게 부르고 있었다. 하나는 유령을 만났거나 영화가 세상 밖으로 튀어나온 것 같은 기분이었다…

거리마다 불이 나고 사람들은 춤을 추네
어디선가 사이렌이 메아리처럼
너나 할 것 없이 모두들 바빠 보이지만
어쩐지 축제처럼 들뜬 기분이 들어요

노래가 끝나자 사람들은 박수를 쳤다. 박수가 끝나기를 기다렸다가 기타를 잡고 있던 남자가 마이크를 넘겨받았다.

「어… 이 노래는 사실 저희 노래가 아니고요. 저희가 굉장히 좋아하는 밴드의 노래입니다」

그러자 객석의 친구들이 어디선가 「오버시즈(Overseas)!」 하고 소리쳤다. 하나는 손이 떨렸다. 그것은 그들의 밴드 이름이었다. 몇몇 사람들이 자신도 안다는 듯 손을 모아 새된 소리를 내보이거나 박수를 치며 짤막하게 호응해주었다. 남자는 계속 말을 이었다.

「다음 노래도 오버시즈의 노래에요. 이 곡을 끝으로 저희도 내려가겠습니다. 다음 공연도 재미있게 보시고, 불러주셔서 감사합니다. 재즈 피넛 만세!」

객석에서 와하하, 하고 웃음이 터져 나왔다. 꺼져! 하고 공연히 욕을 내지르는 젊은이들도 있었다. 남자가 자리로 돌아가자 피아노가 메인 테마를 연주하기 시작했다. 오버시즈의 원곡 테마를 그대로 가져왔으므로 노래를 알고 있는 사람들은 환호했다. 하나는 혼란의 연속이었다. 피아노를 필두로 다른 악기들이 하나둘 편입해 들어오고, 마지막이 보컬이었다.

추억이 흔들흔들 비누방울 따라서
녹색 벽을 올라가 우리들을 비추고
늦은 오후 일요일 버스는 딸기원을 지나
비 내리는 거리는 낯설지 않네…

공연을 마친 밴드는 환호 속에서 무대를 내려갔다. 인터미션을 갖겠다는 매니저의 멘트와 함께 음악이 흘러나왔다. 하나는 저도 모르게 사람들 사이로 사라지는 밴드 멤버들을 눈으로 좇고 있었다. 그들을 찾아가, 공연 잘 들었습니다. 제가 오버시즈에서 기타를 치던 사람인데요… 하고 말하는 것은 상상만으로 민망한 일이었다.

인상적인 해프닝으로 치부하기엔 너무나 놀라운 순간. 오버시즈는 음반을 발매한 적도 없었고, 학교 축제나 언더그라운드 클럽에서 가끔 공연한 것이 고작이었던 대학 밴드였기 때문이었다. 멤버는 하나까지 셋이었는데 그 중 한 친구가 입대하면서 밴드는 자연스럽게 해체되었다. 그 뒤로 설마 밴드를 아직까지 기억하는 사람들이 있으리라곤 생각하지 못했던 것이었다.

희람은 화장실을 다녀오겠다며 자리에서 일어났다. 하나는 좀처럼 가만히 앉아있을 수가 없었다. 그는 인파를 헤치고 바를 향해 걸어갔다. 주변으로 포스터, 사진은 물론이거니와 술병, 기념품, 장식품 등에서 이루 말할 수 없는 시간이 축적되어 있었다. 재즈 피넛은 그 자체로 도시의 역사처럼 보였다. 하나는 벽에 붙은 공연 포스터를 구경했다.

그때 바에 기대어 서서 맥주를 마시던 남자가 하나를 보더니 술을 뿜었다. 경악하는 친구들을 무시하고 그는 곧장 하나에게 달려갔다. 다름 아닌 방금 공연을 마친 밴드의 프론트맨이었다. 그 못지않게 하나 역시 놀란 건 마찬가지였다. 아이고, 맙소사… 하나는 생각했다. 마치 나를 알아봐달라고 주변에 얼쩡거린 꼴이 됐군. 자신을 책망하기엔 이미 늦은 일이었다. 이제는 다른 멤버들도 다가와 하나를 둘러싸고, 오버시즈의 멤버인 그를 마치 어린 시절 영웅과 마주한 얼굴로 난리법석을 피우고 있었다. 믿을 수 없겠지. 나도 믿을 수 없는걸… 오버시즈가 자신들에게 끼친 영향을 밤새워 떠들 기세로 흥분한 그들—스스로를 오버시즈 팬클럽이라 칭하는—을 하나는 대체 어떤 표정으로 봐야 할지 난감했다. 일단 술부터 한 잔 해요! 그들은 개미 떼처럼 하나를 거의 들쳐 업고 바로 데려갔다. 희람이 기다리지 않을까, 하고 하나는 걱정했지만 희람은 자리에 보이지 않았다. 근처에 있다가 희람이 지나가면 함께 슬쩍 빠져나가야겠다, 고 생각하며 하나는 만류할 틈도 없이 오버시즈 팬클럽에게 휘말려갔다.

희람은 화장실에서 일찌감치 나와 레스토랑을 구경하고 있었다. 사람들이 내뿜고 있는 열기와 에너지가 커다란 솥처럼 부글부글 끓고 있고, 자칫 넋을 잃었다간 그 힘에 쓰러질 것만 같았다. 굉장한 곳이야, 정말. 그녀는 생각했다. 하카다 파견에서 재즈 피넛을 알려준 「몰리」의 말이 옳았다. 직접 와보지 않는다면 절대 알 수 없는 곳이야… 그렇다면 혜진을 바다에 남겨두고 혼자 찾은 곳이 이곳이었을까? 확신할 수 없었다…

레스토랑은 공연 무대와 바, 크게 두 공간으로 양분되어 있었다. 가운데 경계엔 이층으로 올라가는 계단이 있었고, 바는 단차에 의해 무대 공간보다 살짝 높은 곳에 위치해 있었다. 무엇 하나 만만한 사물이 없었다… 기역자로 버티고 있는 바 테이블부터 근대 건축물 박물관에 보내야 할 작품이었다. 그 뒤론 국회 도서관 서재만큼 커다란 진열장에 위스키와 칵테일 제조에 쓰는 리큐어들이 잔뜩 놓여 있었다. 바 옆으론 다트 놀이판이 있었고, 맞은편 벽엔 고장 난 핀볼 게임기—눈으로만 구경하세요—와 주크박스가 있었다. 맥주병을 들고 주크박스 안을 노려보던 외국인 남자는 고심 끝에 동전을 넣고 데니스 브라운의 레게 곡을 선택했다.

다트 놀이판 옆의 벽에는 폴라로이드 사진들이 빼곡하게 붙어 있었다. 「천 점 이상 기념 촬영, 이천 점 이상 재즈 피넛 마스코트 인형, 삼천 점 이상 위스키 원 보틀 증정」이란 설명문도 있었는데, 아마 고득점 획득자들을 촬영한 사진인 모양이었다. 희람은 사진들을 물끄러미 주시했다. 땅콩 비행선 인형(이천 점 이상을 따면 준다는 마스코트 인형 같았다. 해마다는 아니지만 마스코트는 종종 바뀌었는데, 비행선 이전엔 중절모에 지팡이를 들고 있는 땅콩 신사였다)이나 술병을 자랑스레 들고 있는 사람들이 각양각색의 포즈를 취하고 있었다. 그러던 중 희람의 눈에 들어오는 사진 한 장. 다른 여자 아이와 함께 인형을 들고 활짝 웃고 있는 자신의 모습이 찍힌 사진이었다.

비디오에 나왔던, 검은 바람막이 재킷을 입고 있는 소녀와… 역시 나는 이곳을 왔었구나! 희람은 생각했다. 사진 날짜는 이 년 전으로 기록되어 있었다. 희람은 마침 옆을 지나가던 스태프에게 부탁하여 사진을 얻을 수 있었다. 사진을 찍던 상황을 혹시 기억하냐는 물음에 스태프는 자신도 최근에 고용되어 잘 모르겠다며 미안해했다. 손바닥보다 작은 사진을, 희람은 유심히 보았다. 희람은 록 밴드의 사진이 프린트된 큼지막한 티셔츠를 입고 있었고, 구불구불하고 긴 머리칼을 치렁치렁한 여자 아이 또한 밝게 웃고 있었다. 테이프의 영상에서 보았던 바람막이 재킷의 소녀였다. 두 사람은 행복해 보였다. 다트에서 좋은 성적을 낸 모양이다… 우린 분명 이곳을 자주 왔을 거야. 이 친근하고 편안한 기분은 그 때문일 거야… 희람은 플로라이드 사진을 뒤집어보았다. 필름 아랫면엔 난잡하게 네임 펜으로 쓴 글씨가 있었다. PARKLIFE TEENAGERS FROM HANSIN APT.

파크라이프 틴에이저스, 한신 아파트. 명백한 힌트였다. 희람은 놀라움에 당장 하나를 찾았다. 그러나 누군가 먼저 그녀를 붙잡았다. 헉, 하고 돌아보니 눈이 퀭하고 창백한 몰골의 남자가 있었다. 그는 희람을 알아보곤 여긴 어쩐 일이냐며 아는 척을 했다. 기억 속에 없는 사람이기도 했지만 이미 술에 취한 모습이 불안해 보였다. 남자는 희람의 불편한 내색도 눈치 채지 못한 채 계속 말을 걸었다. 친구들도 같이 왔어? 아님 혼자? 그는 다른 아이들을 알고 있는 모양이었다. 어쩌면 희람과 어울리던 친구 가운데 한 명일지도 몰랐다. 남자는 대뜸 오랜만에 만났는데 술 한 잔 사달라고 졸라왔다. 희람은 할 수 없이 바텐더에게 맥주를 부탁했다.

남자가 술을 마시는 동안 희람은 아이들에 대해 물어보았지만 그는 주정뱅이 노인처럼 자기가 하고 싶은 말만 늘어놓았다. 고작 한다는 말이 한신 아파트? 글쎄, 주차장엔 나도 안 간지가 한참 돼서 모르겠는걸… 그것이 전부였다. 횡설수설 떠들던 그는 하품을 쩍 하더니 주머니에 손을 쑤셔 넣어 형편없이 찌그러진 담배를 꺼냈다. 그냥 떨이 아니야. 바다 건너 캘리포니아에서 온 진짜라고, 어때? 하지만 희람은 거절했다. 그는 조금도 여의치 않고, 오히려 다행이란 듯 탐욕스럽게 연기를 마셨다. 희람은 한심한 기분이 들었다. 대마 기운까지 들어간 그는 거의 쓰러질 듯 흐느적거리며 요즘 궁핍해서 못 살겠다, 돈 좀 꿔 줄 수 없느냐, 곧 돈이 들어오는데 가장 먼저 갚겠다며 주절거리기 시작했다.

유미와 쌤이 재즈 피넛을 찾은 건 세 번째 밴드의 공연 막바지 무렵이었다. 유미는 여전히 기세등등했고, 쌤은 어쩐지 기죽은 행색이었다. 그들의 등장으로 레스토랑의 분위기는 조금 바뀌었는데, 극히 일부만 감지할 수 있는 미묘한 변화였다. 레스토랑에 죽치고 있던 일련의 패거리와 스태프 몇몇이 두 사람을 반갑게 맞이했다. 서빙을 돕던 매니저가 그 앞을 지나자 유미는 비꼬듯이 인사를 했다.

「어머, 오늘도 엄청 바쁜가 보네. 잔소리꾼 요나스님」

「유미 씨는 오늘도 한가한 것 같네요」

「내가 오늘 하루 얼마나 바빴는지 네 녀석이 알면…」

「이봐요, 댁이 재즈 피넛에 놀러오는 것까진 좋아요. 무슨 이유에선지 어르신이 당신을 좋아하니… 하지만 하나는 알아두세요. 다른 이들은 레스토랑에 들어오려고 몇 시간씩 줄을 서 있고, 절반 이상은 시간만 버리다 돌아간다는 사실을… 기다리지도 않고 아무 때나 들어오는 당신은 그걸 모르시겠죠」

「매니저라고 까불지 마시지. 계속 날 이렇게 개무시했다간 이금명의 이름을 걸고 널 내쫓고 말 테다. 추석 전에, 아주 거지 꼴로 말이야」

그 말에 옆에 있던 패거리들이 하이에나처럼 웃음을 흘렸다. 무례한 행동에 매니저는 경고를 하려고 했지만 이는 그를 찾는 스태프의 요청에 의해 제지되었다. 그는 무거운 표정으로 유미를 바라보며 고개를 내저은 다음 이내 사라졌다.

「그래, 그래… 돈을 받았으면 일을 하셔야지. 우리 매니저님이 요새 좀 빠진 것 같지 않냐, 쌤?」

「그러게 말예요, 누님」

일행 중 누군가 유미와 쌤에게 술을 대령하였다. 대수롭지 않게 이런저런 얘기를 나누다가… 맥주를 마시던 쌤은 술을 내뿜었다. 가까운 곳에서 남자와 대화를 나누고 있는 희람을 발견한 것이었다. 지저분하다며 화를 내던 유미도 희람을 보고는 곧장 담배를 재떨이에 눌렀다.

희람은 더 이상의 대화는 무의미하다고 판단, 이미 반쯤 곯아떨어지기 직전인 남자와 헤어지기 위해 기회를 엿보고 있었다. 그때 뒤편에서 유미와 쌤이 건장한 체구의 남자를 대동하여 나타났다. 희람의 옛 친구는 아무 말을 줄줄 흘리기 시작했다… 남자는 그의 손에서 담배를 낚아채 냄새를 맡아보더니 그것이 대마임을 간파했다. 멱살을 붙잡아 강제로 일으켜 세우자 유미는 싸늘한 목소리로 이들을 밖으로 데려나오라고 지시했다. 고압적인 분위기에, 희람은 겁이 나 하나를 찾았지만 인파에 가려 보이지 않았다. 대마에 취한 남자는 거의 질질 끌려가다시피 하여 레스토랑 뒷문으로 나갔다.

뒷골목은 더럽고 어두웠다. 커다란 쓰레기 수거함이 있고, 허름한 아파트로 올라가는 철제 계단, 고여 있는 웅덩이, 배관을 통해 폴폴 피어오르는 하얀 증기.

「임마들아, 내가 누군지 알고 이러는 거야?」

희람의 옛 친구는 분위기 파악을 하지 못했고, 남자에게 호되게 얻어맞았다. 셔츠 밖으로 울룩불룩 솟은 탄탄한 근육을 보아 대통령 경호원이라 해도 믿을 정도였다. 친구는 쓰레기더미 위로 완전히 뻗어버렸다. 흑막처럼 뒤를 지키고 있던 유미가 희람에게 다가왔다.

「물건은 어디 있지?」

유미의 표정은 더없이 진지했다. 희람은 마비가 된 것처럼 한 마디도 하지 못했다. 유미는 계속 물었다.

「승택은? 같이 있던 게 아니었어?」

희람으로선 처음 듣는 이름이었다. 계속 대꾸가 없자 유미는 농담이 아니라고 윽박을 질렀다. 희람이 기억을 잃었다는 사실을 그들은 모르는 눈치였다. 일이 원만하게 진행되질 않자 쌤은 초조한 기색을 숨기지 못했다. 유미는 담배를 꺼내 입에 물었다.

「어쩔 수 없지. 일단 데려가자」

쌤이 내키지 않는 얼굴로 희람의 손을 붙잡았다. 희람은 뿌리치려고 했다. 그때 하나가 뒷문을 열고 급하게 튀어나왔다. 유미 일행과 뒷문으로 나가던 희람의 뒷모습을 기적적으로 목격한 하나가 허겁지겁 쫓아온 것이었다. 생각한 것보다 험악한 분위기에 놀란 하나는 중간에 끼어들며 소리쳤다.

「점잖은 분들이 지금 뭐하시는 겁니까!」

그러자 보디가드처럼 유미 곁을 지키고 있던 남자가 사정없이 하나의 죽탱이를 갈겼다. 갑작스런 주먹질에 하나는 바닥으로 나동그라졌다. 희람이 비명을 지르며 쓰러진 하나에게 달려갔다. 아픈 건 둘째 치고 이들은 의문의 남자, 사무실에 불을 지르고 희람을 쫓는 그 남자와 같은 패거리일지도 모른다는 직감이 들었다.

「얜 또 뭐야?」

유미가 황당하게 하나를 지켜보며 말했다. 수적으로도 불리하고, 도움을 청하기에도 외진 곳이었다. 낭패스러운 상황에서 쓰레기더미에 쓰러져 있던 희람의 옛 친구가 자리에서 일어나 고통스러운 얼굴로 비틀비틀 쌤에게 걸어갔다. 혐오스러운 벌레 대하듯 쌤은 그를 밀쳐냈다. 남자는 쓰러질 것처럼 휘청대다 옆에 있던 유미를 붙잡고 겨우 균형을 잡았다. 그리고 욕을 한바탕 하려던 유미에게 왈칵 토를 쏟기 시작했다! 유미의 가죽 코트 위로… 그녀는 분노와 짜증으로 비명을 질렀다. 모두의 시선이 그쪽으로 집중된 사이, 하나는 쌓여 있던 나무상자를 쌤에게 집어던졌다. 틈이 생기자 하나는 희람을 데리고 무작정 골목 반대편으로 달음박질을 했다. 유미의 새된 소리가 밤거리에 울려 퍼졌다.

두 사람은 골목을 달렸다. 대로로 빠져나가 도움을 요청하고 싶었지만 달릴수록 복잡한 골목 깊숙이 파고드는 것만 같았다. 걸음이 불편한 조리를 신고 있던 희람의 속도가 먼저 떨어졌다. 멀리 뒤에서 스태프와 쌤이 가열 차게 달려오는 중이었다. 잡히는 건 시간문제였다… 하나와 희람이 골목을 꺾어 들어가자 그들 앞으로 검은 세단이 끼익, 하고 가로막았다. 창문이 내려가더니 낯익은 얼굴들이 나왔다. 다름 아닌 포장마차에서 술을 마시던 호텔 직원들인 로이와 몰리였다. 급박한 상황을 아는지 모르는지 로이는 태연하게 인사를 건넸다.

「또 만났네요」

하나는 따질 겨를이 없었다. 그는 자동차를 붙들고—혹여 둘을 내

버려두고 돌아갈 까봐—누가 자신들을 쫓아오고 있다며 도와달라고 부탁했다. 반대편 골목에서 자동차가 질주하는 굉음이 들려왔다. 유미가 쓰레기통과 상자 따위를 들이박으며 마구 달려오고 있었다. 로이는 유리창 너머 고개를 비죽 내밀어 상황을 대충 파악했다.

「다음 블록으로 들어가면 대로변의 삼거리가 나와요. 표지판을 보고 나비곶 방향으로 곧장 가요. 십 분쯤 걷다 보면 해안가가 나오고, 언덕 위에 등대가 하나 있을 겁니다. 거기서 기다려요. 한 시간 후에 만나죠. 우린 저치들을 따돌리고 갈게요」

하나는 대체 이야기가 어떻게 돌아가고 있는지 도무지 가늠할 수 없었지만, 그렇다고 차근차근 따져 물을 때가 아니어서 로이의 말을 따를 수밖에 없었다. 하나는 알았다고 하고 그가 말해준 방향으로 희람과 함께 달려갔다. 로이는 상향등 불을 밝히고 액셀러레이터를 부웅부웅 밟았다. 골목으로 사라지는 하나와 희람에게 몰리가 명랑하게 소리쳤다.

「행운을 빌어요!」

로이의 설명대로였다. 골목을 빠져나오자 사차선 대로가 나왔고, 삼거리도 마찬가지였다. 하나는 택시가 보이면 얼른 타야겠다고 생각했지만 외진 곳이라 그런지 주변에 보이질 않았다. 이따금 지나가는 차들도 자신들을 쫓는 자들 같아 도움을 청할 엄두가 안 났다… 두 사람은 일단 나비곶을 가리키는 어둠으로 걸음을 옮겼으나 얼마 지나지 않아 희람이 더 이상 움직이지 못하겠다며 멈춰 섰다. 하나는 그녀를 다독이면서도 여전히 주변을 경계했다. 이제 차이나타운에서 어느 정도 벗어난 것 같았다. 축제 같은 등불은 어느 샌가 멀어져 있었다. 해안가 도로는 막 포장된 것처럼 깨끗했고, 가로등만이 군데군데 빛을 발하고 있을 뿐이었다. 바다에 가까워질수록 파도 소리가 선명해지고 있었다. 아궁이처럼 시커먼 밤바다에서 일어오는 비명 같았다.

이게 대체 무슨 상황이지? 희람이 숨을 고르는 동안 하나는 생각했다. 갑작스레 적의를 내놓고 달려드는 사람들은 누구며, 평범한 직장인이라 여겼던 포장마차의 남녀, 로이와 몰리는 어떻게 알고 찾아와 적재적소의 도움을 주는 걸까? 하나의 오래 전 노래를 여태 기억하는 팬이 있었고, 그것이 마치 전설적인 송가라도 되는 양 공연장의 관객들은 노래를 따라 부르기까지 했다. 재즈 피넛에서의 신기한 경험은 하나가 이미 출발한 다른 세계로의 여행에 가속을 더했다. 희람은 하나의 옷섶을 붙잡더니 이제 괜찮아요, 하고 말했다. 두 사람은 한참 전부터 손을 잡고 있었고, 하얗게 빛나는 도로 위를 다시 달리기 시작했다.

얼마 지나지 않아 도로가 둥글게 꺾인 해안가 끝에 도달했다. 그

옆으로는 해변이 검푸른 밤하늘 아래 다소곳이 잠들어 있었다. 로이가 말한 등대는 어렵지 않게 찾을 수 있었다. 생각보다 작았고, 동화 속 등대라기보다 기능적인 건축물에 가까웠다. 희람은 큰 충격에 빠진 듯 별말이 없었다. 로이와 몰리는 한 시간 후에 등대로 오겠다고 했다. 하지만 왜? 눈을 감고 박수 소리를 따라 더듬거리는 것처럼 알 수 없는 상황뿐이었다. 이대로 그들을 기다리는 게 능사일까? 잠시 망설이다 하나는 콜택시에 전화를 걸어 대강의 위치를 알려주었다. 판단력이 떨어졌을 땐 혼란한 사태로부터 잠시 물러나 있는 편이 낫다. 일단 호텔로 돌아가자. 전화를 받은 남자는 잠시 기다리라고 하더니 나비곶에 콜이 왔는데 갈 사람 있어, 하고 소리쳤다. 그와 동시에 당구공이 서로 딱, 하고 부딪히는 소리를 하나는 분명히 들었다. 당구장 의자에 걸터앉아 불룩 튀어나온 배를 쓰다듬는 운수업체 사장과 텔레비전 앞에 모여 짜장면을 먹고 있는 기사들의 모습이 그려졌다… 외진 곳이라 조금 기다려야 하는데요, 하고 그는 말했다. 다른 도리가 없었다.

그 사이 희람은 어두컴컴한 언덕 위를 서성이고 있었다. 너무 멀리 가면 안 된다는 하나의 제지에도 홀린 사람처럼 주변을 열심히 둘러보고 있었다. 바다 멀리 우르릉, 하고 번개가 치더니 빗방울이 후두둑 떨어지기 시작했다. 소나기였다. 피할 곳이라곤 등대뿐이어서 하나와 희람은 서둘러 안으로 들어갔다.

잠깐이었지만 두 사람의 옷이 다 젖기엔 충분한 빗줄기였다. 고깔 모양의 등대는 공간을 꾸미려는 어떠한 디자인과 장식은 배제된 시멘트 구조물로 이루어져 있었다. 어떤 의미에서는 바다의 촛불처럼 느껴지기도 했다. 내부에는 인기척이 느껴지지 않았다. 무인으로 운용되고 있는 모양이었다. 옷의 물기를 쥐어짜내고 있는데 난데없이 굉음이 들려왔다. 설정된 시간에 맞춰 자동으로 작동하는 신호음일까? 엄청난 소음에 두 사람은 얼이 빠졌다. 마치 거대한 시계 속에 들어온 기분이 들었다… 한 차례 소란이 지나가고, 하나는 셔츠 앞주머니에서 담배를 꺼냈다. 호텔 앞 무인 자판기에서 산 필립 모리스는 보기 좋게 푹 젖어 있었다. 제기랄, 속으로 중얼거리며 하나는 못 피우게 된 담배를 구겨 버렸다.

「호텔로 돌아가야 해요」

희람이 말했다. 그녀는 지난밤의 꿈을 떠올리듯 가라앉은 얼굴로 콘크리트 계단에 앉아 있었다.

「이곳을 알아요. 포춘 쿠키를 처음 봤을 때처럼… 하나둘 드러나고 있어요」

「기억이 돌아온 거예요?」

하나가 놀라 물었다. 하지만 희람은 쉽게 입을 열지 않았다. 곰곰이 생각에 잠겨 있더니, 입술을 안으로 말아 물고는 눈을 감고 고개를 흔들었다.

「모르겠어요. 하지만 여기는 좋지 않아요. 오염된 바다라구요. 우린 어서 떠나야 해요」

알 수 없는 얘기였다. 하나는 그녀에게 택시가 아직 안 왔으며, 비가 여전히 쏟아지고 있음을 알려주었다. 오한이 느껴졌는지 희람은 맨살이 드러난 팔뚝의 아랫부분을 천천히 문질렀다. 하나는 물기를 최대한 짠 자신의 남방을 걸쳐주었다. 희람은 하나를 올려보며 희미하게 웃었다.

「고마워요」

하나는 아이들의 사진이 물에 젖진 않았는지 지갑에서 꺼내보았다. 비록 비디오에서 캡처한 종이쪼가리에 지나지 않지만, 도시에서 이거라도 없다면 그야말로 막막한 처지인 것이다… 다행히 사진은 온전했다. 이 모습을 물끄러미 바라보던 희람은 퍼뜩 생각났는지 감탄사와 함께 주머니에 손을 넣었다. 그러더니 그녀는 재즈 피넛에서 가져온 폴라로이드 사진을 하나에게 내밀었다. 바람막이 소녀는 희람과 밝게 웃고 있었다.

「이런 상상은 어떨까요」

한참 사진을 바라보던 하나가 원래 주인에게 돌려주며 말을 꺼냈다. 낮에 만난 혜진의 증언과 더불어 단편적으로 끊어진 두 이야기가 접점을 찾아 연결되고 있었다. 그날 희람은 친구와 학교에서 빠져나와 오후의 바닷가—언덕 아래로 펼쳐진 해변이 그곳일 것이다—를 찾았다가 소나기를 만난다. 혜진이 우산을 구하러 간 사이 희람은 무슨 이유에선지 자리를 떠난다. 그러다 언덕 위에서 바다를 보고 있는 여자아이, 바람막이 소녀를 만난다. (우산을 빌리기 위해서? 전화를 쓰기 위해서?) 지금의 하나와 희람이 모르는 당시의 사정이 있을 수도 있다…

하나의 가정에 희람은 동조하면서도 의문이 남는단 얼굴이었다.

「그럼 전 그 아이와 쭉 있었던 걸까요, 기억을 잃기 전까지?」

「할머니 댁에서도 나와 있었다니 그럴 수도 있죠. 어떤 영문인진 몰라도 그들은 같이 지낸 듯해요. 비디오에서 볼 때 짐 가방들을 저마다 들고 있던 게 걸리기도 하고요」

희람은 고개를 주억거렸다. 궤도 위에 멈춘 열차를 밀 듯이 파묻혀 있던 기억이 밖으로 드러나고 있었다. 하지만 여전히 동인은 오리무중이었고, 이야기와 인물 없이 설정만 가득한 영화 같은 추정에 지나지 않았다.

「그럼 레스토랑에서 저를 데려가려던 사람들은 누구일까요? 친구 같진 않는데요…」

「같이 끌려와 얻어맞던 남자는요? 그 사람은 기억이 나요?」

「전혀요. 그런 상스러운 사람이 친구였을까요? 골목 밖에서 겁주던 사람들도 그렇고…」

하나는 주저하다 희람에게 의문의 남자 얘기를 꺼내게 되었다. 복원을 맡고 얼마 지나지 않아 걸려온 전화, 경고와 방화, 그리고 두 번째 전화까지… 희람은 놀라워했다.

「지금 얘기해서 미안해요. 저도 정황이 없어서 확신이 생길 때까지 기다려야 했거든요. 아무튼 요지는, 이것도 추측에 불과하지만 이 남자와 재즈 피넛에서 만난 정체불명의 인물들이 사실은 한 패라는 거지요. 지금은 따로 행동하고 있지만 어쨌든 희람 씨와 비디오를 노리고 있고요」

「그러고 보니 그 여자는 제게 물건이 어디 있냐고 물어봤어요. 하나 씨 말대로라면 정말 비디오를 찾고 있는 게 맞겠네요!」

하나는 고개를 끄덕였다.

「그 외에는 특별한 얘긴 없었어요?」

「네. 그냥 어딘가로 데려가려고만 했어요」

「같이 있던 남자도?」

「아닐 걸요. 그는 두들겨 맞기만 했어요. 안에서도 돈 꿔달라는 소리만 하더니… 아! 그리고 들어봐요. 제가 그 사람한테 아이들에 대해 물어봤거든요? 혹시 알고 있을까 싶어서요. 그런데 자기는 주차장에 안 간지 한참 됐다고 말했어요」

「주차장이요?」

「이상하지 않아요? 갑자기 무슨 주차장이라뇨. 그런데 이걸 보세요」

희람은 폴라로이드 사진을 뒤집어 하나에게 뒷면을 보여주었다. 그곳엔 「PARKLIFE TEENAGERS FROM HANSIN APT」 란 문구가 적혀 있었다. 몹시 수상한 사물을 발견한 것처럼, 하나는 소리 내어 읽어보았다. 희람이 얼른 덧붙였다.

「여기 쓰인 파크가 공원이 아니라 주차일 수도 있지 않을까요?」

「옳거니, 그럼 이 뒤의 문구로 미루어보아 한신 아파트의 주차장을 의미하겠군요? 한신 아파트 주차장의 청소년들, 대충 이런 식으로 의역할 수 있겠는데요?」

희람은 푹, 하고 웃음을 터뜨렸다. 옳거니, 라는 하나의 옛스러운 표현이 우스운 모양이었다. 한신 아파트, 재즈 피넛, 그리고 도시. 아귀가 조금씩 들어맞고 있었다.

하나가 부른 콜택시는 깜깜무소식이었다. 기사와 직접 통화를 하자 등대를 향해 가는 중이라며, 길을 잘못 들어 헤매는 바람에 지체되었다고 미안하게 됐습니다, 곧 도착하니 나와 있어요, 하고 말했다. 두 사람은 나갈 채비를 했다. 생각해보니 차이나타운 초입에 세워둔 자동차가 있었다. 하지만 다시 재즈 피넛 부근으로 돌아갈 엄두는 도무지 생기지 않았다. 날이 밝을 때 오는 편이 안전했다.

다행히 빗줄기는 많이 약해져 있었다. 둘은 무뚝뚝한 등대 축조물 아래서 비를 간신히 그으며 택시가 얼른 도착하기를 기도했다.

「그 아이 있잖아요, 희람 씨가 만났다는 여자아이. 혹시 이렇게 바닷가가 보이는 언덕에서 만나진 않았을까요?」

하나가 말했다. 해수욕장에서 헤어졌다는 혜진의 증언이 그는 못내 마음에 걸렸던 것이다.

「아마 그렇겠죠」

희람이 말했다.

「하지만 여기는 아니에요」

경적을 울리며 택시가 멈춰 섰다. 하나와 희람은 손바닥을 펼쳐 빗방울을 가리며 서둘러 달려갔다. 택시는 앰배서더 호텔 앞 대로변을, 빗물에 젖은 도로 위의 형형색색 간판 불빛들을, 야밤을 부드럽게 가로질러 나갔다.

희람은 방에 들어서자마자 어제와 마찬가지로 픽 쓰러져 잠이 들었다. 하나 역시 몸이 무너져 내릴 것 같았지만 몇 가지 걸리는 게 있었다. 따뜻한 물에 샤워를 하고, 베란다로 나가 선탠 의자에 앉아 무인자판기에서 새로 산 필립 모리스를 연이어 두 개비 피웠다. 희람은 기억의 배경이 되는 도시와 접촉할수록 망각의 안개를 걷어내고 있었다. 한신 아파트와 주차장과 아이들, 이들을 직접 대면하면 잃어버린 기억을 되찾고자 하는 희람의 문제가 단박에 해결될 지도 몰랐다. 꼬여 있던 호스가 펼쳐지면서 물줄기가 분출되듯. 여기엔 장애물이 있다. 좀처럼 이유를 밝히지 않으면서 희람 주변을 배회하는 의문의 남자, 재즈 피넛에서 새로이 만난 수상한 이인조. 그들은 왜 희람을 노리는 걸까?

하나는 희람이 캐리어와 함께 챙겼다는 장지갑의 돈들을 떠올렸다. 만약 그 돈이 재즈 피넛의 이인조—그들은 점점 하나의 빈곤한 상상력으로 말미암아 암흑가의 갱으로 자리잡고 있었다—의 자금이었다면… 조직을 빠져나오면서 남자가 횡령한 돈을 희람이 가졌고, 모두가 그녀를 쫓고 있다면? 하나는 고개를 내저었다. 희람이 챙긴 장지갑의 돈은 한 달 정도 여행 다니기에도 빠듯한 액수였다. 적은 돈이라 할 순 없지만 그렇다고 조직원들이 정색하고 달려들 정도의 돈도 아니었다. 문제는 테이프일 것이다. 캐리어 안에 든 수십 개의 테이프. 비디오엔 무엇이 찍혀 있는 걸까?

로이와 몰리, 포장마차에서 만나 하나와 희람에게 재즈 피넛을 소개해주고, 우연이라기엔 절묘한 상황에 등장해 쫓기고 있던 두 사람을 도와준 커플도 수상쩍기는 마찬가지였다. 그들에 대해서 하나는 도무지 가늠할 수 없었다. 그들은 결코 평범한 샐러리맨과 오피스 레이디가 아니었다. 호텔리어라는 말이 사실일까? 아니라면 또 다른 조직의 행동대원? 재즈 피넛의 갱들과 대립하고 있는? 위장 경찰? 하나는 상상을 그만뒀다.

하나는 선탠 의자에서 일어나 난간을 붙잡고 멀리 야경을 바라보았다. 도로 어딘가 질주하는 자동차의 엔진 소리, 페인트색이 선명한 호텔 외벽. 하나는 가벼운 두통을 느꼈다. 너무 많이 뛰어다녔다. 너무 많은 일들이 있었고, 내일 분명 온몸이 쑤실 것이다. 하나는 잠들기 전에 재즈 피넛에서 본 공연을 떠올렸다. 모두가 잊은 밴드의 노래를 기억하고 다시 부르는 사람들이 있었다. 오늘 하루를 녀석이 봤다면, 하고 하나는 생각했다. 무슨 표정을 지을 것인가? 하지만 그는 어떤 것도 그려낼 수 없었다…

다음날 늦은 아침, 다리와 가슴 근육이 뻐근한 것 치고는 상쾌한 기분으로 하나는 잠에서 일어났다. 문 너머 침실 쪽에선 텔레비전 소리가 들렸다. 고개를 흔들어 잠을 털어내며, 하나는 휘적휘적 걸어갔다. 희람은 바닥에 절반쯤 누워 침대에 등을 기댄 채 토마토를 먹고 있었다. 판에 박힌 아침 드라마에 푹 빠진 채… 하나는 문지방에 서서 그 모습을 가만히 바라보았다. 커튼 너머로 들어온 햇빛이 정갈한 울타리처럼 방을 에워싸고 있었다. 희람은 한참 후에야 하나를 보고 놀랐다. 자세를 추스르고는, 자신이 생각해도 우스운지 민망하게 웃으며, 하나 씨도 먹을래요? 하고 말했다. 그녀의 머리맡이라 할 수 있는, 누운 자리에서 손을 뻗으면 바로 닿는 침대의 가장자리에는 접시에 담긴 샐러드부터 계란 반숙, 감자튀김, 과일과 주스가 정물처럼 늘어져 있었다. 방에 비치되어 있던 룸서비스 안내 책자를 보고 너무 궁금해서 시켜봤다는 것이 희람의 설명이었다.

「전에는 이런 것이 눈에 안 들어왔는데, 살이 찌려나봐요」

하나는 희람의 옆에 앉아 그녀가 잔뜩 시켜놓은 룸서비스를 집어먹으며 아침 드라마를 함께 보았다. 중간부터 봐선지 내용을 도무지 알 수가 없었는데 작가에게 직접 설명을 들어도 이해하기 어려울 것 같았다. 황당한 전개에 대해 하나가 빈정대자 희람은 드라마를 옹호하고, 둘은 이에 관하여 티격태격 논쟁을 벌였다. 즐거운 대화였다.

「참, 어제 혜진 씨에게 받은 테이프 잘 갖고 있어요?」

하나가 말을 꺼냈다. 그때서야 떠올랐다는 듯 희람은 놀란 표정으로 벌떡 일어나 가방 안을 뒤적였다. 간밤의 비를 쫄딱 맞느라 테이프가 상하지 않았을까 걱정했지만 다행히 물에 젖은 흔적은 보이지 않았다.

「플레이어도 없는데, 이걸 어떻게 보죠?」

「물론 집에 가져가서 보는 방법이 있지만…」

하나는 테이프를 꺼내 가느다란 마그네틱 필름을 햇빛에 비춰보고는 말했다.

「호텔에는 없는 게 없단 말이죠」

킹 사이즈 침대 머리맡에 일체형으로 부착되어 있는 인터폰 수화기를 들자 곧장 카운터의 직원이 응대했다. 하나는 어제 만난 로이와 몰리가 전화를 받지 않을까 잠시 기대했지만 다른 사람이었다.

「좋은 아침입니다. 로이 앤 몰리입니다」

「안녕하세요? 뭐 하나 여쭤볼 게 있는데요. 신혼여행을 왔는데, 그만 짐을 빠트리고 왔지 뭐예요」

「저런, 많이 속상하시겠군요」

「와이프가 어렸을 때 찍은 비디오 테이프를 같이 보는 게 이번 여행의 포인트였거든요. 그래서 말인데, 혹시 이곳에서 비디오를 볼 수 있는 방법이 없을까요?

말을 하면서도, 하나는 그가 화를 내지 않을까 조마조마했다. 하지만 로이 앤 몰리는 도시의 일류 호텔 중 하나였고, 직원은 약간의 간격을 둔 뒤 곧장 대답했다.

「비디오라면 옛날 브이에이치에스 테이프를 말씀하시는 걸까요?」

「맞습니다. 물론 황당한 부탁인 거 압니다. 그냥 혹시나 해서 물어보는 거예요」

그러자 수화기 너머에서 웃음소리가 들렸다.

「죄송합니다, 손님. 아직도 브이에이치에스 비디오를 보신다는 게 너무 놀라워서요」

「좀 구식이긴 하죠」

「예전에 홍보실에서 플레이어를 쓴 적이 있는데, 아직도 갖고 있는지는 모르겠습니다. 끊지 말고 잠시 기다려주시겠습니까. 바로 확인해보겠습니다」

단조로운 멜로디가 흘러나왔다. 그 사이 하나는 수화기를 손으로 막고 희람에게 「여긴 정말 미친 곳이에요」 하고 조그맣게 말했다. 희람도 믿을 수 없단 듯 고개를 절레절레 흔들었다.

차임벨 소리가 그치고 다시 직원이 복귀했다.

「선생님과 사모님을 도와드릴 수 있어 기쁩니다. 찾으시는 플레이어가 있다고 하네요. 방으로 가져다 드릴까요?」

「그래 주시면 정말 감사하겠습니다」

「잠시만 기다려주시면 투숙하고 계신 방으로 준비해드리겠습니다」

하나는 인터폰을 내렸다. 기적 같은 장비 대여가 이루어지자 하나는 득달 같이 방을 뛰쳐나가 호텔 앞 마트에서 컴포지트 케이블을 사왔다. 돌아왔을 땐 이미 호텔 직원이 가져다준 대우 브이에이치에스 디비디 겸용 플레이어가 테이블 위에 놓여 있었다.

「하나 씨는 어떻게 알았어요?」

희람은 여태 믿기지 않는다는 얼굴이었다.

「제가 말했잖아요. 호텔엔 없는 게 없다고」

하나는 텔레비전과 플레이어를 케이블로 연결한 다음 투입구에 테이프를 밀어 넣었다. 되감기는 이미 끝나 있었고, 재생 버튼을 누르자 곧바로 화면이 떠올랐다.

곳곳에 백열등이 연결되어 어둠을 비추고 있는 굴. 탄광 같기도 하고, 오지의 크리스마스 같기도 한 곳을 카메라는 익숙한 듯 누비고 있었다. 보다 밝은 내부로 들어섰을 때 비로소 그곳이 주차장임을 알았다. 넓은 공간, 알파벳과 숫자가 일정하게 적힌 기둥, 대리석 바닥과 직사각형의 테두리선, 버려진 차들. 무슨 이유인진 몰라도 현재는 주차장으로 전혀 기능하지 않는 것이 분명했다. 만약 관리인이 알았다면 야외 록페스티벌의 야영지처럼 텐트를 칠 수 없었을 테니까. 꿈속의 풍경처럼 믿을 수 없는 주차장을 순항하듯 둘러보던 카메라는 불이 켜진 천막 안으로 쑤욱 들어갔다. 천막 안은 오랫동안 갈망하던 자기만의 공간을 겨우 얻은 사춘기 아이의 방처럼 아늑하게 꾸며져 있었다. 침대 매트리스와 담요, 사과상자를 뒤집어 만든 책상과 라면 박스를 활용한 서랍. 주차장의 기둥과 벽 사이를 천과 온갖 사물들로 파티션을 나눠 몇 개의 독립적인 공간을 만든 모양이었다. 매트리스에는 누군가 반쯤 누운 채 헤드폰을 귀에 쓰고 담배를 피우고 있었다. 하나는 그녀를 알아보았다. 일전에 희람과 봤던 디비 육미리 테이프에서 하나보다 커다랗고, 줄담배를 피우던 여자였다. 고딕 스타일로 치장한 눈가의 짙은 화장도 여전했다. 뒤늦게 카메라의 존재를 깨닫고는—헤드폰 밖으로 시끄러운 메탈 음악이 고스란히 들렸다—장난스러운 비명을 지르며 놀라는 시늉을 했다. 카메라 뒤로 웃음소리가 들렸다. 역시, 희람이었다.

카메라는 다시 밖으로 나와 주차장 곳곳에서 저마다 시간을 보내고 있는 아이들을 하나하나 들여다보았다. 지난 테이프 속 영상에서 낡은 코트를 입고 은테 안경을 쓰고 있던 아이는 빛이 새어 들어오는 주차장의 환풍기 아래에서 터진 소파에 앉아 책을 보고 있었다. 다른 소년도 있었다. 그는 여전히 단추를 모조리 잠근 채 바퀴가 죄다 펑크 난 구식 세단 승용차 조수석에 앉아 졸고 있었다. 신기하게도 만화 같은 콧방울이 숨소리에 맞춰 수축하고 있었다… 바람막이 소녀는 자신의 천막 안에서 심드렁하니 만화를 읽고 있었는데, 갑자기 튕기듯 자리에서 일어났다. 카메라도 거기까지였다. 노이즈.

다시 촬영이 재개되었을 때, 화면은 눈이 시릴 정도로 쨍한 빛이 직선으로 떨어지고 있는 해변을 보여줬다. 한 무리의 아이들이 카메라로부터 한참 멀리, 모래사장에 모여 있었다. 커다란 바람 소리. 바다에 놀러온 걸까? 골목과 주차장에서 봤던 네 명의 아이만 있는 게 아니었다. 처음 보는 아이들도 여럿 있었다. 아이들은 원반을 주고받기도 하고, 괜히 소리를 지르며 파도를 따라 달리기도 했다. 카메라는 성큼성큼 그들에게 다가갔다. 가만 보니 아이들은 모두 두꺼운 옷차림이었다. 후드를 뒤집어 쓴 아이도 있고, 털모자와 목도리를 두른 아이도 있었다. 바람에 머리칼이 휘익 날렸다. 겨울 바다. 눈부시게 반사되는 모래사장의 햇빛. 아이들은 어디선가 나뭇가지를 모아 불을 붙였다. 하지만 바람이 강해 쉽지 않다. 뭐가 우스운지 깔깔 웃는 아이들. 그러더니 한 아이가 오토바이를 힘겹게 끌고 오더니, 연료통을 열어 깔때기를 이용해 기름을 물통에 옮겨 담았다. 그리곤 기름을 땔감 위에 조금씩 뿌리지만 뜻하는 바대로 큰 불길이 일어나진 않았다. 옆에서 누가 「그냥 다 부어」 하고 말하자 아이는 물통의 기름을 죄다 쏟아 부었다.

그러자 커다란 불기둥이 솟아올랐다. 아이는 깜짝 놀라 뒤로 자빠졌다. 그 모습을 보고 남자 아이들은 침을 흘려가며 웃었다… 환한 대낮의 캠프파이어. 화면 전환. 다시 영상이 시작되자, 어깨가 벌어지고 돌출된 입술이 오리를 연상케 하는 소년이 상의를 벗고 서핑 보드를 붙잡은 채 포즈를 취했다. 다른 친구가 「이거 동영상이야, 병신아」 하고 말해주자 소년은 무안하게 웃었다. 그는 물을 몸에 마구 적시더니 「하압!」 하고 길게 기합을 넣으며 파도를 향해 뛰어들었다. 옷을 잔뜩 껴입은 친구들은 보기만 해도 춥다는 듯 비명을 질렀다. 서퍼는 열심히 손을 저어가며 앞으로 나아갔다. 적당한 파도를 기다렸다가 능숙한 동작으로 보드 위로 올라가지만 균형을 잃고 우스꽝스럽게 넘어졌다. 아이들은 불길 주변에 모여앉아 담배를 피우면서 겨울 서핑의 황당함에 대해 떠들었다. 그때 뒤에서 돌연 성난 소리가 들렸다. 돌아보자 관리요원 모자를 쓴 중늙은이 사내 둘이 불만 가득한 얼굴로 다가오고 있었다. 그는 다짜고짜 화를 내며 꾸짖었는데, 요지는 해수욕장 개장 시기가 아닌 때에 입수해선 안 된다는 것이었다. 하지만 아이들은 지지 않고 대들었다. 옆에서 흥분한 동료의 말을 듣고 있던 다른 관리 요원이 카메라를 보더니 집어치우란 듯이 손바닥으로 렌즈를 가렸다. 잠시 암전. 여전히 관리 요원과 아이들은 논쟁을 벌이고 있고, 카메라는 조금 떨어져 그들을 찍고 있었다. 줌 인. 잔뜩 혈압이 올라 그대로 쓰러질 것만 같은 얼굴의 관리요원과 태연하게 그를 조롱하는 아이들의 모습이 고스란했다. 그때 서핑에 실패한 소년이 수건을 두른 채 뭍으로 걸어왔다. 영문을 모르는 그에게 요원은 잘 걸렸다는 듯 정신이 있느냐고, 입수 금지 기간인 걸 모르냐고, 낮은 수온 어쩌고 역정을 냈다. 네, 네, 아저씨, 우린 잘 알고 있어요. 아이들은 사방에서 빈정댔다. 추하다, 추해. 아저씨, 너무 화내지 마요. 우린 한 민족이잖아요. 믿기 어렵게도 난데없이 애국가를 부르는 아이도 있었다! 미친놈들! 관리요원들은 말이 통하지 않는다는 걸 깨닫고 욕을 내질렀다. 겨울 서핑의 영상은 거기까지였다. 화면이 전환되었을 때 아이들은 술집인지 클럽인지 모를 어딘가에서 놀고 있었다. 주변이 아주 시끄러웠다. 공연 중인 듯했다. 시간을 다한 테이프는 자비 없이 중단되었다.

희람은 자신의 경기를 찍은 영상을 보는 운동선수처럼 텔레비전 앞에 앉아 있었고, 그곳이 석관동이 아님을 알아선지 하나는 전보다 수월하게, 지금까지의 정보들을 대입하고 유추하기도 하며 꼼꼼하게 볼 수 있었다. 누군가 깔고 앉아 찾을 수 없던 퍼즐 조각이 난데없이 나타난 꼴이었다. 재즈 피넛에서 찾은 폴라로이드 사진, 한신 아파트 지하주차장, 그리고 그곳에서 살고 있는 아이들, 한낱 추론이 엄연한 사실로 거듭나고 있었다. 하나는 더 이상 영화가 필름 밖으로 성큼성큼 걸어 나오고 있는 것인지, 자신이 영화 속으로 빨려 들어가고 있는 것인지 분간할 수 없었다. 둘의 경계가 빠른 속도로 허물어지고 있었고, 아무 소리도 없이, 하나와 희람은 그 풍경을 바라볼 뿐이었다. 기억에 가까이 다가설수록 속절없는 위기감도 더해졌다.

그때 바지 주머니에 넣어 두었던 하나의 핸드폰이 울렸다. 수신자 번호가 가려진 전화, 의문의 남자였다. 하나는 희람에게 「그 남자예요」 하고 속삭이듯 말한 다음 전화를 받았다.

「도시의 바다는 어떠신가?」

남자가 물었다. 어떻게 안 걸까? 모르긴 해도, 재즈 피넛이나 펑크 그룹에 연관이 있는 자라면 어제 있었던 일을 전해 들었을 터였다. 어쩌면 희람을 데려가려던 시도도 그의 책략일지도 몰랐다… 하나는 습관처럼 시치미를 뗐지만 별 효력은 없었다. 그는 하나와 희람이 지금 도시에 와있으며, 어젯밤 재즈 피넛에서 봉변을 당한 사실까지 상세히 알고 있었다.

「재즈 피넛에 너절한 인연들이 많아서」

남자는 기분 나쁘게 웃었다.

「연기가 대단해. 하마터면 깜빡 속을 뻔했잖아. 여자까지 데리고 다니면서 아무 것도 모른 척하고 말이야」

하나는 체념할 수밖에 없었다.

「알고 있을지 모르지만 재즈 피넛의 당신 친구들이 희람 씨를, 당신도 알고 있는 이름이겠죠? 그녀를 어디론가 데려가려고 했어요. 가죽 코트를 입은 여자와 빵모자를 쓴 남자에 근육남, 다 아는 사람이에요?」

「그럼, 알다마다」

「재즈 피넛은 관객 입장을 받을 때 폭력 전과부터 확인하는 게 좋겠군요. 이빨이 안 부러진 게 신기할 정도에요」

하나에게 대뜸 주먹질을 날린 사내를 생각하자 맞은 자리가 다시 아파오고, 또 화가 치밀어 올랐다. 하나가 푸념하자 그는 소리 내며 한참을 웃었다.

「안 되겠는데. 네가 점점 마음에 들기 시작했어. 괜찮은 친구야. 유머 감각도 있고. 그러니 어서 여자와 비디오를 넘겨. 더 험한 꼴을 당하기 전에」

근거 없이 배포가 커진 하나는 또 다시 거절했다. 발을 빼기엔 이미 늦은 것이다. 남자는 나지막이 경고했다. 좋게 말할 때 고분고분하게 굴라는 듯… 이미 벌어진 일, 하나는 그에게 이것저것을 물어보기로 했다.

「그들은 우리를 왜 쫓는 거죠? 당신은 그들과 따로 움직이고 있는 거죠? 전에는 한 패였을지 모르지만」

「내가 왜 대답해야 하지?」

「내가 자처해서 말려들긴 했지만 어쨌든 나도 이 게임의 주체에요. 그 정도 대답은 들을 만하다고 생각하는데요」

남자는 말이 없다가 큰소리로 한숨을 내쉬었다.

「말은 잘하는군. 좋아. 대수롭지 않은 얘기니까. 재즈 피넛에 대해선 어느 정도 아나?」

「어제 처음 가봤어요. 일제 전부터 있던 곳이라 하던데」

「재즈 피넛을 만든 사람이 누군지는 알겠지. 이금명이란 중국 출신의 남자인데, 수완과 안목이 남다른 희대의 괴짜랄까. 자유롭게 사는 풍운아답게 국가고 지역이고 분별없이 우애 좋게 잘 지내보자며 도시에 식당을 차렸는데, 누가 그 꼴을 곱게 봤겠어? 시정잡배부터 일제 총독부나 미군 치하의 정부 놈들까지 도와주는 사람 하나 없었지. 그래도 알 만한 사람들은 다 모였고… 아무튼 간에 별별 일들이 많았어. 판타지 같은 나날들이었으니까. 지금의 우리로선 상상할 수 없을 거야. 그리고 재즈 피넛은 여전히 그 자장 안에 머물러 있지」

「그런 수수께끼 같은 설명이 어디 있어요? 차라리 무협 영화를 보라고 해요」

「재즈 피넛은 뭐라 딱 잘라 말하긴 어려워. 여전히 공산주의 혁명을 믿는 놈들도 있고, 그냥 세상만사가 불만인 얼간이들도 있다구. 내가 지금 할 수 있는 말은, 와이투케이처럼 갑자기 나타난 희람과 주차장 아이들이 재즈 피넛의 오랜 블랙홀에 손을 푹 찔렀고 그로 인해 사단이 났다는 거야. 그건 누구도 의도한 게 아니고, 또 예기치 못했지만 어쨌든 벌어졌어. 난 그 일을 수습하고 있고」

하나로선 여전히 생각의 회로가 턱턱 막히는 금시초문의 이야기들이었다.

「그럼 어젯밤 우리가 만난 이인조는 누구죠?」

「나와 같이 오래 전부터 재즈 피넛에 몸을 담고 있던 사람들이야. 유미 누님, 쌤. 펑크 그룹의」

「펑크 그룹?」

「그래」

하지만 자세한 얘기는 함구했다. 하나는 포장마차에서 만난 직장인 커플, 로이와 몰리에 대해서도 물었지만 남자는 질문은 이제 그만이라며 단칼에 저지했다.

「아무튼 어설픈 모험은 관두고 얼른 집으로 돌아가는 게 좋아, 젊은 친구. 도시에는 마냥 좋은 사람들만 있는 게 아니야. 말이 안 통하는 미치광이도 있고, 잔악무도한 조직도 있어. 괜히 잘못 걸리면 뼈도 못 추린다구. 당장 어제 재즈 피넛에서 겪은 일만 봐도 그래. 로인지 뭔지 하는 놈들이 나타나지 않았으면 넌 이미 바다에 내던져졌을 거야」

그대로 전화를 끊어려는 남자를, 하나가 붙잡았다.

「잘은 모르지만 제 생각에 희람 씨가 기억을 잃은 건 재즈 피넛에 있었던 사고와 관련이 있고, 그 위험은 아직도 현재진행중입니다. 당신은 그걸 잘 알고 있는 거지요? 그렇다면 그녀가 처한 곤란에 대해 설명해주세요」

남자는 무슨 말을 하려다 결국 포기하고 전화를 끊었다.

희람은 긴장한 얼굴로 하나를 바라보고 있었다. 하나는 어떻게 말을 꺼내야 하나 고민하다 힘들게 입을 열었다.

「슬슬 여행을 마무리해야 할 것 같아요」

희람은 고개를 끄덕였다.

그의 말마따나, 하고 하나는 생각했다. 이유는 알 수 없지만 도시의 여러 사람들이 적의를 갖고 우리를—정확히 말하자면 희람이겠지만—쫓고 있었고, 그들의 방해를 막아낼 재간도 없이 도시를 돌아다니는 것은 위험천만한 일이었다. 그럼에도 아직 알아내야 할 것들이 산적했다. 한신 아파트의 주차장도 가보지 못했고, 아이들의 행방 역시 묘연했다. 희람의 기억을 찾기 위한 가장 빠른 방법은 그들과, 또 그 장소와 대면하는 것이리라. 하지만 재즈 피넛의 깽들이 주차장의 아이들을 알고 있고, 원반에 침을 줄줄 흘리며 달려드는 개처럼 멋도 모르고 희람을 쫓는 게 아니라면 주차장의 위치까지 파악하고 있을 터였다.

「분명하고 뚜렷한」 하고 희람이 말했다.

「대화를 들으면, 많이 알면 알수록 기억에 가까워질 거라 생각했어요」

가느다랗게 숨을 내쉬고 그녀는 계속 말했다.

「하지만 떠오르는 건 아무 것도 없어요. 하나 씨, 제가 지금 가장 슬픈 게 뭔지 아세요? 보고 싶어요. 하지만 그게 뭔지 모르겠어요. 아무리 보고 싶어도 그것을 잃어버려 다시는 볼 수 없을 것 같다구요」

희람은 두 손으로 얼굴을 가렸다. 하나는 희람의 어깨, 울고 싶지만 울 수 없는 작은 어깨를 토닥여주었다.

택시를 타고 차이나타운을 찾았을 때 주차해놓은 차는 그 자리를 얌전히 지키고 있었다. 누가 볼 새라, 두 사람은 얼른 자동차를 타고 한신 아파트가 있는 남구로 향했다. 재즈 피넛의 깽들이 아니라 깽의 할아버지가 버티고 있다 해도 도시에 온 이상 멀리서라도 봐야겠다는 오기가 불현듯 든 것이었다.

남구의 풍경은 대체로 삭막했다. 버려진 것 같은 아파트 단지에 남겨진 살림들엔 생활감이 묻어 있었다. 벽돌로 쌓아 올린 관리실, 줄기가 끊겨 말라죽은 담쟁이 넝쿨, 녹슬고 작은 놀이터, 슈퍼마켓과 세탁소. 단지가 무척 넓었다. 주차장을 찾기는 쉽지 않았다. 하나와 희람은 차를 천천히 몰며 구석구석을 누볐다. 아파트는 그늘에 잠겨 있었고, 기억 대신 익숙한 감각만이 떠도는 묘한 기분으로 희람은 그곳을 바라보았다.

모퉁이를 돌아 또 다른 단지로 진입하던 두 사람은 주차장 입구에서서 망을 보는 남자들을 발견했다. 리복 운동복 차림의 두 청년이 지루한 표정으로 시간을 죽이고 있었다. 쭈그려 앉아 핸드폰을 들여다보고 있거나 허공에 주먹질을 날리며 섀도복싱을 하면서… 하나는 일단 차를 세우고 멀리 간격을 유지한 채 상황을 지켜보았다. 그들은 펑크그룹의 일원일지도 몰랐다. 의혹은 사실로 드러났다. 얼마 지나지 않아 주차장 안쪽에서 유미와 쌤이 걸어 나오는 것이었다. 그리고 망을 보고 있던 청년들에게 다가가 대화를 나누기 시작했다. 희람은 벌써 얼굴이 창백하니 질려 있었다. 하나는 만약 유미와 쌤이 알아채고 달려들면 기어를 어디에 두고, 어떤 방향으로 차를 내뺄 것인지를 상상해보았다.

유미와 쌤은 몇 마디 주고받은 후에 근처에 세워둔 차를 타고 사라졌다. 청년들은 다시 섀도복싱에 열중했다. 차에 앉아 숨죽여 지켜보고 있던 하나와 희람은 돌아가기로 했다. 공연히 무리하게 진입을 시도하다가 발각되기라도 한다면 일이 복잡해질 터였다. 하나는 아파트의 동수와 주차장의 넘버를 메모했다.

빌린 차를 반납하고, 두 사람은 역으로 향했다. 저물고 있는 저녁하늘. 야밤의 활기가 태동을 준비하고 있었다. 아케이드 옥상의 대관람차는 불이 켜진 채 천천히 돌고 있다. 부드러운 바람. 정장 상의를 팔에 걸치고 무리지어 술집을 향해 걸어가는 직장인들. 관광객들. 시민들. 돌아가려는 두 팔을 잡아끄는 것만 같은 여름 풍경이었다.

하나와 희람은 예매한 티켓을 끊고 열차에 올랐다. 좌석을 확인한 다음 풀썩 주저앉은 하나는 창가를 가리고 있던 블라인드를 위로 올렸다. 그러자 창문 너머로 플랫폼 위에 서있는 두 남녀의 모습이 보였다. 단정한 정장 차림에 검은 선글라스를 낀 무표정의 남녀는 고속열차를, 아니, 하나와 희람을 주시하고 있었다. 그들은 초면이 아니었다. 그들은 바로 포장마차와 차이나타운 뒷골목에서 마주쳤던 정체불명의 직장인 커플, 로이와 몰리였다.

비로소 자신들을 알아채자 몰리는 가방에서 노트와 펜을 꺼내 로이에게 건네주었다. 로이는 그 위에 무언가를 휘갈겨 쓰더니 하나와 희람이 볼 수 있도록 들어보였다. 하지만 그건 알아먹을 수가 없는 문자였다… 몰리가 옆에서 슬쩍 보더니 로이가 노트를 거꾸로 들고 있음을 확인하고 타박을 주었다. 노트를 뒤집자 할 말이 나타났다. 원하는 것은 찾았나요, 희람 양? 희람은 놀라 손으로 입을 가렸다. 로이는 계속 쓰고 있었다… 노트 위엔 무슨 단어가 적혀 있었다. 두 사람은 유심히 지켜보았다. 호랑이 기계는 어디에?

빵! 하고 찢어지는 경적과 함께 반대편 선로에서 열차가 움직이기 시작했다. 당연한 이야기처럼, 열차가 지나갔을 때 플랫폼 위에 있던 로이와 몰리는 종적을 감추고 사라져 있었다.

도시에서의 아름답고도 황당한 휴가를 마치고 수희동의 잿빛 목조 주택으로 돌아온 지 일주일이 지나갔다. 그 뒤로 하나와 희람은 자기만의 공간에 틀어박혀 서로 다른 탐구를 시작했다. 기차역에서 로이와 몰리를 만난 뒤로 희람은 잠을 자는 시간이 길어졌다. 미래의 수면까지 외상으로 끌어온 듯이, 방에서 꼼짝 않고 막대한 양의 잠을 잤다.

「요새 꿈을 부쩍 많이 꾸거든요」

희람의 말이었다. 꿈에서 본 풍경이나 사람들이 잃어버린 기억의 모습들이 아닐까 싶은 그녀는 단서 하나라도 놓치지 않으려고 머리맡에 노트와 연필까지 챙겨둔다고 했다. 진실은 가라앉았고, 우리는 믿고 싶을 뿐이다. 희람은 꿈에 살고 있었다. 그녀의 삶은 그곳에 있었고, 현실은 또 다른 꿈에 지나지 않았다…

그러는 사이 마찬가지로 방에 틀어박혀 하나는 인터넷에서 관련 항목들을 검색해보았다. 한신 아파트, 재즈 피넛, 주차장 아지트, 호랑이 기계, 로이와 몰리, 유스 컬처, 대안 문화, 도시의 범죄조직과 양상… 수많은 검색 결과들이 나왔지만 실상은 인스턴트 정보 위주의 지엽적이고 피상적인 뉴스나 광고가 대부분이었다. 레스토랑을 홍보하거나(재즈 피넛은 이미 훌륭한 팬 사이트까지 여럿 거느리고 있었다), 로이 앤 몰리 카지노 호텔(각국 관광지마다 뿌리 뻗은 대형 그룹이었다), 탐방기를 올린 블로그, 부동산 사이트에 올라온 한신 아파트의 재개발 소식, 새로운 문화를 꿈꾸는 크고 작은 기획들. 정작 하나에게 필요한 주차장의 아이들이나 재즈 피넛의 갱들에 관한 그럴 듯한 자료는 요원했다. 마치 이들은 인터넷을 아예 거부하거나 치밀하게 흔적들을 지우기라도 한 것 같았다. 아냐. 내가 아직 발견하지 못한 것뿐이야. 분명 접점이 있을 거야. 하나는 확신을 갖고 뉴스와 정보들을 스크랩해 나갔다. 국회 도서관 사이트의 전자 자료들, 학술 포럼의 논문들까지 샅샅이 뒤졌다. 관련어가 포함되지 않았더라도 전후의 맥락을 파악하는 데 도움을 받기 위해 검색 범위를 넓히다보니 자료는 광대해져갔다. 지역 신문부터 삼류 타블로이드 잡지까지, 도시의 역사부터 시시콜콜한 치정 사건까지, 하나는 어느 결에 잠이 들고, 다시 일어나 글을 읽기를 반복했다.

돌아온 토요일. 오정은 하나의 방문을 두들겼지만 대답은 없었다. 들어간다는 예고와 함께 조심스럽게 문을 열었을 때, 오정은 깜짝 놀랄 수밖에 없었다. 방 안 가득 강박적으로 메운 인쇄물과 메모들, 사진들 속에 수염이 덥수룩하게 자란 하나가 쓰러져 잠들어 있었다. 여행에서 돌아온 이후부터 쭉 면도를 하지 않은 탓에 하나는 시베리아 형무소에 유폐된 정치범 같은 몰골을 하고 있었다… 오정은 몇 차례인가 그를 깨우려고 시도했지만 결국 포기하고 방을 나섰다.

한참 뒤 겨우 눈을 뜬 하나는 가장 먼저 몸 위로 덮여 있는 이불의 존재를 알았다. 그것은 맨바닥에 아무렇게 쓰러져 잠들어 있던 그를 위해 오정이 가져다준 침구였다. 하나는 자신이 자는 사이 그녀가 왔다 갔음을 알 수 있었다. 머리맡 노트북 모니터에 포스트잇이 붙어 있었다. 이따 친구들이 오는데, 같이 놀래? 이에 화답하듯 닫힌 문 너머 거실 쪽에서 사람들의 화사한 웃음소리가 터져 나왔다. 하나는 코로 한숨을 내쉬며 포스트잇을 잡아떼었다. 창밖은 어두웠다. 하늘이 푸르스름할 때 잠들었던 것 같은데, 다시 밤이 찾아온 것이다. 형편없는 생활이군. 그는 한심한 기분으로 담배 한 개비를 입에 물었다.

세면을 위해선 사람들이 모여 있는 거실 한 가운데를 지나야 했는데, 면도는 물론이거니와 머리까지 부스스한 하나가 태연하게 눈곱을 떼어내며 그들 앞을 지나갈 생각은 조금도 없었다. 처음엔 자리가 파할 때까지 방에서 숨죽이고 자료를 읽을 참이었다. 하지만 배가 고프기도 하고, 오정이 친절한 메모까지 남겼는데 이를 무시할 수는 없는 노릇이었다. 어쩔 수 없이 그는 후드 주머니를 뒤집어쓰고 방문을 나섰다.

「주희는 외국을 갔었어야 해요. 이곳은 주희 씨의 재능을 수용할 수 없거든요. 앞으로도 마찬가지고」

남자의 말이었다. 이에 동의한다는 듯 웃음이 이어졌다. 쓸데없는 주목을 받고 싶지 않은 하나는 신중하게 걸음을 옮겼다. 노란 갓등의 불빛이 에워싸고 있는 거실의 좌식 테이블에 사람들이 모여앉아 있었다. 방금 말을 꺼낸 사람은 한묵이었다. 하나는 등판만 봐도 그임을 알 수 있었다. 대학 시절부터 허세가 조금 심한 학생으로, 기회가 몇 번 있었으나 하나는 한묵과 친해지기 어려웠다.

「주희 씨가 누구예요?」

희람이 물었다. 하나는 희람이 그 자리에 끼어 있다는 사실에 크게 놀랐다. 그는 비밀스러운 대화를 엿들은 것처럼 걸음을 멈추고 그늘에 서서 대화에 귀를 기울였다.

「응, 대학교 때 친구인데 여러 모로 재능이 많았어」

오정의 말이었다.

「진짜 아티스트가 있다면 바로 주희 씨를 두고 하는 얘기겠지」

영필의 말이었다.

「대학교에선 뭘 공부했는데요?」

희람의 질문을, 또 다른 여자가 대답했다. 하나는 그 목소리를 알았다. 주희의 동창이자 그 시절 곧잘 어울려 다니던 무리 가운데 한 명이었던 소현이었다. 한묵과 소현이 있다는 얘기는 그들의 또 다른 「절친」 이슬도 왔다는 소리인데…

「전공은 조형예술이었어요. 하는 걸로 봐선 뭐가 뭔지 모르겠지만」

「오, 조형예술이야말로 예술 중의 예술이죠. 구닥다리 같은 교수 밑에서 안전한 얘기만 떠들던 얼치기들에 비하면 말이에요」

「하하, 위험한 얘기지만 그건 나도 동의해」

한묵이 말하자 영필이 껄껄 웃으며 화답했다.

「그럼 하나 씨도 주희 씨를 아나요?」

희람이 물었다. 하나는 이것이 꿈이 아닐까 싶을 정도로 아찔한 기분이 들었다. 하지만 숨죽이고 있는 그의 긴장과 무색하게 술자리의 친구들은 단숨에 대답했다.

「잘 알죠」

「같이 밴드하지 않았어?」

「밴드라고요?」

희람만이 유일하게 놀랐다. 한묵은 우스꽝스럽게 기타 치는 시늉을 해댔다…

「이름이 뭐였더라…」

「소프트크림」

「아니야. 오버시즈였나, 그랬을걸」

「거기서 주희는 노래를 불렀어. 하나는 기타를 쳤고」

「노래 다시 듣고 싶다」

「주희는 천재였어」

「인정해. 주희는 천재지」

「오, 그래? 영필이, 네가 그렇게 말하면 정말인데」

「나의 정확한 비평 감각을 무시하지 말아 주길 바라」

「아무튼 천재적인 재능을 가졌다 하더라도 개인의 힘만으로 이 사회를 변화시킬 수 없다는 겁니다. 교훈이지요. 주희 씨는 차라리 프랑스나 뉴욕을 갔었어야 해요. 망명이라도 했다면 엄청난 아트스타가 됐을 텐데」

「주희한테 지금 전화해볼까?」

「그만 둬. 지금 시간이 몇 시인데」

「저도 주희 언니가 보고 싶어요. 여러분이 그렇게 말하시니까…」

순서를 고려하지 않은 대화들이 난잡하게 오갔고, 하나는 그늘 뒤로 조용히 돌아갔다.

희람과 하나가 다시 만난 건 새벽하늘이 밝아올 무렵의 이른 아침이었다. 밤새 떠들며 화기애애한 시간을 보낸 친구들이 자고 가라는 오정의 제안을 마다하고 수희동의 집을 떠났을 때, 거실의 술자리를 대강 정리하고 있던 희람은 적막을 틈타 현관문을 나서고 있는 하나를 발견했다. 이 시간에 그가 깨어있으리라곤 생각도 못했던 그녀는 반갑게 불렀지만 하나는 대꾸 없이 그대로 문을 닫았다.

「하나 씨! 하나 씨!」

희람은 창문으로 달려가 방충망 너머로 하나의 이름을 불렀다. 후드 주머니로 얼굴을 가린 하나는 일절 반응하지 않았다. 짙은 보랏빛이 돌고 있는 새벽 공기가 차가웠다. 희람으로선 영문을 알 수 없는 하나의 태도에, 그녀는 적잖이 당황할 수밖에 없다.

「희람 씨, 뭐하고 계세요?」

화장실을 나와 거실을 지나던 영필이 말했다. 희람은 창밖을 바라보며 우두커니 서 있었다.

⊟

「영필 씨」

희람의 힘없는 목소리가 영필을 불렀다. 고적함만이 감돌고 있는 부엌 식탁에 앉아 턱을 괴고 앉아 있었다. 건너편에서 영필은 찻물이 끓자 찻잔에 균등히 물을 부었다. 아침은 청명한 빛을 되찾았다. 갓등에 매단 종이 복어가 바람에 살랑거렸다. 두 사람은 마주보고 앉아 잠시 말이 없었다. 현대의 목가적인 풍경이었다.

「과거가 뭐라고… 제가 이렇게 매달리는 걸까요? 지금도 충분히 행복한데…」

영필은 마른 세수하듯 제 얼굴을 매만지며—그의 버릇이었다—대답했다.

「우리가 과거에 집착하는 건 확신하고 싶은 욕망 때문 아닐까요? 되돌아볼 수 있는 건 지난 시간뿐이니까요」

「하지만 전 되돌아볼 수가 없어요」

「그러니까 희람 씨의 노력은 당연한 겁니다. 과거를 찾는 건 행복해지기 위해서가 아닙니다. 인간의 전제 조건이기 때문이지요. 우리는 과거를 통해 미래를 기대합니다. 그 연결고리를 잃어버린 희람 씨가 기억에 매달리는 건 지극히 자연스러운 행동이에요」

「그럴까요…」

희람은 식탁에 팔을 얹고 그 위에 얼굴을 얹었다. 귀담아듣지 않은 것이 분명했지만 영필은 개의치 않았다. 그녀는 하나를 생각했다. 침묵에 잠긴 타인은 언제나 옮기 쉬운 불안의 형태를 취하고 있었다.

「하나 씨 말이에요」

「네」

「옛날 얘기를 할 때마다 몸이 움츠러들어요」

잠깐 기억을 더듬고는 영필이 입술을 내밀고 고개를 끄덕였다.

「그도 그렇네요」

「이번에 여행 갔을 때도 그랬던 것 같고…」

「아, 도시는 어땠어요? 통 만나질 못하니까 얘기 들을 기회도 없었네요」

「확실히 그랬죠, 그동안. 죄송해요」

희람은 영필에게 도시에서 있었던 일들, 만난 사람들에 관해 될 수 있는 한 상세히 전해주었다. 대관람차가 보이는 호텔부터 포장마차에서 만난 로이와 몰리, 재즈 피넛과 한신 아파트, 별안간 나타난 괴인들 등등. 그야말로 활극 같은 이야기였고, 영필은 입모양을 동그랗게 만들고 고개를 연신 끄덕였다. 그리고 이야기는 희람과 하나가 도시에 막 도착했을 때, 광장의 눈부심을 바라볼 때, 하나가 짓던 두 번째 관광자의 표정으로 돌아왔다.

「하나 씨는 말하지 않았지만 저는 알 수 있었어요. 전부터 그런 촉은 꽤 있었거든요」

「음」

「또 제가 처음 하나 씨에게 도와달라고 할 때도… 되게 주저했거든요, 하나 씨는. 안 그런 척 노력하지만… 무언가가 빠져 있다는 느낌? 그런 게 있어요. 하나였던 것이 떨어져 나갔달까요」

영필은 대꾸 없이 차를 홀짝였다. 희람은 식탁 유리 테이블에 얼굴을 대고 있다가 고개를 번쩍 들었다.

「하나 씨에게 무슨 일이 있죠? 아니, 있었죠?」

영필은 주저했다. 희람은 물러서지 않고 그를 바라보았다.

「하나는…」

영필이 어렵게 운을 뗐다.

「아니다. 그 전에 보여드릴 게 있어요」

영필은 자리에서 일어났다. 희람은 그를 따라 집 밖으로 나갔다. 그들은 차고 옆 쪽문으로 이어진 지하실로 내려갔다. 희람은 그런 공간이 있는 줄도 몰랐다… 계단을 내려갈수록 서늘한 곰팡이 냄새가 났다. 평평한 바닥에 완전히 도달하자 영필은 벽의 스위치를 찾아 전등을 켰다. 백열등 전구의 노란 불빛이 사방을 비추며 드러나는 건 지하실을 가득 채운 사진 앨범, 노트, 카세트테이프, 비디오테이프, 디비육미리 테이프, 디비디, 외장하드들이었다. 그것은 하나의 지난 시간과 함께 순장한 사역의 증언들이었다. 압도적인 풍경에 희람은 말을 잃고 다가가 침묵에 잠긴 사물—차라리 기억들—들을 보았다.

「희람 씨가 찍은 비디오랑 되게 비슷하죠?」

희람은 앨범을 들춰보았다. 사진들. 석관동의 놀라운 추위, 야밤의 공원에서 저마다 우스꽝스러운 포즈를 취하고 있는 사람들, 공연 사진, 신문지로 창문을 가린 좁은 방에서 물안경을 쓰고 기타를 치고 있는 남자(하나는 아니었다)와 열광하는 관객들, 저녁 빛깔, 골목들, 쓰레기들, 화분들, 벽돌 주택, 자전거를 탄 아줌마들, 바닥에 떨어져 시체처럼 나뒹굴고 있는 플라타너스 잎사귀들, 시내버스, 횡단보도, 신호등, 교차로. 도시를 석관동으로 혼동하던 하나의 착각을, 희람은 비로소 이해했다. 두 공간, 이천십일 년의 석관동과 이천십사 년의 도시는 마법처럼 닮아 있었다. 똑같은 지역이라 할 수 있는 곳에서, 추억을 소중히 여기는 두 사람은 똑같은 방식으로 시간을 주워섬기고 있었다. 누구도 관심 갖지 않는 역사를.

「이 친구가 바로 주희에요」

영필이 사진 속의 한 여성을 가리키며 말했다. 그녀는 보도의 차단석 위에 올라가 초창기의 비틀즈처럼 양팔을 벌리고 있었다. 그 옆에는 하나의 모습도 보였다.

「두 사람은 닮았어요… 희람 씨와 하나 말이에요. 하지만 희람 씨의 미래가 하나일 거란 확신은 누구도 할 수 없어요. 분명한 건, 하나는 지금 과거의 망령 속에서 여전히 괴로워하고 있어요」

「왜 그렇죠?」

「누구보다 그 시간을 사랑했기 때문이겠죠. 애착이 큰 만큼 실망도 큰 법이니까요」

희람은 선반에 쓰러져 있던 앨범을 집어 펼쳐보았다. 앞장에는 촛불이 켜진 어두운 방에 마주보고 앉아 웃고 있는 두 사람의 사진이 있었다. 광량이 부족한지 대체로 어둡고 초점마저 엇나간 사진. 하지만 카메라로부터 약간 등을 돌리고 앉아 있는 사람이 하나임을 알긴 어렵지 않았다. 맞은편에 앉아 있는 남자는 누구일까? 영필은 확실히 아니었다. 희람으로선 한 번도 만난 적 없는 흐릿한 얼굴이었다.

「이 분은 누구세요?」

「아」

영필이 짤막하게 반응했다.

「하나와 밴드를 하던 친구에요. 재의」

「주희 씨와 했다는 그 밴드요?」

「맞아요. 멤버는 셋이었어요. 하나, 주희, 그리고 재의까지. 거의 이 년 가까이 했을 거예요. 그러다 재의는 입대를 하게 됐고, 밴드는 흐지부지 해체하고 말았죠. 하나는 주희와 어떻게든 밴드를 계속 하려고 했지만 잘 안 됐고… 졸업과 함께 하나도 군대를 갔어요」

희람은 앨범을 서재의 원래 있던 자리로 다시 꽂아두었다. 앨범 사이에서 점성이 떨어진 파일 아래로 사진 한 장이 팔랑거리며 떨어졌다. 한낮의 다리 위에서 활짝 웃는 세 사람을 찍은 사진이었다. 가운데에서 두 손을 모으고 얌전히 웃고 있는 것이 하나였다. 그렇다면 양옆의 사람들, 치파오 드레스를 입고 있는 것이 주희이고, 야구 모자를 쓰고 있는 것이 재의일 터였다. 다리 뒤로는 바다가 보였다. 유조선인지 유람선인지 커다란 배도 있었다. 모두 행복하게 보였고, 그 때문에 서글픈 사진이었다. 사진을 가만히 보고 있던 희람은 문득 이곳의 배경이 낯익음을 깨달았다. 다름 아닌 도시의 항구였다. 그녀는 도시를 두 번째 관광자처럼 돌아보던 하나를 기억했다. 또 다른 비밀이 추락하는 리본처럼 풀리고 있었다.

「그럼 지금까지 서로 안 만나는 거예요? 그때 이후로?」

「예. 아니, 그럴 수가 없게 됐죠」

「왜요?」

「재의는 군대에서 사고로 죽었거든요」

충격을 받은 희람이 영필을 보았다. 그는 담담하게 말을 이어나갔다.

「하나로선 응어리가 남긴 했지만 언젠간 풀 수 있겠다 생각했겠죠. 하지만 그것이 완전히 불가능해진 거예요. 이승의 문제가 아니게 됐으니까요. 하나의 시간은 거기서 멈춰있어요. 그 이후의 하나는 이미 죽어있달까요. 어떤 의미에선요」

「그런…」

「그 사진은 밴드가 도시로 공연을 갔을 때 찍은 걸 거예요. 록페스티벌에서 초청이 왔었거든요. 그때가… 재의 입대 직전이니까 이천십이 년 여름 정도 되겠군요. 도시에 갔을 때 하나가 말 안 하던가요?」

「네」

사진에서 눈을 떼지 못하며 희람이,

「몰랐어요…」

하고 말했다.

재의와 주희가 처음 만나던 게 언제더라. 그보다 둘이 어떻게 만났는지를 얘기하는 게 좋겠다. 두 사람 모두 신입생이었고, 연애를 하고 있지 않았으므로 선배들은 이들을 얼마 남지 않은 대어라고 했다. 아닌 게 아니라 두 사람은 하늘에서 잠깐 왕림한 선남선녀의 모습을 하고 있었다. 전생이 아니라면 후생에라도 지당 만나야 할 연인처럼 보였다… 디즈니의 바보 같은 뮤지컬처럼, 주변의 푼수들이 길을 터놓은 덕분에 두 유로피안이 연애를 시작할 수 있던 건지, 그게 아니라면 어떤 우연의 굴곡인지… 재의는 어느 날 수업이 끝나고, 희끄무레한 저녁날, 공영 주차장을 관통하여 걸어가며 하나에게 주희와 사귀게 되었음을 말해주었다. 그 전까지 어떠한 기척도 내비치지 않았기에 하나는 놀랐지만 그렇다고 아주 불가능한 일은 아니었다.

차이나타운. 눈앞의 대학 생활이 마음에 들지 않던 어느 일요일, 재의와 주희, 하나 세 사람은 무작정 석관동을 떠나 인천의 차이나타운을 찾았다. 모처럼의 여행이었건만 햇빛이 화사하지 않고 흐린 하늘이었던 것도 기억난다. 긴 이동 시간에 지친 그들은 곧장 중국음식점을 찾았다. 적당한 가격대의 코스요리였는데, 실컷 먹고도 음식이 많이 남을 정도로 양이 많았다. 거실 앞 테이블에 앉아 중국어로 대화를 나누던 화교 서버가 그릇을 정리해주었다. 그런데 쟁반 위에 남아 있던 꽃빵을 들어 묵묵히 재의에게 내미는 것이었다. 훌륭한 맛이었지만 도저히 손이 가질 않아서 남긴 건데, 재의는 너무 당황하여 배가 부르단 표현도 하지 못하고 꽃빵을 먹어야 했다. 물 좀 주세요, 하고 간신히 말하자 그녀는 또 다시 아무런 말도 하지 않고 컵을 내밀었다. 한국 어디에서도 만난 적 없는 이 모든 걸 세 사람은 화교 문화라 이해할 수밖에 없었다.

음식을 먹고 나와 세 사람은 기나긴 계단을 올라 자유 공원을 거닐었다. 울창한 숲에는 조깅하는 여성이나 기타 연습을 하는 사내, 보도 가운데 돗자리를 깔고는 마늘 껍질을 까는 노인들이 뜨문뜨문 보였다. 정상에 올랐을 때 멀리 바다와 항구가 보였고, 광장에는 우익 단체의 맥 빠진 집회가 끝물이었다. 맥아더 동상이 있었고, 동물원 우리에는 닭과 거위를 비롯한 가금류들이 땅을 쪼고 있었다. 셋이 함께 음악을 만들기로 한 것은 그 이후의 얘기다. 왜였을까? 이에 대해 말한 적은 없지만 어쩌면 일요일의 차이나타운이 외로워서였을지도 모른다. 밴드 이름은 재의에게 말없이 꽃빵을 건네던 화교를 기억하는 의미에서 「오버시즈(Overseas)」로 정했다.

오버시즈는 친구들 사이에서 먼저 유명해졌다. 재의가 워낙 피아노를 잘 치기도 했고, 주희의 재능과 경탄할 만한 매력 때문이리라. 다른 스쿨 밴드와는 다르게 진지한 하나의 태도가 묘한 존중을 구했을 지도 모르고. 세 사람은 균형을 이루었다. 그들은 닮았고, 갈망하는 바가 같았으므로 결국 공명할 수밖에 없었다. 음악적으로도 오버시즈의 성취는 뛰어났다. 재즈와 블루스를 기반으로 피아노를 연주하는 재의는 차가운 과학자 같았다. 따로 배운 적이 없다는 그의 연주는 놀라울 정도로 정확하고 안정적이었다. 어려서부터 많은 음악을 체계적으로 들은 재의는 그야말로 음을 놀이 삼을 수 있는 연주자였다. 형식과 장르를 잔뜩 구비해놓고 원할 때마다 자유롭게 꺼내 쓰는 것만 같았다. 하나와 주희는 그가 형성한 악장 위에서 마음대로 놀면 되는 것이었다. 슈게이징에 경도된 하나의 기타는 시끄럽고 웅웅거리며 그림을 그려나가듯 소음이 뻗어나갔는데, 주희는 그 소리를 「어린 시절 엄마랑 함께 갔던 목욕탕 같다」고 표현했다. 꿈결처럼 정돈되지 않았지만 마냥 파괴적인 노이즈만은 아니어서 재의의 피아노와 묘하게 향응하였다. 그리고 주희, 그녀의 등장으로 음악이 시작되었다. 그녀는 누벨바그 영화의 배우 같았다. 그녀는 리듬 그 자체가 되어 몸을 통통 튀기다가 달콤한 목소리로 노래를 속삭이기도 했다. 오버시즈의 음악은 종잡을 수 없었다. 라디오 주파수를 내키는 대로 돌리는 것처럼 뒤죽박죽 정신없이 흘렀다. 팝과 노이즈가 뒤섞여 있었고, 구성과 혼돈이 나란히 내재되어 있었다. 그 바탕에는 시간이 녹아 있었다. 세 사람이 공유한 삶의 아름다운 순간과 유년기의 꿈과 상처들이.

공연이 있는 날. 석관동이 아닌 서울 어딘가. 세 사람은 학생 회관에 일찍 모여 각자의 장비를 챙기고 거리를 걸었다. 차가 없는 그들로선 어쩔 수 없는 노릇이지만 가장 손해 보는 건 재의였다. 재의의 키보드는 화가 날 정도로 무거웠고, 아기처럼 모셔야 했다. 반면 주희는 언제나 빈손이었으므로—가끔 괴상한 의상이나 준비물 따위가 있긴 했으나—키보드 한쪽 끝은 그녀의 몫이었다. 화창한 햇빛. 사람들도 약속을 위해 움직인다. 걸음 속도에 비례하여 무심히 스치우는 골목의 풍경들. 재의와 주희는 나란히 걸어가며 시종 수다를 떨었고, 하나는 세 발자국 뒤로 떨어져 이들을 따르며, 핸드폰을 들어 이들의 뒷모습을 찍었다. 아름다운 순간이었다.

「삭막한 세상이야, 그치?」

「술을 너무 드셨어요, 누님」

「맥주 몇 병 갖고 뭘 그래」

「몇 병이 문제가 아니라요. 요 며칠째 계속 드시니까 그렇지요」

한낮의 레스토랑, 재즈 피넛의 월요일 오전은 휴무처럼 더 없이 한산했다. 바텐더가 없는 바에 앉아 유미는 아침부터 술을 마시고 있었다. 운전을 해야 하는 쌤은 여지없이 옆에서 유미의 넋두리를 들어주어야 했다. 테이블 위엔 영롱하게 빛나는 지구색의 커다란 중국 맥주병이 두 병 놓여 있었다. 여기엔 비밀이 있었는데, 쌤은 유미가 술을 비울 때마다 재빨리 빈병을 자신의 의자 아래로 감춰두었던 것이었다. 볼링 핀처럼 잔뜩 쌓아두었다간 만취하여 행동거지가 흐트러진 유미의 부주의한 동작에 죄다 산산조각날 것이 훤했기 때문이다… 그러거나 말거나 유미는 허공에 뜬 두 다리를 아이처럼 흔들면서 맥주병을 기울였고, 쌤은 애써 눈길을 피하면서 곤혹스러움을 함께 감추었다.

「누님, 일어나야죠」

「왜, 어디 가게」

「어제부터 쭉 밖에 나와 계셨잖아요. 눈 좀 붙이세요」

그러자 유미가 쌤을 빤히 바라보더니,

「너 좀 멋있다? 야, 너 나 좋아하냐?」

하는 것이었다. 쌤은 고개를 돌려 헛기침을 했다…

「무슨 소리에요」

「됐고, 에이, 몰라. 나 오줌 싸고 온다」

유미는 의자를 뒤로 당기고—그 바람에 빈병들이 짤강짤강 부딪혔다—나무로 된 바닥에 발을 내딛었다. 그녀는 주변의 사물들을 피하지 못해 불도저처럼 모조리 밀면서 앞으로 나갔고, 넘어지지 않는 게 신기했다, 이 모습을 뒤에서 지켜보던 쌤은 입을 벌리고 눈을 감고 그리고 탄식했다. 아.

「뭐」

유미가 말했다. 사실 재즈 피넛엔 이들만 있던 게 아니었다. 월요일 오전마다 지역 주민들을 대상으로 열리는 대안 기저귀와 생리대 만드는 모임이 그날도 어김없이 한 귀퉁이에서 작업을 하고 있던 것이었다. 한 젊은 아가씨가 불이 퉁퉁 나와 자신을 흘겨보자 이를 놓치지 않는 유미였다.

「왜 또」

「아니에요」

아가씨가 새침하게 고개를 돌리며 말을 끊었다.

「술 마시는 거 처음 봐?」

「익히 잘 알고 있죠. 대낮부터 술 마시고 남들에게 행패 부리는 거!」

「조용히 있다 가라」

한마디 거들려던 아가씨를 주변 사람들이 말렸다. 유미는 얄미운 미소를 짓고는 화장실이 있는 복도로 걸어갔다. 남자 화장실 앞, 어두운 그늘에서 한 남자가 중국어로 대화를 하고 있었다. 친구와 전화를 하는 모양이었다. 그러다 다가오는 유미를 보더니 그는 급히 통화를 마치고 빛이 닿는 곳으로 성큼 걸어왔다. 남자는 하나와 희람이 재즈 피넛을 찾았을 때 뒷골목에서 실랑이를 벌이던 스태프였다.

「라우, 너 뭐냐. 왜 하던 전화를 끊어. 계속 하지」

「아뇨」

「야, 승택이한테 그 뒤로 연락 없었어?」

「없어요, 없어」

「똥 싸고 있네! 괜히 저번처럼 승택이가 얘기하지 말랬다고 나한테도 숨기면 정말 뒤질 줄 알아」

「진짭니데이」

큰 키와 우람한 근육을 가진 라우가 능청스럽게 사투리로 상황을 모면했다. 유미는 담배를 피우고 싶었지만, 자신이 소변을 위해 화장실에 왔음을 깨닫고는 포기해야 했다.

볼일을 마치고 유미는 세면대에서 손을 씻었다. 창백한 불빛 아래에서 거울을 보고 있자니 안쓰러울 정도로 초췌한 얼굴이 그녀를 마주보고 있었다. 하지만 마음을 다잡고 핸드백에서 빗을 꺼내 머리를 대강이나마 정리한 다음 입술 연고를 발랐다. 스태프는 사라지고 없었다. 아가씨는 이제 생리대를 만들며 젊은 엄마들과 즐겁게 떠들고 있었다. 유미는 휘적휘적 바로 돌아갔다. 자신이 앉던 자리엔 누군가 앉아 있었다. 순간적으로 기대하는 마음이 앞선 유미는 황망히 달려갔다. 손을 뻗기 전에 고개를 돌리는 사람은, 깡마르고 빛바랜 오렌지색 셔츠 위에 아가일 무늬의 조끼를 입은 노인이었다. 기대하던 얼굴이 아니자 유미는 한숨을 쉬었다.

「자네 자리를 내가 뺏었구먼」

노인이 자리에서 일어나려고 하자 유미가 대수롭지 않게 손을 내저으며 옆에 앉았다. 기요라고 불리는 노인은 재즈 피넛과 오랜 연을 맺고 있는 만화가였다. 당연히, 유미와 쌤도 잘 아는 사이였다.

「내 자리, 네 자리가 어디 있어요. 그냥 앉으면 자기 자리지」

「요즘 말이 아니라는군. 쌤 군이 들려줬어. 고생이야」

쌤은 그녀의 눈치를 보았으나 유미는 될 대로 되란 식이었다.

「이젠 정말 뭐가 뭔지 몰라요. 기요 아저씨, 웃긴 게 뭔지 알아요? 지금 우리는 존나 고생하고 있거든요? 그런데 아무도 왜 고생하는지 몰라요. 뭐 때문에 이 지랄인지 아는 사람이 한 명도 없다구요, 저부터… 확실히 말할 수 있는 건 이 염병할 깜깜무소식에서 곯다 못해 구멍 난 내 애간장밖에 없거든요? 말이 돼요, 이게? 내가 누구랑 싸우는 거야, 지금. 하, 웃겨서 정말」

그녀는 대뜸 깔깔 웃었는데, 그것은 발작 같았고 누구도 쉽게 입을 열지 못했다. 금세 저기압으로 돌아온 유미는 주머니에서 담배를 꺼내 입에 물었다. 옆에 있던 쌤이 얼른 라이터 불을 켰다. 기요 영감은 주먹을 입에 모아 헛기침을 하고는 말을 꺼냈다.

「들리는 소식이 예상보다 심각하더군. 일모회 말이야」

「어떤데요?」

「알다시피 일모회 배후엔 일모 그룹이 있지. 요즘은 영화사네 음악 기획사네 그럴듯한 사업을 벌이고 있지만 실상은 정치깡패 조직으로 출발하여 건설사로 진출한 도시의 암적 존재들이지. 알고 있겠네만 현재 도시의 많은 영역은 일모회에게 넘어간 상태네. 핵발전소와 공업단지가 있는 남부는 건설 단계부터 일모회가 장악한 지역이고, 파밭이었던 북구를 지금의 거대 상권으로 개발하도록 입김을 넣은 것도 그들일세. 합법, 불법을 떠나 일모회는 도시를 주무르고 있고 여기에 기대는 사람들도 대다수지. 거기에 정부까지 민영화 사업으로 이를 지원하고 있고」

「그렇게 어마어마한 놈들이 왜 우릴 건드린대요? 뭐가 나온다고」

「그 어마어마한 일모회의 손길이 도시에서 유일하게 닿지 않는 곳이 바로 이곳 동구야. 그 중에서도 재즈 피넛을 중심으로 한 여기는 개발되지 않은 야생림이겠지. 그들에겐 틈새시장을 공략하고 새로운 상권을 창출하고가 문제가 아냐. 자신이 제어할 수 있느냐, 없느냐의 차이라네. 그들이 원하는 건 완벽한 통제일세. 그게 아니라면 아주 작은 규모라 하더라도 불안하고 위협적인 요소일 테지」

「남의 얘기가 아니에요, 황해 여인숙 때처럼 용역을 앞세워 쫓아내려고 하면 막을 재간이 없어요」

쌤이 말했다. 기요도 무거운 얼굴로 고개를 끄덕였다.

「그렇다면 경찰이 신속하고 강경하게 나오는 것이 설명되네요. 수

뇌부가 일모회의 수중에서 노닐고 있다면 말이에요」

아까 전부터 유미는 술병을 빙빙 돌리면서 아무 것도 들리지 않는다는 듯 홀린 얼굴을 하고 있었다. 그녀는 사단이 나고 얼마 지나지 않아 겪었던 일을 떠올렸다. 그때 유미 옆에는 쌤과 승택이 있었다.

거리는 이상하게 조용했다. 한바탕의 새벽 출근 행렬이 지나가고 찾아온 적막이나 휴일 특유의 고요와는 완전히 다른 종류의 것이었다. 그것은 평화롭지도 게으르지도 않았다. 무언가에 의해 강제적으로 뜯겨나간 것만 같은 부재에서 일렁이는 불길하고도 불쾌한 침묵이었다. 원래 있어야 하는 것이 마법 같이 사라지고, 그 상실에 대해 사람들은 감쪽같이 망각하고 만다. 이것은 잔인한 흑마법의 전형이라 할 수 있다… 하지만 기억에선 사라졌을지언정 몸에 잔존하는 흔적은 소거할 수 없다. 그래서 감각은 말한다. 있어야 할 것이 없다, 고. 예전엔 있었던, 지금은 사라진 거리 위를 유미 일행은 걷고 있었다. 유미, 쌤, 그리고 승택은 예민한 개처럼 주변을 끊임없이 둘러보며 텅 빈 골목을 걸어 나갔다. 한참 동안 사람이 보이질 않았다. 자동차 경적도, 판촉을 위해 가게에서 틀어놓는 음악 소리도 없었다. 숲을 이루는 빌딩 사이를 지나가며 바람이 삭막한 소리를 지속적으로 내고 있었다. 에칭, 하고 쌤이 요란하게 재채기를 했다. 쌤은 목 언저리에 양모가 둘러싼 항공 점퍼를 입은 채 씨근거렸다. 또각또각, 하는 유미의 구두 소리가 아파트 단지를 울렸다. 재건축 붐을 타 뒤늦게 편승했다가 보기 좋게 부도가 나면서 주민들의 삶은 풍비박산이 났다. 찬반을 놓고 길길이 날뛰던 분쟁은 공동체를 조각냈으며 여유가 있는 사람은 있는 대로, 없는 사람은 없는 대로 터전을 버리고 떠났다. 하지만 크레인이 들어서기도 전에 공사는 중단됐고, 남은 건 흔적뿐이었다. 이천십 년대의 도시에서 특별한 광경은 아니었다.

「여기야?」

아파트 주차장 입구에 서서 유미가 물었다. 예, 하고 쌤이 대답한 다음 입구를 가리고 있던 비닐 천막을 치우기 시작했다. 승택이 이를 도왔다. 군데군데 찢어지고 더러운 천막을 잡아당기자 동굴처럼 시커먼 주차장 입구가 훤히 드러났다. 담배, 하고 말하자 쌤과 승택이 동시에 담배와 라이터를 내밀었다. 유미는 입에 담배를 물고, 불을 붙인 다음 어둠 속으로 성큼성큼 걸어갔다. 덤벙대던 쌤이 미끄러지자 발밑 조심해, 하고 승택이 부축해주었다.

「아주 살림을 차리셨구만」

유미가 말했다. 환풍기 사이로 들어오는 한낮의 빛줄기가 실내를 비춰주었다. 주차장 안에는 어디선가 주워온 온갖 쓰레기로 즐비했는데, 아마 얼마 전 급습한 경찰들이 뒤집어놓기 전에는 보다 사람 사는 곳처럼 보였을 것이다. 매캐한 먼지 냄새에 쌤이 발작하듯이 재채기를 터뜨렸다. 승택은 핸드폰을 꺼내 플래시 등을 켰다. 둘러볼 것도 없었다. 실망한 유미는 바닥에 굴러다니는 플라스틱 전화기를 걷어찬 다음 배수구 아래로 담배꽁초를 집어던졌다.

「없지? 애들」

유미가 말했다. 먼지 알레르기에 기침을 멈추지 못하는 쌤이 우는 와중에 네에, 하고 흐느끼다시피 대답했다. 승택의 시선은 잠시 바닥에 나뒹굴고 있는 책이며, 음반 따위에 머물렀다.

「뭐냐, 대체? 얼마 전까지 빨빨거리며 거리를 쏘다니던 애새끼들이 죄다 어디로 사라진 거야?」

「그러게 말예요, 누님」

「개똥도 약에 쓰려면 없다더니… 진짜 야마 돌게 하네」

「그러게 말예요, 누님」

「뒤진다, 진짜」

생각 없이 기계적으로 대꾸하던 쌤이 욕을 먹고 목을 움츠렸다. 평소엔 개똥처럼 큰 관심 없이 지나치던 재즈 피넛의 아이들을 찾으러 유미 일행이 거리를 뒤지기 시작한 것은 리더가 해명의 기회도 없이 경찰에 붙들려간 이후였다. 기본적인 알리바이나 주변 정황을 고려하지 않은 졸속 수사였다. 그 이전부터 저열한 공권력을 조롱하며 숱하게 파출소와 구치소를 드나든 유미 일행, 재즈 피넛의 펑크 그룹이었건만 이런 식으로 경찰이 나설 것이라곤 누구도 상상하지 못했다. 어쨌든 사건은 벌어졌고, 얼빠진 채로 기다릴 수만은 없었다. 유미 일행은 황당한 피해자였다. 들어본 적도 없고, 본 적도 없는 사건에 휘말렸기 때문이다. (리더는 주요 참고인이나 증인이 아니라 유력 용의자의 혐의를 안고 있었다) 유미와 펑크 그룹은 갖고 있는 모든 선과 채널들을 동원하여 이 사단의 원인을 파헤쳤고, 그 근저에 아이들이 있다는 사실을 알아냈다. 아이들, 재즈 피넛은 기본적으로 다양한 연령대의 사람들이 드나드는 곳이었지만 그 가운데에서도 십대 청소년들의 비중은 남달랐다. 학교와 가정 어디에서도 받지 못하는 인정을, 억압과 지시와 위계 없는 자유로운 공간에서 동년배들과 마음껏 나누려는 듯이 말이다… 도시엔 그런 아이들이 많았다. 어른들은 항상 바빴고, 학교는 끔찍했으며, 공장이나 아르바이트는 지루했다. 어떻게든 아이들을 붙잡아 놓고자 학원에 등록시키는 학부모도 더러 있었으나 안 가면 그만이었다. 집에 인터넷이나 컴퓨터, 와이파이가 끊기지 않는 모바일 기기가 있는 아이는 그나마 사정이 나았다. 도시는 점점 가난해졌고, 심심한 아이들은 거리로 나와 어떤 식으로든 시간을 보내야 했다. 흐르는 코를 티셔츠에 대충 닦아내고 손에 묻은 아이스크림을 열심히 핥아대는 꼬맹이들은 재즈 피넛의 멍청이 같은 형, 언니들이 하는 밴드 공연을 졸졸 따라다녔다. 무대에 뛰어올라 마이크에 대고 소리를 지르거나 스피커 위에 기어올라 관객 머리 위로 몸을 날리는 짓거리를 그대로 따라하던 아이들은 형, 언니들처럼 밴드를 만들었다. 재즈 피넛에서 그건 아주 자연스러운 일이었다.

이 일 역시 그런 아이들이 저지른 것일까? 유미는 생각했다. 대체 뭔 짓을 한 걸까? 경찰서 유리창에 돌을 던지고 도망치거나 편의점에서 담배를 보루 채 훔치는 자잘한 소동과는 차원이 다른 일 같았다. 유미는 재즈 피넛의 아이들을 잘 알지 못했다. 띠 동갑 정도의 나이 차이도 있었지만 펑크 그룹 외의 아이들에겐 특별한 관심도 없고, 가까워지려는 노력도 하지 않았다. 그런데 어느 샌가 아이들은 흔적도 없이 재즈 피넛에서 사라졌다. 서로 결의한 것처럼 발길을 뚝 끊은 것이다.

「어? 뭐야, 누가 있네」

주차장 입구에서 또 다른 목소리가 들려왔다. 가래 돋우는 소리와 함께 한 남자가 유미 일행이 있는 쓰레기장으로 나타났다. 아무리 좋게 봐줘도 그는「아이」라 할 수 없었다. 불룩 나온 배와 벗겨진 머리, 그리고 기분 나쁜 말투를 지닌 아저씨는 엉망이 된 주차장과 유미 일행을 번갈아 살펴보고는 물었다.

「뭐야, 너희가 신문에 전화한 아이들이냐? 다른 애들은? 너희들밖에 없어?」

갑작스런 하대에 모두 어이를 잃고 꼼짝하질 않자 남자는 커다란 정장 바지 안으로 후줄근한 셔츠를 집어넣으며 한층 더 삐딱하게 말했다.

「어른이 말을 하면 대답하는 시늉이라도 해야 할 거 아니야, 어?」

아파트 단지를 찾을 때까지만 해도 화창하던 하늘은 이제 구덕구덕한 구름에 둘러싸여 흐린 빛을 내리쬐고 있었다. 호기롭게 사람을 하대하던 남자는 쌤이 운전하는 팔십구 년형 프라이드 뒷좌석에 승택과 함께 나란히 앉아 흐르는 코피를 막기 위해 열심히 종이쪼가리를 비벼대고 있었다. 주차장에서 승택에게 흠씬 얻어맞은 덕분에 남자의 오른쪽 눈언저리는 눈에 띄게 부어올랐다. 코를 훌쩍이자 앞자리의 조수석에 앉아 있던 유미가 말했다.

「시트에 코피 묻으면 알아서 해라」

「네」

교차로에 가까워지자 쌤은 깜빡이를 켜고 좌회전 차선으로 차를 몰았다.

「야, 그 새끼 있는 데가 오봉동 맞아?」

「그럴 걸요」

「그럴 걸요, 가 어디 있어, 이 새끼야. 확실히 안 말해?」

유미가 손을 들자 남자가 움츠리며 울먹이는 목소리로 대답했다.

「네, 네. 맞아요… 근데 왜 자꾸 때리려 하세요」

「승택, 얘 지갑 줘봐」

승택은 일찌감치 남자로부터 압수한 지갑을 유미에게 건네주었다. 승택은 셔츠 앞주머니에서 구겨진 담배 곽을 꺼내 주둥이를 툭 건드려 담배 한 개비를 솜씨 좋게 꺼냈다. 담배에 불을 붙인 다음 차창을 조금 열었다. 손잡이를 직접 돌리는 개폐식 장치였다… 유미가 여전히 살기등등하게 심문하는 동안 승택은 멍한 눈으로 창밖의 풍경을 바라보았다. 주거지에서 한참 떨어져 노동자와 공단의 관리자들만이 이따금 눈에 띄는 교외였다.

「너 기자였어?」

남자의 지갑을 뒤적이던 유미가 말했다.

「아까 말했… 아니, 말씀드렸잖아요… 그 안에 명함도 있구요」

「들어본 적도 없는 신문이던데」

「지하철 가판대에서 파는 쓰레기 같은 주간지예요」

승택이 창밖을 향한 시선을 고정한 채 담배를 뻑뻑 피우며 말했다. 쓰레기란 말에 울컥했지만 남자는 군말 하나 할 수 없었다. 유미는 지갑 안에 잔뜩 꽂혀 있던 유흥업소 명함—여성 호스트의 과장된 육체가 인쇄된—들을 하나하나 남자에게 던졌다.

「자… 양순각 주임기자님. 다시 한 번 여쭤볼게요. 우리한테 겁나 중요한 문제니까 대가리 굴리다 걸리면 진짜 뒤지십니다」

남자는 흐르는 코피를 목 뒤로 꿀꺽 삼켰다.

「너 아까 주차장에 왔던 게 신문사에 제보한 사람 만나러 온 거였어?」

「네」

「무슨 제보였는데?」

「얼마 전에… 해변에서 사건이 있었잖아요… 도시에 여행객으로 왔었던 여자… 그 사건에 대해 잘 알고 있다고 했어요」

「그래? 그 사건의 뭘 말해준다고 했는데?」

「자세한 건 만나서 하겠다고 했어요. 뉴스에 나온 거랑 완전 다른 얘기라면서」

「다른 얘기?」

「네. 경찰을 믿으면 안 된다고… 혹시 경찰이 숨기고 있는 걸 알고 있나 해서 만나러 온 거죠. 그게 다예요. 자세한 건 만나서 얘기해준다고 했는데…」

「주차장으로 오래서 왔는데 없었다?」

「맞아요, 맞아요」

「그럼 오봉동의 그 새낀 뭐야?」

「일주일 정도 됐나. 전화가 왔었거든요」

「무슨 일로」

「그냥, 뭐… 전화할 수 있잖아요」

수상쩍은 대답에 모두가 양순각을 돌아보았다.

「가끔씩 만나면 술 사주는 후배에요, 후배」

유미와 승택이 잠시 서로의 눈빛을 맞바꾸었다.

「야, 승택. 넌 이 새끼 말이 맞는 거 같아?」

그러자 승택은 입술을 턱 위로 올리고는 고개를 내저었다.

「기자들 말을 믿을 수가 있어야죠」

「그치?」

유미가 품에서 번쩍이는 쇠붙이를 꺼냈다. 손잡이의 버튼을 누르자 날렵한 칼날이 접혀 있다가 찰칵, 하는 소리와 함께 튀어나왔다. 그 모습을 보고 양순각 기자는 질겁했다.

「잠깐만요, 잠깐! 지금 뭐하시는 거예요. 이 분들 농담이 너무 심하시네」

「넌 지금 이게 농담 같아?」

「말로 합시다, 우리… 제발… 알았어요. 다 말할 게요. 오봉동의 남자 애는 제 정보원이에요. 기드란 별명으로 부르고요. 제가 전부터 관리하고 있던 애에요. 녀석이 하는 말이, 주차장 아이들이 뭔가를 알고 있는 것 같으니까 만나보라는 거예요. 그래서 찾아온 거죠」

「기드? 별명이 기드라고? 들어봤어?」

유미가 승택과 쌤에게 번갈아 물었다. 그러자 운전대를 잡고 있던 쌤이 말했다.

「어, 저 알아요. 재즈 피넛에서 몇 번 봤어요」

「아, 그 마르고 얼굴 희멀건 애」

승택도 이제야 생각난 듯 고개를 끄덕였다.

「재즈 피넛에서 술 한 잔 얻어 마시려고 죽치는 동네 꼬마에요」

「그러냐? 이제는 기자 새끼들도 뻐락치를 심어놓네? 그것도 애들을 시켜서! 아까는 뭐? 가끔 술 사주는 후배? 요새 기자들 돈 많은가 보다? 미성년자 술도 사주고? 이거 아주 미친놈이구먼!」

유미가 가차 없이 양순각의 머리통을 후려치기 시작했다. 그는 얼굴을 푹 숙이고 손바닥 세례를 막기 급급했다.

「죄송해요, 죄송해요!」

「그래가지고? 기든가 뭔가 하는 애 말을 듣고 주차장에 왔는데 아무도 없었다?」

「그런데 선생님들… 혹시 재즈 피넛에서 오셨어요?」

「그럼 어쩔 건데」

「지금부터 제 말을 아주 잘 들으셔야 합니다… 아셨죠? 저도 그냥 들은 얘기에요…」

「듣고 있으니까 해봐」

「이번에 해변 여행객 사건으로 경찰에 붙잡힌 용의자 있잖아요… 사실 이 사건이 피살 흔적도 없고, 방식도 오리무중이라 경찰들도 꽤나 애먹었거든요. 곧 피서 철이라 행여나 관광객 줄어들까 시장도 엄청

쪼구요. 그러다 사건이 풀린 게 목격자의 증언 때문인데, 그 증인이 바로 기드 이놈이에요」

「뭐라고?」

유미의 눈이 커졌다.

「야, 그 새끼가 대체 뭘 안다고 생사람을 잡고 지랄이야!」

유미가 달려들어 양순각의 멱살을 잡고 흔들었다.

「저도 들은 얘기라고 했잖아요! 그리고 그걸 곧이곧대로 믿은 경찰들이 등신이지요!」

「들은 얘기면 다냐? 죄도 없는 사람이 붙잡혀 인생 종치게 생겼는데, 확인 한 번 안 하고 잡지에 실었잖아! 네가 그러고도 기자야? 너 죽어볼래?」

양순각이 놀라 비명을 지르자 승택이 얼른 두 사람을 떼었다.

「누님, 누님! 진정하세요. 그 꼬마를 만나면 해결될 일이에요」

조수석의 자기 자리로 돌아간 유미가 여전히 흥분이 가라앉지 않은 듯 숨을 몰아쉬며 양순각 기자를 노려보았다.

「넌 일 끝나고 보자」

⊟

오봉동은 아직 개발되지 않은 허름한 다세대 주택가가 밀집된 산자락 아래의 작은 마을이었다. 대낮이지만 거리는 조용했고, 더러운 모자를 쓴 노인이 기분 나쁘게 곁눈질을 할 뿐이었다. 쌤은 차를 지키고, 유미와 승택은 양순각을 앞세워 기드가 살고 있다는 원룸 아파트를 찾았다. 건축된 지 불과 십 년이 채 지나지 않았으나 지속적으로 방치된 흡연자들의 침 뱉는 습관과 입주민들이 창밖을 향해 던져대는 쓰레기로 인해 흉측한 몰골로 변해 있었다. 양순각 기자는 연신 자신의 정보원에게 전화를 걸었지만 좀처럼 수신이 되지 않았다. 승강기 없는 계단을 오르던 승택이 흠칫, 하고 멈춰 섰다.

「왜 그래?」

유미가 물었다.

「좋지 않은데요」

승택이 숨을 크게 들이쉬었다. 그리고 날선 눈으로 주변을 둘러보았다.

「누님, 제가 먼저 들어갈게요」

「그래, 그럼」

「나와 봐, 뚱띠」

승택이 양순각 기자를 거칠게 밀고 성큼성큼 올라섰다. 기드의 방은 사층 계단에서 가까운 곳에 있었다. 문 앞에 선 승택이 건너편의 기척을 가만히 들어보다 철문을 똑똑, 하고 두들겼다. 하지만 반응은 돌아오지 않았다. 혹시나 싶어 문고리를 돌리니 잠기지 않은 문이 소리를 내며 열리는 것이었다. 세 사람은 서로의 얼굴을 놀란 눈으로 살펴보았다.

기드, 라고 불리는 소년은 텅 빈 공간에 누워 있었다. 달랑 화장실 하나가 붙은 원룸은 세간살이가 하나도 없던 탓에 더욱 휑하게 느껴졌다. 승택에 이어 집에 들어선 양순각은 쓰러진 기드를 보자 소리를 질렀다.

「젠장, 얘 왜 저래. 죽은 거예요?」

유미가 양순각을 밀치고 달려왔다. 승택은 무릎을 굽히고 바닥에 얼굴을 맞댄 채 눈을 감고 조용히 누워 있는 소년을 보고 있었다.

「죽은 거야, 승택?」

「네」

유미는 몸을 홱 돌려 자신의 뒤에 서 있던 양순각의 정강이를 구두 끝으로 냅다 걷어찼다.

「너 임마! 이게 어떻게 된 거야! 어제 너한테 전화했다는 새끼가 왜 저 방에 자빠져 죽어 있어?」

뼈를 호되게 얻어맞은 정순간은 두 손으로 타격 부위를 붙잡고 팔짝팔짝 뛰었다.

「그걸 내가 어떻게 알아요. 저는 그냥 전화 받고 온 것뿐이란 말예요!」

「하룻밤 사이에 애가 죽었다? 사지 멀쩡한 젊은 애가?」

「죽은 진 얼마 안 된 것 같아요」

승택이 자리에서 일어났다.

「몸이 아직 따뜻하고 굳어 있질 않으니까요」

승택의 말에 유미는 할 말을 잃었다. 기드와 양순각을 번갈아 노려보더니 끓어오르는 분을 참지 못하고 소리를 지르며 집밖으로 나갔다.

「맙소사… 이게 어떻게 된 거야…」

양순각이 얼이 빠진 채 중얼거렸다. 승택은 두리번거리며 시신 주변을 살펴보았다. 빈 술병, 라면 용기 따위가 편의점 봉투에 담겨 구석에 나뒹굴고 있었다. 가구라곤 싱크대 앞에 놓인 플라스틱 의자, 등받이가 없고 다리 한쪽이 기울어진 것이 전부였다. 창밖으로 사이렌 소리가 들렸다. 멀리 고가 너머로 앰뷸런스가 달려가며 남긴 파문이었으나 겁에 질린 양순각은 어린아이처럼 빨리 나가야한다며 칭얼거렸다. 승택은 이를 무시하고 주변을 살펴보다 다시 기드가 누워 있는 방 중앙으로 걸어와 무릎을 굽히고 바닥 쪽에 귀를 기울였다. 우웅, 하고 미세하게 이어지고 있는 소리가 들렸다. 승택은 소리의 근원을 찾다가 기드의 가슴팍 아래 깔려있는 무언가를 찾아냈다. 그것은 워크맨이었다. 국내에서 만들어진 보급형 모델로, 자주색의 겉면 모퉁이가 깨져 있었지만 용케 작동하는 모양이었다.

「뭐예요, 그게?」

사색이 된 양순각이 떨리는 목소리로 물었다. 승택은 워크맨을 조심스럽게 꺼냈다. 웅웅거리는 소리의 정체는 워크맨의 재생 모터였다. 테이프가 끝까지 감겨 더 이상 재생되지 않는 것이었다. 기드는 죽는 순간까지 무엇을 듣고 있었을까? 카세트 투입구를 열자 안에는 구십년대 댄스가요를 모아놓은 해적판 테이프가 들어 있었다. 뒤로 감아 재생해보니 스페이스 에이의 「섹시한 남자」 도입부가 흘러나왔다. 승택은 워크맨을 호주머니에 넣고 자리에서 일어났다. 종잡을 수 없는 상황이었다.

코로 한숨을 내쉰 다음 승택은 몸을 돌려 싱크대로 걸어갔다. 선반, 그곳은 그릇 하나 없고 반쯤 남은 싸구려 진 술병과 약봉지가 전부였다. 약도 상당 부분 그대로 남아 있는 봉지엔 꽤나 오래 전에 받은 처방전이 동봉되어 있었다. 승택은 처방전을 대충 읽고는 양순각에게 던져주었다.

「얘 어디 아팠어?」

「아뇨, 팔팔했는데」

봉투 겉면의 병원 이름과 처방전 내용을 빠르게 훑어본 양순각이 말했다.

「신경 안정제? 아… 이 녀석 한 번 쓰러진 적이 있어요」

「수술 받았어?」

「수술이 아니라요, 갑자기 의식을 잃었나 봐요. 왜, 성장기 애들 가끔 그럴 때 있잖아요. 병원 치료까지 받았는지는 몰랐네」

「이 사람은」

승택이 선반 바닥에 떨어져 있던 명함을 들어보였다.

「아는 사람이야? 뇌신경 영상의학센터 과장 채교영」

「네에? 이런 사람을 제가 무슨 수로 알아요. 농담도 참…」

그러자 양순각 기자에게 다가가 승택이 그의 어깨를 툭툭 건들며 말했다.

「이제 알아야 할 걸」

파도로부터 멀찍이 떨어진 모래사장 위에 한 여자가 죽은 듯이 누워 있었다. 해가 지고 있었고, 주변은 온통 황금빛의 영향 아래 있었다. 저녁 일곱 시. 그럼에도 하늘은 밤의 기색이라곤 찾아볼 수가 없다. 여름 날의 해가 길어진 탓이었다. 바람에 실려 오는 바다의 짠내는 전보다 각이 잡혀있다. 이것 역시 계절이 바뀌었단 조짐일까. 해변 우측의 언덕 위엔 관광객들이 등대와 바다 멀리 풍경을 구경하고 있었다.

「이제 됐어요?」

여자가 불쑥 고개를 일으켜 세우며 말했다.

「아직」

남자가 말했다. 옆에서 그는 폴라로이드 사진기를 붙잡고 사진 촬영의 구도를 이리저리 잡고 있었다.

「고개를 저쪽으로 돌려봐」

「이렇게?」

「너무 갔다」

셔터는 몇 차례의 자질구레한 연출이 오간 뒤에서야 마침내 터졌다. 여자는 남자의 손을 붙잡고 자리에서 일어났다. 부축을 하면서도 그는 다른 한쪽 손으로 폴라로이드 사진을 휘휘 흔들고 있었고, 그녀 역시 개의치 않고 옷감에 묻은 모래 알갱이들을 툭툭 털어냈다. 한가한 미남과 우수로 빚은 미인, 로이와 몰리였다.

「혹시 말이야, 반복적으로 꾸는 꿈이 있어? 비슷한 패턴이 계속 나온다거나」

「있어요. 공연이 시작됐는데 아무리 불어도 색소폰 소리가 나오지 않는 꿈」

「오, 색소폰을 불었군?」

고교 시절 내내 경음악 동아리에서 꽤나 열의를 갖고 활동했다는 사실을 말 안 한 바는 아니지만, 또 남자는 누차 잊고 여자는 다시 설명하는 비슷한 대화가 수차례 반복되고 있었지만 몰리는 구태여 덧붙이지 않았다. 한두 번 있는 일도 아니고, 지적한다고 개선될 일도 아니었다.

선배는요, 하고 몰리가 물었을 때 옆에 있던 로이는 온데간데없이 사라져 있었다. 엥? 주변을 둘러보니 로이는 뒤편에서 음료를 팔고 있는 노점상인과 얘기하고 있었다. 잠시 후 로이는 플라스틱 일회용 컵

두 잔을 손에 들고 돌아왔다. 얼음과 레몬 슬라이스가 들어간 블루 하와이였다. 몰리는 자신 몫의 컵 하나와 그가 입에 물고 있던 폴라로이드 사진을 집었다.

「잘 나왔어, 사진?」

로이가 물었다. 몰리는 블루 하와이를 한 모금 마셨다. 손바닥 크기의 필름 위로 어느덧 짙은 금빛에 누워 있는 몰리의 모습이 선명하게 떠올라 있었다. 그 뒤로 해수욕장의 풍경들이라거나 바다의 모습도 잘 잡혀 있었다. 로이는 안주머니에서 사진 한 장을 꺼냈다. 그것은 몰리와 비슷한 자세로 누워 있는 여자를 찍은 사진으로, 해변을 배경으로 한 것과 노을이 지는 저녁 시간까지 무척 흡사했다. 일전에 로이가 돌연사 피해자들을 찍은 사진을 보여줄 때 함께 있던 것이기도 했다. 그는 사진 속 광경이 유사함을 확인하고는 주변을 둘러보기 시작했다. 멀지 않은 곳에 나비곶 해안가 도로와 무인 등대가 표지판과 함께 보였다. 로이는 말없이 해변 가까이 걸어가 철썩이는 파도와 그 방향을 한동안 지켜보기도 했다.

「선배는 그러니까」 하고 몰리가 말했다.

「뭐가 알고 싶은 거예요?」

로이는 바닥에 떨어져 있던 나뭇가지를 집어 힘껏 던졌다. 가볍게 날아간 나뭇가지는 바다 위에 참방 떨어져 정처 없이 흔들렸다. 머릿속의 단어를 신중히 고르던 남자가 겨우 입을 열었다.

「앉아서 얘기할까?」

두 사람은 바다를 향해 모래사장 한가운데 설치된 흔들의자로 걸어가 나란히 앉았다. 맞은편으로 저녁 바다의 풍경이 가리는 것 없이 시원하게 눈에 들어왔다.

「저기 있잖아, 이 일을 하면서 가장 중요한 게 뭐라고 생각해?」

「진실이죠」

그의 물음에 그녀는 주저 없이 대답했다.

「좋아, 그럼 내 고민을 말해도 될까? 나는 진실은 바다 깊숙이 가라앉은 보물선이라고 생각해. 우리는 어떤 확신을 갖고 바다 속을 뒤지지. 배는 반드시 있을 것이라 말이야… 하지만 육지에 살고 있는 사람들에게 보물선 따위는 사실 있으나 없으나 별 상관이 없는 것이거든. 있으면 좋고 없어도 그만인 사람들에게 우리는 망상이나 쫓는 무뢰배가 아니고 뭐야? 하나뿐인 진실을 교란하고 현혹하는 몹쓸 궤변가지. 바다 속에는 아무 것도 없다, 이것 말고 다른 진실은 필요하지 않는 세상에」

「이율배반이군요」

몰리가 말했다.

「그치만 선배, 서로를 부정하는 두 개의 주장이 있다고 해서 진실이 없어지거나 무의미해지는 건 아니에요. 우리가 할 일은 진실을 은폐하고 곧이곧대로 직시하는 걸 거부하는 편견과 기만을 극복하는 거지 함께 회의에 빠지는 게 아니잖아요」

로이는 바다를 바라보며 블루 하와이를 마셨다.

「자네 말이 다 맞는데… 그럼에도 나는 그런 생각을 멈출 수가 없다구. 어떤 시간과 경험이 바다 밑으로 가라앉은 다음에는 두 번 다시 건져 올릴 수 없다고 말이야… 우리가 할 수 있는 건 힌트와 자료를 있는 대로 긁어모아 이 선박은 이러이러한 금은보화를 싣고 저러저러한 노정 끝에 가라앉았습니다, 하고 제멋대로 이야기를 꿰맞추는 게 전부지. 하지만 이미 바다 멀리 떠나버린 사람이 돌아와 확인해주지 않는 한 그게 맞는 얘긴지 한낱 소설에 지나지 않는지 누군들 확신하겠어? 진실이네, 진실이 아니네, 양측 모두 소모적인 논쟁만 하고 있는 거야」

「진실이 맞고 틀리고를 떠나 진실은 실존하지 않기 때문에?」

푸, 하고 한숨을 내쉰 다음 로이는 두 장의 사진—폴라로이드와 오래된 필름—을 다시 꺼내 들었다. 이를 바라보던 몰리가 사진들을 하나씩 가리키며 물었다.

「선배, 이 사진이 해변의 여행객 사건이라면… 지금 찍은 사진은 그럼 뭐예요?」

「뭐긴 뭐야, 호랑이 기계지」

로이는 웃었다.

「이 두 사건은 연결되어 있어. 아니, 그렇게 믿자구. 나는 보물선이 있고 없고엔 사실 별 흥미가 없어. 상상하는 편이 훨씬 재미있거든」

「보스가 싫어할 말만 골라 하네요」

「잘 부탁해」

「변명이 제 일이죠…」

로이가 의자에서 일어났다. 하늘은 이제 노을이 제법 무너져 저녁의 풍모를 자아내고 있었다. 두 사람은 차가 세워진 주차장으로 돌아가기 위해 모래사장을 가로질러 걸었다.

「우리 제법 잘 어울리는 콤비 같지 않아?」

「보고서나 한 번 써주고 그런 얘길 하시죠」

그런데 보도블록에서 그들은 머뭇거렸다. 돌아갈 길 생각도 없이 무작정 전진한 것이 화근이었다. 로이와 몰리는 벤치에 앉아 양팔을 끌어안고 악몽이라도 꾸고 있는 것처럼 부들부들 떨고 있는 남자 아이에게 다가가 말을 걸었다.

「죄송합니다. 혹시 주차장 가는 길이 이쪽 방향이 맞나요?」

「박물관 앞에 있는 공영 주차장이었는데요…」

그러자 남자는 큰 충격을 받은 얼굴로 자리에서 일어나더니,

「아, 알 리가 없잖아」

하고 반대편으로 쏜살 같이 도망갔다. 황당한 안내에 로이와 몰리는 서로에게 어깨를 으쓱해보였다. 결국 둘은 컴컴한 별밤이 돼서야 차로 돌아갈 수 있었다.

영필은 하품을 참지 못했고 일을 나가기 전까지 조금이라도 잠을 자둬야겠다며 지하실에 희람을 혼자 남기고 먼저 올라갔다.

「아, 도시에서 갔던 아파트 이름이 한신이라고 했죠?」

계단을 오르던 중간에서 영필이 물었다. 희람은 앨범 위에 내려앉은 뽀얀 먼지를 닦아내고 있었다.

「네, 맞아요. 한신 아파트」

「제가 한번 알아볼게요. 몇 년 전에 갔던 철거민 집회에서 들어본 이름 같아서요」

「그래주시면 너무 고맙죠. 하지만 괜히 저 때문에 번거로우실까봐요, 안 그래도 바쁘신데…」

「천만에요. 지하실은 공기가 탁하니까 너무 오래 있진 마세요. 그럼 먼저 올라갑니다」

「저도 금방 올라갈게요」

희람은 지하실의 서늘함도 잊은 채, 추억이란 추억은 모조리 보관하겠다는 집념에 사로잡힌 사제가 쌓아올린 기억의 카타콤에 우연히 들어와 그 신비하고도 비극적인 기운 앞에 할 말을 잃은 신출내기 사제가 된 기분으로 지하실을 마주하고 있었다.

하나는 애써 도망치려는 듯 발걸음을 서둘렀지만 너무도 느리고 무겁게만 느껴졌다. 하나는 새마을금고와 편의점과 카센터가 줄지어 있는 거리의 방지턱 위에 앉아 담배를 피웠다. 처음엔 술을 구하기 위해 나선 것이었지만 희람을 만난 뒤 음주 생각은 깨끗이 사라진 상태였다.

그는 재의를 생각했고, 주희를 생각했다. 그리고 어젯밤 거실에 두런두런 모여앉아 최근에 본 드라마 얘기를 하듯 대수롭지 않게 밴드를 기억하는 대학교 친구들을, 마지막으로 희람을 생각했다. 하나는 어쩌면 이 비극이 오롯이 자신만의 것이고, 스스로를 원흉으로 지목하며 비극의 순결성을 지키는 것만이 유일한 속죄라고 생각한 걸지도 몰랐다. 그는 주희의 천재적인 빛을 탁하게 만든 것이 자신의 이기 탓이라 생각했고, 재의를 죽음으로 내몬 것 역시 자신의 광기 탓이라 생각했다. 그는 차라리 꿈에서 죽고 싶었다.

새마을금고에서 한 아이가 문을 밀고 나왔다. 볼일을 위해 은행을 찾은 엄마를 따라온 모양이었다. 아이는 귀여운 셔츠를 입고 있었다. 아이는 신기한 듯, 호기심 어린 눈빛으로 시금석에 앉아 담배를 피우는 하나를 바라보았다. 생각에 골몰히 잠겨 있던 하나는 그때서야 아이가 자신에게 다가오고 있음을 깨닫고 담배를 등 뒤로 숨겼다. 그리고 공중을 아직도 떠다니고 있는 담배 연기를 손으로 휘휘 저었다.

아이는 하나에게 물었다.

「오늘이 무슨 날이에요?」

하나는 잠시 질문의 의미를 헤아렸다. 너무 어려운 물음이었다.

「아무런 날도 아니란다」

아이는 이해가 잘 되지 않는 얼굴이었다. 그때 은행에서 엄마가 나와 아이를 데려갔다. 거리에 혼자 남게 되자 하나는 자신이 어떤 표정을 짓고 있었는지를 생각해보았다.

희람은 소파에 풀썩 주저앉으며 저도 모르게 한숨이 나왔다. 너무 많은 생각이 고여 머릿속의 창문을 활짝 열어 환기라도 시키고 싶을 지경이었다. 푹신함에 파묻힌 채 두 눈을 감고 있는데 별안간 전화 벨소리가 울렸다. 깜짝 놀란 희람은 자리에서 일어나 소리의 근원을 찾았다. 거실 바닥에 하나의 휴대폰이 떨어져 있었는데, 그 위치가 이상했다. 하나의 방에서 거실로 이어지는 짧은 복도에 휴대폰이 홀로 덩그러니 놓여 있는 일이 자주 있는 것은 아니니까. 어찌 되었든 애타게 수신을 기다리는 상대방을 마냥 모른 척할 수는 없었다. 폴더를 열자 대기 화면에는「팬클럽」으로 저장된 이름이 떠오르고 있었다. 희람은 일단 통화 버튼을 눌렀다.

「형님! 저 희연입니두앗!」

전화를 받자마자 수화기에서 지나치게 괄괄한 남자의 목소리가 터져 나왔다. 하나의 부재를 알려주고 냉큼 전화를 끊으려던 희람으로선 적잖이 당황할 수밖에 없었다. 남자의 흥분이 가라앉기를 바라며, 그녀는 어쩐지 미안한 마음으로 상황을 설명했다. 상대가 하나가 아님을 알게 되자 남자 역시 무척 민망해했다. 대개 사과와 함께 해프닝은 끝나기 마련인데, 평소에도 미주알고주알 환담 나누길 좋아하는지 남자의 수다는 계속 이어졌다. 그는 자신의 이름을 희연, 정희연이라 했고, 도시/에서 활동 중인 밴드의 프론트맨이자 하나와 그의 밴드 오버시즈의 열광적인 팬이라고 했다. 희람은 하나와 함께 관람했던 레스토랑에서의 재즈 공연과 지하실에 무수히 쌓여 있는 오버시즈란 밴드 이름을 떠올리고는 하나와 희연의 연관 고리를 금방 파악할 수 있었다. 이 얼마나 수수께끼 같은 인연이란 말인가?

「앗앗, 말이 너무 길어졌네요. 하나 형님의 동생 분까지 알게 되어 제가 흥분했나 봅니다… 혹시 형님이 돌아오면 부탁하신 주차장의 아이들을 알아봤다고 전해주시겠어요?」

희연은 희람을 하나의 사촌동생쯤으로 알고 있는 듯했다… 여하간 하나는 희람과 함께 비디오에 나온 아이들이 주차장에서 지낸다는 점, 그리고 재즈 피넛에도 종종 출입했을지도 모른다는 점 등을 근거로 수희동에 올라오자마자 재즈 피넛의 충성 고객인 희연에게 조사를 부탁한 모양이었다. 아이들의 소식을 알고 있다는 희연의 제보가 놀랍기도 했지만 한편으론 자신이 쿨쿨 잠만 자고 있는 사이에도 쉼 없던 하나의 노력에 희람은 짠했다.

「혹시 괜찮다면 저도 좀 알 수 있을까요? 그 아이들은 제 친구들이기도 하거든요. 제 이름은 희람이에요. 하나 씨의 동생은 아니고요」

「희람 씨?」

희연이 물었다. 희람이 그렇다고 대답하자 그는 미친 듯이 웃기 시작했다. 자기를 아는 사람인가 싶어 희람은 웃음이 그칠 때까지 기다렸다가 그 이유를 물었다.

「아, 죄송합니다… 아는 사람이 갑자기 떠올라서… 희람…」

희연은 흔쾌히 자신의 정보를 공유해주었다. 그러나 그가 말해주는 것은 아리송한 동어반복처럼 느껴졌는데, 한참 오래 전 재즈 피넛을 들락날락거리던 주차장의 아이들은 어느 순간 재즈 피넛으로부터 발길을 끊었다는 것이었다.

「형님께 이 부분을 상세히 설명해주셨으면 좋겠는데요」 하고 희연이 말했다. 「사실 저희 밴드도 재즈 피넛에 입성한지 고작 반년도 채 되질 않습니다요. 제 입으로 말하긴 뭐하지만 재즈 피넛이 워낙 명망 높은 무대다 보니 아무나 설 수 있는 그런 클럽이 아니거든요. 앗앗, 아무튼요, 저희도 재즈 피넛에서 루키 취급을 받는 신참이라 이겁니다. 희람 씨의 친구들은 이천십이 년부터 재즈 피넛을 찾았죠? 그때 저희는 문자 그대로 찌리 중의 찌리였지요. 그 해 여름! 희람 씨도 아실까요? 도시/ 대학로에서 오버시즈의 원정 공연! 그것이 우리들의 처음이었습니다」

희연은 오버시즈와 조금이라도 연관된 기억이 있다면 지나칠 줄을 몰랐다. 하나 역시 이런 식으로 자신의 밴드가 다시금 환기될 줄은 꿈에도 몰랐을 것이다. 축축한 지하실에 유폐된 기억들과 함께, 희람은 어쩔 줄을 몰라 하며 부끄러워하는 하나의 얼굴을 상상했다.

「제가 입이 방정이군요. 그날의 감격이 떠올라서 저도 모르게 그만. 앗앗, 본론은요. 저보다 일찍, 그리고 오래 재즈 피넛을 알고 있던 친구들에게 수소문을 해보았습니다. 공연을 찾아오는 관객 중에 혹시 주차장에서 지내는 아이들을 만난 적이 있는 지를요… 운 좋게 소식을 아는 사람이 있었어요. 한신 아파트 맞죠? 거기 주차장에서 사는 아이들 이름을 제가 적어놨는데, 잠시만…」

메모를 찾는 정도의 시간이 흐르는 동안 희람은 결정적인 제보를 앞둔 사람처럼 전신이 긴장되기 시작했다.

「아, 여기 있다. 불러드릴게요… 귀신, 몽, 교수, 생강, 희람, 지민… 아, 지민은 아니에요. 앞의 다섯 명만 한신 아파트 출신이랍니다. 희람 씨 이름도 같이 있었어요」

희람은 노트에 얼른 옮겨 적었다. 처음은 아니겠지만, 기억을 잃은 뒤로는 처음 접하는 아이들의 이름이었다.

「그럼 이 친구들이 지금 어디 있는지도 알 수 있을까요?」

그러나 돌아오는 대답은 없었다… 핸드폰을 얼굴에서 떼어내 폴더의 화면을 보니 통화는 어느덧 끝나 있었다. 잠시 후 희연으로부터 문자 메시지가 왔다. 아르바이트의 쉬는 시간이 끝났다며, 조만간 다시 전화하겠다는 것이었다. 희람은 소파 뒤에 쓰러져 눈을 감을 수밖에 없었다.

주의 없이 집으로 돌아오던 하나는 표지판—어린이 보호구역 반드시 서행—에 엄청 세게 머리를 박았다. 바닥만 보고 걸음을 성큼성큼 걷던 것이 화근이었다. 그 즉시 뒤로 자빠질 만큼 아찔한 충격이었고, 반사경에 비추어보니 혹이 부풀어 오르고 피가 맺혀 있었다. 그 자리에 주저앉아 끙끙 앓고 있는데, 뒤에서 누군가의 깔깔 웃는 소리가 들렸다. 돌아보니 친구들을 데려다주고 귀가하던 오정이 웃고 있었다.

「아무리 깨워도 일어나질 않아서 병원에 전화하려던 참이었어」

오정이 말했다. 그녀는 하나가 간밤에 일어나 거실 주변을 배회하던 사실을 조금도 모르는 눈치였다. 자신의 방에서 그녀가 조심스럽게 붕대를 감아주는 동안 하나는 의자에 걸터앉아 카펫 위를 조그맣게 수놓은 오후의 햇빛을 가만히 바라보고 있었다. 다락방으로 올라오는 동안 수희동 집은 조용했다. 영필은 근무를 떠났을 것이고, 희람은… 자신의 방에 누워 하나에 대한 실망으로 베개가 축축해질 때까지 울고 있을지도 몰랐다. 창밖의, 아직 열매가 익지 않은 감나무 위로 검은 새가 찾아왔다. 하나는 처음 보는 새였다.

「기왕이면 영필이 형네 요양원에 데려다 줘」

하나가 말했다.

「사람들은 잘 갔어?」

「어, 시내에서 밥도 먹여서 보냈어」

오정은 붕대를 조심스럽게 묶고 남은 부분을 가위로 잘라 마무리했다. 구급상자를 닫으며 오정이 말했다.

「도시에서 굉장히 재미있는 곳을 갔다면서」

「혹시 재즈 좋아해?」

「응. 잘은 모르지만」

하나는 재즈 피넛에 대해 될 수 있는 한 상세히 들려주었다. 이를 위해선 먼저 운하의 포장마차와 그곳에서 만난 의문의 호텔리어들인 로이와 몰리를 먼저 얘기해줘야 했고, 곧 레스토랑에서 만난 오버시즈 팬클럽, 깽들, 사무실에 불을 놓은 이후로 끈질기게 하나와 희람을 추격하고 있는 의문의 남자, 비디오와 주차장의 아이들 역시 뒤따랐다. 오정은 손바닥을 연신 부딪치며 놀라운 반응이었다.

「그러니까… 재즈 클럽이 수상하다고 생각하는 거지?」

「재즈 피넛. 보통 클럽이 아니야. 인터넷 홈페이지에 들어가 보니까 천구백십사 년에 문을 열었다고 해. 영국의 건축가가 건물 설계를 맡았고, 지금도 흔하지 않는 이층 규모의 대형 카바레인데 조선 최초의 서구식 식당으로 기록이 남아 있어. 재즈 피넛의 초기 오너는 이금명이라고 하는 화교 독지가인데, 이 사람이야말로 희대의 괴인이야」

「왜?」

「미국 본토에조차 아직 창궐하기 이전에 이미 재즈광이었고, 향교 문화가 여전히 강하던 도시에 대뜸 서구식 레스토랑을 열었으니까. 러시아 사회주의 혁명에 고무된 좌파들이 도시에 운집했을 때 이들을 은밀히 지원했던 걸 계기로 재즈 피넛은 반제국주의 반파쇼 세력들의 전초 기지 역할을 했나봐」

「한쪽에선 재즈를 틀고, 한쪽에선 혁명을 논하고」

두 사람은 베란다 문을 열고 작은 데크로 나갔다. 하나는 담배 두 개비에 불을 붙이고, 다른 하나를 오정에게 건네주었다.

「장난 아니라니까. 조선공산당 창당 준비모임도 여기서 했고, 일제에 저항하는 시위도 주도했대. 아무튼 당시는 워낙 세계적으로 재즈가 선풍적인 인기를 끌었을 때여서 외국 못지않은 분위기였나 봐. 미국에서 유학을 다녀온 홍난파도 재즈 피넛을 찾았다가 깜짝 놀랐다고 하고, 최승희도 재즈 피넛에서 무용 공연을 했다가 어마어마한 인파에 감동해 밤새 술을 마시고 도시에 그대로 눌러 살까 고민했다는 일화도 있어」

「문맥을 갑자기 건너뛰어서 미안한데, 그럼 네가 만났다는 그 덩치들은 뭐야? 무서운 클럽 문지기처럼 들리는데」

「대충 설명하자면 이래. 오랜 역사를 지닌 만큼 재즈 피넛은 엄연히 오너가 있긴 있지만 구성원들과 공동으로 운영하길 지향하는데, 지역의 소셜 클럽처럼 자생적으로 생긴 그룹만 해도 세 개나 된대. 초창기서부터 꾸준히 암약해온 아나키 그룹, 민주화 투쟁을 거치면서 새로 형성된 좌파 그룹, 그리고 구십년 대에 나타난 펑크 그룹. 나는 이 주제를 가지고 쓴 논문을 읽어봤는데, 그냥 내 추측이지만 그때 뒷골목에서 만난 녀석들은 바로 펑크 그룹이 아닐까 싶어」

「방화범까지?」

「높은 확률로」

두 사람은 잠시 아무 말도 하지 않고 담배를 피웠다. 등교와 출근으로 부산한 아침이 지나가고 고적함이 찾아온 거리엔 햇빛이 밝은 부분을 만들고 있었다. 꽁초를 모아놓은 깡통에 중간까지 타버린 담배를 비벼 끄고 하나와 오정은 담소를 정리했다.

「이번에 갔을 때 서핑은 하지 않았어?」

테라스를 넘어 방으로 돌아가는 하나에게 오정이 말했다.

「그게 무슨 말이야?」

「서핑 몰라? 널빤지 위에서 파도 타는 거」

「아니, 내 말은 갑자기 왜…」

스스럼없이 대꾸를 하던 하나에게 순간 스쳐지나가는 생각이 있었다. 그것은 하나의 장면이었다. 햇살에 찡그린 시야 사이로 뿌옇게 보이는… 탈색된 기억처럼 선명치 않은 어떤 모습… 서핑… 바닷가… 파도 타는 아이들… 딱! 하고 하나는 손가락을 튕겼다. 테이프에서 본 아이들! 추운 겨울날, 파도를 타겠다며 서핑 보드를 들고 바다에 뛰어들었다가 혼이 난 아이, 미친 듯이 웃음을 터뜨리고, 오토바이 연료를 꺼내 모닥불을 피우는 아이들의 모습이 바로 그것이었다.

자세히 얘기해달라는 하나의 말에 오정은 절반은 어리둥절한 상태로 말을 이었다. 오정은 얼마 전 결혼한 지인을 만났는데, 그는 주말마다 남편과 *도시*를 찾는다고 했다. 그 이유는 남편이 지독한 「레저광」이라는 것.

「신혼여행 때 처음 서핑을 경험한 이후로 아주 푹 빠졌대」

「그래서? 서핑을 하러 *도시*에 간다는 거야?」

「너도 몰랐지? *도시*가 원래 파도타기로 유명한 곳인가 봐. 서핑을 하려면 파도가 높아야 하는데 우리나라에서 서핑을 할 수 있는 몇 안 되는 바다 가운데 하나라나 뭐라나」

「부산 송정, 강원도 양양, 제주도 중문」

「어? 잘 아네?」

「그리고 *도시*까지, 얼마 전 기사를 읽었어. 그래서 아이들이 서핑을 하고 있던 거였군」

「아이들?」

「응, 아이들. 누나, 뭔가 좀 알 것 같아. 도와줘서 고마워」

하나는 *도시*와 서핑을 키워드로 좀 더 아이들의 행방을 찾아봐야겠다는 생각에 사로잡혀 후다닥 방을 빠져나왔다.

「어쨌든 내가 잘한 거지?」

오정이 하나의 뒷모습을 향해 소리쳤다.

희람은 요양원으로 향하는 언덕의 가로수 길, 벤치 위에 앉아 있었다. 그녀가 매만져보는 것은 포춘 쿠키의 점괘 종이다. 지금은 곁에 없는 사람의 손 글씨처럼 가슴을 찌르는 그리움이 느껴졌다. 그녀는 몸서리를 쳤다.

언덕 위에서 영필이 희람을 부르며 달려왔다. 약속 시간에 늦은 것도 아닌데 굳이 숨을 헐떡이며 달려오는 영필의 모습에 희람은 불길한 마음에서 벗어날 수 있었다. 식사시간을 틈타 잠깐 빠져나왔다, 고 말하는 영필의 이마엔 땀이 송골송골 맺혀 있었다. 그는 숨을 헐떡거리면서도 요양원의 이름이 인쇄된 황색 종이봉투를 품에서 빼더니 인쇄된 종이들을 꺼내기 시작했다. 그것은 일전에 영필이 알아보겠다고 약속한 한신 아파트에 대한 자료들이었고, 그는 헛기침을 한 후에 희람에게 차근차근 설명해주었다.

「전 정부 때 전국적으로 재개발 광풍이 불었어요. 재개발뿐만 아니라 아파트 담보 대출과 매매를 반복하면서 차익을 챙기는 사람들이 너나 할 것 없이… 크흠, 죄송해요, 하지만 대박의 꿈은 오래가지 않았죠. 미국에서부터 부동산 거품이 꺼지면서 사달이 났어요. 많은 사람들이 이득을 챙긴 것 이상으로 손해를 입었죠. 몇몇 관료들과 큰손들을 빼면요… 카지노의 유일한 승자는 카지노 그 자신뿐이라잖아요? 허풍과 사기로 점철된 재개발의 피해자들이 모여 부동산 정책을 규탄하는 집회를 열었어요. 물론 정부는 귓등으로도 안 들었지만요. 한신 아파트 비대위도 그때 광장에 모인 단체들 중 하나였어요」

희람은 스크랩된 기사 속 사진을 보았다. 시청 광장뿐만 아니라 세종로의 팔차선 도로 위에 운집한 사람들은 마치 펄펄 끓는 용암 줄기 같았다. 영필은 계속 말했다.

「도시 남구의 부동산 업자에게 수소문해보니 한신 아파트는 팔십팔 년 초에 완공된 복도가 있는 십오 층 아파트 건물이더군요. 요즘처럼 대규모 단지는 아니었지만 구십년 대 중반까진 빈 집이 없을 정도였나 봐요. 그러다… 외환위기를 겪으며 한풀 꺾이고, 상권이 이동하면서 쇠락하기 시작했겠죠? 거주자도 상당수 빠져나가고 고인 물처럼 버려져 있다가 이천칠 년 재건축 얘기가 나오는데, 이에 찬성하는 주민과 계속 거주하겠다며 반대하는 주민 사이의 내홍이 심각했대요. 흔히 관찰되는 사례죠. 하지만 부동산 대박을 무슨 종교처럼 떠받들던 시기인지라 결국 재건축이 확정돼요. 그런데… 이천십일 년 재건축을 주도하던 건설회사가 부도를 맞으면서 어렵게 성사된 재개발이 무기한 연기가 돼요. 정말 갈 곳이 없는 사람들 몇몇만 남고 주민 대부분은 빠져 나간, 전형적인 슬럼이 된 거죠」

희람은 열심히 고개를 주억거리며 영필의 말을 귀담아 들었다. 영필은 생수통의 물을 산적처럼 벌컥벌컥 마셨다…

「잘 보세요. 한신 아파트에 재건축이 결정되고 본격적으로 주민 이탈이 시작된 게 이천구 년이고, 집회가 이천십 년이었으니까 아이들이 주차장 생활을 시작한 건 아마 이천십일 년 이후부터일 거예요. 그 전에는 주민 갈등과 건설회사의 횡포로 어수선한 아파트 단지에 자리 잡기가 어려웠을 테니. 또 전에 희람 씨가 말하길, 친구와 헤어지고 기억을 잃어버린 것이 이천십이 년 여름부터라고 했죠? 그렇다면 아이들의 입주 시기도 그 무렵으로 보는 게 얼추 맞지 않을까요?」

「맞아요, 맞아요. 이천십이 년부터 이천십사 년까지라면 제가 고등학교 일학년에서 삼학년에 해당하는 시기에요. 아, 그리고」

희람이 말했다.

「아이들의 이름을 알게 되었어요. 영필 씨에게도 말해줄게요」

희연의 도움으로 알게 된 주차장 아이들의 이름—본명이 아닌 애칭이겠지만—을 희람은 영필에게 불러주었다. 영필은 유능한 보좌관처럼 발음해가며 수첩 한 구석에 이름을 옮겨 적었다. 중요한 정보는 대강 이것이 전부인 모양이었다. 영필은 숨 가쁘단 듯 한숨을 내쉰 다음 손목의 시계를 확인했다. 식사시간도 거의 끝나가고 있었다.

「알아본다고 알아봤는데 도움이 됐는지 모르겠네요」

「무슨 말씀을요! 정답에 점점 가까워지고 있는 기분인 걸요」

「하하, 그렇다면 다행이지만. 다음에는 더 유용한 정보를 들려줄 수 있을 거예요. 왜냐하면 한신 아파트 비상대책위원회라고 집회에 참가했던 분의 연락처를 알아냈거든요. 여기에 아이들 이름까지 알아냈으니 물어보면 혹시 모르죠, 아주 고마운 정보를 말해줄 지도요… 아이쿠, 병원에서 절 찾겠군요. 들어가봐야겠어요」

영필을 따라 자리에서 일어나며 희람은 들고 온 비닐봉투를 내밀었다.

「오면서 왕만두 샀어요. 영필 씨 좋아하시잖아요」

아직 따끈따끈한 훈기가 머무는 비닐봉투를 건네받고 영필은 충격에 가까운 감동의 표정을 짓더니, 고맙다는 듯 쑥스럽게 만두를 들어 보이곤 요양원을 향해 다시 달려갔다. 생각에 잠겨 집에 돌아가는 길에 해가 지고 있었다. 수희동 전체에 금빛이 드리워져 있고, 희람은 다리 위에 서서 냇가 옆으로 조성된 산책로에서 쉬는 주민들을 잠시 지켜보았다. 단 하나뿐인 사랑의 대상이 있다면 그것에게 얼굴이나 이름이 있을까? 희람은 모든 것을 잃어버린 채 금빛에 휩싸이는 상상을 했다.

하나는 북한강 인근에서 이루어진 「레저광」 들의 모임에 들렸다 오후 늦게 수희동으로 돌아왔다. 작년 여름, 도시/에서 있었던 서핑 대회의 참여자들이 정기적으로 갖는 친목 자리였는데, 혹시나 테이프 속 아이들을 알까 싶어 창피함을 무릅쓰고 끼어든 것이었다. 허나 구릿빛으로 멋지게 탄 피부의 멋진 남녀들은 아무도 겨울 날 서핑을 하는 아이들을 기억하지 못했다. 서로의 근육과 월 소득, 새로 찍은 자녀들의 사진만이 주된 관심사였다.

소득 없이 도착한 수희동은 저녁 하늘에서 내려오는 금빛 햇발이 마을을 에워싸고 있었다. 퇴근 차량들이 조금 밀렸고, 어디선가 고기 굽는 냄새가 났으며, 사람들의 표정은 대체로 활기가 있었다. 영지의 건강함을 눈으로 확인하고 뿌듯한 영주처럼, 하나는 마을의 면면을 바라보며 기분이 쇄신되었다. 시시각각 대기의 빛이 바뀌고 있었다. 화사한 금빛에서 옅은 연보랏빛으로. 해가 졌음에도 빛의 여운이 세계를 맴도는 아주 잠깐의 시기, 매직 아워였다.

그때 하나는 다리 위에서, 난간을 붙잡고 멀리를 바라보고 있는 희람을 만났다. 그녀 역시 금빛 속에 있던 것이었다. 두 사람은 그렇게 말없이 서로의 옆에 있었다.

「제게는 저조차 알 수 없는 구멍이 있어요」

하나가 말했다. 희람은 옆에 서서 그의 얼굴을 올려보았다.

「재의, 주희, 같이 음악을 만들고, 웃고 떠들던 시간들…」

하나는 어렵게 웃으며 희람을 바라보았다.

「미안해요, 희람 씨. 저는 아직도 그때 얘기를 잘 못하겠어요」

「괜찮아요, 하나 씨」

희람이 말했다. 그녀는 고민하다, 가느다랗게 숨을 내쉬고 있는 하나의 어깨 위에 천천히 손을 올렸다.

「우리는 괜찮아질 거예요」

하나와 희람은 책상에 나란히 앉아 무언가를 찾고 있었다. 서핑으로 유명한 도시의 바다, 그리고 하얀 겨울 바닷가에서 바보 같은 파도타기를 하던 아이들을 단서로 구글링. 둘은 마치 놀이하듯 가볍고 경쾌한 마음으로 아이들의 흔적을 더듬어 나갔다. 식빵 끄트머리와 우유, 강냉이와 뻥튀기 따위를 집어 먹으면서… 희람은 데스크탑 컴퓨터로 도시의 서핑 동호회나 대여 업체, 커뮤니티 사이트를 뒤졌고, 하나는 노트북으로 도시의 타블로이드 잡지 《선데이스 판타지》—선판이라 불리며 악명인진 모르지만 나름 유명세를 떨치는 것 같았다—를 아카이브한 피디에프 파일을 구해 읽었다. 절묘한 곡선을 그리며 파도를 가르는 구릿빛 피부의 서퍼들처럼 하나와 희람도 사이버스페이스를 유영하고 있었다.

한가하게 선판을 훑어보던 하나는 제정신이라면 차마 작성할 수도 열람할 수도 없는 내용으로 얼룩진 황색 저널을 신랄하게 비판했고, 거기에 되레 호기심이 동한 희람은 자신이 선판을 맡겠다며 하나와 자리를 바꾸었다. 온통 추잡한 내용뿐이라고 경고해도 소용없었다. 입을 가리며 선판을 읽던 희람은 괴상한 기사를 발견했다. 이천십사 년 늦여름 즈음 도시의 해변에서 발생한 살인 사건을 다룬 글이었는데—해변에서 발견된 젊은 여성의 시신을 도착적으로 조명하는 데 집중하면서—기사에 따르면 시신은 어떠한 외상도 없이 잠들어 있는 모습으로 파도가 넘실거리는 해변 위에 쓰러져 있었고, 부검 결과 익사하기 전에 사망한 것으로 보이지만 독살 반응이 나오지 않아 의문을 남겼다. 하나 역시 관심을 갖고 모니터 쪽으로 의자를 당겼다. 잡지에는 사진도 있었다. 저녁노을이 짙게 깔린 모래사장 위에 잠들어 있는 것처럼 젊은 여자가 누워 있었다.

「해수욕 중 해파리 공격에 의한 갑작스런 쇼크사로 결론 나는가 싶던 사건은 증인이 등장하며 새로운 국면에 접어들었다. 긴급 체포된 용의자는 피해자가 실종된 밤, 차이나타운의 유명 레스토랑 <J>를 방문한 청년으로… 어휴, 아래로는 도저히 읽을 수가 없겠어요」

하나는 얼른 눈으로 기사를 훑어보았다. 기자는 소돔과 고모라에 버금가는 것 마냥 도시의 문란하고 퇴폐적인 젊은이들의 성문화에 대해 비분강개하면서 경찰의 조사 내용을 언급했다. 용의자인 청년은 지역 사회에서 유명한 불한당으로, 레스토랑에서 파티 도중 만난 여자와 지성인이라 할 수 없는 행위를 시도하는 바람에 심장 마비를 야기한 것. 당황한 그는 친구들과 함께 시신을 바닷가에 유기했지만 무슨 조화인지 시신은 조류를 따라 해변으로 떠밀려왔고, 목격자까지 등장하며 발목이 잡힌 모양이었다. 긴급 체포된 용의자는 혐의를 완강하게 부인했다. 그러나 기소를 피할 순 없었다. 얼굴이 모자이크 처리된 아이의 인터뷰도 게재되었는데, 또래 집단에서 대마나 엑스터시 같은「레저용」마약이 소비되는 것은 공공연한 사실이라고 했다. 피해자 또한 마약에 노출됐을 가능성이 매우 크다고 기사는 쓰여 있었다…

하나와 희람은 놀라움을 금치 못했다. 이는 분명 도시의 아이들과 연관되어 있었다. 모든 정황이 재즈 피넛—차이나타운의 유명 레스토랑 <J>—과 주차장의 아이들, 주거지가 불명확하고 재개발이 중단된 아파트에서 지내던 탈선 청소년을 가리키고 있었다. 정말 그들이 이런 끔찍한 범죄를 저질렀을까? 하나는 동요하는 희람을 달랬다.

「이런 삼류 잡지의 말을 서둘러 믿을 필요는 없어요. 절반 이상은 과장되거나 아저씨들의 욕정을 채우기 위해 가공된 글일 테니까요」

하지만 하나도 사건의 진위가 궁금했다. 그래서 사건을 수사한 도시의 경찰서에 연락을 해보았다. 고단한 문의 과정과 계속되는 교환을 기다리며 겨우 수사 담당자와 연결이 닿았지만 대단히 고압적인 태도로 설령 피해자의 지인이라 하더라도 사유가 없는 한 수사 내용을 공개할 수 없다며 잘라 말했다.

이에 포기하지 않고 하나는 궁리 끝에 기사가 실린 선데이스 판타지 잡지사에 직접 전화를 걸었다. 선판은 현재까지 발행되고 있었고, 양순각 기자 역시 여전히 근무하고 있었다. 그는 「해변의 여행객 살인사건」 이후 승진하여 지금은 편집주간이라 했다… 양순각 주간과 통화하는 것은 어렵지 않았다. 숙취에 절어 배불뚝이 셔츠 차림으로 더러운 책상에 빈둥거리고 있다가 심드렁하게 전화를 돌려받는 모습이 선명했다.

말투부터 지저분하고 불쾌한 그는 하나를 놀려먹을 생각이나 할 뿐 진지하게 응대할 생각을 하지 않았다. 소모적인 대화가 이어지자 희람이 핸드폰을 빼앗아 자신을 죽은 여자와 가깝게 지내던 동생이라 소개하며, 뒤늦게 소식을 접했지만 경찰도 알려주질 않아 난처하다고 하소연했다. 수하자가 여자로 바뀌자 양순각 주간의 태도는 급변했다.

「그럼 또 말이 달라지지. 언니, 나랑 같이 술 한 잔 할래?」

그의 첫 마디였다. 스피커폰으로 옆에서 대화를 듣던 하나는 기가 막혔지만 희람은 가만히 있으라며 손가락을 입술에 갖다 댔다. 희람은 양순각 주간의 파렴치한 제안에 태연하게 응했다.

「약속한 거야, 응? 약속했다」

희람은 하나에게 눈을 찡긋해 보였다.

「용의자로 지목된 사람 말인데요…」

「응. 그게 뭐」

「소문을 들어보니 거리에선 모르는 사람들이 없다는데요. 친구들도 많고요」

「내가 그 자식 사생활까지 어떻게 아냐?」

「제가 아는 어떤 친구들은 지하 주차장에서 지낸다고 하더군요. 주민이 모두 떠나 텅 빈 아파트 단지의 주차장에서 말이에요. 혹시 여행객 살인사건의 범인이 그 친구들과 연관이 있나 싶어 여쭤보는 거예요」

방금 전까지 끈적이는 여유 넘치던 기자의 태도가 일순 돌변했다. 비록 눈앞에서 보진 못하지만 사시나무 떨 듯 확연하게 목소리의 동요가 찾아왔고, 희람을 경계하기 시작했다.

「아, 아까 약속은 없었던 일로 합시다. 알았죠? 지금 이 대화도, 전화도 전 모르는 걸로」

「잠깐만요, 뭔가 착각을 하신 것 같은데 저흰 재즈 피넛에서 봤던 사진 속…」

그 소리에 양순각 주간은 더욱 경기를 일으켰다.

「재, 재, 재즈 피넛이라니 큰일 날 소리를 하시네… 아무튼 이만 끊습니다」

「유미 씨는 그렇게 생각하지 하지 않을 텐데요」

하나가 나지막이 말했다. 수화기엔 정적이 흘렀다. 영문을 모르는 이름에 희람은 무슨 소리냐고 소곤거렸다. 하지만 하나는 양순각 주간의 급변한 태도에 짚이는 바가 있었다. 그리고 도시에서 의문의 남자와 통화를 할 때 주워들은 「펑크 그룹」의 사람들 이름을 기억해내고, 정확치 않은 상황에서 허풍을 친 것이었다. 유미, 그녀는 재즈 피넛 뒷골목에서 희람을 어디론가 끌고 가려고 했던 사람이었다. 가죽 코트를 입고, 오렌지색으로 염색한 머리칼이 아주 길고, 무엇보다 무서운. 하나의 요행수는 운이 좋았다. 양순각 주간은 거의 그로기 상태에 빠졌다…

「유미 씨는… 왜요?」

제발 아니라고 말해달라고 애원하는 듯한 그의 목소리가 하나로 하여금 더욱 강하게 허풍을 놓으라고 부추겼다.

「그래요, 재즈 피넛의 유미 씨. 당신도 잘 알죠? 그 분도 여전히 기자님을 기억하고 계시던데요. 참, 얼마 전에 뵙었는데 기자님이 잘 지내고 있나 궁금하시대요」

「저를 왜 궁금해 하십니까…」

하나와 희람은 핸드폰의 마이크를 두 손으로 붙잡고 숨죽여 웃었다.

「저희도 험한 꼴은 보고 싶지 않아요. 무리한 걸 요구하는 것도 아니잖아요. 알고 계신 거 몇 가지만 말씀해주시면 돼요. 그럼 간단하게 끝날 일입니다」

「네, 네. 제가 아는 내용이라면 전부 알려드리겠습니다」

「좋습니다. 그럼 용의자가 한신 아파트의 아이 중 한 명이었나요?」

「그건 아닙니다. 보도된 내용 중에 한신 아파트가 거론된 기사는 없는 걸로 아는데, 선생님께서 왜 그렇게 생각하시는지 모르겠군요. 체포된 용의자는 한신 아파트의 아이들과 연령 차이도 있고, 거주지도 달라요」

「그런데 왜 기사에는…」

「용의자가 붙잡힌 이후로 보도된 기사들을 다 보셨죠? 사람들이 원하는 건 단순해요. 도시의 바퀴벌레처럼 불온하고 불길한 존재들인 슬럼가의 청소년들을 단죄하는 겁니다. 선량한 시민과 가족들을 해치려는 반사회분자라면서요. 콕 집어 재즈 피넛이다, 한신 아파트다 말할 필요도 없어요. 두루뭉술하게, 거주지가 불명확하고 낙후된 건물에 무리 지어 사는 탈선 청소년들, 이 정도 발표만으로도 충분하거든요. 실제로 도시엔 지저분하고 머리에 피도 안 마른 꼬마들이 숨어사는 곳들이 많으니까요」

「여전히 이해하기 어렵네요… 경찰이 무엇 때문에…」

「몇 가지 추정을 할 수 있습니다」

양순각 주간이 말했다. 그는 이제 최초의 긴장 상태에서 조금씩 벗어나 어느새 설명을 즐기고 있었다.

「하나는 경찰이 탈선 청소년들을 매한가지로 여긴다는 겁니다. 시민들도 그렇고, 내부 사정을 잘 모르는 사람들이 갖는 일반적인 인식이 그래요」

「그게 그거다, 이거군요?」

「그렇죠. 또 하나는 경찰이 의도적으로 보도를 했을 수도 있다는 겁니다. 알다시피 도시의 인구 노령화, 슬럼화, 청소년 문제는 심각하고, 그럴 때마다 때리기 좋은 게 바로 탈선 청소년들인데요. 다가오는 선거를 염두하고 도시의 보수층을 결집하기 위해 일부러 선정적으로 와꾸를 짠 거예요. 청소년들에게 더 많은 자율권을 주고 개방적인 정책을 펼친 건 지금의 행정부니까요. 시민들의 길 잃은 분노가 시장에게 돌아가게요」

「사건 이면에 정치가 있다는 얘기네요. 탈선 청소년이든 재즈 피넛이든 붙잡은 사람이 진범이긴 합니까? 아니, 애초에 여자는 정말 살해당한 게 맞나요?」

하나가 물었다.

「제가 그걸 알면! 마치 전부 알고 있는 것처럼 말하긴 했지만 한낱 기자 나부랭이가 알면 얼마나 알겠습니까」

「괜찮아요」

양순각 주간이 어찌나 풀죽어 말하는지 희람은 저도 모르게 그를 위로했다.

「어쨌든 한신 아파트의 아이들이 엉뚱하게 사건에 휘말린 거군요?」

「도시에서 손이 깨끗한 자가 어디 있겠냐만은 뭐, 신은 아시겠죠」

「용의자가 잡혔으면 사건은 끝난 거 아닌가요?」

「유일한 증거가 목격자의 증언인데, 그 친구도 이 세상 사람이 아니올시다」

「네에?」

당황한 희람이 소리쳤다.

「더군다나 신빙성이 있는 증언이 아니었기 때문에 경찰들로선 꽤나 똥줄 타고 있을 거예요, 아마. 어떻게든 마무리 지으려고 강행 수사를 펼쳤는데 더 이상 묶어놓을 수 있는 구실이 없어졌으니 도로 아미타불이랄까요」

하나와 희람은 아무 말도 할 수 없었다. 아무리 기자가 친절하게 설명해준다 한들 이해하기 힘든 정황들만 연속적으로 튀어나올 뿐이었다.

「저… 궁금하신 게 이 정도면 이만 전화를 끊어도 될까요? 저는 그럼 업무로 돌아가고자…」

덫에서 어떻게든 빠져나가려는 살찐 쥐처럼 양순각은 눈치를 보며 말했다.

「하나만 더요. 혹시 호랑이 기계가 뭔지 아시나요?」

하나가 말했다. 긴 침묵 끝에 「호랑이 기계요?」 하는 반문이 돌아왔다.

「네, 뜬금없는 얘기 같겠지만…」

「재미있는 얘기네요. 그건 한신 아파트 아이들이 더 잘 알 건데… 저도 잘은 몰라요. 오리한테 물어보시죠. 이제 진짜 끊어야 합니다」

「오리요? 끊지 말아 봐요. 호랑이 기계가 뭐하는 물건인데요」

하나가 닦달하자 양 주간은 신음하듯 작은 목소리로 중얼거렸다.

「좋은 꿈을 꾸게 해준다고요」

「꿈? 마약입니까, 혹시?」

「모른다니까, 나도… 왜 모른다는 걸 자꾸 물어보세요? 저 이만 끊습니다. 유미 씨한텐 잘 말씀해주시고요. 두 번 다시 연락주지 않아도 좋아요. 수고하세요」

그렇게 전화가 끊겼다.

⊟

「정리를 해보죠」

하나가 필기한 노트에 대고 볼펜을 톡톡 건들며 말했다.

「여러 군데 보도가 난 것처럼 작년 여름, 그러니까 이천십사 년 구월 *도시*의 해변에서 한 여성의 시신이 발견됩니다. 혼자 여행을 온 이십대 중반의 대학교 휴학생이에요. 사망 추정 시간은 시신이 해변에서 발견된 시점으로부터 이십사 시간 내외이니까 만약 경찰의 발표대로 재즈 피넛에서 살인이 일어났다면 전날 밤 살해하자마자 바다에 유기한 셈이에요」

「하지만 다시 해변으로 돌아왔어요」

「그래요」

하나는 한숨을 쉬었다.

「파도에 떠밀려 온 거겠죠. 외관상 아무런 위해도 없고, 뚜렷한 용의자도 없는 이 사건을 도시 사람들은 해변의 여행객 사건이라고 불러요. 나중에 경찰에 의해 범인이 붙잡히면서 해변의 여행객 살인사건으로 바뀌지만요」

「그런데 아까 전화에서는 경찰이 거짓말을 하고 있는 거랬어요」

「아예 없는 소리를 만들었다기보다 아전인수로 해석한 거 같아요. 만약 용의자가 재즈 피넛에서 만난 괴한들과 같은 일당이라면… 모르는 사람한텐 그게 그거 아니냐고 할 만하죠」

「뒷골목에서 쫓아왔던 사람들 말이죠? 그 사람 이름이 유미였어요? 하나 씨가 하도 천연덕스럽게 말해서 깜짝 놀랐어요. 아무튼 도시에서 꽤나 유명한 사람인가보네요. 이름만 들어도 벌벌 떨 정도니 말이에요」

「우리가 모르는 무슨 사정이 있을지도」

둘은 잠시 말없이 저마다의 생각에 잠겼다.

「분명한 건 주차장의 아이들이 해변의 여행객 사건에 휘말렸다는 거예요. 이 가운데 호랑이 기계란 것이 있다고 추측을 해보죠. 그 기계의 정체 역시 알 길이 없지만요…」

「아까 전화에서는 호랑이 기계를 오리가 알고 있을 거라고 했어요」

「동물의 왕국이 따로 없군」

「아, 머리가 너무 아파요. 저는 평범하게 잃어버린 기억을 찾고 싶을 뿐이었는데, 호랑이 기계는 또 뭐고, 이제는 살인 사건이라니요」

희람은 이마를 손으로 짚었다. 그러더니 자리에서 일어나 부엌으로 걸어갔다. 그 사이에 하나의 핸드폰이 울렸다. 오버시즈 팬클럽이었다. 하나는 영 내키지 않는 기분으로 폴더를 열어젖혔다.

「하, 하, 하나 행님! 접니다, 희연!」

그의 흥분은 나날이 과장되고 있었다… 하나는 「형님」이란 호칭부터 매우 거슬렸지만 하나의 이름 뒤에 「님」을 붙이는 것보단 그나마 나은 편이었다. 실제로 희연과 하나는 고작 두 살 차이뿐이었다.

「일전에 희람 씨와 통화했는데 전해 들으셨는지요?」

마침 부엌에 갔던 희람이 오렌지 주스를 따른 컵을 들고 돌아왔다. 하나는 핸드폰을 가리키며 입모양으로 희연임을 알려주었다. 희람은 입을 동그랗게 만들곤 고개를 끄덕였다.

「네」 하고 하나는 계속 말했다. 「아주 유용한 정보였어요. 고마워요. 전화 드린다는 걸 경황이 없어서」

「아잇, 무슨 말씀이십니깟! 저 같은 축생에겐 시간이 아까울 따름입니다. 마음 쓰지 마십쇼」

「희연 씨…」

「제가 또 전화를 드린 거는요, 앗앗, 방금 알아낸 소식 때문인데요, 아이들이요! 한 명 겨우 찾았어요. 생강이란 별명으로 불리던 여자 아입니다. 키가 장난 아니게 크고 줄담배 피우던 아이 있잖습니까. 알고 보니까 메탈 밴드를 하는 제 친구 녀석과 사귄 적이 있더라고요. 그 친구에게 물어봐서 생강의 소식을 들을 수 있었습니다. 다른 아이들은 죄송해요, 모르겠습니다」

희연이 전해준 생강의 이야기는 다음과 같았다. 생강은 주차장의 아이들 가운데서 가장 깊게 재즈 피넛과 연을 맺고 지내던 아이였다. 연인이 있는 밴드의 매니저이기도 했지만 그 전부터 입구를 지키며 티켓을 팔거나 알려지지 않은 밴드를 기획자에게 소개해주기도 했다는 것. 그랬던 생강이 어느 순간 발길을 끊었다. 해변의 여행객 살인사건으로 어수선한 시기와 딱 맞아 떨어졌다. 일찍이 헤어지긴 했지만 밴드 연인과 뜸뜸이 연락을 주고받던 것도 잠시, 가끔 오던 연락도 완전히 끊기게 되자 이상하게 여긴 연인은 수소문 끝에 생강이 미성년자 범법자들을 수용하고 있는 감화원에 있다는 사실을 알고 놀랐다. 감화원에 문의하니 생강 본인이 그간 혐의가 있던 절도와 자질구레한 범법 행위를 자백한 뒤 기소되어 수감 절차를 밟았다고 했다.

「그게 올해 초의 일이었대요」

희연이 조금 가라앉은 목소리로 말했다.

「혹시 몰라 전화해봤는데 아직도 그곳에 있어요. 감화원 이름과 주소 알려드릴게요」

희람이 얼른 메모지와 펜을 갖다 주었다. 하나는 희연이 불러주는 내용을 따라 읽으며 적었다. 충직한 시종처럼 부탁을 번거롭게 여기지 않는 희연의 태도엔 감동적인 구석이 있었다.

「면회를 하려면 본명으로 원생을 찾아야 하는데, 생강의 원래 이름은 김정연이었다고 하는군요. 이것도 밴드 친구가 알려줬어요. 아마 주차장 친구들조차 모르는 특급 비밀일 겁니다」

「고마워요, 희연 씨. 신세 졌네요」

「신세라뇨! 저는 이렇게 하나님, 아니 형님과 통화하면서 미력하게나마 돕는 것만으로 감읍할 일입니다」

그는 정보를 계속 알아낼 것을 다짐, 다짐하며 전화를 끊었다. 하나는 곧장 감화원에 전화를 걸었다. 옆에서 통화 내용을 함께 듣고 있던 희람의 놀라움은 어느 정도 상상할 수 있었다. 신호음은 오래 이어지지 않았다. 안내 직원은 젊은 여성이었는데, 친절하면서도 내규를 준수하는 서비스직 노동자의 표본이었다.

「면회를 하고 싶은데요. 이름은 김정연이라고…」

「면회는 주말에만 가능하시고, 원생 분께서 직접 면회 날짜를 정해 신청해주셔야 합니다. 혹시 저희 감화원에 처음 면회 오시나요?」

「예, 그렇습니다만… 그 친구는 아마 저희가 면회를 간다는 사실을 모르고 있을 겁니다. 저희로선 연락할 방법이 없는데요…」

이런 일이 잦은 듯, 직원은 아무렇지 않게 말했다.

「원하시면 호출해드릴까요?」

「아, 그래주시면 감사하겠습니다」

끊지 말고 잠시 기다리는 말과 함께 클래식 피아노 연주가 이어졌다. 대기하는 동안, 하나는 희람에게 자초지종을 설명했다. 희람은 떡을 먹다 체한 사람처럼 놀란 듯했다… 통화는 한참 후에 재개되었다. 하지만 다시 전화를 받은 건 생강이 아니라 안내를 하던 직원이었다.

「오래 기다리셨습니다. 죄송합니다만 문의하신 김정연 원생은 현재 면회 의사가 없다고 합니다」

하나는 당황했다. 희람의 이름을 알려줬어야 하는 건데, 무턱대고 찾았나 싶었다.

「누구인지 몰라서 그럴 겁니다. 희람이라고, 한신 아파트의 문희람이라고 말해주면 알 거예요. 다시 한 번 부탁합니다」

직원은 싫은 내색 없이 다시 중재에 나섰다. 하나는 점점 머리가 하얘졌다. 잠시 후.

「마찬가지입니다. 면회 할 생각이 없답니다」

「직접 통화해 봐도 괜찮을까요?」

「지금은 통화할 수 있는 시간이 아닙니다」

일단 물러설 수밖에 없었다. 예상치도 못한 생강의 거부는 하나와 희람을 혼란스럽게 했다. 그러나 친구가 있는 곳을 알아냈다는 사실, 또 그곳에 지금 있다는 사실만으로 희람은 희망적인 얼굴이었다. 돌아오는 주말에 무작정 생강을 찾아가자고, 그는 제안했다. 우려가 앞섰지만 부딪혀보는 것 말고 그들에게 주어진 선택지는 없었다.

자동차 등받이에 기대고 있노라면 금방 티셔츠가 촉촉이 젖어드는 여름 날씨였다. 수희동 친구들에게 양해를 구해 차를 온종일 쓰게 된 하나와 희람은 국도를 달리고 있었다. 감화원은 경기도 여주에 있었다. 시외버스를 타고 갈 수도 있었지만 감화원은 여주에서도 음료 공장만 띡 놓여 있는 외지에 자리하고 있어서 자가용 이용이 불가피했다. 수희동과 마찬가지로, 현대의 시골에서 차가 없다는 건 자갈밭을 샌들 없이 걷는 것과 비슷했다. 불가능한 건 아니지만 끔찍하게 불편하다는 점에서 말이다.

「하나 씨, 저는 겁이 나요」

희람이 말했다. 두려운 사람 치고 그녀는 오른손을 창턱에 올려놓고 여유로운 자세로 앉아 있었다.

「몰라도 되는 과거도 있지 않을까요? 나 자신이 모르는 어두운 기억이 있을 것 같아 불길하고 두려워요. 그로 인해 내가 아닌 다른 사람이 될까봐…」

하나는 잠시 침묵을 지켰다.

「오히려 모르는 것이 나을지도 모르는 기억이라면요? 그것 때문에 고통을 다시 받아야 한다면?」

하나는 재의를 생각했다. 재의가 사고로 목숨을 잃었을 때, 하나 역시 군 복무 중이었지만 그 소식을 알려주는 친구는 없었다. 제대한 이후로도 마찬가지였다. 그러다 어떻게 알았지? 우연히 인터넷을 하다가 이주기 소식을 접했을 것이다. 그런 식으로 만나선 안 되었다. 만약 내가, 하고 하나는 생각했다. 재의의 죽음을 끝내 모른 채 살고 있다면 어땠을까? 지금과는 다를까? 보다 좋은 쪽으로, 그게 아니면 더 나쁘게? 하나는 한숨을 쉬었다.

감화원은 생각보다 훨씬 깔끔하고 세련된 현대 건축 양식으로 꾸며져 있었다. 노출 콘크리트 기법과 친환경적인 건물 배치, 미니멀한 조형 등등. 마치 포스트모던 건축 엑스포의 전시관 같았다. 차를 세우고, 하나와 희람은 출입소를 찾았다. 안내 직원은 새하얀 반팔 셔츠를 검은 정장 바지 안으로 완벽하게 집어넣은 호리호리한 체구의 중년 남성이었는데, 서글서글한 웃음이 그저 사람 좋다고 말하고 있었다. 강한 햇빛을 피하느라 두 손으로 눈썹 위를 가린 채 다가오는 두 사람에게 직원은 밝게 웃으며,

「무슨 일로 오셨어요?」

하고 물었다. 어깨에 캠페인 띠지만 두르면 영락없는 면장 선거 후보였다.

「친구를 만나러 왔는데요, 면회 신청은 사정이 있어 못했어요」

하나와 희람이 솔직하게 털어놓았다.

「여긴 무수히 많은 사정들의 전시장이죠」

직원은 곤란한 웃음을 짓고는 출입소 안으로 들어가 컴퓨터 앞에 앉아 있던 다른 직원—신혼으로 보이는 젊고 통통한 남자—에게 물었다.

「지금 원생 분들 무슨 시간이지?」

「점심시간이 방금 끝났으니까… 직업교육 하느라 다 흩어져 있겠네요」

직원은 두 사람에게 원생의 이름을 물었다. 그리고는 컴퓨터에 이름을 검색해 수용동과 번호를 확인한 다음 전화기를 들었다. 몇 번의 교환을 통해 생강과 통화할 수 있었다. 희람은 조금 긴장한 채 수화기를 건네받았다.

「여보세요?」

「희람?」

쇳소리가 나는 거칠고 낮은 목소리. 생강은 희람의 목소리를 알아들었다. 그녀는 갑작스런 방문에 동요하는 것 같았다. 하지만 이내 방어적인 원래의 위치로 되돌아왔다. 희람에게 조용히, 미안하지만 지금은 아니라고 말했다.

「그럼 언제야, 그건?」 하고 희람이 말했다. 「나, 기억을 잃었어. 주차장에서 있었던 시간들 모두 생각이 안 나. 그걸 알고 싶어서 찾아왔어」

「그게 사실이야?」

생강은 놀랐다. 주저하는 듯했다.

「혼자 왔어?」

「아니, 친구가 같이 와줬어」

「누구? 주차장 애들?」

「아니. 하지만 내가 믿고 있는 사람이야」

생강은 오랫동안 주저하다 결국 면회에 응했다.

「하지만 면회는 최소한 전날 신청했어야 해…」

그 말에 옆에 있던 직원이 기다렸다는 듯이 나섰다. 컴퓨터에 접속해 날짜를 바꿔 마치 어제 면회를 신청한 것처럼 손을 봐주었다. 온정과 일탈이 꽈배기처럼 꼬여 있었다.

「됐습니다. 면회소로 가서 기다리면 됩니다」

하나와 희람은 그와 함께 출입소를 나갔다. 감화원 안쪽으로는 본관과 별관을 비롯한 건물들이 드넓은 정원 내에 자리 잡고 있었다.

「저 길을 따라 쭉 걸어가면 됩니다. 샛길로 빠지지 말고 주도로만 따라가면 되요. 친구야말로 인생의 기회죠」

그는 마법사를 찾아 길을 떠나는 오즈 일행을 축복해주는 문지기처럼 손을 흔들어주었다.

본관 일층에 따로 마련된 면회소엔 숯불구이 식당처럼 기다란 테이블이 줄지어 있었다. 주말이라 그런지 원생을 찾아온 가족이나 지인들이 많았다. 넓은 면회소 한편으론 카페와 음식을 주문하는 데스크가 별도로 나뉘어져 있었고, 바쁘게 면회객들 사이를 오가는 직원 역시 원생처럼 보였다. 실내 테이블은 만석이기도 하고, 진득하니 대화를 나눌 만한 분위기가 전혀 아니어서 하나와 희람은 베란다 밖에 놓인 파라솔 테이블에 자리를 잡았다. 잠시 후 직원의 인솔을 따라 면회소에 들어선 생강이 보였다. 두 사람은 금방 그녀를 알아볼 수 있었다. 조금 야위긴 했지만 여전히 키가 크고 당당한 체격이었다. 교육 중에 급히 나와서 그런지 생강은 짙은 남색의 일체형 점프 슈트를 입고 있었다. 카센터에 취직한 그리스의 아테나 여신 같았다… 인솔자는 생강이 자리에 앉는 걸 확인하고는 면회소를 빠져나갔다.

생강은 자신을 어색하게 바라보는 희람의 침묵이 견디기 어려운 건지, 아님 그냥 담배가 피우고 싶어선지 대뜸 하나에게 담배를 찾았다. 하나는 얼떨결에 담배와 라이터를 꺼내 건네주었다. 그 모습을 지켜보던 다른 원생이 툴툴거렸다.

「뭐라는 거야」

생강이 말했다.

「넌 아직 스무 살 안 됐잖아」

상대방은 노골적으로 불만을 표출했다.

「얼마 전에 생일 지났거든, 병신아」

감화원에선 아무래도 미성년자 금연을 엄격히 지키는 모양이었다. 일반적인 소년원 같았으면 담배는 꿈도 꾸지 못했을 테지만… 하나는 불을 붙여주었고, 생강은 아주 천천히 담배를 피웠다. 그리고 여전히 두려운 듯 자신을 바라보고 있는 희람에게 웃어 보였다. 그것만으로 공기가 누그러졌다. 나는 이런 순간과 감각을 알고 있다, 하고 희람은 생각했다. 분명 생강을 처음 만났을 때도 이런 식이었겠지…

「여기 들어와서 주차장 친구들을 만나는 건 희람이, 네가 처음이야」

한숨을 쉬듯 생강이 단숨에 말했다. 체념이 짙게 묻어 있는 어조였다.

「누구든 만나면 화를 내려고 했는데 아무 것도 기억 못한다니 그럴 수도 없네」

희람 자신도 황당함을 익히 알고 있다는 얼굴로 웃었다. 누구도 먼저 말을 꺼내지 않았고, 침묵 속에 첫 번째 담배가 꺼졌다.

「나는」

희람이 말했다.

「어떤 아이였어?」

생강은 곧장 두 번째 담배에 불을 붙였다. 그녀는 겨우 입을 열었다.

「너는 우리의 등대 같은 존재였어. 어두운 밤바다를 밝히는 곧은 빛줄기…」

생강이 기억하는 희람과의 첫 만남은 이천십이 년 칠월, 폭우가 쏟아지던 여름날 저녁이었다. 귀신과 몽은 바닷가 언덕에 나갔고, 교수는 전구를 사오겠다며 구태여 폭우를 뚫고 외출을 감행한 탓에 주차장에는 생강 혼자뿐이었다. 장마는 그들도 처음 겪는 재앙이었다. 많은 비가 다양한 경로를 통해 유수되고 있었다. 생강은 담배를 입에 물고 천장에서 똑똑 떨어지는 빗물의 낙하지점에 통조림 캔을 갖다놓고, 양초들을 있는 대로 모아 이곳저곳을 밝혔다. 희미하게나마 들어오던 형광등도 합선이 된 모양인지 나가버렸다. 어두운 건 둘째 치고 습한 건 도저히 견딜 수가 없던 터라 촛불이라도 밝히면 낫지 않을까, 하는 기대감 때문이었다. 나중에 세어보니 일흔세 개의 양초가 주차장을 거대한 케이크처럼 에워싸고 있었다. 먹구름은 시간을 짐작할 수 없게끔 온통 하늘을 어둡게 물들이고 있었고, 저녁이 조금 지났을 무렵, 바닷가를 찾았던 귀신과 몽이 비에 홀딱 젖은 여자아이를 데리고 주차장으로 돌아왔다. 오늘과 마찬가지로 겁에 질린 듯, 그러면서 호기심을 이길 수 없다는 눈으로.

「실수로 물에 빠트린 인형 같았지」

생강이 그날을 떠올리며 씩 웃었다.

「아이들이 오기 전에 나는 기분이 너무 꿀꿀해서 노래를 듣고 있었는데, 너는 그 노래를 무척 좋아했어. 무슨 계시 같다면서. 그것도 기억나지 않니?」

희람은 고개를 내저었다. 생강은 멜로디를 흥얼거려 보았다. 오래전 드라마에서도 쓰였던 팝송이었다. 루 크리스티, 하고 하나는 생각했다. 「푸른 수평선 너머」 였지, 아마.

아늑하고 무질서한 주차장의 풍경—양초가 일흔세 개나 켜져 있고 옛날 팝송이 꿈결처럼 흐르고 있는—에 희람은 단번에 매료되었다. 다섯 사람이 친해지는 건 어렵지 않았다. 그렇다고 그들이 사교성이 특출 나고 외향적인 아이들이라고 생각하면 곤란하다. 오히려 한신 아파트 주차장이란 세상 끄트머리에 겨우 버티고 있는 조난자들에 가까웠다. 아이들은 잠깐의 대화를 통해 서로가 같은 부류의 인간임을 깨달았다. 각자의 역사를 이해할 수 있었다. 희람이 주차장 입주를 희망한 건 당연한 노릇이었다. 단도직입적으로 꺼낸 말에 주차장 생활의 선배들은 말릴 수가 없었다. 운명의 톱니바퀴가 굴러가고 있었다… 생강은 그 즈음 희람 가족의 근황까지 잘 알고 있었다. 희람이 참새처럼 바쁘게 얘기해줬기 때문이다. 도시 북구의 공립학교로 전근을 간 희람의 아버지는 학기 초부터 몸이 좋지 않았는데, 감기가 폐렴으로 악화되어 입원을 하게 됐다. 병원에선 폐암을 의심할 정도로 상태는 심각했다. 희람이 따로 연락을 한 것도 아닌데, 귀국할 준비를 하고 있던 희람의 어머니는 소식을 듣고 곧장 도시를 찾았다. (애초에 비자 문제 때문에 장기간 체류할 수 없었다) 어수선한 재회. 다행히 악성 폐렴으로 그쳤고, 아버지의 건강은 쾌차하였다. 극적인 만남에 두 사람은 다시 사랑에 빠졌다. 그리하여 둘은 미국행을 결정했다.

「그 얘기를 들려주면서 그럴 사람들이 아닌데, 하고 넌 갸웃거렸지」

무작정, 이란 단어가 어울리는 아버지의 결심과 어머니의 포용으로 시작된 밀회는 희람을 한결 자유롭게 만들어주었다. 일찍이 독립하여 자취 생활을 하던 희람은 혼자 지내는 것에 익숙했고, 부모의 결정을 적극 지지했다. 그리고 자신은 지금까지 그래왔던 것처럼 혼자 헤쳐나갈 수 있다고, 또 할머니와 가족들이 있지 않느냐며 안심시켰다. 미국으로 떠나기 전에, 희람은 현장학습 신청서를 제출해야 한다며 부모 서명란의 작성을 부탁했다. 하지만 그것은 휴학계였고, 학교에는 가족끼리 여행을 간다며 적당히 둘러댔다. (할머니에게도 마찬가지의 거짓말이 전해졌다) 휴학을 둘러싼 의문의 전말이었다. 팔월이 오기 전에 어머니와 아버지는 한국을 떠났다. 그렇게 희람의 주차장 생활이 시작된 것이었다.

재즈 피넛은 아이들을 끈끈하게 만들어준 인큐베이터였다. 주차장이 아무리 아늑하다 해도 온종일 틀어박혀 있을 순 없었다. 심심할 때마다 그들은 재즈 피넛을 찾았다. 재즈 피넛의 밤은 항상 떠들썩했고, 재미있는 일이 없을까 두리번거리는 놈팡이들도 많았다. 그곳에서 아이들은 항상 그리워하던 유대의 순간들을 만날 수 있었다. 재즈 피넛을 얘기하는 생강의 표정 위로 행복한 빛이 스쳐 지나갔다.

「처음부터 친한 건 아니었어. 귀신과 몽도 재즈 피넛에서 만났으니까. 교수는 그곳이 정신 사납다고 자주 오려들진 않았지만…」

「나도 봤어. 비디오에서」

「그래, 넌 우리를 찍어주기를 좋아했으니까. 모든 걸 담아두려는 듯이 틈만 나면 카메라를 들고 있었어. 또 우리는 카메라에 찍힌 우리 모습을 보고 좋다고 웃었지. 이렇게 바보 같았단 말이야? 하면서」

담배 연기를 내쉬며 생강이 말했다. 그녀의 줄담배는 나름대로 애연가를 자처하는 하나도 탄복할 만큼 대단한 것이었다.

「너는 마음대로 행복해도 돼… 그때 우리는 진심으로 즐거웠으니까. 영원한 건 없다고 생각하면서도 영원했으면 좋겠다고 바랐지」

그 시간은 호랑이 기계가 발견되면서 뒤틀리기 시작했다.

「호랑이 기계가 대체 뭐죠? 지금까지 말만 들어서 무슨 암호 같았거든요. 실제로 있는 것이 아니라…」

하나의 물음에 생강은 눈살을 찌푸리며 말했다.

「저도 잘은 몰라요. 오리가 찾은 거라…」

「잠깐만요, 지금 방금 오리라고 했어요?」

「네, 오리. 친구 별명이에요. 프린스 빌라에 살죠」

하나와 희람은 서로를 마주보다 살며시 웃었다.

「사실 여기 오기 전에 들은 말이 있거든요. 선데이스 판타지의 양순각 기자한테서요」

「양순각? 그 사람을 어떻게 알았지? 완전 더러운 인간인데」

생강이 혐오스런 표정으로 담배 연기를 옆으로 흘리며 말했다.

「그렇더라」

희람이 긍정했다.

「저희들끼리 조사하다 알게 됐어요. 희람 씨에게 남아 있는 단서라곤 호랑이 기계라는 뜻 모를 단어가 전부였거든요. 그래서 물어봤더니 오리가 알 거라는군요」

「걔가 찾은 거니까요」

생강이 고집스럽게 반복했다. 하나가 네? 하고 반문하자 그녀는 담배 연기를 코로 내쉬었다. 그리고 공허한 눈빛으로 창문 밖을 보았다.

「말 그대로에요. 호랑이 기계는 프린스 빌라에 살던 오리가 찾은 거라고요. 걔 거니까 걔가 잘 알겠죠」

생강의 목소리는 당혹스러울 만큼 싸늘하게 식어 있었다.

「그럼… 지금 다른 친구들은 어디 있어요? 오리란 친구는 어딜 가면 만날 수 있죠?」

생강은 하나의 말을 끝까지 듣지 않고 자리에서 일어났다. 그리고 인사도 없이, 눈도 마주치지 않고 등을 돌린 다음 면회장 출구로 저벅

저벅 걸어갔다. 일단 두 사람은 생강을 따라 자리에서 일어났다.

복도를 세 사람은 복잡한 생각에 빠져 말없이 걷고 있었다. 생강은 다섯 걸음 정도 앞서 있었고, 체격이 큰 만큼 보폭도 넓었다, 하나와 희람은 헐떡이며 그녀를 따라잡기 바빴다.

「우리 좀만 더 애기해, 앉아서… 다들 잘 있어? 그래서 우린 어떻게 해야 하는 거야?」

희람이 물었다.

「내가 모든 걸 설명해준다고 해서 네 기억이 다시 돌아오는 건 아니잖아. 예전 시간이나 사람들도 마찬가지고」

생강이 대답했다.

원생들이 생활하는 공간으로 이어지는 문 앞까지 당도하자 직원은 굉장히 미안하고 공손하게, 여기서부터 외부인은 들어올 수 없다며 제지했다. 생강은 희람과 마주섰다. 희람은 생강의 눈을 바라보았다. 키가 한참 큰 그녀를 보기 위해 희람은 턱을 높이 올려야 했다. 희미하게 머리칼의 샴푸 향기와 옷에 배인 담배 냄새가 느껴졌다. 그 순간 희람은 너무도 익숙한 생강과의 기억을 감각했다. 늘 시니컬하고 차갑게 굴지만 보이지 않는 배려와 따뜻한 마음을 지녔던 생강을 포옹했을 때마다 희람의 머리 뒤로 그려지는 몽글몽글한 모양들이었다. 푸른 수평선 너머 새로운 즐거움이 기다리고 있다는 루 크리스티의 오래된 팝송 또한 밝은 오후의 바닷가 물결처럼 찰랑이고 있었다.

「기다릴게」

희람이 말했다.

「나중에 말해줄 거지?」

생강은 아무 말하지 않았다. 스스로에게 화가 난 얼굴이었다. 직원이 나와 문을 열어주었을 때 생강의 눈은 빨갛게 물들어 있었다. 그녀는 일부러 희람으로부터 시선을 뗀 다음 하나에게 말했다.

「담배를 다 피워서 어떡하죠?」

아무렴 어떠냐고, 하나는 손을 내저었다. 그건 사실이었다. 생강은 직원과 함께 안으로 들어갔다. 문이 닫히고, 그걸로 끝이었다.

면회소를 나와 하나와 희람은 차를 세워둔 주차장으로 걸어갔다. 오즈의 마법사를 만난 도로시와 토토는 어떻게 돌아왔더라? 감화원은 무척 넓었고, 두 사람의 피로감은 굉장했다. 희람은 지쳐 보였다. 금방이라도 쓰러질 것 같은 얼굴이었다.

「괜찮아요?」 하고 하나가 말했다.

「너무 졸려요, 갑자기…」 하고 희람이 말했다. 「어디 잠깐 앉아 있다가 가요」

마침 근처에 벤치가 있었다. 정돈된 잔디 운동장과 커다란 은행나무들을 정면으로 둔… 벤치에 앉으니 한숨이 돌아갔다.

「커피라도 마실까요?」

「네, 좋아요! 시원한 거였으면 좋겠어요」

희람이 반색했다. 그러다 자신이 노골적으로 흥분했다는 점에 부끄러워하며 뒤늦게 조신하게 말을 흐렸다.

「부탁할게요」

「알았어요」

면회소가 있던 본관 건물을 나오며 카페가 있던 것을, 하나는 눈여겨보던 터였다. 그런데 일어나려는 하나를 희람은 대뜸 붙잡았다.

「조금만 옆에 있어주면 안 돼요?」

희람은 하나의 어깨를 붙잡고, 고개를 그 위에 기대었다. 잠시, 나란히 앉아있는 시간이 흘렀다. 두 사람은 같은 곳을 바라보고 있었다.

「하나 씨는 지금까지 많은 사람들을 만나고, 그들과 헤어졌겠지요?」

하나는 대답하지 않았다. 희람은 계속 말했다…

「저는 어릴 때부터 혼자 지내는 시간이 많았어요. 누군가에게 먼저 다가설 줄 몰랐고, 어느 때는 너무 깊이 빠져들었어요. 관계를 시작할 줄은 알았지만 어떻게 끝내야 할지는 아무도 가르쳐주지 않았어요」

물끄러미 생각에 잠겨 있던 희람은 무안한 듯 웃으며 하나의 팔을 놓아주었다.

「놀라셨죠? 미안해요. 모두가 떠날 것만 같아 무서워졌어요, 갑자기. 영원할 줄 알았는데…」

저도, 하고 하나는 말하고 싶었다. 그러나 소리는 마음 깊은 곳에서만 우물에 던진 돌처럼 컹컹 울릴 뿐 새어나오지 않았다. 희람이 조그맣게 하품했다. 어린아이 같은, 예쁘고 슬픈 하품이었다. 하나는 커피를 사오겠다고 자리에서 일어났다.

「빨리 와야 해요」

희람의 말이었다.

「온다도 하고 안 오면 안 돼요」

「그럴 게요」

희람은 등받이에 두 팔을 올려놓은 채 기대어 새근새근 졸기 시작했다. 하나는 걸음을 채근하여 본관으로 돌아갔다. 점심시간이 지난 이후여도 면회객이 많은 주말이어선지 카페는 성황이었다. 하나는 차례를 기다리고 있다가 커피 두 잔을 테이크아웃으로 주문했다. 시간이 좀 걸린다고 했다. 하나는 오더 테이블 옆에 서서 전경을 구경했다. 카페는 주로 면회객들 차지였다. 가끔 원생과 직원으로 보이는 사람도 있었지만… 자신의 바로 옆 테이블에 마주보고 앉아 학부모처럼 얘기하는 두 여자의 대화를, 하나는 본의 아니게 듣게 되었다. 둘의 말에 따르면 이곳은 한국에 하나밖에 없는 민영 감화원으로, 일반적인 국영 교화 시설과는 달리 원생들에게 자율적인 생활을 제공하면서 공부는 물론 직업 교육까지 적극 지원한다는 것이었다. 곧 주문한 커피가 나왔고, 하나는 서둘러 희람이 있는 벤치로 돌아갔다.

그런데, 희람이 앉아 있던 자리에 희람은 없고 다른 남자가 앉아 있었다. 위치를 헷갈렸나 싶어 주변을 둘러보는 하나였지만 분명 희람과 헤어진 벤치가 맞았다. 화장실을 간 걸까? 하나는 남자에게 가까이 다가가, 혹시 여기 앉아 있던 여자 분 못 봤나요? 하고 물었다. 그러자 남자는 읽던 소식지를 다시 포개어 접으며 자리에서 일어났다. 커다란 키, 쌍꺼풀이 없는 눈, 푹 들어간 눈매와 오똑한 코를 위시한 선 굵은 이목구비, 음울하면서 번뜩이는 눈동자. 그는 표정 없는 얼굴로 하나를 바라보았다. 짙은 남색 정장에 수프 색의 셔츠, 헐겁게 풀어헤친 넥타이 차림. 대답은 돌아오지 않았다. 하나가 들고 있던 커피 하나를 빼앗아 마음대로 마셔댈 뿐이었다. 황당하여 따지려 드는데 주먹이 날아왔다. 죽탱이를 얻어맞은 하나는 그대로 쓰러졌다. 남자는 커피를 단숨에 들이켜고 빈 컵을 아무렇게 집어던졌다. 그리고 바닥에 주저앉은 하나에게 다가와 핸드폰을 꺼냈다. 사진 하나를 보여주는데, 거기엔 차에 앉아 잠들어 있는 희람이 찍혀 있었다. 이 사내구나, 하고 하나는 생각했다. 테이프와 희람의 행방을 찾고, 사무실에 불을 지르고, 재즈 피넛의 유미 일행과 연이 깊은 의문의 남자가.

사내는 하나의 멱살을 붙잡고 일으켜 세웠다.

「앉아」

그의 목소리는 전화할 적과 마찬가지로 나지막했다. 그는 벤치에 앉아 담배를 입에 물었다. 하나는 잠시 그 자리에 서서 남자를 바라보고 있었다. 심장이 쿵쾅거렸고, 판단이 제대로 서지 않았다. 잠깐 자리를 비운 사이에 승택은 희람을 데려갔을 것이다. 카페에서 시간을 오래 끌었던 게 화근이었나? 하지만 납치를 노리고 있었다면 하나로선 어쩔 수 없는 노릇이었을지도 몰랐다.

「앉으라니까. 열 받게 하지 말고」

희람을 데리고 있는 이상 그의 얘기를 들을 수밖에 없었다. 하나는 자리에 앉아 자신도 담배를 찾았다. 주머니의 담배는 생강이 다 피우고 없었다. 남자는 고맙게도 담배 한 개비를 건네주었다. 「중남해」란 이름의 담배였고, 하나는 그것을 호텔 앞 무인자판기에서 본 적이 있다. 하나는 담배 연기를 길게 내쉬며 생각을 모으고자 노력했다. 남자에게 맞은 자리가 얼얼했다. 멀리서 원생으로 보이는 두 여자가 운동장의 은행나무 아래를 걷고 있었다. 대화를 나누며… 한 사람은 어깨까지 이어지는 올드스쿨 문신을 하고 있었고, 다른 한 사람은 단정하게 머리를 묶고 동그란 안경을 쓰고 있었다. 관타나모의 죄수와 노영심이 어울리고 있는 듯한 묘한 조화였다. 어쩌다 네 사람은 눈이 마주치게 되었다.

「웃으면서 인사해」

하나에게 낮은 목소리로 말하곤 사내는 손을 흔들었다. 부끄러워하다가 여자들도 손을 흔들며 화답했다. 하나도 어색하게 손을 흔들었다. 그녀들은 깔깔 웃었고, 지나갔다. 그는 웃는 얼굴을 거두고 시선을 여전히 멀리 은행나무에 고정시킨 채 말했다.

「가만히 듣기만 해. 소란을 피웠다간 그땐 죽탱이로 안 끝나」

하나는 묵묵히 듣고 있었다.

「내가 말했지? 넌 아마추어니 언젠가 실수할 거고 그때는 놓치지 않을 거라고」

「이곳에 온 건 어떻게 알았죠?」

「제발 머리 좀 쓰시지. 재즈 피넛은 내 집이나 다름없어. 도시를 떠나 있어도 거기서 일어나는 소식은 전부 귀에 들어온다구」

희연이 생강의 정보를 수집하는 과정에서 노출된 것일까… 그래도 두 사람이 감화원을 찾은 날짜까지 맞춘 건 놀랄 노자였다.

「생강은 잘 있나?」 하고 그가 말했다. 「여기 짱박힌 건 정말 영리한 선택이었어. 그녀에게 무슨 얘기를 들었지?」

「당신은 한심한 건달 나부랭이란 거요」

하나가 도전적으로 말했다. 남자는 소리 내어 웃었다. 하나는 슬슬 화가 났다.

「대체 희람에 왜 집착하는 거죠? 호랑이 기계가 뭔지는 몰라도 그게 불을 지르고 사람을 괴롭혀가면서까지 차지할 만한 물건인가요?」

「아무 것도 모르면서 떠들지 마」

침묵. 하나는 이 상황이 짜증스러웠다.

「당신의 보스는 유미 씨겠죠? 정신 좀 차려요, 두 사람 다. 이 멍청한 짓거리도 그만 두고요. 재즈 피넛에서 당신 보스가 희람 씨를 억지로 데려가려던 건 들었어요? 희람 씨를 구속하려는 이유가 뭐예요, 대체?」

「내 대답을 원해? 넌 딱할 만큼 불쌍한 녀석이니 선물로 해주지. 첫째, 호랑이 기계는 네가 상상도 하지 못할 물건이야. 너는 설명해도 몰라. 둘째, 나는 희람을 구속하려는 게 아니야. 뚫린 입이라고 함부로 말하지 마. 셋째, 유미 누님은 지금 내 보스가 아니야. 누님과 쌤은 상관없이 나 혼자 움직이는 거야」

말을 마치자마자 사내는 지체 없이 일어섰다. 하나는 당황하여 일단 달려들었다.

「그래서 어떻게 하려는 거예요? 희람을 어디로 데려가려고요?」

「알 필요 없잖아. 네게 설명할 이유도 없고」

그가 차갑게 말했다. 하나는 아득하고 막막하여 생떼라도 부리고 싶었다.

「마지막으로 경고합니다… 당장 희람을 놓아주지 않으면 경찰에 신고하겠어요」

「나도 경고하겠는데 경찰이 아직도 우리 편이라고 믿지 마」

남자는 이미 모든 걸 결정하고 마음먹은 대로 행동하고 있으며, 어떤 말을 하든 바뀌지 않을 것 같았다.

「잠깐만」

걸어가던 남자가 멈춰서더니 하나에게 물었다.

「하나만 물어보지. 자네는 지금까지 아이들의 얘기를 쭉 들어오면서 이런 생각 안 들었나? 기억을 되찾는 게 희람에게 정말 이로운지, 옳은 건지, 아님 그녀를 완전히 파괴시킬지를 말이야」

「그건 본인이 판단할 문제이고 우린 개입할 수 없어요」

남자는 어깨를 으쓱거렸다.

「자기 밖에 모르는 애송이였구만」

혼자 남은 하나는 여러 가지 생각들로 머리가 터질 지경이었다. 결국 내가 이겼다는 듯이 빙글빙글 웃던 남자도 남자지만 납치된 희람에 대한 걱정으로 당장 무엇을 해야 할지 판단이 서질 않았다. 일단 수희동 집으로 돌아가야 하나? 아니, 경찰에 신고를 하는 게 먼저일까? 갈피가 서질 않았다…

주차장에 세워둔 자동차를 향해 잰 걸음을 옮기던 하나는 건물 뒤편의 공용 작업장에 있는 생강을 발견했다. 그녀는 다른 친구들과 함께 거대한 자루 속에 담긴 빨래들을 무표정한 얼굴로 건조대에 널고 있었다. 하나는 다급했고, 주변에 다른 누군가가 없음을 확인하자마자 높지 않은 담벼락을 훌쩍 뛰어넘었다. 생강은 자신을 향해 다가오는 하나를 보자 조금 놀란 얼굴을 했다.

「유미 일당이랑 같이 다니는 남자 혹시 알아요? 키가 크고 늑대 같이 웃는 사람인데」

「뭐예요, 갑자기」

「그 남자가 방금 당신 친구를 납치해갔어요. 어디로 데려갔는지, 희람 씨를 어떻게 할 건지 아무 것도 몰라요. 참고로 그 남자는 내가 근무하던 회사 사무실까지 불 지른 사람이에요. 농담이 아니라고요」

생강의 얼굴이 어두워졌다. 물론 하나 역시 그녀가 이번 납치 소동에 대해 전혀 아는 바가 없음을 알고 있지만 상황의 절박함을 통해 입을 다문 생강이 조금이라도 바뀌기를 바랐다.

「승택 오빠 말하는 거예요?」

「이름은 몰라요. 재즈 피넛의 유미란 사람과 잘 아는 것 같던데. 그 사람이 갈 만한 데를 알아요? 집이 도시예요?」

「그럴 걸요」

「희람에게 굉장히 집착하더라구요. 들고 다니던 테이프도 빼앗아 가고… 이게 다 호랑이 기계와 관련이 있는 거죠?」

「전 정말… 몰라요…」

하나는 주머니에서 핸드폰을 꺼내 사진을 보여주었다. 그것은 테이프 영상을 찍은 것으로, 겨울 날 해변에서 서핑을 하던 소년의 사진이었다.

「이 친구가 바로 오리인가요?」

사진을 들여다보는 생강의 표정은 더없이 불안해보였다. 마치 불길한 유령을 다시 한 번 마주하는 얼굴이었다. 같이 빨래를 널던 다른 원생들이 하나와 생강의 대화에 관심을 갖고 다가왔다. 생강은 하나에게 후미진 구석으로 고개를 당겼다. 두 사람은 건물의 그늘 아래 나란히 서서 대화를 이어나갔다.

「이 친구가 호랑이 기계를 발견했다는 오리 맞죠?」

하나가 재차 묻자 생강은 어쩔 수 없이 고개를 끄덕였다.

「호랑이 기계가 해변의 여행객 사건이랑 연관이 있어요?」

생강은 아무 말하지 않았다. 답답한 하나가 목소리를 키웠다.

「뭐라도 말 좀 해봐요! 저도 아는 게 있어야 희람 씨를 도와주든 말든 하죠. 희람 씨가 이대로 재즈 피넛 놈들에게 끌려가도 상관없어요?」

「호랑이 기계는…」

한참 만에 생강이 입을 열었다. 그리고 말을 처음 배운 아이처럼 느리게 이야기를 시작했다.

「짙은 자두 색깔의 트렁크 가방에 들어있죠. 겉보기엔 할아버지들이 출장 갈 때 들고 다니던 공공칠 가방처럼 생겼어요. 그런데 트렁크를 열면 정교한 기계가 나와요. 트렁크완 한 몸이라고 보면 돼요. 트렁크는 호랑이 기계의 받침이 되는 거죠. 아시겠어요?」

생강은 계속 말했다…

「그건 트렁크 가방에 든, 말 그대로 호랑이 모양의 기계예요. 시계처럼 정교하게 만들어진… 가방을 열면 작은 무대 위로 호랑이가 나타나죠. 자동인형처럼 천천히 일어나는 거예요. 하지만 그게 전부죠. 뭔가가 더 있을 것 같지만 용도는 전혀 알 수 없었어요. 순금 같지도 않았고. 하지만 오리 놈은 팔아치우면 돈이 꽤 나올 거라고 좋아했어요. 아무튼 신기한 물건이란 건 확실해요. 태엽장치 인형처럼 수많은 부품들이 정교하게 구동하고 있기도 하고요. 트렁크 가방에 손잡이가 있을 거 아니에요? 이걸 안쪽의 스위치랑 누르고 빼면 가방에서 분리할 수 있어요. 손잡이 끝은 육각 모양으로 튀어나와 있지요. 렌치 드라이버처럼요. 그걸 기계 옆면의 홈에 끼우고 돌리면 태엽이 감겨요」

「태엽장치 기계라고 봐야 하군요」

「맞아요. 태엽을 감은 만큼 무대 위의 호랑이 인형이 움직여요. 그렇다고 엄청 대단한 건 아니지만… 앞발을 들고, 고개를 옆으로 까닥 움직이는 정도? 오르골 기계 같은 거예요. 무겁고, 커다랗고, 촌스러운 가방에 들어 있는. 노래는 나오지 않지만」

하나는 고개를 끄덕였다.

「그래서요?」

생강은 눈살을 찌푸린 채 멀리 풍경을 바라볼 뿐 더 말하지 않았다.

「그게 다예요? 기계가 어쨌다고요!」

「아저씨 근데 뭐하는 사람이에요? 희람이랑 무슨 관겐데 나서는 거예요?」

갑작스런 질문에 하나는 말문이 막혔다.

「물론 희람 씨와 전 생판 모르는 남남이죠. 테이프를 잔뜩 들고 오기 전까진요」

「테이프를? 예전에 찍고 다니던 거를 전부 다?」

「브이에이치에스 테이프와 디비 육미리 칠십칠 개요. 사무실이 불타기 전까지 전 영상 복원업체에서 일하고 있었어요. 희람 씨의 의뢰를 맡은 이후로 크고 작은 사건들이 있어서 도와주고 있는 거예요」

생강은 고개를 끄덕였다. 잘은 몰라도 이해해볼게, 하는 의미의 끄덕임 같았다.

「그런데… 희람이는 정말 기억이 아무 것도 안 난대요?」

「네. 이천십이 년부터 작년까지의 기억이 도려낸 것처럼 희람 씨 머리에서 사라진 것 같아요」

「주차장…」

「그래요. 신기하죠? 주차장의 기억들만 그렇게 사라지니 말이에요」

「그럼 아저씨는 희람이의 기억을 찾아줄 건가요?」

생강이 물었다. 하나는 질문의 의도를 바로 이해하지 못해 고개를 갸웃했다.

「그렇죠. 희람 씨가 그걸 원하니까요」

「희람이는… 모르잖아요?」

「뭘요?」

「그러니까… 그때의 기억을요. 잊어버렸으니까」

생강은 고개를 절레절레 흔들었다.

「모르는 게 나을 텐데요」

「네?」

그 순간 건물 외벽에 설치된 스피커에서 음악 소리가 흘러나왔다. 야외에 흩어져 있던 원생들이 일제히 실내로 이동하기 시작했다. 집합을 알리는 신호 같았다. 생강 역시 고개를 살짝 숙인 다음 건너편의 건물로 걸어갔다. 하나는 생강의 옆을 따라붙으며 질문을 던졌다.

「모르는 게 낫다니, 희람 씨가 알면 안 되는 사실이라도 있나요?」

그러나 생강은 입을 꾹 다물었다.

「해변의 여행객 사건과 연관이 있나요? 호랑이 기계랑 같이?」

「아저씨」

건물 안으로 들어가는 문 앞에 서서 생강이 겨우 입을 열었다.

「저도 여기까지 도망쳐 온 거에요. 잊을 수 있다면 잊고 싶다고요」

「무엇을요?」

「나를요. 나로부터요」

대화를 하면 할수록, 이야기를 들으면 들을수록 하나는 사실로부터 점점 멀어지는 것만 같았다. 안개는 더욱 짙어졌고, 모르는 것은 자꾸 늘어갔다. 낙담한 하나는 주차장으로 걸어와 운전석에 앉았다. 시동을 걸고 차를 후진하려는데, 누군가 뒤에서 차체를 쾅쾅 내리치는 것이었다. 깜짝 놀라 브레이크를 밟으니 누군가 가타부타 말도 없이 조수석의 문을 열고 들어와 앉았다. 다름 아닌 남자, 희람을 데려간 승택이었다. 그는 태연한 얼굴로 안전벨트를 차고는 손바닥을 비볐다. 하나가 바라만 보고 있자,

「왜 그래? 내가 운전할까?」

하고 천연덕스럽게 말하기까지 하였다.

「당신이 여기 왜 있는 거예요? 희람은요?」

그 말에 승택은 잠시 기다리라는 듯 손가락을 들어 세우더니 핸드폰을 꺼내 보였다. 그리고 하나에게 사진 한 장을 보여주었다. 희람이 자고 있는 차 앞에서 한 남자가 포즈를 취하며 서 있었다. 선글라스를 꼈지만 하나는 그를 알고 있었다. 로이였다.

「주차장에 돌아가니 차를 통째로 가져갔더라구」

승택의 말이었다. 그 역시 희람을 잃어버린 것이었다. 하나는 더 이상 황당할 기력도 없었다… 승택은 대뜸 대시보드를 쾅, 하고 내리쳤다.

「분명 그놈들 짓이야, 망할!」

「그놈들?」

「그래, 너도 만난 적 있지 않아? 차이나타운에서 만났을 텐데. 무슨 드라마 수사요원처럼 정장을 입고 다니는 남녀 한 쌍」

로이와 몰리가 분명했다. 승택도 그들을 알고 있는 걸까?

「우린 그들을 공무원이라고 불러. 하지만 정확히 뭘 하는 놈들인지는 몰라. 호랑이 기계를 집요하게 노리고 있어. 또 우리보다 많은 걸 알고 있지」

「공무원이라고요?」

「경찰의 윗선까지 주무르는 모양이야. 아니면 경찰들 머리 위에 있

거나. 일단 출발해」

「어디로요?」

「아직 그 작자들이 여기 남아 감시하고 있을 수도 있어. 우선 도시로 가지. 고속도로를 타」

하나는 주저하다 주차장을 빠져나갔다.

「어디까지 얘기했지?」

승택이 말했다. 저도 모르게 꺼낸 말 같았다. 자동차는 뻥 뚫린 도로를 내달리고 있었다.

「잠깐, 내가 왜 너에게 떠벌리고 있는 거지? 주책이군」

「그게 불만이면 차에서 내리면 되잖아요. 희람 씨를 찾는 게 목적이라면 서로 갖고 있는 정보를 교환하는 게 현명하지 않겠어요?」

하나의 말에 그는 내키지 않는 듯 구시렁거리더니 이내 수긍하고 말았다.

「소개가 늦었군. 승택이다」

「이름은 들어 알아요. 제 이름은…」

「하나지? 잘 알고 있지. 미의 복원 사무소 실장이었지?」

「불이 나기 전까진요. 대관절 호랑이 기계란 게 뭐예요?」

「우린 오래 전부터 호랑이 기계에 대해 알고 있었어. 이금명이 숨겨놓은 비밀이라는… 뭐, 태평양 곳곳을 누비던 사람이니 그럴듯하지! 재즈 피넛에 떠도는 수많은 낭설 중에 하나려니 싶었는데, 그게 진짜 나타난 거야. 다소 과장된 게 있긴 하지만 아무튼 부르는 게 값일 정도로 귀한 물건이라 하더군」

「그걸 프린스 빌라에 살던 오리가 찾은 거군요」

「그렇다 하더군」

「오리란 아이는 어떤 친구에요?」

「평범한 녀석이야. 놀기 좋아하고, 애들이랑 몰려다니면서 소리 지르는 애송이지」

「그런 친구가 보물을 찾았다니 보통 행운이 아니네요」

「잘 간수했다가 잘 팔았다면 그렇겠지. 이상한 일들이 일어나기 시작한 건 호랑이 기계가 나타나고 나서부터야. 원래 도시가 맛이 좀 가긴 했지만. 내 생각에 해변의 여행객 사건은 호랑이 기계가 일으킨 미친 짓거리의 일부분일 뿐이야. 그리고 어쩌면 그것은 아직 끝나지 않은 걸지도 몰라」

승택의 말은 하나에게 전혀 알 수 없는 외국어처럼 느껴졌다…

「그럼 오리는 지금 어디 있어요? 희람 씨가 주차장에서 같이 지내던 아이들은 다 어디 갔냐구요」

승택이 시근거렸다. 하나가 다시 묻자 큰 소리로 대답했다.

「없어, 없다고」

「없다고요?」

「그래」

「좀 알아먹게 설명을 해봐요! 애들이 무슨 꿈결처럼 사라지기라도 합니까?」

「네 말이 맞을지도 모르지. 마치 악몽처럼… 사라지고 만 거야. 한날한시에」

황당한 승택의 답변에 하나는 더 말을 잇지 못하고, 그저 입을 벌린 채 떠오르지 않는 단어를 열심히 찾고 있었다. 부질없는 노력이었다.

「양순각 기자라고 알아요? 선데이스 판타지라는 도시의 잡지사에서 일한다던데」

「쓰레기 자식」

승택이 주저 없이 욕을 주절거렸다.

「그 사람이 말하기를 해변의 여행객 사건 용의자로 재즈 피넛 관계자가 체포됐다는데, 알고 있어요?」

「비밀은 아니지」

승택은 더 이상 자세한 얘기를 하진 않았지만 하나의 질문으로 말미암아 떠오르는 기억이 있었다. 그것은 호랑이 기계 등장 이후로 엉망이 된 도시에서 그가 유미와 쌤과 함께 양순각 기자를 앞세워 뇌신경의학센터를 찾았을 때의 일화였다. 기드가 황량한 방에서 홀로 쓰러져 죽기 전, 모종의 이유로 처방을 받았던 곳이기도 했다.

⊟

「들어오세요」

커다란 유리창 너머로 공들여 관리된 정원이 보이는 개인 연구실에 하얀 가운을 입고 엄격한 주름살을 미간에 만든 채 컴퓨터 모니터를 들여다보는 잿빛 머리칼의 중년 여성이 노크를 듣자 고개도 들지 않고 대답했다. 책상 위엔 「과장 채교영」 이란 명패가 세워져 있고, 노크와 함께 손님이 들어오자 그는 안경을 벗고 사무적이지만 자연스럽고 부드러운 미소를 띠며 자리에서 일어났다. 방문자는 다름 아닌 유미 일행이었다. 양순각 기자는 그 가운데 끼어 더없이 불편한 안색으로 눈치를 보고 있었다. 주차장에서 얻어맞으면서 흘린 코피 흔적을 서둘러 지운 흔적이 역력했지만… 난생 처음 와본 병원 교수의 연구실 풍경이 신기하고 낯선 건 유미들도 마찬가지였다. 앉으시죠, 하는 안내에 따라 네 사람은 연구실 중앙에 마련된 응접용 테이블 앞에 앉았다. 쌤은 열심히 두리번거리다 유미에게 몰래 꼬집히고 말았다.

「신문사에서 나오셨다고요」

명함도 주지 않고 이상할 정도로 말이 없자 결국 채교영 과장이 먼저 말을 꺼냈다. 그 말에 양순각은 체념한 듯 한숨을 내쉬었다. 아닌 게 아니라, 그는 승택의 강압에 못 이겨 자신을 유력 일간지의 사회부 기자로 소개하며 과장과의 면담을 요청한 것이었다. 승택이 헛기침으로 무언의 압박을 되풀이했다.

「예… 최근 도시에서 일어난 사건을 취재하다 여쭤볼 게 있어서요.

이 분들은… 같이 일하는 동료입니다」

양순각의 소개에 수상한 동료들이 어색한 미소를 지으며 채교영 과장에게 차례로 인사했다. 아무리 생각해도 이 자리에 어울리지 않는 사람들인지라 양순각은 서둘러 말을 이었다.

「얼마 전 해변에서 여행객이 시신으로 발견된 사건이 있었는데요」

「네, 신문에서 읽었어요」

「심층 취재 도중에 만난 한 친구가 있는데… 혹시 박사님이 기억하실까요?」

기자는 얼른 휴대폰을 상대방에게 내밀었다. 액정 화면에는 식당 안에서 찍은 한 청년의 사진이 보였다. 기드였다. 채교영 과장은 휴대폰을 들어 물끄러미 보더니 한참 만에 기억해냈다.

「머리가 많이 짧아서 누군가 했네요. 네, 이제 기억납니다. 올 겨울에 저희 병원에 왔었던 학생이지요, 이름이…」

「고, 범, 근입니다 」

「맞아요. 범근 군이었어요」

「사건 해결의 실마리를 갖고 있는 이 녀석이 잠적을 해버려서요. 경찰도 그렇고, 저희로선 지푸라기 잡는 심정으로 고범근의 행적을 추적하고 있습니다. 이 사건, 시장님도 주목하시는 특별 케이스 아닙니까」

「제가 무엇을 도와드리면 좋을지 모르겠군요… 병원에서만 시간을 보내는 일개 의료인인지라…」

「범근이가 처음에 이 병원을 왔을 때 사유가 뭐였나요?」

양순각의 물음에 과장은 난감한 표정을 지었다.

「죄송합니다. 환자에 대한 어떠한 정보는 타인에게 누설할 수가…」

「당연합니다. 그런데 박사님, 지금 이 얘긴 제가 기사화하려는 게 아니고요. 상황 파악을 위해 여쭤보는 것뿐입니다. 오프 더 레코드, 맹세합니다. 박사님은 물론, 오늘 제가 병원을 찾아왔다는 사실도 한 줄 쓰지 않을 거고요. 대충 어디가 안 좋아서 왔다, 정도만 말해주셔도 충분합니다」

양순각이 언변 좋게 술술 떠들었다. 그 말에 과장은 다른 사람들의 눈치를 살피다 신중한 태도로 대답했다.

「원인 불상의 의식 불명이었습니다」

「의식 불명이라면… 그니까… 정신을 잃었다는…」

「일시적인 기절이 아니라 장기간이요. 아무런 외상도, 정황도 없이 갑자기 쓰러져 저흰 다방도로 접근해야했어요」

「특이사항이 있었나요?」

「음… 아뇨. 특이사항이 전혀 없다는 게 특이하다고 해야 할까요? 고범근 학생은 삼 일 정도 저희 병원에 있었는데요. 어느 순간 멀쩡히 눈을 뜨더군요. 마치 긴 잠을 자다 깬 아이처럼요. 저희로선 의식을 잃은 이유도, 그러다 의식이 다시 돌아온 이유도 처음부터 끝까지 찾을 수가 없었어요」

「그 얘기는… 병원에 들어와서 침대에 누워 있다 그대로 나갔단 거네요?」

「그렇죠. 다시 의식을 찾았을 때 검진 결과도 아무 이상이 없었으니까요. 원인을 모르니 처방도 아주 기본적인 안정제랑 회복제 뿐이 줄 수밖에 없었어요」

잠시 적막이 흘렀다.

「어… 이런 경우가… 종종 있나요? 통상적으로?」

양순각 기자가 물었다.

「설마요! 의사 생활은 물론이거니와 학교에서 배울 때조차 흔치 않은 경우에요」

「그럼 이 분은 어떨까요?」

승택이 불쑥 끼어들었다. 그는 채교영 과장에게 핸드폰을 내밀었다. 야유회를 온 사람들이 찍은 단체 사진이었다. 승택은 그 사진 가운데 일부를 확대하여 보여주었다. 체크무늬 셔츠에 낡은 모자를 쓴 남성이 무표정한 얼굴로 일행들 사이에 앉아 있었다. 박사는 사진을 보자 안경을 내리고 유심히 보며 흥미를 가졌다.

「김상구 씨군요. 기자님이 아시는 분인가요?」

질문에 승택은 가타부타 대꾸 없이 어깨를 으쓱할 뿐이었다.

「삼 년 전에 병원을 찾은 환자입니다만… 사진을 보여주시기 전까지 완전히 잊고 있었네요」

「갑자기 쓰러져 병원을 찾은 다음 오래 가지 않아 뇌사 판정을 받았죠」

유미와 쌤이 놀라워하자 승택은 부연 설명했다.

「동네 친구의 형님이세요」

「맞아요. 그때 담당의가 저였고요」

「상구 형님이 갔던 병원도 여기여서 물어본 거였습니다」

박사는 얇은 입술을 앙 다물고 있다가 말을 꺼냈다.

「이천오 년이었죠. 상구 씨는 이미 의식이 없는 코마 상태로 병원에 왔습니다. 코마 상태는 반 년이 넘게 이어졌고, 일 년이 지나지 않아 저는 뇌의 활동이 모두 정지되어 다시 회복할 가능성이 없다고 판단할 수밖에 없었습니다」

「뇌사로군요?」 하고 양순각이 말했다.

「그렇지요」 하고 박사가 말했다.

「너무 빨리 결론 내린 거 같은데… 요」 하고 유미가 말했다.

「그렇지요. 하지만 아까 말한 바와 같이 그런 순간이 있었거든요」

채교영 과장은 자리에서 일어나 서재를 뒤지기 시작했다. 그러더니 파일에서 필름들을 꺼내 화이트 박스에 나란히 붙였다. 그래프 형태의 뇌파와 뇌처럼 보이는 형태 속의 복잡한 굴곡이 보였다. 박사는 필름을 가리키며 설명했다.

「이것은 뇌파를 분석한 그래프입니다. 연구에 따르면 수면 중의 사람은 평소의 뇌파와 다른 양상을 띤다고 해요. 에프엠알아이라고 뇌내 활동을 촬영하는 기능성 자기공명영상 기법을 활용한 연구를 통해 확인한 사실입니다」

갑작스런 교수님의 강의식 설명에 가짜 신분으로 병원을 찾은 네 사람은 밤새 술을 마시고 강의실을 찾은 신입생의 얼굴로 채교영 과장을 바라보고 있었다.

「코마 상태에서의 뇌파 분석을 주제로 논문을 쓰고 있던 당시의 저는 김상구 씨를 담당하면서 실제적인 사례를 발견할 수 있었습니다. 흥미롭게도 상구 씨의 뇌파 분석을 한 결과를 보면 의식이 없으면서도 수면 중의 뇌파와 매우 유사한 양상을 보입니다… 무슨 얘기인지 아시겠습니까? 그런데 이 얘기가 취재에 도움이 될까요?」

박사가 의아한 얼굴로 묻자 뒤늦게 정신을 차린 유미 일행이 열심히 고개를 끄덕여 지지했다. 다소 미덥지 못한 반응이었으나 박사는 다시 설명을 계속했다.

「여기 이 그래프와 사진을 보시면 정상인이 꿈을 꿀 때의 뇌 활동을 알 수 있어요. 흔히 알려진 것처럼 꿈은 너울 뛰는 수면 상태 중 알이엠 상태에서 경험하는 인간만의 독특한 뇌 내 활동이지요」

박사는 옆의 필름을 가리켰다.

「그리고 이것이 바로 상구 씨의 에프엠알아이 사진입니다. 그 역시 다른 사람과 마찬가지로 동일한 뇌파 형태를 보였어요. 꿈을 꾸고 있다는 강력한 증거였지요. 저는 이러한 환자의 뇌파를 반복적으로 목격할 수 있었어요. 이 부분이 보이시나요? 뇌에서 기억을 담당하는 전두엽이 다른 부분에 비해 활성화된 것이 색상으로 확인되지요」

「잠깐, 잠깐… 그니까 선생님 말씀은 저 사람이 코반지 코마 상태에서 꿈을 꿨다는 얘긴데, 그게 가능한 거유?」

흥분한 유미가 급히 말했다.

「제 논문의 결론으론 그래요. 그리고 이것이」

박사는 다른 필름과는 확연히 다른 형태의 그래프가 찍힌 필름을 지목했다.

「제가 아까 **뇌사라고 판단할 수밖에 없던 순간**을 포착한 상구 씨의 마지막 뇌 내 활동을 포착한 사진입니다. 촘촘한 실선을 따라 섬광이 퍼지는 모양이지요? 기억을 전달하는 뉴런이 활성화되더니 전두엽 전체가 마치 폭주를 하듯이 부풀었어요. 불타 듯이요. 이것은 순식간에 벌어진 일이었고, 촬영한 것도 우연이었습니다」

일행들은 자리에서 일어나 화이트박스에 걸린 필름을 유심히 보았다.

「마치 벼락이 떨어져 녹아버린 것만 같군요」 하고 승택이 말했다.

「적당한 표현이네요」

박사가 자리에 앉음과 동시에 안경을 벗었다.

「이후 환자의 뇌파는 일반적인 뇌사 환자와 마찬가지로 반응이 없었습니다. 뇌간을 포함한 뇌 기능이 완전히 정지했어요. 반 년 가까이 심층검사를 했지만 회복이 불가능하다 판단돼 뇌사 판정을 내릴 수밖에 없었습니다. 다만…」

박사는 처음으로 인상을 찌푸렸다.

「아주, 아주 이상한 순간이 있었어요」

「그게 뭡니까?」

「저는 조교들에게 에프엠알아이 촬영을 지시해놓고 모니터와 환자를 번갈아 지켜보고 있었습니다. 그런데 이전까지 표정 없던 환자의 얼굴에 아주 희미하게 미소가 스쳐 지나가는 걸 보았습니다. 상구 씨의 뇌파가 활동을 멈추던 그 순간 말이죠. 미소인지 미비한 경련인지는 모릅니다. 하지만 전 미소라고 생각했고, 아주 이상하다고 생각했어요」

「갔구나」

이야기에 몰입한 유미가 탄식했다.

「그 직후 환자의 뇌파는 일직선을 그렸고, 전 미소의 순간이 뇌파가 정지하던 바로 그때와 일치한다고 확신합니다. 비록 논문에 이 이야기를 담진 않았지만요」

「마지막으로 좋은 꿈을 꾸었나보군요」

승택이 말했다. 잠시 후 조교가 노크와 함께 방으로 들어왔다. 유미 일행은 자리에서 일어났고, 악수와 함께 떠났다. 양순각 기자는 병원 주차장에 버려졌다.

고속도로의 밤은 금방 찾아왔다. 차는 굉장한 속도로 내달리고 있었고, 두 사람은 대화가 끊긴 아까부터 한참 동안 창문을 닫은 채 침묵을 지키는 중이었다. 그런데 승택이 돌연 입이 심심하다며 휴게소에 들리자는 것이었다. 그 소리에 하나는 황당했다. 행방이 묘연한 희람을 생각하면 다급하고 불안한 그였다.

「어쩌겠어. 걔네들도 도시로 가고 있을 텐데 느긋하게 따라붙자고. 희람을 해할 놈들은 아냐」

승택의 말이었다. 포장마차에서 만난 로이와 몰리의 사근사근하고 유쾌한 분위기를 떠올렸을 때 험상궂은 일이 벌어질 것 같진 않았다. 그럼에도 하나는 종잡을 수 있는 게 아무 것도 없었고, 동시에 무엇을 믿어야 할지 고민하는 것도 지칠 판이었다.

휴게소. 승택이 감자구이 코너 근처를 얼쩡거리는 동안 하나는 오정에게 전화를 걸었다. 하지만 전화기는 꺼져 있었다. 그녀의 원고 마감은 월말이었고, 밤샘 작업을 마치고 자고 있을지도 몰랐다. 영필 역시 삼일 동안 병상을 지켜야 한다며 이틀 전부터 나갔으니 전화 받을 처지가 못 됐다. 친구들에게 전화하는 건 도시에 도착한 이후로 미루자. 겨우 차에 돌아온 승택의 손엔 캔 맥주 육입들이가 들려 있었다. 하나는 뒷골이 뻐근할 정도로 기가 찼다. 승택은 싱글벙글 웃고 있었다.

「자네는 운전을 해야 하지? 미안한걸」

승택은 조수석에 앉자마자 캔을 따 혼자 맥주를 마시기 시작했다.

하나는 그를 잠시 바라보고 있다가 체념하고 시동을 걸었다. 다시 차가 달렸다. 승택은 창가에 팔을 걸치고 밖의 풍경을, 평야에 내려앉은 어둠과 빛 공해가 없는 탓에 지상으로 고스란히 스며드는 달빛을 보며 여유롭게 술을 마셨다. 유람객이 따로 없었다… 하나는 분위기를 살피다 그에게 넌지시 물었다.

「희람에게 매달리는 이유가 뭐죠? 당신에게 빚이라도 졌다거나」

「매달리긴 누구한테 매달려. 그 애가 가져간 내 돈을 찾기 위해서지」

「돈이요? 무슨 돈?」

「희람 하고 서울에 올라왔을 때」 하고 승택이 말했다. 「내 노잣돈을 그 녀석이 가져갔어」

하나는 잠시 어안이 벙벙했다. 그는 기억을 더듬어 희람이 많은 돈을 갖고 서울의 호텔들을 전전하던 때를 떠올렸다. 그때 그녀는 자신을 데려온 정체불명의 남자로부터 도망쳐 나오면서 테이프가 든 캐리어와 지갑의 현금이며, 통장 따위를 챙겼다고 했다. 아무리 그렇다 해도… 납득할 수 없는 구실이었다.

「그러지 마요. 돈 때문에 이 고생을 하고 있다고요? 남의 사무실에 불까지 지르면서요? 그 말을 누가 믿어요」

「믿거나 말거나 내게는 피 같은 돈이다」

승택은 고집스럽게 대답을 회피하며 맥주를 마셨다. 그러더니 엉뚱하게도 자신이 살아온 이야기를 들려주기 시작했다. 공업단지 노동자 가정, 거친 이웃들, 형식적인 공교육, 세대적인 탈선 등등. 어느 사이 그는 또래 아이들과 신나게 비행을 저지르고 있었고, 「형」 들의 부탁과 심부름을 하다 보니 자연스럽게 펑크 그룹에 속하게 되었다. 유미와 쌤은 그때 만난 듯했다. 승택에게 유미는 고맙고 소중한 사람. 목적 없이 방탕하고, 자존심만 알아 남에게 피해만 주던 승택이 의지하고 따라갈 수 있는 빛이 되어주었다. 그것은 쌤 역시 마찬가지여서, 따돌림을 받아 사회 어디에 적응 못하던 그를 거둬준 것도 유미였다. 승택과 쌤은 유미와 함께 도시 뒷골목의 여성들, 매춘부들, 술집 여성들, 도시로 성공을 좇아 왔다가 착취만 당한 젊은 여자들을 도왔고, 이들에게 기생하는 세력을 분쇄하는데 앞장섰다. 승택은 그 시간에 자부심을 느끼는지 웃었다. 자신의 삶에서 후회하지 않는 게 있다면 유미 누님을 만난 것, 그리고 그녀를 따라 뒷골목의 심판 노릇을 한 것이라고도 했다.

「세상에는 아직 심판이 필요해」

승택은 마지막 맥주를 천천히 마셨다. 그리고는 사색하는 눈으로 창밖의 풍경을 바라보았다.

「희람 씨와는 어떻게 서울로 온 거예요?」

「아, 그런 좋은 때가 있었지!」

「서울에 올라온 지 하루 만에 헤어졌다죠?」

「하루가 뭐야. 체크인하고 한나절이 지나기도 전에 나가버렸어」

「희람이 말하기를 호텔에서 당신을 총으로 쏘고 도망쳤다고 했어요. 대체 무슨 말이에요, 이게?」

승택은 무슨 말인지 잠시 생각하다가 폭소를 터뜨렸다.

「이틀을 꼬박 밤새우고 술을 마시니 금방 취하더군. 돌이켜보면 그녀는 내가 숨겨놓은 비디오를 발견하곤 결심한 것 같아. 직접 기억을 찾기로… 소파에 앉아 술을 마시는 동안 부산스럽게 돌아다니더군. 뭐냐고 묻자 돌아서더니 내게 그러는 거야. 난 널 죽이고 싶어! 그리고 총 쏘는 시늉을 하더군. 마치 권총을 두 손으로 쥔 것처럼 말이야. 스카치 블루였나, 편의점에서 파는 포켓 위스키를 한 병 다 마시고나니 술기운에 제정신이 아니었어. 나는 총탄에 맞은 척하며 소파 뒤로 넘어졌지. 그리고 그대로 곯아 떨어졌어」

「잠이 들었다고요?」

「그렇다니까」

술에서 깨자 희람은 사라졌고, 뒤늦게 찾아 나서는 승택이었지만 어딘가에 틀어박힌 그녀를 찾는 건 불가능했다. 역시나 희람은 비디오테이프를 가져갔고, 그것을 확인하기 위해 복원업체를 찾을 터였다. 인터넷에 등록된 업체는 그리 많지 않았기 때문에 희람이 하나의 사무실을 찾았다는 사실은 금방 알 수 있었다.

「당신은 그때부터 비디오를 찾았지요」 하고 하나가 말했다.

「그래, 그래… 나는 행여나 비디오에 호랑이 기계라든가 별로 유쾌하지 않은 것들이 있지 않을까 걱정했거든」 하고 승택이 말했다.

「비디오는 지금 어디 있어요?」

「내 차에」

「보긴 봤나요?」

「몇 번 시도는 해봤는데 하얗게 지직거리기만 하더라구」

「별로 유쾌하지 않은 것들이라면 가령 뭐가 있을까요」

하나가 떠보자 승택은 숨을 뱉어내듯 웃음소리를 냈다.

「이봐, 자랑은 아니지만 나도 건달 놈팡이야. 그냥 폼만 잡거나 코미디 영화배우처럼 농담 따먹기나 하는 게 아니라고. 지저분하고 추악한 온갖 걸 봤고 겪었어. 이번 일만 해도 그래… 굳이 나서서 기분 잡칠 필요는 없잖아?」

승택은 다 마신 맥주 캔을 꾹 눌러 찌그러뜨렸다.

도시를 알리는 톨게이트에 다다른 때는 이미 밤늦은 시간이었다. 하나는 승택을 깨웠다. 예상과 달리 그는 마치 지금까지 우울한 묵상에 잠겨 있던 것처럼 깨끗하게 일어나 방향을 알려주었다. 그가 살던 집으로 가는가 싶더니 정작 도착한 곳은 차이나타운의 낡은 여인숙이었다. 의아해하던 하나는 카운터에 들어서자마자 졸도할 뻔했다. 승택이 테이블을 두들기자 늙은 할아버지가 관에 누워 있던 드라큘라처럼 벌떡 일어나는 것 아닌가. 승택을 알아보고 몹시 반가워하는 기색을 보아하니 둘은 구면인 듯했다. 하나는 돈을 지불해서라도 방을 따로 잡고 싶었지만 승택은 뭐 하러 돈을 쓰냐고 핀잔을 주었다.

「신세지는 입장에서 방을 두 개나 쓰는 건 예의가 아니야」

하고 화딱지 나는 충고까지 했다. 그리하여 주인장의 안내에 따라 들어간 방은 쥐똥과 곰팡이 냄새로 정신이 혼미해지는 절체절명의 공간이었다. 붉은 녹이 흐르는 화장실은 지옥의 고문실 같았다. 물을 틀 엄두조차 나지 않았다… 다른 숙박객이 있긴 할까?

겨우 세면을 하고 나오니 승택은 숙소의 내선 인터폰으로 누군가와 떠들고 있었다.

「어이, 여자들과 놀지 않을 테야?」

승택의 말이었다. 도를 넘어선 승택의 기분 내기에 질린 하나는 화를 내고 싶었다. 그런데 다른 숙소를 잡을 틈도 주지 않고 젊은 여자 둘이 들이닥쳤다. 하나가 본 여자 가운데 가장 기상천외한 마스카라를 하고 광택으로 번쩍거리는 옷차림을 한 여자들의 안중에는 오로지 승택뿐이었다. 명절을 맞이한 섬 주민들처럼 그들은 까무러치게 기뻐했다. 승택이 앞서 말했던, 유미와 뒷골목을 누비며 친분을 맺은 여자들인 모양이었다. 그녀들이 가져온 검은 봉투엔 페트병 소주와 오징어, 땅콩, 그리고 화투가 있었다. 하나가 슬그머니 자려 하자 승택이 냉큼 붙잡았다.

「빼지 말고 같이 놀지」

「됐어요. 화투 칠 줄도 모르고」

「미나토는 알지? 그럼 쉬워. 가르쳐줄게」

하나는 승택에게 다가가 여자들이 듣지 않도록 소곤거리며 채근했다.

「희람을 찾을 생각은 있어요? 대체 지금 뭐하자는 거예요?」

「걔네들도 잠은 잘 거 아냐? 희람인 핸드폰도 없고, 그렇다고 그놈들 주소를 아는 것도 아니고 꼭두새벽에 어떡할래?」

그럼에도 하나가 미심쩍게 바라보자 승택은 살살 어르기 시작했다.

「나도 다 생각이 있다구. 이 친구들은 도시 뒷얘기에 정통하고 있단 말이지. 일단 정보를 모아야 될 거 아니야」

결국 하나는 여인숙 바닥에 주저앉아 고스톱에 임하게 되었다.

여자들은 고스톱을 아주 잘했다. 태생부터 화투 패를 쥐고 태어난 게 아닌가 싶을 정도였다. 도저히 이겨낼 수 없는 하나를 빙글빙글 놀려가는 모습이 정말 섬마을에 틀어박혀 명절을 지내야 하는 유쾌한 비극 같았다. 승택은 뭐가 즐거운지 연신 웃으며 다시 술에 취했다. 갖고온 술이 떨어지자 그는 딴 돈으로 치킨과 술을 더 시켰다. 치킨이 도착하자—배달원 역시 승택이 아는 후배였다—화투판을 잠시 물리고 닭을 먹으면서 승택은 넌지시 재즈 피넛 사정에 대해 물었다. 여자들은 재즈 피넛은 물론 펑크 그룹의 사정도 점점 안 좋아지고 있다고 했다. 일모회가 마약 밀매와 성 매매를 본격적으로 전개하면서 세력을 확장하고 있고, 경찰 수뇌부까지 일모회에 넘어갔다는 소문이 파다하다고.

「일모회?」

하나가 물었다. 그러자 하나보다 다섯 살은 어려보이지만 훨씬 누나처럼 느껴지는 여자가 손가락을 흔들며 설명해주었다. 도시에 오래전부터 암약하던 범죄조직이라고.

「더군다나 유흥가 대부분이 일모회에 넘어갔어요. 리더는 아직도 붙잡혀 있구요. 참 말도 안 되는 이유죠…」

머리띠로 지푸라기 같은 파마머리를 길게 올린 여자가 말했다. 승택은 알고 있는지 모르는지 대답 없이, 표정 없이 술을 마셨다.

「오빠, 유미 언니 소식은 들었어요?」

여자들이 주저하며 말을 꺼냈다. 승택은 고개를 들어 듣고 있음을 알려주었다. 부쩍 바빠진 요즘의 유미는 얼굴 보기가 어렵다고 했다. 그녀들이 일하는 단란주점에 얼굴을 비춘 것도 한참 전이고, 반쯤 미친 사람처럼 쌤과 함께 돌아다니며 무언가를 찾고 있는데 그 모습을 비웃는 사람도 많다는 것이었다.

「얼마 전에 요 앞에서 우연히 만났는데 인사해도 못 들었는지 몽롱하게 차에 앉아 있더라고요…」

여인숙 분위기는 암울하게 가라앉았다. 그러자 승택은 미친 사람처럼 소리를 지르며 난데없이 술 게임을 하자고 졸랐다. 자음을 활용한 훈민정음 놀이. 승택이 먼저 엄지손가락을 내밀고, 여자들도 얼른 엄지를 잡고자 부단히 노력하지만 금방 단어가 떠오르지 않는다. 하나는 당황스러우면서 곧잘 했다. 승택과 여자들이 번갈아 지는 바람에 술은 금방 동이 났고, 어느 사이엔가 하나는 쓰러져 자고 있었다. 다시 눈을 떴을 때는 소변이 몹시 마려운 상태였다. 여자들은 어둠 속에서 이불을 덮고 소리 없이 자고 있었다. 여인숙 방은 쓸데없이 거대한 침대 탓에 문을 닫기조차 어려울 만큼 비좁았고, 하나는 조심히 지나가려 했지만 술기운도 있고 하여 그만 여자의 발을 밟고 말았다.

「아야!」

「미안해요」

화장실에서 볼일을 보고 나오는데 복도로 향한 방문이 살짝 열려 있었다. 닫으려고 현관을 나섰다가 하나는 복도 끝에서 담배를 피우고 있는 승택을 보았다. 기어코 하나를 발견한 승택은 이리 오라고 손짓을 했다. 그는 담배를 권했고, 하나는 거절했다. 열린 창문 너머로 밤바람이 불어왔고, 항구의 야경과 바다 멀리 불빛이 보였다. 그 사이에 얽힌 무수히 많은 시간에 대해 승택은 감상에 젖어 있는 것 같았다. 하지만 하나는 속도 안 좋고, 그냥 죽을 맛이었다.

「리더는 말이지」

별안간 승택이 말을 꺼냈다.

「모두가 그를 생각하면 안심할 수 있었어. 멋진 사람이지. 똑똑하고, 전략가인데다가 순발력까지 있어」

「경찰에 잡혀 있다는 그 사람?」

「그래」

「해변의 여행객 사건으로 들어간 거죠? 예전에 양순각 기자한테 들었어요」

「아는 사람은 얼마 없지만 리더와 유미 누님은 오랜 연인 사이였어. 헤어지고 싸우고, 다시 만나길 반복하지만 난 알지. 리더를 얼마만큼 사랑하는지. 누님이 가만히 있을 리 없어」

「로이와 몰리… 그러니까 당신이 공무원이라고 부르는 자들도 일모회 사람 아닐까요?」

「아니라고 단언할 순 없지」

승택이 한숨을 쉬었다.

「워낙 베일에 가려져 있는 놈들이라 뭐라 해도 놀라지 않을 거야. 설령 외계에서 왔다고 해도… 하지만 일모회와는 상관없는 것 같아. 그냥 내 느낌이야」

승택은 꽁초를 창문 밖으로 틱 튕겨냈다.

「내일 어쩔 참이에요?」

「글쎄… 아침 먹으면서 얘기해보지」

승택은 전과 다르게 얼버무렸다. 녹슬어 잘 닫히지 않는 창문을 힘껏 잡아당겨 닫은 다음 두 사람은 비칠거리며 방으로 돌아갔다.

「그나저나 자네 정말 술이 세군!」

「당신만 하겠어요…」

하나가 느지막이 일어났을 때 여자들은 화장대 앞에서 머리를 수건으로 감싼 채 부산스럽게 외출 준비를 하고 있었다. 고스톱을 치면서 친해진 그녀들은 하나에게 가게 정리를 하러 일찍 나가봐야 한다고 설명했다. 승택 오빠와 언제든 놀러 와요, 하고 초대와 함께 항구 근처의 밥집을 소개시켜주었다.

방에서 승택은 보이지 않았다. 여자들이 떠나고, 혼자가 되고 나니 희람의 납치가 머릿속에서 커다랗게 다가왔다. 문제의 심각성이 불안과 걱정의 꼬리를 물고, 꼬임에 넘어가 고스톱 따위를 치며 술이나 마신 간밤의 자신이 얼마나 어리석었는지를 자책했다. 하나는 후다닥 씻고 뛰쳐나가듯 밖으로 나갔다.

분명 여인숙 옆 공터에 세워둔 수희동의 공용 차가 온데간데없이 사라져 있는 사실을 알고 하나는 경악했다. 그때서야 떠오르는 바가 있어 바지 주머니에 손을 찔러 넣었는데, 아니나 다를까, 자동차 열쇠가 없었다. 하나가 자는 사이에 열쇠를 슬쩍 빼돌린 승택이 자동차를 먼저 몰고 나간 것이 분명했다. 두 번이나 골탕 먹은 사실을 깨닫자 하나는 열불이 터져 공터의 하늘을 향해 으악, 하고 비명을 질렀다.

정처 없이 수산 시장을 걸으며 생각을 정리하고 싶었지만 주변의 비린내 탓에 도통 집중할 수가 없었다. 숙취엔 토마토 주스가 좋다는 희람의 말이 떠올라 하나는 편의점에서 주스와 가판대에서 일간지를 집히는 대로 고른 다음 무작정 바다가 나올 것 같은 길을 걸었다.

항구 오른편으로 계속 걸어가자 방파제가 나왔다. 고기잡이배와 수산물 시장 사람들로 어수선하던 풍경 대신 탁 트인 바다가 펼쳐져 있었다. 하늘은 몹시 궂었다. 어두컴컴한 하늘 위로 구름이 지나갈 때마다 서로와 부딪히며 심상치 않은 소리를 냈다. 하늘과 바다가 뒤집혀 마주보는 것만 같았다. 심난한 마음으로 주변을 둘러보며 앉을 곳을 찾는데, 방파제 한 구석에 앉아 울고 있는 남자가 보였다. 그는 소리 없이 얼굴을 잔뜩 구긴 채 눈물을 뚝뚝 흘리고 있었다. 그로부터 멀찍이 거리를 두고 방파제에 앉아 하나는 담배를 피우며 일간지를 대충 넘겼다. 해변의 여행객 사건에 대한 기사는 이제 헤드라인에 밀려 산발적으로만 보도되고 있었다. 그 대신 잡지를 채우고 있는 것은 고위층 자제들의 일탈, 여자 연예인의 사생활, 잔인한 강력범죄들이었다. 흥미 없이 글을 읽는데 전화벨이 울렸다. 영필이었다.

「하나야, 너 어디야? 감화원에 아직도 있어?」

희람과 함께 수희동 집을 나오며 신발장 거울에 「감화원」이라고 써놓은 글씨는 그대로 있을 터였다. 하나는 사정을 설명했다. 감화원에 스스로 수용된 생강과의 면회, 그리고 두 번이나 잃어버린 희람, 승택과의 동행 등.

「그래서 지금 도시야. 희람 씨를 찾으러 내려왔어」

「승택? 그 사람은 믿을 만해?」

「솔직히 모르겠어. 하지만 딱히 다른 방법이 있는 것도 아니니까…」 하고 하나가 말했다. 「집엔 별 일 없지?」

「아」 하고 영필이 말했다. 「그걸 말해줘야겠구먼. 잠깐만」

수화기 너머로 우당탕 소리가 들렸다. 아마 의자에 걸어둔 셔츠에서 담배를 꺼내고, 현관 밖으로 나왔을 테지. 아니나 다를까, 라이터의 부싯돌 켜는 소리와 부지런히 연기를 내뱉는 소리가 들려온 다음 영필의 목소리가 이어졌다.

「한신 아파트 비대위원장과 연락이 닿았어」

「뭐? 형이 그 사람을 어떻게 알아? 아니, 내 말은…」

「희람 씨한테 알아봐주기로 했거든. 전철연 쪽의 아는 사람들마다 물어봐서 겨우 연락처를 찾았어. 중요한 건 그게 아냐」

영필의 추측대로, 비대위원장은 희람을 비롯한 주차장의 아이들을 잘 알고 있었다. 재건축 반대 농성을 하면서 많은 도움을 받았다고 했다. 그 가운데서도 귀신—테이프 영상에서 바람막이를 입고 있던 여자애를 말하는 것 같았다—이란 별명의 아이가 특히 열성이었고, 아이들의 리더 격이기도 하여 위원장은 그녀를 소상히 알고 있었다. 그런데 그가 말해준 귀신의 근황은 충격적이었다.

「반 년 전에 죽었대」 하고 영필이 말했다. 「교통사고였고, 뺑소니를 당했나봐. 운전자는 여태 잡히지 않았다더군」

「확실한 얘기지?」

「그래. 위원장님이 직접 시신을 확인했어. 지난 겨울에 있었던 일인 가봐. 보호자도 없었고, 친구들도 연락할 길이 없으니 위원장님이 나선 거지. 틀림없이 그 아이였대」

가족이 없던 그녀의 장례는 한신 비대위 사람들이 도맡아 하루 만에 끝났다. 주차장의 아이들도 없는 쓸쓸한 장례식이었다.

이제 귀신을 통해 들을 수 있는 말이 없다는 사실에 하나는 망연자실해졌다. 가장 친한 친구가 세상을 떠났다는 사실을, 희람은 아마 모르고 있을 것이었다. 하나는 뱃속의 기관들이 멋대로 꼬이는 기분이 들었다. 생강은 알고 있을까? 평상시의 모습일진 몰라도, 감화원에서 그녀는 무척 음울해 보였다. 어쩌면 감화원에 들어오게 된 것도 귀신의 죽음이 계기가 됐을 지도 모른다. 아니라면, 감화원에서 어떤 경로

로든 소식을 접했을 수도 있고… 하나는 기운이 쭉 빠졌다. 그때 먹구름이 빠르게 움직이며 꾸르릉, 하고 소리를 내더니 빗방울이 똑똑 떨어지기 시작했다.

「희람 씨가 어디 있는지 짚이는 데라도 있어? 나도 도시에 내려갈까?」

영필이 말했다. 막막할 하나를 위해 함께 있어주겠다는 그의 마음씨가 고마웠지만 하나 또한 할 수 있는 게 명확하지 않은 상태에서 온다 한들 어떤 도움이 될지는 냉정하게 판단할 필요가 있었다. 괜한 위험에 빠질 필요는 없으니 말이다. 일단 수희동에서 있다가 새로운 소식이 생기면 알려달라고, 하나는 애써 영필의 걱정을 잠재운 다음 전화를 끊었다. 그리고 곧장 희연에게 전화를 걸었다. 혹시나 주차장 아이들의 소식이나 희람이 갈 만한 곳을 알고 있나 싶어서였지만 신호만 이어질 뿐 연결되진 않았다. 하나는 그에게 연락 달라는 문자 메시지를 남겼다. 방파제에서 울고 있던 남자는 이제 보이지 않았다.

일단 한신 아파트를 가보자. 아이들이 생활하던 흔적이 남아 있다면 단서를 구할 수 있을 지도 모르니까. 하나는 생각했다. 재즈 피넛 잔당, 주차장 앞에서 섀도복싱을 하던 놈팡이들이 여태 지키고 있다면? 알 게 뭔가. 승택의 이름을 팔아서라도 들어가야 할 것이었다.

뭔가 할 수 있는 게 정해진 것만으로 하나는 다소나마 기운이 났다. 동시에 굉장한 허기가 졌고, 수산 시장으로 돌아가 소개받은 식당을 찾아갔다. 관광지의 맛집다운 한산함과 여유가 느껴지는 곳이었는데, 백반을 시키자 하나로선 처음 보는 생선튀김이 나왔다. 손바닥 크기의 생선에 양념간장을 끼얹은 요리였는데, 맛이 기가 막혔다! 얼마 지나지 않아 한산했던 식당은 곧 점심식사의 해결을 위해 찾은 인근 주민과 관광객들에게 모든 자리를 내주었다. 주변의 대화를 듣자하니 생선의 이름은 뽈락이라 했다. 연신 감탄하며 먹던 하나는 희람도 분명 좋아했을 텐데, 하고 생각했다. 경제력이 없는 아이들이지만 도시에 오래 살았으니 종종 왔을 지도 모른다.

배를 채우고 나니 조금 살만한 하나는 빗방울이 떨어지고 있는 거리 위를 후다닥 달려 나갔다. 차가 없으니 버스라도 타야 할 판이었다. 정거장은 주유소 조금 지난 곳에 있었다. 그런데… 우연히 눈길이 간 주유소 스낵바 창가에 낯익은 얼굴이 보였다. 다름 아닌 쌤이었다. 그는 베이글을 먹으며 혼자 앉아 있었다. 지난번 차이나타운 뒷골목에서 마주친 불한당을 어찌 잊으랴! 하나는 주저 않고 스낵바로 뛰어 들어가 다짜고짜 희람이 어디 있냐며 다그쳐 물었다. 쌤은 너무 놀라 빵을 씹던 입을 다물지 못하고 하나를 올려보았다. 그는 적잖이 충격을 받은 모양이었다. 쌤이 아무 말도 못하자 하나는 그의 손에서 빵을 빼앗아 들었다. 그때서야 정신이 든 쌤은 무슨 소리인지 하나도 모르겠다고 더듬었다. 성마르고 심드렁한 인상의 웨이트리스는 하나가 쌤과 대화하는 걸 흘끗 보고는 껌을 딱딱 씹으며 여성 주간지를 넘겼다.

「질문을 바꿔보겠다. 유미는 지금 어디 있지?」

하나는 기 싸움에서 밀리지 않기 위해서라도 고압적인 태도를 취했다. 불과 몇 달 전까지만 해도 서울의 영세 소상공인에 불과했던 그는 잘도 영화 속 탐정 같은 연기를 하고 있었다.

「몰라, 난…」

「모를 리가 있나!」

하나는 믿지 못하겠어서, 쌤을 거의 끌고 나오다시피 하여 스낵바 밖으로 데려나갔다. 주차장에서 재차 추궁하자 그는 얼마 전부터 유미는 자신의 연락도 받지 않은 채 혼자 돌아다니고 있으며, 지금 어디 있는지는 자기도 궁금하다고 해명했다. 차가 있느냐고 묻자 쌤은 먼지가 덕지덕지 내려앉은 빨간색 구형 프라이드로 그를 데려갔다. 하나는 조수석의 문을 열며 불러주는 주소지에 가라고 지시했다. 희람과 도시를 찾았을 때 메모한 한신아파트 주차장의 동수였다.

「거긴 왜…」

「시키는 대로 하는 게 좋아」

마치 상대가 총이라도 겨누고 있는 것처럼 쌤은 고분고분 시동을 걸었다.

「로이와 몰리에 대해 아는 게 있어?」

하나가 물었다. 한신 아파트가 있는 남구는 도통 가질 않는 길인지 쌤은 연신 차창 너머를 두리번거리며 신중하게 운전을 했다.

「로… 뭐? 그게 누군데」

「승택은 공무원이라고 하던데」

「네가 승택이를 어떻게 알아?」

쌤이 평소보다 세 배는 더 동요하며 하나 쪽으로 고개를 돌렸다. 그런데 핸들도 함께 돌리는 바람에 프라이드는 옆 차선을 과감히 침범했고, 두 사람은 맞은편에서 전속력으로 달려오던 시멘트 트럭과 충돌하여 비명횡사할 뻔했다. 혼이 빠져나갈 경적과 함께 트럭이 지나가고, 쌤은 다시 전방을 주시했다.

「묻는 말에 대답이나 하시지. 당신들이 차이나타운 뒷골목에서 우리에게 한 짓을 기억한다면 능청 떨 생각은 아예 포기하는 게 좋아」

「고, 공무원이라면… 그날 밤 우리를 찾아온 남녀 두 사람 말이야?」

쌤이 말한 그날 밤이란 리더가 해변의 여행객 사건 용의자로 체포되기 하루 전이었다. 정장 차림의 남녀가 펑크 그룹이 모여 있는 재즈 피넛을 찾아온 건 바로 그때였다.

「키가 크고 잘 생긴 남자였지. 영업시간이 끝나고 모두 모여 있는데, 그는 호랑이 기계에 대해 말할 게 있다며 리더에게 사람들을 물려달라고 했어. 그래서 리더와 유미 누님만 방으로 들어갔어」

「그 안에서 무슨 얘기를 했는지는 몰라?」

「몰라」

「그 다음날 경찰이 찾아왔다면서. 의심되는 게 없어, 전혀?」

「해변에서 발견된 여자에 대해서도 우린 아는 게 없고, 한 짓도 없으니까 남 일인가보다 했지. 결백하니까 찔리는 것도 없었어. 경찰이 그런 얘기를 하니까 황당할 뿐이었다고」

「호랑이 기계 얘기는?」

「그때 난 밖에 있어서… 근데 진짜 네가 승택일 어떻게 알아? 지금 걔 어디에 있어?」

「도시 어딘가에 있겠지. 술에 뻗어 자고 있을 지도 모르고… 다른 소리 하지 말고 기억에 집중해봐!」

하나가 윽박을 지르자 쌤은 놀라 움찔, 하고 몸을 젖혔다. 그러더니 미간을 찌푸리며 그때의 기억을 떠올리기 시작했다.

「응접실 문이 열렸을 때… 남자가 말했어. 경고하듯이. 호랑이 기계는 우리가 생각하는 물건이 아니라고. 난 무슨 말인가 했어. 어렸을 때 할머니들이 해주던 동화 속 보물이라고만 생각했기 때문에… 하지만 그들은 호랑이 기계가 파국을 부를 수도 있댔어」

「파국?」

「그 다음 리더는 승택이를 찾았지. 두 사람끼리 잠깐 얘기를 나누더니… 승택이는 모습을 감췄어」

쌤이 처연한 목소리로 말했다. 어젯밤도 그는 친구를 그리워했을 것이다. 그 친한 친구란 자는 여인숙 구들방에 앉아 여자들과 낄낄거리며 고스톱을 치고 있었지만… 로이와 몰리는 재즈 피넛의 건달들이 호랑이 기계를 갖고 있다고 생각하고 모종의 거래를 위해 찾아온 것이 아닐까? 그런데 그들은 빈손으로 돌아갔고, 그러고 나서 결백한 리더가 엉뚱한 죄목으로 입건되었다. 원하던 물건을 손에 얻지 못하자 보복을 가했다. 이것은 경고이다. 호랑이 기계를 내놓지 않으면 더 큰 파국이 찾아온다는… 하지만 유미와 쌤, 승택으로선 억울할 따름이다. 왜냐하면 호랑이 기계를 갖고 있는 건 본인들이 아니라 아이들, 오리이니까. 생각이 여기까지 닿을 즈음 하나는 깨달았다. 승택이 희람과 그녀의 테이프를 쫓는 이유, 유미와 쌤이 사생결단으로 아이들을 찾는 이유, 그것은 로이와 몰리가 원하는 호랑이 기계를 구해 구속 위기에 처한 리더와 교환하기 위함이 아닐까? 물건의 행방을 아는 것은 아이들 중에서 몇 안 될 것이다. 오리는 감쪽 같이 사라졌고, 귀신은 죽었다. 희람은 기억을 잃었다. 남은 것은 당시의 아이들을 기록한 비디오테이프뿐이다. 아이들과 펑크 그룹, 이들은 정말 영문도 모른 채 사건에 연루된 것이다… 생각의 꼬리를 물고 있는 중에 한신 아파트에 도착했다.

주차장 입구는 텅 빈 채 어둠만을 내뿜고 있었다. 하나는 흉물스럽게 찢어져 바람에 흩날리고 있는 비닐을 걷어내고 안쪽으로 조심스럽게 내려갔다. 뒤따라온 쌤이 벽을 더듬더니 차단되어 있던 배전반의 전원을 올렸다. 형광등과 외벽의 전등들이 저주에서 풀려난 것처럼 느릿느릿 밝혀졌다. 모습을 드러낸 주차장은 고대의 유적 같았다. 먼지 냄새가 몹시 매캐했고, 눈이 아렸다. 곧 시작되려는 장마 탓인지 곰팡이가 곳곳에서 피어나고 있었다. 비디오 영상 속의 아늑하고 따뜻한 아지트는 사라지고 없었다. 대신 경찰들이 뒤집어엎어놓은 세간살이가 나뒹굴며 폐허의 풍경을 만들었다. 이곳에서 생활감을 찾기란 쉽지 않았다.

주차장의 기둥과 기둥 사이를 천으로 구분 지은 자리에 들어서니 아이들이 생활하던 흔적이 어느 정도 남아 있었다. 낮은 의자, 구멍 뚫린 소파, 책, 잡동사니들. 뒤편에서 쌤의 요란한 재채기 소리가 들렸다. 한 자리에 들어섰을 때, 하나는 그곳이 희람의 자리임을 알 수 있었다. 사진이며, 테이프 따위가 잔뜩 쌓여 있었기 때문이었다. 앉은뱅이책상 위에는 성경이 있었다. 성경을 들추자 사진 한 장이 떨어져 나왔다. 그 바람에 어느 구절을 기억하려던 것인지 알 수 없게 되었다. 하나는 바닥에 떨어진 사진을 줍다가—아는 친구들은 모조리 총출동한 단체사진이었다—책상 아래에 굴러다니는 브이에이치에스 테이프 몇 개를 발견했다. 곰팡이가 플라스틱 겉면까지 완전히 뒤덮고 있었는데, 도무지 재생해볼 수 있는 상태가 아니었다. 주차장의 습한 환경 탓에 남아나는 것이 없었다. 희람이 가져온 테이프들이 하나 같이 폭삭 삭은 것도 이 때문인 듯했다.

걸음을 뒤로 옮기다 뒤축에서 빠드득, 하고 플라스틱 깨지는 소리가 들렸다. 고개를 내려 보니 하나의 발 아래로 시디 케이스가 금이 간 채 바닥에 깔려 있었다. 살펴보니 처음 보는 밴드—열 받은 소년들—의 음반이었다. 어쩌면 자비로 제작하여 지역 내 클럽에서만 유통된 앨범일지도 몰랐다.

쌤은 일찌감치 공기 안 좋은 주차장에서 나와 처마 아래에 쭈그려 앉아 있었다. 하나는 그에게 다가가 열 받은 소년들의 시디를 보여주었다.

「뭐야, 이게」

「혹시 이중에 아는 얼굴 있어?」

시디 케이스 안에는 속지가 있었는데, 공연 현장을 촬영한 스냅 사진들이 몇 장 있었다. 그곳이 재즈 피넛임을 확인하는 건 어렵지 않았다.

「재즈 피넛에서 공연한 애들인가 보네. 하지만 밴드는 잘 몰라」

「관객들은?」

쌤은 속지의 사진들을 코앞까지 끌어당겨 살펴보았다.

「되게 오래 전 사진이네. 상구 씨가 왔을 정도면 최소한 이천년대 초중반일 텐데」

「상구 씨?」

「응. 건너건너 아는 사람이야. 뇌사 판정으로 지금은 돌아가셨지만」

쌤이 가리키는 곳에는 조금도 어울리지 않는 복장으로 모쉬핏에 휘말린 채 즐거워하는 시골 사나이가 있었다.

「뇌사 판정을 받았어?」

「그래. 꿈을 꾸다가 죽었다나, 어쨌다나」

하나는 양순각 기자가 마지막으로 한 말, 「좋은 꿈을 꾸게 해준다」는 말을 떠올리지 못했다. 대신 그는 호랑이 기계 주변으로 괴상한 사건들이 벌어지고 있음을 머릿속에 그릴 수 있었다. 그렇다면 왜 신문지상이나 미디어에서 호랑이 기계에 대해 다루지 않았을까? 호랑이 기계는 재즈 피넛의 수뇌부나 로이와 몰리를 위시한 소수의 몇몇 사람들만이 알고 있는 장치일까?

「호랑이 기계는 오리가 찾았지?」 하고 하나가 말했다.

「그렇다고 들었어」 하고 쌤이 말했다.

「그럼 오리를 찾아가보자」

프린스 빌라는 한신 아파트 단지와 자동차로 오 분 정도 떨어진 거리에 있었고, 공허한 신도시로 변모한 구역 한 가운데에 폭격을 맞은 듯 공사 현장으로 바뀐 빌라의 터만 남아 있었다. 한동안 중단됐던 재건축 공사를 다시 속행한 모양이었다. 하나는 공습이 휩쓸고 간 고향에 돌아온 피난민처럼 망연자실하게 눈앞의 광경을 바라보았다. 몇몇 건물이 남아 있었으나 재건축 반대 현수막만 내걸려 있을 뿐 콘크리트 잔재라 해도 무방한 수준으로 처참했다.

쌤은 오리 패거리가 아지트로 쓰던 위치를 기억하고 있었다. 프린스 빌라는 지하실과 지상 삼층의 연립주택이었다. 유리로 된 현관문을 밀자 온갖 스티커로 범벅이 된 우체통이 눈에 들어왔다. 조명등은 작동하지 않았고, 무거운 적막감이 빗소리를 한결 도드라지게 만들었다. 쌤의 안내에 따라 하나는 이층을 올랐다. 칠이 벗겨진 옥빛의 문은 반쯤 열려 있었다. 집안으로 들어갔을 때 하나는 이곳이 전혀 노크가 필요 없음을 깨달았다. 아이들은 없었다. 세입자가 버리고 떠난 가구들 위로 더러운 이불이니 옷가지가 아무렇게 나뒹굴고 있었다. 거실은 컵라면 사발이니 소주병이니 꽁초로 가득 찬 과일 통조림들로 산만했다. 경찰들이 뒤엎긴 해도 어느 정도 각자의 영역을 지키며 문명적인 생활감을 유지하던 한신 아파트 주차장에 비하면 프린스 빌라의 아지트는 탄식할 만한 지경이었다. 하나는 화장실이니 베란다를 살펴볼 엄두조차 내질 못했다. 아이들은 한참 전에 이곳을 떠난 것이 분명했다.

별다른 단서를 찾지 못하고 방을 나서는데, 하나는 복도 바깥에서 의심스러운 눈초리로 방문객을 주시하는 할머니와 만났다. 한 이십 년은 입었음직한 늘어진 티셔츠를 입고 허리가 구부러진 노인에게 하나가 인사를 꾸벅하자—귀찮은 일이 생길까 쌤은 얼른 아래층으로 내려갔다—할머니는 잘됐다 싶어 입을 열었다. 오랜만에 대화를 해서인지, 아니면 사투리 억양이 섞여선지 청해가 쉽지 않았지만 그래도 하나는 인내를 갖고 노인의 말에 귀를 기울였다. 요지는, 온종일 떠들고 쿵쿵거리는 아이들이 없어 살맛이 난다는 것이었다. 할머니 말에 따르면 오리 패거리들은 「글러먹은 애새끼들」로 월세 한 푼 내지 않고 주택을 무단으로 점거하며 허구한 날 시끄러운 음악을 틀고는 놀자 판을 벌였다고 했다.

「할머니, 그때 이상한 일 없었어요?」

「이상한 일?」

하나의 물음에 할머니는 틀니 빠진 입을 옹알거리며 잠시 생각에 빠졌다.

「애새끼들이 집에 안 가고 밤새 노는 게 이상했지」

「그것 말고는요?」

「내가 건넛집이었으니까 노래를 틀면 아주 고역이었거든? 말소리까지 다 들릴 정도였으니까! 그런데 웃긴 건 이 애새끼들이 가스 마신 놈들처럼 웃고 떠들다가도 갑자기 조용해지고 그러는 거야. 이런 적이 한두 번이 아니야」

「갑자기 조용해진다고요?」

「그렇더라니깐」

이후 할머니의 이야기는 끊길 듯 끊이지 않고 이어졌다. 평상 위에 앉아서 진득하니 듣는 것도 좋겠지만 하나에겐 여유가 없었다. 프린스빌라의 역사가 시작되기 전에 하나는 중간에 말허리를 자른 다음 떠나려고 했다.

「그 애새끼들 만나면 뒤뜰의 창고 헤집어놓은 거나 원상복구 시키라 혀」

할머니의 말이었다. 하나는 계단 아래에 멈춰 서서 되물었다.

「창고요?」

「그려, 서 씨 할아버지가 만들어놓은 김칫독 있잖여. 입술 튀어나온 남자 애새끼가 그걸 홀랑 뒤집어쌌구먼. 아주 쥑일 놈이여, 발랑 까진 놈」

하나는 다시 계단을 올라가 할머니에게 핸드폰을 보여주었다. 서핑 보드를 들고 있는 오리의 사진이었다. 노파는 가물가물한 눈을 가늘게 뜨고 화면을 주시했다. 맞네, 이놈이여! 하고 할머니는 뇌성벽력같이 소리를 질렀다. 프린스 빌라에 살던 오리가 호랑이 기계를 찾았다면 그 장소는 아마 뒤뜰의 창고일지도 몰랐다. 하나는 서 씨 할아버지의 장독에 대해 자세히 물었다.

「잉, 서 씨 참 인물이었제. 죽은 진 꽤 됐는데, 젊었을 적엔 동경제대? 일본에서 대학까지 나온 에리뜨여」

노파의 발음은 실로 알아듣기 어려운 수준이었지만 하나가 해석하기로 「동경제국 대학을 나온 에리뜨 서 씨 할아버지」는 토목건축을 전공으로 하여 전후 풍비박산이 난 남한 전토에 공장이니 댐이니 발전소와 같은 근대 산업지대를 일구며 성공가도를 달렸다. 그 경력의 절정은 칠십팔 년 도시에 준공된 핵발전소였다. 한때 국토부 장관에까지 물망에 오를 만큼 존경과 권위를 누렸으나 주식 투자 사기와 거듭된 실패로 결국 알코올 중독 신세가 되어 고향인 도시로 낙향, 이후 소탈하게 프린스 빌라의 터주 대감 노릇을 하다 삶을 마감한 듯했다.

할머니는 오리에게 창고 정리를 꼭 해놓으라고 전하라며 엄포를 내고는 계단 아래로 내려갔다. 한 손으론 계단 난간을, 한 손으론 허리를 짚고 천천히 발걸음을 내딛는 할머니를 뒤따라가 부축하며 하나가 재차 물었다.

「서 씨 할아버지한텐 가족 없었어요?」

「글씨… 딸과 사위가 있었던 거 같기도 한디… 아마 손주도 있었을 것이여」

「그 분들도 아직 여기 계실까요?」

「아니여, 갸들은 서 씨가 죽기 전에 이미 딴 데루 갔어」

할머니와 함께 일층으로 내려왔을 때, 하나는 현관 안에 서서 아무 표정 없이 지하실의 어두컴컴함을 응시하고 있는 여자를 볼 수 있었다. 유미였다. 그녀의 옆에는 쌤이 푹 젖은 빵모자를 쥐어짜내고 있었다. 그도 완전한 바보 멍청이는 아니었다… 할머니는 툴툴거리며 비닐우산을 펼치고 빌라 밖으로 떠났다. 셋만 남게 되었을 때에도 유미는 먼저 말을 꺼내지 않았다. 하나는 묘한 긴장을 느꼈다. 스낵바에서 쌤에게 했던 것처럼 윽박을 지를 수도 없었다. 유미라면 그런 공갈 정도는 간단히 간파할 터였다. 쌤이 유미에게 다가가 발꿈치를 올리며—유미는 그보다 머리 하나 정도 키가 컸다—소근소근 귓속말을 전했다.

「승택이 어디 있어」

유미가 말했다. 그녀의 목소리는 더없이 싸늘했다. 하나는 애써 침착함을 지켜야 했다.

「나는 희람 씨를 찾고 있어요」

「그래서?」

「당신들이 찾는 건 희람 씨가 아니라 호랑이 기계죠? 해변의 여행객 사건으로 엉뚱하게 피해를 보고 있으니까. 기계를 찾아 리더도 구하고 원래 상태로 돌아가고 싶은 거잖아요」

하나가 말했다. 유미는 쌤을 슥 보았다. 제가 말한 게 아니에요, 하는 뜻으로 그는 완강하게 손사래를 쳤다.

「들어봐요, 만약 내 말이 맞다면. 오리는 사라졌고, 귀신은 죽었어요. 생강은 지금 어디 있는지 알아요? 여주의 감화원에서 이불이나 털고 있다고요. 당신들이 납치하려던 희람은 기억을 잃었구요. 아시겠어요? 호랑이 기계를 알고 있을 만한 아이들은 전부 사라졌단 말이에요」

「내 생각에」

유미가 말했다. 그녀는 강변하는 하나로부터 아예 고개를 돌린 채 현관문 너머의 비 내리는 풍경을 보고 있었다.

「너는 아무 것도 알지 못하면서 떠드는 거짓말쟁이야」

유미는 하나 쪽으로 걸어갔다. 키는 하나가 조금 더 컸지만 어디까지나 윗사람인 건 유미였다. 그는 낭패감을 느끼며 자신에게 조금도 관심 없는 유미의 차가운 눈을 겨우 쳐다보았다.

「승택이 어디 있어」

「몰라요」

유미는 돌아섰다. 쌤도 그녀를 따라갔다. 그러다 생각난 듯 하나에게 다시 돌아와 손에 들고 있던 우산을 빼앗아갔다. 어차피 그것은 쌤의 자동차 밑바닥에 굴러다니던 것이었다. 잠시 후 빗속으로 자동차 엔진 소리가 들렸고, 하나는 프린스 빌라에 혼자 남겨졌다.

망연자실한 시간은 길게 이어지지 않았다. 하나에겐 그럴 만한 여유가 없었다. 유미와 쌤, 그리고 승택은 괘씸하게도 저희들끼리 살 궁리를 도모했지만 하나는 포기하지 않고 어떻게든 단서를 좇았다. 비록 하나가 뒤따라가는 땅바닥의 빵조각이 비바람에 이리저리 흩날리고 있긴 하지만 말이다… 그는 장맛비가 쏟아지는 현관 밖으로 나가 좌측의 뒷산으로 걸어갔다. 비구름에 파묻힌 하늘은 온통 흙빛이었고, 매미들은 비를 맞으며 울어대고 있었다. 아카시아와 밤나무, 그리고 이름 모를 성긴 잡초들 사이로 하나는 서 씨 할아버지의 김칫독을 발견할 수 있었다. 그건 전혀 어려운 일이 아니었는데, 철문에서 열 걸음도 채 떨어지지 않은 장소에 하얀 스티로폼으로 만든 창고가 있었기 때문이었다.

반쯤 녹은 이글루 내지는 거대한 호빵 같은 창고의 덧문을 열자 내부는 후덥지근하고 어둑어둑했다. 흙바닥엔 장독이 여럿 묻혀 있었다. 오래된 김치와 된장 냄새가 지독했다. 핸드폰의 조명을 이용해 주변을 살펴보니 그 가운데 땅을 파헤친 흔적과 함께, 절반쯤 묻힌 나무 상자 주변으로 비닐과 좀약이 눈에 들어왔다. 마치 성급한 도굴범이 본연의 목적을 달성하자 뒷정리도 없이 바로 뛰쳐나간 모양새였다. 이곳에서 호랑이 기계를 찾아냈구나! 하나는 직감했다. 혹시나 해서 독의 뚜껑들을 일일이 열어 확인해보니 어느 독 하나에 썩은 된장 말고 비닐을 여러 겹 감싼 백 팩이 들어 있었다. 가방 안의 내용물은 크리스털 구슬, 파이프 담배, 플라스틱 장난감 등 어린아이가 내키는 대로 집어넣은 것만 같은 잡동사니가 주를 이루었다. 사진도 한 장 꽂혀 있었다. 거실에서 할아버지와 어린 남자아이가 나란히 앉아 찍은 사진이었다. 하단에는 사진관 이름과 함께 촬영 날짜가 찍혀 있었다. 흐려진 인화지 뒷면엔 누군가의 필적이 남아 있었다.

승준아. 삶의 비밀은 보고 싶은 것과 보이지 않는 것 그 어디에 있다.
하지만 너는 이것을 쓰지 않아도 될 만큼 영민하단다.

이것? 알 수 없는 문장이었다. 만약 여기가 서 씨 할아버지와 그의 손자만이 알고 있는 비밀 장소라면, 승준 군에게 주려고 했던 할아버지의 선물은 무엇이었을까? (적어도 파이프 담배는 아닐 것이다) 오리는 여기서 호랑이 기계를 찾았다고 했다. 그렇다면 이것이란 호랑이 기계를 의미하는 걸까…

그 순간 하나는 이글루 밖으로 부스럭하는 소리를 들었다. 그것은 명백한 인기척이었다. 바람에 나뭇가지가 부딪히거나 고양이가 지나가며 내는 소리 따위가 아니었다. 하나는 전에 없는 긴장을 느끼며 몸동작을 멈췄다. 잠시 후 빗소리를 뚫고 어렴풋하게 사람들이 대화 나누는 소리가 들려왔다. 좋지 않은 예감이 들었다.

이글루를 살금살금 빠져나왔을 때 하나는 야산 멀리 무덤가에서부터 주변을 두리번거리며 다가오는 남자 두 명을 발견하고 기겁했다. 장마 중에 벌초를 하는 게 아니라면 이 시간에 어정거리는 것 자체가 충분히 수상했다. 하나는 차이나타운 뒷골목에서 쫓기던 악몽 같은 기억이 떠올랐다. 유미와 쌤은 우산도 없이 하나를 프린스 빌라에 내버린 걸로 모자라 펑크 그룹의 놈팡이들을 시켜 완전히 입을 막으려는 심산인 걸까? 하나는 최대한 자세를 수그린 다음 철문을 넘어갔다. 쌤과 함께 찾았던 오리 패거리의 아지트 앞은 이미 인산인해를 이루고 있었다. 검은색 항공 점퍼를 입거나 울퉁불퉁한 팔뚝을 드러낸 민소매 따위를 입은 남자들. 하나는 최대한 자연스럽게 그들을 지나치려고 했다. 텃밭에 심은 홍당무가 무사히 잘 자라고 있는지 확인하러 온 선량한 대학생인 것처럼 봐주길 바라면서… 그러나 우산도 없이 홀딱 젖은 채 재건축 공사가 중지된 빌라 부지에 얼쩡거리는 하나는 의심을 사기에 충분했다. 한 남자가 그에게 어이, 하고 말을 걸자 하나는 대답도 하지 않고 줄행랑을 쳤다. 욕설과 함께 추격이 시작됐다. 하나는 야외 주차장으로 이어지는 철문 빗장을 땅바닥의 찌그러진 배드민턴 채로 끼워 넣고는 있는 힘껏 달렸다. 지금이야 속절없이 철문을 흔들 뿐이지만 철망을 뛰어넘어 쫓아오는 건 일도 아니리라. 더군다나 그들은 차도 있을 테고… 지리도 익숙하지 않은 하나가 생포되는 건 시간 문제였다. 만성적인 흡연자의 불량한 심폐 기능도 경보를 울렸다… 절망적이었다…

풀릴 것만 같은 두 다리를 열심히 놀리던 하나 앞으로 검은색 세단 승용차가 끼익, 하고 멈춰 섰다. 조수석의 창문이 내려가자 선글라스를 낀 남녀의 모습이 보였다. 또, 로이와 몰리였다.

「조깅을 좋아하시나 봐요?」

조수석 창문을 향해 목을 쭉 내밀고 로이가 물었다. 그의 능청스런 태연함을 지적할 여유도 없이, 하나는 헐떡거리며 겨우 말했다.

「도와… 주세요」

「선배, 이러다 사람 잡겠어요. 어서 타요」

하나는 뒷좌석의 문을 열고 몸을 집어던졌다. 시트에선 멋진 가죽 냄새가 났다. 푹신푹신하고 커다란 목 받침대도 있었다. 하나는 그곳이 관처럼 느껴졌다.

프린스 빌라를 무사히 빠져나온 자동차는 도로를 달리고 있고, 한참 후에야 겨우 진정된 하나는 차내에 어디서도 들어본 적 없는 미니멀한 덥스텝 비트가 흐르고 있음을 깨달았다. 앞자리의 두 남녀는 말이 없었다. 남자는 운전대를, 여자는 정면의 유리창에 집중할 뿐이었다.

「저 사람들은 누군데 왜 날 못 잡아 안달인 거죠?」

겨우 호흡을 가다듬은 하나가 물었다. 남자는 백미러를 통해 하나와 눈을 마주친 다음 대답했다.

「경찰들 말인가요?」

「경찰이라고요?」

하나가 놀라 되물었다.

「저는 재즈 피넛 사람들인 줄 알았는데요!」

「재즈 피넛은 아닐 걸요」

「저들은 미궁에 빠진 해변의 여행객 살인사건의 주요 참고인을 쫓고 있어요. 그건 바로 이하나 씨, 바로 당신이고요」

여자가 솜씨 좋게 상황을 정리해주었다. 자신도 모르는 사이에 참고인이 된 하나는 놀라 말을 꺼낼 수가 없었다.

「농담이시죠?」

하나가 애써 자제력을 갖고 말했다. 차라리 거짓말이길 바라는 것처럼 목소리 끝이 떨리고 있었다.

「참고인은 무슨 참고인이요, 지금 막 도시에 내려온 사람한테!」

「저들한테 중요한 건 그런 게 아니에요. 본인들이 하고 싶은 얘기를 꿰어 맞추기 위한 부속품이 필요한 것뿐이니까요. 항변해도 소용없어요. 저 사람들이 그러기로 했다면 그걸로 끝난 얘기니까」

「인형의 얘긴 듣지 않아요」

남자와 여자가 번갈아 말했다. 하나는 바닥없는 바닥으로 떨어지는 기분이 들었다.

「당신들은… 누구에요?」

마침 정지 신호에 따라 교차로 앞에 차를 세운 남자가 뒷좌석의 하나를 향해 허리를 틀었다. 그는 선글라스를 내리며 핸섬한 악마처럼 빙긋 웃고 있었다.

「일단 로이와 몰리라고 해두죠」

로이와 몰리가 하나를 데려간 곳은 지난 여름, 희람과 함께 우연히 찾았던 운하의 하카다 파견 포장마차였다. 낮과 밤이 사라진 세계처럼 온종일 흐리기만 한 도시의 사람들은 우산을 쓰지 않고 종종걸음으로 건물과 건물 사이를 오가고 있었다. 색소폰을 불던 노인은 커다란 파라솔을 펴놓고 남인수의 가요들을 연주하고 있었다. 다리 입구의 석상 장식도 그대로였다. 포렴을 열어젖히고 친절하게 입장을 권하고 있는 로이와 몰리를, 하나는 더없이 불안하게 바라보다 포장마차 안으로 들어섰다. 선택의 여지가 없었다.

사방이 뻥 뚫려 내부가 훤히 보이는 포장마차엔 사람 좋은 인상의 사장이 턱을 긁으며 텔레비전으로 야구 중계를 보고 있었고, 식재료 선반과 이어진 좌식 테이블 위에는 찻잎이 떠 있는 다기와 함께 희람이 앉아 있었다. 하나와 희람은 누가 먼저랄 것도 없이 다가와 두 손을 꼭 맞잡았다. 희람은 좀 지쳐 보이긴 했지만 큰 탈은 없는 듯했다. 하나가 도시에 온 것에 대해 그녀는 몹시 놀랍고 기쁜 기색이었다. 해후를 나누는 두 사람에게 마스터는 차를 내주었다. 비에 젖은 하나에겐 따뜻하게 데운 물수건을 주기도 했다. 반대편에 자리를 잡은 로이가 마스터에게 눈짓을 보내자 마스터는 고개를 끄덕이곤 포장마차의 비닐 덮개를 내렸다. 밀폐된 실내가 되었고, 동시에 에어컨이 가동되었다. 주변의 소음이 어렴풋이 먹먹하게 들려왔다. 덮개만 내렸을 뿐인데 음향 녹음실이 된 것 같았다.

「참 재미있죠?」 하고 로이가 말했다. 「삶이란… 이런 곳에서, 이런 사람들과 만날 줄 누가 알았겠어요?」

「누차 도와주셔서 감사하지만 설명을 해주시겠습니까? 알 수 없는 일들이 너무 많아 혼란스럽군요」

하나가 말했다. 그러자 로이는 안심하라는 듯 편안한 미소를 지어 보였다.

「그럴 겁니다. 지금부터 우리는 있는 그대로를 얘기할 거예요. 더 이상의 은폐나 트릭은 없습니다. 물론 믿기 어려운 얘기도 더러 있겠지만요」

그는 마스터가 갖다 준 차를 한 모금 마시고는 얘기를 시작하기에 앞서 헛기침을 했다. 하나는 온기가 남아 있는 물수건을 눈가에 어루만졌다.

「우리는 이피에스에스(EPSS)란 곳에서 일하고 있어요」

잠시 적막이 흘렀다. 하나는 잘못 들었나 싶었다. 난생 처음 들어보는 말이기 때문이다. 아시아유럽정상회의(ASEM)나 아시아태평양경제협력체(APEC)와 같은 단체들 가운데 하나일지도 몰랐다.

「생소한 이름이죠? 우리 조직에 대해 차근차근 설명하죠. 아, 이거 함부로 말하면 안 되는 건가」

로이가 몰리와 마스터의 눈치를 번갈아보며 말했다. 그러나 그것은 행간을 멋지게 장식하는 수식과도 같은 연기임을 모두가 알 수 있었다. 하지 말래도 말할 거잖아요, 하는 얼굴로 몰리가 한숨을 쉬었다.

로이 말에 따르면 「EPSS」는 동태평양 비밀수사국(East Pacific Secret Service)의 약자이고, 자신들은 그곳의 수사요원이라 했다. 「EPSS」는 일차대전 이후 내셔널리즘에 경도된 전체주의에 반기를 들며 만들어진 초국가적 수사 조직체인 오대양 비밀수사 연합의 지부 중 하나라고.

「인터폴 같은 건가요?」

「인터폴과는 명확히 달라요」

하나가 묻자 몰리가 대답했다.

「인터폴은 가입 국가가 아니면 정보 공유가 어렵지만 오대양 연합은 국제관계나 이념과는 상관없이 공동으로 대응해요. 오늘날 복잡하게 얽힌 다자간 이해관계 탓에 건들 엄두조차 못 내는 사건들을 초월적으로 수사하는 데 목적을 두고 있어요」

잘은 모르지만 하나는 고개를 주억거렸다. 로이의 설명이 계속 이어졌다… 동태평양 지부는 일본 하카다에 본부를 두고 있으며, 태평양 해역의 다양한 지역 출신의 요원들이 암암리에 활동하고 있다. 대륙과 바다를 넘나들며 말이다.

「기본적으로 비밀 조직인지라 존재를 아는 사람은 극히 제한돼요. 하지만 강대국들의 첩보전과는 다르죠. 오대양 연합의 궁극적인 목적은 민족이나 자국이 아니라 보편적인 이익에 있으니까요」

청산유수로 얘기하고 있지만 로이는 말하는 스스로부터 큰 관심이 없는 것처럼, 마치 다 아는 얘기인데 새삼스럽게 뭘 더 말해야 하는 거냐는 태도였다.

「보편적인 이익이라면요?」

「이를 테면 진실이죠」

로이는 눈썹을 치켜떴다가 원래의 나른한 표정으로 돌아왔다.

「이제껏 살면서 이름을 들어본 적도 없는데 정보를 어떻게 공개한다는 건가요? 해커 조직 같은 건가요?」

「우리가 수집한 정보와 수사 결과는 꾸준히 공개되고 있어요. 다만 그 형태가 상황에 따라 다를 뿐이죠. 논문일 때도 있고, 유튜브의 영상 클립일 때도 있어요. 당연히 제작자 이름에 우리 이름이 적혀 있진 않죠」

하나는 수긍 대신 의구심만 증폭됐다. 두 사람은 스스로 도취된 배우들의 연기 같았다. 현실과 동떨어진 소리가 이어지자 하나는 이들이 자신을 놀리는 것인가, 하는 생각이 들었고 나중에는 비현실적인 세상에 떨어진 게 아닌가, 공포마저 느껴졌다. 의자 위에 머물던 희람과 하나의 손이 서로를 잡았다.

「그렇다고 치죠. 그렇다면 당신네 조직과 호랑이 기계는 무슨 상관이 있는 거죠? 펑크 그룹의 리더가 체포되기 하루 전날 재즈 피넛을 찾았었죠? 거기서 당신들은 호랑이 기계를 언급했고요. 물론 지난번 도시의 기차역에서 우릴 향해 호랑이 기계가 어디 있냐고 물어봤던 것도 잊지 않고 있습니다」

하나가 물었다. 정말 순전하게, 알고 싶은 대목이기도 했다.

「당신들은 이미 호랑이 기계를 알고 있었어요. 그것을 원하기도 했고요. 그래서 아무 죄도 없는 리더를 밀고한 겁니까? 그때도 이피에스에스니 오대양이니 만화 같은 얘기를 늘여놓았겠죠」

「흥미로운 지적이네요」

도발에 가까운 말을 듣고 로이는 잠시 생각에 잠겼다. 화난 것이 아니었다. 효과적인 설명을 위해 머릿속에서 단어를 재는 정도의 머뭇거림이었다.

「바다 한 가운데 컴퍼스 침을 놓고 러시아부터 중국, 한반도, 일본, 대만, 홍콩, 베트남, 인도네시아, 호주까지 원을 그려봅시다. 조금만 더 돌리면 미 대륙까지 이어져요. 뉴욕 동부부터 캘리포니아 서부까지, 알래스카까지 한 바퀴를 완전히 돌고 나면 태평양이란 거대한 원이 그려집니다」

로이는 주변의 청중들이 자신을 향해 제대로 집중하고 있는지 확인한 다음 재빨리 말을 이었다.

「어때요, 이제 지도가 그려지나요? 냉전이 끝나고 이 바다를 지배하는 게 뭐였을 것 같아요. 자본주의일까요? 아닙니다. 태평양을 지배하는 것은 핵이라 할 수 있습니다. 그것은 무기가 되어 적대국을 위협하기도 하지만 보다 광범위하게는 미래로의 발전을 꿈꾸게 하는 원동력이 되었지요. 이는 자유 민주주의 진영뿐만 아니라 공산권도 마찬가지입니다. 보다 나은 내일이란 환상은 언제나 사회 불만을 억누를 뿐만 아니라 개인이 자발적으로 노력하게 만들었죠. 내일이 보장되지 않는 사회는 지루하고, 개인은 희생의 명분을 잃어버립니다. 아이쿠, 말이 길어지는군요. 문제는 이십일 세기가 시작되면서 원자력 발전을 중심으로 두텁게 형성된 이익집단에 있습니다. 이들은 탈정치적이면서 그 누구보다 정치적인 감각이 뛰어나며, 민족을 기반 삼으면서 동시에 인류 보편의 탈을 쓰기도 하지요. 아무튼 태평양 해역권 내의 국가를 강력하게 지배하는 것은 핵무기와 원자력 발전 양자를 효과적으로 활용하는 이들 세력이었습니다」

「아주 놀라운 얘기는 아니군요」

「이들이 야기하는 위험이 얼마나 일상적으로 반복되는지, 또 이를 감쪽같이 무마하는지를 알면 세상이 달리 보일 겁니다. 이천십일 년의 사태도 마찬가지였지요」

「그때 무슨 일이 있었는데요?」

희람이 물었다.

「후쿠시마에서 대지진이 발생하면서 핵발전소가 무너졌어요」

몰리가 대답했다.

「우리 조직으로선 그때만큼 바쁘고 정신없던 사건이 없었을 겁니다. 그 일에 대해 자세히 얘기할 기회는 따로 있을 겁니다. 이천십일 년을 기점으로 바뀐 수많은 순간 중 하나가 바로 호랑이 기계를 발견한 겁니다」

「일본에서요?」

「아니, 바로 여기 도시에서」

후쿠시마 붕괴 이후 동태평양 비밀수사국은 권역을 나눠 태평양 내의 원전 조사에 착수했는데, 남한에서 가장 오래되고 많은 수의 발전소가 설치된 도시를 찾은 건 로이와 몰리 페어였다. 원전의 변천사를 훑어 내려가던 중 두 사람은 발전소의 설계자를 찾게 된다. 서 씨 할아버지로 알려진 서인현이었다.

「저도 알아요. 프린스 빌라에 갔다가 어떤 할머니에게 들었어요」

「저흰 그가 호랑이 기계를 처음으로 한국에 반입한 사람으로 보고 있습니다」

「반입이요?」

「그렇습니다. 저희는 줄곧 호랑이 기계의 흔적을 추적해왔는데, 흥미롭게도 호랑이 기계의 동선을 따라 의문의 죽음이 이어지고 있다는 사실을 알게 되었습니다」

놀란 얼굴의 하나와 희람에게 로이는 의자 밑에 있던 가방에서 한 뭉치의 서류를 던져주었다. 복잡한 내용의 문건 사이로 틈틈이 시신으로 보이는—잠들어 있는 사람과 분간할 수 없이 고요한—사람들의 사진들이 보였다. 서류 마지막엔 노을 지는 해변에 쓰러진 여자의 사진이 있었다. 신문지상을 비롯하여 수많은 일간지들을 장식한 해변의 여행객 사건을 상징하는 사진이었다.

「잠깐, 잠깐만요」

혼란스러운 하나가 손을 들어 대화를 제지했다. 로이는 그의 손짓에 따라 하던 말을 멈추고 하나를 바라보았다.

「정리 좀 할게요. 그러니까… 지금 호랑이 기계가 역병처럼 가는 곳마다 죽음을 퍼트리고 있다는 얘기인가요? 해변의 여행객 사건은 그 종착지이고?」

「사용한 단어에 어폐가 있긴 하지만 그렇게 보면 됩니다. 호랑이 기계가 지금 어디에서 뭘 하고 있는지를 모르니 종착이라고 할 순 없겠지만요」

「핵, 원자력 발전소, 호랑이 기계, 의문사, 그리고 이제는 해변의 여행객까지 나왔네요. 대체 무슨 맥락으로 이것들이 연결되어 있는 거죠?」

하나의 질문에 로이는 깍지를 낀 두 손 위에 턱을 올려놓고 고심하는 얼굴이었다. 포장마차의 인원 모두 그가 입을 열기를 기다렸다. 한참 만에 로이가 말했다.

「마스터, 혹시 소주 있어요?」

하나는 하마터면 소리를 지를 뻔했다. 아니, 승택도 그렇고 이 양반들은 대체 왜 술을 못 마셔 안달인 거야, 때와 장소를 가리지 않고!

화가 난 하나의 얼굴을 보더니 로이가 웃는 얼굴로 사과했다. 위험천만한 조크였다는 것이다.

「미안합니다. 무겁고 진지한 분위기를 못 견디는 타입이어서요어… 그럼 호랑이 기계에 대해 제가 알고 있는 사실부터 들려드려야겠군요. 근데 정말 얼음물 한 잔만 줄 수 없어요? 농담이 아니라, 정말 목이 마르네요」

「츄와이로 줄까?」

부엌 안쪽에 앉아 있던 마스터가 자리에서 일어나며 물었다. 그거 좋은 생각이라고, 로이가 시원하게 대답했다. 마스터는 얼음박스 속에 쟁여놓았던 몇 개의 캔들을 꺼내 검은색, 붉은색으로 안과 겉이 칠해진 작은 쟁반 위의 전용 유리잔에 따르기 시작했다. 형형색색의 음료에서 거품이 일었다. 다 같이 건배를 하자는 로이의 제안은 가볍게 묵살되었다.

「전 담배를 한 대 피우고 싶은데요」

하나가 말하자 마스터는 냉큼 미백의 조그만 도자기를 내주었다.

「헤이쟈라, 여깄습니다」

마스터가 하나를 향해 윙크를 찡긋 했다. 무슨 말인가 싶던 하나는 담배에 불을 붙이고서야 희람과 처음 하카다 파견을 찾았을 때의 일을 떠올릴 수 있었다. 로이가 그 틈을 놓치지 않고 껴들었다.

「이 분은 직장 동료. 도시에서 위장 근무를 하고 있지요. 하카다의 유흥 문화를 사랑하는 사람 중 하나고요」

마스터는 서글서글한 웃음을 지으며 턱을 긁고는 자리로 돌아갔다.

「호랑이 기계는」

로이가 말했다.

「모든 걸 가능하게 해줍니다」

「어떤 의미로요?」

「말 그대로요. 우리가 상상할 수 있는 모든 것을. 호랑이 기계의 한계는 상상력에 달려 있어요. 제가 아는 바로는 그래요」

「그런 설명으로는 이해가 어려운데요」

「프린스 빌라에 갔었죠? 아마 이십칠 동 단지 옆 시유지에 서 씨 할아버지가 만든 스티로폼 가건물을 봤을 겁니다. 안에도 들어갔는지 모르겠군요. 저는 아까 기계를 한국으로 가져온 게 서인현 씨일 거라고 말했습니다. 선지자 역할을 수행한 그에 대해 먼저 말씀드리죠. 그는 부유한 양반 집안에서 태어나 동경대 건축학과를 졸업한 일제 시대의 식민지 지식인이죠. 해방 이후 승승장구하여 한때 건설부 장관과 도시 건설국장, 국회의원직까지 제안 받았던 그는 칠십 년대 말 고위 관료를 사칭한 사기꾼에게 증권 투자사기를 당하는데, 이때의 상처로부터 평생 헤어 나오지 못합니다. 이를 만회하기 위해 주식에 손을 벌리지만 투자하는 족족 망해버리고요. 음주의 빈도가 잦아지고, 결국 건축 일선에서 완전히 쫓겨나고 맙니다. 식민 시대 천재 건축가의 쓸쓸한 퇴장이죠. 그는 팔십오 년 도시로 돌아와 프린스 빌라에 정착합니다. 죽을 때까지요」

로이가 계속 말했다.

「그는 자식 운이 별로 없었어요. 그건 평생 가족에 소홀했던 그 자신이 부른 자업자득이지만. 그래도 외손자만큼은 특별히 예쁨의 대상이었나봐요」

「호랑이 기계는 선물이었군요?」

희람이 말했다.

「네, 맞아요. 서인현 씨는 도시의 헌책방에서 발견한 호랑이 기계를 외손자에게 선물한 겁니다」

「호랑이 기계를 본 사람에게서 들었어요. 트렁크 가방에 들었고, 태엽에 밥을 주면 호랑이가 춤을 춘다지요. 그런 장난감이 어떻게 세상을 바꾼다는 겁니까?」 하고 하나가 말했다.

「호랑이 기계는 자각몽을 꿀 수 있도록 도와줍니다」 하고 로이가 말했다.

「자기 스스로 꿈을 조작할 수 있게끔 해주는 거예요」

몰리가 첨언을 했다.

「꿈을 꾸는 사람이 스스로 꿈을 인지한다는 거잖아요. 저도 예전에 들어본 적이 있어요. 하지만 자각몽이 세상을 바꾸고 모든 소망을 이룰 만큼 엄청난 능력이 있다고는 생각되지 않아요. 그냥… 자기망상 비슷한 거죠!」

하나가 말했다. 농담에 말리지 않겠다는 얼굴로, 그는 어렵게 웃고 있었다. 로이는 입술을 들어 올리고는 대수롭지 않게 말을 이어나갔다.

「자기망상, 그 말이 정확합니다. 한 가지 중요한 것은, 우리는 한 번도 완벽하게 통제된 자각몽을 경험한 적이 없다는 겁니다」

「그것은 시간과 물리가 기존의 한계를 초월해버리는 세계예요. 가령 현실에선 오 분에 불과하지만 꿈속에선 오 년이 지나갈 수도 있고, 중력과 속도가 뒤죽박죽이 되기도 해요. 사용자가 원하기만 하면 순간이 영원으로 될 수도 있어요. 자각몽을 통제하는 수준과 몰입하는 정도에 따라서 말이에요」

로이의 말끝에 첨언을 다는 몰리의 목소리는 더없이 이지적이고 감정이 배제되어 있어—마치 외화 드라마의 더빙 배우처럼—묘한 설득력을 갖고 있었다. 그녀는 계속 말했다.

「호랑이 기계의 자각몽은 아주 교묘해서 실제 신체의 감각을 꿈속에서 지각하는 것과 일원화시켜줘요. 이해할 수 있어요? 꿈과 실제의 차이를 모른다는 거예요. 꿈에서 스테이크를 먹으면 맛과 포만감이 실제로 느껴지는 식이죠. 그런 삶이 한없이 이어진다고 생각해봐요」

「지금 혹시 호접지몽 같은 얘기를 하는 거예요?」

「그래요」

「이 자각몽의 무서운 점은 꿈과 현실의 경계를 넘어서는 부분에 있습니다. 그 너머는 또 다른 삶, 새로운 세계가 시작되는 거죠」

「그게 대체 어떻게 가능하죠? 호랑이 기계는… 그냥 기계잖아요」
믿을 수 없다는 얼굴로 희람이 말했다.
「그것이 저희 또한 궁금해요. 제대로 분석을 하려면 실물이 필요해요」
몰리가 말했다. 로이는 눈을 아래로 깔고 고개를 끄덕였다.
「제일 중요한 거겠지만 호랑이 기계를 제대로 작동시키는 방법은 아직 아무도 몰라요. 호랑이 기계는 정교한 설계와 자기만의 논리로 구동하고 있습니다. 자각몽에 성공한 사람들이 죽는 건지, 기계를 잘못 쓰는 바람에 죽는 건지 그건 몰라요. 분명한 건 호랑이 기계를 통해 자각몽에 들어갔다고 하여 전부 뇌사에 이른다는 건 아니라는 거예요. 살아 돌아온 사용자가 있으니까 하는 소리예요」
「그렇다고 칩시다. 동태평양에서 온 수사요원 얘기도, 꿈을 꾸는 기계도… 잘 들었습니다. 당신들은 정말 이상한 분들이군요」
하나가 말했다.
「맞습니다. 그런데 두 분이 관심 가질 만한 얘기는 따로 있어요. 예를 들면 희람 씨의 잃어버린 기억과 호랑이 기계와의 관계 같은 거요」
일어날 채비를 하려던 두 사람은 강한 바람을 맞은 듯 깜짝 놀랐다.
「지금까지 얘네가 무슨 얘기하나 싶었겠죠. 그럼 이제부터 호랑이 기계가 도시에 나타나고, 사람들이 죽고, 희람 씨를 비롯한 주차장의 아이들이 뿔뿔이 흩어지게 된 이야기를 들려드리죠. 말씀대로 정말 이상한 사건입니다. 아까 드린 서류의 마지막 사진을 봐주시겠습니까?」
서류 마지막 장엔 손바닥 크기의 인화지가 있었다. 멀리서 찍은 한 남자의 모습으로, 그는 검은색 셔츠를 입고 담배를 입에 문 채 걷고 있었다.
「정우주. 재즈 피넛의 일부 팬덤들 사이에서 리더로 일컬어지는 남자죠. 저희는 최근 도시에서 일어난 괴사건들의 실질적인 주범으로 그를 꼽고 있습니다」

⊟

「경찰도 그렇고, 도시 전역을 도배한 뉴스 보도로 사람들의 시선이 온통 해변의 여행객 사건으로 쏠려있지만 사실 이건 일부분에 불과해요. 프린스 빌라의 비밀 창고에서 호랑이 기계가 발견된 다음부터 도시에 의문사가 줄을 잇기 시작했어요. 의문사의 발생 시간과 사망자들의 위치를 파악하는 건 어렵지 않죠. 보실래요?」

로이의 말에 몰리가 서류 가방에서 태블릿 피시를 꺼냈다. 도시의 지도 사진을 가볍게 손가락으로 두들기자 의문사 피해자들로 추정되는 인물들의 얼굴 사진이 떠오르고, 그것은 곧 붉은 선으로 이어졌다. 선들은 복잡한 도형을 완성하고 있었는데, 그 가운데엔 재즈 피넛이 있었다.

「압니다. 호랑이 기계를 발견한 건 정우주가 아니라 오리란 별명의 소년이지요. 하지만 정황상 호랑이 기계를 아이들로부터 탈취하고 사용한 건 펑크 그룹의 리더 정우주라고 저희는 판단하고 있습니다」

「하지만… 하지만 그들은 호랑이 기계에 대해서 아무 것도 모르는 눈치던데요」

하나가 말했다. 그는 호랑이 기계에 대해 물었을 때 승택부터 쌤, 유미가 짓던 무관심한 표정을 떠올렸다. 아니, 그건 차라리 순진무구한 반응이었다. 하나가 느끼기에, 그들의 관심은 호랑이 기계가 아니라 다른 데에 있었다. 억울하게 수감된 리더의 석방이 바로 그것이었다. 하지만 로이는 반대의 주장을 하고 있었다. 펑크 그룹은 호랑이 기계를 익히 알고 있었고, 자각몽이란 숨겨진 기능을 곧잘 사용했으며, 지금도 여전히 쫓고 있었다. 그 말이 사실일까? 하나는 쉽게 믿을 수 없었다. 속이 울렁거렸다…

「하나 씨, 현혹되지 않기 바랍니다. 그들은 하나 씨나 희람 양과 같은 보통 사람이 아닙니다. 당신을 속이고 있고, 진짜 목적은 호랑이 기계입니다. 그리고 호랑이 기계를 독점하기 위해 그 존재를 알고 있는 아이들을 모두 제거하려고 합니다. 차이나타운에서 희람 양을 납치하려던 걸 기억하고 계시겠죠?」

로이가 계속 말했다.

「그뿐만이 아닙니다. 저희가 개별적으로 조사한 결과에 따르면 의문사 피해자는 성별도, 연령층도 대중없는 편이죠. 대체 그 이유는 뭘까요, 하나 씨? 정우주는 기계의 숨겨진 기능을 정확히 알고 있습니다. 다만 그것을 오용하고 있을 뿐이에요. 단순히 재미로 저지르는 걸지도 모르죠. 요새 그런 사람들 많잖아요」

「피해자들의 계좌 내역 일 년 치를 확인했어요. 어땠을 것 같아요? 하나 같이 사망 전 한 달에서 육개월 사이에 일정한 금액이 출금되었거나 다른 계좌로 이체되었더군요. 물론 차명 계좌여서 추적은 쉽지 않지만요」

몰리의 말이었다.

「이러한 상황을 보았을 때 정우주는 호랑이 기계의 자각몽 효과를 이용해 피해자들로부터 돈을 받아온 것 같습니다. 이를테면, 꿈을 팔아온 거죠」

「꿈을 팔아요?」

「네, 꿈이 필요한 사람에게 말입니다」

「그럼… 프린스 빌라의 경찰들은… 왜 저를…」

「우주가 말했겠죠. 그는 지금 경찰과 함께 있습니다」

「수사에 혼선을 주기 위해 허위 제보를 하는 건 흔한 수법이에요」

몰리가 말했다. 하나는 떨리는 손으로 담배 갑을 쥐었다. 그러나 담배는 다 떨어지고 없었다. 아무 말도 하지 못하는 하나에게 내미는 담배 한 개비가 있었다. 마스터였다. 그는 기괴한 웃음을 짓고 있었다.

「난 이해가 안 돼요. 그 사람들이 뭐 때문에 이런 무서운 짓을 꾸미겠어요? 꿈을 꾸게 한다구요? 그게 죽음을 의미하는 거구요? 그래서 뭐요? 그게 무슨 보탬이 된다구요」

희람이 말했다. 하나는 절망적인 얼굴로 그녀를 바라보았다. 모두가 미쳐가고 있는 포장마차에서 희람만이 유일하게 멀쩡한 사람 같았다.

「물론 그들도 이렇게까지 일이 커질 줄은 몰랐겠죠」

「지금 우주와 그의 수하 승택, 그리고 주변의 잔챙이들까지 걸려있는 송사만 해도 여덟 건입니다. 그 중 세 건은 중범죄 혐의를 받는 형사소송이고요. 그들에게 부과된 벌금 액수만 해도 상상을 초월해요」

「호랑이 기계가 암시장에서 고액에 거래된다는 얘기를 하나 씨에게 자세히 들려주던가요? 매달 한 번씩 항구에서 이루어지는 불법 경매에선 흔적도 남지 않고 팔아넘길 수 있어요. 깨끗한 현금으로요. 더군다나 호랑이 기계는 만들어진 이후로 세계를 돌며 수집상들에게 전설적인 물건이 됐고, 추정 낙찰가를 하나 씨가 들으면 근로 의지가 사라질걸요」

거짓말, 이라고 하나는 말하고 싶었다. 하지만 벌어진 입으론 아무소리도 나오지 않았다. 아까부터 몸 전체에 피가 돌지 않는 싸늘한 느낌에 그는 휩싸여 있었다. 로이는 쉬지 않고 말했다. 자신들의 목표는 호랑이 기계의 안전한 확보이며, 기계를 둘러싼 사건의 진위를 가리기 위해… 그 다음은 귀에 들어오지 않았다. 하나는 잠들고 싶었다. 호랑이 기계가 인도하는 영원한 수면이라도 좋았다… 그때 벨소리가 울렸다. 하나의 핸드폰이었다. 액정 화면 위로 희연의 이름이 떠올랐다. 그는 전화를 핑계로 포장마차 밖으로 나갔다. 잿빛의 거리 위로 비가 추적추적 내리고 있었다. 색소폰을 부는 노인도, 술에 취한 즐거운 직장인들도 이제는 없었다.

「하나님! 아니, 하나 행님! 지금 긴급 상황입니다」

포장마차 안에서 펼쳐지고 있는 이야기를 상상조차 하지 못할 희연이 여느 때와 마찬가지의 명랑한 목소리로 소리쳤다.

「교수 있잖습니까. 한신 아파트 주차장에서 머물던 아이들 중 한

명! 방금 그 친구를 찾았어요. 아이들이 자주 놀러가던 등대 언덕 부근의 박물관에 들어가는 걸 봤대요. 지금 저도 가볼 생각입니다」

「박물관이요?」

「네네, 귀신고래 박물관이요. 위치는 문자로 보내드릴게요. 비 오는데 우산은 있으세요?」

「어… 아뇨. 물어봐줘서 고마워요」

하나는 전화를 끊었다. 잠시 후 문자가 도착했다는 알림이 들렸다. 하나는 확인할 기력이 없었다. 뭐가 뭔지 모를 상황들이 그를 완전히 녹초로 만들었다. 포장마차의 포렴을 들추며 로이가 따라 나왔다. 그는 하나에게 괜찮으냐고 물었다. 그럴 리가 없잖아요, 이 영화배우 같은 아저씨야. 하나는 로이에게 핸드폰을 내밀었다. 귀신고래 박물관의 주소가 적힌 문자 메시지를 본 로이가 의아해했다.

「이게 뭐죠?」

「우린 지금 거기로 가야 해요. 교수를 찾았대요」

「제 차로 가죠」

다시 포장마차 안으로 들어가려는 로이를 대뜸 하나가 붙잡았다.

「참, 혹시 귀신이 사고로 죽은 걸 알고 있어요?」

「귀신, 희람 양의 주차장 친구죠. 저희도 확인했습니다」

「희람 씨도 아나요? 그 사실을?」

로이는 고개를 저었다.

「말하지 말아주세요. 받아들이기 힘들 겁니다」

하나의 말에 고개를 끄덕이던 로이는 생각난 듯 바지 주머니에서 무언가를 꺼냈다. 그것은 목걸이에 매단 작은 열쇠였다. 하나는 그것을 바로 알아보았다. 압구정에서 희람이 자신에게 보여준 열쇠였다. 열쇠 네임 태그에 「호랑이 기계」 라고 적혀 있는 것도 똑같았다.

「시신 안치소 직원에게 받았습니다. 남은 유품이라곤 이게 전부였어요」

로이는 열쇠를 하나에게 건네주었다.

「주차장에 갔었죠? 그곳에서 주웠다며 둘러대세요」

하나는 빗속에 홀로 서서 손바닥 위의 열쇠를 보고 있었다.

어둡게 가라앉은 하늘과 바다를 구분하는 것은 오로지 떨어진 빗물이 그리고 있는 동심원이었다. 구름에 가로막혀 달도 보이지 않았다. 낮과 밤이 사라진 세계, 시간이 흐르지 않는 어디론가 뚝 떨어진 기분이 드는 풍경이었다. 해안가 도로엔 가로등 불빛만 창백하게 뜨문뜨문 빛났고, 로이의 세단은 천천히 이동하며 주변을 두리번거렸다. 하나는 차창 밖으로 등대를 볼 수 있었다. 지난번 소낙비를 긋기 위해 하나와 희람이 찾았던 콘크리트의 무인 등대와는 완전히 다른, 촛불처럼 교교한 빛을 발하고 있는 목조 건물의 작은 등대였다.

희람은 물에 젖은 인형처럼 가죽시트에 앉아 공허한 눈으로 창문 밖을 주시하고 있었다. 언덕 아래로는 해수욕장의 모래사장—비만 오지 않았다면 눈부신 광경이었을 것이다—과 호텔, 횟집, 파란색 지붕의 민박집 건물, 그네처럼 흔들리는 벤치와 산책로, 공중 화장실과 탈의실이 보였다. 그리고 편의점이 있었다. 하나는 그때서야 이곳이 희람과 주차장의 아이들이 처음 만난 장소임을 알 수 있었다. 친구 혜진을 유혹해 자율학습에 몰래 나와 바다를 찾았다가 비를 만난 곳. 혜진이 우산을 사러 간 사이에 희람이 사라진 곳이기도 하다. 생강의 말을 종합하면, 아마 그때 희람은 귀신과 몽을 만나 주차장을 처음 찾았을 것이다. 바닷가 언덕… 둘은 비가 오는 그날 낭떠러지 위험한 언덕을 왜 찾았을까? 해변의 여행객 사건이 일어난 시간과는 한참 전의 일이다. 하나는 문득 차이나타운에서 펑크 그룹에게 쫓겨 무인 등대까지 도망왔을 때 희람이 했던 말을 떠올릴 수 있었다. 그때 그녀는 분명히 말했다… 여기는 좋지 않아요. 오염된 바다라구요. 그것은 무슨 의미일까?

로이는 천천히 핸들을 돌려 해안가 도로 내리막길로 차를 몰았다. 한갓 진 곳에 위치한 박물관 주차장은 텅 비어 있었다. 직원조차 한 명 남지 않고 퇴근한 모양이었다. 손목시계를 보니 시침은 여섯 시를 지나치고 있었다. 그러고 보니 오늘이 평일인지, 주말인지도 하나는 몰랐다. 문을 열자 인접한 바다에서 엄청난 소리의 파도가 연이어 부서지고 있었다.

「이곳은 원래 고래로 유명한 바다였어요」

차에서 내려 우산을 펼치며, 몰리가 말했다.

「고래잡이는 식민 시대 때 성황을 이뤘죠. 러시아와 포경기지를 설치하고 난 이후부터는 국제 무역항 역할을 했어요」

「와우」

우산을 대신 받쳐 들며, 로이가 추임새를 넣었다. 네 사람은 주차장의 자갈밭을 사부작사부작 밟으며 박물관 쪽으로 걸어갔다.

「고래잡이는 칠십년 대까지 이어졌어요. 대형 포경선만 이십여 척이 됐을 정도니까요. 팔십육 년이 돼서야 포경이 금지됐고… 삼십여 년 전까지만 해도 이 앞바다로 귀신고래가 지나갔어요」

「무슨 고래요?」

「귀신고래요. 쇠고래라고도 부르는데, 몸길이 십오 미터에 몸무게만 삼십육 톤이 넘는 종이에요. 그 중에서 북서태평양 개체군은 동북아시아 연안을 따라 이동하죠. 식민 시대 때 남획이 급증하면서 사라졌고… 육십이 년에 도시 동구 앞바다가 귀신고래 회유해면 천연기념물로 지정됐지만 정작 고래는 칠십칠 년 이후로 발견되지 않고 있어요」

「귀신은 고래를 찾고 있던 거야」

하나가 말했다. 그는 혼잣말처럼 중얼거렸다.

「네?」

「귀신과 몽이 저 언덕 위에 있었던 이유… 비가 오는 날에도 어김없이 바닷가를 찾아왔던 이유는 바로 귀신고래 때문이에요. 혹시나 고래가 지나가지 않을까, 자기라면 볼 수 있지 않을까, 하는 이유에서 말이에요」

로이는 고개를 끄덕였다.

「그럴 수 있죠」

로이와 몰리를 앞서 보내고 하나를 뒤쪽으로 끌어낸 희람이 소근거렸다.

「하나 씨, 뭔가 알고 있죠?」

「무슨…」

「귀신에 대해서요. 제가 모르는 걸 혹시 알고 있어요?」

하나는 얼굴에 피가 몰리는 기분이 들었다. 그래서 평상시의 모습을 꾸미기 위해 어깨를 으쓱거리며 아무렇지 않은 시늉을 해야 했다. 그는 천천히 대답했다.

「그냥… 추측한 거예요」

희람은 씨익 웃으며 장난스레 주먹으로 하나의 가슴을 툭 쳤다.

「저한텐 다 말해줘야 해요. 알았죠?」

희람은 먼저 박물관으로 달려갔다. 무딘 신경처럼, 무언가 끊어지고 있었다.

최근 유행하는 건축 디자인으로 꾸며진 귀신고래 박물관은, 미안한 얘기지만 거대한 설렁탕 체인점에 구비된 어린이 볼 풀장으로밖에 보이질 않았다. 만화 풍으로 그려진 담벼락의 고래 벽화가 어둠 속에서 서글펐다. 박물관의 문은 역시 닫혀 있었고, 손전등을 들고 순찰을 도는 직원도 없었다. 유리문엔 보안업체 스티커가 방문자를 내몰 듯 붙어 있었다. 희람과 귀신이 갖고 있던 열쇠로 박물관을 열 수 있지 않을까, 잠시 기대했지만 입구는 카드키로 열게끔 되어 있었다.

「주차장의 한 친구가 와있다고 하지 않았나요? 이름이 교수라고 했던가요」

「네, 전화로…」

희연은 분명 교수가 박물관 안으로 들어가는 걸 봤다고 말했다. 그런데 박물관 주변은 정적에 잠겨 있을 뿐 아니라 봉쇄된 건물 안엔 기척도 느껴지지 않았다. 아직 도착하지 않은 걸까? 하나는 갑작스런 위화감에 몸이 흠칫, 하고 떨렸다. 원인 모를 불안이었다. 로이는 문을 두들기다 안을 들여다보고 흔들기까지 했다.

「그러다 경보가 울리겠어요」

몰리가 만류했다. 설마, 하고 로이가 문에 붙은 보안업체의 로고를 가리켰다. 점성이 떨어진 스티커가 반쯤 떨어져 흔들리고 있었다.

「어지간히 떼어먹은 모양이네요. 씨씨티비도 보안 장치도 죄다 가짜입니다」

「그럼 깨부수고라도 들어갈까요?」

당장 짱돌을 집어던질 기세로 하나가 진지하게 말하자 로이가 웃었다.

「만약 나라면… 힌트를 남겼을 거예요. 비밀을 좋아하는 친구들이니까」

로이는 하나에게 눈치를 주었다. 무슨 말인가 싶던 하나는 그때서야 포장마차 앞에서 건네받은 열쇠를 주머니에서 꺼내보였다. 자신이 갖고 있던 것과 똑같은 열쇠를 본 희람은 눈이 커졌다.

「이걸 어디서 찾았어요?」

「여기 오기 전에 주차장을 갔었거든요. 그… 엉망이 된 텐트에서 찾았어요」

자세한 문의가 들어오기 전에, 로이가 탁월한 타이밍으로 대화를 이었다.

「다년 간의 수사 경험으로 터득한 눈썰미를 발휘하자면 열쇠 손잡이에 붙은 네임 태그 스티커가 눈에 띄는군요. 이건 사용자가 추가적으로 붙인 것처럼 보이는데요… 대개 우리는 친구와 물건을 나눠가질 때 비슷한 스티커를 함께 붙이죠」

그 말에 희람이 목에 걸고 있던 열쇠를 꺼냈다. 로이 말대로 희람의 열쇠에도 똑같은 모양의 네임 태그 스티커가 손잡이에 부착되어 있었다. 다른 것이 있다면 색상뿐이었다. 희람의 스티커가 노란색이라면 하나가 갖고 있는 열쇠의 스티커는 빨간색이었다.

「제 생각에 수수께끼를 좋아하는 친구들은 열쇠와 짝이 맞는 자물쇠를 어디엔가 숨겨놨을 것 같군요. 아마 거기에도 똑같은 스티커가 붙어 있겠죠?」

「선배는 그러니까 어서 찾아보자는 얘기죠?」

로이는 딱, 하고 손가락을 튕겼다. 그들은 팀을 나눠 주변을 살피기로 했다. 하나와 희람은 로이와 몰리의 반대 방향으로 걸어갔다.

「주차장은 어땠어요?」

건물 외벽을 살펴보며, 희람이 물었다. 하나는 귀가 빨개졌다.

「영상에서 봤던 거랑… 비슷했어요. 경찰이 와서 뒤집어엎어놓긴 했지만」

「저는 그냥 고마워요. 하나 씨가 여기 있어서 얼마나 다행인지 몰라요. 저 혼자였다고 생각하면 정말!」

하나는 바로 대답하지 못했다. 희람에게 점점 숨기고 있는 비밀이 늘어나자 마음이 그에 비례하여 불편해졌다. 그때 주머니에 넣어두었던 핸드폰의 진동이 울렸다. 액정 화면 위로 모르는 번호가 떠올랐다. 그때 건물 뒤편에서 로이가 부르는 소리가 들렸다. 하나는 진동을 무시하고 핸드폰을 다시 집어넣었다.

다가갔을 때, 로이와 몰리는 비상사다리 입구를 손전등으로 비추고 있었다. 사다리 입구의 철문은 열리지 않도록 자물쇠로 잠겨 있었다. 거기에도 귀신의 열쇠와 같은 빨갛고 동그란 스티커가 붙어 있는 건 물론이었다.

「세상에, 진짜 수사요원이 맞나 보네요」

희람이 감탄했다.

「이거 가지고, 뭘」

칭찬을 좋아하는 아이의 얼굴로 로이는 기침을 가볍게 하더니 시선을 모았다.

「간단히 부연설명을 하자면 이건 사다리를 설치할 때 달았던 자물쇠가 아니에요. 아마 귀신과 희람 양이 원래 자물쇠를 떼어내고 새로 달았겠죠. 그걸 제가 어떻게 알았냐면…」

「페인트」

하나가 말했다.

「어… 맞아요. 건물을 지을 때 사람들은 사다리와 함께 자물쇠까지 칠을 한 게 틀림없습니다. 여기 잠금쇠 부분을 보면 칠해진 흔적이 보이죠? 자물쇠를 잠가놓고 칠을 했기 때문이지요. 하지만」

로이가 발견한 자물쇠엔 페인트 자국 하나 없이 깨끗했다. 로이는 열쇠를 자물쇠 구멍에 조심스럽게 밀어 넣었다. 그리고 탈칵, 하는 기분 좋은 소리와 함께 돌아갔다. 희람과 몰리가 박수를 쳐주었다. 짝짝짝. 철문이 열리자 사다리가 주르륵 미끄러져 내려왔다. 이층 건물의 비상대피로와 이어져 있는 것 같았다.

철제 난간을 붙잡고 조금 걸어가니 비상구 문이 보였다. 별도의 잠금장치는 없었다. 문고리는 저항 없이 돌아갔다. 좁고 어두운 통로. 앞장 선 로이는 손전등의 불빛에 의존하여 주변을 조심조심 걸어 나갔다. 이윽고 박물관 내부가 나왔다.

천장의 커다란 유리 너머로 밤하늘이 훤히 보였다. 구름은 아주 빠른 속도로 흘러가고 있었고, 빗줄기는 아까보다 굵어졌다. 후두둑, 떨어지는 빗소리 때문에 박물관 안은 기관총알이 난무하는 참호 같았다. 태풍이 북상하기라도 한 것처럼 창문 너머 바람 소리도 심상치 않았다.

박물관은 꽤 넓었다. 귀신고래를 설명하는 사진과 글귀, 자료들이 즐비했다. 하지만 그리 견실한 공간 같지는 않았다. 예산을 때우기 위해 급조로 만든 공원 놀이터처럼 조잡한 면이 없잖아 있었는데, 박물관을 찾는 손님 대부분인 미취학 아동에게 눈높이를 맞춰서 그러려니 싶었다. 안까지 들어왔지만 먼저 도착했다는 교수는 보이지 않았다. 희람은 교수를 부르며 박물관 곳곳을 돌아다녔지만 돌아오는 대답은 없었다.

「왜 안 나오지?」

희람은 거의 울상이 되어 있었다. 그녀의 뒤를 따라 주변을 둘러보던 로이와 몰리는 더 이상 이곳에 자신들 외의 누군가가 있으리란 생각을 믿지 않는 얼굴이었다. 푸르스름한 비상등 불이 전부인 어두운 복도를 활보하며 보안 경보가 울리지 않는 것이 다행이라면 다행이었다. 모든 게 가짜라는 로이의 말이 사실인 듯했다.

이층 복도 끝은 박물관 중앙으로 이어져 있었다. 홀 가운데에는 귀신고래의 커다란 뼈가 원형을 이룬 채 공중에 매달려 있었다. 먹구름 사이로 달빛이 탐색 조명처럼 간헐적으로 쏟아져 내려왔다. 때문에 그 모습은 허공을 유영하는 유령처럼 보였다. 사람들은 계단을 내려가 귀신고래 앞으로 다가갔다. 희람이 다시 한 번 교수를 부르는 사이에 로이는 울타리를 넘어 뼈다귀 아래를 살펴보았다. 특별한 흔적은 없었다. 그들은 아마 보란 듯이 호랑이 기계의 위치를 알리는 마킹 테이프나 희람의 열쇠 네임 태그와 같은 색의 자물쇠를 기대했겠지만.

「그는 여기 없는 것 같아요. 이미 나갔거나 처음부터 오지 않았을지도 몰라요」

빠르게 일층을 누비고 온 몰리가 말했다.

「포춘 쿠키…」

희람이 말했다.

「포춘 쿠키요. 우리도 그때 샀어요. 점괘를 이 앞에서 보면서…」

하나는 수희동 동거인들과 함께 읽어보던 포춘 쿠키의 점괘를 떠올렸다. 희람은 주변을 어정거렸다. 투명하고 단단한 와이어로 고정된 고래 뼈는 모빌처럼 살랑살랑 흔들릴 줄 알았으나 미동도 없었다. 희끄무레한 기억 속에서 배회하는가 싶던 희람은 바닥에 깔려 있던 러그를 들춰내려고 했다. 하나와 로이가 그것을 도왔다. 말린 고래 가죽처럼 딱딱하고 무거운 제품이었다… 간신히 치워내자 사각형의 철문 덮개가 보였다. 지하통신망, 관계자 외 접근금지라고도 쓰여 있었다. 더욱 놀라운 건 덮개에 잠겨 있는 자물쇠였다. 거기엔 보란 듯이 노란 스티커가 붙어 있었다. 놀란 얼굴의 희람에게 로이는 자리를 비켜주었다. 희람은 열쇠를 꺼내 자물쇠를 열었다.

철문을 열자 지하로 향하는 컴컴한 어둠과 사다리가 보였다. 로이는 지하를 향해 용감하게 머리를 파묻고는 손전등 불빛으로 깊은 어둠 속을 살펴보았다. 초조하게 탐색 결과를 기다리고 있는데 지잉, 하고 다시 하나의 핸드폰 진동을 울렸다. 아까 왔던 모르는 번호였다. 전화를 받자 흥분한 남성의 목소리가 수화기 밖으로 터져 나왔다. 승택이었다.

「뭘 하고 있는데 전화를 안 받는 거야!」

「누구세요?」

「나 승택이다. 하나, 너 지금 어디 있어」

「승택 씨? 내 차나 어서 갖다줘요! 지금까지 연락도 없이 사라져있을 땐 언제고…」

희람도, 몰리도 갑자기 걸려온 승택의 전화에 의아한 얼굴이었다. 하나는 귀청이 나갈 것 같았기 때문에 통화 볼륨을 잔뜩 낮춰야 했다.

「지금 이것저것 따를 때가 아니야. 너 진짜 어디 있는데?」

「귀신고래 박물관이요. 아참, 희람 씨랑 만났어요!」

그러나 승택의 반응은 기대한 것과 달랐다. 수화기 사이로 침묵이 흘렀다. 그건 좋지 않은 징조였다.

「그럼 지금 공무원 놈들도 옆에 있어?」

「공무원? 아, 희람 씨를 데려간 분들이요? 네, 같이 있는데 왜요?」

「유미 누님이랑 쌤은?」

「그건 내가 묻고 싶군요. 당신의 잘난 친구들은 비 내리는 프린스 빌라에 나를 혼자 내버려두고 떠나버렸어요. 당신이 지금 어디에 있는지 모른다는 이유 때문에요. 하나뿐인 우산도 빼앗아갔고요」

「지금 거기 없다는 거지? 젠장, 어쨌든 희람을 데리고 거기서 나와. 지금 당장」

승택이 말했다. 그는 도무지 장난치는 것 같지 않았다. 하지만 하나는 그의 말을 종잡을 수 없었다. 승택은 계속 말했다.

「네가 로이와 몰리라고 부르는 녀석들은 공무원도, 경찰도 아니었어. 그놈들이 소속되어 있는 곳은 우리의 상상과 아주 다른 곳이야」

「들었어요. 동태평양 비밀수사국의 요원들이라 하던데요」

「일본에 지부가 있고 바다를 넘나들면서 수사를 펼친다는 얘기도 하지? 오대양 연합이 본부이고」

정확히 핵심을 지목하는 승택의 말에 하나는 놀랄 수밖에 없었다.

「으이구, 빙충아. 그건 주간지에서 연재하고 있는 만화 줄거리잖아. 그렇게 얘기한다고 곧이곧대로 믿냐?」

「그게 무슨 말이에요? 그럼 지금 이들이 거짓말을 하고 있다고요?」

「잘 들어. 지금 *도시*를 지배하고 있는 건 경찰도, 시장도, 국회의원도 아니야. 일모그룹이라고. 여러 자회사들을 거느리고 있는 거대기업이지. 지금은 번듯한 글로벌 회사 흉내를 내고 있지만 옛날부터 권력 있는 자리마다 기생하던 깡패 놈들인데, 마침내 정점에 서게 된 거야. 행정기관이고 사법부고 이들의 돈줄이 안 닿는 곳이 없지만 경찰은 거의 일모그룹의 사설 경비가 됐다고 생각하면 돼. 썩어도 단단히 썩은 거지」

승택이 숨을 고르는 사이에 하나는 복도를 서성이는 척하며 로이와 몰리로부터 슬그머니 떨어졌다. 이제 로이는 지하로 이어진 사다리를 붙잡고 내려갈 채비를 하고 있었다.

「*도시*에 형성된 카르텔을 대충 설명하자면 이래. 일모그룹이 은밀하게 마약을 해외에서 삥땅쳐 오면 그걸 악질 경찰들이 선을 대 팔아치우는 거야. 그럼 다시 일모그룹이 그 돈을 깨끗하게 세탁하는 거지. 경찰과 대기업이 손을 잡으니 문제될 것도 없고, 적발될 일도 없는 황금 알을 낳는 사업이야. 그리고 그 가운데엔 비밀 연구소가 있어」

「비밀 연구소?」

「그래. 마약 유통과 제조를 실질적으로 주도하는 놈들인데, 기업 안에서도 그 존재가 기밀이라 나도 자세히는 몰라. 어쨌든 이 세 축을 중심으로 형성된 카르텔은 어마어마한 돈을 긁어모으며 도시를 내부에서부터 좀먹기 시작한 거야」

「승택 씨는 어떻게 이걸 잘 알고 있는 건데요?」

「나야 듣는 귀가 많으니까. 황해 여인숙 영감네랑 농성을 한 적이 있는데, 그때 처음 카르텔의 실체를 확인했지. 아마 그때부터 펑크 그룹이 찍혔을 거야. 하지만 어쩔 수가 없었어. 거리의 애 하나가 마약 거래에 휘말렸다가 폭행으로 죽었는데, 그게 우리 펑크 그룹 애였거든. 우리 나름대로 조사하다보니 마약상 뒤에 경찰이랑 일모기업이 뒷배로 있다는 걸 알게 됐어. 놈들로선 귀찮은 일이 하나 더 생긴 거지. 해변의 여행객 사건은 펑크 그룹을 죽이려는 작전이었어. 이목이 쏠리는 사건을 눈엣가시였던 펑크 그룹이랑 엮어 청소하려든거지. 보수 야당까지 합세해서」

「전… 모르겠어요」 하고 하나가 말했다. 「갑자기 없던 얘기를 하니까 당황스러워요」

「이봐…」

「왜 이런 얘기를 지금에 와서 하는 거예요? 제가 만나선 안 될 사람들을 만나서? 제가 들으면 안 될 사실들을 알게 돼서 수작부리는 거 아니에요?」

「그렇지 않아. 일단 희람일 데리고 나와」

그때 귀신고래의 모형 아래에 모여 있던 사람들 쪽에서 웅성거리는 소리가 들려왔다. 하나는 고개를 돌렸다. 몰리와 희람은 대어를 기다리는 알래스카의 주민들처럼 옹기종기 모여 박물관의 구멍을 내려 보고 있었다.

「잠깐만요. 지금 뭔가를 찾았어요, 우린」

「이 자식아, 지금 거기 있는 놈들은 우리 편이 아니라고! 걔네들은 일모기업 비밀 연구소에서 파견된 직원들이야. 목적은 호랑이 기계뿐이어서 나머지는 어떻게 되든 말든 상관도 안 한단 말이야! 젠장, 일단 만나서 얘기해. 아까 어디라고 했지? 고래 박물관?」

잔뜩 흥분하여 다그치고 있는 승택의 질문에 하나는 대답할 수 없었다. 어두컴컴한 박물관 홀의 모든 전등이 불현듯 켜졌기 때문이었다. 갑작스런 점화에 사람들은 눈을 찌푸렸다. 몰리는 마치 무슨 기척이라도 들리면 당장 격발하겠다는 듯이 손을 허리 쪽에 갖다 댄 채 주변을 살폈다. 그때 입구에서 실루엣이 나타났다.

「누구 안에 있어요?」

희연이었다. 잔뜩 긴장한 하나는 다시 만난 희연의 모습에 이루 말할 수 없는 안도감을 느꼈다. 수화기 너머로 여전히 뇌성벽력을 외치고 있는 승택의 전화를 끊은 다음 하나는 희연에게 다가갔다. 그도 하나를 보자 굳어 있던 얼굴이 다소간 펴졌다.

「하나 씨, 교수는 찾았어요?」

「아뇨. 아무도 없고, 박물관 문도 잠겨 있어서 우린 다른 통로로 들어왔어요. 교수가 여기에 있다는 게 확실해요?」

「확실하죠」

그때 로이가 구멍 위로 얼굴을 쑥 내밀었다. 그는 한 손으로 커다란 보스턴 가방을 번쩍 들어 바닥 위로 올렸다. 가방 안에 든 내용물이 뭔지는 몰라도 대리석 바닥에 쿵, 하고 부딪히는 둔탁한 소리가 호기심을 증폭시키기 충분했다. 하나는 보스턴 가방의 등장과 함께 미세하게 바뀐 희연의 얼굴색을 포착할 수 있었다. 두 사람은 홀의 샹들리에 불빛이 닿지 않는 로비 쪽 어둠 속에 서 있었다. 하나는 더없이 낯선 기분에 휩싸였다. 그리고 자신이 지금까지 엉뚱한 것을, 믿고 싶은 모습만을 보았다는 생각이 들었다. 그것은 강렬한 확신이었다.

하나는 머리 뒤편으로 아슬아슬하게 서 있던 살얼음이 차갑게 깨지는 걸 느꼈다. 재즈 피넛에서 오버시즈의 노래를 부르던 희연, 우연히 만난 하나를 보고 마시던 맥주를 뿜어가면서 반가워하던 희연, 그리고 하카다 파견 포장마차에서 전화를 받았을 때의 희연은 어딘가 차이가 있었다. 스쳐 지나가던 작은 얼룩이 커지기 시작했다. 그로 인해 굳건한 얼음이 녹아 무너졌고, 여름에 만난 희연과 지금의 희연을 완전히 다른 사람으로 만들었다. 그것은 위화감이었다. 하나는 아무 말도 하지 않았는데 그가 도시에 와 있음을 알고 있던 것. 문자 메시지를 보낼 때도 하나는 희연에게 자신의 위치를 말하지 않았다. 그런데 희연은 전화 통화에서 한 치의 망설임도 없이 귀신고래 박물관으로 오라고 했다. 마치 하나가 도시에 있음을 알고 있었다는 듯이. 비가 온다며 우산 걱정까지 하던 그였다.

「저 사람들은 누구에요?」

귀신고래 아래 모여 있는 몰리와 희람을 바라보며, 희연이 말했다. 그리곤 하나가 대답하기도 전에 홀을 향해 걸어가는 것이었다. 로이는 지하에서 찾은 보스턴 가방을 올려놓고는 낑낑거리며 몸을 일으키고 있었다. 옆에서 로이를 부축해주던 몰리는 자신들을 향해 다가오는 한 남자를 보고 즉시 허리춤에서 권총을 꺼내 겨누었다.

「움직이지 마」

그 말에 희연은 걸음을 멈추고 두 손을 들었다.

「이거 진짜 총이에요?」

「워워, 진정하세요」

희람은 몰리의 총이 신기한 듯 호기심을 가졌고, 예상치도 못한 사태에 놀란 하나는 희연과 몰리 사이로 뛰어 들어갔다.

「이 분은 희연 씨라고, 제게 전화로 알려준 분이에요. 지금까지 주차장의 아이들을 찾는 걸 도와주기도 했고요」

그러나 몰리는 경계를 풀지 않았다. 여전히 총구를 희연에게 향한 채 천천히 원을 그리며 걸음을 옮겼다.

「아이들 찾는 걸 도와줬다고요?」

「네, 주차장의 아이들 이름부터 생강이 감화원에 있는 것까지 전부 알려줬다니까요. 일단… 총부터 내려놔요」

「하나 씨, 저 사람이 아이들을 잘 알고 있는 건… 저 자가 바로 오리이기 때문이에요」

고저 없는 목소리로 말하는 몰리의 얘기에 하나는 즉시 고개를 돌려 희연을 보았다. 그는 가벼운 웃음을 머금은 채 두 손을 들고 몰리가 움직이는 반대 방향으로 걸음을 떼고 있었다. 마치 하나를 엄폐물로 쓰겠다는 듯이.

「오리라구요? 무슨 소리에요, 이 분은 희연 씨라고 재즈 피넛에서 밴드를 하고 있는 사람인데… 오리는 다른 친구에요. 그렇죠, 희연 씨?」

「그럼요. 저는 오리라는 이름을 처음 듣습니다」

「하나 씨, 저 사람으로부터 물러서요」

「물러나야 하는 건 당신 같은데?」

새로운 목소리가 박물관 입구에서 거슬리는 소음처럼 터져 나왔다. 박물관 바닥에 앉아 숨을 돌리며 이게 무슨 상황인가 보고 있던 로이가 소리의 발원지 쪽을 바라보았다. 여러 명의 구두 소리와 함께 한 무리의 사람들이 몰려들었다. 검은 슈트 차림을 한 사람들도 있었고, 좀 전에 프린스 빌라에서 하나를 쫓던 위협적인 인상의 건장한 남자들도 보였다. 곧 이어 조직원에 의해 떠밀려 걸어오는 사람들이 있었으니… 바로 유미와 쌤이었다. 쌤은 이미 한 차례 얻어맞은 듯 입 주변에 마른 피가 묻어 있었고, 두 손목이 케이블 타이로 묶인 유미는 자신의 몸을 만지지 말라는 듯 신경질적인 반응을 보였다. 하나를 가운데에 끼고 대치하고 있는 몰리와 희연을 중심으로 남자들이 빙 둘러서자 그 앞으로 등장하는 남자가 있었다. 성장하는 내내 주변 사람을 끊임없이 괴롭혔을 법한 악한의 얼굴을 한 중년 사내였다. 그는 경찰에게 지급되는 리볼버의 총구로 불룩 튀어나온 옆구리 살을 긁고 있었다.

「상황 끝났으니 총 내려놓으셔」

「나호철 경감님이 여긴 어쩐 일이세요」

몰리가 말했다. 그녀는 흔들림 없이 권총을 두 손으로 쥐고 있었다.

「어이쿠, 제 직함도 알고 계셨어? 아무튼 우리들이랑 쬐까 좀 가줘야쓰겄는디」

시선이 나 경감과 위압적인 남자들에게 쏠려있는 그때, 히죽거리고 있던 희연이 번개 같이 희람에게 달려들었다. 그는 등 뒤에서 팔을 둘러 희람의 목을 조였다. 하나의 이성은 순식간에 일어난 지금의 상황을, 희연의 행동을 따라잡지 못하고 둔탁한 솜방망이로 수차례 두들겨 마비된 것만 같았다. 어떻게 돌아가고 있는지 알 길이 없었다.

「이름은 틀렸지만 대충은 맞았어」

희연이 말했다.

「여자 애가 질식해 죽는 걸 보고 싶지 않다면 당장 총 버려. 난 두 번 말하지 않는다」

희연을 한참이나 노려보던 몰리는 결국 조준 자세를 풀고 권총을 들어 천천히 바닥에 내려놓았다. 나 경감이 휘익, 하고 휘파람 소리를 내자 훈련 잘 된 사냥개처럼 남자들이 움직여 일행들을 결박하기 시작했다. 주저앉아 있던 로이에게도 케이블 타이를 들이밀자 그는 너무 꽉 조이면 나중에 풀기 어렵다고 조언했다. 그러나 잔뜩 긴장한 남자는 찌익, 하고 케이블 타이를 힘차게 잡아당겼고 로이는 아우치, 하고 소릴 냈다.

「혹시 도시 경찰 소속인가요?」

「아따, 곧 뒈질 놈이 궁금해허기는. 반은 경찰 애들이고, 반은 회사 사람들이다, 됐냐?」

나 경감이 말했다.

「회사?」

몰리가 말했다.

「그건 늬들이 알 것 읎응게」

희연은 인질로 삼던 희람을 조직원에게 거의 내던지다시피 하고, 포박되고 있는 하나 일행은 이제 더 이상 관심사가 아니라는 듯이 눈길도 주지 않고는 곧장 귀신고래 모형 아래 놓인 보스턴 가방으로 저벅저벅 걸어갔다. 그리고 몰리가 내려놓은 권총을 집어 로이가 반쯤 열어놓은 지퍼 사이를 들춰보았다.

「물건이 맞어?」

나 경감이 손가락으로 이를 쑤시며 물었다. 희연은 대답 대신 가방 안에 들어있던 트렁크를 꺼냈다. 생강이 말한 대로 밤색에 가까운 짙은 자두색의 낡은 여행용 가방이었다. 계약을 위한 서류 몇 장과 셔츠, 다음날 갈아입을 속옷 정도를 챙기기에 적당한 크기의. 희연은 신중한 표정으로 트렁크 가방을 들어 이곳저곳을 살펴보았다. 그리고는 최종적으로 말했다.

「호랑이 기계가 맞아요」

그 말에 나 경감은 주먹을 불끈 쥐고 허공에 흔들었다. 애써 장단을 맞추는 것처럼 조직원들도 일제히 박수를 치며 환호했다. 상황이 어떻게 돌아가는 건지 아직도 파악할 수가 없는, 그보다 사람에 대한 일말의 믿음을 여전히 포기하고 싶지 않은 하나는 그야말로 넌더리가 나는 기분으로 차가운 대리석 바닥 위에 앉아 있었다. 희연은 완전히 다른 사람이 되어 있었다. 트렁크 가방의 손잡이를 단단히 움켜쥐고, 조직원들과 호탕한 웃음을 나누고 있던 그는 하나와 시선이 마주치자 선심 쓰듯 말했다.

「모두를 위해 하나하나 천천히 설명해주고 싶지만 오늘밤은 시간이 별로 없어. 또 가봐야 할 데가 있으니 말이야」

희연은 턱을 들어 신호를 보냈다. 그러자 조직원들이 일행들을 강제로 일으키더니 현관을 향해 밀쳐댔다. 하나와 희람, 로이와 몰리, 그리고 유미와 쌤은 거친 손길에 떠밀려 걸어야만 했다. 박물관 밖은 비가 세차게 내리고 있었다. 장마 전선이 본격적으로 도시를 에워싼 것이 틀림없었다. 유리문 사이로 바람이 잉잉, 하고 우는 소리를 냈다. 그 앞에서 지체하던 쌤은 조직원들에게 엉덩이를 걷어차였다.

하나 일행은 별다른 설명도 없이 조직원들에게 포위된 채 어디론가 끌려갔다. 불법 구금과 연행은 엄연한 범죄라는 몰리의 지적도 무시되었다. 자동차 유리문 너머로 해수욕장 인근에 조성된 이른바 노른자위 상권 가운데 높이 솟아있는 모기업 본사 빌딩이 보였다. 입구를 지키던 경비는 조수석의 나 경감을 보더니 경례를 척, 하고 올려붙였다. 차에서 내리자 남자들은 하나 일행을 마구 밀치며 엘리베이터로 몰았다. 마치 축사의 돼지라도 된 기분이었다.

오십 층이 넘는 빌딩의 사무실 모두 그룹의 계열사들이 사용하고 있는 듯했다. 엘리베이터 벽면 한 쪽을 가득 채운 층별 부서명을 보는 데에만 시간이 한참 걸릴 정도였다. 얼마나 올라갔을까. 엘리베이터에서 내리자 이번엔 공항 검색대처럼 삼엄한 게이트가 나왔다. 나 경감이 카드 키를 대자 경쾌한 전자음과 함께 척 봐도 방탄유리로 보이는 반투명 재질의 문이 활짝 열렸다. 일행은 입장에 앞서 핸드폰을 포함한 모든 통신기기를 압수당했으며, 행여나 숨긴 것이 있는지 금속 탐지기까지 거쳐야 했다.

내부의 넓은 공간엔 유리벽으로 파티션이 나뉜 실험실이 끝없이 이어져 있었다. 가운 차림의 직원들은 늦은 시간임에도 퇴근을 몰랐다. 잠시 후 실험실 복도 가운데에서 번듯한 정장 차림의 중늙은이 사내와 안경을 쓴 남자 직원이 걸어왔다. 풍채가 좋고 얼굴 혈색이 좋은 사내는 고위 임직원처럼 보였다. 연구원은… 기름기 하나 없이 깡마른 체구에, 동그란 안경 너머로 광기가 번뜩이는 미친 과학자 같았다. 두 사람은 나 경감이 사로잡은 포획물을 힐끗 보자 흡족한 미소를 주고받았다. 나 경감은 여전히 권총 끝으로 구레나룻을 벅벅 긁어대고 있었다.

「이제 일어서들 하셔」

연구원이 내민 서류 종이에 서명을 찍찍 휘갈기곤 나 경감이 말했다.

「괜히 얘기 밖으로 새어나오게만 하지 말고」

「그럴 일 없을 걸세」

나 경감은 서류와 두툼한 봉투를 교환한 다음 재수 없는 웃음을 끝으로 연구실에서 사라졌다. 조직원 가운데 일부는 그를 따라갔다. 영문을 모른 채 하나들은 별도의 방으로 인도되었다. 다리가 짧은 테이블 위에 난초 화병과 다기가 놓여 있고, 푹신한 소파가 디귿 자로 배치된 응접실이었다. 악질 경찰에게서 기업의 비밀 연구소로 양도된 포획물들을 퉁명스럽게 떠밀던 조직원들은 본인들의 소임을 다하자 방에서 물러났다. 이제 방에는 하나 일행뿐이었다. 책임자들은 보리차 빛깔의 유리창 너머에서 대화를 나누고 있었고, 방문 앞을 지키는 건 어깨가 터무니없이 넓은 두 명의 조직원이다. 침묵은 아주 잠깐이었다.

「이게 어떻게 돌아가는 꼬락서니야? 너네 아주 뒤질래? 왜 중간에 꼽사리 껴서 일을 그르치고 지랄이야, 지랄이!」

유미는 광분하여 두 손을 옥죄고 있는 케이블 타이를 좌우로 찢어버릴 기세로 방방 날뛰었다.

「너네 소속이 어디니? 어디서 구르던 연놈들인데, *도시*까지 기어와서 쓸데없는 일 들쑤시는 거야, 어?」

「승택이 말로는 일모기업에서 파견된 직원들이래요」

쌤이 한쪽 코를 손으로 막고 팽, 하고 힘을 주었다. 그러자 반대쪽 코에 고여 있던 코피가 흥건하게 튀어나왔다.

「뭐, 일모기업? 그럼 왜 붙잡혀 있어? 너네도 통수 맞았냐?」

「아, 말투 하나하나가 상스러워서 듣기가 거북하군요」

몰리가 우아한 말투로 혼잣말하듯 말했다.

「우리의 인격에 뺨을 맞은 것 같이 모욕스러워요」

「이 쥐방울만한 년이!」

몰리에게 달려들려는 유미를, 쌤이 겨우 몸을 날려 막아 세웠다. 로이는 몰리의 어깨를 토닥여주었다. 방에서 이어지는 소란을 들은 밖의 사람들이 비웃는 모습을 하나는 똑똑히 볼 수 있었다. 화가 치밀었다. 이 상황은 물론이거니와 조롱하듯 자신을 감쪽같이 속인 희연과 서로 자신만이 진실하다고 주장하는 로이와 승택의 줄다리기도 짜증스러웠다. 몰리는 잔뜩 약이 오른 고양이에게 울타리 반대편에서 약을 올리는 것처럼 유미를 도발하고 있었다. 희람은 정신을 잃기 직전까지 분노한 유미의 몸을 쌤과 함께 힘들게 붙드는 중이었다. 하나는 화병—난초 잎사귀 세 줄기가 금실로 묶인—을 두 손으로 들어 바닥에 힘껏 내던졌다. 고운 백색의 화병은 산산조각이 났고, 소리에 놀란 사람들의 시선을 한 군데로 모으는데 성공했다.

「조용히 하시죠. 시간이 없으니 빨리 정리해야 합니다」

하나가 나지막이 말했다. 그 낮은 목소리를 듣기 위해 유미조차 숨을 고르며 귀를 기울여야 했다. 로이는 잘했다는 듯 눈빛으로 하나의 행동에 지지를 표했다. (그에겐 조금의 긴장감도 느껴지지 않았다) 방안의 흥분이 어느 정도 멎어들자 하나는 말을 이어나갔다.

「로이와 몰리, 그리고 유미와 쌤, 여러분은 서로가 구면이시죠? 다시 인사할 필요는 없을 겁니다. 지금까지 들은 이야기만 해도 충분하니까요. 그러니 이제 와 모른다는 말은 마세요」

「네가 알고 있는 게 전부가 아니야…」

「제 얘기가 끝났다고 한 적은 없는데요. 당신이 우리에게 한 행동들을 잊은 건 아닙니다만 이제는 더 이상 중요하지 않습니다」

유미의 말에 하나가 말했다.

「기억을 잃은 희람 씨를 돕기 위해 찾아온 *도시*에서 저는 두 가지 이야기를 들었습니다. 해변의 여행객 사건, 그리고 호랑이 기계. 상관없는 것 같기도 하고, 다른 얘기 같기도 한데요. 게다가 여러분은 각자가 보고 싶은 것만을 말하고 있습니다. 예를 들어볼까요? 아까 하카다 파견에서 로이 씨는 우리에게 해변의 여행객 사건을 비롯하여 도시의 연쇄 의문사 사건을 일으킨 자는 펑크 그룹의 리더 정우주 씨라고 지목했습니다. 호랑이 기계를 발견한 오리로부터 탈취한 후 사람들에게 자각몽을 미끼로 돈을 받다 종국에는 암시장에 팔아 막대한 채무를 상환하려고 했죠. 해변의 여행객 사건 주범으로 체포되어 좌절됐지만요. 마침 이 자리에 있는 유미 씨에게 물어보겠습니다. 지금 이 말이 사실입니까?」

「개소리구먼」

유미가 대답했다. 하나는 얼른 말을 이었다.

「감사합니다. 그럼 이번엔 승택 씨, 지금 이 자리엔 없지만 펑크 그룹에 있어 빼놓을 수 없는 주요한 인물이지요. 그에게 들은 이야기를 여러분께 전해드리겠습니다. 사실 그는 지난 몇 년 간의 기억을 잃은 희람 씨가 인사동의 제 사무실로 찾아오기까지 그녀와 함께 있었다고 합니다. 아마 희람 씨가 기억을 잃은 시점부터라고 생각되는데, 모종의 사건으로 말미암아 희람 씨와 상경했겠지요. 우리가 주목할 것은 두 사람이 도시를 떠나기 이전에 벌어진 일들입니다. 승택 씨의 주장에 따르면 해변의 여행객 사건과 리더의 체포로 정점을 이룬 요란한 소동 중심엔 호랑이 기계가 있습니다. 더 구체적으로 말씀드리자면 도시의 부패한 경찰, 기업의 탈을 쓴 범죄 집단 일모그룹이 은밀하게 형성한 마약 거래 카르텔을 눈치 챈 펑크 그룹을 죽이기 위해 해변의 여행객 사건을 정략적으로 이용한 거죠. 호랑이 기계와 해변의 여행객 사건 모두에 발을 걸친 펑크 그룹의 리더를 말이죠. 그리고 승택 씨는 이 공작을 실질적으로 주도한 것이 기업에서 비밀리에 특파한 요원들인 로이와 몰리로 지목하고 있습니다」

그때 로이가 엣칭, 하고 요란하게 재채기를 했다. 시선이 자신에게 쏠리자 그는 천연덕스럽게 손을 들며 말했다.

「죄송해요. 헛소리에 알레르기가 있어서」

「부정하시는 건가요?」

「물론이죠. 저희 소속에 대해선 아까 말씀드렸을 텐데요」

「주간지의 만화 같은 이야기였죠」

하나의 말에 로이는 무슨 말인가, 하는 표정을 짓다 웃음을 지었다.

「선데이스 판타지에 연재되고 있는 만화 얘기였군요. 황당하게 들리시겠지만… 그건 진짜 우리 요원들이 기고하는 만화에요. 일종의 비밀 서신이랄까, 정보가 숨겨져 있지요」

하! 하고 유미가 비웃었다. 몰리는 얄밉다는 듯이 그녀를 흘겨보았다.

「이제 두 이야기가 엉뚱한 곳을 겨냥하고 있다는 제 말이 이해가 가십니까? 여러분들은 모두 호랑이 기계를 찾고 있으시죠. 의도야 어쨌든 하나의 대상을 쫓고 있다는 점에서 같은 게임을 하고 있는 셈입니다. 하지만 같은 모양처럼 보이는 두 개의 그림을 포개어보면 어긋나는 지점이 있어요. 첫째, 로이와 몰리 두 분이 의문사 사건의 진범으로 리더를 지목하는 대목입니다. 왜냐하면 유미 씨는 그 말을 정면으로 반박하고 있는데, 지금 구금되어 있는 리더는 스스로가 해변의 여행객과는 하등 상관도 없다고 일관적으로 주장하고 있습니다. 만약 어느 한 쪽이 거짓말을 하고 있는 게 아니라면 이 대목에서 우린 이율배반을 발견하는 것이지요」

하나는 두 편으로 양분된 응접실 가운데 서서 말했다.

「다시 한 번 묻겠습니다. 유미 씨, 여행객을 죽인 건 리더입니까?」

「백 번, 천 번 물어도 아니라고 말할 것이다!」

유미가 단호하게 말했다.

「그럼 로이 씨에게 질문합니다… 펑크 그룹의 리더 정우주 씨가 호랑이 기계를 오용했다는 주장을 철회할 생각은 없으신지요?」

「제가 하나 씨나 다른 사람을 현혹하기 위해 없는 소리를 했다고 생각하면 그것은 큰 오산입니다」

진술을 마친 사람들은 서부의 총잡이처럼 한 치도 물러서지 않고 침묵으로 서로를 노려보았다. 하나는 고개를 끄덕였다.

「주장이 엇갈리고 있는 대목에 대해선 조금 이따 얘기하도록 하죠. 우리가 주목해야 할 두 번째 모순은 로이와 몰리 두 분이 무고한 리더를 경찰에 넘기고 호랑이 기계를 탈취하려 한다는 승택 씨의 말에 있습니다. 그의 말에 따르면 이들은 일모기업과 깊숙이 연루되어 있으며, 직접 고용된 내부 직원이거나 파견된 해결사처럼 묘사되고 있으니까요. 여기까지 들어보면 둘 중의 하나는 뻔한 거짓말을 하고 있는 것처럼 보입니다. 당사자들이 한 자리에 모인 지금, 시시비비를 가리는 건 간단하니까요. 제가 굳이 묻지 않아도 여러분은 처음의 주장을 굽히지 않겠지요?」

하나의 말이 채 끝나기도 전에 유미와 쌤은 격렬하게 손사래를 쳤으며, 로이와 몰리도 항의를 표했다. 희람은 이 상황이 재미있다는 듯 소파에 앉아 진진한 얼굴로 다음 이야기를 기다렸다.

「호랑이 기계를 이용해 다수의 희생자를 낳은 범인으로 지목된 리더, 반대로 호랑이 기계를 손에 얻을 수만 있다면 다른 사람들이 어떻게 되든 신경 쓰지 않는 일모기업의 직원들인 로이와 몰리, 이렇게 상반된 주장은 서로의 주장이 거짓말일 수밖에 없게 만듭니다. 여기에 동요한다면 이율배반의 늪에 이미 빠지고 만 겁니다」

「하려는 말이 뭐야, 젊은이」 하고 유미가 말했다.

「저는 누구의 말이 틀렸다는 판정을 내리려는 게 아니에요. 오히려 두 주장이 모두 옳다고 생각해요. 황당한 소리인가요? 물론 그것이 가능하려면, 그러니까 로이와 몰리, 유미와 쌤의 주장이 모두 가능하려면 조금 다른 시선이 필요합니다. 각자의 입장에서 한 걸음 물러서서 보시죠. 아뇨, 은유가 아니라 정말 이리로 나와 보세요」

쉽게 움직이지 못하고 주춤하던 이들은 능수능란한 호스트처럼 상황을 정돈하는 하나의 진행에 이끌려 움직이기 시작했다.

「여기에 뭐가 있다고 그러는 거야」

「좀 더 가까이 오세요」

이제 사람들은 일렬로 서서 벽에 나란히 붙게 되었다. 그 모습은 폴리스 라인업에 줄줄이 선 용의자들 같기도 하고, 미사 중간에 서로의 손을 잡고 성가를 부르는 평신도들 같기도 했다. 하나 일행의 맞은편에는 응접실과 복도를 나누는 커다란 유리창이 있었다. 밝은 갈색의 창문 너머로 희연과 일모기업의 두 남자가 보였다. 로이는 이제야 깨달은 듯 입을 동그랗게 벌리며 고개를 끄덕였다.

「아시겠습니까?」

하나가 말했다.

「바로 저들이 어긋난 두 개의 그림을 꿰어 맞추는 조각들인 셈입니다. 그러니까, 여러분은 엉뚱한 적을 상상하느라 쫓아야 할 상대를 놓치고 만 셈이에요. 호랑이 기계를 악용한 사람이 있다면 그건 리더가 아니라 아마 오리 본인일 거예요. 또 리더를 밀고하고 기계를 뺏으려는 세력은 로이와 몰리가 아니었어요. 그건 일모기업이었죠. 지금에서야 모습을 드러낸 바로 저들 말입니다. 오리와 희연을 혼동한 것과 같이 미세한 오해가 사건의 진상을 바로 보는 걸 막은 셈이에요」

「흥미로운 해석이군요」 하고 로이가 말했다.

「그럴 리가 없어」 하고 유미가 말했다.

「글쎄요, 당사자들이 없어 저도 추론에 불과하지만 적어도 여러분의 이야기를 종합해보았을 때 그래요」

「하지만 우리가 조사했을 때 리더는 사람들에게 돈을 받고…」

「정우주 명의의 통장은 아니었지요. 호랑이 기계의 꿈을 판 건 그가 아니었습니다」

「자, 잘은 몰라도 저 두 사람이 찾아와서 협박을 했어. 호랑이 기계를 내놓으라고! 그렇지 않으면…」

「호랑이 기계를 쫓고 있던 건 로이와 몰리뿐만이 아니었어요. 해변의 여행객 사건과 리더를 결부시켜 잡아들인 건 일모그룹과 경찰의 소행일 거예요. 단지 타이밍이 맞아떨어졌을 뿐입니다」

몰리와 쌤의 항변에 하나가 차분하게 답변을 했다. 그때 응접실 문이 열리면서 복도에 서있던 사람들이 들어왔다.

「무슨 얘기를 그렇게 재미있게 하고 있나?」

풍채 좋은 남자는 탁상 앞으로 걸어가 무거운 엉덩이를 반쯤 걸터앉은 채 여유 있는 태도로 말을 던졌다. 연구원 옆에 선 희연의 손에는 트렁크 가방이 들려 있었다. 중역 사내는 계속 말했다…

「내 이름은 황덕호라고 하네, 이곳에선 황 부장으로 통하고 있는데, 내가 뭘 맡고 있는지, 어떤 부서를 총괄하고 있는지는 궁금해하지 않아도 돼」

유미가 씨근거렸지만 그는 가볍게 무시했다.

「보다시피 여긴 연구실이기도 해. 옆에 계신 분은 랩장이시네. 다른 건 알 필요 없고. 그보다, 우리 회사에 대해 아는 바가 있나?」

겉만 번지르르한 양아치 집단, 이라고 유미가 주저 없이 내뱉었다. 그리 상처받지 않은 얼굴로 부장은 유미를 지긋이 보더니 뒤늦게 생각난 듯 탄복하는 목소리로 말했다.

「아아, 당신이 재즈 피넛의 유미 씨로군! 몇 번인가 나 경감에게 얘기 들었어. 아주 속을 썩인다지」

「나 경감인지 영감인지 하고는 아주 친해 보이네」

「우린 서로 못 할 말이 없네」

「지금까지 경찰과 기업이 한 통속이라고 생각했는데 아니었군. 경찰 봉급을 댁들이 주고 있었어」

「유유상종이라 하죠」

로이가 천진난만하게 첨언했다. 그러나 부장은 흔들리지 않았다.

「상생 모델이라고 해주겠나? 이런, 이런… 초장부터 미움만 받고 있군. 좀 좋게 봐달라고! 우린 세계에 자랑스러운 한국 문화를 알리면서 매년 수조에 이르는 이익을 내고 있는 건실한 기업이란 말이야」

「바쁘실 텐데 우릴 여기까지 데려온 이유가 뭡니까?」

하나가 말했다.

「사람을 이렇게 다뤄도 돼요? 아주 큰 죄 같은데 경찰에 신고하겠어요!」

희람이 말했다. 그러자 옆에 있던 몰리가 귀엣말로 「우리를 끌고 온 게 경찰이에요」 하고 속삭였다.

황 부장은 케이블 타이로 구속된 인질들을 향해 웃음 짓고는—기분 나쁜 미소였다—손가락을 튕겼다. 그러자 희연이 트렁크 가방을 테이블 위에 조심스럽게 올려두었다. 개봉의 영광은 황 부장이 누렸다. 잠금장치를 누르니 찰칵, 하는 소리와 함께 트렁크가 반쪽으로 개봉되었다. 금빛이 감도는 호랑이 조형물이 모습을 드러냈다. 미끈한 표면 너머로 정교한 톱니바퀴들이 보였다. 하나를 포함하여 모든 사람들이 그 광경을 말없이 지켜보았다. 두말 할 나위 없이, 순식간에 매료된 것만 같았다. 황 부장에 뒤에 서있던 희연이 웃는 얼굴을 감추지 못하고 연신 박수를 쳐댔다.

「일을 혼자 다 한 것처럼 웃지 말아주겠나? 견디기가 힘들군」

호랑이 기계를 둘러싼 조용한 전쟁에서 승리한 사람처럼 득의양양하게 웃는 희연이 못 마땅한 듯 황 부장이 나무랐다. 지적을 받은 희연은 웃음의 정도를 조금 낮춰야 했다. 지금까지의 수치가 사백이었다면 칠십에서 팔십 언저리로…

「찌질이, 너도 얘들한테 돈 받고 있었냐?」

유미가 경멸스러운 표정으로 희연에게 물었다. 그러자 희연은 상대방을 약 올리기로 작정한 사람처럼 빙글빙글 웃으며, 유미의 얼굴을 마주보고 말했다.

「상생 모델이라고 해두죠, 일단은」

「희연 군과 우리는 같은 목적을 갖고 협력해왔네. 출신도, 성향도 다르지만 호랑이 기계를 필요로 하는 것은 같지. 기계가 도시에 나타나자마자 신사협정을 맺었네. 그는 철없는 아이들이 갖고 있는 물건을 우리에게 가져다주기로 했네. 그 가치를 아는 사람이 소유권을 보전받는 게 합당한 이치 아니겠나?」

「상생 모델 좋아하네. 그냥 돈 몇 푼 주고 애들 뿌려서 물건 찾아오게 한 거 아냐. 그러다 이 새끼가 운 좋게 건수 잡았다고 좋아라 하니까 재까닥 달라붙은 거고. 누가 모를 줄 알아? 이 바닥 사람들은 다 알아. 야, 인간이 그렇게 살지 마. 어린애들을 도구처럼 쓰고 말이야」

「피리를 불며 거리의 불량 청소년들을 이끌고 있는 주동자께서 그리 말씀하시니 몹시 서운하군」

「당신은 일모그룹이 관리하던 정보원 가운데 한 명이었군요」

몰리가 희연을 바라보며 말했다.

「그래서 당신이 얻는 이득이 뭐죠? 재즈 피넛과 밴드까지 저버리면서 이들에게 협력할 만한 가치가 있는 건가요?」

「굉장한 돈이죠」

희연이 말했다.

「평범한 사람들이 인생을 세 번 살아도 평생 동안 만져보지 못할 정도의. 그것만이 아니에요. 아참, 저 취직됐어요. 일모그룹에요. 직급도 상당히 높아요. 호랑이 기계? 알 게 뭐에요. 하지만 저 아저씨는 그게 겁나게 필요한가 봐요. 원래 주인에게 찾아줬을 뿐이죠」

「원래 주인?」 하고 로이가 말했다.

「제대로 쓸 줄 아는 사람」

황 부장이 한껏 권위를 갖추어 말했다.

「저와 희람 씨에게 접근한 것도… 그 때문이었습니까?」 하고 하나가 말했다.

그동안 하나의 존재를 깜빡 잊었다는 얼굴로 희연은 소스라치게 놀라는 시늉을 하며 그를 바라보았다.

「오, 하나님… 우리의 만남은 우연이 아니야」

「오버시즈의 노래를 부르고, 팬인 것처럼 행동하던 것도 우연이 아닌가?」

「아직도 세상이 자기를 중심으로 돌아간다고 생각하나 보네. 당신은 호랑이 기계 찾기에서 교착 상태에 빠져 있던 내게 큰 행운이었어.

당신 옆의 기억을 잃어버린 바보 같은 여자애만 따라가면 기계가 있을 테니까」

「그게 대체 뭐라고 이 난리니, 너네?」

유미의 말에 황 부장이 유리창 문을 통통, 하고 두들겼다. 그러자 응접실 밖에서 대기하던 넓은 어깨의 조직원 둘이 들어왔고, 일행들을 또 다시 다른 방으로 안내했다. 거친 태도는 마찬가지였다.

부장을 따라 들어간 방은 온통 하얀 벽과 환한 빛으로 눈이 부신 작은 방이었다. 침대와 의료기기로 보아 입원실 같았는데, 신경증을 치료하기엔 조명이 강박적으로 밝았다. 한 시간도 채 지나지 않아 멀쩡한 사람도 벽을 긁어대며 광증에 빠질 법한 곳이었다. 하얀 방, 그 가운데 하얀 침대 위에는 결박된 채 누워 있는 남자가 있었다. 그 모습은 마치 미사 제단에 올라간 성물처럼 보였다… 그는 하얀 환복을 입고 있었으며, 그의 몸에 부착된 선들은 모니터에 연결되어 알 수 없이 복잡한 지표들을 시시때때로 알려주고 있었다. 어리둥절한 하나와 희람이 부장의 눈짓에 따라 가까이 다가섰을 때, 피가 온몸에서 빠져나가는 아찔함을 느꼈다. 침대에 누워 있는 환자는 다름 아닌 교수였다!

희람의 친구이자 주차장에서 다른 아이들과 함께 지내던, 항상 낡은 코트를 입고 다니던 소년이 희람보다 먼저 비명을 질렀다. 축 늘어져 눈을 끔벅끔벅이며 몽중을 헤매던 그는 인기척에 고개를 들어 희람을 보았고, 거대한 충격이라도 목격한양 커다란 두 눈으로 마구 소리를 지르기 시작했다. 발작에 가까운 비명에 놀라지 않는 사람이 없었다.

「아니야, 아니야!」

교수는 계속 고함을 쳤다. 희람은 일단 그를 진정시키려고 했다. 하나는 아연한 심정으로 교수를 바라보았다. 그는 정말 교수가 맞는 걸까? 그가 정말 교수라면 왜 이곳에 묶여 처참한 몰골로 있는 걸까? 희람이 교수에게 다가가 손을 대려고 하자 그는 완강히 거부했다.

「아니야! 아니야! 꿈에서 빨리 깨어나게 해줘, 제발!」

소란이 그치질 않자 부장은 직원들에게 고갯짓을 했다. 그러자 하얀 가운을 입은 연구소 직원들이 여럿 달려들어 침대에서 펄떡펄떡 요동치는 교수를 붙잡더니 능숙하게 팔뚝에 약물을 주사했다. 이런 일이 비일비재한 것처럼. 이에 놀란 희람에게 부장은 진정제일 뿐이라며 항의를 미리 막았다.

진정제를 투여하고 얼마 지나지 않아 미친 듯이 날뛰던 교수는 이내 잠잠해졌다. 몽롱하고, 혼의 절반이 이미 어딘가로 빠져나간 얼굴로… 하나는 분노가 느껴졌다. 그가 교수건 아니건, 또 행정 처리를 교묘하게 해치웠다한들 비윤리적인 처우였다. 그러나 부장의 뻔뻔한 얼굴엔 변화가 없었다.

「우리 연구소의 존재 이유에 걸맞은 실험을 했을 뿐이네. 새로 개발된 고혈압 약이나 심근경색 치료의 임상 실험과 다른 게 뭐지? 초기 단계에선 예기치 못한 부작용이 있기 마련이야. 하지만 우린 충분히 배려하고 있다고 봐. 이 아이는 평소보다 값진 음식을 먹으며 좋은 시설에서 생활하고 있네. 불면증이 조금 생겼다 뿐이지 전에 달고 살았던 폐렴과 천식도 거의 나았지. 물론 그가 이곳 생활에 만족하고 있는 것 같진 않지만 실험 동의서에 서명까지 했으니 어쩔 수 없는 노릇이야」

「지금 그걸 말이라고 해? 동물한테도 이렇겐 안 해!」

유미가 분을 못 참고 소리쳤다. 희람도 언니 옆에 선 동생처럼, 새된 소리로 항의했다.

「교수에게 무슨 짓을 한 거예요? 무슨 짓을 한 거냐고 묻잖아요!」

「이들은 교수에게 강제적인 최면 실험을 통해 자각몽을 억지로 꾸게 하려는 것 같아요」

몰리가 대신 대답했다. 그녀는 핏기 가신 창백한 얼굴로 교수와 침대와 기기들을 보고 있었다.

「저 뇌파 그래프 형태와 꿈과 현실을 구분 못하는 횡설수설, 만성 불면증으로 인한 충혈 증세만 봐도 그래요」

부장은 저 혼자 박수를 크게 쳤다.

「놀라운 인재일세!」

「농담할 때가 아니에요. 여기 의사는 없나요? 아니면 모두 제정신이 아닌 거예요? 당신들이 지금 저 아이에게 무슨 짓을 한 건지나 알아요? 정신은 깨어있고 육체는 잠들어 있다는 건 빠져나오지 못하는 가위에 계속 눌려있는 거나 다름없다고요!」

「잘 알고 있네. 이 실험을 주도하는 건 초월심리학의 문외한인 내가 아니니 그런 걱정일랑 하지 않아도 돼. 실험 디자인은 여러분도 익히 들어보았을 국내의 저명한 지식인과 교수님들께서 친히 구성한 거라네. 어찌 보면 교수란 친구는 오히려 우리에게 감사의 인사를 해도 모자랄 판이야. 명망가들의 역사에 길이 남을 실험에 참여한 모르모트이니 말일세!」

「죄다 맛탱이가 갔군」

유미가 말했다.

「뭘 더 숨기겠나? 우리는 호랑이 기계의 정보를 접하자마자 교수를 생포했네. 하지만 그에겐 기계가 없었을 뿐더러 어디 있는지도 몰랐어. 그는 참으로 징하게 버텼다네. 온갖 문초에도 굴하지 않았지. 용감한 소년이었어. 그가 정말 모르는지 불굴의 의지로 숨기는지는 이제 신만이 아시겠지. 교수는 피실험자로서 완벽한 표본이 되어주었네. 그를 통해 우린 많은 걸 확인할 수 있었어. 하지만 수준급의 정교한 최면 단계를 넘어 호랑이 기계처럼 수면자가 완벽하게 꿈에 이입하여 자유자재로 통제하는 경지는 도무지 불가능했어. 최면은 그리 완벽한 만능 뇌제어 기술이 아니라네. 우리에게 필요한 건 단 하나의 단추였고, 그 마지막 열쇠는 호랑이 기계 속에 있네. 나머지는 우리 연구소의 랩장과 유능한 석박사 직원들이 마무리해줄 걸세. 완벽한 사회의 새 출발, 예수와 마르크스도 이루지 못한 위업이지」

「완벽한 사회?」 하고 하나가 말했다.

「대중 매체가 여론에 끼치는 영향력은 현대 사회에 있어 절대적이

네. 인터넷이라거나 텔레비전, 잡지, 신문, 광고… 우리는 이미 그 안에서 살고 있고, 그로부터 벗어나는 건 불가능하네! 그것은 무의식에 자리 잡힌 바오밥나무의 씨앗처럼 무럭무럭 자라 급기야는 삶 전체를 잠식한다네. 지금까지 우리는 대중문화를 얼빠진 환상이나 유치한 꿈 정도로 여겼지만 실상은 반대로 대중문화야말로 우리의 삶이고 현실이네. 꿈밖의 삶은 볼 수도, 들을 수도 없어. 존재하지 않는 거나 다름없지」

황 부장은 계속 말했다…

「이곳은 회사의 고위 임원들도 모르는 비밀 프로젝트의 연구실이라네. 정식 명칭은 매체 내 집단심리 제어 연구소이지만 우리는 그냥 랩실이라 부르고 있어. 어디서부터 얘기해야 할까. 그래, 처음의 고민은 소박했어. 어떻게 하면 높은 시청률이 나올까, 관객 수가 늘어날까… 하지만 영 재미가 없더군. 너무 건전하잖아. 어느 순간 우린 본질적인 지점을 놓치고 있단 걸 알았지. 바로 호랑이 기계의 존재와 기능을 알게 되면서 말이야. 서인현 영감이 얻은 자각몽 도구를 아는 건 자네들뿐만이 아니라네. 최면으로 꿈을 꾸게 한다… 이 얼마나 천재적인 발상인가? 지나치게 낭만적이다 보니 그 능력의 가치를 십분 활용하지 못하고 있는 게 흠이지만. 아무튼 그때부터였네. 주류 매체 속에 최면이 가능하다면 여론 통제 효과를 극한으로 높일 수 있겠다… 하고 말이야. 그게 가능하다면 세상을 차지할 수도 있네! 빅 브라더의 재림일세」

「끔찍한 발상이네요. 텔레비전에 송출되는 영상 프레임마다 사회에 불만을 갖지 말고 열심히 일해라, 이런 최면을 건다는 얘기잖아요」

「우, 무서워라. 앞으로 텔레비전은 보지도 말아야겠군」

몰리와 로이가 나란히 말했다. 부장은 껄껄 웃었다.

「물론 처음엔 그런 형태의 아이디어였지. 하지만 지금은 그런 저차원적인 최면 방식을 넘어선 계획을 구현하고자 한다네. 가령 계급별로 의식을 재구성할 수 있겠지. 벌들이나 개미의 사회처럼 각자 맡은 바를 충실히 임하고, 똑똑한 철인에 의해 통제되는 거야! 그거야말로 혁명 아니겠나? 최고의 효율성으로 운영되는 진보적 사회!」

점점 도취의 정도가 과열되고 있는 부장의 일장연설 사이로 희람을 찾는 교수의 목소리가 가느다랗게 들려왔다. 희람이 다가가자, 그녀를 바라보며 교수는 힘겹게 입술을 뗐다.

「이건 꿈이지?」

그를 바라보던 희람의 눈에서 눈물이 흘러나왔다.

「젠장, 이럴 줄 알았어…」

희람이 말이 없자 교수는 낙담했다. 얼굴이 마구 구겨지며 그 주름 사이사이로 눈물이 깃들었다. 비참한 광경이었다.

「끔찍한 곳이야, 여긴… 그러면서도 믿었는데… 지금 이건 아주, 아주 안 좋은 꿈이고, 꿈에서 깨면 주차장일 거라고, 친구들이 있는… 그런데 네가 나왔어. 악몽이 분명한 여기에 네가 나왔다구. 어떤 게 꿈이고, 진짜야? 무서워…」

훌쩍훌쩍 울던 교수는 퍼뜩 몽롱한 표정을 지었다. 약 기운이 그의 감정을 쥐락펴락하고 있는 모양이었다.

「너무 많은 꿈을 꿨어. 원치 않는 꿈들이었고, 전부 끔찍한 것들이었어. 나는 이제 내가 살아있는지도 잘 모르겠어. 여러 번이나 죽었는데, 다시 이 방으로 돌아와. 정말 미칠 것 같아. 진정제를 맞은 얼마 동안만 겨우 정신이 들어. 그러니까, 희람… 내 말 잘 들어야 해. 알겠니?」

희람이 손가락으로 눈물을 걷어내고 고개를 끄덕였다.

「저기 있잖아… 그때 기억나? 고래 박물관이 처음 생겼을 때 귀신을 따라서 다 같이 왔잖아. 그때 샀던 포춘 쿠키, 내가 갖고 있어. 그런데 제길… 여길 오자마자 전부 빼앗겼어. 그래도 내가 누구야. 계속 외우고 있었어. 그것만이 주차장과 나를 잇는 유일한 끈이었거든. 놓치면 정말 미친 꿈의 세계로 영영 떨어질 것만 같아서…」

교수의 목소리는 점점 흐릿해졌다. 눈꺼풀이 무거운 것을 간신히 버티는 것 같았다.

「그것만 잊지 않으면 돼… 그것만 알면 넌 나갈 수 있을 거야… 아, 너무 졸려… 기억할 게 너무 많아. 제길, 그때 우리 계속 들었던 노래 있잖아. 기억나? 잊으면 안 돼. 알았다고 해줘. 절대… 절대… 절대… 널 만나면, 우리가 다시 만나면 들려주려고 계속 생각했는데… 너무 졸렵다. 말하기가 힘들어」

교수는 이제 깜빡깜빡 졸다 다시 눈 뜨기를 반복하며 어렵게 말을 이어나가고 있었다.

「희람… 잘 들어. 그때 포춘 쿠키에는… 아무런 말도 하지 않고… 나에게 그 따스한…」

교수는 의식을 완전히 잃었다. 희람의 손을 잡고 있던 그의 손이 바닥을 향해 축 처졌다. 희람이 놀라 그를 부르며 흔들었지만 교수는 다시 깨어나지 않았다. 랩장은 그들 사이로 끼어들며, 숙면에 빠진 것뿐이니 염려하지 않아도 된다고 했다.

「당장 그를 풀어주세요!」

희람이 소리쳤다.

「그럼, 풀어주고 말고」

부장이 말했다. 그는 이 모든 상황이 즐거워 미칠 것 같다는 얼굴이었다.

「넓은 초원에 풀어주지. 햇빛도 쬐고, 구름 구경도 하고, 친구들과 풀밭 위를 뛰어다녀도 좋다구. 자각몽 접속이 이뤄지면 가장 먼저 여러분을 밀어 넣어주겠네. 약속해도 괜찮아. 그렇지 않아도 다양한 성별과 계층, 지식수준과 신체조건이 다른 모르모트가 필요하던 참이었거든. 하지만 겁만 많은 멍청이들은 도무지 자원을 안 해. 따라서 여러분이 협조를 해줘야겠네. 저 친구는 우리도 첫 시도라 이런저런 험한 꼴을 당해야 했지만 이제는 실험 데이터가 쌓였으니 운이 좋으면 금방 새로운 삶을 시작할 수 있을 걸세. 오, 신이시여! 비루하고 고통스럽기만 한 삶과 영영 작별입니다!」

「그런 건 당신이나 해!」

유미가 말했다. 그 순간 연구실 천장에 설치되어 있던 경보기에 불이 들어오더니 소화 분말이 쏟아져 나왔다. 순식간에 사람들은 하얗게 가루로 뒤덮였다. 어떠한 빈정거림에도 꿋꿋하게 자신의 페이스를 지켜오던 황 부장도 당황스러운 기색을 내비쳤다. 혹시 모를 화재를 확인하는 고함이, 현란하게 깜빡이는 경보기의 붉은 섬광과 빠른 퇴장을 종용하는 경보음이 뒤섞여 혼을 쏙 빼놓고 있었다. 삼엄한 검색대가 잠시 작동을 멈춘 틈을 타 승택이 난입한 것은 바로 그때였다.

승택은 연구실 입구에 서서 어리둥절하고 있던 조직원에게 냅다 주먹을 날렸다. 난투가 시작되었다. 승택은 놀라운 힘과 순발력으로 좁은 방을 종횡무진하며 기기들을 넘어트리고—아! 하고 실장은 와중에 비명을 질렀다—손에 잡히는 족족 휘두르기 시작했다. 그 기세에 놀란 조직원들이 뒤로 물러서자 하나는 사람들과 함께 재빨리 복도로 뛰어나갔다. 황 부장은 폭발적으로 고함을 내지르고 있었다.

승택은 정말 빌딩에 불을 지른 걸까? 진위야 어쨌든 연구실 전체는 소화 분말로 소복했다. 졸지에 가루를 뒤집어 쓴 직원들도 동분서주하고 있었다. 모두 밀가루 튀김옷을 묻힌 것만 같아 구별이 어렵다는 게 다행이었다. 하나들은 부장이 그들을 처음 데려온 응접실로 달려갔다. 그러자 문밖으로 조직원 한 명이 뛰쳐나오더니 무슨 일이냐며 허둥지둥 댔다. 하나는 연구실에 불이 났다고, 부장이 모두 모이라며 다급한 연기를 꾸몄다.

「씨바, 어제 산 옷인데 다 버리게 생겼네!」

그는 욕을 주절거리며 복도 건너편으로 달려갔다. 응접실이 비게 되자 로이와 몰리는 케이블 타이를 자를 가위나 칼을 서둘러 찾기 시작했다. 몰리는 탁상의 선반 속에서 공업용 커터 칼을 찾았고, 신속하게 사람들의 손을 풀어주었다. 물론 유미의 차례가 오자 마뜩찮은 표정을 지어 서로간의 감정이 한층 더 상하긴 했지만… 여전히 신뢰할 수 없는 깊은 골이 존재했지만 언제까지 데면데면할 수는 없었다. 긴

급하다면 긴급했고, 그게 싫다면 황 부장의 미친 실험에 동참하는 수밖에 없었으니까 말이다. 그때 한 무리의 남성들이 함성을 지르며 복도 끝을 향해 우르르 달려갔다. 빌딩을 무너트릴 기세였다… 긴장을 안고 응접실 바깥 상황에 촉각을 세우고 있는데, 문이 벌컥 열렸다. 연구원처럼 가운을 입고 있는 승택이었다.

「뭐하는 거야? 어서 나오지 않고!」

승택의 긴박한 외침을 필두로 사람들은 서둘러 응접실을 빠져나갔다. 마지막으로 방을 나서던 하나는 테이블 위에 열려 있는 트렁크 가방을 보았다. 소화 분말이 떨어져 호랑이 기계는 이제 눈을 맞으며 춤을 추고 있는 것처럼 보였다. 그는 트렁크를 반으로 접은 다음 한쪽 손에 들고 나왔다.

하나가 기계를 챙겨 밖으로 나갔을 때, 유미와 몰리가 복도를 가로질러 쏜살 같이 도망치고 있었다. 승택과 쌤은 소화기를 마구 뿌려가며 몰려오는 조직원들을 온몸으로 막았다. 그 사이에 나머지 사람들은 유미와 몰리를 따라 복도 끝으로 달려갔다. 로이는 이 상황이 무척이나 재미있다는 듯 혼자 여유 있게 걷고 있었다… 그리고 승택과 쌤이 뒷걸음질로 넘어오자마자 재빨리 유리문을 닫았다. 카드키를 갖다 대자 잠금장치가 작동했고, 승택은 소화기로 리더기 부분을 내리쳐 아주 박살을 내버렸다. 그것도 모자라 안의 전선들을 잡아 뜯어내니 유리문은 기적적으로 봉쇄되고 말았다. 부장이 마스터키로 만지작거려도, 조직원들이 철제 의자를 집어던져도 유리문은 꼼짝하지 않았다. 그 틈에 하나들은 연구실을 빠져나갔다.

극도의 긴장 속에서 이루어진 탈출에 대해 하나는 기억나는 게 별로 없었다. 연구실에 갇힌 황 부장은 곧장 건물을 봉쇄함과 동시에 사내 방송을 통해 인질의 탈출을 세세하게 알렸다. 졸지에 산업 스파이가 된 하나 일행은 그룹의 전 사원들이 눈에 불을 켜고 찾는 빌딩을 오르내려야 했다. 간신히 지상에 가까이 왔을 땐 이미 경찰 기동 타격대가 빌딩 주변을 감싸며 진을 치고 있었다. 만약 승택이 직원 전용 출구에서 발견한 세탁 투입구를 발견하지 못했다면 그들은 나 경감의 더러운 머리카락을 긁적이던 총구 앞에서 다시 실험실로 발길을 돌렸을 터였다. 투입구 건너편은 직하강에 가까운 각도의 알루미늄 통로로 지하 주차장의 커다란 수하물 포대와 연결되어 있었다. 작업을 마친 청소 용역 노동자들이 작업복을 그대로 내팽개치고 간 것 또한 행운이었다. 하나 일행은 노란색 점프 슈트와 축축한 점퍼 따위를 손에 집히는 대로 갈아입었다.

승택은 주차장 구석에 세워져 있던 크린토피아 다마스의 창문을 팔꿈치로 깨부쉈다. 업무용 차량이어선지, 연식이 오래 돼선지 다마스는 유리창이 산산 조각났음에도 울림 하나 없었다. 도어락이 해제되자 사람들이 알아서 자리를 잡았다. 로이와 몰리, 하나와 희람은 뒷좌석의 냄새 나는 빨래 주머니 사이에 끼어 앉았다. 운전석엔 승택이 앉고, 조수석은 유미 차지였다. 가엾은 쌤은… 그 가운데 있는 손바닥 정도의 수납 공간 위에 거의 떠있다시피 앉아 있었다. 승택은 주머니에서 접이식 나이프를 꺼내 열쇠 투입구에 집어넣었다.

「어릴 때 생각나네」 하고 그가 말했다. 「어이, 쌤. 그거 해볼까」

「뭐? 행운의 노래?」 하고 쌤이 말했다.

「야, 늬네가 무슨 중딩이냐?」 하고 유미가 말했다.

유미의 타박에도 불구하고 쌤과 승택은 한 소절씩 노래 가사를 주고받았다.

보글보글 국이 끓지요

무지개빛 오로라지요

엄마아빤 돈이 없지요

밤이 되면 무적이지요

초승달도 내 편이지요

노래를 마치고 승택이 솜씨 좋게 나이프를 돌리자 다마스에 부르릉, 하고 시동이 걸렸다. 마법 같은 순간이었다. 승택과 쌤은 하이파이브를 하며 좋아했다. 어서 출발이나 해, 하고 유미가 말했다. 지상의 경찰들은 이제 막 전술지휘소를 차리고 있었다. 입구에서 경계를 서던 순경이 차를 세웠을 땐 간이 떨어질 듯 놀란 하나였지만 근무를 마치고 교대하러 가는 중이라며 천연덕스럽게 대꾸하는 승택 덕분에 크린토피아 다마스는 무사히 빠져나올 수 있었다.

「어이, 양복쟁이」

승택이 말했다. 빗줄기를 걷어내기 위해 와이퍼가 일정한 속도로 움직이고 있었으며, 자동차는 퇴근 차량이 몰리지 않는 외곽 도로 위를 달리는 중이었다. 화물칸으로 개조된 다마스 뒷좌석에 앉아 있던 로이가 고개를 들었다.

「저 말인가요?」

「내 차 어디에 있어」

「제 오피스텔 주차장에 있습니다」

「주소 불러」

「내가 찍을게」

로이가 오피스텔의 주소를 말해주자 쌤이 힘겹게 손가락을 놀려 내장되어 있는 네비게이션 모니터의 자판을 입력했다. 명랑한 목소리의 내레이션과 함께 안내가 시작됐다. 승택은 담배를 입에 물고—첫 번째 담배는 불을 붙이자 유미가 냉큼 뺏어갔다—홀린 사람처럼 운전에 집중했다.

「어이, 하나. 인사동에서 본 테이프가 모두 몇 개야?」

「네? 사무실에서요? 어… 하나? 두 개였나? 주의 깊게 보진 않았어요」

「그게 전부야?」

「사무실에 불이 나기 전까진요. 따로 챙긴 디비 육미리 하나랑 희람 씨 친구가 준 브이에이치에스 테이프 하나가 다예요」

그것이 마지막이었다. 승택은 목적지에 도착할 때까지 더 이상 말하지 않았다.

로이의 오피스텔은 새로 조성된 시가지에 위치하고 있었다. 이미 컴컴한 하늘 아래로 높은 빌딩의 마천루가 구름에 푹 잠겨 있었으며, 피뢰침의 등불이 공중에서 깜빡였다. 그 모습은 악천후의 공중을 비추는 등대 같았다. 승택은 바리케이드를 통과해 곧장 지하 주차장으로 차를 몰았다. 신축 건물인지 모든 것이 번쩍이고, 티끌 없이 깨끗한 게 아이들이 머물던 한신 아파트 주차장과 비교하면 궁전 같이 느껴질 정도였다.

「잠깐, 내가 차를 어디에 세워뒀더라」

로이가 뒷문 차창에 코를 박고 주변을 두리번거리며 말했다. 승택은 다마스의 사이드 브레이크를 잡아당겨 차를 세웠다.

「내려서 찾아」

사람들은 그를 따라 차에서 나왔다. 승택은 무슨 생각을 하는 걸까? 전연 알 수 없었다… 로이와 몰리는 흩어져 주차장을 둘러보았다.

록 페스티벌의 캠퍼들을 대거 수용해도 무방할 만큼 넓은 규모의 주차장이었다.

「야, 승택. 설명을 좀 하면서 다녀라」

승택의 뒤를 따르며 유미가 말했다. 얼굴을 돌아보지도 않고 열심히 좌우를 살피며 승택이 대답했다.

「나중에요, 누님. 지금은 말할 수 없어요」

「너 진짜…」

「어이, 하나. 사무실에 있던 하드 디스크 기억 나? 내가 가져간 거」

거리를 두고 주차장을 누비던 하나에게 승택이 물었다.

「어떻게 잊겠어요」

「거기에도 영상이 있었지?」

「테이프 하나를 복원해놨을 거예요」

「거기엔 뭐가 있었지?」

하나가 잠시 생각을 더듬었다. 솔직히 떠오르는 건 석관동으로 착각한 도시의 풍경과 추운 겨울 밤, 혼자 엉망이 될 때까지 술을 마시던 기억뿐이었다.

「아무 것도요. 마을의 전경이 주욱 흘러나오는데 특별한 건 없었어요. 아님 저에겐 안 보였을 지도 모르죠」

하나는 희람의 눈과 마주쳤다. 정말이라는 듯 하나는 어깨를 으쓱거렸다.

「여기 있어요」

멀리서 로이의 목소리가 들렸다. 사람들이 달려가자 그는 차가 멀쩡하게 있음을 증명하려는 듯 두 손을 펼치고 기다리고 있었다. 승택은 열쇠를 건네받고 트렁크를 열었다. 거기엔 희람의 캐리어가 들어 있었다. (제 하드는요, 하고 하나가 묻자 승택은 버렸어, 하고 아무렇지 않게 말했다) 승택은 캐리어의 지퍼를 열어 내용물을 확인했다. 희람이 처음 인사동 사무실을 찾아왔을 때 하나에게 보여준 브이에이치에스 테이프 다발이었다.

「쌤, 이 차를 타고 재즈 피넛에 가 있어. 누님 모시고」

승택이 캐리어를 트렁크에서 내리며 말했다.

「뭐? 너는 어쩌고」

「나는 잠깐 확인할 게 있어」

「너 많이 컸다? 이제 나한테도 이래라 저래라 하고」

유미가 말했다. 그러나 그녀의 목소리엔 서운함보다 차라리 안도감이 있었다. 그것은 어쩌면 승택이 돌아와 기쁜 것일지도 몰랐다.

「죄송해요, 누님. 하지만 거의 다 끝나가요. 하나만 확인하고 재즈 피넛으로 갈게요. 먼저 가 계세요」

「어… 저희도 같이 가도 될까요?」 하고 로이가 말했다.

「늬덜이 왜 따라와」 하고 유미가 말했다.

「호랑이 기계가 어떻게 될지 궁금하거든요」

「마음대로 해」 하고 승택이 말했다. 「하나, 너는 여기 남는다」

「네?」 하고 하나가 말했다. 「어째서요?」

「나랑 같이 이걸 봐야지」

그가 가리킨 것은 캐리어였다. 하나는 난처한 표정으로 희람을 바라보았다. 희람 역시 근심 어린 얼굴이었다. 승택은 하나에게 고개를 오른쪽으로 가로지었다. 둘만이 알 수 있을 만한 은밀한 동작이었고, 희람이 있으면 안 돼, 하는 의미의 고갯짓이기도 했다.

「하나 씨…」

「괜찮을 거예요. 조금 이따 재즈 피넛에서 만나요」

「교수가 아직 빌딩에 있어요」

희람이 속삭였다. 하나가 고개를 끄덕였다.

「데려와야죠. 당연히」

「무사할 거예요」

몰리가 다가와 희람의 어깨를 두들겨주었다. 로이는 주머니에서 열쇠를 꺼내 승택에게 던져주었다. 승택은 박수를 치듯 공중에서 열쇠를 잡았다.

「호수는 열쇠고리에 적혀 있어요. 테이프를 볼 거면 제 방에서 보면 됩니다. 데크와 플레이어라면 다 있으니까」

승택과 하나를 제외한 사람들은 서둘러 승택의 자주색 승용차에 몸을 실었다. 유미는 끝까지 못 마땅한 얼굴로, 희람 역시 근심을 지우지 못한 얼굴로 주차장을 떠날 때까지 서로의 남자를 보고 있었다.

「지금까지 어디 있었어요? 우리가 일모기업에 끌려간 건 어떻게 알았구… 대관절 어떻게 돌아가는지 하나도 모르겠네. 승택 씨, 잠깐 얘기 좀 해요」

오피스텔의 계단을 성큼성큼 올라가는 승택을 뒤따르며 하나가 말했다.

「우리가 잘못 알고 있는 게 있어요. 승택 씨, 내 얘기 들려요? 이 답답한 인간아, 말을 해야 돕든가 말든가 하지!」

하나가 소리를 빽 질러서야 승택은 걸음을 멈춰 세웠다. 두 사람은 동그란 유리창이 있는 층과 층 사이의 계단에 서서 멀찍이 서로를 바라보고 있었다.

「왜요? 저는 뭐, 당신이 가라면 가고 하라면 하는 인간입니까?」

「겨울 놀이」

「뭐?」

「겨울이 되면 유리에 김이 서리잖아. 어렸을 때 쌤과 나는 할 게 없어서 가게 앞에 앉아 유리문에 장난을 쳤어. 하얗게 김이 깔린 유리 위에 손가락으로 낙서를 하면 나중에 시간이 지나도 다시 떠오르잖아. 그 자리에 입김을 불면 말이지. 우린 그걸 꽤나 재미있어 했고, 이번에도 마찬가지였어」

무슨 말을 하나 싶던 하나는 귀신고래 박물관을 나설 때 쌤이 현관문 앞에서 꾸물거리다 엉덩이를 걷어차이던 순간을 떠올렸다. 그때는 수트 남성들의 무자비한 폭력에 몸이 떨려 아무 생각도 하지 못했지만 사실 쌤은 친구만 아는 비밀 암호를 적고 있던 것이었다.

「박물관 안에 불은 켜져 있는데 문은 잠겨 있더군. 이상하다 싶어 유리문 너머로 살펴보고 있는데 누군가 손으로 문지른 흔적을 봤어. 겨울 놀이였지. 입김을 불어넣으니 화살표 표시가 떠오르더군. 화살표를 따라 고개를 드니 뒤편으로 높이 솟아 있는 일모그룹의 빌딩이 보였어. 그때서야 내가 헛발질을 하고 있었음을 깨달았지」

「그래요, 로이와 몰리라고 승택 씨가 지목한 사건의 흑막은 따로 있었어요. 바로 희연이라는 자에요」

「희연? 재즈 피넛에서 공연한다고 블로그에 난리치던 찐따 말이야?」

「아마 맞을 거예요. 그가 바로 일모기업에서 돈을 받고 호랑이 기계를 찾아주던 첩자였어요. 황 부장이라고 들어봤어요? 호랑이 기계를 이용해서 텔레비전 방송에 최면을 걸겠다는 둥, 아무튼 제정신이 아닌 작자인데 빌딩 안에 비밀 연구소까지 차려놨더라구요. 거기에 교수도 붙잡아놓고 실험을 하는데, 사람을 아주 망신창이로 만들어놨어요」

「호철이도 있었어?」

「그게 누구에요?」

「나호철 경감, 나 경감」

「네, 네. 아주 짝짝꿍 죽이 잘 맞던데요. 황 부장, 나 경감, 매드 사이언티스트에 이중인격의 청년까지」

「그 희연이란 녀석 얘기 좀 더 해봐」

「저도 잘은 몰라요. 재즈 피넛을 갔다가 우연히 만났는데, 엉겁결에 어울리게 됐어요. 재즈 피넛도, 도시의 아이들도 잘 알고 있어서 믿을 만하다고 생각했죠. 한신 아파트 주차장 아이들의 이름이랑 생강이 여주 감화원에 있는 걸 알려준 것도 그 사람이에요. 그런데 그게 다 호랑이 기계를 갈취하려는 수작이었더라고요」

하나가 헐떡이며 말을 계속했다. 그나저나 멀쩡한 엘리베이터를 놔두고 왜 고층의 방까지 걸어 올라가고 있을까? 승택은 말이 없었다.

「아, 말하다보니 궁금한 게 있어요. 희람 씨와 귀신이 호랑이 기계 열쇠를 갖고 있던 거 알고 있었어요? 정확히 말하자면 트렁크 열쇠가 아니라 기계를 숨겨놓은 박물관의 자물쇠 열쇠였지만… 그런 걸 보면 호랑이 기계를 마지막으로 갖고 있던 건 그 둘이란 거잖아요, 맞죠? 생각해보면 그게 이상해요. 도시에서 의문사가 이어지고, 해변에 여행객이 시신으로 발견되고, 용의자로 리더가 체포되고… 이런 상황 속에서 주차장의 아이들은 쏙 빠져 있어요. 로이와 몰리, 유미와 쌤, 일모기업과 희연, 악질 경찰… 이렇게나 많은 사람들이 거론되는 동안 아이들은 용의선상에서 지워져 있어요. 의심할 법도 한데 마치 전혀 상관없는 세계의 사람처럼 말이에요. 듣고 있어요?」

대답 대신 쾅, 하고 굉음이 들렸다. 깜짝 놀라 고개를 드니 승택은 뻑뻑한 비상문을 힘껏 잡아당기고 있었다. 초록빛의 컴컴한 불빛이 틈으로 새어 들어왔다.

「다 왔어」

오피스텔은 넓고, 깨끗하고, 고적했다. 불을 켜자 고급스러운 집기와 가구들이 눈에 들어왔다. 현관 입구서부터 거실에 이르기까지 바닥의 은은한 등이 아른거리는 복도가 있고, 현대식으로 설비된 부엌과 팔십년 대 뉴욕을 강타했던 전위 예술가들의 로프트 스타일로 꾸며진 넓은 작업실은 여지까지의 하나가 살아본 적도, 경험한 적도 없는 공간이었다. 그러나 하나는 이곳이 보증금도 없이 고액의 월세로 빌린 렌트 하우스임을 바로 알아차릴 수 있었다. 라이프스타일 잡지의 특집 기사를 보는 것만 같은 풍경이었지만 사물 어디에도 생활감은 느껴지지 않았다.

원목 테이블 위에 설치된 최신형 아이맥 프로의 전원을 켜면서 희람은 절대 테이프를 보아선 안 돼, 하고 승택이 말했다. 조금 얼이 빠진 채 오피스텔을 구경하던 하나는 네? 하고 되물어야 했다. 승택은 잠시도 쉬지 않기로 결심한 사람처럼 부팅을 기다리는 동안 캐리어의 지퍼를 잡아당기고 있었다.

「내가 왜 테이프의 복원을 말렸을까? 미친 방화범도 아닌데 뭣 때문에 인사동 사무실에 불을 질렀을까? 그 이유는 단 하나야. 희람은 테이프를 봐선 안 돼」

「테이프에 뭐, 이상한 거라도 찍혔어요? 본인이 찍은 영상을 왜 이제 와서 말리는 건데요?」

하나는 농담을 섞어 빈정거리며 말했다. 그러나 승택은 웃지 않았다. 노상 자신을 향해 타박하던 승택의 반응을 기대했던 하나는 불안해졌다. 얼굴의 핏기가 가시고 있었다.

「승택 씨, 왜 그래요… 저도 테이프 봤어요. 특별한 것도 없던데, 뭘. 누굴 때리고, 훔치고, 그런 것도 아닌데…」

「로인지 뭔지 하는 녀석이나 황 부장만큼은 아니겠지만 대충 어떤 물건인지는 알아. 또 뭘 할 수 있는지도… 아까 너와 얘기할 때까지만 해도 난 정말 로이 녀석들이 범인인 줄 알았어. 다른 가능성을 따질 필요도 없이 상황이 그렇게 보였으니까. 그런데 새벽에 우연히 그게 생각났어」

「새벽? 어젯밤 황해 여인숙에서요?」

「그래. 오리가 호랑이 기계를 찾아내고 재즈 피넛에 가져오면서 우리도 자연스레 그것의 존재를 알게 됐어. 리더는 오래 전부터 기계를 알고 있었지. 서인현 영감도 만났을 정도니까. 리더는 오리를 찾아가 호랑이 기계가 어린애 장난감이 아니라고 경고했어. 단도직입적으로 기계를 사용하지 말라고까지 했지. 그러나 그는 거부했어. 그게 끝이었지. 그러고 나서 얼마 지나지 않아 리더는 체포됐으니까. 꼰대는 아니지만 가끔씩 도를 넘어서 까부는 새끼들이 있으면 한 마디씩 해주던 리더였으니 이상한 일은 아니었지. 그래서 한동안 까먹고 지나갔어. 방금 전까지 말이야」

「방금 전?」

「범인인 줄 알았던 녀석들이 진짜 범인한테 붙잡혀 있었잖아. 굴비처럼 한 두릅으로 엮여서. 지금까지 세웠던 가설들이 와르르 무너지는 기분이더군. 그때 오리 생각이 났어. 재미있는 건 있잖아. 로이를 찾으려고 오늘 아침부터 도시 전체를 뒤지는데, 오리를 만났어. 차이나타운 뒷골목에 혼자 있더군. 그는 이제 모든 것이 바뀔 것이고 사라질 거라고 말했어」

「그게 무슨 말이에요?」

「몰라. 맛이 좀 간 거 같긴 했어. 희람에 대해 묻자 그러더군. 그 아이가 찍던 테이프에 모든 출발과 끝이 담겨 있다고. 그러더니 사라졌어」

하나는 부연 설명을 기다렸지만 승택의 묘사는 그것이 끝이었다.

「사라지다뇨?」

「말 그대로 사라졌다니까. 마치 필름이 가위로 중간에 잘린 것처럼 눈앞에 서 있던 오리 녀석이 없어졌어. 내 말 못 믿겠지? 나도 내 눈으로 봐놓고도 못 믿겠어서 주변을 한참 찾아봤는데 좁은 골목뿐인 데다가 막다른 벽이어서 어디로 튈 수도 없었어. 어쨌든 거짓말이 아냐. 이게 꿈이 아니라면 말이지」

하나는 잠시 말없이 승택의 얼굴을 바라보았다. 이 사람이 자신을 놀려먹으려는 것인지, 아님 아직도 술에서 깨어나지 못한 건지 알 수가 없었다. 승택의 표정은 진지했다. 기가 찬 헛기침만 나올 따름이었다.

「나참, 오리가 아니라 산신령인가 보군요. 아무튼 그래서 희람 씨가 찍은 테이프 영상 속에 사건을 해결할 실마리가 있다는 거죠? 그리고 그걸 희람 씨는 봐선 안 되고」

「말하자면 그래」

「제가 보는 건 상관없습니까? 나중에 희람 씨에게 말해준다거나?」

「그건 보고 나서 네가 판단해」

하나는 소리 없이 한숨을 쉬었다. 그리고 캐리어에 수북이 쌓여 있는 브이에이치에스 더미 가운데 비교적 상태가 좋은 것을 꺼내 아이맥과 연결된 데크 속에 집어넣었다. 영상의 앞부분은 노이즈가 심했다.

하나는 끈기 있게 데크의 컨트롤러를 조작해 식별이 가능한 영상을 조정하는 데 성공했다. 모니터엔 평온한 오후의 주택단지 풍경이 흘렀다. 카메라는 가로수나 낡아빠진 벤치의 시점이라도 된 것처럼 꼼짝하지 않고 일상의 한 단면을 지켜보고 있었다. 영상의 가장 극적인 사건이라면 유치원 봉고에서 한 무리의 아이들이 내리며 교사와 학부모가 안부를 나누는 정도. 그것 말고는 새가 울고, 바람이 불고, 차가 지나가고, 보행기를 끌며 노인이 느릿느릿 걸어갈 뿐이었다. 승택이 화면을 노려보는 사이에 하나는 오피스텔을 뒤졌다. 테이프 마그네틱 필름 위에 낀 곰팡이를 세척하기 위해선 알코올과 면봉이 필요했기 때문이었다.

빗길을 헤치고 다시 차이나타운을 찾았을 때, 야간의 레스토랑 입구는 어수선하기 이를 데 없었다. 저녁마다 레스토랑이 붐비는 건 예삿일이 아니었지만 유미와 쌤, 로이와 몰리, 그리고 희람이 마주한 광경은 다른 종류의 긴장이 서려 있었다. 야광 반사 띠와 조끼를 착용한 순경들을 비롯하여 사복을 입은 형사들이 출입을 거부하는 재즈 피넛 스태프와 펑크 그룹의 용감무쌍한 소년소녀들과 대치하고 있었다. 거친 욕설과 고함이 오고갔으며, 결연하면서 분노로 가득 찬 얼굴도 즐비했다. 연구소에서 피실험체를 놓친 황 부장이 나 경감의 조인트를 걷어차며 수색을 종용한 걸까? 하지만 소란 속에서 나 경감의 모습은 보이지 않았다.

긴장한 얼굴로 쥐 죽은 듯이 차창 밖의 풍경을 지켜보고 있는데, 갑자기 누군가 다가와 쌤이 앉아 있는 운전석 유리창을 톡톡 건드리는 것이었다. 놀란 쌤은 당황한 나머지 그 자리에서 얼어붙고 말았다. 그러자 상대는 얼굴을 차창 가까이 맞대고 다시 한 번 노크를 했다. 유미는 그를 알아보았다. 재즈 피넛에서 자신을 따르던 화교 출신의 청년이었다.

「라우잖아. 문 내려 봐」

쌤이 개폐 스위치를 눌러 창문을 내리자 우비를 입은 라우의 얼굴이 나타났다.

「형, 하이빔 좀 꺼」

「어떻게 된 거야? 저거 밖에 왜 저래?」

「모르겠어요. 경찰들 같은데 안에 뒤져야 한다면서 찾아왔어요」

「돌아버리겠네. 야, 일단 여길 뜨자. 괜히 나 경감 만나면 골 아퍼」

쌤이 후진 기어를 넣으려고 하자 라우가 손을 집어넣어 만류했다. 그 바람에 우비에 잔뜩 묻어있던 빗물이 떨어져 유미와 쌤은 다 젖고 말았다.

「누님, 누님. 지금 가면 안 돼요. 누님 만난다고 찾아왔어요」

「누가 임마. 바쁘다고 해」

「오리라고 하면 알 거라는데요. 일단 저 뒤에 차 세우세요. 차고 문 열어놨어요. 빨랑요」

라우는 엉성한 비닐 우비에서 물이 뚝뚝 떨어지는 것도 의식하지 못한 채 유미 일행을 재즈 피넛 뒷문으로 데려왔다. 물류를 집하하거나 쓰레기를 내보낼 때 사용하는 차고 쪽 통로였다. 로이와 몰리, 희람도 그들을 따라나섰다. 찌그러진 철문을 닫기 전까지 뒷골목에선 빗소리와 사람들의 성난 고성이 울려 퍼졌다.

거대한 중화 냄비와 직사각형의 부엌칼이 쉼 없이 나무도마 위를 썰고 있는 부엌을 지나, 이미 홀에 가득 찬 인파와 바 테이블에 걸터앉아 아늑한 대화를 나누고 있는 연인들을 지나, 유미와 사람들이 라우를 따라 도착한 곳은 레스토랑 내부에 마련된 별실이었다. 한지를 바른 미닫이문을 열면 회전식 원탁 주변으로 여덟 명 정도가 둥그렇게 앉을 수 있는 공간이었다. 흥분한 유미가 주의도 없이 벌컥 들어섰을 때… 거기에 오리는 없었다. 대신 재즈 피넛의 오랜 단골인 만화가 기요가 홀로 앉아 텔레비전을 보고 있었다. 유미는 자신이 다른 방을 찾았나 싶었지만 애초에 별실이란 이곳뿐이었다. 오리의 부재가 황당한 것은 라우도 마찬가지여서 얼레, 하고 주변을 두리번거렸다. 유미는 곧장 그의 멱살을 붙잡아 올렸다. 아니, 정확히 말하면 신장이 백팔십육 센티미터에 달하는 라우를 자신의 면전 가까이 잡아당겼다고 해야겠지만…

「너 이놈 자식아, 이젠 너까지 날 우롱해?」

「누님, 누님. 그기 아이고…」

「쌤 군, 이게 어떻게 된 건가?」

「안녕하세요, 기요 아저씨」

갑자기 연출된 촌극에 기요가 놀라자 쌤이 쓰고 있던 빵모자를 배 앞으로 내리며 공손하게 인사했다. 그런 그를 밀치고 나타나 유미가 물었다.

「아저씨, 혹시 여기서 오리란 새끼 못 봤수?」

「오리라면 물 위를 헤엄치는 가금류 생물을 말하는 건가?」

「아이씨, 그 오리 말고 여기 자주 오던 남자 애 있었잖아. 입술 두껍고 말 많은 녀석」

「누군지 도통 모르겠군. 사람을 찾는 거라면 내가 별 도움이 안 될 거야. 삼십 분 전부터 여기 앉아 있었지만 누구 하나 못 봤으니 말일세」

그 말에 유미가 라우의 옷깃을 다시 붙잡았다.

「똑바로 말해, 너. 여기서 오리를 봤다는 게 언제야」

「한 시간… 아니, 사십 분 정도 전이에요」

「확실해? 오리가 나를 보자고 한 게?」

「본인이 그렇게 말했어요. 지금 아저씨가 앉아 있는 자리에 있었다니깐요. 후드 달린 검은색 바람막이를 입고요. 경찰들이 들이닥치기 전에 재즈 피넛에 와서 누님을 찾았어요」

유미는 한참 만에 라우를 놓아주었다. 덩치가 커다란 남자가 마른 재채기를 콜록거리며 쩔쩔 매는 모습은 확실히 기묘한 느낌을 주었다.

「기다리다가 나갔을 지도 모르니까 홀에 나가서 찾아봐!」

목을 어루만지며 마지못해 별실 밖을 나서는 라우에게 유미가 중국어로 무어라 쏘아붙였다. 희람이 궁금해 하자 몰리가 바보 녀석이래요, 하고 번역해주었다.

「아저씬 여기 어쩐 일이래요?」

유미는 원탁 아래 의자를 잡아당겨 힘없이 주저앉았다. 다른 사람들도 주변으로 다가와 더러는 의자에 앉고, 원탁 앞에 서서 지켜보았다. 기요는 호기심을 갖고 낯선 얼굴들을 구경하다 유미에게 대답했다.

「목소리가 지쳐 보이는군. 아닌 게 아니라 나도 이상한 일을 겪었다네. 조금 전에 어르신의 문자 메시지를 받았지 뭔가」

「이지 할머니요?」

「그렇다니까. 도통 연락하시는 일이 없는데, 내게 급히 할 말이 있다며 이곳으로 부르시는 걸세. 무슨 일이 있나 싶어 부랴부랴 왔더니만 별실엔 아무도 없고 이것만 틀어져 있었어. 장마가 시작되려니까 별 이상한 일이 많네」

기요가 말하는 것은 비디오 영상이었다. 보급형 십칠 인치 모니터와 브이에이치에스 플레이어가 일체형을 이룬 텔레비전이 그 크기에 맞게 움푹 들어간 별실의 벽 안쪽에 놓여 있었다. 모니터에는 레트로 매니아들이 흥분할 만한 낡은 브이에이치테이프 영상 특유의 글리치와 프레임마다 자오선처럼 오르내리는 낡은 선들이 시대적인 촌스러움을 발생시키고 있었다.

「이게 뭐에요?」

「아주 오래 전 재즈 피넛에서 있었던 대담을 기록한 영상 같군. 저기 앞줄 테이블에 앉아 계신 분이 바로 고 이휘정 선생이라네. 유미 군도 만나지 않았나? 최이지 어르신의 부군이자 오너이신 이금명 대인의 자제 분이시지」

「그 옆에 있는 남자는…」

함께 모니터를 주의 깊게 보고 있던 로이가 끼어들었다. 새로운 청년이군, 하는 얼굴로 그를 보고는 기요가 설명해주었다.

「서인현 선생일세. 남구에 있는 핵발전소를 초기에 설계하신 건축가시지」

호랑이 기계를 만든 제작자와 대를 이어 재즈 피넛을 운영하고 있는 오너의 만남에 사람들은 놀라운 표정을 만들었다. 그들은 어떤 연고로 만났으며, 무슨 대화를 나누었을까? 아니, 그보다 이 비디오는 왜 재생되고 있을까?

한참 오래 전의 재즈 피넛. 공연 포스터들이 난립한 지금의 내벽보다 훨씬 단아한 상태임을 제외하면 달라진 게 거의 없다. 한낮이었고, 발코니로 통하는 덧문과 창문을 활짝 열었음에도, 테이블과 의자를 전부 들어냈음에도 꾸역꾸역 몰려든 사람들로 레스토랑은 비좁아 보였다. 가장 안쪽 책상엔 이휘정과 서인현으로 보이는 두 명의 노신사가 앉아 있었다. 둘 다 낡고 한물 간 여름 셔츠를 입고 있었다. 이휘정은 눈썹이 짙었고, 태평양 남쪽의 미남으로 젊은 시절을 보냈을 것 같았다. 심지 굳은 인상의 서인현은 풍채가 좋았고, 고집 세고 비범한 눈빛이 형형한 영감이었다. 대담은 주로 이휘정이 질문하고 서인현이 답을 하는 자연스러운 대화 형식으로 이어졌다.

「쿠데타 때부터 얘기해볼까요? *도시*에 공업단지가 들어서고 핵발전소가 건설된다는 계획은 당시 박정희의 측근이었던 *도시* 출신의 관료들 입김 탓으로 봐야겠지요?」

「다릅니다. *도시* 공업단지 계획은 이미 왜정 때부터 수립되고 있었습니다. 박정희 대장이 승인했던 그 계획은 조선총독부에서 나온 *도시* 개발 계획서란 문건을 당시 국토건설청의 국토계획부장으로 있었던 사람이 차용한 것에 지나지 않습니다」

이휘정이 쿠데타라 말하면 서인현은 박정희 대장이라 답하는 식으로, 인자하고 한량한 분위기 아래에선 서로 다르게 살아온 역사가 격렬하게 부딪히고 있었다. 재즈 피넛에서 기획된 행사라 그런지 석학들의 여느 학술회와는 달리 자유롭고 느슨한 분위기가 지배적이었다. 청중들은 시종 웃었으며, 왔다갔다 움직이고, 아이를 어깨에 앉히고 천연덕스럽게 두 할아버지 앞을 얼쩡거리는 젊은 아빠도 있었다. 그리고 많은 사람들이 아무렇지 않게 담배를 피웠다. 실내 흡연이 자연스러운 시기였다.

「공업단지가 개발될 당시의 상황은 어땠습니까?」

「저보단 사장님이 잘 아실 겁니다. 저는 휴전이 이뤄지기도 전에 벡텔에 취직하여 세계를 떠돌고 있었습니다. 박정희는 조국 근대화에 사활을 걸고 있었고, 자력으로 중화학 단지를 만들고 싶어 했습니다. 뭐, 대부분의 나라들은 도와줄 생각조차 없었으니까요. 저는 추천을 받았고, 곧 한국으로 돌아와 정부로부터 일부 권한을 이어받아 건설에 나서게 되었습니다. 그때가 육십팔 년으로, 도시 공단은 이미 완공된 이후였습니다」

「벡텔이라면 미국 건설사지요? 샌프란시스코 만 교량을 만든」

「네, 워낙에 큰 회사여서」

「거기서 선생님은 주로 무얼 했습니까?」

「저는 주로 반문화적인 것에 관심이 많았습니다」

「이를테면요?」

「자연 속의 댐이라거나 원자력 발전소 같은 거죠」

「그런 건축물에 선생님이 관심 갖게 된 계기가 있을까요?」

「호기심이겠죠. 불가능한 것에 도전하고, 불가역한 것들을 통제하고자 하는」

「호기심이라… 건축가적인 견지에서… 아, 질문이 있으신 분들은 손을 들어주십시오. 예… 일어나셔서 말씀해주세요」

지금까지 연석을 향해 고정되어 있던 카메라가 빙 돌아가더니 청중 가운데 서서 질문을 던지고 있는 한 남성을 촬영하기 시작했다. 하지만 워낙 주변이 난잡했으므로 그의 말소리는 거의 들리지 않았다.

「크게 말해라!」

어딘가에서 볼멘소리가 터져 나왔다. 긴장한 표정의 남성이 다시 말했다.

「서인현 선생님께 질문 있습니다. 저도 건축가를 지망하고 있는 학생입니다만 최근 들어 진정으로 인간을 위한 건축이란 무엇인가, 윤리적인 주거환경은 가능한가에 대한 고민이 많습니다. 솔직히 말씀드리면, 저희 학과 내에서 공업단지와 원자력 발전소에 대한 평은 그리 좋지 않습니다」

「발전소와 주택의 설계는 근본적으로 다릅니다」

「예, 그렇지요… 그러니까 제 고민은, 아까 선생님께서 반문화적인 것이라고 말한 부분과 연관이 있는데, 설계된 건축물이 끼치는 영향에 대해 우리가 과연 판단할 수 있는가…」

「뭐라는 거야, 저 식충이 녀석!」

또 다시 고함이 터져 나왔다.

「건축가니 뭐니 하는 프레임으로 저 사람에게 다가서면 결국 할 말이 없게 되잖아!」

「질문이 있으면 손을 들어주세요. 앞의 분은 질문 다 마치셨나요?」

「어… 조금 더 생각하고 다시 하겠습니다」

건축학도에 이어 발언권을 획득한 남자는 연단으로 성큼성큼 걸어나갔다. 머리가 덥수룩하고 수염을 기른 젊은 남자는 호기롭게 서인현 앞에 섰다.

「서인현 씨, 당신은… 천국을 믿나요?」

그 말에 청중들 사이에 웃음이 터졌다. 이휘정과 서인현은 귀엣말을 잠깐 주고받더니 미소 지었다.

「취한 것 같군」

「안 취했는데」

서인현은 책상 위에 팔꿈치를 올려놓고는 천천히 답변했다.

「천국이란 말이지, 문화공학적으로 만들어질 수 없는 공간이라네. 하느님이 약속한 영생이 그곳에 존재하더라도 나라면 가지 않겠네. 천국에도 분명히 답답한 멍청이가 있을 테고 나는 분명 행복하지 않을 테니까 말일세. 유토피아는 실존하는 순간 더 이상 유토피아가 아니야」

「그럼 당신이 지은 핵발전소는?」

「나는 도시를 천국으로 만들기 위해 발전소를 지은 게 아닐세. 다만 자네의 아버지와 마찬가지로 이 얘기를 들려주고 싶구먼. 도시 남구에 지은 발전소 덕분에 도시가 발전했고, 자네가 모르는 사이에 그 덕을 충분히 봤다고 말일세. 안타깝게도 세상 이치가 그렇다네. 그리고 난 나치 전범이 아니야. 덤비지도 못할 시체를 찔러 뭣 하나. 사회에 분한 게 있다면 살아있는 인간들과 싸우라고. 아직도 박정희를 못 잊어 설치는 사람들 한국 땅에 많잖아」

서인현의 말에 청중들이 박수를 쳤다. 그러나 젊은 남자도 삐딱한 태도를 금방 포기하진 않았다.

「나는 역사에 대해 말하고 있는 거야. 역사 속의 건축과 당신이 도시에 행한 행위에 대해…」

「건축이란 완공이 된 시점부터 소멸을 향해 전진하는 신세라네. 아주 느리게, 낡고 허물어져 가는 거지. 자연을 역행하며 정복하려는 인간의 숙명이 그런 거야. 인공적인 모든 것은 결국 없어지기 마련이고, 다시 돌아간 무(無)에서 또 다른 출발을 하지. 그게 전부야. 우린 각자의 시간에서 최선을 다하는 게 고작이야. 남의 프라이드를 재단하는 건 쓸데없는 낭비지. 결국 삶으로 증명하는 것뿐이라네」

말을 마치고 서인현은 물을 마셨다. 남자는 재미가 없다며 자리를 떠났다. 이후 이휘정과 서인현 두 사람의 대화가 한참 이어졌다.

「재미있는 자리네요」

로이가 말했다. 그는 상기된 얼굴이었다.

「해맑은 때였지요」

「아저씨도 이때 있었나요?」

희람이 물었다. 그러자 기요는 물어봐줘서 고맙다는 얼굴로 대답했다.

「여기 노트를 들고 인상을 찌푸리고 있는 게 저예요」

「어머, 진짜네! 인상은 왜 쓰고 계셨어요? 되게 웃겨요」

「소변이 급한데 사람들이 너무 많아 화장실을 갈 수 없었거든요」

「저… 서인현 선생님은 원래 재즈 피닛에 자주 오던 사람이었나요?」

몰리가 말했다.

「그렇지 않아요. 재즈 피넛과 상관도 없을뿐더러 어떻게 보면 좌파 그룹의 숙적이나 다름없는 사람이었으니까요. 좀 트였다 하는 도시의 청년들은 죄다 하나 같이 교과서 속 인물들을 혐오하곤 했지요. 아까 서인현 선생에게 대들던 청년 봤죠?」

「그럼 어떻게 이런 자리가 마련된 걸까요?」

「그런 게 삶의 즐거운 우연 아닐까요? 만년에 이르러 시간이 그들에게 어떤 마법을 부렸는지는 모르지만, 굴곡 끝에 도달한 도시의 구석에서 만났어요. 그때 서인현 선생의 연세가 일흔 다섯이었고, 이휘정 선생은 예순 아홉이었지요. 서인현 선생을 먼저 알아본 건 이휘정 선생이었지만 대담 아이디어는 최이지 선생의 것이었어요」

사람들의 대화 속에서도 혼자 모니터를 노려보고 있던 유미가 쉬잇, 하고 조용히 하라는 소리를 낸 다음 텔레비전의 볼륨을 높였다. 이휘정과 서인현은 이제 호랑이 기계를 얘기하고 있었다.

「그럼 선생님의 최신작은 무엇입니까?」 하고 이휘정이 말했다.

「건축 말입니까? 작년까지만 해도 소일삼아 동네에 잡다한 걸 만들었습니다만 요새는 책 읽는 게 가장 즐겁습니다」 하고 서인현이 말했다.

「아, 멋지네요. 책이라면 어떤?」

「행동과학, 인지심리학, 게슈탈트 심리치료… 심리학에 관련된 거라면 잡다하게 읽는 편이죠」

「원래 그쪽에 관심이 많았습니까?」

「부끄러운 얘기지만 대학 시절엔 논문 비슷한 걸 쓰기도 했습니다. 게다가 얼마 전에 우연히 재미있는 물건을 발견해 그쪽 방면으로 취미를 계속 쌓을 수 있었죠. 최면술을 활용한 신경증 치료라거나…」

「허」

「그리 대단한 수준은 아닙니다. 어디까지나 개인적인 연구 차원이었고요. 그 때문인지 심리학은 기쁘게 매달릴 수 있습니다. 건축을 고민할 때 저는 항상 세계를 고려해야 했지만 심리학은 철저히 자기 자신을 관조하기 위한 목적으로 임하고 있으니까요」

「일견 동의하는 바이지만 심리학이란 학문 역시 결국 세계와 연결되어 있지 않을까요?」

「저도 한때 그렇게 생각했습니다. 결국 세계를 지각하고 반성하는 것은 우리의 의식입니다. 그 너머에는 뭐가 있다고, 어떻다고 짐작도 할 수 없어요. 다만 의식이 확장되는 만큼 감각할 수 있는 세계도 팽창되겠지만요. 주체와 세계의 관계를 설명할 때 뫼비우스의 띠를 예로 드는 것은 빙빙 도는 순환 자체보다 띠가 하나로 이어져 있음을 강조하기 위해서입니다」

「초월적인 얘기네요」

「초월적인 얘기죠」

「조금 설명이 필요한 것 같습니다만」

「고통의 근원은 무엇일까요?」

「원죄 말입니까?」

「제가 얘기하는 건 삶을 살아가는 우리들입니다. 제 견해를 말씀드려도 될까요? 고통이란 결국 트라우마에 의해 반사적으로, 혹은 무심결에 벌어지는 갖가지 반응을 말합니다. 탄생에서 죽음까지 이르는 과정에 인간이 트라우마를 갖게 되는 과정은 무궁무진하지요. 첫 번째 트라우마의 기억—저는 이걸 시금석 기억이라고 부릅니다만—은 대개 기억처리능력이 발달하기 시작하는 유년기에 만들어지고, 굳은살처럼 가려질지언정 깨끗이 사라지진 않습니다. 하지만 평생 그 사람을 따라다니며 유사한 상황 속에서 트라우마의 기억을 소환하죠. 이런 매커니즘이 반복될수록 트라우마가 주는 공포는 더욱 공고해집니다. 트라우마를 피하고자 하는 노력도 마찬가지입니다. 의식적인 거부로 인해 역설적으로 트라우마만 강화되는 결과를 초래합니다. 게슈탈트 이론에서는 감각의 순환을 무엇보다 중요하게 생각하죠. 세계와 접촉하면서 욕구가 발생하고, 욕구를 해결하고자 하는 힘에 의해 삶이 추동하며, 그 과정에서 의미가 발생하고, 욕구가 해결되면 만족감에 이르고, 그리하여 다시 세계와 접촉할 수 있는 준비를 하게 됩니다. 하지만 트라우마는 이런 순환을 방해합니다. 그 결과 히스테리와 강박, 신경증 등 온갖 부작용을 일으키는 거죠」

「흥미로운 말씀 중에 죄송합니다만 그래서 고통의 근원이 바로 트라우마 기억이라는 겁니까?」

「말이 길어졌군요, 죄송합니다. 요컨대 인간은 고통과 기억에 무척이나 연약한 종이란 것입니다. 형이상학적 존재를 더듬기는커녕 눈앞의 사물을 온전히 인식하기도 불안한 수준입니다! 저는 인간의 기억력과 인지 능력을 신뢰하지 않습니다. 기분에 따라서 그 지각 능력은 너무도 큰 기복을 보이니까요. 결국 이 세계는 그의 정신생활에 따라 달리하는 것입니다. 어떠한 진리도 없고, 보편적인 본질도 불가능합니다. 통용되지 못하기 때문입니다」

「그렇다면 세계를 올바르게 인식하기 위해 우린 어떤 노력을 해야 합니까?」

「감각이 계속 순환할 수 있도록 도와야죠. 감각이 멈추면 필연적으로 병폐가 오기 마련이고, 고통에 빠진 사람에게 세상은 지옥일 뿐입니다. 제 심리학적 관심사는 오랫동안 고통의 근원과 참된 치유에 있었습니다. 그것이 해결되지 않는다면, 손바닥 위에서 터진 폭죽놀이처럼 언제까지고 표면상의 현상일 따름이죠」

「그러니까 시급석 기억의 치유가 우선시되어야 한다…」

「그렇죠」

「순환을 가로막는 돌덩이가 치워지지 않으면…」

「고통은 다시 반복된다」

그때 우당탕, 하고 요란하게 집기 떨어지는 소리가 들리더니 라우가 미닫이문을 뚫고 별실 안으로 들어왔다. 비디오의 대담에 집중하던 사람들은 갑작스런 등장에 엄마야, 하고 비명을 질렀다. 쌤은 어찌나 놀랐던지 앉아 있던 의자 뒤로 벌렁 넘어지기까지 했다.

「누님, 누님!」

「이놈아, 아무리 급해도 그렇지 문을 부수고 들어오는 경우가 어디 있어?」

「비상, 비상사태에요! 빨리 여길 나가셔야 해요」

「집 나간 고양이가 여기 계셔?」

나 경감의 목소리가 들려왔다. 그는 재즈 피넛의 홀로 연결된 입구에서 부하 형사들과 함께 들어서고 있었다. 전기에 감전된 것처럼 일행은 모두 자리에서 번쩍 일어났다.

「누님, 제가 시간 끄는 사이에 뒷문으로 나가세요」

라우가 다급하게 말했다. 유미가 난처해하자 아가일 무늬 조끼를 입은 기요도 차갑게 식은 그녀의 손을 붙잡았다.

「어서 가보게. 지금 자네는 이런 데 있을 때가 아니야」

그게 무슨 말이냐고, 유미는 묻고 싶었다. 하지만 기요는 대답을 기다리지 않고 곧장 라우와 함께 별실 밖으로 나가 나 경감 패거리들 앞에서 공경이 필요한 노인과 한국어가 통하지 않는 외국인 행세를 했다. 얼어붙은 사람처럼 꼼짝하지 않는 유미의 팔을, 쌤이 잡아당겼다. 결국 유미는 사람들과 함께 레스토랑 부엌을 통과해 쓰레기통 옆에 세워둔 자동차에 탑승해야 했다.

「내가 운전할 테니까 승택이한테 전화해」

비가 후두둑 떨어지는 거리에서 유미가 승용차의 앞좌석 문을 열며 쌤에게 말했다. 이제 비는 폭우가 되어 시야를 가리고 청각을 빼앗고 있었다. 잿빛의 비바람이 기관총처럼 사정없이 몰아쳤다. 마치 전쟁터에 내던져진 양철 통조림처럼 정신이 하나도 없는 악천후였다. 유미의 말을 제대로 듣지 못한 쌤은 한쪽 귀를 손에 모아 올리며 네에? 하고 반문했다. 유미는 대답하길 포기하고 차에 탑승했다. 그런데 승택의 오래된 에스페로는 페달을 밟아도 엔진 요동치는 소리만 들릴 뿐 꿈쩍하지 않았다. 당황하여 열쇠를 다시 돌리고, 액셀러레이터를 깊게 밟아도 무소용했다. 그 사이 나 경감의 수하들이 뒷문으로 쫓아와 자동차를 향해 쓰레기통을 집어던지고 부지깽이로 트렁크를 내리찍었다.

「누님, 클러치 밟았어요?」

「아니, 왜?」

「클러치 밟아봐요!」

유미가 마지막 페달을 꾹 누르자 쌤은 중립에 놓여 있던 스틱기어를 이단으로 힘껏 잡아 내렸다. 그러자 와앙, 하는 굉음과 함께 에스페로는 전방을 향해 로켓처럼 내달리기 시작했다.

⊟

하나와 승택은 처음과 같은 자세로 나란히 앉아 지루한 표정으로 모니터를 응시하고 있었다. 테이프를 바꿔도 영상은 대체로 변함이 없었다. 주택단지를 찍었다 싶으면 이번엔 횡단보도와 가로등이 어지럽게 얽힌 교차로를 찍고, 그 다음은 느티나무 아래, 모노레일 뒷좌석… 희람의 카메라는 누구도 관심 갖고 바라보지 않는 도시의 면면을 공들여 기록하고 있었다. 하지만 애초에 승택이 목소리를 깔며 의미심장하게 경고했던 수상쩍은 사건은 좀처럼 찾아볼 수 없었다. 오리가 찾아보라고 한 장면은 어쩌면 영상 가운데 적나라하게 포착된 것이 아니라 배경으로 잠깐 스쳐 지나가는 순간을 말하는 걸지도 몰랐다. 그렇다면 그것은 두 사람이 한 달 동안 눈이 빠져라 모니터 앞을 지켜도 찾을 수 없으리라. 칠십여 개의 테이프, 사천이백 시간의 조악한 영상 속에서 숨은 힌트를 찾는 건 우연이 아니면 기적으로나 가능할 테니 말이다…

노이로제에 빠진 얼굴로 승택이 주머니에서 담배를 꺼내려고 하자 하나가 그 손을 찰싹 후려쳤다.

「민폐잖아요. 남의 집에서 담배를 피우는 건」

「꼰대 같은 소리 하지 마」

「그럼 어른다운 모습을 보여주시죠」

횡단보도 앞을 찍은 영상에 화이트노이즈가 생기더니 이윽고 파란 화면으로 넘어갔다. 테이프가 끝난 것이다. 데크에서 철컥, 하는 소리와 함께 마그네틱 필름을 돌리던 모터가 자동으로 멈추었다. 승택은 담배를 땅바닥에 힘껏 내던졌다.

「제길, 이 짓도 못 해먹겠네」

하나는 대꾸하지 않고 플레이어에서 테이프를 꺼내 다음 것으로 교체했다. 처음으로 되감은 다음 재생 버튼을 눌렀다. 바람에 흔들리는 아카시아 나무를 찍은 영상이 이어졌다… 하나는 의자 등받이에 몸을 기대어 앉았다. 기능성 등받이 쿠션이 훌륭한 사무용 의자였다.

「빌딩에서 황 부장이 뭐라 하디?」

승택이 물었다. 두 사람은 게임하는 형들을 구경하는 소년처럼 멍하니 앉아 모니터를 뚫어지게 보고 있었다.

「아까 말했잖아요. 호랑이 기계 갖고 사람들을 세뇌한다나… 승택씨도 자각몽 기능을 알고 있었어요? 꿈을 꾸는 사람이 그것이 꿈이란 걸 알고 자기가 마음대로 조작하는 거래요. 로이가 그러는데 호랑이 기계는 자각몽을 도와주는 기능이 있어서 꿈을 꾸는 사람은 그게 꿈인지 실젠지 알아차릴 수가 없을 정도라는데요」

「그러니까, 호랑이 기계가 유리 겔라처럼 최면을 걸어 구운몽 같은 꿈을 꾸게 만든다는 거잖아. 그리고 황 부장은 그걸 이용해 방송을 보는 사람마다 바보로 만들겠다는 심산인 거고」

승택이 탁월하고 명료하게 정리했다.

「웃긴 얘기에 환장하는 놈들이 너무 많군」

시덥지 않은 얘기처럼 고개를 끄덕이던 승택은 일순 떠오르는 것이 있어 의자에서 튕기듯 일어났다. 그는 그때서야 채교영 과장이 보여준 뇌파 사진과 한참 뒤에야 뇌사에 빠진 환자들을 이해했다. 깨어나지 않는 꿈을 꾸다 결국 영영 돌아오지 않은 사람들. 그들은 호랑이 기계

안에서 꿈을 꾸다, 호랑이 기계의 꿈을 받아들이고, 진짜 현실을 선택한 것이었다.

「왜 그래요?」

「그럼 도시의 의문사들은… 호랑이 기계 속에서 꿈을 꾸다 죽은 거야?」

「어쩌면요」

하나는 입술을 앙 다물고 잠시 생각에 잠겼다.

「흠, 꿈을 꾸다 죽었다, 라… 엄밀히 말하자면 죽었다는 것도 이쪽 세계의 우리나 그렇게 생각하는 거지 당사자는 새로운 삶을 시작한 걸 수도 있어요. 꿈속에서 말이에요」

「젠장, 뭐가 뭔지 하나도 모르겠네. 그럼 호랑이 기계에서 돌아온 사람은 없어?」

「오리에게 돈을 주고 꿈을 꾼 사람들이 얼마나 되는지도 모르는데 누가 알겠어요. 참, 그런데 로이는 호랑이 기계에서 살아 돌아온 사람이 있댔어요. 누군진 몰라도」

「기드…」

「네?」

「그래, 고범근이… 상구 형님도 그렇고…」

승택은 혼자 중얼거리더니 바닥의 캐리어를 다시 뒤적이기 시작했다. 그는 자포자기한 사람처럼 브이에이치에스 테이프를 하나하나 들어 보이고는 거칠게 내동댕이쳤다. 갑작스런 행동에 놀란 하나가 그를 만류했다.

「왜 그래요? 테이프 망가지겠어요」

하나의 제지에도 아랑곳하지 않고 미친 사람처럼 브이에이치에스를 내던지던 승택이 그때서야 행동을 멈추고 하나에게 자신이 집은 테이프를 보여주었다.

「여기 붙은 스티커를 봐. 뭐라고 적혀 있지?」

승택이 말하는 건 라벨 위에 기록된 날짜였다. 희람이 적은 것처럼 보이는 정갈한 네임펜 글씨는 이천십삼 년 십이월 이십삼일을 알려주고 있었다. 승택은 계속 말했다…

「꿈속에서 내리는 선택에 따라 누구는 뇌사에 빠지고 누구는 의식을 차린다면 그 기준이 대관절 뭐야? 그걸 알 수만 있다면 뇌사에 빠졌다고 해도 다시 데려올 수 있는 거 아니야?」

「이미 늦은 사람도 있어요」

하나가 말했다. 그가 떠올린 사람은 귀신이었다. 뺑소니를 당한 그는 찾아오는 가족도 없이 시립 안치소에 법적으로 규정된 시간 동안 머물다 화장터의 연기로 사라졌다. 그런 식으로 뇌사 판정을 받고 유명을 달리한 육신의 사례는 귀신뿐만이 아닐 터였다. 승택은 하나의 얼굴에서 스쳐 지나가는 어두운 그늘을 가만히 지켜보다가 테이프를 흔들며 말했다.

「아무튼 여기에 뭔가가 있어. 이 지긋지긋한 난리를 끝내버릴 뭔가가」

「그래서 아까부터 보고 있잖아요. 근데 뭐가 있단 거예요?」

「호랑이 기계가 나타난 다음 희람이 마지막으로 찍은 게 뭘까? 멍청하게 처음부터 볼 필요가 없었어. 문제는 아이들이나 도시가 아니라 호랑이 기계니까」

하나는 승택이 무슨 생각에 도달했는지, 또 무엇 때문에 테이프의 라벨을 확인하는지 알 수 있었다. 그는 마지막으로 촬영된 영상을 찾고 있었다.

마지막 테이프? 주차장 아이들의 마지막 모습이 담긴? 희람이 도시를 떠나기 전 마지막으로 찍고 있던 것? 질문들이 꼬리를 이었다. 유추할 수 있는 것이라곤 지금까지 그가 보았던 지엽적이고 파편처럼 흩어진 영상뿐이었다. 그 가운데에서 떠오르는 것이라곤 아무런 이야기도, 개연성도 없이 있는 그대로를 기록한 거리의 이미지, 그리고 아늑하게 빛났던 주차장의 모습이 전부였다. 느긋하고, 평온하고, 고적하며, 아름다운 나날이 변한 것이 호랑이 기계가 발견된 이후라면 그 정서도 돌변했을 것이다. 종말을 예감한 쓸쓸한 기색, 생동감을 잃은 낙엽처럼 무너져가는… 자유롭게 생성되는 심상의 장면들이 쉼 없이 미끄러지는 가운데 하나는 캐리어를 끌고 마을 어귀를 걸어가는 아이들의 모습을 떠올릴 수 있었다. 어디서 봤지? 빛을 잃은 표정과 낡은 코트, 아이들의 맥 빠진 장난, 술에서 덜 깬 일요일의 주택가 풍경까지 생생했다. 하나는 그 출처를 금방 찾아냈다. 수희동으로 희람이 오고, 외부에서 빌린 플레이어 데크가 도착했을 때 처음으로 그들이 본 테이프… 희람이 사용하던 카메라 기종은 추측컨대 파나소닉 디비엑스 백일 것이다. 그 전까지 파다하게 사용되던 소니의 피디 백오십과 달리 이십사 프레임을 지원하며 주목을 받았던 카메라.

「희람은 마지막까지 카메라를 들고 있었어」

하나가 말했다.

「그날은 주차장에서 나온 아이들이 헤어지던 마지막 날이었어요. 그래서 저마다 짐을 손에 들고 있던 거야」

승택의 표정이 어둡게 반응했다. 하나는 그것을 놓치지 않았다.

「그날 무슨 일이 있었던 거죠?」

「응?」

하나는 승택의 팔소매를 붙잡았다.

「잘 생각해봐요! 우리가 본 디비 육미리는 카메라 안에 들어있던 거예요. 브이에이치에스 테이프로 변환하기 전의 원본이었던 셈이죠. 희람은 줄곧 디비 육미리로 촬영을 하고, 그걸 브이에이치에스로 옮겨 보관해왔어요. 그게 훨씬 경제적이니까요」

「그래서 어쨌다는 건데?」

「해변의 여행객 사건이 터지고 경찰이 주차장을 들쑤셨어요. 하지만 아이들은 경찰이 들이닥치기 전에 미리 나왔겠죠. 제가 본 영상은 바로 그때에요. 아이들은 헤어지기 전에 마지막으로 인사를 하고 있었어요. 거기서 테이프는 끝났죠」

「그런데?」

「만약 희람 씨의 기억이 테이프와 함께 끝난다면 그 다음에 무슨 일이 일어났는지가 중요한 거잖아요. 당신은 희람 씨를 데리고 서울로 올라왔지요? 희람 씨가 끌던 캐리어와 같이요. 아마 아이들과 헤어지고 나서 그녀를 만난 거겠죠. 그 사이에 뭐가 있었던 거예요. 도시에서 만난 모든 순간을 놓치고 싶지 않은 희람 씨는 그때도 카메라를 놓지 않았겠죠. 아니, 마지막 테이프는 여기 없어요. 러닝 타임이 끝나기 전까지 테이프는 카메라 속에 들어 있다고요, 아시겠어요?」

승택은 여전히 불가해한 표정을 짓고 있었다. 하지만 그것은 이해가 어려운 것이 아니라 원하지 않는 사실을 본능적으로 두려워하는 감각에 가까웠다. 그 순간 승택의 핸드폰이 울리기 시작했다. 몇 번의 신호를 보낸 다음에야 승택은 뒤늦게 전화를 받았다. 쌤이었다.

「승택아, 여기 재즈 피넛인데 경찰들이 몰려왔어」

「여보세요?」

다음의 이야기는 분명하지 않았다. 수화기 너머로 놀랄 만큼 시끄러운 브레이크 소리와 욕설, 그리고 빗소리가 동시에 쏟아져 아무 것도 들리지 않았다. 통화는 그걸로 끝이었다.

「누구에요?」

옆에서 불안한 얼굴로 지켜보던 하나가 물었다. 핸드폰을 바라보던 승택이 대답했다.

「우린 바로 재즈 피넛으로 가야 해」

빌딩 지하에 고이 주차되어 있던 크린토피아 다마스는 폭우를 달리고 있었다. 시계(視界)는 불만 가득한 아이가 엉망으로 만든 스케치북 그림처럼 어지러웠고, 설상가상으로 자욱한 안개가 깔리기 시작했다. 차체를 두들기는 빗소리 너머로 비구름이 충돌하는 굉음이 무겁게 퍼졌다. 밤하늘은 이제 사납게 일렁이는 바다처럼 보였다. 낮과 밤의 분간이 사라진 디스토피아와 같이 하늘과 바다도, 꿈과 현실도 경계를 비집고 뒤섞이고 있었다. 승택은 운전석의 유리창을 아주 살짝 내리고는 담배 세 개비를 연달아 피우고 있었다. 하나는 아무 말도 하지 않고 조수석의 차창 너머로 풍경을 바라보았다. 빌딩도, 가로수도, 간판도 빗물에 일그러져 형체를 알아볼 수 없었다. 어딘가에서 깜빡이는 불빛만이 고작이었다.

빗길 위를 전속력으로 몰아 단숨에 도달한 재즈 피넛 인근은 이상하리만치 조용했다. 승택은 사이드 브레이크를 잡아당긴 다음 팝콘처럼 차 밖으로 뛰쳐나갔다. 차문을 열자 오피스텔에서 겨우 말랐던 옷이 순식간에 다시 비에 젖었다. 감기 몸살로 된통 앓겠군, 하고 하나는 생각했다. 몸이 벌써부터 으슬으슬해지기 시작했으니까. 일이 끝나면 분명 그럴 것이다. 그런데 이것이 끝나긴 할까? 열심히 뛰어다니고는 있지만 발버둥치는 것에 가까운 추격전이었다. 앞도, 뒤도, 주변의 사방도 혼탁하여 알 수 없는 지평 위를 하나와 승택은 내달리고 있었다. 현실은 창백한 실루엣과 같았다.

「아무도 없어」

레스토랑을 들어갔다 나온 승택이 말했다. 그는 눈두덩이 위로 흐르는 빗물을 막기 위해 인상을 잔뜩 찌푸리고 있었다. 빗소리가 워낙 거셌기 때문에 두 사람은 근거리에 붙어 있었음에도 축구장 건너편의 볼 보이들처럼 악을 써야 했다.

「쌤도 없어요? 희람 씨도?」

「태어나서 이런 적은 처음이야. 차이나타운에 사람이 한 명도 안 보이는 건」

승택은 커다란 손바닥으로 얼굴의 빗물을 닦아냈다. 그의 짧은 머리칼도 비에 젖어 한층 더 빳빳하게 보였다. 속옷까지 완벽하게 젖어버린 하나는 망연자실한 얼굴로 비가 주룩주룩 내리는 차이나타운을 보았다. 낡고 더러운 주상복합 아파트들, 규제 없이 마구잡이로 설치한 간판들, 유리창 너머로 보이는 세간살이와 복잡하게 얽히고설킨 빨랫줄들, 반지층으로 연결된 배관에서 흘러나오는 뿌연 김, 소중하게 다루지 않아 절반 이상이 박살 난 수거용 쓰레기통. 그 가운데서 사람은 없었다. 승택의 말마따나, 일상시계가 제각각인 수많은 사람들이 모여 살며 이십사 시간 중 잠깐도 멈춘 적이 없는 골목에서 인기척 하나 느껴지지 않는 건 이상한 노릇이었다.

판단이 서지 않는 텅 빈 거리 위를 서성이며 비를 맞고 있는데, 어딘가에서 요란하게 충돌하는 소리가 들렸다. 골목 너머에서 비명소리, 남성들이 울부짖는 욕설, 무너지는 소리가 울려 퍼지고 있었다. 하나와 승택은 서로의 얼굴을 마주보고는, 곧장 소리의 출처를 향해 내달리기 시작했다.

하나와 승택은 두 블록 건너편에서 전신주에 들이박은 채 보닛에서 하얀 김을 풀풀 날리고 있는 자주색 에스페로를 발견할 수 있었다. 그것은 승택의 자동차였다. 두 사람은 진창을 달리느라 바지자락이 엉망이 된 줄도 모르고 허겁지겁 차를 살펴보았다. 운전석과 조수석, 뒷문 모두 열려 있는 차 내부엔 아무도 없었다. 피를 흘린 흔적도 없었다. 승택은 보닛에 주의 없이 손을 댔다가 열기에 놀라 얼른 귀를 붙잡았다.

「사람들은 다 어딜 간 걸까요? 또 일모빌딩에 끌려간 건 아니겠죠?」

승택은 대답하지 않았다. 그는 핸들 아래의 레버를 잡아당겨 트렁크를 열었다. 돗자리와 기름걸레, 접이식 우산 따위가 제멋대로 처박혀 있는 구석에 은색 하드케이스가 있었다. 투박한 쇠붙이로 된 잠금장치를 열어젖혔을 때… 케이스 안은 비어 있었다. 여분의 간이 배터리, 충전 케이블과 제습용 실리카겔이 전부였다. 재즈 피넛도, 자동차도, 카메라 케이스도 마치 마트료시카 인형처럼 부재를 반복적으로 보여줄 따름이었다. 두 남자가 황망한 웃음을 터뜨리기 조금 전…

⊟

유미는 끈덕지게 따라붙는 차량을 따돌리기 위해 좁은 골목으로 이루어진 차이나타운의 미로를 세 바퀴 정도 미친 듯이 질주하고 있었다. 유미의 운전 실력은 가히 놀라운 수준이어서 태평양의 수사요원들마저 탄복하며 균형을 잃지 않기 위해 천장의 손잡이를 부서져라 붙잡고 있을 정도였다. 승택의 자주색 에스페로는 헌옷 수거함을 박살내기도 하고, 벽돌로 된 담을 비스듬하게 내달리며 추격을 피하고자 무진 애썼다. 그러나 훈련이 잘된 나 경감의 개들도 끈기가 대단하여 좀처럼 포기하는 법이 없었다. 결국 유미는 속도를 줄이지 않은 상태에서 급하게 커브를 틀다 제어를 놓치고 말았다. 차가 전복되지 않고 정면의 전신주만 들이박은 채 멈춘 게 다행이라면 다행이었다. 사람들은 놀랄 틈도 없이 문을 열고 뛰쳐나갔다. 그들을 따라오는 지프 차량에서 나 경감은 선루프 밖으로 몸을 기댄 채 살육에 눈이 먼 아프리카의 백인 사냥꾼처럼 권총을 휘두르고 있었다. 어쨌거나, 유미를 비롯하여 탑승자들은 헐레벌떡 빗길 위를 내달리기 시작했다. 저기 있다! 놓치지 마! 저쪽으로 간다! 쫓는 사람들도 절박하긴 매한가지여서 골목은 금세 욕설과 고함이 울리는 전쟁터가 되었다.

희람은 달리는 중에도 호랑이 기계가 담긴 트렁크 가방을 놓지 않았다. 고철과 태엽으로 가득 찬 트렁크는 화가 날 만큼 무거웠고, 움직일 때마다 골반이나 허벅지를 때렸기 때문에 그녀의 온몸은 성한 곳이 없었다. 희람의 달리기는 오래 가지 못했다. 다리가 온전히 움직이지 않았다. 무릎을 부여잡고 숨을 돌리는 사이에도 펄떡이는 심장은 입 밖으로 튀어나올 것만 같았다. 어렴풋이 희람의 이름을 부르는 목소리가 멀리서 들려왔다. 로이인가, 몰리였을 것이다… 하지만 눈가를 때리는 빗물 탓에 그녀는 아무도 볼 수 없었다. 이제 앞서 달리던 일행들은 사라지고 보이지 않았다. 남은 건 더러운 진흙탕 위로 파문을 만드는 장맛비뿐이었다. 희람은 고개를 돌리며 주변을 둘러보았다. 유미, 쌤, 로이, 몰리, 사람들의 이름을 한 사람씩 불러보기도 했다. 돌아오는 대답은 없었다. 희람은 뒷걸음으로 천천히 골목 안쪽을 향해 움직였다.

「아가씨, 거긴 길이 없는데요」

어둠 속에서 코끼리를 더듬듯이 좁은 길을 걷던 희람 뒤로 누군가의 목소리가 들렸다. 뒤돌아보니 반대편엔 마찬가지로 비에 푹 젖은 정장 차림의 남자가 한쪽 눈을 찡그린 채 서 있었다. 일모그룹 빌딩에서부터 그들을 쫓던 조직원 가운데 한 명이었다. 희람은 겁에 잔뜩 질려 입 밖으로 소리 하나 낼 수 없었다. 그녀는 넘어지지 않기 위해 벽에 손을 기대고 뒷걸음질 쳤다.

「저랑 같이 좀 가시죠. 겁먹을 필요 없어요」

남자는 제법 상냥하게 말했다. 희람보다 열 살 정도 많을까? 어쩌면 하나와 또래일 지도 모를 젊은 사내였다. 하지만 희람은 고개를 강하게 내저었다. 남자는 한숨을 쉬고는, 허리춤에 꽂혀 있던 무전기를 한 손에 쥐었다. 송신 버튼을 누르자 시그널 소리가 들렸고, 마이크에 입을 대고 전파를 준비했다.

「칠오, 목표 일 명 확인. 현재 위치는…」

그 순간 탕, 하고 총성 소리가 들렸다. 총탄이 발사되는 소리를 처음 들은 희람은 소스라치게 놀라며 몸을 움츠렸다. 그것은 귀가 찢어질 것처럼 높은 고음과 피부 아래로 낮게 깔리는 저음이 동시에 터져 나오는 비일상적인 경험이었다. 총격을 받은 남자는 전혀 예상하지 못했다는 얼굴로 뒤를 돌아보고는, 피가 쏟아지는 흉부를 두 손으로 확인한 다음, 이내 푹 쓰러지고 말았다. 희람은 너무 놀라 들고 있던 호랑이 기계를 바닥에 떨어트렸다. 입을 가린 손이 미친 듯이 떨려왔다. 골목 입구에서 누군가가 진창길을 밟으며 천천히 걸어왔다. 그는 검은색 바람막이 재킷의 후드를 뒤집어쓰고 있었다. 한 치수 정도 커다란 아우터는 껑충하고 마른 체형을 한층 부각시켜주었다.

「너도 상상하지 않았어? 이렇게 총을 쏘면 정말 누군가 쓰러진다고…」

쓰러진 남자를 지나 희람에게 가까이 다가온 그가 천천히 고개를 들었다. 후드 너머로 보이는 얼굴은 오리였다. 하지만 희람은 그가 정말 비디오에서 자신이 본 인물, 그러니까 겨울 날 해변에서 서핑을 한다고 무모하게 바다에 뛰어들며 친구들에게 바보 같은 웃음을 짓던 소년이 맞는지 의심스러웠다. 눈앞에서 비를 맞고 있는 사람은 그때의 소년과는 전혀 다른 분위기 속에 잠겨 있었다.

「누구세요?」

희람이 말했다. 그것은 사실 지금의 침묵이 소름 끼치도록 두려워 꺼낸 말이었다. 그는 지척거리까지 걸어와 후드 주머니를 천천히 벗었다. 전신주의 하얀 불빛을 맞은 오리의 얼굴은 웃음기 하나 없이 창백하고 메말라 보였다.

「옛날 친구라고 하면 기억할까?」

그가 말했다.

「나는 너를 알고 있는데. 기억을 잃었다지?」

「저 사람은 죽은 거야?」

뒤편에서 여전히 진흙바닥에 코를 박고 쓰러져 있는 남자를 가리키며, 희람이 말했다. 희람은 마음 속 깊은 곳에서 분노가 일렁이는 것을 느꼈다. 그것은 이성을 차갑게 다잡아주는 것을 도와주었다. 오리는 오랫동안 움직이지 못한 사람처럼 목을 좌우로 천천히 움직여 보았다. 희람이 지적한 것에 큰 관심을 못 갖는 얼굴이었다.

「네가 그렇게 생각하고 싶다면」

희람은 그를 빤히 바라보았다. 오리의 말투와 분위기는 사람을 깊은 곳에서부터 불안하게 만드는 무엇이 있었다. 그가 아무리 옛날 친구라고 해도 희람은 대화하고 싶은 마음이 들지 않았다. 희람은 바닥에 떨어져 있던 트렁크 가방을 다시 잡아 올렸다.

「혹시 이 주변에서 다른 사람들을 만나지 않았어? 한 사람은 염색을 했는데…」

오리는 아무 대답하지 않았다. 다른 곳을 바라보며 비를 가만히 맞을 뿐이었다. 희람이 대답을 포기할 무렵 그는 다시 입을 꺼냈다.

「궁금하지 않아? 생각나지 않는 예전 일들이?」

「네가 뭘 도와줄 수 있는데?」

희람이 되묻자 오리는 손바닥을 펼친 두 손을 들어보였다. 상대에게 계속 휘둘리는 것이 짜증스럽게 느껴지자 희람은 자리를 곧장 떠나야겠다고 마음먹었다. 그러자 오리는 다시 말을 이어나갔다.

「나는 도와줄 수 없지만 호랑이 기계는 다르지」

희람이 걸음을 멈춰 섰다. 오리는 그녀의 얼굴을 바라보고 있었다.

「그것 때문에 온 거 아니야? 그걸 물어볼 줄 알았는데」

「오, 그래? 넌 그럼 얼마나 잘 알고 있는데?」

「네가 로이와 몰리라 말하는 동태평양 비밀수사국의 요원들? 재즈피넛의 한심한 놈팡이들? 정우주, 최유미, 임승택, 조달샘? 일모그룹 매체 내 집단심리 제어 연구소의 어른들? 황덕호 부장, 백중환 랩장? 도시 지방경찰청 제이 정보팀의 나호철 경감? 호랑이 기계를 안다고 설치는 놈들 가운데 그 어느 누구보다, 어쩌면?」

여태까지 희람이 만난 사람들에 대해 술술 읊어대는 오리에게 희람은 놀랄 수밖에 없었다. 그는 계속 말했다…

「지금까지 네가 누구한테 어떤 얘기를 들어왔든, 호랑이 기계를 어떻게 생각하든 정말 아무 것도 필요 없어. 알겠어? 그들은 호랑이 기계를 제대로 본 적도 없고, 꿈도 꿔본 적이 없으니까 말이야. 기껏해야 어디서 주워들은 얘기 갖고 말만 무성하게 늘어놓는 놈들이지. 마치 유명한 카메라 기종의 사양을 줄줄 외면서 기계를 찬양하는 바보들처럼!」

더 이상 말할 필요가 없다는 듯 오리는 고개를 내저었다. 그리고 트렁크 가방을 손가락으로 가리켰다.

「저건 네가 원하는 것을 갖게 해줄 거야. 기적 그 자체니까」

「꿈속에서 말이지? 나도 들었어. 하지만 그건 진짜가 아니야. 진짜 같은 가짜지」

「진짜 같은 가짜? 우리가 과연 그것을 구분할 수 있을까? 네 곁을 졸졸 따라다니는 남자 애? 하나라고 했나? 삽살개 같은? 아니면 내가? 아니면 너? 넌 이게 꿈이 아니라고 확신할 수 있어?」

쉬지 않고 나지막이 읊조리는 그의 말은 자기도취적으로 떠드는 황부장과 다른 서늘함이 있었다. 오리의 목소리엔 열정이나 흥분이 결여돼 있었다. 황 부장의 연설엔 세상을, 방향이 어찌 됐든 자신이 생각하기에 더 좋은 곳으로 바꾸겠다는 믿음이 있었다면 오리의 추궁은 그저 냉소적이었다. 그것은 큰 차이를 갖고 있었으며, 듣는 이로 하여금 단박에 느끼도록 했다.

「넌 계속 꿈을 꾸고 싶은 거지?」 하고 희람이 말했다.

「물론이지」 하고 오리가 말했다.

「너도 기계가 필요해? 다른 사람들처럼?」

희람의 말이 우스운 듯 그는 소리 내어 웃었다.

「내가 말했잖아? 나는 그들과 다르다고. 있잖아, 희람. 기뻐해줘. 나는 그 누구보다 호랑이 기계의 비밀에 가까이 다가갔어. 이걸 만든 사람보다 더. 이제 나는 저 무거운 트렁크도 필요로 하지 않아」

무슨 말을 하고 있는지, 희람은 조금도 알 수 없었다. 무서운 기분이 들었고, 당장이라도 그를 피해 빠져나가고 싶었다. 따뜻하고 아늑한 곳에서, 익숙한 음악과 잘 알고 있는 사람들 곁에서 잠들고 싶었다. 그리고 그 세계는 비가 내리지 않았으면 했다.

「재미있는 거 알려줄까? 장마는 이미 한 달 전에 끝났어」

오리는 오른쪽 손을 들었다. 그러자 스위치를 내린 것처럼, 광기 어리게 퍼붓던 빗줄기가 뚝 그치고 말았다.

붙어 다녀봤자 탐색에 별 도움이 안 된다는 걸 깨달은 하나와 승택, 두 사람은 아코디언처럼 구겨진 에스페로 앞에서 헤어졌다. 하나는 일단 뛰기로 했다. 쫓고 쫓기는 고함과 욕설이 골목 멀리서 들려왔다. 다른 소리는 존재하지 않았다. 대로변의 자동차 지나가는 소리도, 가게 앞에서 틀어놓은 음악소리도 없었다. 오직 밤안개가 자욱한 골목에서의 추격전, 보이지 않는 사람들의 흔적만이 전부였다.

희람은 어디에 있을까? 태평양을 누비며 첩보를 펼쳤다는 로이와 몰리는 이보다 안 좋은 상황을 경험했을까? 유미의 기다란 부츠는 이 빗길을 달리는데 불편하지 않을까? 쌤은 비에 푹 젖은 빵모자를 비틀어 물을 짜내고 있을 텐데… 하나는 계속 뛰었다. 뛰는 것 말고 그가 할 수 있는 건 없었다. 그는 더 이상 심장이 터질 것 같다거나 허벅지 근육이 파열될 것 같은 피로도 느끼지 못했다. 차이나타운에서 벌어지고 있는 일련의 소동처럼, 하나는 자신의 존재 또한 거짓말 같았다. 있다, 고 분명히 말할 수 있는 건 호랑이 기계였다. 호랑이 기계에 대한 금빛 열망. 그것만이 이 엉망이 된 도시를, 혹은 부재하는 기억을, 더 나아가선 해답 없는 자신을 구원할 수 있으리라 여겨졌다. 아니, 그것은 차라리 분노에 가까웠다. 하나는 호랑이 기계가 원망스러웠다. 할 수 있다면 양팔의 소매를 밀어올린 다음 톱니바퀴가 산산이 튀어나오고 호랑이가 납작해질 때까지 몽둥이찜질을 하고 싶었다. 얼굴의 미세한 신경까지 타오르듯 일렁이는 분노만이 하나에게 분명했다.

일찍 문을 닫은 지역 은행과 쌀가게 사이를 달리던 하나는 요란하게 퍼붓는 빗줄기 속에서 또렷하게 울고 있는 전화 벨소리를 듣고 걸음을 멈춰 세웠다. 그것은 건너편 모퉁이의 공중전화 부스에서 들려오는 소리였다. 하나는 여지까지 길가의 공중전화로 전화가 걸려오는 걸 경험한 적이 없었다. 핸드폰이 보급되기 전에도 생소한 풍경이었다. 하지만 하나는 전화벨이 자신을 찾는 것이란 확신을 느꼈다. 하나는 부스로 저벅저벅 걸어와 수화기를 들어올렸다.

「역시 당신은 나의 하나님이야」

희연이었다. 그는 느릿느릿하게 말하며 기분 나쁜 웃음을 흘리고 있었다.

「언제나 내 느낌은 정확했어. 오버시즈의 음악을 들을 때부터, 재즈 피넛에서 당신을 만났을 때부터 나는 알았어. 이제 세상은 나로 인해 변할 거라고」

「듣기 거북한 자화자찬이군. 친구가 많이 없었나봐, 희연 군. 일반적으로 그런 자기중심적 사고는 중학교 때 교정이 되는데 말이야」

「허풍이 심하시네. 비에 젖은 생쥐처럼 계속 뛰어다니기만 했으면서. 내가 전화를 걸어주기 전까지 아무 대책도 없었잖아?」

하나는 한쪽 눈을 감아 얼굴 위로 흐르는 빗물을 내려 보냈다.

「원래 조깅은 혼자 하는 거라잖아」

「하하하, 여전히 재미있어. 정말 하나, 너는 웃기는 놈이야」

「고마워. 요즘 그런 말을 부쩍 많이 듣는군」

「만난 시간은 짧았지만 우리의 우정을 위해서라도 호랑이 기계를 내게 넘기겠어? 그게 모두에게 좋을 것 같은데, 어때. 너는 여자 애랑 같이 집으로 돌아가고, 나도 구질구질했던 인생 좀 펴고. 응, 그게 낫겠어. 지금 당장 네가 기계를 들고 오는 거야. 내가 있는 대학교 앞 교차로로」

「내가 왜 그래야지?」

「네가 필요로 하는 걸 내가 줄 수 있으니까. 여자의 카메라를 찾고 있지? 그 안에 있는 테이프도 궁금하고. 내가 그걸 갖고 있어. 승택의 자동차 트렁크에서 찾았지. 아무도 관심 갖지 않는 데에서 뭔가를 발견하는 게 내 장기야. 이제 사태 파악이 되나? 너는 내게 감사해야 해. 안개 속에서 반쯤 자포자기에 빠져 있던 너한테서 목표를 던져주었으니까 말이야. 교훈 하나, 삶에 있어서 의미란 언제나 구체적이어야 해. 혼자만의 허황된 공상만으론 무엇 하나 이룰 수 없어. 알겠어? 교훈 둘, 누가 조언을 해주면 귀담아듣는 편이 좋아. 무조건 싫다고 하는 건 어린애나 하는 짓이야. 교훈 셋이 궁금하면 어서 대학교 앞으로 뛰어와. 기계가 없으면 카메라도 없다」

희연은 거기서 전화를 끊었다. 연결이 두절되었다는 신호가 울리는 수화기를, 하나는 천천히 내려놓았다.

하나와 헤어진 다음부터, 승택은 계속 쫓기고 있었다. 한둘이라면 도망 대신 난투를 택할 수도 있었다. 그러나 열 사람이라면 다른 얘기였다. 그것도 사람을 무력으로 제압하는 훈련만 집중적으로 받은 장정들을 오로지 배짱만으로 상대한다는 것은 무모한 결정이었으므로, 승택은 열심히 달렸다. 그는 다시 어린 시절로 돌아간 것만 같았다. 붙잡히면 미래는 없다. 말린 건어물이 될 때까지 두들겨 맞은 다음 빌딩 옥상에서 내던져질 것이다. 그리고 그 자리는 팔차선 도로를 거침없이 내달리는 화물차들에 의해 흔적도 없이 사라질 것이다. 화 뻗치는 일이군, 하고 승택은 생각했다.

미로 같은 골목을 빙빙 돌던 그는 한참만에야 대로변으로 빠져나왔다. 밤거리는 조용했다. 지나가는 차도, 행인도 없었다. 설정한 대로 움직이는 네온사인 간판의 불빛이 고작이었다. 하지만 이 기묘함에 대해, 승택은 이상하다 여길 겨를조차 없었다. 아주 잠깐이나마 악질 경찰, 용역 깡패, 기업 경호원, 소속이 무엇이건 귀신 같이 따라붙는 놈들과 격차를 벌인 틈에 몸을 숨겨야 했다. 탁 트인 교차로에서 승택은 숨바꼭질에 영 재능이 없는 아이처럼 초조했다. 급한 마음에 주변을 두리번거리는 그의 시야로 황당한 장면이 들어왔다. 그것은 전망 좋은 카페 이층의 테라스 자리에 앉아 여유롭게 정담을 나누며 커피를 마시고 있는 로이와 몰리였다. 분통이 터질 만큼 어처구니없는 모습이었지만 급한 건 승택이었다. 그는 테라스 아래로 달려가 두 팔을 흔들며 소리 질렀다. 온갖 난리 끝에 겨우 승택을 알아챈 로이가 고개를 내밀며 말했다.

「혹시 저희를 아시나요?」

승택은 욕을 할 뻔했다. 능청스러운 로이의 연기는, 하지만 지금 이 상황에선 너무도 위험한 것이어서 승택은 결국 도와달라고 부탁해야만 했다. 마침 골목을 빠져나온 추격의 인파들이 교차로로 쏟아져 나오고 있었다. 로이는 잘 들리지 않는다는 얼굴로 귀를 가까이 댔다. 이젠 정말 욕을 해야겠다는 찰나에 건물 외벽의 문이 열렸다. 저런 초라한 문이 왜 여기에 붙어있지, 싶을 만큼 눈여겨보지 않으면 지나칠 만한 작은 철문이었다. 몰리는 승택에게 들어오라고 손짓을 했다.

「몸에 젖은 물은 좀 털고 들어오시겠어요?」

로이가 말했다. 그는 조그만 원형 테이블 위에 아직도 김이 모락모락 나는 머그컵 두 개를 올려놓은 채, 다리를 꼬고 의자 위에 앉아 있었다. 체형에 맞춰 제작한 검푸른 색상의 수트도 뽀송뽀송했다. 헹굼 중인 세탁기에 빨려들었다 나온 사람의 행색을 한 승택과는 확연한 차이를 보이는 차림이었다.

「아니면 커피? 여기 비엔나가 아주 끝내줘요」

방금 전까지 생사를 걸고 빗길을 내달렸던 승택은 입이 떡 벌어질 뿐 아무 말도 할 수 없었다. 몰리는 쟁반 위에 커피와 따뜻한 물수건을 가져다주었다. 정말 생크림이 어여쁘게 뜬 비엔나 커피였다… 승택은 나무 의자를 끌어다 앉은 다음 물수건으로 얼굴 위를 덮었다. 적당하게 데워진 수건의 감촉이 주는 안락함이 어찌나 아찔하던지 하마터면 소리를 지를 뻔했다.

「수확은 있었어요?」

로이가 물었다. 잠시 생각한 뒤에 승택은 그가 오피스텔에서 테이프를 본 얘기를 하고 있음을 깨달았다. 승택은 입모양을 뒤집힌 유자로 만든 다음 고개를 내저었다. 테라스 밖 교차로에선 승택을 찾는 남자들이 요란하게 어슬렁거리고 있었다. 승택이 긴장하자 몰리가 손을 뻗었다.

「걱정 마요. 여기는 안전하니까」

그녀의 얼굴을 빤히 보며, 승택이 시선을 움직이지 않고 물었다.

「카메라는 어디 있지?」

「카메라?」

「내 차 트렁크에 있던 카메라」

「우린…」 하고 몰리가 말했다. 그녀는 정말 모른다는 얼굴을 로이와 교환하고 있었다. 「차에서 바로 나왔어요. 트렁크는 열어볼 틈도 없었죠」

무슨 말을 꺼내려다 주저하던 승택은 두 사람을 손가락으로 가리키며 말했다.

「난 아직도 네놈들을 믿을 수 없어」

「승택 씨, 우린…」

「대충 들었다구. 그런데 그건 너희들 주장이잖아. 말은 뭘 못하겠어? 커피는 고맙지만」

행여나 빼앗길라 승택은 찻잔을 끌어와 한 모금 마셨다. 로이는 한가하게 눈썹을 들어 올리는 장난을 치고 있었다.

「믿으라고 애원하진 않아요. 말하는 우리들도 무엇이 사실인지 확신할 순 없으니까. 결국은 받아들이는 사람의 마음 아니겠어요?」

「요컨대 본인들은 진실을 말하고 있고, 내가 그걸 받아들이기만 하면 되는 거로군?」

「세상 모두가 그런 걸요. 어떤 사람은 스스로조차 말하는 내용을 믿지 않지만요」

몰리가 말했다.

「그래요. 우리가 실수를 했어요. 오리와 희연의 존재를 안이하게 생각하고 있었어요. 그들이 이 사건에서 이렇게나 깊이 관여하고 있을 줄 몰랐어요. 잘못된 가정을 꽤나 오랫동안 고수했고요. 오해를 해서 미안합니다」

로이는 승택에게 손을 내밀며 진솔하게 사과를 청했다. 뻣뻣하게 굳은 채 승택은 한동안 꿈쩍하지 않았지만 끝까지 악수를 거부할 순 없었다. 그는 못 미더운 얼굴로 결국 로이의 손을 맞잡았다.

「그래서 앞으로 계획이 뭐야? 이대로 있다간 붙잡히는 건 시간문제야」

「안개가 점점 자욱해지고 있어요」

로이가 말했다. 그는 테라스로 걸어가 난간을 붙잡고 탁 트인 교차로의 풍경을 바라보았다. 낮은 지층의 건물들은 탁한 안개에 잠겨 있었다.

「승택 씨, 혹시 지금 필요한 거 없어요? 생각하지 말고, 머릿속에 떠오르는 것 아무 거나요」

「담배가 피우고 싶군」

그러자 몰리가 무언가를 느끼고, 정장 주머니에 손을 집어넣었다. 그러자 비닐을 벗기지 않은 양담배와 플라스틱 라이터가 나왔다. 짜잔, 하고 로이는 마술사처럼 두 손을 펼쳐보였다. 몰리는 담배와 라이터를 승택에게 건네주었다.

「확실히 이상하죠?」

「고맙긴 한데, 이게 제대로 된 세상인지 하나도 모르겠어」

「내 말이 그 말이에요. 지금 여긴 우리가 알고 있는 세상이 아닌 것 같아요」

승택은 새 담배의 포장을 벗겨낸 다음 한 개비를 입에 물었다.

「승택 씨에게 제안을 하나 해도 될까요?」

「듣고 있어」

「리더의 석방을 원하시겠죠, 당연히? 우리가 도와드릴 수 있을 것 같군요」

담배 연기를 내쉬던 승택이 소리 내어 웃었다.

「윗선에 믿는 끈이라도 있나보지? 대통령이 와도 어쩌지 못하는 도시에서?」

「대통령이 올 필요도 없습니다. 장담컨대 합법적인 방법으로 사흘 안에 리더를 재즈 피넛으로 모셔다드리죠. 경찰이나 일모기업의 사람들이 다시는 귀찮게 하지 않게 할 수 있어요」

「선데이스 판타지의 만화 보셨죠?」

여전히 믿지 못하겠다는 얼굴의 승택에게, 몰리가 거들었다.

「보석금이나 수임료도 필요 없어요. 원하신다면 지금까지 여러분이 겪었던 억울한 피해에 대한 보상을 확실하게 물을게요」

「도의적으로?」

「도의적으로, 법적으로, 그리고 금전적으로요」

승택은 담배를 입에 물고 곰곰이 생각을 헤아려보았다.

「요구사항이 있을 텐데?」

「오, 그럼요」

로이가 두 손을 비비며 말했다.

「호랑이 기계를 우리에게 양도하는 것, 그걸로 충분합니다」

「기계는 너희가 빌딩에서 가져갔잖아」

「정확히 말하면 희람 양이 챙겼죠. 아까 골목에서 헤어질 때까지만 해도 들고 있었지만 지금까지 갖고 있으리란 보장은 없습니다」

승택은 고개를 절레절레 흔들었다. 하지만 로이의 얼굴은 제법 진지했다.

「그래서… 나한테 호랑이 기계를 훔쳐서라도 가져와라, 이거군?」

「훔칠 필요가 있나요? 희람 양의 용무가 끝날 때까지 우린 기다릴 수 있습니다. 그렇다고 기계를 일모기업의 미친 실험에 바칠 순 없잖아요」

「아까 못 보셨죠? 그들은 제정신이 아니거든요」

「아시다시피 호랑이 기계는 위험합니다. 순수한 의도로 사용했다 한들 돌이킬 수 없는 결과를 낳을 수 있어요. 문제는 꿈을 꾸는 당사자가 아닙니다. 이 세계에 남은 가족과 친구들이지요」

로이는 승택에게 다가와 설득했다.

「진실로 위험한 것이 있다면 거짓말이 아닙니다. 자기가 하는 거짓말을 진실이라 믿는 사람이 위험한 거예요. 지금 우리는 그런 위험천만한 세상에 놓여있어요. 그리고 그걸 바로잡기 위해서라도 호랑이 기계가 필요합니다」

승택은 길게 한숨을 쉬었다. 필터가 다 타버린 담배꽁초를 찻잔 위에 끈 다음 창밖을 보았다. 여전히 어두운 밤안개가 주변을 지배하고 있었다.

「약속은 지키겠지?」

승택이 자리에서 일어나 로이를 마주보았다. 두 사람의 키는 엇비슷했다.

「사람과 사람으로서」

두 사람은 다시 악수했다. 그때 선배, 하고 옆에 있던 몰리가 말을 꺼냈다. 그녀는 창밖을 바라보고 있었다. 로이와 승택은 그때서야 온종일 쏟아져 내리던 빗줄기가 거짓말처럼 멈췄음을 알았다. 테라스로 달려가 교차로를 둘러보았을 때, 도로 위는 빗물이 만든 웅덩이만 듬성듬성 고여 있을 뿐 쥐죽은 듯한 침묵에 휩싸여 있었다. 비가 그치면서 안개도 빠르게 걷혔다. 쥐를 쫓던 고양이들은 불길한 징조를 만난 것처럼 서둘러 골목 안으로 사라졌다.

「저기 하나 씨 아니에요?」

눈 밝은 몰리의 지적이었다. 그녀가 가리키는 곳은 도시의 시립 대학교 정문 앞에 꾸려진 무대였다. 축제가 한창이었는지 단이 높고 철제 구조물에 스크린이 설치된 무대가 교차로의 넓은 공간을 바라보고 있었다. 아마 낮에는 도로 일부를 통제한 다음 야외 공연장을 운영한 모양이었다. 바로 그곳에 하나와 희연이 있었다. 무대 위에서 두 사람은 간격을 유지한 채 설전을 벌이고 있었다.

하나가 교차로에 도착한 건 공중전화에서 희연의 지령을 받은 지 삼십 분 남짓이 지난 뒤였다. 아직까지 비가 내리고 있었으므로 희연은 무대 위에 서서 백색의 조명과 함께 비를 고스란히 맞고 있었다. 말년 병장처럼 뛰는 시늉만 하면서 느린 보폭을 유지하는 식으로, 하나는 천천히 무대 위로 올라갔다. 그리고 들고 온 자주색 가방을 무대 가운데 조심스럽게 내려놓았다. 고개를 삐딱하게 꺾은 채 그 모습을 지켜보던 희연이 한참 뒤에 말했다.

「지금 이걸 호랑이 기계라 말할 건 아니지?」

「눈에 띄는 건 이거뿐이더군」

희연은 가방으로 다가가 발끝으로 살짝 밀어보았다. 그러자 가방이 쓰러지며 활짝 열렸고, 그 안에 들어있던 옷가지니 신문 따위가 쏟아져 나왔다. 불결한 냄새가 퍼진 것처럼 희연은 얼굴을 찡그리며 뒤로 물러났다. 호랑이 기계가 들어있는 트렁크 가방과 색상만 같을 뿐 외양조차 유사하지 않은 그 가방은 하나가 공중전화 부스 옆의 쓰레기 더미에서 대충 주운 잡동사니였다. 희연은 혐오스러운 표정을 감추지 않고 하나를 바라보았다.

「정말 중요한 순간에 실망시키는 녀석만큼 쓸모없는 게 없지」

「아아, 실망했다면 다행이야」

희연은 쓰레기가 가득 찬 가방을 걷어찼다. 그래도 분이 가시질 않자 무대 위를 서성이며 팔을 마구 흔들기도 하고, 하나의 면상을 향해 손가락을 가리키면서 극언을 내뱉기 시작했다.

「그렇게 말해줘도 모르겠냐? 교훈을 아무리 알려줘도 소용이 없냐고?」

「화를 내봤자 호랑이 기계는 나한테 없고, 네게 줄 권한도 없어」

「음식물 쓰레기처럼 쓸모없는 네 녀석과의 약속을 한때나마 진지하게 생각한 내가 한심할 정도야. 여기서 비를 맞으면서 너를 기다렸는데! 카메라에 물이라도 들어갈 까봐 비싼 케이스에 담아서 저기에 뒀는데!」

방수 처리가 되고 캐리어 형태로 나온 최신식 카메라 케이스를 가리키며 희연이 말했다. 하나를 무섭게 노려보던 그는 결국 허공에 소리를 내질렀다. 하나가 물었다.

「왜 그렇게 호랑이 기계에 집착하지? 돈이 필요한 거라면 이미 많이 받았을 거 아니야? 이렇게까지 구는 건 이해가 어렵군」

「네까짓 게 이해를 어떻게 해! 너 같이 이래나 저래나 꾸역꾸역 살아가는 놈들이 뭘 알겠냐고! 제길… 지긋지긋해. 알겠어? 음악도, 밴드도, 도시도 전부 넌덜머리가 나! 종언이 필요해」

희연은 계속 말했다.

「아름다운 마음을 가지고 간직하는 것은 너무 아름다운 일이 아니냐고 그랬지? 오버시즈, 멋진 밴드였지. 아마 음악을 좀 듣는다 하는 내 또래 아이들은 오버시즈의 노래를 들었을 거야. 그리고 염원하겠지. 아, 나도 저렇게 아름다운 노래를 부르고, 친구들과 함께 멋진 밴드를 해야지. 한때 나도 그랬고. 하지만 이제 나는 알아. 너희가 했던 음악은 죄다 추잡한 거짓말이란 걸. 아름다워? 세상이 아니라 자기 자신이나 그렇겠지. 거울에 비친 스스로와 사랑에 빠진 철부지 같아. 오버시즈나 오버시즈를 영웅처럼, 성자처럼 떠받드는 애들 모두 한심해. 그런 놈들이 천지인 도시는 말할 것도 없지. 정말이야. 발전에 대한 아무런 가능성도 없으면서, 변화를 위한 노력도, 어떠한 가능성도 없으면서 고고한 척 정당화나 일삼는 꼰대들도 역겹긴 매한가지지. 우린 인정해야 해! 도시는 죽어가고 있고, 아니면 이미 옛적에 죽었을 지도 몰라. 그런데 서울에 비해 도시는 어쩌고, 외국에 비해 저쩌고, 자본주의와 사회주의 이후의 모델, 동북아 지형을 매개하는 허브, 유라시아의 관문… 무엇이든 간에 포스트 따위를 붙이며 개소리를 풀어대는 지식인들까지 죽은 자식에 인공호흡기를 달아대는 꼴이야. 나는 원치 않

아. 나는 동참하지 않을 거야」

발작에 가까울 만큼 폭발적으로 신경질을 쏟아내고 있는 희연을 보며, 하나는 처음으로 측은함을 느꼈다. 그는 완전히 돌아버린 것 같았다!

「처음에는 호랑이 기계를 팔 생각이었지. 황 부장과 일모그룹의 미친 과학자들한테 말이야! 하지만 생각해보니 돈이 능사가 아니더라고. 어차피 돈이란 건 있는 놈들이 마음만 먹으면 하루아침에 땡전 한 푼 남기지 않고 갈취할 수 있거든. 돈으로 움직이는 도시에서 자유를 지키고 싶거들랑 결국 최상위 포식자가 되는 수밖에 없는 거야. 호랑이 기계만 있으면 그게 가능하지. 처음엔 황 부장의 말을 고분고분 들을 거야. 연구실의 노하우를 익히기 전까지만… 그 다음엔 건물 아래로 걷어차 줘야지!」

「한 마디로 황 부장의 자리를 네가 차지하겠다는 얘기군?」

바로 그때 하늘에서 비가 뚝, 하고 그쳤다. 팔의 힘이 대단한 사람이 단숨에 수도꼭지를 잠근 것처럼 절수가 이루어졌는데, 일반적인 지구상의 기후 경향을 비추어봤을 때 지극히 부자연스러운 현상이었다. 상식을 벗어나는 일을 마주하자 하나는 적잖이 당황했다. 너무도 흥분한 희연은 비가 그친 줄도 모르고 공상과 궤변을 이어나가고 있었지만…

「하나 씨!」

도로 멀리서 하나를 부르는 목소리가 들렸다. 희람이었다. 그녀는 안개가 걷히기 시작하는 교차로 끝에서 호랑이 기계를 손에 쥔 채 서 있었다. 마침 이루 말할 수 없는 불안에 시달리던 하나는 반가움에 손을 흔들고 싶었지만 그럴 수 없었다. 자신의 몸을 밀치고 무대 아래로 펄쩍 뛰어 내려간 희연 때문이었다. 호랑이 기계에 눈이 먼 희연은 웅덩이를 첨벙첨벙 밟아가며 희람에게 달려갔다. 그는 정말 희람이 들고 있는 자주색 트렁크 가방밖에 보이지 않았는지 옆에서 달려오던 프라이드 자동차를 피하지 못했다. 끼익, 하는 브레이크 소리와 함께 범퍼에 튕겨나간 희연이 아스팔트 도로 멀리 데굴데굴 굴러갔다. 그리고 그는 움직이지 않았다. 운전석 창문 너머로 유미가 얼굴을 내밀었다. 그녀는 검은색 렌즈의 동그란 선글라스를 코 아래로 쓱 내리며 말했다.

「아씨, 선글라스 끼니깐 앞이 안 보이네」

조수석 문을 열고 나온 쌤도 놀랐다. 이층의 카페에 있던 승택을 비롯하여 로이와 몰리도 달려오고 있었다. 교차로의 끝과 끝에서, 하나와 희람도 서로를 알아보고 손을 흔들었다. 차이나타운의 안개 속에 뿔뿔이 흩어졌던 사람들이었다. 유미와 몰리는 서로 만나자마자 티격태격 군소리를 주고받았으며, 로이는 얼굴에 핏자국이 여전히 남아 있는 쌤을 위해 손수건을 빌려주었다. 어째서 비가 그친 걸까? 맹렬하게 뒤를 쫓던 남자들은 어디로 간 걸까? 의문이 도사리긴 하지만 하나는 한나절 내내 시달리던 긴장이 다소나마 누그러지는 걸 느꼈다. 두 다리의 피로가 몰려온 것도 그때였다. 멀쩡한 새 담배에 불을 붙이는 승택을 멀리서 보고 부러움을 느끼며, 하나는 희연이 정성껏 보관하고 있던 카메라 케이스가 눈에 들어왔다.

비가 스며들지 못하도록 단단하게 고정된 플라스틱 거치대를 분해하며, 하나는 희연이 주절거리던 교훈을 떠올렸다. 오버시즈 팬클럽 시늉을 하던 희연의 배신은 분명 소름끼치는 것이었지만 혼자만의 망상에 잔뜩 도취되어 일장연설을 하던 모습은 우습기도 하고, 짠한 구석이 있었다. 어쨌든, 희연이 가져온 케이스를 조심스럽게 개봉하자 폭신폭신한 방충재 속에 카메라가 파묻혀 있었다. 하나는 배터리가 진즉에 방전돼있을 거라 예상했지만 놀랍게도 배터리는 충전기에 물린 채 완충 상태였다. 이마저 희연의 배려라면, 그가 빗속에서 미친 사람처럼 격노했던 것도 어느 정도 이해가 갔다… 하나는 배터리를 카메라 뒤편에 장착하고 전원 스위치를 올렸다. 가벼운 진동과 함께 카메라가 작동했다. 테이프 투입구를 열자 넘겨짚은 대로 디비 육미리가 들어 있었다. 그는 테이프를 처음으로 되감았다. 희람은 여전히 같은 자리에 서 있었다. 그녀는 교차로에 몰려 있는 사람들에게 다가가고 싶진 않은 모양이었다. 어쩌면 하나가 어서 데려와 수희동으로 함께 가주길 원하는지도 몰랐다… 하나는 무릎 꿇고 앉아 카메라를 붙잡고 있었다. 그 사이 찰칵, 하고 되감기 모터가 멈췄다.

영상이 시작되었을 때에도 카메라 앞은 어두웠다. 무엇이 렌즈 앞을 가리고 있었다. 그러더니 이내 형체와 풍경이 드러났다. 희람은, 아마 어딘가에 카메라를 올려놓고 귀신과 함께 촬영하기 위해 녹화 버튼을 누르고 뛰어가는 모양이었다. 파란 칠을 한 담벼락과 죽은 대추나무가 배경으로 보였다. 하나는 그곳이 전에 본 영상의 배경임을 알 수 있었다. 일전에 수희동에서 보았던 디비 육미리와 이어지는 두 번째 테이프가 분명했다.

희람과 귀신, 두 사람은 난간에 걸터앉아 있었다. 아이들은 모두 떠났고, 희람은 귀신에게 조금만 더 같이 있자고 졸랐을 것이다. 귀신은 시계를 보았다. 그녀는 완전히 체념하고는, 희람과 함께 카메라를 향해 우스꽝스러운 포즈를 취했다. 연예인처럼 손으로 브이를 그리면서… 그마저도 잠잠해졌고, 둘은 말이 없어졌다. 바람이 불었다. 긴 머리칼이 귀신의 얼굴을 가렸다. 입에 들어간 머리카락을 손가락으로 빼내며, 뭐가 우스운지 깔깔 웃음을 터뜨렸다. 그리고 노래를 흥얼거리기 시작했다. 어, 나도 그 노래 생각했는데. 희람도 따라 불렀다. 그러나 가사를 잊어버린 듯 음음, 멜로디가 바람 따라 훨훨 날아가고 있다. 묘하게 낯익고, 그 때문에 한없이 추락하는 기분을 들게 하는 노래였다. 희람이 카메라를 향해 다가왔고, 영상은 거기까지였다.

잠시 노이즈가 이어지다 다시 영상이 재생되었다. 카메라는 걸음 중의 길바닥을 찍고 있다. 아무래도 녹화 버튼을 누른 걸 깜빡하고 걷고 있는 듯했다. 걸으면서, 귀신과 희람은 계속 대화를 나눴다.

「공부를 한다고?」

희람의 목소리였다. 카메라가 몸에 밀착되어 있는지 발음이 또박또박 들렸다. 곧 이어 낭창낭창한 귀신의 대꾸가 돌아왔다.

「응, 후쿠오카 쪽에 친구들이 있는데 당분간은 같이 일하면서」

「후쿠오카…」

「상당히 가까워. 배로도 갈 수 있어」

주저하는 공백 뒤에 희람이 물었다.

「그럼 한국엔 언제 와?」

「글쎄. 당장은 모르겠어. 일단 사태가 정리될 때까진 조용히 있어야겠지. 그러다 그쪽에서 대학도 다니고 결혼해서 아예 눌러 살지도?」

귀신이 웃었다. 그녀는 아이들과 헤어지고 일본으로 넘어갈 생각이었던 것 같다. 희람의 얼굴을 보지 않아도 좋아하는 사람과 헤어지는 아쉬움을 쉽게 상상할 수 있었다.

「그럼 이제 못 만날 수도 있겠네?」

「무슨 소리야? 우린 언제나 함께 할 거야. 아주 잠시만, 이렇게 헤어지는 건」

「응…」

침묵.

「희람아, 열쇠 잘 갖고 있지?」

「응. 넌?」

「나도. 잊어버리면 안 돼! 우리가 재즈 피넛에서 몰래 가져나온 걸 알면 오리가 난리를 칠 거야. 경찰도 마찬가지고…」

「맞는 말이야. 난… 아직까지 믿기지 않아. 어떻게 오리가 그런 짓을 벌일 수 있지. 프린스 빌라 친구들도 전부 사라졌어」

「끔찍해. 넌 모르는 게 좋을 거야」

「어, 지금까지 카메라 켜놓고 있었다」

「하하」

그때서야 줄곧 녹화되고 있음을 알아차린 희람이었으나 카메라는 꺼지지 않았다. 어지럽게 흔들리다가 하얀 빛이 렌즈 정면으로 들어왔다. 자동으로 노출이 조정되더니, 이윽고 귀신의 모습이 보였다. 그녀는 손을 흔들고 있었다. 드디어 헤어지는 모양이었다.

「안녕. 사랑해!」

「나도…」

「이메일 봐야 돼! 매일매일!」

「응, 사랑해」

「나도 사랑해」

「날 잊으면 안 돼」

「응」

「절대, 절대, 절대…」

귀신은 거리 끝으로 걸어갔다. 비명 소리가 들렸다. 무대 위에 주저앉아 카메라의 조그만 엘시디 모니터를 통해 영상을 보던 하나는 그야말로 깜짝 놀랐는데, 찢어지듯 선명한 소리는 카메라가 아니라 교차로에서 터져 나온 것이었다. 고개를 들자 도로 위의 사람들이 희람을 둘러싸고 실랑이를 벌이고 있었다. 싫어요, 하고 거부하는 희람의 목소리가 반복적으로 들렸다. 로이와 몰리는 설득하기 바빴고, 유미는 화를 내고 있었다. 쌤은 그녀 옆에서 만류하고 있었으며, 승택은 난처한 얼굴이었다. 이게 대체 어떻게 돌아가고 있는 거지? 잠깐 눈을 뗀 사이에 만들어진 험악한 분위기에 당황한 건 희람뿐만이 아니었다. 주저하고 있는 사이에 카메라의 마이크에서도 비명 소리가 들렸다. 다시 시작된 영상에서도, 희람은 수난 중이었다. 그녀는 역시 녹화가 시작된 줄도 모른 채 카메라를 마구 흔들고 있었다.

「이거 놓으세요! 왜 이래요, 정말?」

「여긴 위험해」

카메라 속 희람과 대치하고 있는 것처럼 보이는 상대방의 목소리는 웅얼거리듯이 낮았다. 하나는 곧바로 그가 승택임을 알아챘다. 승택은 희람을 거의 끌다시피 자신의 자동차로 데려가고 있었다. 아마 도시를 떠나 서울로 올라오기 직전의 상황 같았다.

「아직도 모르겠어? 경찰들이 너희를 쫓고 있어. 여기서 노닥거리고 있다간 금세 붙잡힐걸」

「그게 당신이랑 무슨 상관인데요?」

희람이 앙칼지게 대꾸했다. 승택은 아무 말도 하지 않았다. 그는 설득하길 포기하고 희람을 완력으로 끌고 오기 시작했다. 희람 역시 저항했으나 어쩔 도리 없이 에스페로 자동차 조수석에 내던져질 수밖에 없었다. 탑승하고서야 카메라가 작동하고 있음을 깨달은 희람은 자세를 바로하고 본격적으로 촬영에 나섰다. 문을 열고 들어와 운전석 위에 앉은 승택이 바로 보였다.

「뭐하는 거야?」

「증거로 남기는 거예요. 폭행, 협박, 납치까지」

승택은 코웃음을 치며 시동을 걸었다. 골동품에 가까운 연식에 알맞게 엔진에선 터프한 소리가 들렸다. 고집스럽게 승택의 옆모습을 찍고 있던 희람의 카메라가 움직였다. 차창 뒤로 보이는 풍경에서 무언가를 발견한 듯 희람은 줌렌즈를 끝까지 당겼다. 누군가 경사가 가파른 산동네의 좁은 길을 다급하게 내달리고 있었다. 다름 아닌 귀신이었다. 지상철이 보이는 언덕에서 희람과 함께 내려오다 갈래 길에서 헤어졌는데, 경찰들과 맞닥트린 모양이었다. 그들은 욕설과 함께 그녀를 뒤쫓고 있었다. 희람이 소리를 지르자 승택은 고개를 돌려 상황을 파악한 다음 기어를 넣었다.

승택은 창문 너머와 정면을 번갈아 주시하며 귀신이 내려오는 방향으로 차를 몰았다. 일요일의 좁은 골목길은 엉망이 된 테트리스 게임처럼 자동차들이 빼곡하게 들어서 이동이 쉽지 않았다.

「도와줘요, 하나 씨!」

희람이 말했다. 하나는 반사적으로 고개를 들었다. 카메라 밖의 그녀는 교차로 위에 서서 트렁크 가방을 뺏기지 않기 위해 사람들을 뿌리치고 있었다. 하지만 제압당하는 건 시간 문제였다. 어떻게 좀 해봐요! 작년 가을의 희람이 카메라 속에서 소리쳤다. 그녀는 골목에 갇혀 좀처럼 앞을 나아가지 못하는 승택을 닦달하고 있었다. 교차로 위의 희람과 카메라 속의 희람, 그 사이에서 하나는 이러지도 저러지도 못한 채 주저하고 있었다.

「이러다 붙잡히겠어요!」

「제길, 걸어가는 게 더 빠르겠어」

시야에서 벗어났던 귀신의 모습이 다시 카메라에 들어왔다. 그녀는 산동네의 복잡한 골목에서 벗어나 큰길을 향해 뛰어가고 있었다. 승택과 희람이 타고 있는 에스페로와의 거리는 오백 미터도 채 되지 않았다. 흥분한 희람이 손을 흔들며 귀신을 불렀다. 경찰들을 의식한 승택이 만류했으나 소용없었다. 테이프에 녹화된 자동차 안의 상황은 너무도 혼잡스러웠다. 카메라가 쉬지 않고 사방으로 흔들렸다. 귀신은 도로를 건너기 위해 좌우를 번갈아 살펴본 다음 다시 뛰기 시작했다. 횡단보도도, 육교도 없는 이차선 도로를 절반쯤 지날 무렵, 희람이 클랙슨을 힘껏 눌렀다. 그만 둬! 하고 승택이 말렸지만 경적은 이미 울려 퍼졌다. 빵, 하는 소리에 놀라 귀신이 걸음을 멈췄다. 카메라와 귀신의 눈이 마주쳤다. 희람을 알아보았을까? 귀신의 눈동자가 머문 시간은 너무도 짧았다. 걸음을 멈추자마자, 라고 해도 좋을 정도로 순식간에 귀신은 건너편에서 달려오던 차에 그대로 받히고 말았다.

하나는 하마터면 카메라를 놓칠 뻔했다. 생각지도 못한 사고였다. 그것은 너무나도 짧은 순간에 이루어진 일이기도 했다. 차에 정면으로 충돌한 귀신은 카메라의 화각 밖으로 사라졌다. 자동차의 속도를 감안했을 때 십 미터는 족히 날아갔을 것이다. 그것은 마치 보이지 않는 손에 의해 강제로 뜯겨나간 것만 같았다. 사람을 추돌한 자동차는 급정거 후에 주변을 둘러보며 목격자가 있는지, 폐쇄회로 티브이나 블랙박스가 설치된 차량이 있는지를 확인할 정도의 시간을 보낸 다음 유유히 앞으로 지나갔다. 귀신이 사고를 당하자마자 차에서 뛰쳐나간 승택이 쫓아갔지만 소용없었다. 귀신을 쫓던 경찰들도 이 광경을 지켜보고 있었다. 골목 멀리서… 사고에 연루되길 꺼리는지 그들은 추격을 포기하고 황급히 사라졌다. 승택은 도로 위에 쓰러진 귀신에게 다가갔다. 흔들어도 돌아오는 반응은 없었다. 잔인하고 일상적인, 지극히 상식적인 세계가 귀신을 살해한 것이다. 승택은 자리에서 일어나 핸드폰으로 구급차를 불렀다.

「하나 씨!」

교차로에서 희람이 하나의 이름을 불렀다. 이제 그녀는 호랑이 기계를 향해 뻗는 사람들의 손을 피해 트렁크 가방을 번쩍 들고 높은 곳으로 올라가고 있었다. 대로변 편의점의 플라스틱 테이블 위로… 그곳은 희람에게 전혀 안전하지 않았다. 그녀는 사정없이 흔들거리는 테이블에 올라서서 자신을 둘러싸고 있는 사람들을 경계하고 있다… 그 불안 속에서, 희람은 하나를 찾았다. 하나, 하지만 그는 무대 위에 주저앉아 아무 것도 할 수 없었다. 참호 근방에서 엄청난 폭격이 떨어진 것처럼 하나는 멍했다. 그때서야 하나는 사무실에 불을 질러가면서까지 복원을 저지한 승택과 감화원에 스스로를 유폐하며 침묵을 택한 생강을 이해할 수 있었다. 그는 오만했다. 그는 결코 구원이 될 수 없을 것이다. 심연처럼 끝도 없는 낭패감이 그를 사로잡았다. 영혼이 빠져나간 얼굴로, 하나는 카메라를 붙잡고 있었다. 희람이 바닥을 향해 트렁크를 있는 힘껏 집어던진 건 바로 그때였다.

호랑이 기계는 생각한 것보다 더 간단하게 부서졌다. 가방의 외관이 주는 견고한 인상은 정말 그뿐이었다. 그리 높지 않은 높이였음에도 불구, 아스팔트 도로에 처박힌 트렁크는 유리병처럼 그야말로 산산조각 났다. 처음엔 트렁크 부분이 쪼개지더니, 내부에 부착되어 있던 기계의 톱니바퀴를 비롯하여 나사, 베어링, 스프링, 납땜 조각, 건전지 따위의 파편들이 탄력적으로 공중에 솟구쳤다. 귀신의 뺑소니만큼이나 부지불식간에 발생한 폭력이었다.

유미는 너무 놀라 말이 나오지 않는 얼굴로, 방금 전까지 호랑이 기계였던 쓰레기들을 어루만졌다. 로이도 망연자실한 표정이었다. 몰리는 눈물을 글썽이기까지 했으며, 쌤은 어리석게도 부품을 잃어버리지 않기 위해 열심히 찾고 있었다.

끔찍한 비명이 길게 이어졌다. 승택의 자동차에서, 카메라에서, 이천십사 년의 도시/에서 희람이 지르는 소리였다. 밤안개보다 더 어둡고, 아이들의 이별만큼이나 절망적인 탄식이었다. 교차로를 울리는 비명을 따라, 납득할 수 없는 일이 일어났다. 희람이 내던져 박살이 난 호랑이 기계가, 그 파편들이 중력을 거슬러 공중으로 날아오르는 것이었다. 믿기 어려운 광경을, 사람들은 꼼짝도 하지 않고 바라보고 있었다. 마치 조립은 분해의 역순이다, 라는 금구를 증명하기라도 하는 것처럼 기계는 저절로 복원되기 시작했다. 스프링이 원래 자리에 위치하고, 베어링과 함께 나사가 조여졌으며, 건전지가 교체된 다음엔 단단하게 납땜이 이루어졌다. 쌤이 들고 있던 트렁크의 손잡이도 날아올라 트렁크 옆면의 육각 구멍에 끼워졌다. 손잡이가 시계 방향으로 세 번 돌자 서로 맞물린 톱니가 일정한 속도로 움직이며 단상 위로 호랑이를 불렀다. 금빛이 일렁이는 날렵하고 우아한 호랑이였다…

모두의 시선이 호랑이 기계에 쏠린 사이, 아까부터 하나를 비추던 조명이 꺼졌다. 암전. 스크린에 영상이 떠올랐다. 햇빛 밝은 여름 날, 야외에서 공연을 준비하는 밴드의 모습. 오버시즈였다. 스크린에서 하나는 바닥에 설치된 기타 이펙터 몇 개에 전원 케이블을 연결하고 있었다. 그리고 기타를 어깨에 멘 채로 무대 중앙으로 걸어와 사운드 테스트를 진행했다. 그의 손짓에 따라 재의와 주희는 번갈아 피아노를 연주하고, 마이크 앞에서 노래를 불렀다. 소리의 균형이 얼추 맞자 하나는 엄지손가락을 들어보였다. 주희는 엔지니어에게 모니터 스피커의 볼륨을 조금만 높여달라고 주문했고, 재의는 담배를 피우면서 연주해도 괜찮으냐고 물어보다가 음향 감독에게 혼이 났다.

아주 고약한 농담, 그것이 아니면 나는 이미 죽은 게 아닐까? 그래서 이 세상에서 만날 수 없는 모습을 다시 보고 있는 게 아닐까? 하나는 생각했다. 지금까지 잘 감췄고, 훌륭하게 외면하고 있던 기억이었다. 희연의 복수인 걸까? 하나는 생각했다. 나를 무너트리는 것이 목적이라면 이보다 완벽할 순 없을 것이다. 하나는 눈을 감았다. 하지만 눈을 감아도 보이는 그때의 모습들이 있었다. 이것은 꿈이어선 안 된다. 꿈이라면 다시 돌아갈 테니 말이다. 하나는 생각했다. 그는 여전히 두 눈을 질끈 감고 있었다. 그 사이 무대 위의 밴드, 오버시즈의 연주가 시작되었다. 스트링에 곧 피크가 닿을 테지. 하나는 생각했다. 코드를 짚은 대로, 아주 익숙한 소리가 들릴 것이다. 기타 줄을 누르고 있는 손가락의 감각, 피크를 감싸 쥐고 있는 엄지와 검지의 감각이 떠올랐다. 삼 년. 이 감각과 이 노래와 이 기억으로부터 떠난 지 삼 년이 지났다. 하나가 눈을 떴을 때, 노래는 흘러나오고 있었다.

일요일은 외로워 화사한 햇살들도 그리워
한산한 거리의 끝에서 좋은 소리가
마음을 고이접어 우울한 나에게 날려주오
하지만 오늘은 오늘은 오늘은
일요일 차이나타운

호랑이는 금빛이 일렁이는 춤을 추고 있었다. 무대 위의 하나와 교차로의 사람들은 노래를 들으며, 호랑이를 바라보았다. 우아하고, 완벽하면서, 슬픈 춤이었다. 그 빛에 에워싸인 하나는 세계가 반절로 접히는 감각을 느꼈다. 의식이 두 겹의 유리처럼 뒤통수에서부터 분리되는 감각이기도 했다. 주변의 세계가 빙글빙글 돌기 시작하더니 점점 속도가 붙어 색이 온통 뒤섞이고 있었다.

그렇게 그들은 죽은 것이다.

3

하나는 조용한 숲속에 누워 있었다. 커다란 나무들과 수풀과 울창한 산림 속으로 햇살이 새어 들어왔다. 나뭇잎이 썩고 쌓이길 반복하며 형성된 폭신폭신한 지층은 원시림을 연상하게 했다. 물론 가본 적은 없지만. 어떠한 소음도 없이 고요했다. 멀리서 희미하게 물 흐르는 소리, 새 지저귀는 소리, 벌레 울음소리, 그리고 바람소리만이 숲의 풍경을 채우고 있었다.

하나는 자신이 죽었고 다른 세계에 왔음을 알았다. 그것은 매우 이상한 확신이면서 마치 새 삶을 출발하는 것만 같은 상쾌한 기분을 주었다. 우린 죽은 게 맞겠죠, 하고 하나는 생각 없이 덜컥 물어보려다 그때서야 희람이 이곳에 없음을 깨달았다. 숲 어딘가에 있는 것이 아니라 이 세계에 그녀는 없는 것이다. 그는 알 수 있었다. 주변으론 아무도 보이지 않았고, 오직 하나 혼자였다. 자리에서 일어나 햇빛이 비추는 부근을 향해 걸음을 옮겼다. 나뭇가지가 힘없이 뿌드득, 하고 부러지는 소리가 들렸다. 내가 정말 죽은 거라면, 하고 하나는 생각했다. 이곳은 천국일까? 무리이려나? 그럼 지옥? 희람은 뭐라고 말했을까… 우리가 천국이라 믿으면 그곳이 천국이겠지요. 하하, 그 말이 맞을지도. 하나는 계속 걸었다.

숲을 빠져나오니 낮은 평야 지대가 이어졌다. 키가 큰 갈대 군락 아래로 물이 고인 웅덩이에는 비단잉어처럼 커다랗고 비늘에서 은은한 빛이 감도는 물고기들이 낮은 수심에서 천천히 유영하고 있었다. 하나와 빛나는 물고기는 서로 공포를 느끼지 못했다. 초원의 바람엔 물기가 묻어 있었다. 먹을 얇게 바른 듯이 하늘엔 검푸른 구름이 지나갔고, 그 아래로 울음소리와 함께 다리가 긴 새들이 편대 비행을 이루며 낮고 느리게 지평선을 가로질러 날아갔다.

빛나는 물고기를 따라 하나는 초원을 걷고, 또 걸었다. 웅덩이에서 흘러나와 도랑처럼 좁은 냇가를 흐르는 물길은 넓은 강으로 이어졌다. 어느덧 해가 지고 있었고, 노을로 물든 강물 멀리 배가 보였다. 하나는 물가에 서서 배가 가까이 오기를 기다렸다. 물길 따라 느릿느릿 흘러오는 배는 십구 세기 유럽 열강이 제국주의에 빠져 세계를 누비며 식민지 깃발을 신나게 꽂던 시절의 발동선이었다. 그렇다고 해도 오페라 악단들까지 대동한 대형선 정도는 아니었고, 혼자 농어 낚시를 하기에 안성맞춤인 크기였다. 조그마한 선실에 있던 남자가 선두로 걸어오더니 하나를 향해 알 수 없는 외국어로 실컷 소리치기 시작했다. 스페인어, 혹은 독일어일지 모른다… 하나로선 조금도 갈피를 잡을 수 없는 언어였고, 수염이 덥수룩하고 웃통을 벗어 구릿빛으로 번들거리는 털 복숭이 사내는 여전히 극적인 어투로 호소하고 있었다. 듣다 못한 하나가 외쳤다.

「뭐라고 하는지 하나도 모르겠어요」

그러자 사내가 반응했다.

「한국인? 한국 사람이었는가?」

라틴 계열의 반쯤은 머리가 돈 남작 같던 사람이 태연하게 한국의 남부 사투리를 구사하는 건 확실히 괴상한 경험이었다. 그는 자신의 이름을 상구라고 했다. 김상구. 그리고 광인처럼 생각나는 대로 떠드는 통에 독해에 어려움이 많았지만 요지는 다음과 같았다. 혼자 여행을 너무 많이 다녀서 외로워 이제 어딘가 안착을 하려고 하는데 함께 하지 않겠냐는 것.

「일 년인가, 십 년 전에 참말로 근사한 곳을 봐놨거든? 누군가와 함께 있고 싶기는 그때가 처음이었지」

그의 제안에 하나는 조금도 고민하지 않았다. 너무 오랜 시간을 혼자 보내 외로운 사람과 함께 있는 것은 힘든 일이었다. 하나는 고맙지만 괜찮다고 거절했다. 상구 씨는 몹시 낙담한 듯 고개를 숙였다. 이탈리아 식당 주인처럼 두 손을 마구 흔들며 그곳의 낙원성을 설파하려다가 끝내 포기하고 돌아섰다. 발동선에 다시 시동이 걸렸다. 보일러에 땔감을 집어넣자 굴뚝 밖으로 연기가 폴폴 치솟았다. 배는 또 전진하기 시작했다. 상구 씨는 선실의 유리창을 열어 낡은 모자를 펄럭이며 소리쳤다.

「이곳에서 또 다른 사람을 만난 건 신의 선물이었다. 같이 갔으면 좋았겠지만… 안녕, 안녕!」

석양과 함께 상구 씨가 떠나자 하나는 강가 주변의 조용한 나무 아래에 거처를 마련했다. 낮은 키의 맹그로브 잎사귀를 잡아당겨 이슬을 막을 수 있는 지붕을 만들고, 마른 지푸라기와 부드러운 목초를 바닥에 깔았으며, 사방으로 넓은 이파리를 넝쿨로 고정해 혹시 모를 윗바람을 막았다. 초보적인 실내공간이 만들어진 셈이었다. 아웃도어 광고의 텐트까지는 아닐지언정 아늑한 공간에 누워 있노라니 외양간에서 자는 기분이 들었다. 진동하는 풀 냄새를 맡으며, 잎사귀 사이로 밤하늘의 달을 보던 하나는 스르륵 잠이 들었다.

천국에서의 둘째 날. 하나는 더없이 개운하게 잠에서 깼다. 추위를 걱정할 필요가 없는 이상적인 날씨였다. 허기도 느껴지지 않았다. 하나는 냇가에서 세수를 하고, 물을 마신 다음 길을 떠났다. 목적지는 멀리 보이는 높은 산이었다.

순례자처럼, 강줄기를 따라 한참이나 말없이 걸음을 옮기던 하나는 비로소 산의 초입으로 보이는 수풀가에 다다랐다. 어제까지 하늘이 흐리고 습하던 초원의 날씨는 이제 뙤약볕으로 변해 있었다. 때문에 그늘진 숲속의 서늘함이 감동스럽기까지 하였다. 녹음이 우거진 산으로 들어서며 하나는 이쯤에서 샘이 있었으면 좋겠다고 생각했다. 시원한 물에 발을 담그거나 땀이 줄줄 흐르는 몸을 씻고 싶었다. 아니나 다를까, 산을 오른 지 얼마 지나지 않아 바위 아래로 물이 흐르는 작은 계곡을 발견할 수 있었다. 하나는 세수를 하고, 정신이 번쩍 들 만큼 차가운 물을 두 손으로 떠마셨다. 그리고 고민하다가 신을 벗고 계곡물에 발을 담갔다. 기분 좋은 감촉이 전신을 따라 올라왔다.

하나는 햇빛으로 잘 마른 바위에 앉아 주변을 둘러보았다. 있는 것이라곤 영원뿐이었다. 그때 부스럭거리는 소리가 들려오더니 산길 어디선가 재의가 내려왔다. 그는 발목까지 접은 베이지색 면바지에 대학 시절 자주 입던 남방, 하나가 기억하는 그 모습 그대로였다. 왜인지 검은색의 커다란 비닐봉투를 손에 덜렁덜렁 쥐고 있었다…

하나는 얼이 빠져 그를 가만히 지켜보고만 있었다. 있을 수 없는 일이 눈앞에 재생되고 있었다. 틀림없는 재의였다. 그는 하나를 보더니 웃으며 울퉁불퉁한 산길을 타고 다가왔다. 한숨을 돌리고, 그는 말했다.

「형, 오랜만이야. 옆에 앉아도 돼?」

그는 천연덕스럽게 하나 맞은편에 앉아 손바닥으로 부채질을 했다. 하나는 여전히 믿을 수가 없었다. 아무 말도 하지 못하고, 어서 세상이 익숙한 방식으로 되돌아오길 바라며 입을 벌리고 있었다. 한참 만에 하나의 입 밖으로 튀어나온 말은 황당한 상황에 걸맞은 황당한 물음이었다.

「여긴 어쩐 일이야?」

재의는 대답 없이 미소 지었다. 그는 스스로도 조금 이상했는지 사과했다.

「미안. 사실 난 형을 다시 만나면 보자마자 죽탱이를 날리지 않을까 걱정했거든」

그 말에 하나는 피식, 하고 웃음이 나왔다. 진짜 재의구나. 실없는 반응들. 사막 모래에 묻힌 하얀 뼈가 바람에 드러나듯 실로 오랜만에 느껴보는 재의의 익숙한 분위기였다. 재의는 손에 덜렁덜렁 쥐고 있던 비닐봉지를 뒤적였다.

「편하게 앉아서 얘기나 하자. 뭐 필요한 건 없어? 형이 좋아할 만한 건 다 있거든. 시원한 맥주도 있고, 예전에 우리가 학생회관에서 마셨던 위스키와 진저에일도 있어. 이런, 전부 술이군」

비닐봉지 안에 정말 이 모든 것이 들어있다는 듯 쩔렁, 하고 유리 부딪히는 소리가 크리스마스 캐럴처럼 들려왔다. 하나는 오래 전을 기억했다. 일초라도 술에 취해 있지 않으면 안 된다는 강박에 빠져 있던 시간을… 술을 마시면 힘이 났다. 그리고 견실하고 올곧게 살아가는 또래 청년들을 조롱하곤 했다. 지금 와서 생각하면 그것은 순전 나에게 없는 그 인내와 끈기가 그들에게 있었고, 그렇기에 그들이 누릴 수 있는 일상에 대한 질투 아니었을까?

「아니, 술은 됐어. 담배나 좀 피우고 싶은데」

재의는 주머니에 손을 집어넣어 팔리아멘트 담배를 꺼냈다. 하나는 재의로부터 한 개비를 건네받은 후 탄력 있는 담배를 매만지다 입에 물었다. 나무 장작처럼 가슴 뛰게 하는 냄새가 났다. 재의는 라이터 불을 켜주었다. 호흡. 두 사람은 잠시 말없이 담배를 피웠다.

「그거 알아?」

하나가 말했다. 재의가 눈으로 대꾸했다.

「이제 살렘은 나오지 않아」

「아, 그래? 아쉽군」

「담배 값도 많이 올랐어」

「맙소사」

「대통령이 아직도 보수당 출신이거든」

어쩐지 한국을 오랫동안 떠났던 사람과 대화하는 기분이 들었다. 재의는 늘 그렇듯 담배를 오래, 또 깊게 빨았다.

「형은 요새 뭐해? 졸업은 했어?」

「졸업했지. 학사모와 가운을 입고 강당 한 가운데 멍청히 앉아 있는데, 게임을 잘못해 엉뚱한 엔딩을 보는 느낌이었어」

말을 멈추고 하나는 생각했다. 강당을 굳게 닫고 있던 두 문을, 그럴 리 없겠지만 재의가 나타나 깜짝 놀라게 해줄 것 같아 강당의 두 문을 계속 지켜보던 졸업식 날을. 이후의 내 삶은 항상 그런 식이었지. 하나는 계속 말했다.

「졸업하고 바로 입대했어. 제대한 다음엔 시나리오를 잠깐 쓰다가 관뒀지. 도저히 투자가 들어올 것 같지 않았거든. 그러다 상진이 형이 같이 일하자고 제안을 해왔어」

「상진이 형이랑?」

「응. 못 이기는 척 들어갔지만 내가 할 수 있는 가장 좋은 선택임을 그때부터 알고 있었어. 지금도 후회는 없어」

상진과의 동업 얘기에 재의는 의외라는 듯 흐음, 하고 고개를 끄덕였다. 그는 음악을 계속해서 유명세를 모는 밴드의 일원이 된 나를 상상했을까? 아님 얌전히 어딘가 취직하여 성실히 살고 있는 모습을 예상했을까. 상진과의 동업은 그 가운데 위치하고 있었다. 사회에 본격적으로 투항한 것도 아니면서, 그렇다고 대학 시절의 이상을 꿈꾸는 것도 아니었다. 하나는 얼마든지 여백에 가까운 시간을 자신을 위해 쓸 수 있었다. 하지만 그는 철저히 방관적이었고, 주어진 작업에 대해서만 적당한 깊이의 노력을 들였다. 마치 두 번의 실패는 하지 않겠다며 아무 것도 시도하지 않는 사람처럼 말이다.

「밴드는?」

재의는 체크리스트의 순서를 하나하나 지워가듯 묻고 있었다.

「밴드? 네가 잘 알 거 아냐」

재의는 마냥 궁금한 얼굴이었다. 하나는 천천히 말문을 뗐다.

「네가 입대하고 나서 주희와 난 어떡할까… 조금도 대비한 게 없었어. 그래서 어떻게 한 줄 알아? 주희가 피아노를 쳤어. 지금까지 너랑 장난처럼 치던 것 말고는 연주한 적이 없던 애가 말이야. 공연 섭외는 계속 들어왔고, 우린 계속 공연을 하고 싶었거든. 실제로 이인조 오버시즈의 연주는 그럭저럭 괜찮았어. 알잖아, 주희 걔는 모든 부족함마저 장점으로 만들 줄 아는 재능을 가진 아이였고… 하지만 얼마 안 가 우린 깨달았지. 지금의 밴드는 예전의 밴드가 아니란 걸… 내 마음가짐의 문제였을 지도 몰라. 음악에 매달릴수록 불가능해진 과거를 쫓는 기분이었어. 나는 그게 싫었고, 그걸 인정하지 않는 주희의 고집도 미웠어. 그러다 그 애는 다른 밴드 친구 두 명을 데려왔지. 그게 우리를 사단 냈어. 난 그들과 정말 사이가 안 좋았거든. 나중에는 연주하는 내내 아무 말도 하지 않게 됐어. 모든 일은 주희가 도맡아야 했고… 그걸로 끝이었지」

재의는 다 타버린 담배꽁초를 틱, 하고 튕겨 버렸다. 숨을 깊게 들이마시는 동안 하나는 가늘게 떨리는 가슴의 울림을 느낄 수 있었다. 제대한 이후, 졸업한 이후, 아니, 밴드를 그만한 이후부터 누구에게도 꺼내지 않았던 말이었다. 평소의 하나였다면 이런 대화를 아무렇지 않게 하는 것을 상상하지 못했을 것이다. 그러나 이곳은 천국이었고, 숲속의 날씨는 완벽했다. 그간의 얘기를 술술 꺼내며 하나는 재의가 무슨 반응을 보일지 궁금했다.

「신뢰가 한 번 깨지면 그 뒤론 적대감뿐이야. 조금도 즐겁지 않고, 어떤 보람도 없었는데 왜 우린 밴드를 계속 했을까? 지난 시간을 사랑했기 때문이겠지. 그게 의무가 되는 순간부터 서로가 끔찍해졌어. 마지막 공연 얘기를 해줘야겠군. 학교 축제였어. 상진이 형이 학생회를 할 때 문화부 국장이던 영래 기억나? 걔가 우리를 섭외했는데, 공연 당일 무대에 가니까 장비도 설치되어 있지 않고, 진행하는 스태프도 없더라고. 더군다나 학생회의 공연 책임자란 녀석은 공연에 대해 아는 게 아무 것도 없었어. 결국 나와 주희가 장비를 일일이 옮겨 자리를 잡고 준비했어. 서로 눈도 안 마주치는 와중에 말이지. 진행도 주먹구구였어. 우리 차례가 아닌데 일정이 펑크가 났다며 당장 올라가야 한다더군. 리허설도 못 했어. 나중에 들어보니 기타 소리는 거의 안 들렸고, 피아노 소리가 너무 커 보컬은 제대로 들리지도 않았대. 어떻게 모르는 사람도 아니고 영래가 그런 식으로 공연을 준비할 줄 누가 알았겠어? 마지막으로 오버시즈의 좋았던 순간을 기억하고, 석관동에 잠깐이라도 아름다운 소리가 울려 퍼지길 바랐는데 엉망이 됐지」

재의는 여전히 하나의 말을 귀담아 듣고 있었다. 하나는 눈썹 위를 매만졌다.

「그게 진짜 마지막이었어. 학생 주점엔 아는 사람이 많았고… 나와 주희는 거의 휩쓸려가듯 계속 불려가며 술을 마셔댔지. 그녀와는 얘기도 못 나누고 헤어졌어. 그렇게 자연스러운 이별은 아니었던 것 같아」

재의는 말이 없었다. 하나는 대답을 요구하는 침묵 속에서 기다려야 했다. 무릎을 붙잡고 소리 내어 울고 싶던 마음은 이제 밀봉되어 발송되었다. 그것은 부모님 집, 오랫동안 찾을 일 없는 예전 하나의 방 어딘가에 있을 것이다.

새가 울고 있었지만 시간은 아까부터 멈춰있는 것만 같았다. 하나는 가만히 그 침묵에 귀를 기울였다. 침묵에는 여러 움직임이 포개어져 있었다.

「형은… 내가 밉겠지?」

재의는 시선을 떨어트린 채 라이터를 만지작거리고 있었다.

「형, 기억나? 내가 처음으로 휴가를 나오던 날… 형은 마침 학생회관 동아리방에 앉아 기타를 치고 있었지. 노란 철문을 지나가며 우린 눈이 마주쳤고… 그날 동아리방에는 많은 사람들이 있었지만 형은 단 한 번도 내 얼굴을 보지 않았어. 한 마디도 하지 않았고… 결국 우리가 서로의 얼굴을 본 건 철문을 지나치던 입장의 단 한 순간뿐이었어」

재의는 계속 말했다.

「부대로 복귀하고 나는 혀를 내둘렀어. 어쩜 사람이 이렇게 차가워질 수 있을까… 그래도 형 기분이 그때 안 좋았나보다, 그렇게 넘길 수 있었어. 하지만 그 뒤로도 마찬가지 아니었어? 전화도, 편지도, 다음 휴가도… 나는 내가 정말 큰 잘못을 했다고 생각했지. 나는 형과 얘기를 나누고 싶었어. 하지만 우린 군인이었으니 요원한 일이었지. 풀리지 않는 고민에 집착하느니 잠깐 서랍에 넣어두기로 한 거야」

그리고 넌 죽었지, 하고 하나는 생각했다. 군 복무 중에. 아마 철원이었을 거야. 혹한기 훈련을 받던 중이었으니까. 그보다 헛된 죽음이 또 있을까. 대대장 숙소에 건조기를 설치하다 폭발 사고가 났다고 했다. 군에선 병사의 조작 미숙이라 밝혔지만 알 게 뭐야. 엉망으로 낡은 보일러를 끄지도 않고 기름 넣길 종용하다 그대로 불이 붙었을지, 정신병자 같은 녀석이 공포탄을 뒤통수에 대고 쐈을지… 알 길이 없지만 재의는 그렇게 죽었다. 그때 나는 육군 훈련소 연병장에 쌓인 눈을 치우고 있었고. 아니, 이미 자대 배치를 받았나. 자세한 날짜는 모르겠다. 재의의 사고 소식을 접한 것도 한참이 지난 뒤였으니까. 그 이후로 가능한 생각하지 않으려고 했어. 그때부터였을 거야. 순환이 멈춘 기분. 거대한 묘비에 틀어 막혀… 앞으로 나아가려 해도 턱턱 막히기만 했지.

이상한 일이로군, 하고 하나는 생각했다. 재의의 죽음에 대해, 지난 시간에 대해 이렇게도 무던하게 생각해보기도 처음이다. 재의를 눈앞에서 보고 있어서 일까? 재의는 분명 죽었다. 그리고 나도 죽었다. 그리하여 우린 다시 만났다. 관광버스의 승객들은 춤을 추려 하고, 비행기는 서서히 무거운 몸체를 움직이며 이륙을 준비하고 있다. 이번 여행은 영원히 이어질 것이다. 다시 돌아오지 않을 테니까… 하나는 본능적으로 동요를 느꼈다. 그가 익히 알고 있는, 그의 아주 친숙한 동료이자 철천지원수인 뿌리 깊은 불안이었다. 그는 힘껏 눌러 새어나오지 않게 했으나 불안은 무게 있는 연기처럼 막을 길이 없었다. 그것은 명징한 문장이었다. 불가능한 꿈이다! 혹은 내일이면 춘몽처럼 사라지는, 손바닥을 펴면 우리 곁을 떠날 아주 잠시만의 즐거움이다. 하나는 또 섣불리 기대할 것이고, 행복은 그를 복수하는 데 여지없이 성공할 것이다. 하나는 지금 다시 속으려고 한다! 풍랑이 군함보다 빨리 덮치려고 하는데 그는 달콤한 망상에 빠져 도망 칠 생각이 없었다…

「그거 알아? 형은 마술사 같았어. 사소한 어떤 일도 그럴 듯하고 아름답고 기억해둘 만한 멋진 순간으로 만들어 버리는 기막힌 마술사였다고… 우리는 그냥 형을 따라가기만 하면 됐어. 그런 의미에서 우린 모두 형에게 빚지고 있는 게 맞지. 모두 형을 좋아했단 말이야. 형은 밝은 사람이야. 사람들에게 밝은 기운을 나눠주는, 그런 사람이었다고. 우리가 망한 건 형이 무능해서가 아니야. 나는 오버시즈가 아주 잘 망했다고 생각해」

「어째서?」

「파산해야만 새 출발을 할 수 있으니까. 형은 결정적인 순간에 결국 고개를 돌려버리지. 그러면서 책임을 떠넘기는 거야. 그 누구도 대답하고 책임질 수 없는 자책감에게로」

재의는 결연한 눈으로 묻고 있었다. 하나가 대답할 때였으나 쉽지 않았다. 파괴될까 두려워 끌어만 안고 있던 마지막 무언가까지 활짝 열고 모든 것을 내던져야 했지만, 그것이 별안간 이뤄지는 마법을 일어나지 않았다.

희람. 하나는 희람을 생각했다. 떠오르는 기억들은 아주 사소한 생활의 편린들이었다. 아침마다 현관 계단에 앉아 주스 마시길 좋아하던 희람. 처음 접했다는 듯 그 모든 것을 신기해하고 소중히 여기던 희람. 오정과의 다정한 수다, 영필이 알려준 온갖 잡다한 서브컬처에 즐거워하고, 환절기 날씨처럼 대중없는 기분에 남들이 상처받지 않을까, 늘 먼저 헤아리던 깊은 속, 배려, 따뜻한…

희람은 세상을 진정으로 사랑했다. 어떠한 편견과 욕심 없이 사람들을 바라보았다. 과거를 기분 좋게 돌아볼 수 있는 자격, 희람이라면 그것이 있다. 그녀가 과거를 기억하지 못하는 건 어쩌면 지금의 삶이 충분히 아름답고 새로이 채워져 과거를 담아낼 자리가 없어서일지도 모른다. 정작 과거에 사로잡힌 건 하나였다. 그의 시선은 오늘로 향하지 못했다.

「밴드는… 주희와 넌 나의 전부였어. 재의야」

하나가 입을 열었다. 가라앉은 첫 마디에서 쇳소리가 들렸다.

「그때의 시간들은 내게 너무나 특별해. 넌 내게 참 특별한 존재였어. 확실해! 언제나 널 잃을까봐 걱정이었어. 난 조절할 수가 없었단

다. 우리가 만든 노래가 아름다울수록 다른 세계는 점점 끔찍해졌어. 참을 수가 없을 정도로… 내게 중요한 것은 그걸 지키는 거였어. 널 멀리 해서라도…」

하나는 재의의 죽음을 말하기 위해 이를 악물어야 했다. 죽음을 얘기함으로써 죽음이, 재의가 죽었다는 사실이 꿈에서도 자명한 사실로 못 박힐 것 같았기 때문이었다. 가슴이 계속 떨려왔다. 하나는 코로 깊은 숨을 내쉬었다.

「아무도 내게 너의 죽음을 알려주지 않았어. 상진이 형도, 영필이 형도, 오정이 누나도… 그때 함께 시간을 보낸 친구 누구도, 주희도… 있잖아, 그건 목이 잘린 연인과도 같은 거야. 조금만 더 나아가면 염원하던 행복이 손에 잡힐 것 같은데 그 직전에 좌절되었으니까. 그 다음의 세계는 너무 지루하고 무엇에도 흥미를 느낄 수 없는 곳이지. 어떤 의미로는 뇌사 상태에 빠진 거야」

하나는 재의가 어떤 얼굴을 하고 있는지 살펴볼 용기가 나지 않았다. 슬프고, 무거운 감정에 그는 짓눌려 있었다. 재의는 형, 하고 말했다. 하나는 힘들게 고개를 들어 그를 바라보았다. 재의 역시 어렵게 웃고 있었고, 그 웃음 속에서 단어를 신중하게 찾고 있었다. 재의를 떠올릴 때마다 지금 이 순간이 떠오를 것이란 생각이 들었다. 이유는 몰라도, 분명했다.

「형은 아무 것도 망치지 않았어. 우리는… 정말 남들이 부러워할 만한 시간을 보냈어. 세상 모두를 바꾸진 못했지만 적어도 그 시간을 함께 한 우리의 삶을 완전히 전복시켜 놓았어. 그것은 씨앗이 되어 삶의 어느 순간 피어나겠지. 우리 삶이 아닐지 몰라. 이번 생이 아닐지 몰라. 하지만 반드시 다시 나타날 거야. 그걸 본 누군가는 우리와 똑같은 방식으로 사랑하고, 슬퍼하고, 좌절하겠지. 아름답다 생각할 지도 모르고. 아주 천천히, 느리면서 깊숙이 삶을 아름답게 침몰시켜 나가는 거야. 영원을 향해」

재의는 잠시 말을 멈췄다. 이런 얘기를 다른 누군가에게 하기는 처음이란 듯 그는 굉장히 수줍어하고 있었다.

「돌아보지 마, 형. 슬프고 침울한 건 그게 어울리는 사람에게 맡겨. 형은 밝은 기운을 다른 사람들에게 나눠줘. 그걸 필요로 하는 사람들은 아직 많아. 알겠어, 형? 페달 밟기를 멈추면 자전거는 쓰러져. 계속 나아가. 계속 아름다운 순간을 만들고, 사람들과 함께 해. 겁내지 말고. 그게 다야」

남다른 말재주가 있는 것도 아닌데 재의의 말은 묘한 설득력이 있었다. 따뜻한 기운이 마음 깊은 곳에서 천천히 번졌다. 생각에 잠겨 있는 하나에게 재의가 말했다.

「슬슬 가봐야겠는데」

재의는 바지를 툭툭 털며 자리에서 일어났다.

「형이랑 같이 온 여자는 아마 돌아오지 않을 것 같아」

하나의 눈이 커졌다. 숨이 턱 막히기도 했다. 재의는 희람을 알고 있는 걸까? 돌아오지 않는다면, 그녀는 지금 어디에 있는 것이며, 왜 이곳에 올 수 없는 걸까? 충격을 받아 복잡한 얼굴의 하나가 재미있다는 듯이 재의가 웃으며 말했다.

「혼자 온 게 아니지? 일행이 있던데」

「희람 씨를 아니? 그러니까, 내 말은… 희람 씨는 지금 어디 있어?」

「그녀는 다른 세계로 갔어」

아무렇지 않게 재의가 말했다. 전혀 생각하지도 못한 대답에 하나는 눈이 동그라졌다. 다른 세계? 그게 무슨 말인가?

「어… 이걸 어떻게 말해야 하지? 형은 잘 모르겠지만… 그녀에겐 자신을 기다리는 세계가 있어. 그런 사람에게 이곳은 잠시 거쳐 가는 중간 지점에 불과해」

「그럼… 희람은 아주 떠난 거야? 다시 올 순 없어?」

「그건 몰라. 자기가 원해서 들어갔으니 원한다면 다시 나오지 않을까」

재의는 엉뚱한 질문을 받기라도 한 것처럼, 지금 이 상황을 전혀 모르고 있거나 하나가 느끼는 걱정을 이해하지 못하는 눈치였다. 나무 아래에서 밤하늘의 달을 보며 팔자 좋게 쉴 때가 아니었다. 천국에 왔다며 마음 놓을 게 아니었다. 끝난 건 아무 것도 없었다…

「그럼 이제 나는 뭘 해야 하지?」

하나가 혼잣말처럼 중얼거렸다.

「그녀가 돌아오지 않는다면 형이 그쪽으로 가면 되잖아」

재의는 웃고 있었다.

「내가 데려다줄게」

하나는 재의와의 이별이, 어쩌면 만남부터 실감나지 않은 채로 그를 따라 걸었다. 뚜둑, 하고 발걸음마다 나뭇가지 부러지는 소리가 들렸다.

「여기엔 오래 있었어?」

하나가 물었다. 궁금한 걸로 따지면 온종일 채근해야겠지만 모든 걸 물어볼 순 없었다. 재의는 허공에 드리워진 덩굴이나 수풀을 밀어내며 대답했다.

「난 계속 떠돌고 있어. 사실 형을 만난 것도 운이 좋았어. 배를 타고 지나가던 남자가 우연히 만난 한국인 얘기를 해줬거든. 혹시나 싶어 와봤는데, 이게 웬걸, 나도 놀랐다구」

「상구 씨」

「그래, 상구 씨. 외로운 남자지」

미치광이처럼 마구 떠들던 발동선의 사내가 오지랖을 부린 덕에 재의를 만날 수 있었다. 그에게 더 친근하게 대해줄걸, 하는 후회가 새삼 들었다. 사각사각. 주변으로 수풀 스치는 소리만 당분간 울려퍼졌다.

「주희는 어떻게 지내?」

재의가 말했다. 갑작스런 질문에 하나는 조금 머뭇거리다 대답했다.

「얼마 전까지 주희는 미디어아트 아카이빙 센터라고, 비교적 최근에 설립된 정부기관에서 일했어. 그 이후로는 모르겠다. 한심한 얘기지만 난 아직까지 그녀에게 연락도 못 하고 있어. 넌 아까 내가 죽탱이를 날릴 줄 알았다고 말했지만 한 대 맞아야 할 건 내 쪽이야」

「뭐, 주희 삶은 걔의 몫이니까」

재의가 담담하게 말했다.

「그런데 형, 어쩌면 주희는 형에게 계속 말하고 있을 지도 몰라. 형은 듣고 있지 않지만. 주희의 고집은 엄청 나. 자기세계도 완고하고. 그런 애야… 속은 다르면서 겉으로는 자기가 너무 오래 고수해온 연기를 바꾸지 못하고 있어. 주희가 형에게 하고 있는 말을 전혀 다르게 받아들이고 있는 걸 수도 있지. 형은 옆에 있어줘. 그걸로 충분하지 않을까?」

하나는 당장 그가 하는 말을 이해할 수 없었지만 고개를 끄덕였다.

재의가 하나를 데려간 곳은 숲속의 샘터였다. 바위에서 흘러나오는 물줄기가 작은 폭포수를 이루며, 마치 젊은 천사를 위한 곳처럼 아름답고 소박한 물가였다. 두 사람은 나란히 서서 적막하게 이어지는 물소리를 듣고 있었다. 한참 만에 하나가 먼저 입을 열었다.

「너는 아까 희람 씨가 자신을 기다리는 세계로 갔다고 했지?」

「그랬지」

「그렇다면 그녀도 이곳에 왔었니? 내 말은 대체 어떻게…」

「형의 친구가 어떻게 다른 세계를 갔느냐, 이 말이지? 간단해. 그녀가, 또 그녀를 기다리는 세계에 대해 알려준 게 나니까. 그녀는 문을 열고 떠났지. 그게 다야」

하나는 입을 다물었다. 그 말이 사실이라면 희람이 다른 곳으로 떠날 수 있도록 부추긴 것도 바로 재의였던 셈이다. 능청스러운 재의의 태도에 하나는 꿀밤이라도 때려주고 싶었지만 돌이킬 수 없는 일이었다. 어쨌든 선택한 건 희람이니까.

그런데… 주변의 풍경은 완벽한 숲을 이루고 있었지만 아무리 둘러보아도 재의가 말한 문은 보이지 않았다. 희람은 문을 열고 떠났다고 했다. 하지만 산속에 문이라니? 이런 곳에 문짝이 덩그러니 놓여 있다면 대단히 이질적이어서 금방 눈에 띄었을 것이었다.

「저어… 그런데 희람 씨가 나갔다는 문은 어디 있는 거니?」

하나가 묻자 재의는 빙긋 웃어보였다.

「왜? 벌써 가려고?」

하나는 괜히 속내를 들킨 것 같아 무안했다. 이곳에 계속 남아 재의와 동행하는 것도, 만약 그게 가능하다면 나쁘지 않을 것이다. 생각해보니 하긴! 희람은 스스로가 원해 떠난 것 아닌가. 그녀가 갈망하고, 그녀를 기다리던 세계로… 만약 그곳에 애타게 찾던 기억이 있다면 미스터리한 여행의 행복한 종지부일 것이다. 하나는 초대받지 못한 파티에 구태여 찾아가는 것이 아닐까? 부르지도 않은 불청객이 되어, 즐거운 분위기에 찬물을 끼얹는 등장이 되지 않을까? 그 세계가 기다리는 건 희람이지 내가 아닐 것이기 때문에… 하나는 생각했다… 그럼에도 내가 희람을 찾아가야 하는 이유가 무얼까? 그러자 하나를 바라보던 재의가 웃음을 터뜨렸다.

「또, 또 고민에 빠졌구나. 잴 필요 없어. 그냥 끌리는 대로 가는 편이 좋다니까」

답답하단 듯이 펄펄 뛰는 시늉을 하는 재의를 보자 하나는 웃음이 났다. 여전히 재의는 귀여웠고, 또 하나를 웃길 줄 알았다. 하나는 고개를 끄덕였다. 그래, 가보자. 그곳이 설령 희람이 원하는 세계일지라도 그녀 또한 이런 결말을 기대하진 않았을 것이다. 끝내 환영받지 못한다면? 깨끗이 포기하고 수희동 집으로 돌아와 술을 진탕 마시는 수밖에… 평소의 하나라면 이런 선택을 하지 않았을 것이다. 언제나 안전하게 자기 자신을 지키는 데에만 급급했으니까. 기억 찾는 걸 도와달라는 희람의 부탁에 응했을 때에도 자신만을 생각하던 그였다. 하지만 지금부터는 달랐다. 하나가 자발적으로 떠나는 여행이었다. 기분이 상쾌해졌다.

재의는 하나를 데리고 물가로 내려갔다. 산 아래로 흘러가는 계곡물은 눈이 시릴 정도로 푸르렀다. 물속을 옹종거린 채 구르는 돌과 햇빛의 난반사. 이를 물끄러미 내려 보던 재의와 하나의 눈이 마주쳤다. 하나는 퍼뜩 미치는 생각이 있었다. 그 표정을 알아챈 재의가 웃었다.

「문은 바로 이 안에 있어. 그녀도 이곳을 통해 떠났지. 수면 아래에」

하나는 고개를 끄덕였다. 더 이상 무슨 설명을 들어도 전부 상식을 벗어난 얘기들뿐이니 어떠한 기상천외한 궤변도 순순히 믿을 것 같았다.

「그럼… 난 가볼게」

둘은 누가 먼저랄 것도 없이 다가가 서로를 끌어안았다. 하나는 재의의 두 팔과 몸을 꼭 잡고, 눈을 감았다.

「또 봐, 형」

포옹을 떼고, 재의가 말했다. 하나는 돌아서서 물속으로 발을 담갔다. 신발을 벗어야 하나, 하는 생각이 잠깐 들었지만 뾰족한 돌이 무서워 그대로 입수했다. 물은 놀랄 만큼 차가웠다. 허리까지 물에 잠기자 하나를 멀리서 지켜보던 재의가 소리쳤다.

「형, 가!」

하나가 등을 돌려 손을 흔들었다.

「응!」

재의는 계속 외치고 있었다.

「주희한테도 안부 전해줘!」

「알았어!」

「너는 내가 아는 유일한 천재라고. 그렇게 말하면 알 거야」

하나는 꼭 전하겠다고 대답했다. 이제 수심은 하나를 완전히 가라앉혔다. 미끈한 돌에 헛디뎌 하나는 물 아래로 뒤집히고 말았다. 일렁이는 물결 위로 햇빛과 숲의 풍경이 흐늘거렸다. 재의는 계속 자리에 서서 하나를 지켜보고 있었다. 환청인지, 피아노 소리와 기타 소리와 주희의 목소리가 들려왔다. 그것은 오버시즈의 노래였다. 하얀 창문 너머로 들리는 노래는 어딘가로 이렇게 차가운 나를 붙잡아 이끄네… 그 노래는 물속에서 번지듯 큰 울림으로 하나에게 다가왔다. 마음을 단단하게 먹는 게 좋을 거야 너에게… 노래는 점점 분해되고 있었다. 어린 시절 엄마와 함께 갔던 목욕탕 여탕의 마지막 풍경처럼 그 소리는 산산이 흩어지고 있었다. 하나는 헤엄을 쳐 물 아래로 내려갔다. 햇빛이 비춰 시야가 어둡진 않았다. 이상할 정도로 깊은 곳이었다. 노랫소리가 오래된 기억처럼 울리는 가운데 이상한 주변음이 들리기 시작했다. 거리인지 대학가인지, 오가는 사람들의 발소리, 말소리, 자동차 경적음, 타이어 소리… 내가 소개했나? 인사해! 하나는 그 목소리를 알았다. 상진이었다. 너랑 같은 고등학교 나왔던데? 내가 소개했나? 인사해! 상진은 고장 난 토크쇼 사회자처럼 주선을 반복하고 있었다. 안녕하세요… 풀이 죽은 소리가 들려왔다. 그것은 재의였다. 안녕… 우리 과 후배야. 너랑 같은 고등학교 나왔던데? 기억이 맞다면 상진의 주선 다음으로 하나는 이렇게 대답한다. 나 고등학교 사람 별로 안 좋아하는데… 하나와 재의의 첫 만남이었다. 하지만 오늘은 오늘은 오늘은 일요일 차이나타운.

거대한 물고기가 하나 옆을 천천히 스쳐갔다. 하나보다 훨씬 커다란 물고기였다. 물고기는 자신이 가진 커다란 지느러미를 흔들어 하나가 갈 길을 알려주었다. 바닥이었다. 하나는 계속 팔을 허우적거렸다. 보드라운 모래가 깔린 지면에 문이, 평범한 나무 문짝이 납작하니 깔려 있었다. 하나는 문고리를 열려고 했지만 그것은 잠수함 해치처럼 무겁게, 아니 조금도 꿈쩍하지 않았다. 호흡이 이제 한계에 다다랐다… 하나는 다리로 밑바닥을 딛고 두 손으로 문고리를 잡아 있는 힘껏 들어올렸다. 수압이 서서히 한 곳으로 쏠리는 감각이 느껴졌다. 노래와 주변음은 이제 물에 녹아 흔적만 남아 있었다. 햇빛의 따뜻한 기운처럼. 문이 열리자 하나는 안쪽으로 쑤욱 빨려 들어갔다.

생전 처음 와본 곳. 바닷가와 매우 밀접한 도로. 최근 포장한 것인지, 아니면 차량이 많아선지 깨끗하다. 굴곡진 가드레일. 커다란 거울. 요란하게 들려오는 파도가 바위에 부딪히는 소리. 바다 멀리 섬들. 지나가는 차조차 없는. 가드레일에 걸터앉아 바다를 구경하는 귀신. 해가 수평선 아래로 떨어진다. 그녀는 일직선을 그리며 점멸하는 녹색광선을 정말 본 것 같다.

해가 사라져도 세상은 아직 어두운 오렌지 빛으로 침침하게 빛나고 있다. 이 마법 같은 시간을 귀신은 유용하게 쓰고 싶다. 가드레일 좌우측, 왔던 길 쪽으로는 멀리 해양대학교 캠퍼스가, 반대편 길로는 바다를 마주보고 있는 언덕이 있다. 완만한 경사면엔 잎이 쉰 취나물이 뒤덮여 있고, 군데군데 군락을 이룬 망초 꽃. 그리고 언덕 중턱에는 회벽을 바른 작은 집 한 채. 기역자 형태의 아담한 집. 검은색 기와와 손바닥만한 마루. 콩기름을 바른 것처럼 반들반들하고 더운 여름날이면 안채의 문짝들을 천장에 매달 수 있는… 창가로부터의 불빛이 바다를 향해 목선처럼 느릿느릿 걷고 있다. 사람이 사는 곳일까? 세상 끝에 겨우 매달려 있는 노래처럼 위태롭고 아름다운 집을, 귀신은 가까이 다가가 구경하고 있다. 그때 안채의 문이 열리면서 할아버지나 입을 법한 모시 반팔 셔츠를 입고 있는 한 청년이 나온다.

'무슨 일이시죠?'

그녀는 쑥스러움 없이 집이 너무 멋지다고, 혹시 전화 한 통화를 부탁할 수 있겠느냐고 말했다. 청년은 보기 드물게 친절하고 잘 생겼다.

'잠시만 기다려볼래요? 핸드폰은 없지만 아이패드를 쓰면 될 거에요. 전에 쓰고 어디다 뒀지… 그보다, 잠깐 이리 와 앉아 있는 게 어때요.'

청년의 말에 귀신은 냉큼 마루에 앉는다. 관리가 아주 잘된 집이다. 귀신은 목재를 쓰다듬어본다. 마루에선 밤이 잘 보인다. 푸르고 고요한 바다. 그 위에 깨소금처럼 뿌려진 바위들. 섬들. 꽉 찬 보름을 담뿍 나눠주는 달빛. 청년은 그 와중에 차를 대접하고, 자신은 다시 방을 뒤적이기 시작한다. 솥에서 찐 찻잎을 손으로 매만지며 내린 향기로운 차이지만, 생전 그것을 처음 마셔본 귀신은 녹차인지, 보이차인지 구분하지 못한다. 근사한 향이란 것만 안다. 귀신은 찻잔을 내려놓고 방을 향해 조심스럽게 기어간다. 남자는 허리를 수구려 옷장 아래를 살피고 있다… 암자처럼 아늑하고 충실하게 구성된 공간. 대웅전의 아련한 향냄새와 바다냄새, 그리고 소박한 가난의 냄새. 남자는 구석에 이불을 깔아놓고 잠들기 전에 책을 읽고 있었나보다. 고시생? 귀신은 책상 위에 엎어진 책을 들춰본다. 그것은 마르크스의 자본론. 활자 위에는 고체 형광펜의 밑줄과 빨간 연필의 도형이, 여백에는 깨알 같은 글자의 메모가, 페이지 가운데에 놓인 건 샤프펜슬이다.

귀신은 다시 마루로 돌아와 언덕 아래로 펼쳐진 풍경을 본다. 도로에선 보이지 않던 바닷가 마을이 어둠에 누워 일일 드라마를 보고 있다. 삐딱하게 누워 발톱을 매만지면서… 돋보기 아래로 바둑 기보를 유심히 보면서 손안의 바둑알을 뱅글뱅글 돌리는 가장도 있을 테며, 리시버를 귀에 꽂고 요가 자세를 연습하는 학생도 있겠다. 집집마다 불빛과 잡음. 마당 한 구석엔 소주병들이 피라미드처럼 차곡차곡 쌓여 있다. 화장실 담벼락에 우악스럽게 꼬여 있는 호박 덩굴. 아침마다 들어 올리는 바벨과 텃밭에 심은 당근이 잘 자라고 있는지의 궁금함, 또 다시 출근과 또 다시 숙취…

토요일의 생활감. 귀신은 누구에게랄 것 없는 그리움을 느낀다. 바로 오늘이 예초를 한 날이어선지 마당의 풀은 모두 일정한 높이를 유지하고 있다. 주변은 온통 물기 젖은 밤공기와 알싸한 풀냄새. 친절하고 잘 생긴 청년은 이제 장롱을 열고 있고, 귀신은 그의 아이패드가 좀만 더 꽁꽁 숨어있기를, 눈을 감고, 요청한다.

희람은 꼼짝하지 않고 이 장면을 보고 있다. 어디서부터 시작되고, 어떤 이야기를 하는 건지 알 수 없는 영화에서 희람은 귀신이 나오는 장면을 바라보고 있다. 냉담한 관객처럼. 그녀는 어떠한 감정도 느낄 수 없었다. 그것은 그녀가 기억을 잃어버렸기 때문에, 귀신이 그녀의 둘도 없는 단짝이었단 사실을 알지 못하기 때문이 아니었다. 싸늘하게 차가워진 기분은 다른 이유를 갖고 있었다. 그런 희람 앞으로 누군가 걸어왔다. 오리였다. 그는 여전히 검은색 노스페이스 바람막이를 입고 있었다.

「이건 귀신의 마지막 꿈이야」

오리가 말했다.

「알아보겠어?」

희람은 적대적인 침묵 속에서 입을 꾹 다물고 있었다.

「너는 네 자신이 강하고 이제는 어떤 상황도 어렵지 않게 받아들일 수 있다고 생각하는지도 모르겠구나」

오리는 말했다.

「어른이라고 말이야. 가엾게도. 네가 서 있는 그곳은 바람 불면 사라지는 환상에 불과하지」

희람은 오리를 눈으로 따라갈 뿐 아무 말도 하지 않았다. 뒷짐을 지고 주변을 천천히 맴돌던 그는 희람에게 가까이 다가와 그녀의 귓가에 속삭였다.

「알겠어? 귀신의 마지막 순간에 너는 없었어」

감전이 된 것처럼, 희람은 고개를 피했다. 오리는 웃고 있었다. 그를 바라보는 희람의 눈은 점점 공포에 질려가고 있었다. 그녀는 고개를 저었다. 내 말이 맞았지? 아니면 확인해볼래? 오리의 눈이 말하고 있었다… 희람은 저도 모르게 눈물이 흘렀다. 뺨 아래로 흐르는 눈물을 손등으로 닦아내며, 아니라고 부정하고 싶은 건 아니었지만 이 자리를 어서 피하고 싶었다. 희람은 오리로부터 등을 돌려 뛰기 시작했다. 그녀는 귀신이 있는 바닷가 언덕 위의 집으로 달려갔다.

하늘의 달빛을 따라 밤바람이 불어 언덕의 들꽃과 예초한 풀들을 흔들고 있었다. 희람의 가슴은 몹시 뛰고 있었다. 그녀는 다리가 아픈 줄도 모르고 가파른 언덕길을 마냥 올랐다. 이윽고 툇마루 위에 걸터앉아 담소를 나누고 있는 귀신과 청년의 모습이 보였다. 희람과의 거리는 불과 오십 미터도 되지 않는다. 숨을 몰아쉬며, 그녀는 큰소리로 귀신의 이름을 불렀다. 두 사람은 정신없이 웃고 있었다. 가장 좋아하는 영화? 최근에 읽었던 책? 도시에서 제일 좋아하는 장소? 오늘 하루 가운데 빛나는 순간이 있었다면… 둘의 대화는 밤새 이어질 것이다. 우리가 그랬듯이. 희람은 다시 한 번 그녀를 불렀다. 하지만 목소리가 입 밖으로 새어나오지 않음을 깨달았다. 희람은 귀신에게 가야겠다고 생각했다. 그때 기름 창고에 성냥불을 던진 것처럼 일시에 거대한 폭발과 함께 불기둥이 솟아올랐다. 달려가려던 희람은 깜짝 놀랐다. 집은 화염에 휩싸여 있었고, 산산조각이 난 귀신의 몸이 보였다. 상반신이 완전히 날아가 처참한 몰골의 귀신은 꿈틀거리며 희람에게 다가왔다. 희람은 비명을 질렀지만, 음소거 상태의 공포 영화처럼 아무 소리도 나지 않았다.

영상이 시작되면 카메라는 오래된 주택 이층의 지저분한 실내 안을 훑는다. 사방의 모서리마다 붉은 벽돌로 쌓은 기둥이 버티고 있고, 먼지 때가 잔뜩 앉았을 뿐더러 프레임이 찌그러져 제대로 닫히지 않는 창문 너머로 항만의 풍경이 눈에 들어온다. 갈매기가 날아다니고, 어선들이 탁한 바닷물 위에 떠있고, 각 지역의 이름을 딴 수산물 시장, 건어물 좌판, 생선구이, 회, 분식 식당들이 즐비하다. 두 팔 벌려 껴안고 있는 듯이 야트막한 산줄기가 항구를 포옥 감싸는 모양새다. 정오의 해는 가장 높이 떠있다. 사람들은 분주하다. 그러거나 말거나, 주택 안은 게으르다. 회전하는 선풍기 바람에 따라 구멍 난 방충망이 들썩인다.

이 방은 정말 이상하다. 가구라곤 침대, 가전은 냉장고뿐이 없으며, 그것들은 칸막이나 방이 따로 없는 스무 평 남짓의 탁 트인 공간 가운데에 몰려 있다. 컵이나 칫솔, 치약, 볼펜 같은 잡동사니는 죄다 창틀이나 벽면 위의 좁다란 난간에 올라와 있다. 그 다음으로 눈에 띄는 것은 지나치게 많은 책들이다. 대부분의 책은 노끈에 의해 동여매져 있으며, 헌책방의 고서적을 우르르 쏟아낸 것처럼 많다. 나머지는 대중없이 바닥에 놓여 있다. 침대 위에는 나신의 두 남녀가 누워 잠을 자고 있다. 남자는 머리가 짧고, 여자는 머리가 길다. 남자는 새치가 많고, 여자는 밝은 갈색으로 염색을 했다. 그 머리칼은 햇빛을 받아 오렌지색처럼 보이기도 한다. 베개와 이불보에 파묻혀 잠들어 있는 두 사람은 마치 상어와 악어, 범고래 등등이 우글거리는 바다에 표류하는 조난자들 같기도 하다. 깜빡 잠든 사이 요트가 깊은 바다까지 떠내려 온 줄도 모르는 젊은이들처럼.

침대의 왼쪽 편에 누워 있던 남자가 먼저 눈을 뜬다. 그는 침대 아래 손을 더듬어 손목시계를 집는다. 얼굴 가까이 시침을 갖다 대 시간을 확인한 남자는 허리를 일으켜 세운다. 오른편의 여자는 여전히 곤히 잠들어 있다. 부스럭거리는 움직임을 느끼자 그녀는 몸을 틀어 눕는다. 남자는 입을 크게 벌려 하품을 한 다음 어젯밤 그가 꾼 꿈의 여운들에 대해 생각한다. 멍하게 앉아있는 동안 꿈에 있던 의식이 현실로 옮겨진다.

옆구리에 바게트 빵을 끼고, 러닝셔츠 위에 걸친 후줄근한 반팔 셔츠와 조리, 선글라스 차림의 남자가 거리에서 걸어오고 있다. 그는 시장을 그냥 지나치지 않는다. 살 것도 아니면서 좌판의 물건을 물끄러미 바라보기도 하고, 할머니의 무거운 장바구니를 대신 들어주기도 한다. 무더운 여름날이다… 바닷가의 습한 공기가 짠 내음과 함께 불어오고, 시장의 구멍 뚫린 지붕 천막 사이로 눈부신 햇살이 새어 들어온다. 남자와 비슷한 또래의 젊은이들은 먼저 다가와 인사를 하거나 아는 체하기 위해 얘길 꺼낸다. 남자는 악수를 하거나 담배를 나눠 피우며 화답한다. 끌차 위로 생선이 가득 담긴 스티로폼 상자를 있는 대로 쌓고 바쁘게 지나가는 상인들에게도 인사를 한다. 빵을 사러 나간 간단한 외출이, 남자 혼자 나갔다 하면 반나절이고 길어진다. 셔츠를 입은 여자는 창문 앞에 서서 담배를 피우며, 집을 향해 천천히 걸어오는 남자를 바라본다.

여자는 침대를 등받이 삼아 바닥에 기대어 앉아, 무릎 위에 두꺼운 책을 올려놓은 채 빵을 뜯어먹고 있다. 남자는 그녀를 위해 커피를 타주었다. 천구백구십구 년이었고, 배우 안성기의 얼굴이 큼지막하게 박힌 과립형 인스턴트 커피 브랜드 맥심과 프리마, 물컵에 담근 티스푼이 있다. 남자는 침대에 누워 책을 뒤집어 읽더니 얼마 지나지 않아 목을 뒤로 꺾어 여자의 목덜미에 입술을 맞댄다. 낄낄 웃던 둘은 사자들처럼 입을 맞춘다.

「죽고 싶지 않으면 당장 꺼져」

빛이 새어나오고 있는 어두운 갤러리 입구에 서서 흥미롭게 영상을 보고 있던 로이에게, 유미가 말했다. 로이는 천천히 고개를 돌려보았다. 유미는 권총도, 육모 방망이도, 무엇도 손에 없었지만 로이는 그것이 공연한 협박이 아님을 바로 알 수 있었다. 그는 두 손을 들고, 스크린으로부터 등을 돌려 입구를 향해 천천히 뒷걸음질했다. 누님, 하고 복도에서 유미를 찾는 쌤의 목소리가 들렸다. 쌤과 함께 어둠 속을 헤매던 몰리가 로이를 발견하곤 어, 선배, 말을 걸었다.

「선배가 거기서 왜 나와요?」

두 손을 들고 있는 로이를, 이상하게 바라보며 몰리가 말했다. 뒤이어 쌤도 고개를 내밀었다. 유미는 스크린 앞에 우두커니 서 있다.

「누님도 같이 계셨어요? 나, 이거… 세상이 어떻게 돌아가고 있는지」

「선배, 여긴 어디에요?」

「글쎄, 어떤 이유에선지 모르겠지만 우리 모두 호랑이 기계의 꿈 안으로 들어온 것 같은데?」

고저 없는 로이의 설명에, 모두 경악했다.

「호랑이 기계라뇨? 우린… 우린… 그걸 원하지도 않았는데요!」

「지금 이게 자각몽이라고? 어떻게 해야 우리 마음대로 할 수 있는데?」

몰리와 쌤이 동시에 질문했다. 로이는 그림자 없이 어둠에 잠겨 있는 복도와 벽들을 바라보고 있었다. 그래픽 디자인이나 컴퓨터 효과처럼 비물질적인 세계에 묘한 현실감이 덧붙은 느낌이었다. 로이는 복도와 상영관을 나누고 있는 벽에 가까이 다가가 손으로 만져보았다. 까끌까끌하고 서늘한, 기대완 달리 평범한 합판의 감촉이었다. 로이는 그 손가락을 부비며 코끝에 갖다 댔다. 특이한 냄새도 없었다. 대규모 정전 사태에 불이 꺼진 국립현대미술관이라 해도 이상한 일은 아니었다.

「지금 우리가 있는 이 꿈은 우리가 꾸는 것이 아닙니다」

「그게 무슨 말이에요?」

「여기는 호랑이 기계를 통해 꿈을 꾸는 누군가의 꿈속이에요」

로이의 짧은 설명이 끝난 뒤에도, 사람들은 아무 대꾸하지 않았다. 도무지 이해가 되지 않는다는 얼굴로 몰리는 선배의 얼굴을 들여다보고 있었다. 어쩌면 갤러리에 들어서기 이전을 떠올리는 걸지도 모른다. 하지만 그들은 아무 것도 기억할 수 없었다. 의식은 어두운 스크린에 펼쳐지는 어떤 영상에서 시작되었다. 그 사이의 필름은 가위로 잘려 있었다. 일단 주변을 더 살펴보자고 로이와 몰리는 어둠 속으로 걸어갔다. 쌤은 빵모자를 벗어 이마를 긁으며 투덜거렸다.

「제길, 밥이나 주고 일 시키지… 어? 근데 배가 안 고프네!」

다 떠난 전람회에 혼자 남은 관객처럼, 유미는 스크린 위를 스쳐 지나가고 있는 영상을 여전히 바라보고 있었다. 남자는 여전히 잠들어 있다. 유미는 남자를 향해 손을 뻗었다. 그때 누님을 찾는 쌤의 목소리가 들렸다. 이마 가까운 곳에서 손이 멈췄다. 남자는 좋은 꿈을 꾸고 있는지 웃고 있다. 유미도 그와 같은 웃음을 지으며, 스크린을 떠났다.

그것은 아주 기묘한 감각이었다. 수직으로, 지구 중심으로 작용하던 중력에 의해 사정없이 끌려가던 하나는 문을 지나치자 다시 평행으로 몸이 세워지며—두 개의 다른 영상이 빠르게 재생하듯—땅 위에 서게 되었다. 하나는 몸을 휘청거리거나 넘어지진 않았지만 중력의 급격한 변화를 느낄 수 있었다.

하나가 도착한 곳은 한 번도 와본 적은 없지만 낯익은 동네 한가운데였다. 한낮이었고, 강한 햇빛이 주변을 내리쬐고 있었다. 내리막길 멀리 차 소리가 들렸다. 낡은 간판을 내건 작은 문방구와 세탁소, 한 번도 유리창을 닦지 않았을 지저분한 외관의 식당들. 한국 어딘가 있을 법한 풍경이었고, 하나는 석관동을 떠올렸다. 그가 출입했던 문은 용무를 마쳤다는 듯 저절로 닫혔다. 마치 누군가 주워온 고물처럼 아무렇지 않게 세워져 있는 것이 현대 회화의 오브제 같았다… 혹시나 싶어 문고리를 잡아보았지만 돌아가지 않았다. 완고하고 타협 없는 침묵 그 자체처럼 이제 존재만 할 뿐 문으로서의 기능은 다한 듯했다. 하나는 문에 귀를 대보았다. 그 너머론 어떤 소리도 들리지 않았다.

오르막길 정점엔 초등학교가 있었다. 붉은 벽돌로 쌓은 학교 안은 고요했다. 창문은 죄다 닫혀 있었다. 일요일이어서일지도 모른다. 숲속의 깊은 계곡을 통과한 하나는 머리부터 발끝까지 홀딱 젖어 있었다. 걸음을 내딛을 때마다 옷에서 물이 뚝뚝 떨어졌다. 사람들이 이상하게 여길 법도 했지만 다행히 그가 문에서 걸어 나올 때 주변엔 아무도 없었고, 쨍쨍한 햇빛 덕분에 금방 마를 터였다. 악취가 나지 않았으면 좋겠는데. 하나는 언덕을 내려갔다.

동네는 평화로운 정적에 휩싸여 있었다. 가끔 사람들은 잠이 덜 깬 얼굴이나 활기 없는 표정으로 거리를 지나갔다. 하루 꼬박을 인적 없는 숲과 초원에서 지내던 하나는 다시 만난 일상에 묘한 감동을 받았다. 온종일 아무 것도 먹지 않아도 괜찮았던 초원과 다르게 몸의 욕구도 빠르게 작동했다. 우선적으로, 하나는 갈증이 났다. 후미진 골목에는 막 개장한 듯 깨끗한 편의점이 위치하고 있었다. 오랫동안 동네를 지키던 상점이 변화의 떠밀림에 못 이겨 프랜차이즈 편의점으로 갈아입은 것이 분명했다.

에어컨이 돌고 있는 편의점은 옷이 축축하게 젖은 하나에게 춥기까지 했다. 눈 화장을 짙게 한 여고생 아르바이트 점원이 카운터에서 스마트폰을 보며 무심히 손님을 맞았다. 거의 맹목적으로 하나는 냉장고에서 이온음료를 집었다. 그리고 카운터에 가서야 그는 수중에 돈이 한 푼도 없음을 깨달았다. 굉장한 기적을 바라며 주머니에 손을 찔렀지만 역시나 아무 것도 없었다. 점원은 계산을 위해 바코드를 찍고 있었다. 하나는 몹시 민망했다. 돈이 없다고 털어놔야 할까, 하나는 통사정이라도 해야겠다고 생각했다. 다시 음료수를 되돌려놓기란 가혹한 처사였다… 그는 어렵게 말문을 뗐다. 저어… 그러자 점원은 하나가 음료수를 고르느라 잠시 서 있던 냉장고 앞을 손으로 가리켰다.

「저거 손님 지갑 아니에요?」

편의점 바닥엔 정말 지갑이 있었다. 그것은 고교 시절에 만나던 여자아이와 헤어지던 날 버스에서 두고 내린 옛 지갑이었다. 액땜이라고 여겼지만 꽤나 속상했는데 다시 만나다니… 지갑 안에는 체크카드와 버스카드, 고교 학생증과 지폐 몇 장이 잃어버리던 그때 그대로 남아 있었다. 하나는 음료를 살 수 있어 기뻤다. 점원은 여전히 드라마에 푹 빠져 있었다. 돈을 내밀던 하나는 담배 진열대에 눈이 갔다. 미안합니다만, 하고 그는 말보로를 부탁했다.

「혹시 오늘이 무슨 날이지요?」 하고 하나가 말했다.

「예? 일요일이잖아요」 하고 점원이 말했다.

하나는 인사를 하고 편의점을 나왔다. 거리는 다시 따가운 햇빛. 음료수를 단숨에 비우자 좀 살 것 같았다. 만족스러워진 하나는 담배의 비닐을 벗기고, 첫 번째 담배를 입에 물었다. 그런데 생각해보니 라이터가 없었다. 다시 들어가 라이터를 사기는 또 싫었다. 하나는 입에 물었던 담배를 뒤집어 도로 넣어두었다. 그리고 걷기 시작했다.

아무리 생각해도 나는 이곳을 안다. 수도권, 도심, 시내 어디서나 흔히 볼 수 있는 평범한 모습의 주택가를 거닐며 하나는 생각했다. 그는 확실히 호랑이 기계의 꿈 안에 있었다. 일요일의 풍경들. 소리들. 희람은 어째서 이곳에 온 걸까? 희람이 원하는 곳을 나는 어떻게 아는 걸까? 서로 마주본 주택가들 사이로 가느다랗게 이어진 좁고 경사진 골목길을 보면서 석관동을 떠올렸고, 또 희람과 아이들이 마지막으로 헤어지던 동네를 떠올렸다. 그래, 저 골목길. 분명 아이들이 비척비척 올라갔지. 틀림없다. 그곳은 하나와 재의와 주희가 공연을 위해 무거운 악기를 갖고 노닥노닥 걸어가던 그 길이기도 했다. 처음에 테이프를 보았을 때, 하나는 희람이 석관동에서 온 줄로만 알았다. 엇비슷한 풍경에, 하나는 멋대로 도시를 석관동으로 오인한 것이다. 그런 착각이 멀리 떨어진 두 개의 시공간을 하나로 꿰맸다. 하나는 어쩐지 그녀가 있는 곳을 알 것 같았다. 발걸음을 서둘렀다.

옷은 이미 말랐지만 땀에 금방 젖었다. 하나는 계단과 골목길을 무작정 올랐다. 하지만 워낙 미로처럼 꼬여 있어 막다른 길에 부딪히기 일쑤였다. 기진맥진. 그늘에 앉아 숨을 돌리는데, 주택가의 작은 주차장에서 뛰노는 아이들과 이를 지켜보며 서로 대화를 나누는 젊은 어머니 둘이 보였다. 활기차게 놀던 아이가 하나를 보더니 궁금한 표정을 지었다.

「안녕」

하나가 어색하게 말을 걸었다. 아이는 마치 고양이처럼 경계하고 있었다. 아이들에게 무관심한 태도가 접근하는 데에 훨씬 효과적이다.

소년은 아주 귀여운 셔츠를 입고 있었다. 놀이공원에서 찍은 가족사진이 전사된… 소년은 마침내 하나에게 말을 걸었다.

「뭐하고 있어요?」

새된 목소리였다. 낯선 어른에게 다가가는 아이를, 어머니는 유심히 보고 있다. 하나는 쓸데없는 불안을 주기 싫어 어머니에게 웃으며 고개 숙여 인사했다. 어머니의 얼굴이 예의 바르게 누그러지지만 시선은 여전히 아이에게 머물러 있었다.

「친구를 찾고 있어」

하나가 말했다. 소년은 이상한 모양이었다.

「왜요? 오늘이 무슨 날이에요?」

「아무 날도 아닌… 그냥 일요일이란다」

소년과 함께 놀던 여자아이가 어느 결에 다가와 흥미를 보였다. 하나는 혹시 이 동네에서 제일 높은 집이 어디 있는지 아냐고, 아이들에게 물었다. 파란색 담벼락이 있고, 죽은 대추나무가 있고, 철길이 보이는 곳인데… 그러자 여자아이가 말했다.

「저기 빛이 있어요!」

아이는 맞은편 오르막길 위를 가리키고 있었는데, 진짜로 햇빛으로 반짝이고 있었다. 하나는 감탄하며 인사를 하고 일어났다. 마치 외국에 온 것 같군, 하고 그는 생각했다. 희람과 도시를 찾았을 때에도 우린 여름휴가를 온 기분이었다… 웃음 짓게 하는 기억들. 숨이 가빠온다. 날이 정말 덥다. 바람이라도 불면 좋겠다.

주택가를 한참 가로지르자 마침내 언덕 끝이 보였다. 하나는 힘을 짜내 달려갔다. 비디오로 봤던 풍경이 고스란했다. 열차의 통과를 알리는 신호가 울려 퍼지더니, 이윽고 소음이 한바탕 지나갔다. 탁 트인 언덕이라 바람이 사방팔방 불어왔다. 마치 태평양을 연상케 하는 파란 담벼락 앞에 서서, 언덕 아래의 동네를 바라보는 두 사람이 있었다. 희람과 귀신이었다. 희람은 원피스 위에 가벼운 갈색 코트를 입고 있었고, 그녀와 키가 비슷한 귀신은 스키니 청바지에 거의 무릎까지 내려오는 커다란 바람막이 재킷 차림이었다. 둘은 관광이라도 온 외국인들처럼 이곳저곳을 손으로 가리키며 대화를 나누고 있었다.

하나는 기침을 하며 희람을 불렀다. 인기척에 놀란 두 사람이 몸을 돌려 하나를 보았다. 그들만의 시간을 방해했다는 미안함이 들 정도로 경계하는 시선이었다. 너무하는군, 하는 생각이 들었지만 그토록 친구를 찾고 싶어 하던 희람이었으니까, 얼마든지 이해할 수 있었다. 어쨌든 눈이 마주쳤으니 인사를 해야 했다. 하나는 오른손을 흔들었다. 만난 지 삼십 분밖에 안 됐어요, 하는 대답이 돌아오면 어떤 반응을 해야 할지에 대해 하나는 잠시 고민해보았다. 저는 이 근처에서 기다리고 있을게요. 어쩐지 바보스러운 답변이다. 옛날 통닭집에서 호프라도 걸치고 있을까? 그런데 뜻밖인 건 희람의 말이었다. 희람은 하나에게 일본어로, 그러니까 한국말을 모르는 사람처럼 얘기하는 것이었다. 하나는 이해되지 않았다. 일본어 회화가 능숙하지 않았기 때문에… 아니, 예상치 못한 상황이 그랬다.

망연자실한 하나에게 희람은 재차 묻고 있었다. 누구세요? 저를 아세요? 하고 묻고 있었다. 혹시 희람과 놀라울 정도로 닮은 일본인 관광객이 아닐까? 하나가 설마, 하고 생각했다. 어떤 일요일의 판타지가 마술을 부렸는지 몰라도 그녀는 나를 모른다. 처음 본 사람이 말을 걸어 궁금하고, 조금은 두려운 눈치였다. 다른 세계에 오더니 다른 사람이 된 걸까? 어쩌면 둘이 짜고 하나를 놀리려고 연기를 벌이는 걸지도.

미안하다고, 바로 돌아갈 순 없어서 하나는 열심히 설명했다. 천국에 도착한 뒤로 초원을 가로질러 숲속에서 재의를 만나 계곡 아래 문을 통해 이곳까지 찾아온 이야기를… 한국어를 아는 사람도 미친 소리라 여길 것이다… 하지만 그녀는 정말 무슨 소린지 모르겠다는 얼굴로, 옆에 있던 귀신에게 도움을 청했다. 하나가 귀신의 얼굴을 테이프 영상 말고 가까이에서 보는 건 이번이 처음이었다. 칠흑 같이 검은 머리칼이 어깨 아래로 흘러내리고 있었다. 파마를 하지 않았음에도 구불구불한 컬은 거칠고 자유분방한 인상을 주었다. 그녀의 눈은 검푸른 밤하늘에 빛나는 금성 같았고, 표정엔 나이에 어울리지 않는 기품이 어려 있었다… 어쨌거나 소통의 가망을 잃어버린 하나는 낭패감에 빠져 울고 싶은 지경이었다. 그는 한국어를 포기하고 이 상황을 최대한 단순하게 일본어로 표현하고자 노력했다. 하지만 요약될 이야기가 아닐 뿐더러 고등학교 때 불성실하게 배운 제이외국어 실력으로 전달될 리 만무했다. 결국 더듬거리다 겨우 꺼낸 말이「나는 당신의 친구입니다」란 것이었다. 제가요? 그녀는 놀라 반문했다. 진땀을 빼느라 하나는 상처받을 겨를도 없었다… 저희들끼리 대화를 나누던 귀신이 부정확한 발음이지만 분명한 한국어로 하나에게 말했다.

「유키노는 당신이 누군지 모른대요」

한국말을 조금이라도 할 수 있는 모양이었다. 천만다행이다! 안도감에 하나는 다리가 풀릴 지경이었다. 하지만 하나는 다시 얼이 빠졌다. 유키노라니?

「당신은… 귀신이 아닌가요? 그러니까, 별명이…」

하나가 더듬거리며 말했다.

「귀신이요? 제 이름은 나미다입니다만…」

귀신—이라고 믿었던—의 말이었다. 그녀 옆의 희람도 의아한 얼굴이긴 마찬가지였다. 두 사람은 기억을 잃은 걸까? 그게 아니라면 둘만의 추억에 영원히 머물고자 새로운 삶을 택한 걸까? 하나는 귀신에게 통역을 부탁했다. 어디부터 얘기를 해야 할까. 겨울이 끝나갈 무렵 인사동 사무실을 찾아와… 아니다. 더 단순할 필요가 있다. 기억을 잃고, 내게 도와달라고 했다… 그 이유는…

귀신에게 전달하기 위해 기억을 더듬던 하나는 숨이 턱 막히는 기분을 느꼈다. 희람과의 기억이, 수희동에서 머물며 보내던 시간과 그녀가 잃어버린 것을 되찾기 위해 조력하던 순간들이 빠르게 휘발되고 있었다. 떠올리려고 하지만 구체적으로 생각나는 것이 없었다. 어렴풋하게나마 남아 있던 조각조차 사라졌다. 마치 구멍 뚫린 박스 아래로 모래가 우수수 떨어지 듯이. 그것은 새로운 종류의 절망이었다. 막막한 어둠이 하나의 기억을 베어가고 있었다… 하나는 입을 벌리고만 있을 뿐 아무 말도 할 수 없었다. 이윽고, 그는 옷이 땀에 다 젖도록 동네를 돌아다닌 이유도, 찾고 있던 사람의 이름마저 잊고 말았다.

하나가 말이 없자 귀신은 고개를 갸웃거리며 그를 이상하게 바라보았다. 여러 차례 불러도, 하나는 꼼짝하지 못했다. 기억을 잃어버린 그는 그야말로 죽은 사람이 돼있었다. 눈앞의 두 사람은 난감한 표정을 교환한 뒤, 외국어를 빠르게 속삭인 다음 황망한 석고상처럼 움직이지 않는 하나에게 예의상 고개를 숙여 인사를 하고 언덕 아래로 내려갔다.

이것이 끝이 되어선 안 된다고 말할 수 있었다. 마음이 그러한 것처럼 울기라도 했어야 했다. 하지만 하나는 그러지 않았다. 그는 자신의 기억을 믿을 수 없었으며, 그 때문에 스스로와 이 세상을 신뢰할 수 없었다. 한국의 별 볼일 없는 바닷가 마을을 구경 온 일본인 관광객 두 사람은 이제 완전히 사라졌다. 하나는 그때서야 희람의 절망을 가늠할 수 있었다. 희람을 도와주면서도 솔직히, 하나는 그녀에게 제대로 공감하지 못했다. 기억을 잃었다는 것이 어떤 기분인지, 어떤 고통인지에 대해 상상하지 못했고, 그래서 절감할 수 없었다. 그것은 죽음보다 두려운 경험이었다. 희람은 놀라울 만큼 평정심을 지켰다. 하나에게 그 두려움을 드러내지 않았으니… 하나는 무심했다. 그는 결국 제 자신과 자신이 좋아하는 것만을 지킬 따름이었다. 고통스러운 후회가 밀려왔다. 아주 오랜만에 느껴보는 감각이었다. 그는 기억과 함께 많은 것을 잃었다는 예감이 들었다. 하지만 이제 소용없는 일이었다. 희람이 누구인지, 자신이 무엇 때문에 후회를 하는지 더 이상 기억하지 못할 테니까… 세상이 뒤틀리기 시작한 건 그때였다.

처음엔 지진이라도 난 줄 알았다. 하지만 하나가 딛고 있는 땅에선 조금의 진동도 느껴지지 않았다. 이상하고, 이상한 일이었다. 일시적인 현기증이라고 넘겨짚는 순간, 하나는 하늘이 무너지는 걸 보았다. 은유가 아니었다. 마치 대륙이라도 떨어지는 것 마냥 구름이 육중하게 추락하더니 다음은 조각난 하늘의 일부가 접착력이 다한 타일처럼 후두둑 붕괴하기 시작했다. 멀리 고가도로와 아파트가 한쪽으로 기우뚱 쏠리더니 급기야 삼십이 배속 느린 화면처럼 서서히 쓰러졌다.

서둘러 언덕을 내려오던 하나는 벽돌 주택 테라스에서 옷들을 팡팡 털고 건조대에 널고 있는 자신을 보았다. 정확히 말하면, 어느 주부의 옷차림을 한 하나였다. 자전거를 탄 사람, 평상 위의 노인, 꼬마 아이들, 주변에 보이는 모든 사람들은 하나의 얼굴을 하고 있었다. 섬뜩한 풍경이었다. 고적한 일요일의 동네는 이제 범우주적인 공포로 얼룩지고 있었다. 하나는 주택가를 벗어나기 위해 애썼다.

올라왔던 방향 반대편으로 내려가자 지상철의 노선에 따라 철로가 이어져 있고, 그 아래로 조그맣게 뚫린 굴다리가 나왔다. 하나는 그곳을 알고 있었다. 노란 등이 매달려 있고 하수구라 해도 믿을 만큼 지저분한 굴다리는 석관동의 신이문역과 재래시장을 잇는 연결 통로였다. 하나가 헤매는 이곳은 석관동과 도시/의 모습이 뒤죽박죽 혼재되어 있었다. 두 개의 꿈이 직조된 풍경에 감탄할 여유는 없었다. 하나는 불길한 기분을 억누른 채 용감하게 뛰어들었다. 철망 아래에서 늬랗고 침침한 빛을 발하는 백열등, 더러운 타일, 웅덩이, 전철이 지나갈 때마다 흔들리는 천장… 하나가 기억하는 굴다리 그대로였다. 그런데 굴다리의 구간은 실제보다 훨씬 길었다. 석관동에선 지나치는데 삼십 초면 충분했건만, 지금은 도무지 끝이 보이질 않았다. 빛도 점점 탁해졌고, 길도 확연히 좁아졌다. 무너진 건물 잔해를 비집고 나오듯이 하나는 희미하게 보이는 맞은편의 빛을 향해 엉금엉금 기어갔다.

한 사람이 겨우 지나갈 만한 틈을 가까스로 빠져나왔을 때, 하나 앞으로 펼쳐진 것은 석관동 재래시장이 아니라 바닷가였다. 텅 빈 해변에 파도가 연신 철썩였고, 구름이 낮게 깔려 있었다. 예상하지 못한 풍경에 하나는 어안이 벙벙할 수밖에 없었다. 바람이 휘익, 하니 불자 모래사장 위로 잿빛 그늘이 졌다. 구름이 빠른 속도로 이동했다. 파고도 높아졌다. 태풍이 오고 있었다.

주변을 살펴보기도 전에, 빗방울이 떨어지기 시작했다. 비를 그을 만한 장소도 없던 지라 하나는 장대비를 고스란히 맞으며 해변을 따라 걸었다. 모든 풍경이 심상치 않았다. 바다는 펄떡이는 생명체처럼 격랑이 일었다. 빗소리, 파도소리, 바람소리는 혼을 빼앗기 위해 경쟁적으로 무시무시한 굉음을 만들고 있었다. 해변 멀리 움막이 보였다. 해수욕장 개방이 아닌 시기에 입수하는 무모한 젊은이들을 막기 위해 경비원이 상주하는 대피소일지도 모른다. 어쨌든 이 광기로부터 몸을 감춰야 했다. 하나는 모래사장 위를 달렸다. 하지만 그것은 좀처럼 쉽지 않았는데, 해변에서 바다로 불어오는 바람이 강해 발걸음 옮기기는커녕 균형을 유지하는 것조차 버거울 지경이었다. 하나는 금방이라도 날아갈 것만 같았다…

바로 그때였다. 먼 바다로부터 부우웅, 하고 괴상한 소리가 들려왔다. 무겁고, 연기처럼 세계의 밑바닥서부터 자욱하게 밀려오는 울음 소리였다… 바다 쪽으로 고개를 돌리자 믿을 수 없는 광경이 시작되는 중이었다. 마구 날뛰던 격랑은 등이 되고, 하얀 안개는 거대한 몸체가 되었다. 수면 위로 고래가 일어서고 있었다. 사실 고래라고 부를 근거는 없었다. 바다 한 면을 통째로 이루는 거대한 몸집의 고래는 세상 어디에도 없을 테니까… 그렇다고 딱히 떠오르는 정체는 없었다. 신화나 악몽에나 등장하기 좋은 그것은 태초 이래 처음 몸을 일으키는 것처럼 요란하게, 또한 믿기 어려울 정도로 느리게 바다에서 솟구쳤다. 하나는 그것이 자신을 정면으로 주시하고 있음을 깨달았다.

그것은 세계가 진동할 만한 굉장한 소리로 울부짖었다. 그러자 끌어당기듯이 강한 인력이 느껴졌다. 하나는 꼼짝없이 괴물의 바다로 끌려들어갈 처지였다. 하나는 있는 힘껏 달려야 했다. 그것은 서서히 다가오고 있었다… 한참을 달렸으나 별 진척이 없었다. 하나는 그때서야 모래사장이 바다를 향해 빨려들고 있단 걸 알아챘다. 러닝머신 위에서 뛴 셈이었다. 늪에 빠진 것처럼 하나는 풀쩍풀쩍 뛰었다.

그것으로부터 벗어날 가망이 전혀 없다고 여겨질 때 성난 바다 위로 희미한 불빛이 나타났다. 기진맥진하여 해변에 쓰러져 있는 하나는 격랑을 뚫고 전진하는 작은 배를 볼 수 있었다. 발동선의 보일러는 금방이라도 폭파할 것처럼 열광적으로 연기를 내뱉고 있었다. 구겨진 모자를 쓴 선원이 선실에서 나와 해변의 하나를 향해 손을 흔들었다. 상구 씨였다.

상구 씨는 보일러에 땔감을 신경질적으로 집어던지며, 선두로 올라가 괴물을 노려보았다. 그는 마구 소리치고 있었다. 무슨 내용인지는 모르겠지만, 엄숙하고 장엄하면서 정신 나간 모습이었다. 악몽의 괴물조차 두려워하지 않고 싸움을 거는 상구 씨 덕분에 하나를 끌어당기는 힘이 약해졌다. 주저앉아 있던 하나는 다시 자리에서 일어나 뜀박질을 시작했다. 아주 조금이면 대피소에 닿을 수 있을 것 같은데, 그 조금의 힘이 모자랐다. 그때 와아아! 하고 함성이 들렸다. 뒤편으로부터 엄청난 인파가 몰려오고 있었다. 백 명은 족히 넘는 인원이 난데없이, 뜬금없이 열화와 같은 기세로 달려왔다. 밟히지 않기 위해서라도 하나는 죽을힘을 다해 달려야 했다. 인파에 휩쓸려 모래사장 위를 뛰던 하나는 함성을 지르며 사람들이 어디로 가는지 살펴볼 틈도 없이 나무로 된 대피소의 문을 열고 안으로 들어갔다.

대피소 내부는 정갈했다. 벽부터 책상, 의자와 선반까지 모두 목재였다. 한 사람이 책상에 앉아 전화를 기다리고, 다른 한 사람이 교대 전까지 침상에 누워 잠을 자고, 폭풍우 속에서 순찰을 돌 때 입는 두꺼운 방수복 두 벌을 옷장에 걸어두면 방이 꽉 차는 규모의 공간이었다. 하나는 거친 숨을 내쉬며 방을 둘러본 다음, 아무도 없다는 사실을 재차 확인한 뒤에야 삐걱거리는 의자에 풀썩 주저앉았다. 바다의 돈키호테처럼 상구 씨가 달려들지 않았다면 하나는 그것의 아가리 속으로 빨려들어 갔을 터였다. 지금쯤 바다에서 완전히 몸을 일으켜 세운 괴물이 하나의 움막을 깔아뭉개는 것이 아닐까? 겁이 난 하나는 창문에 얼굴을 맞대고 바깥을 훔쳐보았다. 그러나 세차게 몰아치는 빗줄기와 희뿌연 김 탓에 제대로 보이는 건 없었다. 난데없이 물결처럼 달려들어 하나를 등 떠밀어준 사람들, 그들은 대체 누구일까? 인파 속에서 하나는 아는 얼굴들을 몇몇 만났다. 석관동 지하실, 농성장 옥상, 명동 도로, 연주를 하거나 음악을 틀어놓으면 어디에선가 몰려들어 함께 몸을 흔들며 밤을 새우던 이름 모를 관객들이었다. 그 가운데엔 더러 친한 사람도 있었지만 밴드를 그만하면서 자연스레 두절된 인연도 있었다. 뭔가 재미있는 일 없나, 사방을 기웃거리던 사람들. 그들은 또 소란거리를 찾아가는 모양이다… 그때 벌컥, 하고 문이 열렸다.

재의는 빗물이 뚝뚝 떨어지는 짙은 초록색 판초 우의와 정강이 높이까지 올라오는 장화를 신고 있었다. 그는 대피소에 들어오자마자 문을 재빨리 닫았다. 굉장한 바람소리가 짧게나마 잉잉, 하고 울다가 그쳤다. 얼이 빠진 채 자신을 바라보고 있는 하나의 시선을 가볍게 받아넘기고 재의는 뒤집어쓰고 있던 우의를 휴지조각처럼 마구 구겨 아무렇게 내팽개쳤다. 셔츠를 툭툭 털어내며, 재미있는 구경을 한 사람처럼 재의가 말했다.

「대단하지? 저거」

재의는 침대 위에 앉아 장화와 양말을 차례로 벗었다. 양말은 물에 푹 젖어 있었다. 우의와 마찬가지로 그는 양말 또한 구석을 향해 내던졌다.

「너도 바다에 있었니?」

가까스로 정신을 차린 하나가 물었다.

「그럼 물론이지. 아까는 정말 아찔했어. 나는 파도 속에서 상상할 수 없이 거대한 녀석의 지느러미를 봤다구」

「상구 씨는?」

「상구? 그게 누구야? 웃기는 이름이군」

졸지에 웃긴 이름을 갖게 된 전국 수백의 상구 씨들에게 당장 사과하라고, 하나는 소리치고 싶었지만 어리둥절한 지금 상황을 이해하는 게 우선이었다. 절체절명의 해변에서 하나가 본 것은 분명 발동선을 운전하며 괴물에 고래고래 소리를 치던 상구 씨였다. 더군다나 숲에서 재의는 상구 씨를 만났다고도 하지 않았는가. 하나는 혼란스러웠다.

「베르너 헤어조그 영화에서 나올 법한 배를 타고 다니는 사람인데… 분명히 봤거든, 내가…」

「상군지 짱군진 몰라도 나뿐이었어, 형. 저 미친 바다에 또 누가 있겠어?」

힘줘 말하는 재의에게 하나는 더 물을 수 없었다. 재의는 주머니에서 담배를 꺼내 불을 붙였다. 그것은 검은색 고양이가 그려진 국산 담배였다. 아닌 게 아니라, 이곳은 흡연이 잘 어울리는 곳이긴 했다. 하나는 꿍하니 입을 다물고 있었다. 담배 연기를 내뱉고는 재의가 말했다.

「형을 구해준 건 나야」

「뭐라고?」

「형은 이 세계에 대해 잘 몰라. 아파트가 엿가락처럼 무너지고, 하늘이 뚝뚝 떨어지고, 본 적 없는 존재가 바다에서 깨어나고… 형의 상식을 벗어나는 일들이겠지. 우리가 아는 지식은 여기서 전혀 쓸모가 없어. 그런 걸 믿었다간 버틸 재간이 없지. 알겠어?」

하나는 고개를 끄덕였다.

「그럼… 계곡에서 나를 따라온 거니?」

「형이 걱정돼서 말이야. 보내긴 했지만 마음이 내키질 않아서」

「듣던 중 고마운 얘기구나」 하고 하나가 말했다. 「저… 그럼 이제 어떡할까? 밖에 있는 저 괴물? 고래? 뭐라고 불러야 할지 모르겠지만 아무튼 저 녀석이 버티고 있는 한 밖에 나갈 수 없을 텐데」

「그런 건 걱정하지 마. 바다가 어렵다면 하늘로 솟아나면 되지」

황당한 말을, 재의는 잘도 하고 있었다. 그는 절반 정도 피운 담배를 손가락으로 튕겼다. 아까부터 재의는 터프한 소년처럼 행동하고 있었다.

「밖에 나가면 해가 뜰 거야. 비는 곧 멈출 테지. 바다는 조용해지고, 그 시끄러운 녀석도 잠잠해질 거야. 그럼 우린 배를 타고 여행을 떠나자. 보트 바닥엔 럼주도 많고, 질 좋은 육포도 잔뜩 있어」

재의는 자리에서 일어나, 의자에 앉아 있는 하나를 향해 말했다. 하나는 그런 그를 빤히 바라볼 뿐이었다. 재의는 능수능란한 연기자처럼 차가운 반응에 여의치 않고 다음 행동을 계속 이어나갔다. 그는 하나에서 고갯짓을 하며 어서 나가자고, 대피소의 문으로 저벅저벅 걸어갔다. 문고리를 잡았던 재의가 고개를 돌렸다. 하나는 의자에서 일어나지 않았다. 의자의 등받이를 움켜쥐고, 그가 말했다.

「나는 안 갈 거야」

「왜?」

「너는… 재의가 아니니까」

하나의 말에, 재의는 웃음을 터뜨렸다. 허리를 수그리고, 배를 움켜쥔 채 소리 내어 웃는 동안 하나는 표정 없이 그를 지켜보고 있었다.

「형은 바보구나」 하고 재의가 말했다. 「예전하고 달라진 게 전혀 없네, 형」

「오, 그래? 못 보던 사이에 담배 취향도 많이 바뀌었군. 예전에는 건들지도 않던 담배도 잘만 피우고 말이야」

그러자 재의는 침상 위에 놓인 담배 갑을 보았다. 그의 입 꼬리가 올라갔다.

「지금 저거 갖고 나를 의심하는 거야?」

하나는 자리에서 일어나 그에게 걸어갔다. 재의는 하나를 노려보고 있었다. 가만히 그 눈길을 지켜보던 하나는 피식 웃으며, 그의 뺨을 툭 건드렸다.

「내가 너를 못 본 시간이 아무리 길다 해도 누가 진짜고, 가짜인진 알 수 있어. 아무래도 내가 너무 흥분했나보다. 아주 간단한 사실을 지금까지 잊고 있었어. 왜냐하면… 그것만 지운다면 이곳은 천국이 될 수 있을 테니까… 하지만 이제 알았어. 네가 알려준 거야, 재의야」

하나는 재의를 바라보며 말했다.

「너는 죽었고, 다시 돌아올 수 없어」

긴 침묵이 흘렀다. 재의는 그다지 놀란 것 같지 않았다. 다만 말없이 돌아서서 다시 문을 향해 천천히 걸어갔다. 문고리를 잡고, 하나로부터 등을 돌린 채 재의가 말했다.

「형, 이제 내가 이 문을 나서면 우린 다시 만나지 못할 거야. 그걸 원해?」

고통스럽게 두 눈을 감고, 하나가 말했다.

「넌 재의가 아니야. 내 그리움이 만든 꿈일 뿐이야」

재의는 고개를 끄덕였다. 그리고는 문을 열고 밖으로 나갔다. 움막엔 다시 적막이 찾아왔다. 하나는 힘없이 의자에 앉아 팔꿈치를 책상 위에 기댔다. 전에 없던 피로가 느껴졌다. 온몸을 두들겨 맞은 것 같다거나 잠이 쏟아지는 그런 종류의 피로가 아니었다. 눈을 감으면 자신의 존재가 처음부터 없었다는 듯 사라지면 좋을 것이다. 하나는 슬픔도, 우울도 아닌 감정 속에서 혼자였다. 담배도 피우고 싶지 않았고, 몸을 뉘이고 싶지도 않았다. 그때 창밖으로 어떤 소리가 들려왔다. 피아노 건반을 누를 때의 청명하고 단아한 소리, 젊은 사람들의 웃음소리, 부드러운 파도가 해변 위에 포개어지면서 만드는 소리. 창가로부터 등져있던 하나는 몸을 틀어 창문 너머를 보았다. 어느덧 비가 그치고, 다대한 구름들 사이로 햇빛이 장막처럼 내리쬐는 모래사장에 사람들이 모여 있었다. 운동복 차림의 소년 둘은 프리스비를 서로 주고받고 있었다. 바람이 부는 해변에 굳이 폴을 세워 플랜카드를 설치하려는 남자도 있었다. 절삭한 드럼통에 캠핑용 숯불을 지펴 핫도그 소시지를 굽고 있는 사람도, 그 주변에 모여 커피를 한 손에 들고 깔깔 웃는 사람들도 있었다.

그 가운데엔 재의가 있다. 그는 모래사장 위에서 검은색 광택이 번쩍이는 피아노를 연주하고 있다. 하나가 마지막으로 갖고 있던, 대학 시절의 재의 모습 그대로이다. 얇고 하얀 발목이 드러나는 베이지색 슬랙스 면바지를 입고, 체크무늬 플란넬 셔츠 위에 도톰한 쑥빛의 패딩 조끼 차림. 그는 하나가 알지 못하는 노래를 연주하고 있다. 지금은 더 이상 방영되지 않는 만화영화의 주제가 같기도 하고, 어느 시골의 블루스 같기도 하다. 재의는 자신의 주변으로 사람들을 끌어 모으고 있다. 그들은 저 혼자 허리와 손을 비틀며 춤을 추기도 하고, 어깨동무를 한 옆 사람의 볼에 키스를 한다. 햇살 맑은 오후의 바다. 하나는 그 모습을 고맙게 바라본다. 하나로 하여금 보고 싶고, 아름다운 것을 알게 하고, 그리하여 살아있음을 알려주어서. 하지만 이제 어디로 가서, 누구를 만나고, 무엇을 해야 한단 말인가? 하나는 알 수 없었다… 그때 누군가 하나의 움막으로 다가와 유리창을 톡톡, 하고 두들겼다. 화들짝 놀라 자세를 바로세우니, 창밖에는 한 여자아이가 있었다. 하얀색 카플린 모자를 쓰고, 그 아래로 묶은 긴 머리가 흘러내리고, 하늘색 원피스를 입고 프랑스 인형처럼 귀여운 여자는 하나에게 왜 나오지 않느냐며 엄지손가락을 밖을 향해 흔들었다. 하마터면 눈물이 나올 뻔한 그는 어깨를 으쓱할 뿐이었다. 그러자 여자는 말했다.

「하나 씨, 우리는 생각을 모아야 해요. 마법이 일어나던 그때처럼 말이에요. 분명하진 않지만 이 모든 기적의 발단, 우리가 처음 만나던 그…」

「이거 봐라」

하나는 하마터면 쓰러질 뻔했다. 균형을 잃었다기보다 다리의 힘이 풀려 골반 아래가 제 것처럼 느껴지지 않는, 그런 종류의 휘청거림이었다. 하나는 본능적으로 손을 뻗어 눈앞의 아무 것을 붙잡았다. 그리고 다리에 힘이 돌아올 때까지 기계체조 선수처럼 동그란 반지 모양의 손잡이를 양손으로 꼭 붙들어야 했다. 전철이었고, 맞은편에 앉아 있던 승객이 힐끗 보았지만 그뿐이었다. 만원은 아니었지만 앉을 자리가 없는 평일 오후의 전철. 이건 또 어떻게 돌아가는 상황이지? 하나는 눈을 천천히 움직여 맥락을 파악하려 했지만, 뜬금없는 장면 전환을 조금도 이해할 수 없었다. 방금 전까지 그는 대피소에 낙담하고 앉아 유리창 너머를 바라보고 있었다. 해변에선 즐거운 파티가 한창이었고, 한 여자가 다가와 하나에게 말을 걸었다… 그리고 지금 그는 옆 사람이 보여주는 핸드폰의 액정 화면을 보고 있다. 주희였다. 하나보다 머리 하나가 작은 그녀는 한 손으로 핸드폰을 들고, 하나가 볼 수 있도록 화면을 기울인 채 킥킥 웃고 있었다. 엉뚱한 필름들을 도중에 잘라 만든 영화에 버려진 얼굴을 하고 있는 하나를 보더니, 주희가 말했다.

「뭐야, 하나 너 또 졸았지?」

핸드폰으로부터 눈길을 떼고 주희가 책망했다. 아, 기억난다. 하나는 그녀가 입고 있는 치파오를 바라보았다. 공연 전, 우리는 리허설을 앞두고 시장을 찾았어. 지하 매장 전체가 헌 옷들로 가득 찬 곳이었지. 스티브 부세미가 입을 법한 가죽조끼부터 일본 철판요리 체인점 유니폼까지, 헐리우드 영화의 소품 창고 같았어. 거기서 주희는 치파오를 샀지. 생각보다 잘 어울렸고, 무엇보다 싼 값이어서 기분이 더 좋았던 것 같아. 오늘 공연엔 이 옷을 입겠다고 걔는 고집을 피웠지. 말릴 사람은 아무도 없었지만… 기억난다, 그때.

「뭐라고 했어?」 하고 주희가 말했다.

「아무 것도… 지금 뭘 보고 있는 거야?」 하고 하나가 말했다.

주희는 웃음을 참지 못하고 핸드폰을 하나에게 내밀었다. 무언가를 찍은 모양이었다… 그것은 건너편 좌석에 홀로 앉아 있는 재의를 몰래 촬영한 동영상이었는데, 하나는 떠올렸다. 재의는 옆 사람의 핸드폰을 곁눈질로 보고 있었어. 아주 우스운 표정이었지. 비밀스럽게 살금살금 보는 그 행동이 주희는 그렇게 재미있었나봐. 맞아, 나도 그거 좀 인상적이었지. 그리고 내 기억이 맞다면… 전철에서 내려 수산시장을 갈 거야. 생선구이를 먹어야 한다면서.

「우리 그냥 밥 안 먹으면 안 돼?」

재의가 말했다. 밴드의 세 사람은 항구를 걷고 있었고, 식당과 정박한 어선들이 좁은 도로를 사이에 두고 마주보고 있었다. 갈매기들이 소리 없이 날고 있었다. 자긴 상관없다고, 주희가 말했다. 그녀는 음식을 정말 조금 먹는다. 포만감으로 공연을 망친 적이 있는 하나 역시 제안에 찬동했다. 그들은 잠시 바다를 거닐었다. 방파제, 화물선, 썩은 로프. 도시에 내려오기 전부터 재의는 말이 부쩍 줄었다. 돌이켜 생각해보건대, 이미 결정된 입대를 고민하는 듯했다. 주희와 내가 입대 사실을 알게 된 것도, 도시에서 올라온 이후였으니 심란했겠지. 하나는 주희와 재의를 따라 젖은 바닥에 천천히 발자국을 남기며 생각했다. 좀처럼 잊지 못하는 오래 전의 영화를 보며 회상에 빠진 기분이었다.

「사진 찍을까, 우리?」

항구를 걷다 보니 방파제가 나왔다. 지나가는 사람에게 부탁하여 셋은 난간에 나란히 기대어 사진을 찍었다. 한낮의 빛이 고운 다리 위에서, 주희가 입은 치파오 드레스에선 옷장의 나프탈렌 냄새가 아주 어렴풋했고, 재의는 자주 쓰는 낡은 야구 모자를 쓰고 있었고, 나는… 지금 손을 모으고 있다. 최대한 활짝 웃으려고 노력하면서. 그 사진, 지금 어디 있지? 하나는 생각했다. 재의 입대하고, 뒤늦게 주희에게 받아 인화까지 했는데, 지하실 어딘가에 있을 것이다.

세 사람은 모두 난간 너머로 펼쳐진 바다를 보고 있었다. 하늘은 쾌청했고, 파도도 얌전했다. 정박 중인 거대한 배를 제외하면, 수평선 부근까지 보이는 것은 없었다. 재의가 담배를 꺼내 입에 물자 옆에 있던 친구들도 그를 따라 빼어 피웠다. 셋은 잠시 말없이 바다를 바라보며 담배를 피웠다.

「형, 저 파도 있잖아」 하고 재의가 말했다.

「그런 생각 안 들어? 대체 저건 어디서 오는 걸까…」

「아아, 그렇지」 하고 하나가 말했다. 「나도 한때 궁금해서 주변 사람들에게 물어봤던 적이 있어. 제일 흥미로운 대답은 바다 가운데에서 발생하는 동심원이 오대양 구석구석까지 퍼진다는 것이었지」

「그럴 듯한데? 그럼 지금 이 파도는 아주 먼 곳으로부터 온 거로구나」

「그렇지. 아주 많은 시간이 걸렸을 거야」

침묵. 재의가 말했다.

「만남이 있으면 헤어지기 마련이라더니, 젠장. 파도도 그렇고… 처음은 함께였지만 마지막엔 결국 혼자인가」

「만남을 간직한다는 건 불가능해. 언제나 헤어짐으로 완성되기 마련이야」

「그럼 좋은 순간을 함께 한다거나 추억을 기억하는 게 무슨 의미지? 어차피 헤어지면 잊게 되는걸」

「다만 추억이 깊을수록 망각의 속도 또한 느리겠지. 그보다 우리의 죽음이 더 빨리 찾아온다면, 그것은 영원과 같아」

「느리게 취한 만큼 숙취도 느리게 풀리는 것과 같은 이치군?」

재의와 하나는 웃었다. 꽁초를 비벼 끄고, 재의는 못내 아쉬운 아이처럼 난간에 두 팔을 기대고, 그 위에 얼굴을 올려놓고 바다를 바라보았다.

「아마 올해 마지막 바다겠지, 이게」

재의가 말했다.

「그래도 헤어지는 건 정말 싫다」

그런데… 그때 우리가 이런 대화를 나눴었던가? 하나는 한쪽 주머니에 손을 넣고 다른 한손으로 눈썹 위를 매만졌다. 그리고 우린 곧장 공연장으로 갔어. 하지만 길을 잘못 들어서 고생을 했지. 아마 친절한 아주머니를 만나지 못했더라면, 그 분이 하던 일도 마다하고 직접 데려다주지 않았더라면 우린 공연장을 못 찾아 공연도 못한 가장 멍청한 밴드가 됐을 거야.

겨우 찾은 공연장. 대학가라고 했지만 정말 도로 한복판일 줄은 몰랐어. 교차로 도로 양변으론 차들이 쌩쌩 지나갔고, 무대 앞엔 그늘 한 뼘 없었어. 스태프들은 멀리 대기실 천막 아래 숨어서 힘내세요! 하고 손만 흔들었지. 하지만 어쩌랴. 무대가 주어졌으니 공연을 하는 수밖에.

늦는 바람에 오버시즈는 리허설조차 할 수 없었다. 바로 앞의 밴드가 열창을 부르고 있었다. 재의와 주희와 하나는 없는 시간을 쪼개 근처의 카페에서 얼음 커피를 마셨다. 이층 테라스에서 내려 보니 무대는 제법 그럴 듯한 규모로 보였다. 오버시즈의 차례가 다가왔고, 무대에 올라가 장비를 정리 중인 팀과 간단하게 인사를 나눴다. 노래 잘 들었습니다. 수고하세요. 오버시즈는 딱히 준비할 게 없었다. 신경 쓸 거라곤 하나의 기타 이펙터 몇 개에 전원 케이블을 연결하는 게 전부였다. 볼륨을 점검하기 위해 하나와 재의는 간단한 연주를 해보았다. 하나는 케이블이 허용하는 한도까지 걸어가 관객의 위치에서 들리는 소리의 균형을 들어보았다. 지금껏 공연을 다니면서 만족스러운 음향 상태를 경험한 적이 드물었다. 그런데 이곳의 앰프는 하나가 연습할 때 쓰던 것과 같은 모델이었고, 익숙한 소리가 들렸다. 몇 소절 노래를 부르던 주희는 엔지니어에게 모니터 스피커의 볼륨을 조금만 높여달라고 주문했다. 재의는 담배를 피우면서 연주해도 괜찮으냐고 물어보다가 음향 감독에게 혼났다.

자, 공연이 시작되려고 한다. 하나는 무대에 서서 기타를 잡고 눈앞의 풍광을, 텅 빈 객석과 번잡한 교차로와 자동차와 뙤약볕을, 술에 취해 비실비실 걸어오는 노인을, 행인들의 무관심과 세상의 냉대를 보았다. 이럴 수가 있나? 랩 메탈을 하던 밴드가 공연을 할 때 그나마 호응을 해주던 몇몇 관객들도 밴드와 함께 철수한 모양이었다. 그러나 하나는 명랑한 마음이었다. 어서 연주를 하고 싶었다. 세상 끝에서, 그들에게 허용된 아주 좁은 무대에서의 위험천만한 공연 같아서, 설령 이것이 마지막이더라도 아름다운 소리를 낼 수 있으니 됐다는 생각에 조용한 흥분이 일었다. 알고 있다. 이 공연의 마지막을, 우리 밴드의 끝을. 하나는 눈을 감았다. 재의 말이 맞았다. 헤어지는 건 참 싫은 일이다. 비록 그 끝을 알고 있더라도 멈출 수는 없다. 숨이 떨려왔다.

「오버시즈!」

거리의 소음 속에서 작지만 또렷한 외침에 하나는 눈을 떴다. 그것은 충분히 놀라운 일이었다. 밴드의 이름을, 그것도 도시에서 알고 있는 사람이 있다는 사실이 그랬다. 인파 속 누군가가 오버시즈를 알고 있고, 공연을 기다리고 있다. 주희는 고개를 끄덕이며 흥을 찾고 있었고, 재의도 허공에 연주를 하며 손을 풀고 있었다. 하나는 더 멀리의 풍경을 보았다. 슈퍼마켓 앞 캐노피 아래에는 마찬가지로 같은 밴드 친구들처럼 보이는 젊은이들이 있었다. 그들의 손엔 메로나가 들려 있었고, 녹은 아이스크림이 뚝뚝 떨어지고 있었으나 궁금한 얼굴로 무대를 지켜보고 있었다. 노천카페의 파라솔 아래에 앉아 있는 사람들, 긴 머리를 오렌지 색으로 염색한 여자와 음울한 눈빛의 남자, 그리고 큰 접시의 빙수를 가져오는 뚱뚱한 체구의 남자도 공연을 기다렸다.

그리고 아이들이 있었다. 그들은 무대와 정면으로 마주보는 교차로 건너편의 건물 옥상에 서 있었다. 그곳에서 무슨 모임이 있었나? 더우니까 레모네이드를 마시고 있을지도 모르지만 여하간 그들은 옥상 난간에 서서 무대를 흥미롭게 지켜보고 있었다. 덩치가 크고 고딕 스타일의 화장을 한 여자아이, 동그란 은테 안경을 쓴 남자아이, 한 여름인데도 긴팔 셔츠의 단추를 끝까지 채운 남자아이, 구불구불한 머리칼을 대충 묶은 여자아이, 록밴드의 티셔츠를 입고 카메라를 들고 있는 여자아이까지. 기억난다. 하나는 그때서야 알았다. 그때는 아주 잠깐, 스쳐 지나가는 찰나였지만 지금은 다르다. 첫 만남, 여기서부터. 하나는 웃었다. 공연이 시작되려 한다.

하나의 기억이 정확하다면, 이제 그는 왼손으로 코드를 붙잡을 것이다. 그리고 피크를 쥔 오른손을 들었다가 줄을 향해 떨어트리고, 피크가 줄에 닿는 순간 앰프를 통해 증폭된 음이 교차로 광장을 향해 퍼져나갈 것이다. 이것은 하나가 가장 아끼는 기억이다. 기타를 시작으로 소리가 하나씩 입장한다. 한 소절 다음엔 피아노가, 다시 한 소절이 지나면 주희의 목소리가 포개어진다. 파도처럼, 한지 위의 채색처럼, 오래된 마법처럼, 좋아하는 영화를 다시 보는 것처럼 안전한 즐거움이다. 느린 속도로 떨어지는 스트로크 사이에, 하나는 생각했다. 공연이 끝나면, 잘 생기고 예쁜 관광객 남녀가 다가와 말을 걸 것이다. 텅 빈 광장에서의 공연에 민망해 하는 밴드에게, 노래가 인상적이었다면서 선남선녀들은 인사할 것이다. 하루가 더 주어진다면, 미친 사람 취급을 받는 한이 있더라도 재의를 서울로 올라가는 기차에 태우지 않을 것이다. 그리고 주희를 설득한 다음, 밴드를 섭외한 축제 측에서 받은 페이와 수중의 돈을 있는 대로 모아 가까운 항구에서, 가장 먼 곳으로 가는 배에 재의를 태울 것이다. 그를 한국으로부터 최대한 멀리 떨어트릴 것이다… 영문도 모른 채 피랍이 된 재의는 황당하여 울고불고 난리를 칠지도 모르지만, 마음이 약해져선 안 될 것이다. 하나는 그가 밴드 몰래 입영 신청을, 그것도 반 년 전에 경기북부병무청에 제출하여 축제가 끝난 다음 한 달 뒤에 입대한다는 사실을 폭로할 것이다. 한 달이란 시간은 금방 흐를 것이다. 병역을 기피하기 위해 해외를 전전하는 이들에겐 온갖 저주가 떨어질 것이고, 밴드는 아예 코스타리카 정부에 망명을 신청할 수도 있다. 솔직히, 어떤 삶이 이어질지 하나는 상상할 수 없지만 적어도 이대로 군대에 입대해 어이없는 폭발 사고에 휘말려 죽는 것보단 나을 것이다. 하나에게 하루가 더 주어진다면… 그는 재의를 말리고, 그럼으로써 살리고, 새로운 삶을 시작할 수 있을 것이다…

「하나 씨!」

누군가 하나의 이름을 불렀다. 피크가 기타 줄에 닿으려는 그 순간이었다. 하나는 반사적으로 오른손을 멈췄다. 그를 부르는 소리는 재차 이어졌다. 여자의 목소리였다. 주변을 둘러보았지만 연주의 시작을 기다리는 밴드 멤버인 재의와 주희, 공연엔 영 관심이 없어 핸드폰만 들여다보고 있는 엔지니어, 주희의 치마 아래를 훔쳐보기 위해 열심히 어정거리는 노인뿐이었다. 환청이거나 어제 꾼 꿈의 여운일지도 몰랐다. 하나는 고개를 저으며 다시 피크를 들었다. 그때 목소리는 다시 또렷하게 들렸다. 하나 씨, 여기에요. 목소리의 주인은 정면에 있었다. 건물 옥상에 줄지어 서서 공연을 지켜보던 아이들 가운데 한 명이었다. 그녀는 카메라를 내려놓고 하나를 향해 소리치고 있었다. 먼 거리였지만, 마치 세상에 두 사람뿐인 것처럼 하나는 그녀의 말을 똑똑히 들을 수 있었다.

「하나 씨, 우리는 생각을 모아야 해요. 왜냐하면… 혼자 꾸는 꿈은 재미없거든요」

노래를 시작하면, 그리하여 지금은 잃어버린 밴드와 새로운 생활을 시작할 수 있을 것이다. 그러나… 그것은 혼자 꾸는 꿈이었다. 사실이 아니었다. 질 나쁜 농담처럼… 가장 큰 거짓말이었다. 재의는 죽었고, 돌아올 수 없다. 술에 만취해 좋아하는 영화를 보다 잠드는 것처럼, 감은 눈 아래로 흐르는 눈물처럼, 아득한 꿈에 불과했다.

하나는 피크를 주먹에 쥐고 연주를 포기했다. 재의와 주희가 이상하게 그를 보았다. 밴드뿐만이 아니었다. 전까진 아무런 관심도 없이 거리 위를 걷던 사람들조차 무대를 응시하기 시작했다. 호기심이 아니라 원망이 섞인 시선이었다. 그리운 향수에 마냥 휩싸여 있던 분위기가 이상하게 흐르기 시작한 건 그때부터였다. 낯설고, 적대적이며, 이질적인 기분이 균열 사이로 틈입했다. 넌 정말 바보구나. 재의와 주희는 여전히 자리를 지키며 의아한 얼굴로 하나를 바라보고 있었다. 거리의 사람들은 웅성거리고 있었다. 하나는 기타를 바닥에 내려두었다. 가을밤의 비너스처럼 멀리서 하나를 지켜보고 있던 여자아이는 친구들과 함께 사라졌다. 이제 어떡하나 싶은 그때 냉소적인 박수 소리가 들렸다. 인파 속에서 누군가 걸어 나와 고개를 푹 숙인 채 두 손을 천천히 부딪치며 무대 앞으로 다가왔다. 하나는 그를 알았다. 희연이었다. 하나를 올려보는 그의 얼굴은 한껏 뒤틀려 있었다.

「제법이야. 정말 난 감탄했다」

하나는 그때서야 이상한 세계의 전모를 알 수 있었다. 호랑이 기계의 꿈이라고 생각했던 이곳은 희연이 꾸민 간계였다.

「하마터면 죽을 뻔했잖아. 사람을 차로 들이박고는 들여다보질 않다니. 그 멍청한 계집애가 호랑이 기계를 가져오지 않았다면 정말 황천길로 갔을 거야」

「호랑이 기계를 작동시킨 게 그때였군. 이제 좀 알겠어. 그런데 내가 어떻게 네 꿈에 들어와 있는 거지? 난 동의한 적이 없는데」

하나의 말에 희연은 우습다는 듯이 소리를 냈다.

「동의? 정말 웃기고 자빠졌네. 내가 꿈을 꾸겠다는데 왜 네 동의가 필요한 거지? 다시 한 번 말해줄게. 네 동의 따위는 관심도 없고, 필요도 없어. 내가 동의한 적 없지만 너희들이 여기에서 공연을 한 것처럼. 그렇지 않아?」

희연은 주변을 둘러보며, 경멸스럽다는 듯이 치를 떨었다.

「재즈 피넛의 멍청이들, 아니, 도시에서 음악 좀 듣는다는 애들은 모두가 이 순간을 기억하고 있지. 오버시즈! 와, 멋진 공연! 세상 어디에도 없던 음악! 아름다운 순간! 매일 같이 그 소리였어. 네 녀석들은 상상도 못 했지? 서울에선 별 볼일 없는 스쿨 밴드에 불과했으니까. 도시의 모두가 기억하고 사랑하는 이 순간이… 나는 너무 싫었어」

희연은 말했다.

「뭐가 좋다고 하면 우르르 몰려들어 그게 뭔지도 모르고, 왜 좋은지도 모르면서 사람들은 아우성이지. 온통 그 얘기를 하고, 따라하고, 주변을 온통 그것으로 채우려고 해. 그런 걸 문화라고 할 수 있을까? 오버시즈가 딱 그랬어. 이날의 공연 이후로… 도시와 재즈 피넛의 문화는 또 한 번 크게 출렁였지. 신문, 잡지, 뉴스, 논문, 아무리 찾아봐도 그런 얘기는 없을 거야. 지나가는 사람 붙잡아도 아무도 모를 거야. 오직 이날 공연을 봤고, 그 문화 속에 있는 사람만 아는 태풍의 눈이랄까. 솔직히 말하면 난 가슴이 뛰었고, 질투가 났어. 오버시즈는 정확히 내가 되고 싶은 존재였으니까. 한 번 문화가 바뀌면 나머지는 완전 잊히는 거야. 살아남으려면 그 속으로 비집고 들어가거나 포기하는 수밖에 없지. 하지만 난 생존을 택했고, 비굴하게 오버시즈의 아류를 자처했지. 삽살개처럼… 네 녀석의 환심을 사려고 아양을 마다하지 않았지」

「저기, 있잖아. 괜찮다면 그런 내밀한 얘기는 내가 간 다음에 하겠어? 지금 좀 피곤해서」

「이하나, 나의 웃기는 친구. 네게 호랑이 기계의 진가를 보여주지」

희연이 손가락을 튕기자 무대 아래로 내려가려던 하나의 몸이 꼼짝하질 않았다. 보이지 않는 고무에 꽉 낀 것처럼 움직일 수가 없었다. 당황하는 그 모습이 너무도 재미있다는 얼굴로, 희연이 말했다.

「잊었어? 여긴 내 꿈속이야. 내가 하고 싶은 대로, 원하는 대로 세상을 주무를 수 있지. 나는 그 어느 때보다 자유로워. 마치 신이 된 것처럼. 그 중에서도 제일 신나는 게 뭔지 알아? 바로 다른 사람의 자유를 빼앗을 때야. 나와 똑같은 줄 알았던 놈들도 이제 똑똑히 느끼겠지. 같은 인간이라도 나는 차원이 다르단 걸」

희연은 다시 손가락을 튕겼다. 그러자 장면이 바뀌듯, 주변의 풍경이 공연 무대에서 이십사 시간 식당 안으로 변했다. 푸르스름한 새벽, 좌식 테이블을 마주보고 하나와 재의, 주희가 지친 얼굴로 앉아 있었다. 하나는 눈을 감고 싶었다. 그것은 도시에서 공연을 마치고 서울로 올라와 식사를 하는 자리였고, 거기서 두 사람은 재의의 입대 사실을 알게 된다. 지금껏 비밀을 숨기고 있던 사람처럼 재의가 말을 꺼내면, 주문한 음식이 나오기도 전에 하나가 자리를 박차고 식당을 나선다. 비가 내리고, 하나는 성큼성큼 집으로 돌아간다. 외면하고 싶은 기억이다. 하지만 그는 눈 감을 수 없었다. 희연은 기분 나쁘게 웃는 얼굴 그대로 하나를 보며, 닳고 닳은 쇼 호스트처럼 두 팔을 벌렸다.

「짜잔, 어때? 네 인생에서 가장 지우고 싶은 순간이지? 아마 울면서 집에 돌아가 술을 마시다 잠들었겠지. 재의야, 왜 나를 떠났어? 하고 질질 짜면서, 한심하게도」

가슴이 쿵쾅쿵쾅 뛰면서 얼굴로 뜨거운 핏기가 몰렸지만, 하나는 꼼짝할 수 없었으므로 자신의 얼굴이 붉게 상기되었는지 몰랐다. 자신을 조롱하는 희연 앞에서 그는 숨을 내쉬며 화를 참고 싶었지만 그 마저도 허락되지 않았다. 밀랍인형처럼 박제된 채, 그러나 감정만은 생생한 채 희연의 쇼를 피할 새도 없이 지켜봐야만 했다. 희연은 손끝으로 자신의 이마를 긁적이며 하나에게 걸어왔다.

「있잖아, 하나. 나는 이제부터 모든 역량을 동원해서 네놈의 거짓말을 낱낱이 끄집어낼 계획이야. 지금까지 스스로를 속이며 적당히 살아왔던 기만과 허위의식을 모조리 부숴주지. 기대해도 좋아. 결국엔 차라리 죽고 싶을 거야. 하지만 네겐 그럴 자유가 없지. 이 세상을 다스리다 가끔 생각나면 놀러와 너의 비참한 기억들을 환기시켜줄게. 어떤 거부터 시작할까? 알다시피 나는 오버시즈에 관한 사실이라면 빠삭하게 알고 있어. 음… 재의가 죽던 날을 보여줄까? 자기한테 말도 없이 군대에 갔다는 이유로 삐진 너를 위해 쓰던 그때의 편지가 궁금하지 않아? 가만있어 보자… 그것보단 주희 얘기가 더 좋겠군. 연인도, 친구라고 믿었던 네놈도 모두 떠나고 실의에 빠져 여러 번이나 자살하려고 했던 사실을 너는 몰랐겠지? 알려고 하지도 않았고, 온통 자기 생각뿐이었어」

희연은 혐오스럽다는 얼굴로 하나를 바라보았다.

「알겠어, 하나? 네가 빠져있던 절망은 아주 손쉬운 자기위안에 불과해. 세상은 자격도 없는 네게 지나치게 관대했지. 지금까지 네 녀석이 행복 속에서 혼자 우울해 했음을 알려주마」

하나의 어깨를 툭툭 치며, 희연이 말했다.

「너의 꿈은 나에겐 환멸이었고, 이제는 내 차례야. 기대해도 좋다」

귀신은 쉬지 않고 달렸다. 달리는 것이 운명인 톰슨가젤처럼. 몸이 두껍고 수염이 지저분한 남자들이 열심히 뒤따랐지만 그녀를 쫓기엔 무리였다. 귀신은 낮은 담장을 가볍게 넘고, 모퉁이 끝에서 튀어나오는 리어카를 날렵하게 피하고, 땀 한 방울 흘리지 않고 긴 호흡으로 뛰었다. 소리 없는 그 모습을, 희람은 자동차에 앉아 지켜보았다. 진공 속처럼, 스피커가 고장 난 극장처럼, 개입할 수 없는 세계의 전쟁처럼 귀신의 달리기는 평온해 보였다.

희람 옆의 운전석에는 오리가 있다. 커다란 검은색의 바람막이 재킷을 앙상한 몸 위에 뒤집어쓰고 있는 그 모습은 악령처럼 보였다. 후드 주머니 아래로 얼굴빛이 창백했다. 경고등은 똑딱똑딱 규칙적으로 울리고 있었다.

「과연 귀신의 머릿속에 네가 있었을까?」

오리가 말했다.

「너는 귀신을 위해 모든 걸 내던질 준비가 돼있었는데… 귀신도 그럴까? 언덕에서 친구들과 헤어질 때도, 주차장 아이들 중에서 가장 각별한 사이라고 믿었던 너와 단둘이서 얘기할 때도 그 애의 인생 계획에 네 자리는 없었어」

희람은 괴롭다는 듯이 고개를 내저었다. 그러나 오리의 말은 멈추지 않았다.

「귀신에겐 친구가 많았어. 그녀는 인기가 많았지. 똑똑하고, 예쁘고, 처신도 잘 했으니까. 그런 멋있는 아이를 혼자 독차지하려는 건 너 혼자만이 아니었어. 쓰레기장 속에서 같이 잔다고 해서 좀 특별한 줄 알았니? 설마… 그 애가 네 말에 귀 기울여주고 웃어주고 그랬다고 가장 가까운 친구가 됐다고 생각한 건 아니지?」

「그만 해!」

희람은 소리를 지르며 두 손으로 귀를 막았다. 대화를 더 이상 원치 않는 희람에게, 오리는 가까이 다가가 귓가에 이야기를 계속 흘렸다.

「귀신은 왜 귀찮고, 말 많고, 세상물정 모르는 아가씨 같은 너와 어울렸을까? 집이 없던 것도 아니고, 부모님도 멀쩡히 살아계신 너를 대체 왜 주차장에 데려왔을까? 그 이유가 궁금한 적 없어? 그냥 또래 친구니까? 꽉 막힌 사람들이 아니라 자유로운 영혼의 천사들이어서? 내가 한 번 추측해볼게. 이건 단지 내 생각이야. 들어만 보라고. 음, 주차장의 아이들은… 실은 기대를 했던 거 같아. 네가 이곳에 오면 부모님이 얼른 찾으러 올 거고, 어쩌면 사례비를 따로 챙겨줄지도 모른다… 이렇게 말이야. 너도 알지? 걔네들은 항상 돈이 궁했던 거. 귀신과 몽은 고아원에서 도망쳐 나와 거리를 전전하던 애들이고, 생강과 교수도 가족이 없는 거나 마찬가지여서 하루하루 버티기 급급했잖아. 그런데 이상하지 않아? 어째서 네가 온 다음부터 그런 밑바닥 생활이 술술 풀렸을까? 어떻게 적절한 시기마다 돈이 들어와 위기를 넘겼을까? 돌아가면서 하던 아르바이트 때문에? 그걸로 다섯 사람이 생활할 수 있을까? 아니면… 여행을 떠난 줄 알았던 부모님이 실은 너를 잘 부탁한다며 아이들에게 생활비를 줬던 게 아니었을까? 귀만 막지 말고 내 말을 들어! 보고 싶은 것만 보지 말고 진짜 사실을 보란 말이야!」

오리는 큰소리를 지르며 희람의 손을 내리려고 했다. 그러나 희람은 이에 저항했고, 좁은 승용차 안에서 엎치락뒤치락하는 소란이 연출됐다. 듣기 싫다고, 오리를 피하던 희람이 팔꿈치로 클랙슨을 눌렀다. 빵, 하고 경적이 울리고, 도로를 건너던 귀신이 그 소리에 놀라 발걸음을 멈춘 사이에, 맞은편에서 달려오던 자동차가 그녀를 들이받았다. 봉제인형처럼 귀신은 도로 바닥에 버려졌고, 자동차는 그대로 떠나갔다. 눈앞에서 다시 반복된 사고에 희람은 마비가 되었고, 오리는 그녀가 시선을 피하지 못하도록 억센 손으로 얼굴을 붙잡았다.

「이게 진짜고, 네가 알아야 할 유일한 사실이야. 잘 봐. 내가 카메라를 당겨서 더 자세히 볼 수 있도록 도와줄게」

그는 오른손에 쥐고 있던 카메라의 줌 버튼을 누르며, 엘시디 모니터 화면을 희람에게 보여주었다. 확대된 영상으로 피를 흘리며 눈을 뜨고 쓰러져 있는 귀신의 모습이 보였다. 희람의 뺨 위로 눈물이 떨어졌다. 오리는 계속 말했다…

「네가 보고 있는 이 세상이 정말 아름답고, 그걸 영원히 간직하고 싶다면 왜 이런 기억들은 외면하는 거지? 긴 시간 동안 수십 개의 테이프에 뭘 찍은 거야? 정말 있는 그대로의 모든 것을 사랑한다고 말할 수 있어? 아니면 너는 주차장의 아이들이 아니라 네가 멋대로 꾸며낸 환상과 거기에 도취한 자기 자신에 빠져 있던 거 아니야? 도망가지 말고 한 번 대답해봐」

오리의 추궁에, 희람은 아무 말도 할 수 없었다. 슬픈 얼굴 속에서 눈물의 샘만 깊어지고 있었다. 그것은 정녕 호수를 이뤄 그녀를 집어삼킬 것만 같았다… 차오르는 눈물에 익사를 앞두고, 희람은 하나의 이름을 불렀다. 특별한 이유 없이 떠오르는 사람이 바로 그였다. 그때, 누군가 밖에서 운전석 창문을 똑똑 두들겼다. 돌아오는 반응이 없자 유리창이 와장창, 하고 박살났다. 승택이었다. 그는 벽돌을 바닥에 집어던지고, 차문의 장금장치를 잡아당긴 다음, 문을 열고 오리의 멱살을 잡아끌었다. 오리는 반항 한 번 못 하고 힘없이 운전석 밖으로 끌려나갔다.

「여전히 말 참 많네, 그 친구」

왼손으로 오리를 붙들고 있던 승택은 오른손을 힘껏 내질러 주먹을 날렸다. 커다란 돌덩이 같은 승택의 펀치를 그대로 맞고 오리는 속절없이 나가떨어졌다. 승택은 팔소매를 걷어 부치고 쓰러진 오리를 다시 일으켜 세워 흠씬 패주기 시작했다. 그 사이에 희람은 조수석의 문을 열고 반대편으로 서둘러 나왔다. 오리가 맥없이 얻어맞고만 있진 않았다. 그는 승택의 다리를 걷어찬 다음 상대가 비틀거리는 틈을 노려 달려들었다. 희람은 떠나지도, 도와주지도 못하며 주저하고 있었다.

우우웅, 하고 가공할 만한 굉음과 함께 낮은 건물 건너편에서 무언가 솟아올랐다. 바다 깊은 곳에 잠들어 있던 그것이었다. 하지만 두려운 괴물의 모습이 아니었다. 한 번도 본 적은 없지만 너무나 잘 알고 있는 귀신고래였다. 구름처럼 거대한 고래는 공중을 자유롭게 유영하고 있었다. 두 남자는 싸우느라 온통 정신이 없었다. 다물지 못하는 입을 두 손으로 가리고 있던 희람 앞으로, 고래는 살포시 다가와 자신의 지느러미를 내려주었다. 마치 자신의 등 위에 오르라는 것처럼. 희람은 조금도 무섭지 않았다. 고래는 야트막한 동산처럼 포근했다. 희람이 안전하게 자리를 잡은 걸 확인하자 고래는 다시 한 번 도약했다. 수업이 없는 학교와 낡은 간판의 식당, 세탁소, 새로 지은 편의점들을 가로질러 고래는 하늘 멀리 날았다. 떨어지지 않기 위해 희람은 고래 등에 포옥 안겨야 했다. 양옆으로 스쳐 지나가는 바람이 대단했다. 희람의 눈앞으로 탁 트인 도시의 전경과 파란 하늘이 동시에 펼쳐졌다. 짓눌려 있던 마음에 청량한 공기가 불어와 새로 태어난 것만 같은, 그런 경험이었다. 희람과 고래는 빠른 속도로 도시를 건너갔다.

고공을 거침없이 헤엄치던 고래가 방향을 튼 것은 교차로에 근접할 무렵이었다. 착륙을 시도하는 비행기처럼 고래는 고개를 숙였고, 고저가 큰 폭으로 바뀌었다. 차선이 십자로 교차하며 복작이는 광장 구석엔 무대가 꾸며져 있었다. 희람은 무대 앞의 두 사람을 볼 수 있었다. 희연과 하나였다. 하나는 어정쩡한 석고상처럼 서 있었고, 희연은 불쾌한 얼굴로 쉴 새 없이 떠들고 있었다. 그 덕분에 희연은 자신의 머리 위로 거대한 고래가 날아드는지도 알지 못했다… 속도를 전혀 줄이지 않은 덕분에 고래는 그야말로 폭탄처럼 희연에게 직격했다.

천지를 뒤집을 듯이 엄청난 소리와 진동이 들렸고, 희뿌연 흙먼지가 광장을 뒤덮었다. 충격과 함께 바닥으로 굴러 떨어진 희람은 팔꿈치가 까진 줄도 모르고 하나를 찾았다. 주변은 아무 것도 보이지 않았다. 매캐한 먼지에 기침을 콜록거리면서 희람은 하나의 이름을 불렀다. 멀리 고래의 실루엣이 보였다. 귀신고래는 다시 하늘 위로 올라, 떠나기 전에 울음소리를 냈다. 인간이 낼 수 없는 음계의 아름다운 노래였다. 희람은 그것이 영영 돌아오지 못하는 여행임을 알았다. 희람의 머리 위를 한 바퀴 돌고는, 고래는 하늘 멀리 날아갔다. 따뜻한 기운처럼 떨림이 희람의 가슴 안쪽에서부터 온몸으로 퍼져나갔다. 희람은 가슴 위에 두 손을 얹고, 조용히 눈물을 흘렸다.

흙먼지가 가라앉을 즈음 멀리서 기침 소리가 들렸다. 희람이 달려갔을 때 바닥에 쓰러져 재채기를 멈추지 못하는 한 남자가 있었다. 하나였다. 희람은 그의 등을 열심히 두들겨주었다. 겨우 진정이 되자 하나는 눈물범벅이 된 얼굴을 얼른 쓸어낸 다음, 허겁지겁 주변을 둘러보기 시작했다. 희람은 그를 안심시키기 위해 최선을 다했다.

「다른 한 명이 더 있지 않아요?」 하고 하나가 말했다.

「누구요? 희연 씨요?」 하고 희람이 말했다.

「맞아요! 지금 어디 있어요?」

극도로 경계하는 하나를 달래기 위해서라도, 희람은 함께 사방을 살피며 희연을 찾았지만 시야가 청명해진 광장 위엔 두 사람 외에 아무도 없었다.

「아까까지만 해도 여기 있었는데… 모르겠어요. 고래가 뭉개버렸거든요. 저기 흙더미가 아마 희연 씨의 잔해일지도 몰라요」

도로 위의 더러운 오물을 가리키며 희람이 말했다. 그것은 농담이었지만 하나는 꽤나 진지하게 흙 조각들을 바라보았다. 믿기지 않는 눈치였다…

「아무튼, 이제는 괜찮아요」

희람은 하나에게 손을 뻗었다. 하나는 반신반의의 의미로 고개를 끄덕이며, 그녀의 손을 잡고 자리에서 일어났다. 먼지가 풀풀 날리는 바지를 털면서, 그가 말했다.

「인사가 늦어 죄송합니다. 누구신진 몰라도 도와주셔서 감사해요. 그럴 만한 일이 있었거든요」

하나를 지켜보던 희람의 표정이 빠르게 식었다. 지금 상황이 이해 가지 않는 건 하나뿐만이 아니었다.

「저… 하나 씨? 제가 누군지 모르겠어요?」

자신의 이름을 듣자 그는 소스라치게 놀랐다.

「어떻게 제 이름을 아시죠?」

희람은 하나가 자신을 전혀 알아보지 못함을 확인하고 설명할 수 없는 좌절감에 빠졌다. 미지의 여인이 자신을 친근하게 대하고 심지어 이름까지 알고 있자 별의별 생각에 빠져 있는 하나를 바라보며, 희람은 살아 있는 죽음을 느꼈다. 그는 이제 압구정의 봄 저녁과 수희동 현관에 앉아 마시던 오렌지 주스를 잊어버린 걸까? 나와 관련된 기억을 모두 잊은 채? 그것은 자신이 기억을 잃었을 때완 전연 다른 종류의 상실감이었다.

「저는…」

뭐라도 말을 해야 하는 희람은 입을 열자 왈칵, 하고 울음이 쏟아질 것 같아 말을 멈춰야 했다. 하나는 의심쩍은 얼굴로 그녀의 다음 얘기를 기다리고 있었다. 뺨 아래로 흘러내리는 눈물을 쓸어내고, 떨리는 가슴을 가라앉히려 애쓰며, 희람이 말했다.

「저는… 하나 씨를 잘 알고… 참 좋아하는 사람이에요」

예상치 못한 대답이라는 듯, 하나는 놀란 얼굴이었다. 동그랗게 커진 그의 두 눈은 무슨 말을 해야 할지 모르고 있었다. 거짓말을 숨기지 못하는 얼굴, 희람이 잘 알고 좋아하는 하나의 얼굴이었다. 울고 있는 희람을 피해, 당황하여 눈동자를 천천히 왼쪽에서 오른쪽으로 움직이고는, 하나가 말했다.

「어… 혹시 터미널 가는 길을 아신다면… 절 좀 도와주시겠어요?」

희람은 웃는 얼굴로 고개를 끄덕였다. 그리고 도시를 떠나려는 하나의 배웅을 위해, 이제는 그녀가 먼저 앞장섰다. 눈물은 좀처럼 멈추지 않았다.

만국의 다양한 언어들을 수놓은 네온사인이 빗줄기 속에서 번쩍이고 있었다. 더러운 골목에 고인 웅덩이는 환락가의 현란한 불빛들을 고스란히 비추고 있었고… 퇴근길마다 악성에, 만성적인 교통 혼잡을 일으키는 대로변에서 인내를 참지 못한 운전자들의 신경질 나는 경적이 늦여름의 장맛비 너머로 들렸다. 노동자들이 교대로 근무하며 일초도 쉬지 않는 차이나타운은 밤낮 없이 인파들로 북적였다. 처마 아래에서 음식들을 만들고 있는 노점상들, 우비를 쓰고 돌아다니는 관광객들, 도시의 외로움을 극장에서 해소하는 젊은이들, 하루 일과를 마치고 포장 음식과 함께 귀가하는 직장인들까지 각양각색이었다.

그런 차이나타운을 우산도 없이 뛰어다니는 사람이 있었다. 몰리는 블라우스와 통이 큰 정장 바지가 홀딱 젖은 채 종종걸음으로 골목을 꼼꼼하게 살피고 있었다. 선배를 부르며 거리를 헤매던 그녀는 한번 지나쳤던 모퉁이로 다시 돌아왔다. 골목 안쪽엔 로이가 있었다. 그는 전신주에 기대어 서서 구두에 찬 물을 빼내고 있었다. 몰리가 다가오자 그는 손을 들어보였다. 그리고 내키지 않는 얼굴로 젖은 구두에 발을 밀어 넣었다.

「선배, 언제부터 여기 있었어요?」

「글쎄, 기억이 날 때부터랄까」

「우리는 방금 전까지 호랑이 기계의 꿈에 있었던 걸까요?」

「그런 것 같아」

「이렇게 많은 인원이 동시에 같은 꿈을 꾸리라곤 생각도 못했어요. 다함께 모여 있던 광장에서 시작된 걸까요, 자각몽은?」

「어쩌면」

「저기 있다!」

유미의 목소리였다. 쌤과 함께 골목길을 뛰어다니던 유미는 모퉁이를 돌다 로이와 몰리를 발견하고 소리친 것이었다. 그들은 우산이 발명되기 전의 원주민처럼 속수무책으로 비를 맞고 있었다. 네 사람은 가로등 불빛 아래 모였다.

「그거 꿈이 아니지?」 하고 유미가 말했다. 「어두컴컴한 방에서… 옛날 영상이 나왔는데, 그곳에 너도 있었어」

「어… 정확히 말하면 꿈이긴 합니다」 하고 로이가 말했다. 「단지 유미 씨 개인의 꿈이냐고 하면 그건 아니지만요」

「에이씨, 그게 무슨 말이야」

「기억 안 나요? 우린 호랑이 기계를 쫓고 있었잖아요. 그것이 갑자기 작동했고요. 우린 함께 자각몽 속에 들어간 거예요」

몰리가 설명했지만 유미와 쌤은 여전히 어리둥절한 얼굴이었다.

「그게 호랑이 기계의 꿈이었다고?」 하고 유미가 말했다.

「하지만… 하지만 꿈에서 내 마음대로 되는 건 아무 것도 없었는데」 하고 쌤이 말했다.

「그야 당연하죠」 하고 로이가 말했다. 「꿈을 조작하는 사람은 따로 있었으니까요」

「그게 무슨 말이야? 그럼 우리가 남의 꿈속에 있었다는 소리야?」

그는 허공 위에 손바닥을 펴보였다. 원래 세상이 그런 것처럼, 비는 차이나타운을 추적추적 적시고 있었다. 손바닥에 툭툭 떨어지는 빗방울을 보면서 로이는 말했다.

「우린 아직도 꿈을 꾸고 있어요」

쿵, 하고 무거운 소리가 도시 멀리에서 울려 퍼지더니 그와 동시에 차이나타운의 고만고만한 건물들을 가볍게 짓누르는 높이의 빌딩 전광판에 불이 들어왔다. 일모그룹 빌딩이었다. 방금 전까지 잠들어 있던 대형 모니터에 두 남녀의 모습이 나타났다.

「엥, 저 꼬맹이들이 왜 나와」

「하나 씨와 희람 씨에요」

이곳과 달리, 하나와 희람의 세계는 한낮이었고 비가 내리지 않았다. 싸우고 난 뒤의 어색한 연인처럼 두 사람은 거리를 유지한 채 길을 걷고 있었다.

「선배…」

「가볼까요? 저 영상을 누가, 어떻게 틀고 있는지」

⊟

로이를 필두로 한 일행들이 일모 빌딩을 찾았을 때, 방탄복과 헬멧, 자동 소총으로 중무장한 경찰들이 그 주변을 삼엄하게 경계하고 있었다. 지휘소의 부대장들은 쉴 새 없이 무전을 주고받고 있었으며, 팽팽한 끈에 붙들린 경찰견들이 컹컹 짖어댔고, 작전에 투입되지 않은 병력들이 오와 열을 맞춰 앉았다 일어서기를 반복하고 있었다. 정신을, 똑바로, 차리자! 악에 받친 소리를 지르면서… 울타리 밖 덩굴에 숨어 이를 지켜보던 일행은 빌딩의 직원 안내를 받아 책임자에게 찾아가려는 계획을 즉각 취소해야 했다. 그들은 앉은 자리에서 오리걸음으로 건물 뒤쪽까지 이동했다. 주 건물 뒤쪽으로 창고 같은 별관이 나왔다. 총열덮개 위에 손을 얹고 천천히 순찰을 돌던 경찰이 사라지자 네 사람은 득달 같이 입구로 달려갔다. 오랫동안 쪼그려 앉아있던 쌤은 다리가 저린지 뜀박질을 하다 진흙탕에 자빠지고 말았지만 다행히 경찰은 알아채지 못했다. 허우적거리는 쌤의 등짝을, 유미와 몰리가 잡아끌다시피 하여 별관 안으로 데려갔다.

철문을 열고 들어가자 수위로 보이는 늙은 남자가 오래된 제복에 세일러 캡을 쓴 채 철제 의자에 앉아 신문을 읽고 있었다. 그가 등지고 있는 벽엔 거대한 팬이 피잉피잉 돌고 있었다. 일행들은 긴장했으나 정작 수위는 불청객의 등장에 별다른 반응이 없었다. 신문 너머로 퉁명스러운 눈길을 슥 흘기고는 다시 자신의 무료한 일상 속에 파묻혔다. 그들은 반신반의하는 발걸음으로 오십 미터 길이의 짧은 복도를 걸었다. 그 끝엔 구식 엘리베이터가 있었고, 그것이 건물 일층의 전부였다. 잘은 몰라도 물자를 이동하기 위해 마련된 화물용 승강기 같았다.

「이리로 올라가면 뭐가 나오는 건데? 괜히 그 미친 과학자 놈한테 가는 거 아냐?」

유미가 의심했다.

「그럴 지도요」

「남 얘기가 아냐, 이 짱구 자식아!」

「여기까지 왔으니 어쩔 도리가 없잖아요? 돌아갈 수는 없으니까요」

몰리와 로이의 말에 유미는 더 이상 대꾸하지 않고 체념했다. 엘리베이터는 버튼이 따로 없었다. 바깥 철문을 양옆으로 밀어젖히자 장식이 된 안쪽의 여닫이 문이 나왔다. 문 앞에 서서, 로이가 일행을 돌아보며 말했다.

「아, 이 말을 잊을 뻔했네요. 우린 지금 누군가의 꿈속에 들어와 있지만 꿈을 꾸는 건 항상 나 자신이지 남이 아니에요」

「어려운 소리 하덜 말고 가던 길이나 어여 가」

「이 사실을 기억해두면 문제없을 거예요」

아시겠죠, 하고 로이는 말을 끝맺고 싶었다. 하지만 열린 문을 향해 발걸음을 내딛으며 돌리고 있던 고개를 다시 앞으로 향했을 때, 그는 박수와 환호, 그리고 자동카메라의 플래시가 열화와 같이 터져 나오는 커다란 식장에 들어서고 있었다. 연결된 테이블이 서로 마주보고 있고, 그 사이로 붉은 러그가 단상을 향해 길게 깔려 있었다. 로이는 단번에 그곳이 결혼식장임을 알았다. 뒤편에서 누군가 그를 향해 실례한다는 의미의 일본어를 말했다. 어이쿠, 지금까지 입구를 막고 있었음을 깨닫고 로이는 얼른 자리를 비켜주었다. 복도에서 참을성 있게 입장을 기다리던 하객들이 줄지어 식장 안으로 들어왔다. 테이블의 좌석은 이미 채워져 있었으므로 후열 공간에 적당히 자리를 잡아야 했는데, 로이도 마찬가지였다. 단상 앞에선 일본 전통 의복을 입은 신부와 신랑이 거대한 케이크를 보고 웃고 있었다. 하얀 생크림 위에 청포도와

키위가 박혀 있고, 꼭대기엔 두 사람의 인형이 장식되어 있는, 어디에서도 본 적 없이 커다란 사단짜리 케이크였다. 저걸 신랑의 직장 동료들이 만들었대요, 어제 저녁에. 옆에 서 있던 중년 여성이 동행자에게 말하는 일본어 대화를, 로이는 들을 수 있었다. 어머, 놀라워라. 케이크를 직접 만들어주다니 그 마음이 참 고맙네요. 그러게 말이에요. 요즘 같은 세상에. 이제 자르나보다. 저 안에 보이세요? 저게 글쎄, 도라야키래요. 속에는 단팥이 들었고 핫케이크처럼 하나하나 구웠다네요. 어머, 오늘 같이 경사스러운 날에 너무 잘 어울리네요. 한 편의 만담과도 같은 대화를 들으며, 로이는 정장 앞주머니에 꽂혀 있던 선글라스를 착용했다. 접시 위의 케이크를 한 입씩 나누어먹더니, 신랑은 테이블에 앉아 있는 일군의 일행들을 향해 허리 굽혀 인사했다. 케이크를 만든 동료들인 모양이었다… 화기애애한 분위기 속에서 유니폼을 입은 직원들이 케이크 나누기를 도와주었다. 나비넥타이 차림의 사회자가 식순을 진행했다. 끊이지 않는 박수 속에서, 일본의 전통 인형처럼 화려한 기모노를 몇 겹이나 덧입고 머리 장식을 한 신부가 들러리를 따라 앞문으로 퇴장했다.

「신부가 옷을 갈아입는 동안 신랑의 지인들은 술을 따라줘」

로이 옆에 누군가 다가와, 친숙하게 말을 붙였다. 정체를 알기 위해 선글라스를 내리거나 고개를 돌릴 필요도 없었다. 마스터였다. 도시의 운하에서 포장마차를 운영할 때의 분위기완 전연 다르게 그는 수염을 깨끗이 밀고 긴 머리를 뒤로 묶은 다음 번듯한 정장을 입고 있었다. 물론 그렇다고 개나리색의 나풀거리는 린넨 정장이 덜 주목받는 건 아니었지만 말이다. 마스터 옆엔 또 한 명의 동료가 있었다. 그와 비교했을 때, 그녀는 나무랄 데 없이 경조사에 어울리는 복장을 갖추고 있었다. 세 사람은 어수선한 식장 뒤편에 나란히 서서 막간을 지켜보았다. 마스터의 말대로 사람들은 저마다 술병을 들고 단상 앞 테이블에 앉아 있는 신랑에게 다가가 자신의 차례가 오면 덕담과 함께 신랑에게 술을 따랐다. 몽롱함과 결연함이 절반씩 배분된 얼굴의 신랑은 거절 없이 여러 잔의 술들을 비워야 했다. 로이는 고개를 살짝 들어 이를 바라보며, 마스터에게 물었다.

「신랑은 어디서 뭘 하는 사람이지?」

혜정은 간단한 업무보고 하듯 브리핑했다.

「그냥 평범한 회사원이래요. 같은 가고시마 출신이고, 하카다에서 대학교를 나와 아이티 계열의 기업에서 근무하고 있는 건실한 청년. 직장은 후쿠오카에 있고」

「프로그래머라는데, 나보다 연봉이 높은 거 같아」

마스터가 첨언했다. 로이는 고개를 끄덕였다.

「후쿠오카면 우리 회사랑 가깝네」

「집도 근처에요. 저번 주에 가봤는데요, 신축으로 지은 단독주택이라 무지 좋아요. 방도 세 개나 되고, 마당도 있어요」

그때 마이크를 잡은 사회자의 목소리가 들렸다. 단장을 마친 신부를 데리러 신랑은 마중을 나가라는 것이었다. 어느 사이에 턱시도로 환복한 신랑은 집중적으로 술을 마신 탓에 불그스름한 얼굴로 입구까지 걸어와 닫힌 문을 활짝 열어젖혔다. 로이는 행복에 젖어 대들보만큼이나 부푼 신랑의 모습을 가까이서 볼 수 있었다… 불과 십 년 전까지만 해도 하카다에서 가장 세련되고 화려했을 예식장은 작금에 이르러 빛바랜 벽지와 한풀 죽은 조명 때문인지 오래된 홈 비디오처럼 느껴졌다. 푹신푹신한 빨간색 쿠션이 누빔 단추에 고정된 문짝이 그랬다. 식장의 모든 이목이 천천히 열리는 문 너머로 쏠렸다. 시간이 멈춘 것만 같은 그때, 로이는 선글라스를 벗었다.

「문이 열리면 하얀 드레스를 입은 신부가 눈을 감고 들어옵니다. 도도한 연출 같지만 실은 바닥에 끌리는 드레스를 밟지 않으려고 구두 끝을 보고 있지요. 이건 내가 가장 좋아하는 기억입니다」

다시 선글라스를 끼자, 문이 열리고, 신부가 나타났다. 눈부신 모습이었다. 하객들은 박수를 아끼지 않았다. 놀라움에 입을 다물지 못하던 마스터가 뒤늦게 물었다.

「뭐라고 했어?」

「카스미라고」

「뭐?」

「그녀의 새로운 성 말이야」

신랑과 함께 버진 로드를 걷던 신부가, 식장 뒤편에 서 있던 세 사람을 보고는 걸음을 멈추었다. 알아챌 줄 몰랐던 마스터는 잔뜩 긴장해 안절부절 상태였고, 혜정은 반갑게 손을 흔들어주었다. 신부는 동요하는 얼굴이었다. 이제는 카스미 유메코가 된 몰리에게, 로이는 선글라스를 벗고, 손을 들었다.

「여」

그때서야 그녀는 엷은 웃음을 띠고 신랑과 함께 걸어갔다. 그녀가 발걸음을 멈췄을 때, 실내를 메우던 애정 어린 환대와 박수도 뚝 멎었다. 하객들은 웃는 얼굴 그대로 멈춰 있었다. 신부는 고개를 돌려 선글라스를 벗은 로이의 밝은 갈색 눈동자를 보았다. 햇빛처럼 빠르게, 그녀는 선배의 눈을 열고 그 안으로 들어간다. 초인종을 누르면, 아파트 문이 열린다. 안쪽에서 전자식 잠금장치가 해제되는 벨소리와 함께, 긴 머리를 아무렇게 틀어 올리고, 기상천외한 색상의 치마를 걸치고, 한 번도 본 적 없는 안경을 쓴 멋진 여성이, 커다란 접시를 들고 있는 두 사람을 맞이한다. 몰리는 혜정과 함께 아직 온기가 남아 있는 그릇을 들고 현관으로 들어간다. 낡은 아파트지만, 서재부터 테이블, 키가 낮은 수납장, 옷걸이 등 모든 것이 하나하나 신중하게 선택된 골동품들이다. 셔츠 차림의 로이는 오른쪽 발목에 깁스를 하고 있고, 한쪽 팔을 목발에 의지한 채 손을 흔들고 있다. 모두가 만류했지만, 수사국 건물을 길게 수놓은 계단들을 단번에 뛰어넘겠다며 스케이트보드에 발을 얹은 대가다. 우스꽝스러운 모습으로 넘어졌지만, 인대만 늘어난 것이 다행이라면 다행이다. 그는 어째서 모두가 말리는 바보 같은 짓을, 포기하지 않고 행동에 옮기는 걸까? 선배, 괜찮으세요? 하고 혜정이 살갑게 묻는다. 이거 그냥 연기야, 하고 로이가 목발을 흔든다. 그러자 거실의 넓은 좌식 탁상에 앉아 있던 사람들 가운데 한 명, 칭기즈칸처럼 풍채가 대단한 중년 사내가 다 들린다, 이놈아, 하고 소리친다. 그러자 와아, 하고 사람들 사이에서 웃음이 터진다. 혜정은 룸메이트인 몰리와 직접 만든 요리를 부엌에서, 집주인과 나누고 있다. 보헤미안 스타일의 커리어 우먼 같은 그녀는, 로이의 아내이다. 두 사람은 파리의 파티에서 만났다고 한다. 결혼 생활은 오래 됐고, 사이는 처음처럼 좋다. 로이가 절뚝거리며 사람들의 빈 잔에 술을 따르고, 혜정과 집주인이 근황을 주고받는 동안, 몰리는 서재 칸칸이 장식되어 있는 액자 속 사진과 추억이 담긴 사물들을 구경한다. 촛대의 불빛이 아득하다. 이런 자리마다 분위기를 띄워야 한다는 강박에 사로잡힌 마스터는, 누가 시키지도 않았는데 또 노래를 자처한다. 잠시 후 아래층, 위층 이웃들이 문을 두들기며 층간 소음에 항의한다. 로이는 이들까지 초대해 술을 대접한다. 혜정과 몰리가 준비한 음식은 많은 사람에게 호평을 받는다. 로이는 아내 옆에 앉아 있다. 아내의 귓가에 무슨 말을 하자 그녀는 웃음을 터뜨린다. 로이는 회사에서 지은 적 없는 미소를 보여준다. 몰리도 미소 지으며, 그 모습을 건너편 테이블에 앉아 바라본다. 그러다 로이와 눈이 마주친다. 로이는 조금 부끄러운 얼굴로, 금빛 샴페인이 담긴 와인글라스를 들어 보인다. 몰리도, 그를 따라 잔을 올린다. 불빛이 아득하다… 노랗고, 따뜻하고, 포근한 빛이 기억을 에워싼다. 몰리는 대화에 한창인 사람들로부터 고개를 돌려 자신을 비추고 있는 빛을 바라보더니, 빙긋 웃는다. 빛 가운데로, 통통한 손이 불쑥 들어오더니, 밝은 문을 열어젖혔다. 틈새로 어둠이 들어오더니, 이윽고 새로운 풍광이 나타났다.

가로를 따라 줄지은 플라타너스가 바람에 흩날리고 있었다. 아직은 잎사귀에 초록이 우거진 여름날의 빛줄기가 녹음 사이로 투과했다. 거리엔 텃밭 채소를 한 바구니 갖다놓고 온종일 앉아 있는 할머니와 플라스틱 의자에 앉아 바둑을 두고 있는 할아버지들, 같은 구간을 빙빙 도는 지선 버스와 구두 수선소가 각자의 리듬으로 움직였다.

기름얼룩이 군데군데 남아 있고 챙에 힘이 하나도 없는 모자를 뒤집어 쓴 남자와 나란히 은행에서 나온 쌤은 계단 위에 서서 플라타너스와 햇빛을 잠시 바라보았다. 옆에서 남자는 쉬지 않고 종알거리고 있었다. 앞니가 하나 없고, 앙상한 골격에 배만 톡 튀어나온 남루한 행색의 남자는 쌤이 듣고 있는지 마는지도 모른 채 자기가 하고 싶은 말에 열중하고 있었다.

「아니, 그니까, 왜 국민학교서부터 은행 다니는 법을 안 가르쳐 주냐고. 넌 학교에서 배웠어? 나 이거, 아니, 이래갖고 무식한 사람이 은행 올 수가 있겠냐고. 돈 맡기려고 왔다가 홀랑 뺏겨도 모르겠어, 워낙 어렵고 복잡해갖고. 나는 학교에서 쓸데없는 거 말고 이런 거나 가르쳐줬으면 좋겠어. 기계도 어떻게 쓸 줄 모르겠고, 저 아가씨가 하는 말도 뭔 소린지 하나도 모르겠어. 야, 넌 고등학교까지 나왔지? 혹시 거기 가면 이런 거 알려줘?」

플라타너스에 머물던 시선이 그때서야 지상으로 돌아온 쌤은 손을 저으며 대충 대꾸했다.

「그럼요. 에이티엠 버튼 누르는 법부터 대기표 번호 뽑는 법까지 다 가르쳐줘요. 아저씨, 그보다 어디 가는 길 아니었어요? 급히 갈 데가 있다고 했잖아요」

그러자 남자는 너털웃음을 터뜨렸다.

「맞다, 맞다! 사나이 김병도에게 중요한 일이 있었지. 그게 뭐냐면 인터넷 포커야. 비록 일주일 전엔 가진 돈을 몽창 날렸지만 그건 앞으로의 대박을 위한…」

남자는 적절한 단어를 찾지 못하고, 눈살을 찌푸리며 손가락을 흔들었다. 쌤은 그의 말이 끝맺기를 기다리다 답답함에 고개를 내저었다.

「서막이라고요? 알겠어요, 아저씨. 지나가 알면 퍽이나 좋아하겠네요」

「지나? 아내가 벌써 왔어? 그거 큰일 날 일이군! 겨울 날 동태처럼 얻어맞기 전에 얼른 나의 성지, 꿩 먹고 알 먹고 피시랜드로 피신해야겠어. 고맙네, 쌤 군. 오늘 대박이 터지면 밤에 순댓국에 쇠주 일병 하세나」

남자는 줄줄 흘러내리는 바지를 추켜올리고는 쫓기듯이 거리 끝으로 달려갔다. 그가 완전히 사라질 때까지, 쌤은 멍하니 보고 있다가 자신은 포기하겠단 듯이 손바닥을 털었다. 그때 반대편 거리에서 자전거를 타고 지나가 나타났다. 그녀는 국민은행 계단 위에 있던 쌤을 보더니 성난 퓨마처럼 매섭게 쏘아붙였다.

「우리 남편 어디 있어?」

「안녕! 지나」

「안녕이고 나발이고, 내 인생에 도움 안 되는 그놈 자식 봤느냐고」

「어… 방금 전까지 같이 있었어. 은행에서 현금 인출하는 걸 도와달라고 했거든」

「현금 인출?」

「그런 다음 인터넷 포커 하러 피시방에 간댔어」

「뭐라고!」

흥분한 지나는 자전거 안장에서 서둘러 내리려다 다리가 엉켜 그대로 쓰러지고 말았다. 쌤은 허겁지겁 계단을 내려가 자전거와 함께 너부러진 그녀를 부축해주었다. 쌤의 도움으로 자리에서 일어난 지나는 부상이 문제가 아니란 태도로 쌤에게 거듭 물었다.

「넌 그이가 어떤 사람인지 몰라서 가만히 있었니? 참을성이 벌레보다 더 없는 그 망할 놈을? 아이구, 내가 무슨 죄가 있다고 그런 멍충이랑 살고 있을까?」

지나는 크게 낙담하고 있었다. 쌤은 주머니에 들어 있던 봉투를 꺼내주었다. 현금 자동 입출금기에 비치되어 있는 종이봉투엔, 지나의 적금 통장에 들어 있던 돈이 고스란히 있었고, 이를 본 지나는 놀란 표정이 되었다.

「얼마나 급했던지 돈도 그대로 두고 가더라구」

쌤에게 돈을 건네받은 지나는, 얼이 빠진 얼굴로 잠시 그를 바라보다가 이내 거리 위에 주저앉아 울음을 터뜨리기 시작했다. 그것은 예상할 수 없이 이상한 광경이었다. 다 큰 어른이 옆으로 쓰러진 자전거 옆에 앉아 소리 내어 울고 있고, 야채를 팔던 할머니는 혀를 찼으며, 바둑을 두는 할아버지들은 바로 옆에서 두 번째 전쟁이 터져도 대국을 멈추지 않겠다는 각오로 집중하고 있었다. 그리고 햇빛 맑은 초여름이었다. 한산한 발걸음으로 늦은 오전을 걷고 있던 사람들이, 밝은 거리에서 대성통곡하고 있는 지나를 기이하게 바라보았다. 크게 당황한 쌤은 그녀를 다독였다. 지나는 쌤을 끌어안고 큰소리로 울었다.

「난 너무 불행해」

그녀의 말이었다. 지나는 그의 옷자락을 꽉 붙잡았고, 방울방울 떨어지는 눈물이 섬유 사이로 자꾸만 스며들고 있었다. 쌤은 지나의 앙상한 어깨를 토닥여주었다.

「다 잘 될 거야. 내일은 오늘보다 더 나을 테니까」

「누구한테 얘기하는 거야?」

지나는 훌쩍이고 있었고, 근처의 정거장 앞으로 마을버스가 멈췄다. 문이 천천히 열렸을 때, 어두운 버스 내부에선 오래된 팝송이 흐르고 있었다. 버스가 데려다준 곳은 구십구 년 어느 여름날의 가구 하나 없는 넓은 방이었다. 연신 흐르는 땀을 막기 위해 수건으로 머리칼을 감싸 올린 그녀는 불안하게 리더를 보고 있다. 알로하셔츠를 입은 그는 라디에이터 위에 도마를 올려놓고 칼질을 하고 있다. 유미를 위해, 리더는 식사 준비를 하겠다고 고집을 피운다. 한 번도 해본 적 없잖아, 하고 유미가 경고하지만, 소용이 없다. 하지만 재료 없이 불길 위에서 달궈진 프라이팬을 덥석 잡은 리더는 온도에 놀라 부엌을 그야말로 엉망진창으로 만든다. 시간은 없고, 배는 고프고, 리더는 피자를 주문해서 먹자고 한다. 피자? 생소할뿐더러 비싼 가격에 유미는 덜컥 겁이 나지만 이번에 우리도 한번 먹어보자는 리더의 설득에 또 넘어간다. 문제는 두 사람에게 현금이 충분하지 않았다는 것이고, 결국 리더는 배달부와 실랑이가 붙는다. 내가 해결할 수 있어, 하고 걱정하는 유미를 안심시키곤 멀리 배달부를 데려가 설득을 하는 리더. 그러니까 내가 나머지는 다음 주에 드린다고, 하는 목소리가 들려온다. 창문 너머로, 산발적인 폭죽 소리와 중국식 타악기 부딪히는 소리, 행렬하는 사람들의 북적이는 소리가 들려온다. 축제가 한창인 것이다. 부드러운 바람을 만끽하며, 유미는 기분 좋게 눈을 감는다. 리더의 목소리 넘어, 시큰한 여름날의 바람 넘어, 그 무엇이 있음을 알 수 있다. 그것은 감사의 감정. 거 되게 빡빡하네. 겨우 협상을 마친 리더가 피자를 가지고 온다. 차이나타운 건너편으로 우뚝 솟은 빌딩이 하나 있다. 얼마 전 완공된 일모그룹의 새 건물이다. 커다란 전광판으로 영상이 재생되고 있다. 거리 위를 걷고 있는 남녀 두 사람이다.

한낮에도 사람이 없어 도로가 휑한 것은 도심에서 빗겨난 까닭이겠지만 그곳을 걷고 있는 하나는 쓸쓸한 감정에 휩싸여 있었다. 그것은 죽은 가로수의 앙상한 나뭇가지라거나 철거를 위해 대충 천으로 뒤집어놓은 낡은 건물 때문일지도, 혹은 자신으로부터 두 걸음 정도 앞서 걷고 있는 여자아이 때문일지도 몰랐다. 쓸쓸함, 이란 표현으론 설명이 부족한 감정에 하나는 당황하고 있었다. 어찌 됐든, 여자는 하나를 도시의 터미널로 데려와주었다. 신설된 고속버스 터미널과 크게 증축된 기차역이 있었지만 교차로에서 가까운 건 이곳 시외버스 터미널인 듯했다. 터미널 내부는 김밥이나 음료, 계란, 기념 손수건이나 잡지 따위를 파는 행상들이 옹기종기 모여 있고, 불편한 플라스틱 의자와 불투명한 유리 너머에서 티켓을 끊어주는 직원이 있는 지방 특유의 풍경을 연출하고 있었다. 여자는 잠시 후 하나에게 다가와 무언가를 내밀었다. 서울로 올라가는 티켓이었다.

「십 분 뒤에 출발해요. 타는 곳은 육 번이고요」

「고마워요. 참, 버스비가 얼마였죠?」

하나는 주머니에서 지갑을 꺼내려고 했다. 하지만 여자는 고개를 내저었다. 하나는 정신을 차릴 수가 없었다. 뭐가 어떻게 돌아가는 거지? 그녀를 만나 터미널에 오기 전까지의 기억이 깨끗하게 사라져 있었다. 하지만 삶이 싹둑 잘린 필름 중간에서 갑자기 시작하는 것이 아니라면, 그럴 리가 없었다. 장막이 하나의 의식을 가리고 있었고, 그 너머 분명히 존재하는 무언가가 그를 부르고 있었다. 자신을 찾아오라고, 잊지 말고… 궁금해 하면서, 알고 싶은 그 기분을 포기하지 말라고 말이다. 그러나 하나는 자신을 바라보는 여자의 눈을, 더 이상 마주할 수가 없었다. 한 번도 보여준 적 없는 자신의 밑바닥을 응시하고 있는 그 솔직한 시선을, 지금의 하나는 감당할 수가 없던 것이다.

버스에 올라타자 익숙한 가죽시트 냄새가 났다. 먼저 자리를 잡은 승객들은 벌써부터 피곤한 얼굴로 눈을 감고 있었다. 하나는 티켓에 적힌 좌석 번호를 확인했다. 창가 자리였고, 커튼이 활짝 젖혀 있었다. 여자는 출발하기 전인 버스 옆에 서서 하나를 바라보고 있었다. 자리에 앉은 하나와 눈이 마주치자 그녀는 손을 흔들어주었다. 경험한 적 없이 슬픈 웃음이었다. 하나에게 그것은 충분히 치명적이었고, 더는 받기고 싶지 않은 침범이었다. 그는 어서 이 자리를, 도시를, 그리고 여자를 떠나고 싶었다. 마지못해 손을 흔들어 화답하고, 그는 숨을 크게 내쉰 다음 정면의 등받이를 바라보았다. 술에 취하고 싶었다. 종잡을 수 없이 흔들리고 있는 의식을 고요하게 잠재우고 싶었다. 아무도 없이 안전한 곳에서. 그게 아니라면 혼자 담배를 피우고 싶었다. 둘 다 할 수 없었던 그는 초조한 마음에 바지 주머니에 들어 있던 담배 갑을 꺼내 보았다. 불과 몇 십 년까지만 해도 사람들이 버스에서 아무렇지 않게 담배를 피웠다는 사실이 믿기지 않았다. 갑을 열어보자 하얀 종대를 맞추고 있는 필터들 사이에서 유일하게 혼자 뒤집힌 채 꽂혀 있는 담배 한 개비가 있었다. 하나는 이상스럽게 여기며 그것을 꺼내보았다. 담배 공장의 노동자가 재치를 발휘한 게 아니라면, 확실히 평범한 사례는 아니었다. 이게 대관절 무슨 영문일까? 거꾸로 처박혀 있는 담배를 매만지던 하나는, 퍼뜩 생각났다. 물에 쫄딱 젖은 채 거리를 헤매다, 겨우 발견한 편의점에서 말보로를 샀지만 라이터가 없어 다시 꽂아놓았던 담배를. 그것은 재의와의 오랜 장난이었다. 행운의 담배처럼, 마지막까지 잘 간직하고 있으면 좋은 일이 생길 거라면서.

행운의 담배를 떠올린 순간, 하나에게 끊겨 있던 기억들이 역순으로 이어지기 시작했다. 바닷가에서 피아노를 연주하던 재의와 도미노처럼 무너지는 아파트와 누군가를 찾기 위해 언덕길을 오르내리던 시간이… 그런 끝에 만난 누군가를… 그것이 누구였는지 기다릴 필요가 없었다. 하나는 자리에서 벌떡 일어났다. 하지만 버스는 움직이고 있었고, 터미널 입구에 여전히 서 있는 여자와 점차 멀어지고 있었다. 하나는 바깥쪽에 앉아 있는 사람에게 양해를 구한 다음 서둘러 버스 기사에게 달려갔다. 그는 다짜고짜 내려야 한다고 주장했다. 터미널을 벗어나기 위해 힘차게 페달 밟을 준비를 하고 있던 기사는 황당했지만 미친 사람처럼 고집을 피우는 청년을 막을 순 없었다. 버스의 앞문이 열리고, 하나는 급히 뛰어 내려갔다.

문을 나섰을 때, 그는 조도가 낮은 넓은 방에 있었다. 버스에 내리자마자 여자에게 달려갈 생각만 하고 있던 하나는 자신 앞에 펼쳐진 돌연한 풍경에 놀랄 수밖에 없었다. 보라색 페인트로 콘크리트 벽을 칠하고, 온풍이 나오지 않아 제 기능을 하지 않는 라디에이터와 소주로 가득 찬 서재 말고는 별다른 가구가 없는 넓은 방. 스탠드 조명이 그 넓은 방 전체를 비추는 광원의 전부였다. 부채꼴 모양으로 번져가는 백열등 불빛의 경계 너머는 어둑어둑했다. 그곳은 학생 회관의 밴드 연습실이었다. 버려진 건물에 앰프와 악기를 가져온 게 전부인 보잘 것 없는 공간이었지만 하나의 대학 시절 대부분을 보내던 장소였다. 하나는 키보드의 건반 하나를 눌렀다. 띵, 하고 전자음 특유의 조잡한 피아노 소리가 들렸다. 무겁기만 하고 성능은 꽝인 그것은 하나와 재의가 동네에 버려진 것을 힘들게 주워온 것이다. 둘에겐 비싼 악기를 살 만한 돈이 없었다. 그때 어둠 속에서 인기척이 느껴졌다. 재의였다. 그는 반바지 차림에 슬리퍼를 신고 있었으며, 담배를 입에 문 채 케이블을 정리하고 있었다.

「좋아하는 마음을 가지고 간직하는 것은 너무 아름다운 일이지?」

자신에게 묻는 건지 모르고, 하나는 아무 말도 하지 못했다. 재의는 등받이가 없는 피아노 의자에 다리를 꼬고 앉아 재떨이에 담배를 털며 말했다.

「그때 우리는 아름다운 순간에 미쳐 있었어. 생활 속에 숨어 있는 빛나는 순간을 발견하려고 온몸의 감각을 바짝 세우고 있었지. 사냥하는 고양이처럼. 아니, 강박 증세에 빠진 탐정처럼. 하지만 우린 금방 알고 말았어. 무엇이 아름답다면, 필연적으로 그렇지 못한 것이 존재한다는 걸. 우리의 노래가 아름다울수록 그 외의 현실은 영 시시하고, 때로는 역겨울 만큼 혐오스럽게 느껴졌으니까. 학교 안과 학교 밖, 밴드와 그냥 보통 사람들, 우리와 그들. 하지만 아름다운 것이 대체 뭐지? 이 게임 끝엔 아무 것도 남지 않아. 마치 다가서면 멀어지는 고양이처럼 전부 환상일 뿐이야」

재의는 필터까지 타버린 담배를 재떨이에 꾹 누르고, 하나에게 걸어왔다. 그리고 그는 키보드에 손을 얹어 간단한 화음을 펼쳐 보였다.

「아름다운 순간을 찾고 있다면 없어. 이제 여기에는. 하지만 형에게는 그것을 찾아내는 감각이 기막히니까, 걱정하지 마. 그리고 포기하지 마」

재의는 하나를 마주보며 빙긋 웃었다.

「나중에 또 합주하자. 바닷가에서, 큰 불을 지펴놓고」

「아아」

하나는 오두막에서 바라본 풍경을 떠올렸다.

「그거라면 알고 있어. 언제 할 수 있을까?」

「한참 뒤에? 아주, 아주 많은 시간이 지나고…」

재의는 어둠 속으로 사라졌다.

비가 그친 하늘은 이제 보라색 빛이 돌고 있었다. 새벽이었고, 성난 악령처럼 일렁이던 먹구름은 빠른 속도로 흘러가고 있었다. 빌딩 옥상의 편편한 헬기 착륙장 곳곳엔 웅덩이가 고여 있었다. 난간 가까이 서서 탁 트인 풍경을 바라보고 있는 누군가가 있었다. 오리였다. 이곳보다 높은 건물은 주변에 없었다. 그는 바람막이 재킷의 후드를 뒤집어쓰고, 주머니에 두 손을 찌른 채 건물 아래로 펼쳐진 풍경들, 따개비처럼 동산 곳곳에 자리한 주택지와 항구를 중심으로 콘크리트 성냥갑처럼 줄지어 있는 수산시장, 서로를 붙잡고 고요한 물결 위에 떠있는 어선들, 그리고 바다 멀리 수평선 부근에 감도는 희미한 빛을 주시했다.

「저게 보여?」

오리가 말했다. 그의 등 뒤로, 하나가 걸어왔다. 바람이 한 차례 불었다. 오리가 서 있는 곳 근처까지 갔을 때 그는 바다를 향해 열려 있는 차이나타운의 전경을 볼 수 있었다. 짙은 보랏빛의 하늘은 빠른 속도로 밝게 물들었다. 오리는 수평선에서 눈길을 떼지 않고, 계속 말했다.

「저 너머에 뭐가 있는지 궁금하지 않아?」

「아무 것도 없어. 오리, 우린 이 모든 게 네가 만든 꿈의 세계임을 알고 있어. 아무리 상상력이 자세하고 풍부해도 꿈은 꿈이고, 네가 보는 바다도 저기까지가 전부야」

하나의 말을 듣고, 오리는 고개를 끄덕였다. 무거운 표정으로 하나를 바라보던 그의 얼굴은 이내 미소로 바뀌었다. 온몸이 차게 얼어붙는 것만 같은 냉소였다. 오리는 대꾸 없이 빌딩 구석으로 걸어갔다. 옥상 출입구 뒤편에는 팔다리가 케이블 타이로 구속된 채 헝겊으로 눈과 입이 틀어 막힌 두 사람이 바닥에 쓰러져 있었다. 하나는 그들을 알아보았다. 희연과 황 부장이었다. 오리는 쇼에 능한 악마처럼 하나의 놀란 얼굴을 슬쩍 바라보더니 인질들의 입을 막고 있던 헝겊을 거칠게 잡아당겼다. 두 사람은 잔뜩 겁에 질려 있었다. 구속에서 해방되자 그들은 발작하듯이 허공에 재채기를 토해냈다. 그리고는 보이지 않는 오리를 향해 애걸복걸하기 시작했다.

「살려주세요, 제발! 충성, 충성하겠습니다. 저는 돈이 많고, 해드릴 수 있는 게 많습니다. 목숨만 살려주십시오!」

황 부장에 비해 희연은 반신반의하는 기색이었다.

「이거 다 꿈이지? 젠장, 나도 알고 있다고. 그냥 리얼한 거짓말일 뿐이야…」

겁에 질린 두 사람이 재미있다는 듯, 오리는 숨죽여 웃어가면서 그들을 손가락으로 가리켰다. 봤지? 하고 하나에게 말하는 것처럼. 인격을 내던지면서까지 생존을 도모하려던 노력이 무색하게, 오리는 두 사람의 등을 차례로 걷어차 빌딩 아래로 떨어트렸다. 끔찍한 비명이 울려 퍼지더니, 추락과 함께 사라졌다. 눈앞에서 자행된 행동에 하나는 충격을 받았다. 꿈이라고 하지만 그들의 절망은 피부 깊이 파고들 만큼 생생한 것이었다.

「진짜라고 믿으면 그것은 진짜가 되는 거라고 생각하지 않았어?」

희연과 황 부장이 떨어진 빌딩 바닥을 슬쩍 훔쳐보던 오리가 속 시원하단 얼굴로 손뼉을 친 다음, 하나에게 말했다.

「저들에게도 이게 단순히 나쁜 꿈일까? 너처럼? 바닥에 떨어지는 순간, 으악! 하고 침대에서 깨어날까? 식은땀을 흘리면서? 어떤 미친 녀석이 나를 묶어놓고 빌딩 아래로 밀어버렸지, 하고 가슴을 쓸어내릴까? 천만에」

오리는 손가락을 흔들었다. 하나는 그를 노려보고 있었다.

「아무리 남이 떠들어대도 본인에게 그것이 현실이라면 꿈이 아닌 거야. 알겠어? 중요한 건 믿음이지」

「그래서 이런 꿈을 꾸는 건가? 비를 내렸다 그쳤다, 건물을 무너트렸다 세웠다, 바다와 하늘이 뒤집히고, 그 속에서 어마어마한 괴물이 나오고, 지나간 계절과 아직 오지 않은 기억들을 뒤섞으면서? 그래서 말하고 싶은 게 뭐야? 뭘 확인하고 싶었던 거야?」

「석관동을 사랑했나? 그랬겠지?」

오리는 뒷짐을 진 채 하나 주변을 서성이며 말했다.

「나도 그때 교차로에 있었어. 오버시즈의 밴드 공연이 있던 날, 친구들과 함께 노래를 들었지. 멋있었지. 희연이란 놈한테 들었어. 너의 밴드와 친구 얘기들을. 우연이라기엔 너무 절묘하지 않아? 도시/와 석관동은 마주본 거울 속의 쌍둥이 같아. 주차장의 아이들도, 네 밴드도, 그리고 나도 그래」

「하고 싶은 말이 뭐지?」

「나는 완성하고 싶었어. 내가 사랑한 도시/를. 나는 너와 마찬가지로 거리에서 빛나는 밝은 부분과 우연히 마주치는 사람들이 서로 맞잡은 손을 믿었어. 그것이야말로 세상을 바꾸는 계기가 될 수 있다고. 하지만 결국은 생활이더구먼. 하나 같이 말만 번지르르하고, 자기 식구들만 챙기고, 먹고 살고, 제 한 몸 챙기기 바쁜 그런 너절한 인생 말이야. 그때 알았어. 재즈 피넛에서 요란한 공연을 하고, 도시/에서 아무리 축제를 벌여도 세상은 꿈쩍하지 않는다는 것을」

하나는 반문하고 싶었다. 하지만 오리는 소리 높여 자신의 말을 이어나갔다.

「본질적으로는! 편안한 일상에 안주하고 싶은 인간의 본능 때문이겠지만 이를 악용하는 세력들이 있기 마련이지. 그들은 거미와도 같아. 끈적끈적한 줄을 쳐놓고 나중에는 떠나갈 수 없게 하지. 여기에 포획된 우리는 거미줄 안에 살든가, 잡아먹히든가 둘 중 하나를 택해야 해. 살기 위해선 남을 먹을 줄도 알아야 하고. 재즈 피넛은 하나의 예야.

도시도, 한국도, 다른 사회도 마찬가지야. 눈에 보이는 현상이 전부가 아니야. 하지만 그걸 보려면 높은 곳에 있어야 해. 그걸 깨닫지 못하면 저 꼴이 되는 거야」

오리는 빌딩 아래를 가리켰다. 바람이 세차게 불고 있었다. 하나는 말없이 그를 바라보고 있었다. 오리는… 아니, 희연이 그랬고, 희람과 재의, 그리고 나는… 같은 시공간 속에서 무엇을 발견한 걸까? 그것은 마치 쉴 새 없이 뒤집히는 중인 동전과 같았다. 무어라 규정하기도 전에 그것은 반대편으로 사라졌고, 이후의 결과도 마찬가지였다. 물에 빠진 신사의 우화처럼, 그는 구두를 줍기 위해 다시 잠수한다. 숨이 차면 떠오르고, 여전히 물에 잠겨 있는 구두를 위한 자맥질은 연거푸 계속되는 것이다. 하나에게 있어 재의는 물에 빠진 구두였고, 염원하던 아름다운 순간의 완성이었다. 그러나 재의는 손에 잡히기 전에 멀어지며 영영 사라졌다.

끝없이 함께 있고 싶고, 그 즐거움이 영원히 이어지길 바라는 마음이 있었다. 희람은 카메라를 들었고, 희연은 부정하고자 했다. 나는… 어정쩡하게 그 가운데에서 여전히 배회하고 있다. 이러지도, 저러지도 못하면서. 하지만 오늘의 꿈속에서 발견한 교훈이 있다면… 모든 것은 끝나기 마련이지만, 그와 동시에 영원이 열린다고. 종언은 끝을 예고하는 종소리가 아니라 조용히 넘겨지는 한 장에 불과한 것임을 말이다. 마음에 잠시 머물렀던 그것은 알아차리는 순간 사라지지만 그 기억만으로 우리에게 아름다운 순간의 존재를 알려준다는 것을, 이제야 알았다. 진짜라고 믿으면 진짜가 된다는 그 말, 그때의 우리를 결정짓던 명제는, 망상을 현실로 만드는 신비의 능력이 아니라 끝을 끝이 아니게 만드는 믿음이었다.

「너는 저 쥐새끼들과는 달라. 진짜 세계를 볼 만한 자격이 있지. 언제나 불만족 상태로 끝나고 마는 그런 즐거움, 아름다움이 아니라 영원한 완성에서 다시 시작하자. 내가 호랑이 기계에서 만들고 싶은 세계는 바로 그런 곳이야」

「만든다고?」

「그래. 늘 그랬듯이 장난에서 시작했지. 빌라 뒤뜰에서 우연히 찾아낸 고물! 태엽을 감으면 호랑이가 춤을 추고 우리는 꿈을 꾸지. 프린스빌라 이웃집 할머니도 많이 놀랐을 거야. 애들이 미친 듯이 소리를 지르다 잠잠해지곤 했으니까. 방금 너희가 그런 것처럼 우리도 함께 꿈을 꿨지. 현실이 비루할수록 꿈은 완벽했어. 내가 정말 보고 싶고, 되고 싶고, 원하던 삶을 호랑이 기계는 정확하게 보여줬지. 그때 사람들이 무슨 생각을 하는지 알아? 여기가 진짜 현실이고, 밖은 거짓말이라고 믿는 거야. 간단한 자기합리화지. 그렇게 되니 정말 현실의 육신은 죽어버리더군. 의식을 잃더니 뇌사에 빠지고, 세포는 활동을 멈추더라고. 글쎄? 이걸 단순히 죽음이라고 표현할 수 있을까? 난 차라리 새로 태어났다고 말하고 싶어」

「그래서 도시의 모든 사람들에게 꿈을 꾸게 할 건가? 네가 만든 완벽한 세계의 입주민이 돼서?」

하나의 말에 오리는 웃었다.

「설마, 내가 그런 박애주의자처럼 보여? 저 밖의 사람들 대부분은 그런 경험을 누릴 자격조차 없어. 말했잖아. 우리 사회가 추악하다면 그렇게 만드는 데 일조한 게 생활인들이라고. 꿈을 꾸지 못하는 저들은 어쩌면 관성에 의해 움직일 뿐 이미 죽어있는 걸지도 몰라. 나는 진실로 살아있는 사람들과 함께 새 세상을 열고 싶어. 그곳엔 많은 사람들이 필요하지 않아. 그 가치를 알고, 진정으로 믿는 소수의 인원이면 충분해. 내가 너무 쉽게 입만 나불거리는 것 같지만 이 순간을 위해 얼마나 많은 노력을 했는지 모를 거야. 혼자만의 꿈을 깨고 나와 다른 사람의 꿈으로, 그 경계를 깨고 도시 전체로 확장하기 위해서 나는 미래의 수명까지 외상으로 쓴 것만 같아. 많은 각성을 해야 했지. 호랑이 기계의 비밀에 깊숙이 손을 찌른 결과 나는 깨달았어」

하나는 궁금한 얼굴로 오리의 다음 말을 기다렸다. 그는 그러한 반응이 흡족스럽다는 듯이 충분히 뜸을 들인 다음 설명을 이어나갔다.

「인간의 의식은 비단 개인에서 끝나는 게 아니라 연결되어 있어. 진짜라고 믿으면 그것은 진짜가 된다. 그때 우리를 사로잡았던 그 말은 희망이 없는 현실을 극복할 수 있도록 도와주었지. 꿈을 위한 신념이 필요한 시기였으니까. 하지만 그 신념의 끝은 결국 자기 자신이었어. 나만의 혁명, 망상적인 유토피아에 불과했다고. 나는 오버시즈와 당신을 인정해. 내게 실패와 과제를 알려주었으니까. 나는 그로부터 한 발 더 나아가야 했어. 우리끼리, 우리만의 작은 소동이 아니라 도시 전체의, 보다 근본적인 변화가 필요했으니까. 그것이 내가 호랑이 기계를 필요로 하는 이유기도 하지」

「그걸 확인하기 위해 그 많은 사람들을 의문사에 빠트렸나?」

「의문사라니, 엄연히 돈을 내고 꿈나라로 떠난 승객들에게」

「프린스 빌라 친구들은 지금 어디 있지? 이미 꿈을 꾸고 있나?」

「애저녁에 떠났지」

「의문사 피해자 중엔 없던 것 같은데」

「당연하지! 돈을 낸 손님이라면 모를까, 가족 같던 친구를 그냥 빈집에 두고 오진 않아. 도시식 환송이라고 들어봤나? 꿈으로 떠나고 껍데기만 남은 육신을 고요한 바다 아래로 떠나보내는 거지」

천연덕스럽게 설명하는 오리의 말에 하나는 소름이 느껴졌다. 그는 계속 말했다…

「나름대로 깔끔한 처리 아니었어? 해변의 여행객 덕분에 실수를 반복하지 않을 수 있었지. 다신 돌아오지 않는 해안가를 찾아야 했으니까. 말이 나와서 하는 말인데, 난 그녀에게 큰 고마움을 느끼고 있어. 모든 일에는 시작이 필요하고, 가장 먼저 앞서나가는 선지자가 필요하기 마련이거든. 호랑이 기계가 작동한 건 순전히 우연이었지만 그녀 덕분에 나는 지금의 구상을 완성할 수 있었어. 주저하던 실험을 실행에 옮길 수 있었다고」

하나는 감정을 억누르고 말했다.

「이것도 혼자만의 꿈이라고 생각하지 않아? 오리, 너 말이야」

「많은 경우는 그렇게 끝나지. 지금 당장의 불만이 사라지고, 오랫동안 갈망하던 대상이 주어졌을 때 대부분은 쉽게 포기하더군. 충족되지 않고, 결핍된 상태가 언제까지고 이어지리라 여겨지는 현실을. 우리의 의식은 예민하고 변덕스러운 촛불 같아서 환하게 불타오르다가도 너무도 손쉽게 꺼져버려. 뇌파가 중단하고 현실에서의 의식 수준이 끝나버리는 건 바로 그런 포기 때문이야. 그들에겐 전에 살던 집에서 더 좋은 곳으로 이사하는 정도의 결정이겠지만 겹겹이 쌓여 있는 의식 수준에서 보면 일차원적인 자아로 퇴행하는 것에 가깝지. 알겠어? 아름다운 것, 감각, 이상에 대한 믿음과 신념, 죄책감과 부채의식, 이 모든 게 우리의 현실을 구성하고 있어. 호랑이 기계에서 꿈을 꾸는 사람들은 이렇게 생각하겠지. 와, 이제 꿈을 조작하는 나는 세계를 주무를 수 있어! 웃기는 소리야. 오히려 세계는 차곡차곡 쌓인 크레이프에 가깝달까」

「어디서 많이 들어본 소리군」

「나는 아이스크림 트럭을 모는 배달부야, 하나. 아이스크림을 먹진 못하지만 도시를 돌아다니며 사람들에게 아이스크림을 팔지. 때문에 그들이 볼 수 없는 전체를 조망할 수 있는 거야. 우리가 아름다운 것을 갈망하고, 그것을 얻지 못하는 한 호랑이 기계의 꿈을 찾는 사람들은 늘어갈 거야. 마약보다 근본적인 욕망을 충족시켜주니까. 세계를 관리하기 위해선 이러한 구조를 통찰할 필요가 있어. 그것은 바로 단일한 의식이 서로에게 영향을 끼치며 동시적으로 구성된다는 거야. 알겠어? 세계는 바로 우리 의식이 만들어낸 것이면서 동시에 또 다른 의식에 의해 만들어진 것이기도 해. 무엇이 먼저고, 어디가 끝일까? 대답할 수 있겠어?」

「넌 지금 신이 되겠다는 소리를 하는 거야」

오리는 들뜬 얼굴로 하나에게 소리쳤다.

「아니지! 나는 세계의 관리자야. 신? 그거야말로 우리가 불태워버려야 할 관념의 낡은 도서관 책 같은 망상이야. 나는 이제 엄연하게 존재하면서 세계를 통제하는 유일자가 될 참이야. 아직 초기 단계지만 나는 호랑이 기계의 꿈을 도시에 연결하기 시작했어. 새로운 세상을 만들겠다는 말은 허풍이 아니야. 우리가 꿈을 꿀 수 있다는 건 우연이 아니야. 진짜라고 믿으면 진짜가 된다. 좋은 말이었어, 하나. 오버시즈의 노랫말은 이제 우주적인 기적이 될 거야. 그 새 출발을 함께 하자」

오리가 들려주는 이야기엔 탄복할 만한 지점이 있었다. 하지만 하나는 재의를 만났고, 소중한 사람에 대한 기억을 잠시나마 잊었으며, 돌아갈 수 없는 것과 해야 하는 것을 구분하게 되었다. 그것 또한 호랑이 기계, 아니, 오리가 설계한 꿈 덕분이라면 고마운 일이었다. 하나는 고개를 저었다. 바지 주머니엔 여전히 담배 갑이 불룩 튀어나와 있었다. 그 속엔 행운을 빙자한 담배 한 개비가 거꾸로 처박혀 있을 터였다.

「매력적인 얘기지만 난 됐어. 너는 영원한 완성을 얘기하지만 난 그 끝이 뭔지 잘 알고 있거든」

대수롭지 않게 손을 내저으며 하나가 거절하자 오리의 표정이 미세하게 굳었다.

「아직 내 말을 이해하지 못하는 것 같은데…」

「물론이지. 하지만 별로 이해하고 싶진 않다구. 아무튼 제안해줘서 고마워」

「그럼 너는 다시 돌아갈 생각인가?」

「그래야겠지? 생활인들이 매일 같이 투덜거리면서 하루를 반복하는 비루하고, 그저 그런 세계로. 역시 내겐 그런 곳이 어울리는 것 같아」

어이가 없다는 듯 웃음 지으며 오리는 손가락을 튕겼다. 그러자 빌딩 아래로 산동네가 나타났다. 주차장의 아이들과 헤어지고, 추격하는 경찰들을 피해 귀신이 내달리던 언덕길이었다. 그곳을 이제, 희람과 승택이 뛰고 있었다. 두 사람은 크리스털 볼 안의 인형처럼 동네에 갇혀 같은 구간을 끝없이 오르내리고 있었다.

「네가 가려는 세계는 바로 저들과 같아. 항상 쫓기고 있으면서 정작 그것이 무엇인지는 모르지. 이제 어느 정도 벗어났다 싶으면 다시 원상태로 돌아가고 말아. 결국 추격전은 치매 걸린 회전목마처럼 계속되는 거야. 죽을 때까지 쭉. 네가 원하는 게 바로 그런 건가? 아니면 무작정 반항하고 싶은 중학생 기분이라도 내고 싶은 거야? 멍청한 척하지 말고 다시 한 번 생각해봐」

하나는 난간 없는 빌딩 끝으로 다가가, 멀리 떨어진 언덕길을 바삐 달리는 희람과 승택을 바라보았다. 어두운 영사관에 비친 영화처럼, 그들의 간극은 분명했다. 무릎을 굽히고 한참 동안 그 모습을 지켜보던 하나가 오리에게 말했다.

「너는 저들이 아둔하다고 생각하겠지? 절망에 빠져 있으면서 그것이 절망인지도 모르는 게 바로 저런 거라고… 만약 그렇다면… 너 역시 여전히 굴레에서 벗어나지 못하고 있는 거야. 절망이란 아름다운 순간의 뒤집힌 동전이니까」

하나는 오리에게 담배를 던져주었다. 정렬된 필터 가운데서 오로지 한 개비만이 고개를 들고 있는, 편의점에서 샀을 때부터 뜯기만 할 뿐 피우지 못한 담배였다. 하나는 자리에서 일어났다.

「역시 난 그만 둘래. 꿈으로 도망치는 건 이제 포기했거든」

오리는 분노했다. 그는 하나를 통제하려고 했다. 희연이 그랬던 것처럼, 하나의 운신을 보이지 않는 힘으로 예속하고자 했지만 하나에겐 조금도 영향을 주지 않았다. 더 이상 이상한 일도 아니었다. 하나는 옥상 가운데로 뚜벅뚜벅 걸어 나갔다. 마치 난생 처음 나의 선택으로 원하는 옷을 고른 것처럼 그것은 상쾌한 만족감을 주었다.

「지금 당장 돌아오지 않으면 크게 후회하게 해줄 테다!」

일이 마음처럼 되지 않자 평정심을 잃은 오리는 자신으로부터 멀어지는 하나를 향해 소리쳤다. 바닥으로 내던져 곤죽으로 만들겠다는 둥, 바다 괴물에게 먹이로 주겠다는 둥, 자신의 호의를 건방지게 무시한 것에 대해 혹독한 대가를 예고했다. 하지만 그것은 이미 희연에게 지긋지긋하게 들은 바 있는 저주였다. 빌딩의 옥상 가운데는 로이와 몰리, 유미와 쌤이 하나를 기다리고 있었다. 하나는 사람들 옆에 서서, 여전히 난간 끝에 홀로 남아 있는 오리를 바라보며 말했다.

「아무리 완벽해봤자 혼자 꾸는 꿈에 사는 건 재미없어. 진짜 세상으로 같이 가자」

「진짜 세상? 웃기는 소리 하지 마. 다른 세상은 없어. 여기 말고는 다 환상일 뿐이야. 꿈을 꾸기 전의 넌 이미 뇌사에 빠져 지금쯤 재가 됐을 텐데 어딜 가겠다는 거야?」

「그것도 재미있겠네요」

로이가 말했다. 몰리가 그의 옆구리를 쿡 찔렀다.

「언젠가 알게 될 거란다, 아가야」

유미의 말을 끝으로, 그들은 자신이 들어왔던 빌딩 옥상의 출입구를 향해 걸어갔다. 이제 돌아갈 차례였다. 익히 알고 있는, 아주 약간의 빛과, 칠흑 같이 어두운 좌절과 환멸이 반복되는 세계로… 그때 공중으로 총성이 들리더니, 이윽고 희람의 비명 소리가 들렸다.

모두 깜짝 놀라 어깨를 움츠리고 고개를 돌렸을 때, 오리는 총탄을 발사한 오른손가락을 허공에 향하고 있었고, 왼손으로 희람을 붙잡고 있었다. 몸의 절반 이상이 난간 밖으로 떠밀린 그녀는 빌딩 테두리의 좁은 면적에 발을 간신히 딛고 있었고, 오리의 왼손을 붙잡은 채 추락을 면하고 있었지만 오리가 손을 놓기만 하면 곧장 떨어지는 절체절명의 상황이었다.

「여자 친구는 이대로 두고 갈 거야?」

오리가 말했다. 희람은 겁에 질려 있었다. 하나는 다가가, 그녀에게 말했다.

「희람 씨, 희람 씨」

희람은 자신의 상황에 완전히 몰입되어 있었지만 차분하게 말을 거는 하나의 목소리를 듣고 겨우 진정할 수 있었다. 하지만 그녀의 눈동자는 정처 없이 동요하고 있었다.

「무서워할 필요 없어요. 이건 오리의 꿈일 뿐이고, 우리는 안전해요」

그러자 오리가 희람을 붙잡고 있던 왼손을 금방이라도 놓을 것처럼 흔들었다. 희람은 다시 비명을 지르며 두 눈을 감고 오리에 매달려야 했다.

「지금 그 말이 이 여자한테 도움이 될 거 같아? 자기는 멀리 떨어져서 말로만 괜찮다고 하면 끝이냐구. 얘는 지금 정말로 생사의 기로에 있단 말이야. 걱정 돼? 그렇게 이 애가 걱정되냐구. 그럼 네가 자리를 바꿔주지 그래? 이 입만 산 놈아」

하나는 두 손을 펼쳐들고, 희람에게 천천히 말했다.

「희람 씨, 눈을 떠요. 나를 봐요」

그녀는 떨리는 두 눈을 겨우 뜨고 하나를 보았다.

「아무 일 없을 거예요. 괜찮아요」

「나라면 그런 말 절대 하지 않을 거야. 팔십이 층 높이에서 떨어지면 괜찮지 않을 테니까」

오리는 말했다.

「하지만 너무 걱정하진 마. 터진 토마토 꼴이 되기 전에 심장이 멎으면 편하게 갈 수 있을 거야」

하나가 희람에게 달려드는 순간, 오리가 먼저 그녀의 손을 놓아버렸다. 하나가 붙잡긴 너무 먼 거리였다. 눈이 커지면서 희람은 두 손으로 공중을 부여잡았다. 오리는 비웃었고, 이 모든 순간이 고속으로 돌아가는 필름처럼 느리게 부서졌다… 바로 그때, 빌딩 아래로 추락하려는 희람을 붙잡는 손이 있었다. 승택이었다.

승택은 억센 팔로 희람을 단숨에 빌딩 안으로 잡아끌었다. 균형을 잡지 못하고 쓰러지려 하는 희람을, 하나가 재빨리 다가가 부축했다.

「네가 아직 이 정도 깜냥은 아니잖아?」

승택이 말했다. 그는 불 주먹 같은 펀치를 오리의 턱을 향해 있는 힘껏 내질렀다. 갑작스러운 승택의 등장을 전혀 예상하지 못했던 오리는 크게 당황한 것처럼 보였다. 그가 일방적으로 얻어맞고 있는 동안 하나는 희람을 데리고 후다닥 빠져나왔다. 아직도 진정되지 않는 그녀를, 몰리와 쌤이 다독여주었다. 터프한 주먹을 앞세운 승택의 교육은 이제 막 한창이었다. 그는 조금의 주저도 없이 쓰러진 오리의 배를 걷어차고 짓밟고 있었다. 그 순간, 바다 멀리서 끔찍한 소리가 들려오기 시작했다. 깊은 음역에서부터 울리는 불길한 기상이었다… 소리의 출처를 찾던 하나는 바다에서 몸을 일으키고 있는 괴물을 보았다. 해변의 하나를 놀라운 입김으로 끌어당기던 그것이었다.

「제길, 저건 또 뭐야?」 하고 쌤이 말했다.

「일단 나갑시다」 하고 로이가 말했다.

「어디를?」 하고 유미가 말했다.

「어디긴 어디겠어요? 이 꿈나라죠!」 하고 몰리가 말했다.

하나는 기진맥진한 희람의 손을 붙잡고, 사람들을 따라 옥상의 출입구로 달려갔다. 로이가 문을 열어주었다. 문 너머는 칠흑 같은 어둠이었다. 서로의 얼굴을 마주본 몰리가 처음으로 발을 내딛었다. 그 다음은 로이였고, 쌤이 그 뒤를 이었다. 유미는 불안하게 승택을 바라보고 있었다.

「하나 씨, 우리 어디로 가는 거예요?」

희람 역시 두려운 기색이었다. 떨리는 별처럼 빛나는 그 눈을 보며, 하나는 알 수는 없지만 이상한 확신이 들었다.

「돌아가요. 집으로요」

그 말에 희람은 희미하게 웃으며 고개를 끄덕였다. 바다에서 완전히 몸을 일으킨 괴물은 항구와 차이나타운 마을을 처참하게 짓뭉개며 일모그룹 빌딩을 향해 걸어오고 있었다. 거대한 고래의 그림자처럼 보였던 그것은 미끈미끈한 몸뚱이에 턱없이 작은 손과 발이 달려 있었고, 쭈욱 찢어진 눈과 무수히 많은 날카로운 이빨들이 흉측한 웃음을 짓는 외양이었다.

「야, 임승택! 그만 싸우고 어서 오지 못해?」

지켜보던 유미가 더 이상 참지 못하고 소리쳤다. 그러자 무거운 빨래처럼 축 늘어진 오리의 멱살을 쥐고 있던 승택이, 그 스스로도 잔뜩 지쳐 숨을 헐떡이면서 대답했다.

「먼저… 먼저 가세요, 누님」

「그만하면 됐어! 저기 괴물 안 보여?」

「알았어요. 바로 뒤따라 갈게요. 어서… 어서 가세요」

승택은 저항하는 오리의 얼굴에 펀치를 한 방 더 날렸다. 유미는 못마땅한 얼굴로 서 있다가 결국 승택의 말에 따라 문을 나섰다. 다음은 희람 차례였다.

「꼭 돌아와요. 온다고 해놓고 안 오면 안 돼요」

희람의 말에 하나는 일있다고 대답했다. 그렇게 희람까지 문을 넘어 어둠 속으로 사라졌다. 잠잠하던 빗발이 다시 세차게 흩날리면서 괴물의 기괴한 울음소리가 도시를 울리고 있었다. 하나가 문턱을 넘어서려고 할 때, 한 차례 총성이 들렸다. 놀란 하나는 걸음을 멈추고 승택 쪽으로 고개를 돌렸다. 승택과 오리는 씨름하는 것처럼 서로의 옷깃을 붙잡고 뒤엉켜 있었다. 승택은 옷 위로 스며 나오는 피를 보고서 자신이 총에 맞았음을 알았다. 오리는 들이마시던 숨이 목에 걸려 재채기를 터뜨렸다. 그는 오른손가락을 승택의 배에 찔렀다. 그러더니 두 번의 총성이 다시 울렸다. 하나는 승택의 이름을 외쳤다. 승택은 피가 흐르는 배를 움켜쥐고 쓰러졌다. 그때서야 간신히 승택의 손아귀에서 빠져나온 오리는 두 걸음도 채 벗어나지 못하고 다리에 힘이 풀려 주저앉고 말았다. 발작처럼 터진 재채기가 멎자 그는 소리쳤다.

「교양이라곤 없는 무식한 꼴통 자식! 넌 아주 죽었어! 꿈도 못 꿀 줄 알라는 말은 네놈을 위한 말이지」

오리는 겨우 일어나, 고개를 푹 숙인 채 무릎 꿇고 있는 승택에게 다가갔다. 그는 손가락으로 승택의 머리를 겨냥했다. 처형이 이루어지려는 순간, 승택이 오리의 무릎을 향해 번개 같이 몸을 내던졌다. 균형을 잃은 오리는 두 팔을 빙빙 돌렸다. 뒷걸음이 난간 밖으로 이어지자 그는 결국 고꾸라졌다. 동시에 괴물이 빌딩 옥상까지 뛰어올라 거대한 입을 벌렸다. 오리는 빌딩 아래로 떨어지기도 전에 괴물의 아가리 속으로 들어갔고, 먹이를 채간 상어처럼 괴물은 곧장 입을 다물고 사라졌다. 하나는 승택에게 뛰어갔다. 하지만 승택은 속도를 줄일 수 없었다. 그는 난간 없는 빌딩 밖의 공중으로 떨어졌다.

그 무렵, 승택은 우울했다. 특별한 불상사가 있는 것은 아니다. 펑크 그룹의 놈팡이들은 유행처럼 「재미있는 일 없나」 라는 말을 입에 달고 살았지만, 승택이 봤을 때 일상이 갑자기 바뀔 기미는 조금도 없었다. 돈은 궁했지만 그렇다고 남을 위해 일하긴 싫고, 담배는 피우고 싶지 않지만 그것 말고 시간을 때울 방법은 없고, 차이나타운은 평화롭게 숨죽이고 있었다. 재즈 피넛은 사람이 많을 때도 있고, 정반대의 경우도 있었다. 현재 재즈 피넛의 오너인 최이지는, 몇 년 전 사별한 남편으로부터 법적으로 소유권을 이임 받았다고 하지만 공간 운영에 있어 위원회에 전적으로 맡기고 있었다. 다소 미화된 면이 있지만 어쨌든 경건한 협동조합처럼 꾸려나가던 재즈 피넛도 기록적인 불황을 빗겨나갈 도리는 없었으므로 많은 사람들이 걱정하던 터였지만, 승택은 자세한 내막도 모르고 그가 나선다고 뾰족한 대책이 생기는 것도 아니어서 심드렁한 태도로 일관하고 있었다. 재즈 피넛과 차이나타운, 혹은 도시에 큰 뜻을 품고 있는 사람들, 이곳이 세계의 전부라고 믿는 사람들에게 승택은 어느 순간 싫증을 느끼고 있었다. 그들은 분명 고결하고, 총명하고, 감각적인 선지자들이었지만 그뿐이었다. 그들의 말과 행동은 승택의 세계를 변화시키지 못했다. 승택의 세계는 하드보일드했으며, 어떠한 충격에도 원래 자리를 되찾는 유연한 곳이었다. 모든 것을 내던지고 비참하게 버려진 사람들을, 승택은 너무 많이 봐왔다. 존경보단 조소를 받은 이들. 나는 그렇게 살지 않을 것이다. 승택은 애쓰지 않았고, 진지하지 않았다. 남들에게 원망 듣지 않는 선까지만 움직였고, 그래서 승택은 상처받지 않았다. 동시에, 의미 없는 삶이었다. 승택은 우울했다. 유미는 일이 있어 지방을 갔고, 쌤은 장염에 걸려 병원에 갔다 집에 누워 있었다. 요 며칠째 혼자 있는 시간이 이어지자 지루함에 못 이겨 혼자 재즈 피넛을 찾은 승택이었다.

「뭐가 잘 안 돼? 여자친구한테 퇴짜 맞은 고등학생 같은 표정이군」

바 테이블 건너편에서 레게 머리를 한 남자가 말했다. 승택과 비슷한 또래인 그는 바텐더와 재즈 피넛 내 위락 기기들의 관리를 맡은 직원이었다. 승택은 대답할 기분도 아니어서 찡그린 얼굴로 맥주병 입구에 입을 갖다 댔다. 수요일 저녁이었고, 공연은 없었지만 레스토랑은 손님들로 붐볐다. 홀에선 앙증맞은 테이블에 마주보고 앉아 로맨틱한 저녁 식사를 즐기는 연인들이 대부분이었고, 바에는 승택처럼 혼자 술을 마시거나 친구들과 서서 맥주를 마시는 젊은이들이 공간 내부를 비좁게 만들고 있었다. 승택은 나무로 된 테이블 위를 가볍게 두들겨 직원의 시선을 붙잡은 다음 빈 병을 가리켰다. 뚜껑이 제거된 새 맥주가 도착하자 승택이 말했다.

「요 근래에 가장 기억에 남는 일 있어?」

「나 말이야? 흠, 역시 섹스이려나? 그거 말고는 딱히 떠오르는 게 없네」

「한심한 인생이군」

「사회가 한심하니 나라고 뾰족한 수 있겠나. 참, 저번 주에 내한 왔었던 폴라리스 공연장에서 소주 한 병을 원샷한 다음에 스피커 앞에 있으니 죽이더군. 해본 적은 없지만 엑스터시라도 먹은 느낌이었다구」

승택은 대꾸 없이 맥주를 마셨다. 근처의 젊은이들은 온통 록 공연 얘기뿐이었다. 좋아하는 밴드의 공연 소식이 있을 때마다 따라다니고, 도시에서 새로 등장한 그룹, 새로 발매한 앨범, 새로 생긴 공간 등에 대한 정보를 교환하며 시간을 죽였다. 그게 아니면 극장에서 영화를 보거나 했다. 어떤 것에도 큰 관심이 없는 승택으로선 매한가지였다. 어느 샌가부터 어제가 오늘 같고, 내일도 그 전과 다를 게 없으리란 확신이 그를 우울하게 했다.

그때 위쪽에서 와아, 하는 함성이 들렸다. 레게머리의 바텐더는 설거지가 끝난 컵들을 수건으로 닦으며 고개를 흔들었다. 승택이 빤히 바라보자 그는 눈짓으로 천장을 가리켰다. 복층에 있는 한 무리의 손님들을 말하는 것이었다.

「애들이란… 하지만 가끔은 저 시끌시끌한 소란이 저때의 특권이 아니었나 싶어. 어이, 승택. 잠깐 바 좀 봐줘. 쉬야를 하고 와야겠어」

레게머리는 직원용 통로를 열어젖히고 구석의 화장실을 향해 뛰어갔다. 승택은 어이없는 얼굴로 그의 뒷모습을 좇다가 다시 원래 자세로 돌아왔다. 쉬야라고? 제정신인 녀석이 없군. 승택은 음울한 얼굴로 맥주 한 모금을 마셨다. 쉬야라니? 그때 옆으로 누군가 소심스럽게 다가왔다.

「노래 한 곡을 신청하고 싶은데 어떡하면 돼요?」

한 여자아이가 포스트잇을 들고 승택에게 묻고 있었다. 몇 초가 지나서야 직원의 부탁을 기억한 그는 천천히 몸을 움직였다. 바의 의자가 높은 것도 있지만 유달리 키가 작게 느껴지는 여자는 밴드 스미스의 사진이 프린트된 티셔츠와 짧은 스포츠 반바지에, 챙이 짧은 모자를 쓰고 있었다. 술을 마셨는지 기분 좋은 얼굴엔 발그레한 홍조가 번져 있었다. 턴테이블과 계산대가 있는 자리에 앉아 있는 승택을 직원으로 생각한 모양이었다. 승택은 헛기침을 한 다음 설명해주었다.

「디제이는 지금 화장실에 가고 없어요」

그러나 여자는 계속 어색하게 웃고 있었다. 무슨 의미인지 이해가 아직 안 된 눈치였다… 이런 상황을 조금도 예측하지 못한 승택은 당황할 수밖에 없었다.

「어, 그러니까… 여기 직원이 자리를 잠깐 내게 맡기고 어딜 갔어요. 저기 화장실로 쉬야, 아니, 젠장, 아무튼 볼일을 보러 갔어요. 어… 노래를 신청하러 왔다구요? 난 기계를 다룰 줄 모르는데…」

「지금 나오는 노래 제목이 뭐예요?」

횡설수설하는 승택에게, 여자가 물었다. 자리를 비우기 전에 레게 머리의 직원이 걸어놓은 두 번째 트랙이 막 시작되고 있었다. 아주 오래된 팝송이었고, 의외의 선곡이라는 듯 환호를 지르는 손님도 있었다. 승택은 머리를 긁적이며 직원이 어서 빨리 돌아오기를 기다렸다. 여자는 바 테이블에 기대어 레스토랑에 흐르는 노래에 귀를 기울이고 있었다. 제목? 이 노래는…

휘리릭, 하고 팽이처럼 주변의 시야가 빠르게 돌기 시작했다. 회전이 끝났을 때, 승택은 재즈 피넛의 별관을 걸어가고 있었다. 이른 새벽이었고, 새벽 늦게 마감을 한 레스토랑은 적막에 잠겨 있었다. 헛기침을 한 다음 미닫이문을 열자 내부의 작은 방에는 리더가 혼자 앉아 있었다. 그는 흰색 러닝셔츠 위에 파란색 선이 그어진 남방을 단추도 잠그지 않은 채 걸치고 있었다. 승택은 의자를 꺼내 앉았다. 리더는 주전자에서 차를 따랐다. 마시라며, 원형 테이블을 돌려 승택 앞으로 찻잔을 갖다 주었다. 아직 온기가 남아 있는 보이 차였다.

「너도 알다시피」 하고 리더가 말했다. 「상황은 좋지 않다」

승택은 고개를 끄덕였다. 리더는 계속 말했다.

「곧 경찰이 올 거야. 그리고 해변의 여행객 사건 용의자로 나를 체포하겠지」

황해 여인숙 농성 과정에서 있었던 일만을 생각하고 있던 승택은 리더의 말에 깜짝 놀랐다. 얼마 전 해변으로 떠밀려온 여자의 시신으로 도시가 떠들썩한 건 알고 있었다. 잊을 만하면 발생하는 실족사이겠거니 지레짐작하고 있었는데 그 사건을 우리와 연결 짓다니, 어처구니가 없는 노릇이었다. 리더가 사람을 해치고 바다에 유기한 것 또한 있을 수 없는 일이다. 매일 같이 얼굴을 보고, 함께 시간을 보내는 승택이 보증하건대 리더에겐 그럴 만한 시간적 여유가 없었다. 거리의 민정수석처럼 수많은 사람들을 만나는 게 일인 사람이었다. 분신술과 축지법, 그리고 양자역학을 응용한 차원 이동이 동원된다면 모를까, 불가능한 살인이었다!

「만약 내가 체포되면 너는 아이들을 찾아야 해」

「아이들이요?」

「그래, 재즈 피넛을 자주 찾아오던 애들 있잖아. 집에서 나와 또래 친구들끼리 모여 산다는 청소년들, 그들을 만나봐」

「만나서요?」

「해변에 여자 시신이 발견된 사건에 대해 아는 게 있는지 물어봐. 특히 오종훈이라는 녀석한테. 오리라고 너도 알지?」

승택은 턱을 미세하게 끌어당겼다.

「혹시 너 호랑이 기계라고 들어봤니?」

리더가 승택의 대답을 기다리며 차를 마셨다.

「소원을 들어준다는 호랑이 인형이요? 여기서 자란 애들은 어렸을 때부터 들어서 다 알아요. 그런데 그게 왜요? 그건 순 동화 같은 얘기잖아요」

「물론 소문의 대부분은 허풍이지. 이지 할머니가 그렇게 설명을 해도 재즈 피넛의 멍청이들은 내키는 대로 믿고 떠들어대니까… 하지만 호랑이 기계는 실제로 존재해」

승택이 표정 없이 리더의 눈을 바라보고 있었다. 그러나 그는 매우 집중하고 있었고, 리더도 이를 알았다.

「오리가 기계를 찾아낸 모양이야. 녀석이 얼마나 알고 있는지는 몰라도 장난질을 치고 있는 것 같아. 해변의 여행객은 일부에 지나지 않는다고 본다」

리더는 남은 차를 마시고 한숨을 내쉬었다.

「여기까지가 내 감이야. 나머지는 네가 알아봐야 한다. 유미 성격 알지? 한번 꼭지 돌면 앞뒤 안 본다. 쌤은 자기가 나서서 하는 타입은 아니고… 네가 옆에서 잘 이끌어줘」

승택은 고개를 끄덕였다. 리더는 빈 잔만이 남은 원형 테이블을 돌렸다. 휘리릭. 리더와 승택이 앉아 있던 별실이 회전하기 시작하더니 새로운 장면이 나타났다. 주변이 온통 금빛으로 빛나는 직사각의 밀실. 엘리베이터는 소리 없이, 중력을 부드럽게 거스르며 상승하고 있었다. 승택은 편의점 비닐봉투를 손에 쥔 채 멍한 시선으로 벽보를 보았다. 일층 뷔페에서 제공되는 호텔 조식에 대한 안내와 사진이었다.

「여기 밥 맛 없어요」

일층에서부터 함께 엘리베이터를 타고 있던 남자의 말이었다. 승택이 고개를 들었을 때 그는 벽보를 가리키고 있었다.

「저는 그래서 잠만 자죠」

승택은 대답없이 고개를 끄덕였다. 잦은 출장 업무에 전국의 숙소 현황은 꿰고 있다는 얼굴의 사십대 남성이었다. 육층에서 그가 먼저 내리고, 승택은 두 층을 더 올라 내렸다.

희람은 호텔 방 침대 끝에 앉아 있었다. 승택이 방 가운데로 걸어와 테이블 위에 비닐봉투와 자동차 키를 올려놓을 때까지 잔뜩 날이 선 고양이처럼 노려보고 있었다. 적당히 고른 레토르 음식을 권했지만 돌아오는 반응은 없었다. 승택은 그 원망 어린 눈길을 애써 외면한 채 일인용 소파에 풀썩 주저앉았다. 커튼이 반쯤 열린 커다란 창문 너머로 도심의 일상이 흐르고 있었다. 하늘은 눈곱이 낀 것처럼 뿌옜다.

「언제까지 이럴 참이에요?」 하고 희람이 말했다.

「응?」 하고 승택이 말했다.

「나를 여기에 왜 데려왔냐구요」

희람의 질문에 승택은 대답이 곤궁했다.

「좋잖아? 이렇게 여행하는 거. 기분 전환이라구」

「농담이죠? 누군지도 모르는 사람한테 끌려 다니는 게 여행이라구요?」

승택은 셔츠 앞주머니에서 담배를 꺼냈다. 그러자 희람이 칼 같이 경고했다.

「담배 피울 거면 나가서 피워요」

「여기는 흡연이…」

승택은 희람의 도끼눈을 보자 즉시 담배를 도로 집어넣어야 했다.

그는 한숨을 내쉰 다음 비닐봉투에서 포켓 위스키를 꺼내 힘차게 병 뚜껑을 돌렸다. 희람에게도 샌드위치를 권했지만 그녀는 요지부동이었다.

「텔레비전은 켜도 되지?」

「당신 마음대로 하세요」

승택은 리모컨 전원을 눌렀다. 화면이 떠오르는 동안 그는 테이블 위에 다리를 걸치고 위스키를 한 모금 마셨다. 향기로운 액체가 따뜻하게 전신을 휘감았다. 이제 좀 살겠군. 화면과 함께 노래가 들렸다. 오래된 팝송의 뮤직비디오였고, 승택과 희람은 아무 말하지 않고 듣기만 했다.

휘리릭. 노래는 계속 이어지고 있고, 승택은 쌤과 함께 거리 음식을 기다리고 있다. 이것은 재즈 피넛에서 희람을 만나고 며칠 지나지 않은, 그리고 리더가 체포되기 한참 전의 기억이다. 특이할 것 없는 차이나타운의 어느 날. 노상의 가게 라디오에선 노래가 흐르고 있다. 철판 위의 버터가 맥없이 녹기 시작하고, 둘은 토스트가 구워지기를 기다린다. 그 모습이 지겹지도 않은지 한참 바라보는 쌤에게 승택이 지인들의 근황을 묻는다. 쌤은 알고 있는 소식을 친구에게 전해준다. 누구는 일을 시작했고, 누구는 이주를 결심했으며, 누구는 만나던 사람과 헤어졌다. 거론되지 못한 다수의 사람들은 달라진 것 없이 살아갈 것이다. 나도 일을 시작할까봐, 하고 승택은 말하고 싶다. 쌤은 주중에 몇 번 설계 사무소를 나가 캐드 작업을 보조하고 있는데, 벌이가 쏠쏠하다. 승택은 어딘가에 오래 버티질 못한다. 어딘가에 가만히 앉아 있는 일을 못 견디거니와 모난 성격 탓에 사람들과 불화를 일으키기 일쑤다. 때문에 주변의 아는 사람들이 부를 때나 가끔씩 화물 승하차나 수산물 포장 같은 단발성 노동으로 급한 돈을 구할 따름이었다. 그나마 직업 비슷한 것이 있다면 재즈 피넛에 출근해 가게를 지킨다는 명목으로 죽치고 있는 정도. 그것도 일당 한 푼 없는 봉사일 때가 허다하지만. 승택이 일을 찾는다고 한다면 왜? 돈이 필요해? 하고 쌤은 반문할 것이다. 그거야 항상 필요한 거고, 이유는 따로 있다. 조금 번듯한 인생이 되고 싶달까. 다 됐다! 쌤이 은박지에 싸인 토스트를 받으면서 소리친다.

「승택아」

「응?」

「넌 천만 원이 생기면 뭘 할 거야?」

쌤은 가끔 뜬금없는 질문을 한다. 그러면 승택은 순발력 있게 받아치지 못하고 어… 하고 말을 끈다. 그러면 쌤은 그 사이에 신나게 하고 싶은 말을 쏟아낸다. 그에겐 요새 꿈이 있는데, 푸드 트럭을 모는 것이다. 푸드 트럭? 그래, 요새 유행이야. 조그만 트럭을 개조해서 요리를 만들어주는데, 야밤의 도시를 종횡무진하며 수익을 낼 수 있단다. 그런데 쌤의 목적은 그것이 아니다. 그가 가장 좋아하는 하와이안 피자를 원 없이 먹을 수 있다는 장점이 그를 매료시킨 듯하다.

「피자가 그렇게 좋다면… 먹고 싶을 때마다 가게를 가면 되지 않아?」

승택이 말하자 쌤은 큰 충격을 받은 표정이다. 그런 생각은 해본 적이 없다는 듯. 두 사람은 토스트를 베어 먹으며 거리를 걷는다. 햇살 맑은 오후다.

「옛날에 모든 걸 손에 넣은 남자가 있었어. 그에겐 세 명의 자식이 있었는데, 그 중에서 장남인 아들을 가장 아꼈어. 그는 아들을 데리고 세상을 누비고 다녔어. 그러는 동안 딸들은 집안을 돌봤고, 어머니의 구박을 참아야 했어. 그러다 남자는 어떻게 됐게?」

쌤의 말이다.

「아들놈은 건방져져서 남자를 떠났고, 장녀는 먼 곳으로 시집을 갔고, 막내만 남아 병든 어머니를 돌보다 어머니가 죽자 떠나갔겠지」

승택이 말한다.

「오, 너 어떻게 알았어? 내가 말했었나?」

「한국이 다 그렇지, 뭐」

「그래? 난 한국이라고 얘기하지도 않았는데… 아무튼, 말년에 혼자 남게 된 남자는 가족을 생각하며 인형을 만들었대. 금빛 호랑이가 춤을 추면 떠나간 사람들이 돌아올 거라고 믿으면서… 그렇게 완성된 게 호랑이 기계래. 그의 마음이 담겨 있어서 잃어버린 무언가를 강렬하게 원하면 그것을 가질 수 있다나봐」

「그래서 그는 가족을 다시 만났어?」

「아니, 그건 아닌가봐. 슬픈 얘기지?」

순식간에 토스트를 먹어치운 쌤은 손가락에 묻은 케첩을 빨며 말한다.

「잃어버린 무언가라…」

곰곰이 생각에 잠긴 승택은 쌤이 자신의 남은 토스트를 강렬한 시선으로 원하고 있음을 뒤늦게 알아챈다. 이럴 때마다 승택은 쌤이 좀 어이가 없기도 하고, 귀엽기도 하고, 우정 비슷한 감정을 느낀다. 어김없이 승택은 자신의 몫을 쌤에게 양보한다. 쌤은 미안해하면서 잘 먹는다. 음악이 계속 이어지고 있다. 승택은 노래를 안다. 그가 어떤 노래를 기억한다는 건 드문 일이다. 승택은 자리에 멈춰서서 노래를 가만히 듣는다. 과오로 사랑하는 사람을 잃어버린 남자가 자신을 아직도 기다린다면 오래된 오크나무에 노란 리본을 묶어 달라는 가사의 오래된 팝송이다. 아무런 기대 없이 거리를 걷던 승택은 그 노래로 떠오르는 기억이 있다. 재즈 피넛에서 노래를 신청하던 한 여자아이와의 짧은 대화이다. 그건 얼마 전의 일 같기도 하고, 아주 오래 전 시간 같기도 하다. 부드러운 바람이 승택의 옷 사이를 간질인다. 시간이 어깨 위를 잠시 머물다, 다시 떠난다. 이른 저녁, 어느 봄날의 기억이다.

밤은 부드러웠다. 굉장한 진동과 소음 속에서 흐르는 한 줄기 노랫소리가 있었다. 그것을 듣고 승택은 천천히 눈을 떴다. 그는 자신이 누군가의 품에 누워 있고, 주변의 사람들이 바라보고 있음을 깨달았다. 어이쿠, 망신이군. 서둘러 몸을 일으키려고 하자 끔찍한 통증이 전신으로 몰려왔다. 승택은 비명을 내지르지 않기 위해 이를 악물었다. 표정이 잔뜩 구겨졌고, 사람들이 만류하는 소리가 들렸다. 어찌나 아프던지 아무 것도 보이지 않았고, 어떤 것도 들리지 않았다. 고통만이 남은 세계에 외떨어진 기분이었다. 승택은 숨을 헐떡이며 스스로를 진정시키려고 애썼다. 다시 눈을 떴을 때, 그는 자신의 옷더미가 온통 붉게 물들어 있음을 보았다. 그와 동시에 불타는 것만 같은 통증이 복부에 집중되었다. 그러고 보니, 하고 그는 생각했다. 총에 맞았지. 기억이 역순으로 조립되고 있었다. 비틀거리며 빌딩 아래로 떨어지던 승택은 다시 공중으로 솟구쳐 괴물의 아가리 속에 처박힌 오리를 쓰러트렸고, 되감기가 계속 이어졌다… 엉겨 붙어있던 승택에게 오리는 손가락을 겨눠 총탄을 발사했고… 승택은 꿈에서 나와 사람들과 함께 헬리콥터를 타고 도시 위를 비행하고 있었고, 또 피를 흘리고 있었다.

정신없이 뒤바뀌는 호랑이 기계의 꿈에서 시간적 논리를 찾는 것은 허망한 시도였다. 뭐가 뭔지 모르겠는 세상에서 멈추지 않는 피만이 진짜였다. 무릎베개를 하듯 승택을 뒤에서 안고 있는 유미의 몸도, 헬리콥터의 바닥도 피로 흥건했다. 하나는 분초가 다르게 온몸이 새하얗게 질려가는 승택을 보며 한 사람이 정말 죽는다는 걸 절감했다. 그것은 정교하게 꾸민 분장도 아니고, 드라마 속 연출된 장면도 아니었다. 호랑이 기계의 꿈속에서 목숨을 위협하는 순간들이 있었지만, 눈앞에서 죽어가는 승택 만큼 생생한 충격을 주진 못했다.

숙연한 분위기와 어울리지 않는 노래, 이젠 듣기도 어려운 팔 비트의 조악한 전자음으로 표현된 오래된 팝송에 대해 몰리가 제지에 나섰다. 소리의 출처는 몰리 옆에 앉아 있는 수사국 동료 혜정의 핸드폰 벨소리였다. 그녀는 「EPSS」의 로고가 그려진 방탄조끼를 착용하고 있었다. 하나로선 처음 보는 얼굴이었다. 그러고 보니, 헬기를 조종하고 있는 건 다름 아닌 하카다 파견의 마스터였다. 동태평양 비밀 수사국의 요원들이 구조에 나선 모양이었다. 어쨌든, 혜정이 핸드폰 전원을 끄려고 하자 승택이 그 손을 붙잡았다. 그대로 두란 눈빛이었다. 사람들은 잠시 말없이 헬기의 굉음 속에서 명랑하게 울리는 벨소리를 듣고 있었다. 수초가 지나지 않아 노래는 끊겼지만.

「지금… 어디 가요?」

승택이 입술을 달싹거리며, 유미에게 겨우 말했다.

「병원에 가는 중이야. 좀만 참아」

유미가 말했다. 그녀는 케테 콜비츠의 조각처럼 처연한 얼굴을 하고 있었다. 로이는 조종석 쪽으로 몸을 내밀어 마스터에게 소리쳤다. 헬멧 위에 붙은 헤드폰을 살짝 들고는, 뭐라고? 하고 마스터는 반문했다. 목적지까지 얼마나 걸리느냐고! 그러자 마스터는 이십 분… 아니, 십 분! 하고 맞받아쳤다. 로이는 다시 좌석으로 돌아왔다. 대답을 들은 사람들은 무겁게 입을 다물고 있었다. 승택은 허리를 일으켜 세우려고 애쓰고 있었다. 그게 여의치 않자 그는 기진맥진한 표정으로 유미에게 애원했다.

「아냐, 아냐… 누님, 정말 부탁입니다. 저는 병원으로 가는 길에 죽고 싶지 않아요. 알잖아요」

「바보야, 농담이 아니라고」

유미는 금방이라도 울음을 터뜨릴 것 같았다. 유미 옆에 앉아 있는 쌤은 침통하게 친구를 바라보고 있었다. 승택은 쌤에게 손을 내밀었다. 말라붙은 피로 끈적이는 손을, 두 사람은 꽉 붙잡았다.

「어이, 하나… 그 녀석은 어디 갔어?」

맞은편에 앉아 있는 하나를 향해 승택이 물었다. 진이 빠져 잘 들리진 않았지만 집요함이 도사리는 목소리였다.

「누구요? 오리요?」

「그 녀석도 같이 나왔어?」

「모르겠어요. 우리는 빌딩 옥상에 다 같이 쓰러져 있었대요. 희연과 황 부장의 시신은 찾았는데, 오리는 없었어요」

「사라졌어?」

「그래요. 마지막에 나타난 그거 기억나요? 그 엄청난 게 오리를 데리고 갔나 봐요」

「확실해?」 하고 유미가 말했다. 「눈에 띄기만 해봐. 가만 두지 않을 거야」

승택은 숨을 쌔근거릴 뿐 더 말하지 않았다. 숨결만 들어도 그의 상태가 좋지 않음을 알 수 있었다. 그는 자꾸 기침을 했다.

「하나… 나는… 좋은 꿈을 꿀 수 있을까?」

하나는 승택이 무슨 말을 하나 싶었다. 겨우 말뜻을 알아차린 하나는 발치에 있던 트렁크 가방을 무릎 위에 올린 다음 찰칵, 하고 열었다. 그러자 금빛으로 번쩍이는 호랑이가 불쑥 모습을 드러냈다. 승택은 눈으로 로이를 불렀다. 그가 말할 수 있도록 로이는 몸을 가까이 다가왔다. 승택은 속삭였다.

「약속은 유효한 거지?」

두 남자는 잠시 서로를 바라보았다.

「사람과 사람으로서」

승택은 고개를 끄덕였다. 더 늦으면 영영 돌이킬 수 없으리란 생각에, 하나는 서둘러 손잡이를 분리해 트렁크 옆 태엽장치에 끼워 돌리기 시작했다. 하나가 호랑이 기계를 다시 작동시키려 하자 가장 먼저 유미가 반발했다. 하지만 하나는 태엽이 끝까지 돌아가 더 이상 움직이지 않을 때까지 크랭크를 돌렸다. 유미는 이제 울고 있었다. 쌤이 그녀를 말렸다. 승택은 완전히 탈진해 있었다. 더 이상 흘러나올 피도 없었다. 그의 생명은 유령처럼 옅어졌다… 하나는 크랭크를 붙잡고 있었다. 손잡이를 놓지 않으면 기계는 작동하지 않는다. 그런데 고요한 헬기 속에서, 또 다시 핸드폰 벨소리가 울렸다. 액정 화면 위로 뜬 번호를 보고는, 혜정은 몰리에게 「보스야」 하고 속삭였다. 다시 노래가 나오자 승택은 웃으며 희람을 향해 손가락을 까닥, 하고 움직였다.

「희람 씨, 이제 알려줄게요. 이건… 오래된 오크나무에 노란 리본을 매달아주세요, 라는 제목의 곡이에요」

희람은 놀란 얼굴로 그를 바라보았다. 생각지도 못한 아주 오래 전 기억이 떠올랐다는 표정이었다. 크랭크를 빼자 호랑이 기계가 움직이기 시작했다. 난 드디어 집에 가고 있어요. 만약 당신이 내 편지를 받았다면 내게 말해줘요. 노란 리본을 매달아 나를 기다리고 있다고… 호랑이는 다시 춤을 추었다. 헬기가 방향을 틀면서 트렁크가 기우뚱거렸다. 승택이 손을 뻗는데, 기계를 붙잡으려던 희람과 손이 겹쳤다. 잠시 놀란 얼굴의 승택은 이내 웃었다.

「안녕」

헬기 아래로 도시의 야경이 끝없이 나타나고 있었다. 마치 도시 아래로 흩뿌리는 노래처럼, 그것을 바라보며 승택은 웃었다. 그리고 눈을 감았다. 그의 손을 붙잡고 있던 희람은 그가 다른 세계로 떠난 사실을 알았다. 유미가 울음을 터뜨렸다. 노래는 계속 흐르고 있었다. 삼 년은 긴 시간이었죠. 당신은 여전히 날 사랑하고 있나요? 노란 리본이 보이지 않는다면 나는 버스에서 내리지 않고 모든 걸 잊을 겁니다. 노란 리본을 달아주세요…

⊟

마스터가 말한 십 분이 지났을 때 헬리콥터는 시립 병원의 옥상에 도착했다. 은빛 유령처럼 창백하게 축 처진 승택은 착륙장에서 대기하고 있던 환자 운반카에 옮겨졌다. 유미와 쌤이 그 뒤를 따랐다. 그는 너무 늦은 걸까? 다행히 그렇지 않다면, 지금 무슨 꿈을 꾸고 있을까? 승택이 앉아있던 자리는 처음부터 그가 없었던 것처럼 깨끗했다. 헬리콥터는 다시 하늘로 떠올랐다. 남은 사람들은 아무 말도 하지 않았다.

깊은 수렁처럼 시커먼 비구름이 뒤덮었던 도시에 빛이 밝아오고 있었다. 멀리 바다 너머에서부터… 굉장한 바람을 일으키며 지상에 다가가는 헬리콥터 안에서 하나는 항구 주차장에 많은 사람들이 집결해 있음을 보고 놀랐다. 도시의 경찰일까? (악질적인? 아니면 좋은?) 일모그룹의 조직원들? 피실험체가 시급한 비밀 실험실의 석박사들? 그것은 악몽 같은 하루를 거치면서 남은 상흔이었지만 설령 불안이 현실이라 하더라도 더 이상 저항할 수 없었다. 아닌 게 아니라, 하나뿐만 아니라 모두가 말할 기운조차 남아있지 않았다. 무슨 생각을 하고 있는지 알고 있다는 듯 로이는 하나의 손등을 톡톡 건드린 다음 「우리 쪽 사람들이에요」 하고 말했다.

헬리콥터가 무사히 착륙했을 때, 하나는 공중에서 내려 본 것보다 훨씬 많은 사람들이 분주히 움직이고 있다는 걸 체감했다. 커다란 항구가 비좁게 느껴질 지경이었다. 육군 사병 시절의 하나가 보급창고에서 접었던 막사 텐트와는 비교가 안 될 정도로 세련된 지휘소를 중심으로 인쇄물을 들고 바삐 뛰는 사람, 통신망을 점검하는 사람, 양복 남성과 나란히 서서 담배를 피우는 사람, 커피를 타는 사람 등등이 서로 바빴다. 하지만 동태평양 비밀 수사국의 로고가 적힌 방탄조끼 차림의 요원들은 보이지 않았다. 하나가 이 점을 지적하려 하자 몰리의 동료 요원과 마스터는 서둘러 조끼를 벗고 있었다. 신기하게도, 조끼 뒤의 지퍼를 여니 스포츠 점퍼 같은 상의가 나왔다. 로이는 웃고 있었다.

「수사국의 정체가 탄로 나면 안 되니까요. 도시의 경찰들은 아마 광역수사대와의 합동수사 정도로 알고 있을 거예요. 지휘계통 교란은 우리 주특기니까요」

헬기의 문이 열리자 미리 대기하고 있던 요원들이 들이닥쳤다. 그들은 승객들의 건강 상태부터 체크하기 시작했다. 애초에 승택을 제외하고 심각한 부상이 있는 사람은 없는 것처럼 보였다. 무릎이나 팔꿈치의 가벼운 타박상과 찰과상 정도. 하나는 여전히 머리가 어지럽고 가벼운 토기가 느껴졌다. 이를 말하니 얼굴에 방호 마스크를 쓴 요원은 곧장 하나의 팔뚝에 혈압계를 부착하고는 고무 펌프를 박력 있게 누르기 시작했다. 조금 당황스러웠지만, 하나는 애써 아닌 척하며 북적이는 항구 주변을 구경했다. 그 모습은 어쩐지 축제 같았다. 이미 맥박측정을 마친 로이는 셔츠의 소매를 걷어 올리며 마스터와 혜정에게 물었다.

「어찌된 일이야? 이 경찰 인력들은 뭐고?」

마스터는 앰뷸런스 밖에 기대 팔짱을 끼고 있었다. 방탄조끼에서 꺼내 입은 점퍼 뒤엔 대장을 뜻하는 영단어「CHIEF」가 적혀 있었다. 대답은 헬리콥터에서부터 함께 움직인 혜정이 했다.

「뭐겠어요. 사태가 이 정도까지 커지자 경찰 조직도 꼬리를 자른 거죠. 일모회와 연루된 경찰들도 줄줄이 기소됐어요. 말단 순경부터 청장까지 일사천리로 구속됐대요. 도시의 카르텔이 흔들리나 싶으니깐 평소에 아니꼽게 보던 세력들이 검찰 내부의 비주류 계파와 함께 손잡고 달려들었겠죠? 지금 뉴스에선 난리도 아니에요. 법원 앞에서 기자회견을 했는데 평소에는 귓등으로도 안 듣던 시민 단체의 말들도 인용하고 있더라구요… 정부 여당은 이번 일을 계기로 행정부 조직 전체를 쇄신하고 고위 관료라도 필벌하겠다는데, 글쎄요」

「어떻긴, 그걸 지시하는 사람들이 문젠데. 돌아가면서 앉는 의자게임이야」

마스터가 말했다. 로이는 고개를 끄덕였다.

「우리가 꿈에 있는 동안 경찰들이 쿠데타를 일으켰다, 이거군? 수사국은 적당히 치고 빠지고」

「옥상 위에 너부러져 있는 자네들을 헬리콥터에 주워 담았지. 바람에 날려 떨어진 빨래들 같았어」

로이는 푸! 하고 한숨을 내뱉었다.

「어쩐지 소득 없는 휴가 같군」

「그래서 실망인가?」

굵고 낮은 목소리가 뒤편에서 들려왔다. 울퉁불퉁한 얼굴 음영과 압도적인 체구의 중년 사내가 사람들을 이끌고 걸어오고 있었다. 정장을 입은 칭기즈 칸 같은 그가 동태평양 비밀 수사국의 책임자임을 하나는 단번에 알 수 있었다. 예상하지 못한 상사의 등장에 천하태평인 로이는 긴장한 티가 역력했다.

「보스, 아니 국장님… 윈난에 가신다고 하지 않으셨어요?」

국장은 웃기지도 않는다는 듯 픽 웃으며 로이와 악수를 했다.

「다친 데는 없나?」

로이는 주변을 둘러보다 설명하길 포기하고 예, 뭐… 하고 얼버무렸다.

「자넨 정말 내 안목의 구멍 같은 놈이야. 내 국장 경력은 네 녀석이 벌인 바보 같은 모험의 뒤치다꺼리만 하다 끝날 판이라니까… 미꾸라지 같이 운이 좋아서 망정이지 그게 아니었음 해직은 둘째 치고 감방행인 거 알고 있나? 사이좋게 다 같이 들어가 볼까?」

「아이, 보스. 저희는 왜…」

마스터가 웃으며 말했다. 그러자 국장은 무표정한 얼굴로 그를 지긋이 내려 보았다. 몰리와 혜정이 동시에 옆구리를 쿡 찌르자 마스터는 그때서야 웃음기를 거두고 고개를 긁적였다. 고등학생처럼 혼나는 이들을 구경하는 건 퍽 재미있는 일이었다. 시무룩한 얼굴의 로이가 기어가는 목소리로 말했다.

「이제 그 운도 다 쓴 거 같아요」 하고 로이가 말했다.

「흥, 말이면 다인 줄 아나. 똥강아지 같은 놈」

국장은 시니컬하게 웃고는 혜정에게 말했다.

「이 녀석, 당장 복귀하라고 해. 휴가도 이 정도면 많이 했어. 이제 노예처럼 일할 차례지」

그러자 로이의 표정이 굳었다.

「넌 아직도 국수 삶고 있냐? 얼른 안 들어올래!」

옆에서 빙글빙글 웃던 마스터에게도 불호령이 떨어졌다. 국장은 요원들과 함께 지휘소 안으로 들어갔다. 풀이 죽은 로이를 동료들이 토닥여주었다.

「어휴, 말썽만 피우다 복귀하는군」

마스터는 자신이 입고 있던 대장 점퍼를 로이에게 벗어주었다. 휴가가 끝난 로이의 업무는 바로 시작되었다. 지휘소에서 나온 후배 요원이 그를 찾는 바람에 서둘러 들어가야 했다. 하나와 희람은 눈앞에서 부산스럽게 전개하는 작전을, 그저 넋 놓고 지켜볼 뿐이었다.

「정신없죠?」

몰리가 두 사람에게 말을 걸어주었다. 그녀는 지친 웃음을 짓고 있었는데, 이는 하나나 희람도 마찬가지였다. 몰리는 깜빡했다는 얼굴로 자신을 자책하며 헬리콥터에서부터 동행하던 동료를 소개했다.

「아, 인사가 너무 늦었죠. 함께 일하는 동료이자 친한 친구인 혜정이에요」

「안녕하세요」

차분한 눈매와 웃을 때 드러나는 덧니가 매력적인 혜정이 조용히 인사했다.

「일모 그룹에서 압수 당한 여러분들 핸드폰 돌려드릴게요」

그녀는 민무늬 압류품 주머니에서 핸드폰을 꺼내 하나씩 돌려주었다.

「저기… 그럼 빌딩 안에 나쁜 사람들은 모두 붙잡혔나요?」

희람이 말했다. 자각몽에 빠지지 않았던 혜정이 대답해주었다.

「어디부터 말씀드려야지… 일모그룹 본사에 불이 났다는 신고가 접수돼 인근 소방대원과 경찰들이 출동한 건 아시죠? 화제 신고는 승택 씨가 빈 사무실에 불을 지르면서 경보기와 함께 자동으로 접수된 거지만 중간에 지휘체계를 접수한 이들이 있었어요. 이들은 무장 경찰들을 여러분 체포에 동원했구요. 그런데 오래 가지 않아 항명이 일어났고, 일모기업과 결탁하던 경찰들은 모조리 붙잡혔어요. 현장에서 검거됐다구요. 그런데 아까 뭐 물어보려고 하셨지… 아, 빌딩의 비밀 실험실 말씀하신 거죠? 그쪽은 저희 요원들이 들어가서 정리했어요. 호랑이 기계의 실험 데이터도 그렇고, 챙길 게 많아서」

「그럼 교수는요? 제 친구를 거기서 봤는데요… 이상한 실험을 받고 있었어요」

「그곳의 환자는 한두 명이 아니었어요. 하지만 실험실에 남아 있던 연구진과 환자들은 모두 파악됐고, 신병은 곧 도시의 경찰들에게 인도될 거예요」

「경찰에겐 안 돼요!」

희람이 소리쳤다.

「저는 친구를 이제 믿을 수 없는 사람들 손에 맡기고 싶지 않아요. 제가 데려가고 싶지만… 그럴 만한 처지도 못 되고…」

혜정과 몰리는 서로의 표정을 잠시 교환했다.

「그럼 이렇게 하는 건 어때요?」 하고 몰리가 말했다. 「희람 씨만 괜찮다면… 교수는 우리 요원들과 함께 수사국으로 갈게요. 트라우마 치료를 담당하는 전문요원도 있고, 시설도 있어요. 무엇보다 호랑이 기계의 기제를 알고 있는 수사국에서 천천히 재활을 받는 편이 훨씬 효과적일 거예요」

희람은 주저했다. 아무래도 친구를 바다 멀리 하카다까지 보낸다는 것이 불안한 모양이었다. 그런 심정을 이해한다는 듯 몰리는 부드럽게 웃으며 희람의 손을 붙잡았다.

「걱정 마세요. 연락처를 드릴 테니 언제든지 저나 선배에게 전화하세요. 아무리 바쁘더라도 꼭 받을 게요」

「그렇게 해요. 우리 회사엔 유달리 정신분석과 심리치료에 관심이 많은 인재들이 많아요. 거의 정신병동이나 다름없죠」

옆에 있던 혜정도 거들었다. 희람은 어렵게 미소 지으며 고개를 끄덕였다.

「잘 부탁드려요」

이 상황에서 무례한 행동인 줄 알지만 하나는 하품을 참지 못하고 입을 벌렸다. 그 모습을 보고 몰리가 사회화가 훌륭한 어른답게 재빨리 말했다.

「선배는 이래저래 붙잡혀서 금방 빠져나오진 못할 것 같아요. 두 분은 좀 쉬는 게 어때요?」

그녀 말이 사실이었다. 긴장이 풀리자 까무러칠 것처럼 피곤이 몰려왔다. 희람도 마찬가지일 것이다. 둘은 눈이 저절로 감기는 고단함을 간신히 이겨내고 있었다. 타이밍 좋게 로이가 지휘소에서 나왔다. 그는 인파 속에 휩쓸리기 전에 간신히 빠져나와 일행이 앉아 있는 앰뷸런스로 걸어왔다.

「미안하게 됐어요. 어차피 보고는 돌아가서 해야 하니까 여기선 오래 걸리지 않을 거예요. 차에서 좀만 기다려줄래요? 나도 적당히 둘러대고 나올 테니 얘기 좀 해요. 하카다 파견이 좋겠군. 마스터도 도망치고 싶은 기분일 테니까」

하나는 아무래도 좋았지만 희람은? 그녀는 상관없다는 듯 어깨를 으쓱했다.

「어… 좋죠」

하나가 말했다. 로이는 웃어보이고는 다시 사람들에게 달려갔다. 몰리가 그의 등을 향해 소리쳤다.

「선배, 차는 어디 있어요?」

그러자 로이가 머리를 두들기며 돌아섰다.

「맞다, 맞다. 항구 초입의 공영 주차장 가면 미니 밴이 있어. 혜정이 알 거야」

그리고는 주머니에서 키를 던져 주었다. 몰리는 솜씨 좋게 그것을 받았다.

「너의 선배는 여전하구나」

혜정이 친구에게 웃으며 말했다.

「그럼 어디 가겠어」

새벽 일찍 바다를 나갔던 배들이 속속 들어오고 있었다. 주차장으로 걸어가는 길이 몽롱했다. 술에 취한 채 안개에 휩싸여 아무 것도 보이지 않는 러닝머신 위를 생각 없이 달리는 기분이었다. 자동차도 몰리가 문을 열어줘서 그 존재를 알 정도였다. 하나와 희람은 뒷좌석에 나란히 앉았다. 거대하고 안락한 침대에 누운 기분이 들었다. 눈이라도 붙여요, 하는 몰리의 말이 얼마나 고맙고 달콤한지, 하나는 가죽 시트에 몸을 기대자마자 잠이 들었다.

다시 눈을 떴을 때, 하나는 밴에 누워 있었다. 희람은 가느다랗게 숨을 내쉬며 세상모르고 자고 있었다. 하나는 시계를 확인했다. 시침의 속도는 느리지도, 빠르지도 않은 속도로 움직이고 있었다. 그는 꿈도 꾸지 않았다. 그야말로 기절한 듯 잠에 빠져 있었다. 하나는 한 번 더 시계를 보았다. 열두 시가 조금 넘었다. 밴에 들어왔을 때가 여덟 시였으니 네 시간 정도 잔 셈이었다. 창 너머의 풍경은 달라져 있었다. 항구도, 경찰도, 광역수사대로 위장한 요원들도 보이지 않았다. 도시 어느 동네가 아무렇지 않게 조용히 돌아가고 있었다. 몰리와 혜정은 벤치에 앉아 운하를 보며 깔깔 웃고 떠들고 있었다. 영락없는 대학 동기들의 모습이었다. 자고 있는 동안 하카다 파견이 있는 운하 쪽으로 이동한 모양이었다. 하나는 희람이 잠에서 깨지 않도록 조심히 문을 열고 차 밖으로 나갔다.

운하와 다리가 뜨문뜨문 이어진 풍경. 바다를 목전에 두고 민물은 얌전했다. 하나는 퍼뜩 밴드 친구들과 사진을 찍던 바다를 떠올렸다. 까마득히 멀고, 광선처럼 빠른 속도로 하나 곁에서 멀어졌지만 금방이라도 돌아갈 수 있을 것만 같은, 기묘한 감각의 기억이었다.

그늘 진 주차장 밖에서 포장마차를 펼치고 있는 마스터와 로이의 모습이 보였다. 헬기를 조종할 때의 절륜한 모습 대신 마스터는 목 부근이 늘어질 대로 늘어진 기념 티셔츠를 입고 있었다. 도와줄 게 없냐고, 하나가 가까이 다가가 물었다. 생각과는 달리 자신의 목소리는 잠겨 있었다. 두 사람은 휴일 날 집을 수선하듯 즐거워 보였다.

「괜찮습니다. 출출하지요? 준비에 시간이 필요하니 좀만 기다려주세요」

만화의 주인공처럼, 마스터가 말했다. 개업을 위한 마무리 작업을 남겨두고 로이는 하나에게 걸어왔다. 둘만 남은 상황이 어색한지 그는 손바닥을 비비며 조심스레 물었다.

「어때요, 기분?」

「지금, 저요?」

하나가 반문했다. 그 스스로 들어도 감정이 느껴지지 않는 둔탁한 목소리였다.

「우린 방금 전까지 호랑이 기계 안에 있었어요. 누구도 경험하지 못한 꿈과 현실의 경계에요」

그 얘기였군, 하고 하나는 생각했다. 여행에서 돌아오자마자 그대로 처박아놓은 캐리어의 정리를 미룬 것처럼 그는 호랑이 기계에서 겪은 일들을 돌아볼 여력이 없었다. 다른 대화를 하고 싶었다. 그런데 마침 적당한 질문이 떠올랐다.

「로이 씨, 혹시 기억나세요? 우리가 꿈에 들어가기 전… 이곳에서 호랑이 기계에 대한 이야기를 들려줄 때 말이에요」

「제가 꽤나 진지하게 헛다리를 짚던 걸 말하는 거죠? 물론이죠」

「그때 하신 말 중에 살아 돌아온 사용자가 있다는 표현도 있었는데요. 제가 알기로 호랑이 기계의 자각몽 안에서 꿈의 세계를 택한 사람들은 전부 뇌사에 빠졌어요. 멀쩡히 돌아왔다는 사람은 오리를 두고 말한 거였나요?」

「아뇨. 그건 저입니다」

로이가 아무렇지 않게 말하는 바람에 하나는 몇 초 동안 멍청히 입을 벌리고 그를 바라봐야 했다. 로이는 그 반응이 재미있다는 듯 빙긋 웃었다.

「그 표현을 기억하고 물어봐주셔서 감사합니다. 햇빛이 너무 강하지 않나요? 우리도 저기 벤치에 앉아서 얘기할까요?」

그러나 두 사람은 멈추지 않고 계속 주변을 배회하며 대화를 나누었다.

「호랑이 기계가 도시/의 건축가 서인현 씨가 쭉 간직해온 물건임을 기억한다면 이런 질문도 가능하겠지요. 호랑이 기계는 대체 왜 만들어졌을까?」

「예사로운 물건 같진 않은데요」

「제작자를 특정할 순 없지만 오랜 시간에 걸쳐 세계를 떠돌며 꿈에서 살고 싶어 하는 사람들을 유혹해왔다는 사실만은 분명하지요」

하나는 퍼뜩 떠오르는 것이 있어 주머니에 손을 찔렀다. 프린스 빌라 야산의 이글루에서 그가 발견한 짧은 편지였다. 비록 형편없이 구겨지긴 해도 잃어버리지 않은 게 다행이었다.

「오리가 트렁크를 발견한 스티로폼 창고에서 찾았어요. 여기 보세요. 서인현 씨가 손자에게 쓴 편지 같아요」

「할아버지가 많이 악필이죠?」

「그러니까요… 에?」

하나는 정신이 없었다…

「잠깐, 잠깐만요. 지금 하신 말씀은… 그러니까…」

「아, 제가 말씀드리지 않았나요? 서인현 할아버지는 저의 외가 쪽 조부세요. 편지 속의 승준은 제 이름이구요」

로이는 하나가 손에 들고 바들바들 떨고 있는 편지를 가리키며 말했다. 호랑이 기계에 대한 그의 애착을, 하나는 그때서야 짐작할 수 있었다. 태평양 보편의 정의를 구현하려는 수사 요원의 의지를 넘어서는 것, 바로 할아버지가 남긴 물건을 되찾고 싶어 하는 유년의 마음이었다. 로이는 이마를 긁적였다.

「다른 가족들은 할아버지가 자기 자신밖에 모른다며 멀리 했지만 제가 기억하는 모습은 뭔가 하나라도 더 알려주고 싶어 하고, 성장하는 모습을 옆에서 지켜보길 좋아하는 분이었어요. 물론 까칠하긴 하셨죠. 할아버지가 주말마다 마을 회관에서 하던 라깡 강독 수업을 빼먹자 엄청 화내기도 했으니까요. 그때 전 국민학교도 들어가기 전인데요! 티 나게 내색은 하지 않았지만 언제나 가족을 생각하셨어요. 그건 그가 평생에 걸쳐 잃어버린 사람들이니까요」

로이는 오래 전 시간이 떠올랐을 때의 희미한 미소를 지었다.

「그럼 로이… 아니, 승준 씨 할아버지는 호랑이 기계의 비밀을 알고 있었나요?」

「편한 이름으로 계속 부르셔도 됩니다. 저는 이번 여름에 얻은 로이란 별명이 재미있거든요」

로이는 헛기침을 하고 설명을 이어나갔다.

「반은 그렇고, 반은 우연이라고 생각해요. 심리학과 최면은 할아버지의 오랜 관심사이기도 했으니까요. 어쨌든 태엽장치의 기계는 어떤 사람을 꿈으로 데려가죠. 그 사례가 저였고요. 할아버지는 깜짝 놀랐어요. 어린애가 일주일이나 의식을 잃고 있었으니까요. 그것이 어머니와 할아버지의 사이가 완전히 끊어진 계기가 되었구요. 재미있지요? 가족과 더 가까워지고 싶어 꺼낸 장난감이 그런 결과를 낳았으니까요」

하나는 고개를 끄덕였다. 하카다 파견에서 언급한 유경험자는 바로 로이 자신이었던 것이다.

「저는 다행히 자각몽의 세계에서 다시 현실로 돌아왔지만 할아버지를 만날 수 없었습니다. 단단히 화가 난 어머니는 가족들과 함께 서울로 올라가버렸거든요. 할아버지가 돌아가셨다는 것도 한참 뒤에 알았습니다. 제게는 할아버지에 대한 빚이 있어요. 어떻게 보면 실수는 제가 했는데 모든 책임은 할아버지가 졌으니까요」

하나는 호랑이 기계에서 만난 사람들을 생각했다. 외로운 상구 씨부터 천국을 여행하던 재의, 그 시절의 주희, 한국의 별 볼일 없는 바닷가 마을에 놀러온 나미다와 유키노, 사람들이 사랑하는 도시를 없애고 싶다는 희연과 혼자만의 망상이 아닌 세계 그 자체를 완성하려던 오리까지… 그건 하나의 의식이 조형한 거울 이미지, 혹은 희연이나 오리가 설계한 가상의 존재일 수도 있지만 그들은 저마다 바라는 것이 있었다. 때로는 사람이기도, 사물이나 풍경이기도 하며 끊임없이 모습을 달리하는 그것은 삶에 대한 갈망 그 자체였다. 로이에겐 할아버지였고, 그 부채감이 호랑이 기계의 애착을 부가하고 있었다.

「그럼 당신에겐 이번 경험이 호랑이 기계의 두 번째 여행이겠군요」

「오, 그렇지요. 그런데 처음 자각몽을 꾸었을 때의 기억은 불확실합니다. 시간이 많이 지나기도 했고요」

「제가 궁금한 건 호랑이 기계가 어떻게 우리를 꿈으로 데려갔느냐는 거예요. 크랭크를 돌려 기계를 작동시키는 걸로만은 설명이 안 돼요. 손잡이를 수시로 돌려보기도 하고, 호랑이 춤도 많이 봤지만 그때마다 꿈을 꾼 건 아니거든요. 아직도 자각몽의 입장과 퇴장은 이해가 가질 않아요」

어느덧 하나는 이야기에 푹 빠져 질문을 던지고 있는 자신을 발견했다. 그것은 어쩔 수 없는 호기심이었다. 입을 꾹 다문 로이의 표정 위로 복잡한 생각이 정리되고 있었다. 그는 말했다.

「호랑이 기계의 작동 방식은 비교적 단순합니다. 톱니바퀴에 밥을 주면 돌아가게끔 되어 있죠. 내부에 동력을 주면 톱니가 굴러가면서 호랑이 인형이 정해진 움직임을 구사하기 시작합니다. 오르골을 생각하면 돼요」

로이가 말했다. 하나는 그의 옆을 따르며 귀담아 듣고 있었다.

「최면을 거는 일은 사실 무척 간단합니다. 불빛이나 반복적인 움직임을 주시하거나 특정한 단어를 이용하는 것만으로도 가능하지요. 최면에서 중요한 것은 상담자와 내담자 사이의 라포르, 신뢰의 밀도랄까요. 그리고 최면감수성이라 할 수 있는 최면 피암시성 척도, 이렇게 두 가지에 의해 피최면자의 트랜스 상태가 결정됩니다. 결국 그가 얼마나 최면에 몰입하느냐에 따라 암시의 효과가 달라져요. 최면을 거는 입장에서 봉착하는 어려움이란 바로 이 부분입니다. 상담자에 대한 신뢰와 최면감수성은 사람마다 다 결이 다르니까요. 그러다보니 최면의 의도와 이를 회피하려는 방어의식 두 조건이 동등하지 못한 거예요」

로이는 강단의 교수처럼 손가락을 휙휙 내저으며 설명을 이어나갔다.

「호랑이 기계의 탁월한 점은 최면의 당사자가 자발적으로 몰입도를 높일 수 있도록 유도한다는 겁니다. 피최면자로 하여금 그것이 유인 전략인지도 모를 만큼, 더 나아가서는 최면임을 모를 만큼 자연스럽게 말이죠. 그게 무엇일까요? 하나 씨가 궁금한 비밀이 여기에 있습니다. 그건 바로 노래죠. 노래는 발자국처럼 기억과 뇌 구조에 뚜렷한 족적을 남깁니다. 가사가 있건, 악기 연주만 이어지던 간에 우리는 음악을 들음으로써 그와 관련된 기억들이 순식간에 활성화됩니다. 전의식 상태에 잠겨 있던 기억들이 호출을 받고 의식 위로 부상하는 거지요. 더 나아가 아직 오지 않은 기억, 즉 자유로운 연상도 활발하게 이루어집니다. 실제로 들여다본 적은 없지만 그건 마치 우주가 탄생하는 것만 같은 엄청난 광경일 거예요! 피최면자가 특히 애착을 갖고 있거나 반복적으로 들으면서 기억들이 많이 축적된 노래일수록 호랑이 기계의 최면은 강력한 힘을 발휘해요」

하나는 교차로 광장에서 울려 퍼지던 오버시즈의 노래를 떠올렸다. 그것이 하나에게 의미심장한 노래였음을 부정하긴 어려웠다. 실제 공연을 지켜봤고, 재즈 피넛을 오가며 한 번쯤은 들었을 다른 사람들 역시 최면에 발이 이끌렸을 것이다…

「생각해볼까요? 도시에서 발생한 일련의 의문사 사건에서 경찰과 언론이 주목하지 않은 공통점이 하나 있습니다. 의식을 잃고 쓰러진 피해자 주변엔 어김없이 음악이 재생됐던 흔적이 남아 있었어요. 워크맨, 시디플레이어, 컴퓨터, 라디오, 재즈 피넛의 공연은 말할 것도 없구요. 우리를 여기까지 이끈 해변의 여행객이 언제 의식을 잃었는지 아세요? 재즈 피넛에서의 공연 인터미션 사이에 흘러나오는 노래를 듣다 쓰러졌다고 합니다. 이건 기막힌 우연이 아니에요. 제가 보여드린 전 세계의 유사 사건들 파일을 보면 피해자들이 노래를 듣고 있었다는 정황이 빠지지 않고 나와요」

「노래를 들으면서 꿈속으로 들어간 거군요?」

「맞습니다. 우리는 그들을 입면자라고 부릅니다. 의문사나 뇌사는 합당한 표현이 아니에요」

「나에게 특별한 노래를 들으면서 꿈을 꾼다… 좋습니다. 교차로에서 다함께 노래를 듣다 호랑이 기계 안으로, 그러니까, 입면했다고 해요. 그럼 그 시점부터 꿈이 시작된 건가요? 사실 이상한 일은 그 전부터 있었어요. 비가 갑자기 뚝 그치질 않나, 트렁크 가방이 공중으로 떠오르질 않나, 도무지 현실적인 현상이라고 생각할 수 없는 순간들이 있었잖아요」

「우리가 방금 전까지 경험한 자각몽은 누군가의 꿈이라고 단언하기 어려울 만큼 복잡합니다. 크게는 꿈을 현실의 영역까지 연결시킨 오리의 설계가 커다란 원을 그리고 있지만 그 안에는 희연의 간계로 만들어진 작은 원도 있었고, 또 입면한 사람들이 저마다 주도하는 꿈들이 있었어요. 안과 밖이 불분명한 입체적인 동심원이랄까요. 언제부터 도시가 호랑이 기계의 영향 아래 있었던 걸까요? 장맛비가 내릴 때부터? 주차장의 아이들이 사라졌을 때부터? 아니면 최초의 입면이 발생했을 때부터? 특정할 순 없을 겁니다. 딱부러지게 구분되는 세계가 아니니까요. 이 모든 곤경은 꿈의 밖이 곧 현실을 의미하는 게 아니라는 점에서 기인합니다. 우리가 경험했듯이 꿈에서 다른 꿈으로의 이동이 너무 빈번하게 일어나고, 현실의 기준은 생각만큼 견고한 게 아니기 때문이죠. 이런 다중 구조가 호랑이 기계의 꿈을 지탱하고 있어요」

「위험천만한 꿈이군요」

「솔직히 말해서, 빠져나온 게 기적이에요」

그 기적을 두 번이나 체험한 사람은 하나의 눈앞에서 천연덕스럽게 떠들고 있었다… 의문은 여전했다.

「아직 해명해주셔야 할 게 많아요. 지금까지 도시에서 의문사를 당한 사례들을 들으면서 느낀 건데, 이때 돌연한 의식 불명에 이은 뇌사가 호랑이 기계의 입면 과정과 연관이 있음을 느낀 건 저뿐만이 아니겠죠?」

「물론입니다. 제가 하카다 파견에서 말씀드린 것과 같이요. 세상이 제정신이라면 동일한 증상으로 뇌사에 이르는 환자가 연이어 나타나진 않을 테니까요. 이런 표현이 썩 유쾌하게 들리진 않지만 이들이 평범한 뇌사 환자가 아님은 오리의 동선을 보면 쉽게 확인할 수 있습니다. 오리가 속한 커뮤니티 네트워크를 포착하기란 쉽지 않았습니다. 인터넷에 접속한 것도 아니고, 사회적 거래에 노출된 것도 아니어서 그야말로 개미굴을 파헤치는 심정으로 탐문을 해야 했습니다. 하나하나 묻고 찾아가고, 정황과 증거를 지도 속에서 대조한 끝에 알게 되었죠. 이른바 도시의 의문사 사건들이 오리가 들고 다니던 호랑이 기계의 궤적과 정확히 일치한다는 사실을요. 물론 펑크 그룹의 리더인 줄 알았던 범인이 실은 오리였단 걸 너무나 뒤늦게 알았지만요…」

「일종의 마약 딜러처럼 오리는 사람들에게 호랑이 기계의 꿈을 꾸게 해준 거군요. 돈을 받고 말이에요」

「맞습니다. 그런 소문은 은밀하고 신속하게 퍼지니까요. 입면을 희망하는 사람을 직접 찾아가 오리는 방법을 알려주었고, 호랑이 기계를 작동시켰습니다. 그리곤 떠났지요. 남는 건 마지막에 그가 듣던 음악과 죽은 듯이 쓰러져 있는 모습뿐이고요. 오리는 주로 현금을 받았고, 금액은 사정에 따라 달리 책정했습니다. 직업이 있는 인텔리에겐 상당한 이용료를 요구한 반면, 빈곤한 처지의 친구들은 무료로 입면을 시켜주기도 했어요」

「참 관대하군요. 해변으로 밀려온 여행객도 그 중 하나였을까요?」

「자세히는 모르지만 오리의 사업이 절정에 이르렀을 때 재즈 피닛에서 벌이던 파티에 피해자가 휩쓸리지 않았을까 합니다. 또 다른 가설은… 낮은 가능성이지만 피해자가 이미 호랑이 기계를 알고 있었고, 그렇다면 의도적으로 접근했을 수도 있겠죠」

「오리는 그 사건이 중요한 계기였다고 했어요」

「돈을 받고 사람을 재우는 일과 시신을 유기하는 건 차원이 다르니까요. 재즈 피닛에서 그녀가 쓰러졌을 때 오리는 정말 놀랐을 거예요. 더군다나 전혀 의도하지 않은 입면이었고요」

로이는 입 모양을 뒤집힌 유자로 만든 뒤 고개를 내저었다.

「어리석은 행동이었어요. 조류를 생각하지 않아 한나절이 지나기도 전에 시신이 문제의 해변에서 발견되었으니까요」

황금빛 석양의 빛을 받으며 누워 있는 여행객 소식이 온 도시에 일파만파 퍼지고 난 뒤에 벌어진 일은 하나가 알고 있는 그대로였다. 정치적 이해관계 속에서 성과에 혈안이 돼있던 경찰은 평소 눈엣가시였던 펑크 그룹의 리더를 살인 용의자로 조작해 구속했고, 오리로 하여금 더욱 음지로 숨게 만들었다. 하나는 흩어져 있던 정보들을 기억 속에서 조립하기 시작했다.

「오리와 희연은 서로 알고 있었을까요? 아니면 우연히 만났지만 파워게임에서 밀린 희연이 당한 걸까요?」

「희연은 몰라도 오리는 그를 이미 알고 있었을 공산이 큽니다. 특히 사람들 속에선 자신의 적의를 숨기고 있지만 스포트라이트를 독점하고 싶고, 자신을 인정하지 않는 도시를 파멸하고 싶다는 희연의 욕망을 오리는 일찍이 간파했겠지요. 자신만의 세계를 만들고 싶다, 이것이 두 사람의 목표입니다. 이 세계엔 두 명의 설계자가 있을 수 없어요. 오리는 이 점을 역으로 이용했을 겁니다. 희연으로 하여금 이것이 자신의 꿈인 것처럼 믿도록 설계 권한을 준 거예요. 욕망의 정점에서 희연은 의심을 거두고 호랑이 기계에 완전히 의탁하게 됩니다. 실은 그게 오리의 자각몽인 줄도 모르고요」

하나는 고개를 끄덕였다.

「물론 기계 호랑이의 움직임과 눈에서 발하던 광채, 그리고 음악의 상관관계가 최면에 어떤 영향을 끼치는지, 또 그것이 자각몽을 유도하는 최면으로 어떻게 작용하는지는 아직 모릅니다. 앞으로 제가 풀어야 할 숙제지요」

「할아버지가 낸 난제입니까?」

로이는 웃었다.

「그런 셈이지요. 할아버진 항상 어려운 문제를 내주고 제가 궁금해 미치겠다는 표정을 지으면 좋아했거든요. 답을 절대 알려주지 않았어요. 짓궂지만 따뜻한 분이셨습니다. 상식을 믿지 마라, 그리고 나의 방식이 유일한 정답이라고 생각하지 말라고 늘 말씀하셨어요」

하나는 잠시 고민하다 말을 꺼냈다.

「저는 꿈에서 죽은 친구를 만났어요. 천국, 아니, 천국 같은 곳에서요. 그리고 희람이 친구들과 마지막으로 헤어진 곳도 찾아갔어요. 마을이 내려다보이는 언덕이요. 희람과 귀신은 다른 사람이 되어 있었어요. 완전히 다른 삶을 살아가고 있더라고요. 저도 그럴까 싶었지만… 재의는, 제 친구 이름이에요, 나를 돌려보냈어요. 처음에는 같이 가자고 했지만… 우리가 호랑이 기계에서 나온 건 혼자만의 의지 때문만은 아닌 것 같아요. 선택의 순간에서 우리를 도와주는 누군가가 있었어요」

「음」 하고 로이가 말했다. 「꿈속에서요?」

「어디인지는 모르죠」 하고 하나가 말했다. 「다만 있었다는 건 확실해요. 나만이 아닌 또 다른 누군가요. 희연과 오리의 세계엔 그런 게 없었거든요. 늘 북적이긴 하지만 텅 빈 느낌의 세계였어요」

로이는 동의한다는 의미로 고개를 끄덕였다. 하나는 불쑥 허기를 느꼈다. 뇌를 너무 사용한 모양이었다…

「저는…」

로이가 신중한 표정으로 말했다.

「꿈에서 겪은 미래를 그대로 살고 있습니다. 상상이 가요? 어린 시절, 호랑이 기계에서 제가 꾼 꿈은 내일이었고, 다시 오늘로 돌아와 살고 있는 셈이죠. 제게 이 세상은 오 분 정도 느린 시계처럼 부지런히, 하지만 영원히 뒤처진 채 흐르고 있어요. 덕분에 두 번째 여행객처럼 느긋하게 살아갈 수 있는 거구요」

하나는 놀라움을 금치 못했다. 로이야말로 진정한 시간 여행자였다. 그 말이 사실이라면 그는 같은 삶이 연거푸 반복되고 있는 굴레 속을 살고 있는 셈이었다.

「지금 저를 걱정하고 계시죠? 미래를 정말 알고 있느냐고 조금 이따 깡통을 걷어찰 생각이었다면 관두시기 바랍니다. 요란한 소리에 희람 씨가 깰 지도 모르니까요. 하긴, 농담으로 저를 위로하시려는 의도겠지만요」

로이가 빠르게 말했다. 하나는 기가 막혔다.

「이젠 머릿속도 읽어요?」

「반복되는 행동 속에서 어느 정도 짐작이 되니까요. 중요한 통찰력은 아닙니다. 어쨌든, 하나 씨, 당신은 선한 사람입니다. 스스로 확신을 가져도 좋아요」

「고마운 말씀입니다만… 아니, 그런데 당신은 구분이 가세요? 이게 현실인지, 아니면 꿈인지… 지금 이곳이 호랑이 기계 속이 아님을 어떻게 알죠?」

하나의 물음에 로이가 빙긋 웃어 보였다. 하지만 그것은 명백히 감정을 위장하는 연기였다.

「입장은 몰라도 퇴장은 기억해요. 저는 제 꿈의 결말을 알거든요」

침묵이 흘렀다. 로이는 짝, 하고 박수를 쳤다. 그는 다시 유쾌한 얼굴로 돌아와 있었고, 두 손을 빠르게 비볐다.

「호랑이 기계를 둘러싼 모험도 이걸로 끝났군요. 고생한 것에 비해 소득이 아주 만족스럽진 않지만 말이에요」

그 말을 듣기 전까지 하나는 트렁크 가방의 존재를 완벽하게 잊고 있었음을 알고 놀랐다.

「그러고 보니 기계는 지금 어디 있죠? 헬리콥터에서 분명 제가 열었었는데」

「아, 트렁크는 지금 유미 씨가 갖고 있을 겁니다. 병원에서 내릴 때 승택 군의 침대 위에 있었으니까요. 기계 따윈 아무래도 상관없는 분위기여서 아무도 신경 쓰지 못했지요」

「두 사람은 다시 돌아올까요?」

「그럼요. 그리고 호랑이 기계를 제게 줄 겁니다」

도저히 상상할 수 없는 모습이었기에 하나는 믿지 않았다.

「그것도 꿈에서 나왔나요?」

「뭐, 그렇다기보다, 승택 군과 약속을 했었거든요」

로이는 난간을 붙잡고 고요한 운하와 물길 위에 반사된 하늘색 구름들을 바라보았다. 청량한 마음을 주는 늦여름의 풍경이었다.

「내일의 꿈을 꿨다고 해서 미래의 시시콜콜 전부를 아는 건 아닙니다. 사실 미래는 끊임없이 변하거든요. 사소한 걸로 인해서요. 절대 변하지 않는 것도 있습니다. 그걸 전 운명이라 믿습니다만… 아까 하나 씨는 꿈속에서 자신을 부르는 누군가를 느꼈다고 했죠? 그리고 그 덕분에 현실로 돌아올 수 있었다고요. 비록 누구인지 알 순 없지만 분명하게 나를 이끄는 힘이 운명 아닐까요? 이미 결정된 것은 오직 하나뿐입니다. 시작이 있으면 끝나기 마련이라는 대전제 말고는 모든 것이 우연과 변화 속에 놓여 있답니다」

「솔직히 말해 무슨 뜻인지 다는 모르겠어요」

「아뇨. 하나 씨는 이미 알고 있을걸요. 호랑이 기계 안에서 스스로 발견한 바와 같이요. 호랑이 기계와 다시 만날 운명이라면 오늘이 아니더라도 만날 겁니다. 당장 내일이 아니더라도 괜찮아요」

「운명이니까?」

「그런 거죠. 아, 저기 유미 씨와 쌤 군이 오는군요. 제가 말했죠?」

정말 택시가 미끄러져 오고 있었다.

# 에필로그

영필은 현관 계단에 앉아 있었다. 새가 울고, 햇빛이 아침의 장막을 만드는 수희동의 고적한 아침이었다. 새벽 기도를 다녀온 영필이 귀가에 앞서 생각에 잠겨 있는 모양이었다. 평소보다 조금 일찍 일어난 하나는 현관문을 열고 그의 옆에 앉았다. 영필은 담배를 피우고 있었고, 하나에게도 권했다. 아참, 넌 이제 끊었지. 영필이 중얼거렸다. 도시에서 돌아온 이후부터 하나는 금연을 지속하고 있었다. 이유는 자신도 모른다. 호랑이 기계를 둘러싼 시끌벅적한 소동이 있은 지 한 달 남짓이 지난 뒤였다.

기막힌 타이밍이라고밖에 할 수 없는 때에 희람의 부모님이 돌아왔다. 자그마치 삼 년 반만의 미국 여행을 마치고 난 뒤의 귀국이었다. 고민하던 희람은 도시로 내려갔다. 부모님의 부름이 있기도 했지만 수희동 사람들에게 언제까지고 신세를 질 수 없다면서. 아주 잠깐 새어 들어온 봄빛은 다시 남쪽으로 돌아갔다. 영필은 자신의 생활로 돌아와 성실히 간병인 일을 수행하고, 공소 예배당에서 미사를 올리고, 좌파 동료들과 세미나를 전전했다. 수희동의 룸메이트들은 희람이 있던 자리에서 쓸쓸한 빛이 스쳐 지나가는 것을 보았다.

호랑이 기계를 둘러싼 소동—소수의 몇몇을 제외하곤 대부분은 모를—직후 한국 사회는 발칵 뒤집혔다. 아시아에서 막대한 영향을 발휘하던 굴지의 기업이 연루된 각종 비리와 암투가 쏟아져 나왔다. 유사 이래 최악의 음모, 국민의 정신을 세뇌하려는 비밀 프로젝트… 일모 그룹의 범죄를 묘사하는 언론의 빤한 헤드라인이었다. 회장을 비롯한 임원 대부분은 일찌감치 구속되거나 강도 높은 검찰 조사를 받아야 했으며, 검찰은 기업을 기필코 파멸시키겠다는 굳은 다짐 아래 수사를 진행했지만 시민 단체가 요구하는 특검 수사나 고위 관료, 정치인과의 커넥션까지는 건들지 않은 채 어영부영 마무리할 것이란 관측이 일반적이었다. 하나가 주희를 찾아간 건 전 사회의 언론들이 한껏 들떠있던 그 무렵이었다. 그녀는 황당하게도 동네에서 자전거를 타다 넘어지는 바람에 갈비뼈에 금이 갔다고 했다. 하나는 말도 없이 불쑥 병원을 찾았다.

서울 변두리. 외과, 내과, 신경과, 소아과, 있을 건 다 있는, 하지만 어쩐지 환자는 극히 적을 것 같은 허름한 병원에 주희는 환자복을 입고 침대에 누워 있었다. 침대와 연결된 테이블 위엔 병원 밥이 손도 대지 않은 채 놓여 있었고, 주변의 다른 환자들과 함께 몽상적인 눈으로 텔레비전을 보고 있었다. 하나가 병실로 들어오자 주희는 놀람과 동시에 얼굴이 그늘졌다. 하나는 이 방문이 비록 주희에게 뜻하지 않을 뿐더러 그다지 내키지 않는단 걸 알았지만 그는 이곳을 찾아와야 했다. 그것은 도시에서 올라오면서, 꿈을 나서며 내내 떠돌던 이상한 확신이었다.

「안녕. 잠깐 앉아도 될까?」

하나가 물었을 때 주희는 조금 주저하다 응, 하고 말했다. 하나는 침대 옆에 마련된 플라스틱 의자에 앉았다.

「다쳤다는 거, 거의 모를 텐데…」

「소식은 소현 씨한테 들었어. 내가 연락하니 마치 유령을 본 것처럼 깜짝 놀라더군」

그녀는 알겠다는 듯 고개를 끄덕였다. 주희는 양열의 다른 환자들 사이에 끼어 있었는데, 왼편의 환자는 어딜 나갔는지 침대에 없었고 오른편의 할머니는 링겔 거치대에 매달아 놓은 라디오의 트로트 음악을 들으며 꾸벅꾸벅 졸고 있었다. 건물이며 시설들이 일제 무렵의 야전 병원처럼 지독하게 낡았지만 공간이 넓어 갑갑하진 않았다. 아침부터 자욱하던 스모그가 이때까지 가시질 않아 창밖이 뿌옜다.

「일부러 아무 것도 안 사왔어…」

「괜찮아. 충분히 잔뜩 있어. 뭐 좀 마실래?」

주희는 팔을 뻗어 냉장고 문을 열었다. 안에는 온갖 선물용 주스와 과일들이 즐비했다. 하나는 제일 많아 보이는 사과 주스를 집었다.

「하나 없애줄게」

다시 침묵이 감돌았다. 주희는 여전히 하나를 경계하고 있었다. 하지만 그 거리감은 하나 자신이 만든 것이었다.

「미안한데 그릇 좀 내줄래?」

주희가 쟁반 위에 병원 식사를 가리키며 말했다. 하나는 자리에서 일어나 그릇의 뚜껑들을 열어보았다. 역시, 나온 그대로 일체 건들지 않았다.

「거의 먹질 않았네. 여기 밥이 맛없니?」

「병원 밥이 다 그렇지, 뭐」

주희의 탐스러운 얼굴도 야위어 있었다. 이렇게 주희의 얼굴을 마주보는 게 얼마만일까. 그동안 나는… 하나는 타인의 방에 무턱대고 들어온 것처럼 공연한 실수를 저지른 기분이 들었다. 그는 얼른 복도에 마련된 퇴식구를 다녀왔다.

「어쩐 일이야?」

주희가 냉랭하게 물었다. 하나는 침대 쪽으로 아주 조금 몸을 끌어당겼다. 그는 뭔가를 말하고 싶었는데, 쉽게 나오질 않았다. 입을 벌린 채 한참을 있었다. 주희는 이상하단 듯이 하나를 보았다. 종로 카페에서 만났던 일이 생각나는군, 하고 하나는 생각했다. 유리문 너머에서 주희는 이렇게 말을 잇지 못했지. 지금의 나와 같은 심정이었을까? 나는 그것이 그녀의 사형 선고라 생각했다. 당신은 내게 이미 죽었다고… 하지만 재의는 그녀가 다른 말을 하고 있던 걸지도 모른다고 말했다. 몇 번의 생각이 공회전하다 겨우 말이 나왔다.

「서로를 너무 사랑한 세 사람의 이야기야. 함께 있으면 마냥 행복하고 세상이 아름답게 보이던 시간이 있었지. 그렇게 몇 년이 흘렀고, 이들에게 사악한 마법사가 나타났어. 처음엔 위기를 잘 넘겼지. 하지만 마지막 주문은 적중해서 세 사람은 갈기갈기 찢어졌고 피투성이가 된 채 헤어졌어. 원망과 후회, 죄책감이란 마법이었지」

「무슨… 말을 하려는 거야? 지금 밴드 얘기를 하고 있는 거야, 설마?」

주희가 날카롭게 말했다. 건너편에서 신문을 읽고 있던 할아버지가 그 소리에 놀라 고개를 퍼뜩 들었다.

「그래, 밴드. 예전으로 돌아갈 수 없는 그 시간에 대한 얘기야. 난 도무지 받아들일 수 없었어. 차라리 꿈에서 죽고 싶을 정도로…」

「내 앞에서 죽고 싶다는 말 하지 마!」

주희가 경고했다. 하나는 고개를 가로저었다.

「하지만 꿈에도 내가 설 자리는 없었어. 알 수 없는 소리를 해서 미안… 주희야. 고개를 들어봐. 잠깐 나를 봐」

하나를 외면하고 있던 그녀는 마지못해 고개를 돌렸다. 주희는 언제라도 울 것만 같은 눈으로 하나를 직시하고 있었다. 하나는 그녀의 눈을 오랫동안 바라보았다. 그것은 아주 많은 용기를 필요로 했다. 처음엔 몸이 움츠러들었다. 하나의 마음에서 용서와 화해를 담당하는 난로에 불씨가 지펴오고 있었다. 다정하고, 따뜻하고, 우울하지만 달콤한 무엇이 그의 마음을 몇 바퀴 선회하다 지나감을 느꼈다. 그것은 시간이었다. 버림받아도 결국은 되돌아온, 그들만의 소중한 시간. 재의는 숲속에서 웃고 있을 것이다.

하나는 말했다.

「나는 내가… 내가 얼마나 큰 잘못을 해왔는지 몰랐어. 지금까지 당했다고만 생각했어. 그리고 재의를 잃었다고 생각했어. 내 것을 빼앗긴 것처럼. 그래서 그 슬픔도 오로지 내게만 허락된 비극이라고 생각했어. 다른 누가 방해하는 것이 너무 싫었어. 난 멍청한 세계를 만들었어. 그리고 그 안에 나와 재의를 가두었어. 그 세계는 무슨 수를 써서라도 지켜야 하는 소중한 추억이니까… 하지만 그건 그냥 나였어. 너도 없고, 재의도 없는, 내가 기억하고 싶은 것들만, 아름다운 것들만 빈틈없이 들어찬 나의 내면이었어. 나는 이기적인 놈이야. 친구들을 다 버리고 나만 살려고 나만 지키고 있었어」

잠시 침묵이 흘렀다. 하나는 계속 말했다.

「내 세계는… 내 기억은 이제 허물어지고 없어. 돌아갈 수 없다는 건 그 말이야. 삭막하지. 불현듯 그리울 때가 있을 거야. 하지만 그뿐이야. 중요한 게 있다면 우리는 남아 있다는 거야. 주희, 너는 내 삶에 몇 안 되는 친구야. 너와 내가 이렇게 헤어져선 안 돼. 적어도 이런 식으로는 말이야」

주희는 창문을 보고 있었다. 가느다랗게 한숨을 내쉬었다. 숨결이 떨렸다. 하나는 계속 말했다.

「너와 화해하는 꿈을 꾸었어. 마지막 공연 날 이후로, 거의 매일매일. 하지만 나는 나를 지켜야 했지. 묘비 같이 단단한 내 자신이 가로막고 있었어. 네게 사과를 하고 싶어. 갑작스럽고 무례할 정도로 일방적이란 걸 알지만 이 말을 하려고 왔어」

주희는 가만히 얘기를 듣고 있었다. 창문 밖의 세계는 여전히 뿌옇다. 스모그에 잠겨 있는 건 서울이 아니란 생각이 들었다. 그녀는 떨고 있었다.

「왜 지금…」

주희의 목소리는 떨리고 있었다. 헐렁한 환자복 소매로 얼른 얼굴을 닦아내고는, 그녀는 밖에 나가고 싶다고 말했다.

병원 중간층에 위치한 옥외 휴게공간은 마치 인공공원처럼 시멘트 바닥 위에 조경이 꾸며져 있었다. 환자와 그 가족들이 곳곳에 둘러앉아 조근조근 대화를 나누고 있었다. 둘 역시 그늘 아래 벤치에 앉았다. 주희는 주머니에서 담배를 꺼내 불을 붙이고는 하나에게도 권했다. 지금의 유혹은 분명 강렬한 것이었지만 하나는 거절했다.

「사실 말할 게 있어. 재의에 대해서」

하나가 말했다. 주희는 흥미를 갖고 그의 말을 기다렸다. 하나는 숨을 들이쉬고 조심스럽게 말을 꺼냈다.

「얼마 전에 재의를 만나고 왔어」

충격을 받은 그녀의 얼굴을 보며, 하나가 서둘러 덧붙였다.

「너를 놀리려는 게 아니야. 미친 소리 같겠지만 한번 들어봐」

하나는 그간 있었던 일을 소상히 말해주었다. 비디오테이프를 잔뜩 들고 찾아온 희람, 승택의 경고와 방화, 기억을 잃은 희람의 부탁, 룸메이트들과 함께 지낸 수희동 생활, 도시의 여름휴가와 재즈 피넛, 주차장의 아이들과 동태평양 비밀수사국 요원들, 펑크 그룹의 갱들, 그리고 호랑이 기계와 황 부장의 비밀 실험실, 희연과 오리까지. 주희는 긴 이야기를 질문도 없이 경청했다. 믿을 수 없고 놀라운 때엔 탄성을 자아냈다. 천국에서, 태풍이 몰아치는 바닷가의 오두막과 야외무대, 학생회관에서 만난 재의 얘기를 할 때가 특히 그랬다. 내가 들어도, 하고 하나는 생각했다. 정말 제정신이 아닌 이야기다. 그야말로 불가해한 운명을, 하지만 주희는 이해했다. 아니, 논리가 아닌 온몸으로 실감하고 있었다. 우리조차 포기한 우리의 이야기가, 상상한 적도 없는 먼 곳에서 이어지고 있었다.

「희람 씨가 있는 다른 세계로 가기 위해 물속으로 들어갔을 때 재의는 숲에 서서 나를 지켜보고 있었어. 그러다 갑자기 소리치는 거야. 형, 주희에게 전해줘. 그건 좀 이례적인 일이었어. 걔는 좀처럼 네 얘길 내게 들려주지 않았으니까. 어쨌든 재의는 말했어. 조금 부끄럽다는 듯이, 형, 주희에게 전해줘. 너는 나의 유일한 천재라고. 그렇게 말하면 알 거라고 했어」

이야기에 완전히 몰입한 주희는 물에 잠긴 것만 같았다. 다시 병원의 옥외 휴게실로 돌아오는 데에는 많은 시간이 걸렸다. 주희는 한숨을 길게 내쉬었다. 그리고 담배를 새로 피우기 시작했다. 이미 많은 양의 담배가 소진되어 땅바닥에 나뒹굴고 있었다.

「정말이구나」

천천히 담배를 피우며, 코맹맹이 소리로 주희가 말했다.

「그때는 아마 내가 코를 풀어도 박수를 쳤을 거야. 지금 생각해보면 그때 한국은 누군가를 필요로 했던 것 같아. 그게 마침 나였고, 무서울 정도로 주목을 받았지… 하지만 난 천재라는 소리가 너무 듣기 싫었어. 재의는 헛소리라고 했지. 그냥 떠드는 걸 좋아하는 사람들이 만든 환상이라면서 말이야. 재의가 어느 날 그러는 거야… 근데 내가 이 얘기 들려준 적 있니?」

하나는 없다고 했다. 처음 듣는 얘기였다.

「어느 날 재의가 뜬금없이 그러는 거야. 천재가 있다면 각자의 천재만이 존재할 거라고. 엄청난 발견을 한 것처럼 신나갖고는 내게 말했어. 너는 나의 유일한 천재라고. 나는 그 말 듣고 이상하게 기분 좋았다? 재의의 유일한 천재. 그것만으로 충분했어. 그랬는데…」

주희는 고개를 들어 하늘을 보았다. 울음을 참고 있는 것 같았다.

「넌 우리의 유일한 천재야」 하고 하나가 말했다.

「얼마 전에 재의가 꿈에 나왔어」 하고 주희가 말했다.

결국 울음이 터졌다. 들썩이는 그녀의 어깨에, 하나는 천천히, 토닥여주었다. 따뜻하고 작은 천재의 어깨였다.

차선이 그려져 있지 않고, 자동차가 마주치면 어느 한 대는 멈춰야 하는 시골길. 아스팔트 도로에서 갈라진 흙길. 푸른 목초로 드넓은 언덕. 오래 전에 쓰다 지금은 버려진 창고. 늘 같은 자리에 세워진 트럭. 초원이라고 불러도 될까 싶은 수희동의 한적한 부분에 사람들이 모여 있다. 상진과 영필은 편편한 자리에 팔레트를 깔고 있고, 오정은 경차에서 박스를 나르고 있다. 공장이나 창고에서 흔히 볼 수 있는 검은색 팔레트로 그들은 간이무대를 설치할 계획이다. 박스에는 조금 전 장을 본 물건들이 한 가득이다. 바람이 불면서 언덕 위의 목초가 파도처럼 너울 쳤다. 하나는 차곡차곡 접힌 플랜카드를 들고 있다. 사람들이 오기 전에 어서 달아야 한다, 고 말한다. 희람이다. 함께 온 혜진이 그 일을 돕는다. 희람은 록 티셔츠 위에 청색 남방을 걸치고 있다. 아직 더운 도시에 있다가 수희동의 쌀쌀한 바람을 맞고 깜짝 놀란 희람에게 걸치라며 영필이 준 옷이었다. 영필은 생일 선물로 받은 스냅백 모자를 더벅머리 위에 푹 눌러쓰고 있었다. 아, 우리는 장례식을 준비하고 있었지. 생각이 난다. 꿈 어딘가로 떠난 친구들을 기억하는 장례식. 소풍 같은 분위기면 좋을 것 같아, 하고 오정은 말했지. 맞다. 기억난다.

미루나무와 전신주 사이에 플랜카드를 내걸고, 그늘 만들 요량으로 천막을 조립하고 있는 때에 도시의 친구들이 속속 도착했다. 낯익은 구형 프라이드 경차와 정신 사납게 도색된 미니버스, 다마스가 줄지어 초원에 들어섰다. 유미와 쌤을 위시한 재즈 피넛의 펑크 그룹이었다. 유미는 검은 선글라스를 끼고, 검은 정장을 입고 있었다. 골목대장처럼 정강이를 걷어차고 멱살을 뒤흔들던 모습만 기억하던 하나는 전연 다른 분위기의 유미를 보고 놀라지 않을 수 없었다. 쌤 역시 어두운 잿빛 계열의 옷을 입고 있었지만 트레이드마크인 빵 모자와 나비넥타이는 여전했다. 숙연한 분위기의 두 사람에 비해 버스 탑승객들은 온갖 패션의 향연을 보여주고 있었다. 그들이 직접 만든 것이 틀림없는, 무어라 규정할 수도, 본 적도 없는 총천연색의 의상들이 난무했다.

유미의 곁에는 쌤 말고도 또 다른 남자가 뒤따르고 있었다. 하나는 한눈에 그가 펑크 그룹의 리더임을 알 수 있었다. 승택이 가장 존경하던 남자의 음울한 눈매는 아마 평생에 걸쳐 그가 따라하고 싶었던 부분이었을지도 몰랐다… 어쨌거나 하나는 반갑게 그들을 맞았다. 깡촌까지 오느라 얼마나 고생했는지 아냐고, 유미는 신경질을 냈다. 난 산이 좋던데, 하고 리더가 말했다. 바위섬처럼 무거운 목소리였다. 쌤은 하나에게 리더라고 슬쩍 알려주었다. 일모 기업에서 비롯된 스캔들이 고구마 줄기 캐내듯 경찰의 비리와 수사공작까지 조명하면서 한때 유력한 사형수로까지 지목됐던 리더는 믿을 수 없는 속도로 무혐의 처리되었다. 펑크 그룹에게 걸려 있던 여덟 건의 소송들은 전부 취하되었으며, 복수의 채널을 통해 보상이 이루어졌다. 리더가 석방될 때 건너편 철창 안에 수감되어 있던 나호철 경감이 우는 소리를 냈다는 이야기는 여러 번 들어도 신이 났다.

노는 일이라면 발 벗고 나서는 놈팡이들처럼, 펑크 그룹은 버스 화물칸에서 찡따오와 하얼빈, 설화 맥주 궤짝을 끝없이 꺼내고 있었다. 일부는 상진과 영필을 도와 무대 장비를 세팅했으며, 또 일부는 오정과 함께 테이블을 정리했다. (그들의 친화력은 가공할 만했다) 준비가 한창일 때 멀리서 굉음이 들려오기 시작했다. 그리고 그 소리는 점점 가까워졌다. 소음의 정체는 다름 아닌 헬리콥터였다. 목초 밭을 향해 착륙을 준비하는 헬리콥터 덕분에 주변은 삽시간에 아수라장이 되었다. 깜짝 놀라 뒤로 벌렁 넘어지는 사람도 있었다… 헬기는 목초 밭 가장자리에 내려앉았다. 맙소사, 하고 하나는 생각했다. 이 황당한 손님이 누군지 알 것 같았다. 헬기의 문이 열리고 로이와 몰리, 혜정이 차례차례 나왔다. 역시 조종은 하카다 파견의 마스터 몫이었다. 로이가 마치 연예인처럼 손을 흔들며 인사했다. 유미는 역정을 냈고, 옆에서 몰리가 구시렁대면 더 큰 열불이 돌아오는 익숙한 패턴의 대화가 이어졌다.

로이와 몰리에게 소식을 알린 건 희람이었다. 몰리가 준 연락처로 전화를 걸자 빠칭코 가게로 연결이 돼 당황했지만 위장이었다. 초대를 받은 로이는 흔쾌히 동료들과 함께 찾아왔다. 희람이 반길 만한 또 한 사람도… 가장 마지막에 헬기에서 조심스럽게 걸어 나오는 소년은 친구 없이 수학여행을 온 남학생의 표정으로 주변을 둘러보고 있었다. 교수였다. 악마의 소굴 같던 랩실에 속박되어 있을 때보다 훨씬 건강한 모습이었으므로 모두가 다행으로 여겼다.

모두 삼삼오오 자리를 잡고 대화를 나누고 있거나 양지에 누워 햇빛을 쬐거나 혼자만의 사색에 잠겨 초원 가장자리를 거닐고 있을 때, 하나는 모든 준비가 끝난 무대 위로 올라가 은색 마이크를 잡았다. 인사와 함께 장례식을 여는 말을 해야 했지만 결국 헛기침만 하다 공연을 즐겨달라는 말과 함께 내려왔다. 희람은 수희동 룸메이트와 주차장 친구, 재즈 피넛 갱들, 그리고 알 수 없는 초면의 사람들과 거대한 원을 만들어 앉아 활짝 웃고 있었다.

차례를 따라 여러 팀의 무대가 이어졌다. 한 팀만 하는 게 아니었어? 하고 유미는 벌써부터 지겨워했다. 첫 번째 밴드는 여성 삼인조 록 밴드였다. 비틀즈 식의 경쾌하고 고전적인 기타 리프에서 출발하여 팔십 년대 뉴욕 펑크에 머물렀다가 시부야 케이를 정신없이, 동시에 절륜하게 횡단하는 실력파 그룹이었다. 이목을 집중하기에 충분한 오프닝 공연이었다. 뒤이어 무대에 오른 팀은 서프 뮤직 밴드였는데, 장례식이고 뭐고 전후 사정을 전혀 모른 채 친구들에 이끌려왔는지 당황한 기색이 역력했다. 그러나 음악은 훌륭했다. 비치 보이스의 카피 밴드이려나 싶었지만 뚜껑을 열어보자 슈게이징 인스트루멘탈에 가까웠고, 전혀 생각지도 못한 장르의 조합에 사람들은 고개를 끄덕일 수밖에 없었다. 하나 곁으로 상진이 맥주병을 들고 왔다. 인사동 사무실의 옛 동업자들은 테이블에 기대어 서서 노래 한 곡이 끝날 때마다 병을 부딪치며 술을 마셨다.

축하 드려야 할지 위로 드려야 할지 아무 것도 모르지만 여하간 초대해줘서 고맙다는 말을 끝으로 두 번째 밴드가 내려가자 펑크 그룹의 소속으로 보이는 청년이 무대 위로 갑자기 난입했다. 비 내리는 차이나타운에서 유미 일행을 도와준 라우였다. 마이크를 붙잡고 그는 대뜸 승택에 대한 추억을 들려주기 시작했다. 어린 시절, 형들과 기찻길을 건너다 역무원에게 걸려 혼나고 있을 때 승택이 나서서 울고 있는 동생들을 지켜주었다는 미담이었다. 그를 시작으로 승택을 회고하는 목소리가 한동안 이어졌다. 황해 여인숙에서 함께 화투를 친 바 있었던 여자 두 명은 정작 무대에 올라와서 펑펑 우느라 한 마디도 할 수 없었다. 유미는 꼿꼿하게 허리를 세우고 선글라스 너머로 모든 걸 지켜보았다. 쌤은 몰래 훌쩍이고 있었다.

하나와 희람이 최초에 생각한 자리는 분명 고즈넉하고 문학적인 소풍이었는데, 그런 계획은 일찌감치 날아가고 괴상한 소동이 일파만파 확장되고 있었다. 감동적인 추모 릴레이가 끝나기도 전에 지옥의 밥통에서 튀어나온 듯한 펑크 밴드의 요란한 공연이 시작되었고, 산 전체를 뒤흔드는 소음에 놀란 이장이 오토바이를 타고 쫓아와 항의하자 영필과 상진이 넉살 좋게 술잔을 쥐어주며 달래주었다. 차례로 목초 밭을 찾은 동네 아저씨, 아주머니, 할머니, 할아버지들도 자연스럽게 난동에 휘말렸다. 사람들은 각자 집에서 먹을거리를 챙겨와 나눠먹었고, 수희동과 도시 대항으로 고스톱 판이 벌어졌고, 체육복 차림의 껄렁껄렁한 동네 청소년들이 찾아왔고, 공연은 반쯤 전국노래자랑이 되어 연주자와 관객의 구분이 사라졌다. 하나와 희람은 놀란 얼굴로 서로를 마주보았지만 어쩔 수 없는 일이었다. 아무래도 좋았다.

가장 극적인 사건은 마을버스와 함께 찾아왔다. 돌연히 발생한 축제 현장에 내린 두 명의 승객이 있었다. 그들은 다름 아닌 주희와 생강이었다. 분위기에 취한 친구들 모두 둘의 등장을 반겼다. 하나와 희람, 교수와 수희동 룸메이트들은 말할 것도 없고, 오버시즈의 보컬을 기억하고 있는 펑크 그룹들도 난리가 아니었다. 생강은 여전히 헤비 스모커였고, 감화원에서 하나의 말보로를 다 피운 일이 생각나는지 중남해 담배 한 보루를 선물로 주었다. (하나가 금연했다는 소식에 그녀는 아쉬워했다) 주희는 갈비뼈 골절이 어느 정도 치료되어 얼마 전 퇴원했다 하였다. 늦여름의 초저녁, 연보랏빛 하늘이 아주 천천히 무너지고 있었다.

공연은 이미 난장판이 되었고, 사람들은 띄엄띄엄 앉아 두런두런 이야기를 나누고 있었다. 모두의 주의가 딴 데 가있는 사이에 무대 위에선 사람들이 무언가를 준비하고 있었다. 스크린과 빔 프로젝터였다. 하나도 들은 바 없던 식순이었다. 작업이 어느 정도 마무리될 즈음 희람이 은색 마이크를 잡았다. 그녀는 아아, 하고 소리를 확인하고는 잠시 후 짧은 영상 하나를 틀겠다고 안내했다. 사람들의 시선이, 프로젝터에서 새어나온 빛줄기를 따라 무대 중앙에 설치된 스크린으로 향했다. 상영이 시작되었다. 그것은 하나가 아는 기억이었다. 그리고 아마 모두가 알고 있을 기억이기도 했다.

이천십이 년 여름, 하나와 재의와 주희가 공연을 위해 도시의 대학가를 찾았을 때, 캠코더로 찍었는지 화면이 다소 열악했고, 화면 상단에는 날짜가 기록되어 있다. 오버시즈의 세 사람은 무대 위에서 공연을 준비하고 있다. 영상 속의 하나는 바닥의 이펙터를 하나하나 눌러보고 있고, 주희는 흥을 찾고 있다. 고개를 끄덕이기도 하고 손가락을 튕기기도 한다. 재의는 허공 위에 연주를 하고 있다. 자신의 기억이기도 하고, 꿈에서 본 광경이기도 하지만, 이를 다른 누군가의 시선을 빌어 보니 기묘한 기분이 들었다. 이걸 대체 누가 찍었을까? 도시에 내려갔을 때 하나는 밴드 친구들 말고 동행한 사람이 없었다.

휘리릭. 그러는 사이 영상이 바뀌었다. 마찬가지로 오버시즈의 도시 공연을 찍고 있는데, 시점만 바뀌어 있다. 무대의 맞은편, 높은 곳에서 밴드를 바라보는 시선이다. 건물 옥상 난간에 매달려 멀리서 공연을 지켜보던 아이들 중 하나일 지도 모른다. 공연이 시작되고, 곧 연주가 시작되면, 주희의 노래가 시작될 것이다. 피크가 기타 줄에 닿기 직전, 하나는 마치 수평선 아래로 해가 떨어질 적에 순간적으로 발생하는 녹색 광선처럼 영상 속 자신이 카메라를 직시하는 걸 보았다.

일요일은 외로워 화사한 햇살들도 그리워
한산한 거리의 끝에서 좋은 소리가
마음을 고이접어 우울한 나에게 날려주오
하지만 오늘은 오늘은 오늘은
일요일 차이나타운

아무런 말도 하지 않고 나에게 그 손을 내밀어
너무나 혼란스러운 지금의 나를 구해주세요
영원히 영원히

하얀 창문 너머로 들리는 노래는 어딘가로
이렇게 차가운 나를 붙잡아 이끄네
마음을 단단하게 먹는 게 좋을 거야 너에게
하지만 오늘은 오늘은 오늘은
일요일 차이나타운

아직도 입을 앙 다문 채 나에게 그 따스한 두 손을
내밀어 기다리나요 엉망인 나를 구해주세요
영원히 영원히

하나와 희람은 목초 밭 주변의 오솔길을 걸었다. 해가 떨어지자 바람은 조금 쌀쌀했으나 그 끝에 묻어 있는 여름의 냄새가 가슴을 후련하게 해주었다. 뒤통수로 사람들의 웃음소리가 파도처럼 부서졌다. 하나는 자신이 웃는 표정을 짓고 있음을 뒤늦게 깨달았다. 그는 방금 전 영상을 떠올리고 있었다. 오버시즈의 *도시/* 공연 실황, 그것을 편집한 건 희람이었다. 그날 공연을 찾았던 사람들이 찍은 캠코더와 카메라, 핸드폰 영상들을 모았다고 했다. 어찌 되었든, 굉장한 작업이었다.

「수희동으로 다시 돌아오지 않을 건가요?」

하나가 물었다. 희람은 팔짱을 낀 채 그를 보며 싱긋 웃어보였다.

「아직 해야 할 일이 있으니까요」

「뭔데요?」

「몽을 찾을 거예요. 혼자 지난 시간에 갇혀 떠돌고 있을 테니까… 얼마 전의 저처럼요. 그만 혼자 남겨둘 수는 없죠. 안 그래요?」

하나는 고개를 끄덕였다. 그는 줄 게 있다며 주머니에 손을 넣어 희람에게 무언가를 건네주었다. 한신 아파트 지하 주차장에 갔을 때 희람의 자리에서 주은 단체사진이었다. 희람은 한참을 바라보더니 고마워요, 하고 말했다.

「제게 고마워하지 말아요. 전 희람 씨에게 거짓말을 했어요」

하나가 말했다. 희람은 무슨 말인지 알겠다는 듯 대답하지 않았다. 귀신의 죽음을 진작 알았음에도 희람에게 말하지 않은 것에 대해 하나는 지금까지 무거운 마음을 갖고 있었다. 오늘 자리를 빌어 얘기하고 싶은 것이 있다면 바로 이것이었다.

「이미 늦었지만… 저를 용서해줄 수 있겠어요?」

희람은 걸음을 멈추어 하나의 두 손을 맞잡았다.

「제가 어떻게 하나 씨를 탓하겠어요? 하나 씨는 저의 은인이나 다름이 없는걸요. 그 상황에선 저라도 주저했을 거예요. 더군다나…」

희람은 고개를 떨어트리고 걸음을 옮겼다.

「꿈속에서 하나 씨가 저를 알아보지 못할 때… 그 기분은 영영 잊지 못할 거예요」

잠시 잊고 있었던 당시의 일화가 떠오르자 하나는 당황하여 무슨 말이든 변명하려고 했다. 하지만 희람은 계속 말했다.

「저는 지금까지 제 잃어버린 기억에 대해서, 그로 인해 고통 받고 있는 제 자신에 대해서만 생각하고 있었어요. 기억을 잃은 당사자가 아닌 남들은 어차피 이해하지 못할 테니까요. 하지만… 그때 깨달았어요. 기억은 혼자만의 것이 아니란 걸요. 그것은 말 그대로 우리를 통해서 완성되는 거예요. 기억을 찾는 나, 그리고 그것을 도와주는 하나 씨와 같이요」

「우리 둘만이 아니에요」 하고 하나가 말했다. 「그 너머 누군가 우리를 도와주고 있었어요」

희람은 알 것 같다는 듯이 고개를 끄덕였다… 두 사람은 이제 오솔길을 선회하여 친구들이 기다리고 있는 목초 밭으로 돌아가고 있었다.

「마지막으로 하나만 더 물어봐도 돼요?」

하나가 물었다.

「그래서 희람 씨는 기억을 찾았나요?」

그러자 희람은 웃었다. 웃음으로 그녀는 구두 끝을 바라보고 있었다. 압구정 공원에서 하나를 기다리던 그때처럼. 그녀는 고개를 들어 그를 바라보며 말했다.

「제 대답은 이미 알겠죠?」

⊟

하나는 오한에 시달리며 어둡고 긴 복도를 걸었다. 병영인지 학교인지, 아니면 두 장소가 합친 듯한 고답적인 건물이다. 대리석 바닥도, 흰색 페인트를 칠한 콘크리트 벽도, 밀어보지 않아도 빡빡할 것이 틀림

없는 나무틀의 창문도 하나의 얼어붙은 마음을 녹이는 데 조금도 도움을 주지 않는다. 비록 입김이 나오진 않았지만 하나는 하얗고 몽롱한 감기 기운에 시달리며, 팔짱을 더욱 단단히 옥죄며 걸음을 옮긴다. 바람 소리는 눅눅하고 장송곡처럼 무겁다. 어두운 밤하늘에 마른번개가 소리 없이 작열한다.

참 이상하군, 하고 그는 생각한다. 나는 분명 방금 전까지 사람들과 수희동의 초원에서 음악을 듣고 있는 줄만 알았는데. 이 많은 인원들을 다 어디서 재울 셈이냐는 리더의 현실적인 물음에 하나는 바로 대답하지 못했고, 얼굴에 사과 두 알이 붙은 것처럼 기분 좋게 술이 취한 이장은 마을회관이 비어 있으니 그곳에서 자면 된다고 호탕하게 말했다. 이걸 듣고 있던 재즈 피넛 놈팡이들은 신난다고 펄쩍펄쩍 뛰었고, 이장은 국회의원이라도 당선된 것처럼 배포 가득한 태도로 정 모자라면 노인정도 열어주겠다고 큰소리쳤지. 축제였다. 취하지 않는 밤이기도 했고. 그랬는데. 비에 흠뻑 젖은 것처럼 몸의 떨림이 멈추지 않는다. 하나는 쇄빙선처럼 느리게 복도를 걷는다. 그 가운데엔 못 보던 누군가가 서서 담배를 피우고 있다. 어두운 실루엣이 희뿌연 연기를 조용히 내뿜고 있다. 술에 몹시 취한 사람처럼, 가까이 다가가 그의 얼굴을 보았을 때 하나의 반응은 아주 느리게 나타난다. 승택이다.

「여전하누만. 다 죽어가는 사람처럼 축 처져서」

「승택 씨…」

「썩 내키지 않는 만남이지? 걱정하지 마. 너무 오래 붙잡진 않을 거야」

「나는… 죽었나요?」

하나의 말에, 승택은 늑대처럼 킬킬 웃는다.

「이 바보, 넌 단지 꿈을 꾸고 있을 뿐이야. 꽤나 재미있는 일을 벌였다지? 재즈 피넛 친구들도 부르고, 마을 사람들도 같이 어울리면서 말이야. 잘했어. 너는 그쪽이 어울려. 사람들은 너를 좋아하지. 다정한 녀석이니까. 그러니 쫄 필욘 없다. 천막 아래에서 술을 마시다 깜빡 잠이 들었고, 일어나면 네 옆에는 모르는 사람 둘이 코를 골고 있을 거야. 내 후배들이니 잘 대해줘」

하나는 고개를 끄덕인다. 승택은 대리석 난간에 담배를 털어낸다.

「여긴 어디에요?」 하고 하나가 말한다.

「내일이 없는 세계」 하고 승택이 말한다.

「말이 그렇다는 거죠?」

승택은 피식 웃는다.

「그보다 희람 얘기부터 해봐. 나를 찾던가?」

「음… 미안하지만 전혀 그렇지 않던데요. 혹시 희람 씨를 좋아했어요?」

「나는 짜샤, 구름처럼 너흴 보고 있어」

형 같은 말에, 하나는 웃음이 난다. 오한이 조금 가신다…

「사람에게도 인연의 주기가 있는 거야. 떠나기도 하고, 다시 가까워지기도 하지. 끊임없이 움직이는 별과 같다구」

「잠깐 떠나있더니 시인이 다 됐군요」

승택은 어깨를 으쓱하고는 등을 돌린다. 그는 복도 끝으로 걸어간다. 미닫이문을 열려 있고, 그 너머는 시커먼 어둠이다.

「누님에게 축하한다고 전해줘라」

「뭘요?」

승택은 대답하지 않는다. 하나가 그를 뒤따른다.

「승택 씨, 잠깐만요. 궁금한 게 있어요」

승택이 걸음을 멈춘다.

「지금 나는… 호랑이 기계 안에 있나요?」

승택은 말이 없다. 한기가 느껴진다. 오한이 다시 찾아온다.

「진짜라고 믿으면 그것은 진짜가 되는 거야. 알잖아?」

승택이 말한다.

「너는 뭘 믿지?」

승택은 어둠 속으로 사라진다.

가공할 만한 숙취. 눈을 떴을 때 하나는 천막 속의 테이블에 엎드려 잠을 자고 있었다. 주변으로 술자리의 흔적이 고스란했고, 하나 양옆으로 모르는 얼굴의 남녀가 희미하게 코를 골았다. 승택의 말 그대로였다.

마을은 산을 훑고 내려온 안개에 포옥 싸여 있었다. 하얀 솜이불에 덮인 것처럼. 영험한 경관이었다. 하나보다 먼저 일어난, 혹은 밤을 샜을 수도 있는 사람들이 주변을 정리하고 있었다. 어제, 바로 이곳에서 떠들썩했던 축제가 있었다는 것이 믿겨지지 않을 만큼 조용했다. 격랑이 지나간 바다처럼, 하나의 마음도 그랬다. 몸엔 힘이 하나도 들어가지 않았다. 이건 다른 사람들도 마찬가지여서, 모두 맥없이 앉아 바람을 쐬고 있었다. 한참 뒤 경운기가 요란한 소음을 내며 나타나더니 머리에 수건을 만 할머니가 마을 회관 앞에서 우거지 탕을 끓여놨으니 먹으러 오라고 말해주었다. 모두들 좀비처럼 비척비척 걸음을 옮겼다. 물론 계속 잠을 택한 사람들도 있었다.

이별은 점심 무렵부터 시작되었다. 재즈 피넛의 펑크 그룹들은 버스에 탈 때까지 요란했다. 차문 밖으로 몸을 내밀어 소리를 지르고, 키스를 날렸다. 끝까지 자리에 남은 마을주민과 포옹하는 아이도 있었다. 쌤이 운전하는 프라이드에 탄 유미와 리더도 그 뒤를 따랐다. 희람도, 혜진과 생강도, 주희도, 상진도 모두 떠났다. 하나는 일일이 악수를 하고, 연락처를 주고받고, 손을 흔들어주기 바빴다. 다음 소동 때 만나요. 수사국 동료들과 헬리콥터를 타고 날아간 로이의 마지막 말이었다.

수희동 잿빛 목조주택으로 돌아와 영필과 오정은 그대로 쓰러져 잠이 들었다. 하나는 어쩔까 하다가 샤워를 하고 그대로 집을 나섰다. 차는 세워두고, 초등학교 앞 버스 정거장에서 마을버스를 기다리는데 오늘이 월요일임을 알았다. 일과가 다시 시작되고 있었다. 조용하게. 버스를 타고 시내까지 간 다음 전철을 다시 기다렸다. 하나의 부모님 댁은 수희동과 조금 떨어진 수도권 외곽에 있었다. 본가로 돌아가는 길에 하나는 지난밤의 대화들, 셀 수 없는 별들과도 같았던 이야기들을 떠올렸다. 그 가운데 유미와 리더의 결혼 소식은 지치지 않고 회자될 만했다. 쌤의 경솔한 발언을 집요하게 물고 늘어진 로이와 몰리의 추궁 덕분에 두 사람의 경사는 더 이상 비밀이 아니게 되었다. 때마침 구역장들과 함께 신자 가정방문을 마치고 지나가던 수희동 성당 주임신부님도 목초 밭의 잔치에 합석하고 있었다. 영필의 주선으로 이루어진 신부님의 강복 기도는 그 자리에 있던 모든 이들에게 감동을 주었다. 유미와 리더 모두 가톨릭 신자는 아니었지만 더없이 진지한 태도였다…

반은 세련된 상업가로, 반은 낙후된 옛 풍경이 잔존하는 동네 구석에 부모님 집이 있었다. 도착할 무렵엔 이미 저녁이 다 되어 있었다. 현관의 벨을 누르자 익숙한 어머니의 목소리가 들렸다. 누구세요? 저요, 하나. 그러자 어머니의 놀란 음성과 함께 현관으로 달려오는 발소리. 하나를 본 어머니는 복권에 당첨되기라도 한 것처럼 기뻐했다. 웃는 어머니의 얼굴에 주름이 늘었다. 어머니도 많이 늙으셨구나. 마음이 무거웠다.

「연락도 없이 웬일이니? 무슨 일 있어?」

「아뇨. 그냥 왔어요. 제 방 그대로 있어요?」

「그럼」

어머니는 하나의 갑작스런 방문이 의아했지만 어쨌든 그를 안으로 데려왔다.

아버지는 지인들과의 모임 때문에 지방에 내려갔다고 했다. 퇴직 후 사교 활동으로 바쁜 그였다. 안방. 어머니와 아버지가 주무시는 곳. 걷힌 커튼, 커다란 침대와 이불, 주전부리, 재방송 중인 드라마, 바닥의 안경까지, 그대로였다. 하나의 방은 안방 바로 옆이었다. 유년 시절의 하나가 그곳에 있다. 유치원 졸업 사진, 예전에 보던 책들, 만화책들, 이제는 쓰지 않는 구형 데스크탑 컴퓨터, 영화 포스터, 먼지 쌓인 음반들. 그대로 하나를 기다리고 있었다.

「밥 먹어야지? 자고 갈 거지?」

「네. 밥은 괜찮아요. 그보다 엄마, 저 너무 피곤해서 그런데 잠 좀 자도 돼요? 실은 어제 잠을 많이 못 잤어요」

어머니가 방바닥에 이부자리를 펼쳐놓는 동안 하나는 손과 발을 씻고, 티셔츠를 갈아입었다. 하나의 예전 옷들이 장롱에 다 있었다. 이불에선 어머니와 아버지의 냄새가 났다. 빨리 쉬라며, 어머니는 방의 불을 꺼주었다. 나는 잃어버렸는데, 모두 기다리고 있었어. 하나는 시계를 끌러 머리맡에 두고, 아득한 기분과 함께 잠들었다.

커튼 너머로 빛이 들어왔다. 꿈의 감각은 아무 것도 말해주지 않았다. 오로지 슬프다는 인상만이 남아 있었다. 어머니는 머리맡에 앉아 하나가 내팽개쳐둔 옷을 접고 있었다. 어머니는 하나가 좋아하는 낯빛으로 조용히 웃고 있었다.

「엄청 고단했나보구나. 깨울 수가 없었어」

아침이었다. 하나는 대답 없이, 햇빛 속에 앉아 옷을 개고 있는 어머니를 물끄러미 보다가 불현듯 재의가 완전히 떠났음을, 재의를 너무나 사랑했고, 그런 재의와 만났지만 이제 다시는 볼 수 없단 사실을 깨달았다. 오랫동안 묻어두었던 슬픔이 비로소 선명해졌다. 더 이상 물러설 수 없는 곳까지 다다라 흘러넘쳤다. 즐거웠던 어제가 더없이 고통스러웠다. 하지만 그는 돌아왔다. 삶으로.

하나는 울기 시작했다. 너무 오래 참아왔다. 하나는 눈물을 멈출 수가 없었다. 자리에서 일어나려던 어머니가 하나를 보고 깜짝 놀라 다가왔다. 그저 거대한 허전함만이 그를 소리 없이 허물고 있었다. 그는 방파제에 쓰러지듯 어머니의 무릎 위에 얼굴을 묻고 한참 울었다.

「엄마. 돌아왔어요, 저는… 돌아왔다구요… 이제야…」

호랑이 기계

초판 1쇄 발행 2021년 6월 17일

글 이준하
발행인 이준하 이경민
편집 이준하 이경민
디자인 이경민
그래픽 에크리
홍보 및 마케팅 이경민

임프린트 문전
주소 서울시 중구 을지로12길 28, 2층 R266호
이메일 safeandamenity@gmail.com

발행처 세이프앤어메니티
출판등록 제2020-000070호
인쇄 세걸음

ISBN 979-11-971761-1-1

이 책에는 순바탕, Mapo꽃섬, 나눔스퀘어라운드 글꼴이 사용되었습니다.